中國古典小說新刊

# 紅樓夢（中冊）

清・曹雪芹著／高鶚續著

# 第四十一回　櫳翠庵茶品梅花雪　怡紅院劫遇母蝗蟲

話說劉姥姥兩隻手比著說道：「花兒落了結個大倭瓜。」眾人聽了，哄堂大笑起來。於是吃過門杯，因又逗趣，笑道：「實告訴說罷，我的手腳子粗笨，又喝了酒，仔細失手打了這瓷杯。有木頭的杯取個子來，我便失了手，掉了地下，也無礙。」眾人聽了，又笑起來。鳳姐兒聽如此說，便忙笑道：「果真要木頭的，我就取了來。可有一句先說下：這木頭的可比不得瓷的，他都是一套，定要吃遍一套方使得。」劉姥姥聽了，心下敁敪道：「我方才不過是趣話取笑兒，誰知他果真竟有。我時常在村莊鄉紳大家也赴過席，金杯銀杯倒都也見過，從來沒見有木頭杯之說。——哦，是了！想必是小孩子們使的木碗兒，不過誆我多喝兩碗。別管他，橫豎這酒蜜水兒似的，多喝點子也無妨。」想畢，便說：「取來再商量。」鳳姐乃命豐兒：「到前面裡間屋，書架子上有十個竹根套杯，取來。」豐兒聽了，答應才要去，鴛鴦笑道：「我知道你這十個杯還小，況且你才說是木頭的，這會子又拿了竹根子的來，倒不好看。不如把我們那裡的黃楊根整摳的十個大套杯拿來，灌他十下子。」鳳姐兒笑道：「更好了。」鴛鴦果命人取來。


聯經出版事業公司　校印

劉姥姥一看，又驚又喜：驚的是一連十個，挨次大小分下來，那大的足似個小盆子，第十個極小的還有手裡的杯子兩個大；喜的是雕鏤奇絕，一色山水、樹木、人物，並有草字以及圖印。因忙說道：「拿了那小的來就是了，怎麼這樣多？」鳳姐兒笑道：「這個杯，沒有喝一個的理。我們家因沒有這大量的，所以沒人敢使他。姥姥既要，好容易尋了出來，必定要挨次吃一遍才使得。」劉姥姥唬的忙道：「這個不敢。好姑奶奶，饒了我罷！」賈母、薛姨媽、王夫人知道他上了年紀的人，禁不起，忙笑道：「說是說，笑是笑，不可多吃了，只吃這頭一杯罷。」劉姥姥道：「阿彌陀佛！我還是小杯吃罷。把這大杯收著，我帶了家去慢慢的吃罷。」說的眾人又笑起來。

鴛鴦無法，只得命人滿斟了一大杯，劉姥姥兩手捧著喝。賈母、薛姨媽都道：「慢些，不要嗆了。」薛姨媽又命鳳姐兒佈了菜。鳳姐笑道：「姥姥要吃什麼，說出名兒來，我搛了喂你。」劉姥姥道：「我知什麼名兒！樣樣都是好的。」賈母笑道：「你把茄鯗①搛②些喂他。」鳳姐兒聽說，依言搛些茄鯗送入劉姥姥口中，因笑道：「你們天天吃茄子，也嘗嘗我們的茄子弄的可口不可口。」劉姥姥笑道：「別哄我了，茄子跑出這個味兒來了！我們也不用種糧食，只種茄子了。」眾人笑道：「真是茄子，我們再不哄你。」劉姥姥詫異道：「真是茄子？我白吃了半日！姑奶奶再喂我些，這一口細嚼嚼。」鳳姐兒果又搛了些放入口內。劉姥姥細嚼了半日，笑道：「雖有一點茄子香，只是還不像是茄子。告訴我是個什

①茄鯗——茄乾。鯗，音ㄒㄧㄤˇ，乾魚、臘魚，也泛指成片或成丁的醃臘食品。

②搛——音ㄑㄧㄢ，夾持，這裡指用筷子夾取食物。

麼法子弄的，我也弄著吃去。」鳳姐兒笑道：「這也不難：你把才下來的茄子把皮劃③了，只要淨肉，切成碎釘子，用雞油炸了，再用雞脯子④肉並香菌、新筍、蘑菇、五香腐干、各色乾果子，俱切成釘子，用雞湯煨乾，將香油一收，外加糟油⑤一拌，盛在瓷罐子裡封嚴，要吃時拿出來，用炒的雞瓜⑥一拌就是。」劉姥姥聽了，搖頭吐舌說道：「我的佛祖！倒得十來只雞來配他，怪道這個味兒！」一面說笑，一面慢慢的吃完了酒，還只管細玩那杯。鳳姐笑道：「還是不足興，再吃一杯罷？」劉姥姥忙道：「了不得，那就醉死了！我因為愛這樣範⑦，虧他怎麼作了！」鴛鴦笑道：「酒吃完了，到底這杯子是什麼木的？」劉姥姥笑道：「怨不得姑娘不認得：你們在這金門繡戶的，如何認得木頭？我們成日家和樹林子作街坊，困了枕著他睡，乏了靠著他坐，荒年間餓了還吃他；眼睛裡天天見他，耳朵裡天天聽他，口兒裡天天講他，所以好歹真假，我是認得的。──讓我認一認。」一面說，一面細細端詳了半日，道：「你們這樣人家，斷沒有那賤東西，那容易得的木頭，你們也不收著了。我掂著這杯體重，斷乎不是楊木，這一定是黃松的。」眾人聽了，哄堂大笑起來。

只見一個婆子走來請問賈母，說：「姑娘們都到了藕香榭，請示下：就演罷，還是再等一會子？」

③劃──音ㄑㄢ，削。
④雞肉脯子──曬乾的雞肉。
⑤糟油──用酒糟調製的油，用來澆拌涼菜。
⑥雞瓜──雞的腱子肉或胸脯肉，因形狀長圓如瓜，所以稱「雞瓜」。
⑦範──模型、榜樣，這裡是模樣的意思。

賈母忙笑道：「可是倒忘了他們，就叫他們演罷。」那個婆子答應去了。不一時，只聽得簫管悠揚，笙笛並發。正值風清氣爽之時，那樂聲穿林度水而來，自然使人神怡心曠。寶玉先禁不住，拿起壺來斟了一杯，一口飲盡。復又斟上，才要飲，只見王夫人也要飲，命人換暖酒，寶玉連忙將自己的杯捧了過來，送到王夫人口邊，王夫人便就他手內吃了兩口。一時暖酒來了，寶玉仍歸舊坐，王夫人提了暖壺⑧下席來，眾人皆都出了席，薛姨媽也立起來，賈母忙命李、鳳二人接過壺來：「讓你姨媽坐了，大家才便。」王夫人見如此說，方將壺遞與鳳姐，自己歸坐。賈母笑道：「大家吃上兩杯，今日著實有趣。」說著，擎杯讓薛姨媽，又向湘雲、寶釵道：「你姊妹兩個也吃一杯。你妹妹雖不大會吃，也別饒他。」說著，自己已乾了。湘雲、寶釵、黛玉也都乾了。當下劉姥姥聽見這般音樂，且又有了酒，越發喜的手舞足蹈起來。寶玉因下席過來向黛玉笑道：「你瞧劉姥姥的樣子。」黛玉笑道：「當日聖樂一奏，百獸率舞⑨，如今才一牛耳。」眾姊妹都笑了。

須臾樂止，薛姨媽出席笑道：「大家的酒想也都有了，且出去散散再坐罷。」賈母也正要散散，於是大家出席，都隨著賈母遊玩。賈母因要帶著劉姥姥散悶，遂攜了劉姥姥至山前樹下盤桓了半晌，又說與他這是什麼樹，這是什麼石，這是什麼花。劉姥姥一一的領會，又向賈母道：「誰知城裡不但人尊貴，連雀兒也是尊貴的。——偏這雀兒到了你們這裡，他也變俊了，也會說話了。」眾人不解，因問：「什

⑧暖壺——一種使酒保暖的壺，盛有熱水，中間放上酒壺，就可以保溫。
⑨聖樂一奏，百獸率舞——語出《尚書・虞書・益稷》，原指帝舜時樂器一響，百獸全都隨樂起舞。

麼雀兒變俊了、會講話？」劉姥姥道：「那廊下金架子上站的綠毛紅嘴是鸚哥兒，我是認得的。那籠子裡黑老鴰子，怎麼又長出鳳頭來⑩，也會說話呢！」眾人聽了，都笑將起來。

一時只見丫鬟們來請用點心。賈母道：「吃了兩杯酒，倒也不餓。——也罷，就拿了這裡來，大家隨便吃些罷。」丫鬟便去抬了兩張几來，又端了兩個小捧盒。揭開看時，每個盒內兩樣：這盒內一樣是藕粉桂糖糕，一樣是松穰鵝油捲；那盒內一樣是一寸來大的小餃兒。——賈母因問：「什麼餡兒？」婆子們忙回：「是螃蟹的。」賈母聽了，皺眉說：「這油膩膩的，誰吃這個！」那一樣是奶油炸的各色小麵果，也不喜歡。因讓薛姨媽吃，薛姨媽只揀了一塊糕；賈母揀了一個捲子，只嘗了一嘗，剩的半個遞與丫鬟了。劉姥姥因見那小麵果子都玲瓏剔透，便揀了一朵牡丹花樣的，笑道：「我們那裡最巧的姐兒們，也不能鉸出這麼個紙的來！我又愛吃，又捨不得吃，包些家去給他們做花樣子去倒好。」眾人都笑了。賈母道：「家去我送你一罈子。你先趁熱吃這個罷。」別人不過揀各人愛吃的一兩點就罷了；劉姥姥原不曾吃過這些東西，且都作的小巧，不顯盤堆的，他和板兒每樣吃了些，就去了半盤子。剩的，鳳姐又命攢了兩盤，並一個攢盒，與文官等吃去。

忽見奶子抱了大姐兒來，大家哄他頑了一會。那大姐兒因抱著一個大柚子玩的，忽見板兒抱著一個佛手，便也要佛手。丫鬟哄他取去，大姐兒等不得，便哭了。眾人忙把柚子與了板兒，將板兒的佛手哄過來與他才罷。那板兒因頑了半日佛手，此刻又兩手抓著些果子吃，又忽見這柚子又香又圓，更覺好頑，

⑩鳳頭——鳥類頭上的羽冠。這裡是描寫劉姥姥把八哥認成是烏鴉。

且當球踢著玩去，也就不要佛手了。

當下賈母等吃過茶，又帶了劉姥姥至櫳翠庵來。妙玉忙接了進去。至院中，見花木繁盛，賈母笑道：「到底是他們修行的人，沒事常常修理，比別處越發好看。」一面說，一面便往東禪堂來。妙玉笑往裡讓，賈母道：「我們才都吃了酒肉，你這裡頭有菩薩，沖了罪過。我們這裡坐坐，把你的好茶拿來，我們吃一杯就去了。」妙玉聽了，忙去烹了茶來。寶玉留神看他是怎麼行事。只見妙玉親自捧了一個海棠花式雕漆填金雲龍獻壽的小茶盤，裡面放一個成窰五彩小蓋鍾⑪，捧與賈母。賈母道：「我不吃六安茶⑫。」妙玉笑說：「知道。這是『老君眉』⑬。」賈母接了，又問是什麼水。妙玉笑回：「是舊年蠲⑭的雨水。」賈母便吃了半盞，便笑著遞與劉姥姥，說：「你嘗嘗這個茶。」劉姥姥便一口吃盡，笑道：「好是好，就是淡些，再熬濃些更好了。」賈母眾人都笑起來。然後眾人都是一色官窰脫胎填白蓋碗⑮。

---

⑪成窰蓋鍾——成窰，指明代成化年間官窰所出的瓷器，以五彩者為上品；蓋鍾，有蓋的小杯；鍾，同「盅」。

⑫六安茶——產於安徽省六安縣的綠茶。

⑬老君眉——湖南洞庭湖君山所產的銀針茶，香氣高爽，味甘醇，形如長眉。

⑭蠲——音ㄐㄩㄢ，通「涓」，清潔；這裡是密閉封存使之澄清的意思。

⑮官窰脫胎填白蓋碗——一種名貴的青瓷蓋碗。官窰，專為供應宮廷所需而設的瓷窰，始於北宋大觀、政和年間；脫胎，凸印團花，刷以深淺不一的豆青色瑪瑙釉，光潤明亮，看起來像沒有胎骨，稱「脫胎」；填白，填月白色釉，以凸顯花紋或增加光澤。

那妙玉便把寶釵和黛玉的衣襟一拉，二人隨他出去，寶玉悄悄的隨後跟了來。只見妙玉讓他二人在耳房內，寶釵坐在榻上，黛玉便坐在妙玉的蒲團上。妙玉自向風爐上扇滾了水，另泡一壺茶。寶玉便走了進來，笑道：「偏你們吃梯己茶呢。」二人都笑道：「你又趕了來飺⑯茶吃！這裡並沒你的。」

妙玉剛要去取杯，只見道婆收了上面的茶盞來。妙玉忙命：「將那成窰的茶杯別收了，擱在外頭去罷。」寶玉會意，知為劉姥姥吃了，他嫌髒，不要了。又見妙玉另拿出兩只杯來：一個旁邊有一耳，杯上鐫著「𤫊瓟斝」⑰三個隸字，後有一行小真字，是「晉王愷珍玩」⑱，又有「宋元豐五年四月眉山蘇軾見於秘府」⑲一行小字。妙玉便斟了一斝，遞與寶釵。那一只形似鉢而小，也有三個垂珠篆字⑳，鐫著「點犀䀉」㉑。妙玉斟了一䀉與黛玉。仍將前番自己常日吃茶的那只綠玉斗來斟與寶玉。寶玉笑道：「常言『世法平等』㉒：他兩個就用那樣古玩奇珍，我就是個俗器了？」妙玉道：「這是俗器？不是我

⑯飺——音ㄘˋ，揩油、沾光的意思。
⑰𤫊瓟斝——𤫊瓟，音ㄅㄢ ㄆㄠˊ，都是葫蘆類，斝，古代的大酒杯。
⑱王愷珍玩——王愷，晉代著名的富豪，喜蓄珍奇寶物，這裡所謂「王愷珍玩」和下文「蘇軾見於秘府」等語，都是小說家言，表示這是珍貴的古玩。
⑲秘府——又稱秘閣，古代宮廷中藏圖書、秘珍的地方。
⑳垂珠篆字——又稱垂露篆字，相傳為漢郎中曹喜所創，筆劃斷續成小點，猶如串串垂珠或點點輕露。
㉑點犀䀉——犀牛角做成的飲器。䀉，音ㄑㄧㄠ，碗類器皿。
㉒世法平等——佛家語，即平等地對待世間的一切事物。法，指信條、規範等，也通指一切事務。

說狂話，只怕你家裡未必找的出這麼一個俗器來呢！」寶玉笑道：「俗說『隨鄉入鄉』，到了你這裡，自然把那金玉珠寶一概貶為俗器了。」妙玉聽如此說，十分歡喜，遂又尋出一只九曲十環一百二十節蟠虬整雕竹根的一個大𥁑㉓出來，笑道：「就剩了這一個，你可吃的了這一海㉔？」寶玉喜的忙道：「吃的了。」妙玉笑道：「你雖吃的了，也沒這些茶糟塌。豈不聞：『一杯為品，二杯即是解渴的蠢物，三杯便是飲牛飲騾了。』你吃這一海，便成什麼？」說的寶釵、黛玉、寶玉都笑了。妙玉執壺，只向海內斟了約有一杯。寶玉細細吃了，果覺輕浮㉔無比，賞贊不絕。妙玉正色道：「你這遭吃的茶是托他兩個福，獨你來了，我是不給你吃的。」寶玉笑道：「我深知道的，我也不領你的情，只謝他二人便是了。」妙玉聽了，方說：「這話明白。」

黛玉因問：「這也是舊年的雨水？」妙玉冷笑道：「你這麼個人，竟是大俗人，連水也嘗不出來！這是五年前我在玄墓㉕蟠香寺住著，收的梅花上的雪，共得了那一鬼臉青㉖的花甕一甕，總捨不得吃，埋在地下，今年夏天才開了。我只吃過一回，這是第二回了。——你怎麼嘗不出來？隔年蠲的雨水那有這樣輕浮？如何吃得！」黛玉知他天性怪僻，不好多話，亦不好多坐，吃完茶，便約著寶釵走了出來。

---

㉓蟠虬𥁑——蟠，盤曲；虬，音ㄑㄧㄡˊ，傳說中無角的龍；𥁑，音ㄏㄞˇ，大杯，下文「這一海」的「海」也指大杯。

㉔輕浮——形容茶味不凡。宋吳淑〈茶賦〉：「輕飄浮雲之美」。

㉕玄墓——山名，在今江蘇省吳縣，相傳東晉郁泰玄葬此，故名；山多梅，花開時望之若雪，有「香雪海」之譽。

㉖鬼臉青——一種釉色深青的瓷。

寶玉和妙玉陪笑道：「那茶杯雖然髒了，白撂了豈不可惜？依我說，不如就給那貧婆子罷，他賣了也可以度日。你道可使得？」妙玉聽了，想了一想，點頭說道：「這也罷了。幸而那杯子是我沒吃過的，若我使過，我就砸碎了也不能給他。你要給他，我也不管你，只交給你，快拿了去罷。」寶玉笑道：「自然如此，你那裡和他說話授受去？越發連你也髒了。只交與我就是了。」妙玉便命人拿來遞與寶玉。寶玉接了，又道：「等我們出去了，我叫幾個小么兒來河裡打幾桶水來洗地如何？」妙玉笑道：「這更好了。只是你囑咐他們，抬了水，只擱在山門外頭牆根下，別進門來。」寶玉道：「這是自然的。」說著，便袖著那杯，遞與賈母房中小丫頭拿著，說：「明日劉姥姥家去，給他帶去罷。」交代明白，賈母已經出來要回去。妙玉亦不甚留，送出山門，回身便將門閉了。不在話下。

且說賈母因覺身上乏倦，便命王夫人和迎春姊妹陪了薛姨媽去吃酒，自己便往稻香村來歇息。鳳姐忙命人將小竹椅抬來，賈母坐上，兩個婆子抬起，鳳姐、李紈和眾丫鬟、婆子圍隨去了。不在話下。

這裡薛姨媽也就辭出。王夫人打發文官等出去，將攢盒散與眾丫鬟們吃去，自己便也乘空歇著，隨便歪在方才賈母坐的榻上，命一個小丫頭放下簾子來，又命他捶著腿，吩咐他：「老太太那裡有信，你就叫我。」說著，也歪著睡著了。

寶玉、湘雲等看著丫鬟們將攢盒擱在山石上，也有坐在山石上的，也有坐在草地下的，也有靠著樹的，也有傍著水的，倒也十分熱鬧。一時又見鴛鴦來了，要帶著劉姥姥各處去逛，眾人也都趕著取笑。一時來至「省親別墅」的牌坊底下，劉姥姥道：「嗳呀！這裡還有個大廟呢！」說著，便爬下磕頭，眾


聯經出版事業公司 校印

人笑彎了腰。劉姥姥道：「笑什麼？這牌樓上字我都認得。我們那裡這樣的廟宇最多，都是這樣的牌坊，那字就是廟的名字。」眾人笑道：「你認得這是什麼廟？」劉姥姥便抬頭指那字道：「這不是『玉皇寶殿』四字？」眾人笑的拍手打腳，還要拿他取笑。劉姥姥覺得腹內一陣亂響，忙的拉著一個小丫頭，要了兩張紙，就解衣。眾人又是笑，又忙喝他：「這裡使不得！」忙命一個婆子帶了東北上去了。那婆子指與地方，便樂得走開去歇息。

那劉姥姥因喝了些酒，他脾氣㉗不與黃酒相宜，且吃了許多油膩飲食，發渴多喝了幾碗茶，不免通瀉起來，蹲了半日方完。及出廁來，酒被風禁，且年邁之人，蹲了半天，忽一起身，只覺得眼花頭眩，辨不出路徑。四顧一望，皆是樹木山石，樓臺房舍，卻不知那一處是往那裡去的了，只得認著一條石子路慢慢的走來。及至到了房舍跟前，又找不著門，再找了半日，忽見一帶竹籬，劉姥姥心中自忖道：「這裡也有扁豆架子。」一面想，一面順著花障走了來，得了一個月洞門進去。只見迎面忽有一帶水池，只有七八尺寬，石頭砌岸，裡面碧瀏清水流往那邊去了，上面有一塊白石橫架在上面。劉姥姥便度石過去，順著石子甬路走去，轉了兩個彎子，只見有一房門。於是進了房門，只見迎面一個女孩兒，滿面含笑迎了出來。劉姥姥忙笑道：「姑娘們把我丟下來了，要我碰頭㉘碰到這裡來。」說了，只覺那女孩兒不答。劉姥姥便趕來拉他的手，「咕咚」一聲，便撞到板壁上，把頭碰的生疼。細瞧了一瞧，原來是一幅畫兒。

㉗脾氣——這裡猶言脾胃、胃口。
㉘碰頭——亂闖，亂撞，又作「磞頭」。

聯經出版事業公司校印

劉姥姥自忖道：「原來畫兒有這樣活凸出來的。」一面想，一面看，一面又用手摸去，卻是一色平的，點頭嘆了兩聲。一轉身方得了一個小門，門上掛著葱綠撒花軟簾。

劉姥姥掀簾進去，抬頭一看，只見四面牆壁玲瓏剔透，琴劍瓶爐皆貼在牆上，錦籠紗罩，金彩珠光，連地下踩的磚皆是碧綠鑿花，竟越發把眼花了。找門出去，那裡有門？左一架書，右一架屏。剛從屏後得了一門轉去，只見他親家母也從外面迎了進來。劉姥姥詫異，忙問道：「你想是見我這幾日沒家去，虧你找我來。那一位姑娘帶你進來的？」他親家只是笑，不還言。劉姥姥笑道：「你好沒見世面！見這園裡的花好，你就沒死活戴了一頭！」他親家也不答。便心下忽然想起：「常聽大富貴人家有一種穿衣鏡，這別是我在鏡子裡頭呢罷。」說畢，伸手一摸，再細一看，可不是，四面雕空紫檀板壁將鏡子嵌在中間。因說：「這已經攔住，如何走出去呢？」一面說，一面只管用手摸。這鏡子原是西洋機括㉙，可以開合。不意劉姥姥亂摸之間，其力巧合，便撞開消息，掩過鏡子，露出門來。劉姥姥又驚又喜，邁步出來，忽見有一副最精緻的床帳。他此時又帶了七八分醉，又走乏了，便一屁股坐在床上，只說歇歇，不承望身不由己，前仰後合的，朦朧著兩眼，一歪身，就睡熟在床上。

且說眾人等他不見，板兒見沒了他姥姥，急的哭了。眾人都笑道：「別是掉在茅廁裡了？快叫人去瞧瞧。」因命兩個婆子去找，回來說：「沒有。」眾人各處搜尋不見。襲人敠其道路：「是他醉了迷了路，順著這一條路往我們後院子裡去了。若進了花障子，到後房門進去，雖然碰頭，還有小丫頭們知道；

---

㉙機括——弩的發箭器叫「機」，矢末扣弦之處叫「括」；這裡指一觸即動的開關裝置，也叫「消息」或「機關」。

若不進花障子，再往西南上去，若繞出去還好，若繞不出去，可夠他繞回子好的。我且瞧瞧去。」一面想，一面回來。進了怡紅院，便叫人，誰知那幾個房子裡小丫頭已偷空頑去了。

襲人一直進了房門，轉過集錦槅子，就聽的鼾齁㉚如雷。忙進來，只聞見酒屁臭氣滿屋。一瞧，只見劉姥姥扎手舞腳的仰臥在床上。襲人這一驚不小，慌忙趕上來將他沒死活的推醒。那劉姥姥驚醒，睜眼見了襲人，連忙爬起來道：「姑娘，我失錯了！並沒弄髒了床帳。」一面說，一面用手去撣。襲人恐驚動了人，被寶玉知道了，只向他搖手，不叫他說話。忙將鼎內貯了三四把百合香，仍用罩子罩上。些須收拾收拾，所喜不曾嘔吐。忙悄悄的笑道：「不相干，有我呢。你隨我出來。」劉姥姥跟了襲人，出至小丫頭們房中，命他坐了，向他說道：「你就說醉倒在山子石上，打了個盹兒。」劉姥姥答應：「知道。」又與他兩碗茶吃，方覺酒醒了，因問道：「這是那個小姐的繡房？這樣精緻！我就像到了天宮裡的一樣。」襲人微微笑道：「這個麼——是寶二爺的臥室！」那劉姥姥嚇的不敢作聲。襲人帶他從前面出去，見了眾人，只說：「他在草地下睡著了，帶了他來的。」眾人都不理會，也就罷了。

一時賈母醒了，就在稻香村擺晚飯。賈母因覺懶懶的，也不吃飯，便坐了竹椅小敞轎，回至房中歇息，命鳳姐兒等去吃飯。他姊妹方復進園來。要知端的——

㉚鼾齁——音ㄏㄢ ㄏㄡ，熟睡時的鼻息聲，打呼聲。

# 第四十二回　蘅蕪君蘭言解疑癖　瀟湘子雅謔補餘香①

話說他姊妹復進園來，吃過飯，大家散出，都無別話。

且說劉姥姥帶著板兒，先來見鳳姐兒，說：「明日一早定要家去了。雖住了兩三天，日子卻不多，把古往今來沒見過的，沒吃過的，沒聽見過的，都經驗了。難得老太太和姑奶奶並那些小姐們，連各房裡的姑娘們，都這樣憐貧惜老，照看我。我這一回去後，沒別的報答，惟有請些高香②，天天給你們念佛，保佑你們長命百歲的，就算我的心了。」鳳姐兒笑道：「你別喜歡。都是為你，老太太也被風吹病了，睡著說不好過；我們大姐兒也著了涼，在那裡發熱呢。」劉姥姥聽了，忙嘆道：「老太太有年紀的人，不慣十分勞乏之的。」鳳姐兒道：「從來沒像昨兒高興。往常也進園子逛去，不過到一二處坐坐就回

①蘭言、雅謔——蘭言，知心話；雅謔，不庸俗的玩笑話。
②高香——優質線香，舊時祭天、禮佛時點燃，以示虔敬。


聯經出版事業公司校印

來了。昨兒因為你在這裡，要叫你逛逛，一個園子倒走了多半個。大姐兒因為找我去，太太遞了一塊糕給他，誰知風地裡吃了，就發起熱來。」劉姥姥道：「小姐兒只怕不大進園子，生地方兒，小人兒家原不該去。比不得我們的孩子，會走了，那個墳圈子裡不跑去？一則風撲了也是有的；二則只怕他身上乾淨，眼睛又淨，或是遇見什麼神了。依我說，給他瞧瞧祟書本子③，仔細④撞客著了。」一語提醒了鳳姐兒，便叫平兒拿出《玉匣記》，著彩明來念。彩明翻了一回，念道：「八月二十五日，病者在東南方得遇花神。用五色紙錢四十張，向東南方四十步送之，大吉。」鳳姐兒笑道：「果然不錯，園子裡頭可不是花神！只怕老太太也是遇見了。」一面命人請兩分紙錢來，著兩個人來，一個與賈母送祟，一個與大姐兒送祟。果見大姐兒安穩睡了。

鳳姐兒笑道：「到底是你們有年紀的人經歷的多。我這大姐兒時常肯病，也不知是個什麼原故。」劉姥姥道：「這也有的事。富貴人家養的孩子多太嬌嫩，自然禁不得一些兒委屈；再他小人兒家，過於尊貴了，也禁不起。以後姑奶奶少疼他些就好了。」鳳姐兒道：「這也有理。——我想起來，他還沒個名字，你就給他起個名字。一則借借你的壽；二則你們是莊家人，不怕你惱，到底貧苦些，你貧苦人起個名字，只怕壓的住他。」劉姥姥聽說，便想了一想，笑道：「不知他幾時生的？」鳳姐兒道：「正是

---

③祟書本子——講論鬼神星命、吉凶禍福的迷信書籍，下文《玉匣記》就是其中一種。祟，鬼怪或鬼怪為禍；焚燒紙錢，打發鬼神離去，就叫「送祟」。

④仔細——這裡作「恐怕是」解釋。

生日的日子不好呢：可巧是七月初七日。」劉姥姥忙笑道：「這個正好，就叫他是『巧姐兒』。這叫作『以毒攻毒，以火攻火』的法子。姑奶奶定要依我這名字，他必長命百歲。日後大了，各人成家立業，或一時有不遂心的事，必然是遇難成祥，逢凶化吉，卻從這『巧』字上來。」

鳳姐兒聽了，自是歡喜，忙道謝，又笑道：「只保佑他應了你的話就好了。」說著，叫平兒來吩咐道：「明兒咱們有事，恐怕不得閑兒。你這空兒把送姥姥的東西打點了，他明兒一早就好走的便宜了。」劉姥姥忙說：「不敢多破費了。已經遭擾⑤了幾日，又拿著走，越發心裡不安起來。」鳳姐兒道：「也沒有什麼，不過隨常的東西。好也罷，歹也罷，帶了去，你們街坊鄰舍看著也熱鬧些，也是上城一次。」只見平兒走來說：「姥姥過這邊瞧瞧。」

劉姥姥忙趕了平兒到那邊屋裡，只見堆著半炕東西。平兒一一的拿與他瞧著，說道：「這是昨日你要的青紗一匹，奶奶另外送你一個實地子月白紗⑥作裡子。這是兩個繭綢⑦，作襖兒、裙子都好。這包袱裡是兩匹綢子，年下做件衣裳穿。這是一盒子各樣內造點心⑧，也有你吃過的，也有你沒吃過的，拿去擺碟子請客，比你們買的強些。這兩條口袋是你昨日裝瓜果子來的，如今這一個裡頭裝了兩斗御田粳

⑤遭擾——猶言「打擾」，客人對主人道謝的客套話。

⑥實地子月白紗——「實地子紗」是紗中最厚密的，「月白」是一種接近於白的淺藍色。

⑦繭綢——以柞蠶絲織成的綢子。

⑧內造點心——宮內製作的點心，其製作的方法叫「內法」；這裡指照內法仿製的點心。


聯經出版事業公司校印

米，熬粥是難得的；這一條裡頭是園子裡果子和各樣乾果子。這一包是八兩銀子——這都是我們奶奶的。這兩包每包裡頭五十兩，共是一百兩，是太太給的，叫你拿去或者作個小本買賣，或者置幾畝地，以後再別求親靠友的。」說著，又悄悄笑道：「這兩件襖兒和兩條裙子，還有四塊包頭，一包絨線，可是我送姥姥的。衣裳雖是舊的，我也沒大狠穿，你要棄嫌，我就不敢說了。」平兒說一樣，劉姥姥就念一句佛，已經念了幾千聲佛了；又見平兒也送他這些東西，又如此謙遜，忙念佛道：「姑娘說那裡話？這樣好東西我還棄嫌！我便有銀子，也沒處去買這樣的呢！只是我怪臊的！收了又不好，不收又辜負了姑娘的心。」平兒笑道：「休說外話，咱們都是自己，我才這樣。你放心收了罷，我還和你要東西呢。到年下，你只把你們晒的那個灰條菜乾子和豇谷、扁豆、茄子、葫蘆條兒各樣乾菜帶些來——我們這裡上上下下都愛吃這個——就算了；別的一概不要，別枉費了心。」劉姥姥千恩萬謝答應了。平兒道：「你只管睡你的去。我替你收拾妥當了，就放在這裡，明兒一早打發小廝們僱輛車裝上，不用你費一點心的。」

劉姥姥越發感激不盡，過來又千恩萬謝的辭了鳳姐兒，過賈母這一邊睡了一夜，次早梳洗了，就要告辭。因賈母欠安，眾人都過來請安，出去傳請大夫。一時婆子回：「大夫來了。」老媽媽請賈母進幔子⑨去坐。賈母道：「我也老了，那裡養不出那阿物兒來？還怕他不成！不要放幔子，就這樣瞧罷。」眾婆子聽了，便拿過一張小桌來，放下一個小枕頭，便命人請。

一時只見賈珍、賈璉、賈蓉三個人將王太醫領來。王太醫不敢走甬路，只走旁階，跟著賈珍到了階

⑨幔子——帳幕，這裡指坐帳，舊時貴婦人迴避男賓時用。

磯上。早有兩個婆子在兩邊打起簾子，兩個婆子在前導引進去，又見寶玉迎了出來。只見賈母穿著青皺綢一斗珠的羊皮褂子⑩，端坐在榻上，兩邊四個未留頭的小丫鬟都拿著蠅帚、漱盂等物；又有五六個老嬤嬤雁翅⑪擺在兩旁；碧紗櫥後，隱隱約約有許多穿紅著綠、戴寶簪珠的人。王太醫便不敢抬頭，忙上來請了安。賈母見他穿著六品服色，便知御醫了，也便含笑問：「供奉⑫好？」因問賈珍：「這位供奉貴姓？」賈珍等忙回：「姓王。」賈母道：「當日太醫院正堂⑬王君效，好脈息⑭。」王太醫忙躬身低頭，含笑回說：「那是晚生家叔祖。」賈母聽了，笑道：「原來這樣，也是世交了。」一面說，一面慢慢的伸手放在小枕上。老嬤嬤端著一張小杌，連忙放在小桌前，略偏些。王太醫便屈一膝坐下，歪著頭診了半日，又診了那隻手，忙欠身低頭退出。賈母笑說：「勞動了。珍兒讓出去，好生看茶。」

賈珍、賈璉等忙答了幾個「是」，復領王太醫出到外書房中。王太醫說：「太夫人並無別症，偶感一點風涼，究竟不用吃藥，不過略清淡些，暖著一點兒，就好了。如今寫個方子在這裡，若老人家愛吃，便按方煎一劑吃，若懶待吃，也就罷了。」說著，吃過茶，寫了方子。剛要告辭，只見奶子抱了大姐兒出來，笑說：「王老爺也瞧瞧我們。」王太醫聽說，忙起身，就奶子懷中，左手托著大姐兒的手，右手

---

⑩一斗珠的羊皮褂子——用未出生的胎羊皮做成的皮褂子；這種羊皮，捲毛如一粒粒珠子，又名「珍珠毛」。

⑪雁翅——雁群飛行時，排列有序，所以用來比喻隊列整齊。

⑫供奉——舊時以各種專長在宮廷內供職的人統稱「供奉」，這裡是對王太醫的尊稱。

⑬太醫院正堂——太醫院院長。太醫院是舊時管理醫藥的中央機關。

⑭好脈息——指切脈的本領很高。

診了一診，又摸了一摸頭，又叫伸出舌頭來瞧瞧，笑道：「我說，姐兒又罵我了：只是要清清淨淨的餓兩頓就好了。不必吃煎藥，我送丸藥來，臨睡時用薑湯研開，吃下去就是了。」說畢，作辭而去。

賈珍等拿了藥方來，回明賈母原故，將藥方放在桌上出去，不在話下。這裡王夫人和李紈、鳳姐兒、寶釵姊妹等見大夫出去，方從櫥後出來。王夫人略坐一坐，也回房去了。

劉姥姥見無事，方上來和賈母告辭。賈母說：「閑了再來。」又命鴛鴦來：「好生打發劉姥姥出去。——我身上不好，不能送你。」劉姥姥道了謝，又作辭，方同鴛鴦出來。到了下房，鴛鴦指炕上一個包袱說道：「這是老太太的幾件衣服，都是往年間生日節下眾人孝敬的，老太太從不穿人家做的，收著也可惜，卻是一次也沒穿過的。昨日叫我拿出兩套兒送你帶去，或是送人，或是自己家裡穿罷，別見笑。這盒子裡是你要的麵果子。這包子裡是你前兒說的藥：梅花點舌丹也有，紫金錠也有，活絡丹也有，催生保命丹⑮也有，每一樣是一張方子包著，總包在裡頭了。這是兩個荷包，帶著頑罷。」說著便抽繫子，掏出兩個「筆錠如意」的錁子來給他瞧，又笑道：「荷包拿去，這個留下給我罷。」劉姥姥已喜出望外，早又念了幾千聲佛，聽鴛鴦如此說，便說道：「姑娘只管留下罷。」鴛鴦見他信以為真，仍與他裝上，笑道：「哄你頑呢！我有好些呢。留著年下給小孩子們罷。」說著，只見一個小丫頭拿了個成窰鍾子來，遞與劉姥姥：「這是寶二爺給你的。」劉姥姥道：「這是那裡說起？我那一世修了來的，今兒這樣。」

---

⑮梅花點舌丹等藥——都是比較珍貴有效的中醫成藥：梅花點舌丹是去毒的，紫金錠是袪暑的，活絡丹可活血袪瘀，催生保命丹可安胎鎮痙攣，主治難產。

說著，便接了過來。鴛鴦道：「前兒我叫你洗澡，換的衣裳是我的，你不棄嫌，我還有幾件，也送你罷。」劉姥姥又忙道謝。鴛鴦果然又拿出兩件來與他包好。劉姥姥又要到園中辭謝寶玉和眾姊妹、王夫人等去。鴛鴦道：「不用去了。他們這會子也不見人，回來我替你說罷。閑了再來。」又命了一個老婆子，吩咐他：「二門上叫兩個小廝來，幫著姥姥拿了東西送出去。」婆子答應了，又和劉姥姥到了鳳姐兒那邊，一併拿了東西，在角門上命小廝們搬了出去，直送劉姥姥上車去了。不在話下。

且說寶釵等吃過早飯，又往賈母處問過安，回園至分路之處，寶釵便叫黛玉道：「顰兒，跟我來，有一句話問你。」黛玉便同了寶釵，來至蘅蕪苑中。進了房，寶釵便坐了，笑道：「你跪下，我要審你！」黛玉不解何故，因笑道：「你瞧，寶丫頭瘋了！審問我什麼？」寶釵冷笑道：「好個千金小姐！好個不出閨門的女孩兒！滿嘴說的是什麼？你只實說便罷。」黛玉不解，只管發笑，心裡也不免疑惑起來，口裡只說：「我何曾說什麼？你不過要捏我的錯兒罷了。你倒說出來我聽聽。」寶釵笑道：「你還裝憨兒！昨兒行酒令，你說的是什麼？我竟不知那裡來的。」黛玉一想，方想起來昨兒失於檢點，那《牡丹亭》、《西廂記》說了兩句，不覺紅了臉，便上來摟著寶釵，笑道：「好姐姐！原是我不知道，隨口說的。你教給我，再不說了！」寶釵笑道：「我也不知道，聽你說的怪生的，所以請教你。」黛玉道：「好姐姐！你別說與別人，我以後再不說了。」

寶釵見他羞得滿臉飛紅，滿口央告，便不肯再往下追問，因拉他坐下吃茶，款款⑯的告訴他道：「你當我是誰？我也是個淘氣的。從小七八歲上，也夠個人纏的。我們家也算是個讀書人家，祖父手裡也愛藏書。先時人口多，姊妹弟兄都在一處，都怕看正經書。弟兄們也有愛詩的，也有愛詞的，諸如這些《西廂》、《琵琶》以及《元人百種》⑰，無所不有。他們是偷背著我們看，我們卻也偷背著他們看。後來大人知道了，打的打，罵的罵，燒的燒，才丟開了。所以咱們女孩兒家不認得字的倒好。男人們讀書不明理，尚且不如不讀書的好，何況你我？就連作詩寫字等事，原不是你我分內之事，——究竟也不是男人分內之事。男人們讀書明理，輔國治民，這便好了。只是如今並不聽見有這樣的人，讀了書，倒更壞了。這是書誤了他，可惜他也把書糟塌了，所以竟不如耕種買賣，倒沒有什麼大害處。你我只該做些針黹、紡織的事才是，偏又認得了字；既認得了字，不過揀那正經的看也罷了，最怕見了些雜書，移了性情，就不可救了。」一席話，說的黛玉垂頭吃茶，心下暗伏，只有答應「是」的一字。忽見素雲進來說：「我們奶奶請二位姑娘商議要緊的事呢。二姑娘、三姑娘、四姑娘、史姑娘、寶二爺都在那裡等著呢。」寶釵道：「又是什麼事？」黛玉道：「咱們到了那裡就知道了。」說著便和寶釵往稻香村來，果見眾人都在那裡。

李紈見了他兩個，笑道：「社還沒起，就有脫滑⑱的了，四丫頭要告一年的假呢。」黛玉笑道：「都

⑯款款——徐緩的，慢慢的。

⑰《琵琶》、《元人百種》——《琵琶》，即元末高則誠的南戲劇本《琵琶記》，寫蔡伯喈負義再娶，其妻趙五娘賣髮葬親、求乞尋夫的故事；《元人百種》，即《元曲選》，元代雜劇選集，明代臧懋循編，收元人雜劇近百種。

⑱脫滑——溜走、躲懶的意思。

是老太太昨兒一句話，又叫他畫什麼園子圖兒，惹得他樂得告假了。」探春笑道：「也別要怪老太太，都是劉姥姥一句話。」黛玉忙笑道：「可是呢！都是他一句話。他是那一門子的姥姥？直叫他是個『母蝗蟲』就是了。」說著，大家都笑起來。寶釵笑道：「世上的話，到了鳳丫頭嘴裡也就盡了。幸而鳳丫頭不認得字，不大通，不過一概是市俗取笑。更有顰兒這促狹嘴，他用《春秋》的法子⑲，將市俗的粗話，撮其要，刪其繁，再加潤色，比方出來，一句是一句。這『母蝗蟲』三字，把昨兒那些形景都現出來了。虧他想的倒也快！」眾人聽了，都笑道：「你這一注解，也就不在他兩個以下。」

李紈道：「我請你們大家商議，給他多少日子的假？我給了他一個月，他嫌少，你們怎麼說？」黛玉道：「論理，一年也不多。這園子蓋就蓋了一年，如今要畫，自然得二年工夫呢：又要研墨，又要蘸筆，又要鋪紙，又要著顏色，又要……」剛說到這裡，眾人知道他是取笑惜春，便都笑問說：「還要怎樣？」黛玉也自己掌不住，笑道：「又要照著這樣兒慢慢的畫，可不得二年的工夫！」眾人聽了，都拍手笑個不住。寶釵笑道：「『又要照著這個慢慢的畫』，這落後一句最妙。所以昨兒那些笑話兒雖然可笑，回想是沒味的。你們細想顰兒這幾句話雖是淡的，回想卻有滋味。我倒笑的動不得了。」

惜春道：「都是寶姐姐讚的他越發逞強，這會子拿我也取笑兒。」黛玉忙拉他笑道：「我且問你，還是單畫這園子呢，還是連我們眾人都畫在上頭呢？」惜春道：「原說只畫這園子的。昨兒老太太又說，

⑲《春秋》的法子——又稱「春秋筆法」。《春秋》是孔子根據魯史撰修的編年體史書，因筆法寓意褒貶，後來就把文筆深隱曲折、意含褒貶叫「春秋筆法」。

單畫了園子成個房樣子了，叫連人都畫上，就像『行樂』⑳似的才好。我又不會這工細樓臺，又不會畫人物，又不好駁回，正為這個為難呢。」黛玉道：「人物還容易，你草蟲上不能。」李紈道：「你又說不通的話了。這個上頭那裡又用的著草蟲？——或者翎毛倒要點綴一兩樣。」黛玉笑道：「別的草蟲不畫罷了，昨兒『母蝗蟲』不畫上，豈不缺了典？」眾人聽了，又都笑起來。黛玉一面笑的兩手捧著胸口，一面說道：「你快畫罷，我連題跋㉑都有了：起個名字，就叫作『攜蝗大嚼圖』。」眾人聽了，越發哄然大笑，前仰後合。只聽「咕咚」一聲響，不知什麼倒了，急忙看著，原來是湘雲伏在椅子背兒上，那椅子原不曾放穩，被他全身伏著背子大笑，他又不提防，兩下裡錯了勁，向東一歪，連人帶椅都歪倒了，幸有板壁擋住，不曾落地。眾人一見，越發笑個不住。寶玉忙趕上去扶了起來，方漸漸止了笑。

寶玉和黛玉作個眼色兒。黛玉會意，便走至裡間，將鏡袱揭起，照了一照，只見兩鬢略鬆了些，忙開了李紈的妝奩，拿出抿子㉒來，對鏡抿了兩抿，仍舊收拾好了，方出來，指著李紈道：「這是叫你帶著我們作針線、教道理呢，你反招我們來大頑大笑的！」李紈笑道：「你們聽他這刁話。他領著頭兒鬧，引著人笑了，倒賴我的不是！真真恨的我只保佑明兒你得一個利害婆婆，再得幾個千刁萬惡的大姑子、小姑子，試試你那會子還這麼刁不刁了！」

⑳行樂——行樂圖的簡稱，我國傳統寫真畫的一種，要求人物神態畢肖，有一定的情節，有的還帶有背景和次要人物。

㉑題跋——寫在書籍、碑帖、字畫等前面的文字叫「題」，後面的文字叫「跋」；這裡是「題目」的意思。

㉒抿子——梳頭時抹髮油的一種用具。

黛玉早紅了臉，拉著寶釵說：「咱們放他一年的假罷。」寶釵道：「我有一句公道話，你們聽聽。藕丫頭雖會畫，不過是幾筆寫意㉓。如今畫這園子，非離了肚子裡頭有幾幅丘壑的才能成畫。這園子卻是像畫兒一般，山石樹木，樓閣房屋，遠近疏密，也不多，也不少，恰恰的是這樣。你就照樣兒往紙上一畫，是必不能討好的。這要看紙的地步遠近，該多該少，分主分賓，該添的要添，該減的要減，該藏的要藏，該露的要露。這一起了稿子，再端詳斟酌，方成一幅圖樣。第二件，這些樓臺房舍，是必要用界劃㉔的。一點不留神，欄杆也歪了，柱子也塌了，門窗也倒豎過來，階磯也離了縫，甚至於桌子擠到墻裡去，花盆放在簾子上來，豈不倒成了一張笑『話』兒了？第三，要插人物，也要有疏密，有高低。衣折裙帶，手指足步，最是要緊；一筆不細，不是腫了手就是跏了腿，——染臉撕髮，倒是小事。依我看來，竟難的很。如今一年的假也太多，一月的假也太少，——竟給他半年的假，再派了寶兄弟幫著他。並不是為寶兄弟知道教著他畫，——那就更誤了事；為的是有不知道的，或難安插的，寶兄弟好拿出去問問那會畫的相公，就容易了。」

寶玉聽了，先喜的說：「這話極是。詹子亮的工細樓臺就極好，程日興的美人是絕技，如今就問他們去。」寶釵道：「我說你是『無事忙』，說了一聲，你就問去！等著商議定了再去。如今且拿什麼畫？」寶玉道：「家裡有雪浪紙，又大，又托墨㉕。」寶釵冷笑道：「我說你不中用！那雪浪紙寫字、畫寫意

㉓寫意——國畫中屬疏放類畫法，與工筆畫相對，著重簡練地畫出對象的意態。

㉔界劃——即「界畫」，國畫術語。指畫家用界尺作線，精細地畫出以宮室樓臺為主體的畫。

畫兒，或是會山水的畫南宗山水㉖，托墨，禁得皴搜㉗。拿了畫這個，又不托色，又難滃㉘，畫也不好，紙也可惜。我教你一個法子：原先蓋這園子，就有一張細緻圖樣，雖是匠人描的，那地步方向是不錯的。你和太太要了出來，也比著那紙大小，和鳳丫頭要一塊重絹㉙，叫相公礬㉚了，叫他照著這圖樣刪補著立了稿子，添了人物，就是了。就是配這些青綠顏色並泥金泥銀㉛，也得他們配去。你們也得另爖上風爐子，預備化膠、出膠、洗筆。還得一張粉油大案，鋪上毡子。你們那些碟子也不全，筆也不全，都得從新再置一分兒才好。」

惜春道：「我何曾有這些畫器？不過隨手寫字的筆畫畫罷了。就是顏色，只有赭石、廣花、藤黃、胭脂這四樣。再有，不過是兩支著色筆就完了。」寶釵道：「你不該早說。這些東西我卻還有，只是你也用不著，給你也白放著。如今我且替你收著，等你用著這個時候我送你些。——也只可留著畫扇子，若畫這大幅的，也就可惜了的。今兒替你開個單子，照著單子和老太太要去。你們也未必知道的全，我

㉕托墨——紙張不澀不滑，寫字作畫易於墨滲附，叫做「托墨」。下文「托色」，意同。
㉖南宗山水——一種注重筆墨意趣的文人山水畫，注重水墨氣韻，風格飄逸，重皴染，畫風簡潔，以王維為代表。
㉗皴搜——疑為「皴擦」之誤；皴擦又叫皴染，參見第二回註①。
㉘滃——形容雲水湧起；這裡作動詞，指作畫時用水墨或彩色烘染。
㉙重絹——厚重的好絹，作畫的畫絹，以厚重細密均勻者為佳品。
㉚礬——明礬，這裡作動詞，指用膠礬水浸刷生紙生絹，使紙或絹變得吸水適度。
㉛泥金泥銀——用金粉或銀粉塗佈作底。

說著，寶兄弟寫。」寶玉早已預備下筆硯了，原怕記不清白，要寫了記著，聽寶釵如此說，喜的提起筆來靜聽。寶釵說道：「頭號排筆四支，二號排筆四支，三號排筆四支，大染四支，中染四支、小染四支，大南蟹爪十支，小蟹爪十支，鬚眉十支，大著色二十支，小著色二十支，開面十支，柳條二十支，箭頭朱四兩，南赭四兩，石黃四兩，石青四兩，石綠四兩，管黃四兩，廣花八兩，蛤粉四匣，胭脂十片，大赤飛金二百帖，青金二百帖，廣勻膠四兩，淨礬四兩。——礬絹的膠礬在外，別管他們，你只把絹交出去叫他們礬去。這些顏色，咱們淘澄飛跌㉜著，又頑了，又使了，包你一輩子都夠使了。再要頂細絹籮四個，粗絹籮四個，擔筆四支，大小乳鉢四個，大粗碗二十個，五寸粗碟十個，三寸粗白碟二十個，風爐兩個，沙鍋大小四個，新瓷罐二口，新水桶四只，一尺長白布口袋四條，浮炭二十斤，柳木炭一斤，三屜木箱一個，實地紗一丈，生薑二兩，醬半斤——」黛玉忙道：「鐵鍋一口，鍋鏟一個。」寶釵道：「這作什麼？」黛玉笑道：「你要生薑和醬這些作料，我替你要鐵鍋來，好炒顏色吃的。」眾人都笑起來。寶釵笑道：「你那裡知道。那粗色碟子保不住不上火烤，不拿薑汁子和醬預先抹在底子上烤過了，一經了火，是要炸的。」眾人聽說，都道：「原來如此。」

黛玉又看了一回單子，笑著拉探春，悄悄的道：「你瞧瞧，畫個畫兒，又要這些水缸、箱子來了。想必他糊塗了，把他的嫁妝單子也寫上了。」探春「噯」了一聲，笑個不住，說道：「寶姐姐，你還不

---

㉜淘澄飛跌——調治國畫顏料的四個步驟：淘，把顏料研碎，洗去泥土；澄，用乳鉢研細淘過的顏料，兌入膠水澄清；飛，澄清後淡色上浮，將其吹去；跌，飛後留下中色和重色，再跌蕩碗盞留下重色。


聯經出版事業公司 校印

擰他的嘴？你問問他編排你的話。」寶釵笑道：「不用問，狗嘴裡還有象牙不成！」一面說，一面走上來，把黛玉按在炕上，便要擰他的臉。黛玉笑著，忙央告：「好姐姐，饒了我罷！顰兒年紀小，只知說，不知道輕重，作姐姐的教導我。姐姐不饒我，還求誰去？」眾人不知話內有因，都笑道：「說的好可憐見的，連我們也軟了，饒了他罷。」

寶釵原是和他頑，忽聽他又拉扯前番說他胡看雜書的話，便不好再和他廝鬧，放起他來。黛玉笑道：「到底是姐姐，要是我，再不饒人的。」寶釵笑指他道：「怪不得老太太疼你，眾人愛你伶俐，今兒我也怪疼你的了。過來，我替你把頭髮攏一攏。」黛玉果然轉過身來，寶釵用手攏上去。寶玉在旁看著，只覺更好，不覺後悔不該令他抿上鬢去，也該留著，此時叫他替他抿去。正自胡思，只見寶釵說道：「寫完了，明兒回老太太去。若家裡有的就罷，若沒有的，就拿些錢去買了來，我幫著你們配。」寶玉忙收了單子。

大家又說了一回閑話。至晚飯後，又往賈母處來請安。賈母原沒有大病，不過是勞乏了，兼著了些涼，溫存㉝了一日，又吃了一劑藥，疏散一疏散，至晚也就好了。不知次日又有何話，且聽下回分解。

---

㉝溫存——殷勤撫慰的意思，這裡引申為休養、休息。

聯經出版事業公司 校印

# 第四十三回　閑取樂偶攢金慶壽　不了情暫撮土爲香

話說王夫人因見賈母那日在大觀園不過著了些風寒，不是什麼大病，請醫生吃了兩劑藥也就好了，便放了心，因命鳳姐來，吩咐他預備給賈政帶送東西。正商議著，只見賈母打發人來請，王夫人忙引著鳳姐兒過來。王夫人又請問：「這會子可又覺大安些？」賈母道：「今日可大好了。方才你們送來野雞崽子湯，我嘗了一嘗，倒有味兒，又吃了兩塊肉，心裡很受用。」王夫人笑道：「這是鳳丫頭孝敬老太太的。算他的孝心虔，不枉了素日老太太疼他。」賈母點頭笑道：「難為他想著。若是還有生的，再炸上兩塊，鹹浸浸的，吃粥有味兒。那湯雖好，就只不對稀飯。」鳳姐聽了，連忙答應，命人去廚房傳話。

這裡賈母又向王夫人笑道：「我打發人請你來，不為別的：初二是鳳丫頭的生日，上兩年我原早想替他做生日，偏到跟前有大事，就混過去了。今年人又齊全，料著又沒事，咱們大家好生樂一日。」王夫人笑道：「我也想著呢。既是老太太高興，何不就商議定了？」賈母笑道：「我想，往年不拘誰作生日，都是各自送各自的禮，這個也俗了，也覺生分的似的。今兒我出個新法子，又不生分，又可取笑。」王夫人忙道：「老太太怎麼想著好，就是怎麼樣行。」賈母笑道：「我想著，咱們也學那小家子，大家


聯經出版事業公司　校印

湊分子，多少盡著這錢去辦，你道好頑不好頑？」王夫人笑道：「這個很好，但不知怎麼湊法？」賈母聽說，益發高興起來，忙遣人去請薛姨媽、邢夫人等，又叫請姑娘們並寶玉，那府裡珍兒媳婦，並賴大家的等有頭臉①管事的媳婦也都叫了來。

眾丫頭、婆子見賈母十分高興，也都高興，忙忙的各自分頭去請的請，傳的傳，沒頓飯的工夫，老的，少的，上的，下的，烏壓壓擠了一屋子：只薛姨媽和賈母對坐，邢夫人、王夫人只坐在房門前兩張椅子上，寶釵姊妹等五六個人坐在炕上，寶玉坐在賈母懷前，地下滿滿的站了一地。賈母忙命拿幾個小杌子來，給賴大母親等幾個高年有體面的媽媽坐了。——賈府風俗，年高伏侍過父母的家人，比年輕的主子還有體面，所以尤氏、鳳姐兒等只管地下站著，那賴大的母親等三四個老媽媽告個罪，都坐在小杌子上了。

賈母笑著把方才一席話說與眾人聽了。眾人誰不湊這趣兒？再也有和鳳姐兒好的，有情願這樣的；有畏懼鳳姐兒的，巴不得來奉承的：況且都是拿的出來的，所以一聞此言，都欣然應諾。賈母先道：「我出二十兩。」薛姨媽笑道：「我隨著老太太，也是二十兩了。」邢夫人、王夫人道：「我們不敢和老太太並肩，自然矮一等，每人十六兩罷了。」尤氏、李紈也笑道：「我們自然又矮一等，每人十二兩罷。」賈母忙和李紈道：「你寡婦失業②的，那裡還拉你出這個錢，我替你出了罷。」鳳姐忙笑道：「老太太

①頭臉——即「出頭露臉」，引申作面子、體面解釋。
②失業——這裡是沒有依靠的意思。

別高興，且算一算賬再攬事：老太太身上已有兩分呢，這會子又替大嫂子出十二兩，——說著高興，一會子回想又心疼了！過後兒又說：『都是為鳳丫頭花了錢。』使個巧法子，哄著我拿出三四分子來暗裡補上，我還做夢呢。」說的眾人都笑了。賈母笑道：「依你怎麼樣呢？」鳳姐笑道：「生日沒到，我這會子已經折受③的不受用了。我一個錢饒不出，驚動這些人，實在不安，不如大嫂子這一分我替他出了罷了。我到了那一日多吃些東西，就享了福了。」邢夫人等聽了，都說「很是。」賈母方允了。

鳳姐兒又笑道：「我還有一句話呢。我想老祖宗自己二十兩，又有林妹妹、寶兄弟的兩分子。姨媽自己二十兩，又有寶妹妹的一分子，這倒也公道。只是二位太太每位十六兩，自己又少，又不替人出，這有些不公道。老祖宗吃了虧了！」賈母聽了，忙笑道：「倒是我的鳳姐兒向著我，這說的很是。要不是你，我叫他們又哄了去了！」鳳姐笑道：「老祖宗只把他姐兒兩個交給兩位太太，一位占一個，派多派少，每位替出一分就是了。」賈母忙說：「這很公道，就是這樣。」賴大的母親忙站起來笑說道：「這可反了！我替二位太太生氣。在那邊是兒子媳婦，在這邊是內侄女兒，倒不向著婆婆、姑娘，倒向著別人。這兒媳婦成了陌路人。『內』侄女兒竟成了個『外』侄女兒了。」說的賈母與眾人都大笑起來了。

賴大之母因又問道：「少奶奶們十二兩，我們自然也該矮一等了？」賈母聽說，道：「這使不得。你們雖該矮一等，我知道你們這幾個都是財主，分位雖低，錢卻比他們多。你們和他們一例才使得。」眾媽媽聽了，連忙答應。賈母又道：「姑娘們不過應個景兒，每人照一個月的月例就是了。」又回頭叫

③折受——客套話，是無福承受、於心不安的意思。


聯經出版事業公司校印

鴛鴦來，「你們也湊幾個人，商議湊了來。」鴛鴦答應著，去不多時，帶了平兒、襲人、彩霞等，還有幾個小丫鬟來，也有二兩的，也有一兩的。賈母因問平兒：「你難道不替你主子作生日，還入在這裡頭？」平兒笑道：「我那個私自另外有了，這是官中的，也該出一分。」賈母笑道：「這才是好孩子。」

鳳姐又笑道：「上下都全了。還有二位姨奶奶，他出不出，也問一聲兒。盡④到他們是理，不然，他們只當小看了他們了。」賈母聽了，忙說：「可是呢！怎麼倒忘了他們？只怕他們不得閑兒，叫一個丫頭問問去。」說著，早有丫頭去了，半日回來說道：「每位也出二兩。」賈母喜道：「拿筆硯來算明，共計多少。」尤氏因悄罵鳳姐道：「我把你這沒足厭的小蹄子！這麼些婆婆、嬸子來湊銀子給你過生日，你還不足，又拉上兩個苦瓠子⑤作什麼？」鳳姐也悄笑道：「你少胡說！一會子離了這裡，我才和你算賬！他們兩個為什麼苦呢？有了錢，也是白填送⑥別人，不如拘來咱們樂。」

說著，早已合算了，共湊了一百五十兩有餘。賈母道：「一日戲酒用不了。」尤氏道：「既不請客，酒席又不多，兩三日的用度都夠了。頭等，戲不用錢，省在這上頭。」賈母道：「鳳丫頭說那一班好，就傳那一班。」鳳姐兒道：「咱們家的班子都聽熟了，倒是花幾個錢叫一班來聽聽罷。」賈母道：「這件事我交給珍哥媳婦了。越性叫鳳丫頭別操一點心，受用一日才算。」尤氏答應著。又說了一回話，都

---

④盡——推讓、禮讓。

⑤苦瓠子——比喻「苦命人」，瓠，葫蘆的一種。

⑥填送——把財物白白送人，對方還不領情。

知賈母乏了，才漸漸的都散出來。

尤氏等送邢夫人、王夫人二人散去，便往鳳姐房裡來，商議怎麼辦生日的話。鳳姐兒道：「你不用問我，你只看老太太的眼色行事就完了。」尤氏笑道：「你這阿物兒，也忒行了大運了！我當有什麼事叫我們去，原來單為這個。出了錢不算，還要我來操心，——你怎麼謝我？」鳳姐笑道：「你別扯臊⑦！我又沒叫你來，謝你什麼！你怕操心？你這會子就回老太太去，再派一個就是了。」尤氏笑道：「你瞧他興的⑧這樣兒！我勸你收著些兒好，太滿了，就潑出來了。」二人又說了一回方散。

次日，將銀子送到寧國府來，尤氏方才起來梳洗，因問：「是誰送過來的？」丫鬟們回說：「是林大娘。」尤氏便命叫了他來。丫鬟走至下房，叫了林之孝家的過來。尤氏命他腳踏上坐了，一面忙著梳洗，一面問他：「這一包銀子共多少？」林之孝家的回說：「這是我們底下人的銀子，湊了先送過來。老太太和太太們的還沒有呢。」正說著，丫鬟們回說：「那府裡太太和姨太太打發人送分子來了。」尤氏笑罵道：「小蹄子們，專會記得這些沒要緊的話！昨兒不過老太太一時高興，故意的要學那小家子湊分子，你們就記得，到了你們嘴裡當正經的說。——還不快接了進來好生待茶，再打發他們去。」丫鬟應著，忙接了進來，一共兩封，連寶釵、黛玉的都有了。尤氏問：「還少誰的？」林之孝家的道：「還少老太太、太太、姑娘們的，和底下姑娘們的。」尤氏道：「還有你們大奶奶的呢？」林之孝家的道：

⑦扯臊——胡扯，臉皮厚的意思。
⑧興的——高興的，這裡含「得意忘形」的意思。

「奶奶過去，這銀子都從二奶奶手裡發，一共都有了。」

說著，尤氏已梳洗了，命人伺候車輛，一時來至榮府，先來見鳳姐。只見鳳姐已將銀子封好，正要送去。尤氏問：「都齊了？」鳳姐兒笑道：「都有了，快拿了去罷，丟了我不管！」尤氏笑道：「我有些信不及，倒要當面點一點。」說著，果然按數一點，只沒有李紈的一分。尤氏笑道：「我說你肏鬼呢！怎麼你大嫂子的沒有？」鳳姐兒笑道：「那麼些還不夠使？短一分兒也罷了。等不夠了，我再給你。」尤氏道：「昨兒你在人跟前作人，今兒又來和我賴，這個斷不依你。──我只和老太太要去。」鳳姐兒笑道：「我看你利害。明兒有了事，我也『丁是丁，卯是卯』⑨的，你也別抱怨。」尤氏笑道：「你一般的也怕。不看你素日孝敬我，我才是不依你呢！」說著，把平兒的一分拿了出來，說道：「平兒，來！把你的收起去，等不夠了，我替你添上。」平兒會意，因說道：「奶奶先使著，若剩下了，再賞我一樣。」尤氏笑道：「只許你那主子作弊，就不許我作情兒？」平兒只得收了。尤氏又道：「我看著你主子這麼細緻，弄這些錢，那裡使去？使不了，明兒帶了棺材裡使去！」

一面說著，一面又往賈母處來。先請了安，大概說了兩句話，便走到鴛鴦房中，和鴛鴦商議，只聽鴛鴦的主意行事，何以討賈母的喜歡。二人計議妥當。尤氏臨走時，也把鴛鴦的二兩銀子還他，說：「這還使不了呢。」說著，一逕出來，又至王夫人跟前說了一回話。因王夫人進了佛堂，把彩雲一分也還了他。見鳳姐不在跟前，一時把周、趙二人的也還了。他兩個還不敢收。尤氏道：「你們可憐見的，那裡

⑨丁是丁，卯是卯──形容做事認真，不通融、不馬虎。

有這些閑錢？鳳丫頭便知道了，有我應著呢。」二人聽說，千恩萬謝的方收了。於是尤氏一逕出來，坐車回家。不在話下。

展眼已是九月初二日，園中人都打聽得尤氏辦得十分熱鬧，不但有戲，連耍百戲並說書的男女先兒⑩全有，都打點取樂頑耍。李紈又向眾姊妹道：「今兒是正經社日，可別忘了。寶玉也不來，想必他只圖熱鬧，把清雅就丟開了。」說著，便命丫鬟：「去瞧作什麼，快請了來。」丫鬟去了半日，回說：「花大姐姐說：『今兒一早就出門去了。』」眾人聽了，都詫異說：「再沒有出門之理，這丫頭糊塗，不知說話。」因又命翠墨去。一時翠墨回來說：「可不真出了門了！說有個朋友死了，出去探喪去了。」探春道：「斷然沒有的事。憑他什麼，再沒今日出門之理。你叫襲人來，我問他。」剛說著，只見襲人走來。李紈等都說道：「今兒憑他有什麼事，也不該出門。頭一件，你二奶奶的生日，老太太都這等高興，兩府上下眾人來湊熱鬧，他倒走了？第二件，又是頭一社的正日子，他也不告假，就私自去了！」襲人嘆道：「昨兒晚上就說了，今兒一早起有要緊的事到北靜王府裡去，就趕回來的。勸他不要去，他必不依。今兒一早起來，又要素衣裳穿，想必是北靜王府裡的要緊姬妾沒了，也未可知。」李紈等道：「若果如此，也該去走走，只是也該回來了。」說著，大家又商議：「咱們只管作詩，等他回來罰他。」剛說著，只見賈母已打發人來請，便都往前頭來了。襲人回明寶玉的事，賈母不樂，便命人去接。

⑩男女先兒——男女盲藝人。「先兒」是「先生」的略稱，舊時慣稱算命和說書唱曲的盲藝人為「先生」。


聯經出版事業公司校印

原來寶玉心裡有件私事，於頭一日就吩咐茗烟：「明日一早要出門，備下兩匹馬在後門口等著，不要別一個跟著。說給李貴，我往北府裡去了。倘若要有人找我，叫他攔住不用找，只說北府裡留下了，橫豎就來的。」茗烟也摸不著頭腦，只得依言說了。今兒一早，果然備了兩匹馬在園後門等著。

天亮了，只見寶玉遍體純素，從角門出來，一語不發，跨上馬，一彎腰，順著街就趙⑪下去了。茗烟也只得跨馬加鞭趕上，在後面忙問：「往那裡去？」寶玉道：「這條路是往那裡去的？」茗烟道：「這是出北門的大道。出去了冷清清，沒有可頑的。」寶玉聽說，點頭道：「正要冷清清的地方好。」說著，越性加了鞭，那馬早已轉了兩個彎子，出了城門。茗烟越發不得主意，只得緊緊跟著。

一氣跑了七八里路出來，人烟漸漸稀少，寶玉方勒住馬，回頭問茗烟道：「這裡可有賣香的？」茗烟道：「香倒有，不知是那一樣？」寶玉想道：「別的香不好，須得檀、芸、降⑫三樣。」茗烟笑道：「這三樣可難得。」寶玉為難。茗烟見他為難，因問道：「要香作什麼使？我見二爺時常小荷包有散香，何不找一找？」一句提醒了寶玉，便回手向衣襟上拉出一個荷包來，摸了一摸，竟有兩星沈速⑬，心內歡喜：「只是不恭些。」再想：「自己親身帶的，倒比買的又好些。」於是又問爐炭。茗烟道：「這可罷了。荒郊野外，那裡有？用這些，何不早說，帶了來，豈不便宜？」寶玉道：「糊塗東西！若可帶了

---

⑪趙——「顛」的借字，溜、跑的意思。

⑫檀、芸、降——三種較為名貴的香：檀香，以檀香木製成；芸香，以芸香草製成；降香，以降香木製成。

⑬兩星沉速——星：量詞，小顆、小塊；沉速，沉香和速香。這裡是指兩小塊以沉香和速香合成的香料。

來，又不這樣沒命的跑了。」

茗烟想了半日，笑道：「我得了個主意，不知二爺心下如何？我想二爺不止用這個呢，只怕還要用別的。這也不是事。如今我們往前再走二里地，就是水仙庵了。」寶玉聽了，忙問：「水仙庵就在這裡？更好了，我們就去。」說著，就加鞭前行，一面回頭向茗烟道：「這水仙庵的姑子長往咱們家去，咱們這一去到那裡，和他借香爐使使，他自然是肯的。」茗烟道：「別說他是咱們家的香火，就是平白不認識的廟裡，和他借，他也不敢駁回。——只是一件：我常見二爺最厭這水仙庵的，如何今兒又這樣喜歡了？」寶玉道：「我素日因恨俗人不知原故，混供神、混蓋廟，這都是當日有錢的老公們和那些有錢的愚婦們，聽見有個神，就蓋起廟來供著，也不知那神是何人，因聽些野史小說，便信真了。比如這水仙庵裡面因供的是洛神⑭，故名水仙庵。殊不知古來並沒有個洛神，那原是曹子建的謊話，誰知這起愚人就塑了像供著。——今兒卻合我的心事，故借他一用。」

說著，早已來至門前。那老姑子見寶玉來了，事出意外，竟像天上掉下個活龍來的一般，忙上來問好，命老道⑮來接馬。寶玉進去，也不拜洛神之像，卻只管賞鑒。雖是泥塑的，卻真有「翩若驚鴻，婉若游龍」之態，「荷出綠波，日映朝霞」之姿。寶玉不覺滴下淚來。老姑子獻了茶。寶玉因和他借香爐。

---

⑭洛神——三國魏曹植曾作〈洛神賦〉，敘述他和想像中的洛水女神相會的事。下文「翩若驚鴻」、「荷出綠波」等都是〈洛神賦〉的句子。

⑮老道——本指道士，這裡指尼姑庵裡的雜役人員。

那姑子去了半日，連香供、紙馬⑯都預備了來。寶玉道：「一概不用。」便命茗烟捧著爐，出至後院中，揀一塊乾淨地方兒，竟揀不出。茗烟道：「那井臺兒上如何？」寶玉點頭，一齊來至井臺上，將爐放下。

茗烟站過一旁。寶玉掏出香來焚上，含淚施了半禮，回身命收了去。茗烟答應，且不收，忙爬下磕了幾個頭，口內祝道：「我茗烟跟二爺這幾年，二爺的心事，我沒有不知道的，只有今兒這一祭祀，沒有告訴我，我也不敢問。只是這受祭的陰魂雖不知名姓，想來自然是那人間有一，天上無雙，極聰明、極俊雅的一位姐姐妹妹了。二爺心事不能出口，讓我代祝：若芳魂有感，香魄多情，雖然陰陽間隔，既是知己之間，時常來望候二爺，未嘗不可。你在陰間，保佑二爺來生也變個女孩兒，和你們一處相伴，再不可又托生這鬚眉濁物了。」說畢，又磕幾個頭，才爬起來。

寶玉聽他沒說完，便撐不住笑了，因踢他道：「休胡說，看人聽見笑話。」茗烟起來，收過香爐，和寶玉走著，因道：「我已經和姑子說了，二爺還沒用飯，叫他隨便收拾了些東西，二爺勉強吃些。我知道今兒咱們裡頭大排筵宴，熱鬧非常，二爺為此才躲了出來的。橫豎在這裡清淨一天，也就盡到禮了。若不吃東西，斷使不得。」寶玉道：「戲酒既不吃，這隨便素的吃些何妨。」茗烟道：「這便才是。還有一說，咱們來了，還有人不放心。若沒有人不放心，便晚了進城何妨？若有人不放心，二爺須得進城回家去才是。第一老太太、太太也放了心，第二禮也盡了，不過如此。就是家去了看戲吃酒，也並不是二爺有意，原不過陪著父母盡孝道。二爺若單為了這個不顧老太太、太太懸心，就是方才那受祭的陰魂

⑯香供、紙馬——香供，祭祀用的香燭類東西；紙馬，用五色紙或黃紙製成，上面印有神像，祭祀時燒來供奉神明。

也不安生。二爺想，我這話如何？」寶玉笑道：「你的意思我猜著了：你想著只你一個跟了我出來，回來你怕擔不是，所以拿這大題目來勸我。我才來了，不過為盡個禮，再去吃酒看戲，並沒說一日不進城。這已完了心願，趕著進城，大家放心，豈不兩盡其道。」茗烟道：「這更好了。」說著，二人來至禪堂，果然那姑子收拾了一桌素菜，寶玉胡亂吃了些，茗烟也吃了。

二人便上馬，仍回舊路。茗烟在後面，只囑咐：「二爺好生騎著。這馬總沒大騎的，手裡提緊著。」一面說著，早已進了城，仍從後門進去，忙忙來至怡紅院中。襲人等都不在房裡，只有幾個老婆子看屋子，見他來了，都喜的眉開眼笑，說：「阿彌陀佛，可來了！把花姑娘急瘋了！上頭正坐席呢，二爺快去罷。」寶玉聽說，忙將素服脫了，自去尋了華服換上，問：「在什麼地方坐席？」老婆子回說在新蓋的大花廳⑰上。

寶玉聽說，一逕往花廳來，耳內早已隱隱聞得歌管之聲。剛至穿堂那邊，只見玉釧兒獨坐在廊檐下垂淚，一見他來，便收淚說道：「鳳凰來了，快進去罷。再一會子不來，都反了。」寶玉陪笑道：「你猜我往那裡去了？」玉釧兒不答，只管擦淚。寶玉忙進廳裡，見了賈母、王夫人等，眾人真如得了鳳凰一般。寶玉忙趕著與鳳姐兒行禮。賈母、王夫人都說他不知道好歹，「怎麼也不說聲就私自跑了，這還了得！明兒再這樣，等老爺回家來，必告訴他打你。」說著，又罵跟的小廝們：「都偏聽他的話，說那

⑰花廳——我國古建築中供飲宴、觀劇、會客等用的內廳，因大多建於園中，或另闢跨院建造，四周湖石點綴，種植花木，富有園林氣息，統稱「花廳」。


聯經出版事業公司 校印

裡去就去，也不回一聲兒！」一面又問他：「到底那去了？可吃了什麼，可唬著了？」寶玉只回說：「北靜王的一個愛妾昨日沒了，給他道惱⑱去。他哭的那樣，不好撇下就回來，所以多等了一會子。」賈母道：「以後再私自出門，不先告訴我們，一定叫你老子打你！」寶玉答應著。因又要打跟的小子們，眾人又忙說情，又勸道：「老太太也不必過慮了，他已經回來，大家該放心樂一回了。」賈母先不放心，自然發狠，如今見他來了，喜且有餘，那裡還恨，也就不提了；還怕他不受用，或者別處沒吃飽，路上著了驚怕，反百般的哄他。襲人早過來伏侍。

大家仍舊看戲。當日演的是《荊釵記》⑲。賈母、薛姨媽等都看的心酸落淚，也有嘆的，也有罵的。要知端的，下回分解。

⑱道惱——也作「道煩惱」，向遭喪遇禍的人家慰問。
⑲《荊釵記》——南戲劇本，元丹柯丘作，描寫王十朋和錢玉蓮悲歡離合的故事。

# 第四十四回　變生不測鳳姐潑醋　喜出望外平兒理妝

話說眾人看演《荊釵記》，寶玉和姊妹一處坐著。黛玉因看到〈男祭〉①這一齣上，便和寶釵說道：「這王十朋也不通的很，不管在那裡祭一祭罷了，必定跑到江邊子上來作什麼！俗語說，『睹物思人』，天下的水總歸一源，不拘那裡的水舀一碗，看著哭去，也就盡情了。」寶釵不答。寶玉回頭要熱酒敬鳳姐兒。

原來賈母說今日不比往日，定要叫鳳姐痛樂一日。本來自己懶待坐席，只在裡間屋裡榻上歪著，和薛姨媽看戲，隨心愛吃的揀幾樣放在小几上，隨意吃著說話兒；將自己兩桌席面②，賞那沒有席面的大小丫頭並那應差聽差的婦人等，命他們在窗外廊檐下也只管坐著隨意吃喝，不必拘禮。王夫人和邢夫人在地下高桌上坐著，外面幾席是他姊妹們坐。賈母不時吩咐尤氏等：「讓鳳丫頭坐在上面，你們好生替

①男祭——《荊釵記》中的一齣，演錢玉蓮誤聽丈夫另娶消息，投江自殺遇救；王十朋又誤聽妻子已死，舉行祭奠的事。

②席面——指筵席上的酒菜。

我待東③，難為他一年到頭辛苦。」尤氏答應了，又笑回說道：「他坐不慣首席，坐在上頭，橫不是豎不是的，酒也不肯吃。」賈母聽了，笑道：「你不會，等我親自讓他去。」鳳姐兒忙也進來笑說：「老祖宗別信他們的話，我吃了好幾鍾了。」賈母笑著，命尤氏：「快拉他出去，按在椅子上，你們都輪流敬他。他再不吃，我當真的就親自去了。」尤氏聽說，忙笑著又拉他出來坐下，命人拿了臺盞④，斟了酒，笑道：「一年到頭，難為你孝順老太太、太太和我。我今兒沒什麼疼你的，親自斟杯酒，乖乖兒的在我手裡喝一口。」鳳姐兒笑道：「你要安心孝敬我，跪下我就喝。」尤氏笑道：「說的你不知是誰！我告訴你說，好容易今兒這一遭，過了後兒，知道還得像今兒這樣不得了？趁著盡力灌喪兩鍾罷。」鳳姐兒見推不過，只得喝了兩鍾。接著眾姊妹也來，鳳姐也只得每人的喝一口。賴大媽媽見賈母尚這等高興，也少不得來湊趣兒，領著些嬤嬤們也來敬酒。鳳姐兒也難推脫，只得喝了兩口。鴛鴦等也來敬，鳳姐兒真不能了，忙央告道：「好姐姐們，饒了我罷，我明兒再喝罷。」鴛鴦笑道：「真個的，我們是沒臉的了？就是我們在太太跟前，太太還賞個臉兒呢。往常倒有些體面，今兒當著這些人，倒拿起主子的款兒來了。──我原不該來。不喝，我們就走。」說著，真個回去了。鳳姐兒忙趕上拉住，笑道：「好姐姐，我喝就是了。」說著，拿過酒來，滿滿的斟了一杯喝乾。鴛鴦方笑了散去，然後又入席。

鳳姐兒自覺酒沉了⑤，心裡突突的似往上撞，要往家去歇歇，只見那耍百戲的上來，便和尤氏說：

③待東──又作「代東」，替主人招待客人。
④臺盞──大酒杯。
⑤酒沉了──飲酒過量的意思。

「預備賞錢，我要洗洗臉去。」尤氏點頭。鳳姐兒瞅人不防，便出了席，往房門後檐下走來。平兒留心，也忙跟了來，鳳姐兒便扶著他。才至穿廊下，只見他房裡的一個小丫頭正在那裡站著，見他兩個來了，回身就跑。鳳姐兒便疑心，忙叫。那丫頭先只裝聽不見，無奈後面連平兒也叫，只得回來。鳳姐兒越發起了疑心，忙和平兒進了穿堂，叫那小丫頭子也進來，把槅扇關了，鳳姐兒坐在小院子的臺階上，命那丫頭子跪了，喝命平兒：「叫兩個二門上的小廝來，拿繩子、鞭子，把那眼睛裡沒主子的小蹄子打爛了！」那小丫頭子已經唬的魂飛魄散，哭著只管碰頭求饒。鳳姐兒問道：「我又不是鬼，你見了我，不說規規矩矩站住，怎麼倒往前跑？」小丫頭子哭道：「我原沒看見奶奶來。我又記掛著房裡無人，所以跑了。」鳳姐兒道：「房裡既沒人，誰叫你來的？你便沒看見我，我和平兒在後頭扯著脖子叫了你十來聲，越叫越跑。離的又不遠，你聾了不成？你還和我強嘴！」說著，便揚手一掌打在臉上，打的那小丫頭一栽；這邊臉上又一下，登時小丫頭子兩腮紫脹起來。平兒忙勸：「奶奶仔細手疼。」鳳姐便說：「你再打著問他跑什麼。他再不說，把嘴撕爛了他的！」

那小丫頭子先還強嘴，後來聽見鳳姐兒要燒了紅烙鐵來烙嘴，方哭道：「二爺在家裡，打發我來這裡瞧著奶奶的，若見奶奶散了，先叫我送信兒去的。不承望奶奶這會子就來了。」鳳姐兒見話中有文章，「叫你瞧著我作什麼？難道怕我家去不成？必有別的原故，快告訴我，我從此以後疼你。你若不細說，立刻拿刀子來割你的肉！」說著，回頭向頭上拔下一根簪子來，向那丫頭嘴上亂戳，唬的那丫頭一行躲，一行哭求道：「我告訴奶奶，可別說我說的。」平兒一旁勸，一面催他，叫他快說。丫頭便說道：「二爺也是才來房裡的，睡了一會醒了，打發人來瞧瞧奶奶，說才坐席，還得好一會才來呢。二爺就開了箱子，拿了兩塊銀子，還有兩根簪子，兩匹緞子，叫我悄悄的送與鮑二的老婆去，叫他進來。他收了東西就往咱們屋裡來了。二爺叫我來瞧著奶奶，——底下的事，我就不知道了。」

鳳姐聽了，已氣的渾身發軟，忙立起來，一逕來家。剛至院門，只見又有一個小丫頭在門前探頭兒，一見了鳳姐，也縮頭就跑。鳳姐兒提著名字喝住。那丫頭本來伶俐，見躲不過了，越性跑了出來，笑道：「我正要告訴奶奶去呢，可巧奶奶來了。」鳳姐兒道：「告訴我什麼？」那小丫頭便說：「二爺在家……」這般如此如此，將方才的話也說了一遍。鳳姐啐道：「你早作什麼了？這會子我看見你了，你來推乾淨兒！」說著，也揚手一下，打的那丫頭一個趔趄，便躡手躡腳的走至窗前。

往裡聽時，只聽裡頭說笑。那婦人笑道：「多早晚你那閻王老婆死了就好了。」賈璉道：「他死了，再娶一個也是這樣，又怎麼樣呢？」那婦人道：「他死了，你倒是把平兒扶了正，只怕還好些。」賈璉道：「如今連平兒他也不叫我沾一沾了。平兒也是一肚子委屈，不敢說。我命裡怎麼就該犯了『夜叉星』⑥。」鳳姐聽了，氣的渾身亂戰，又聽他倆都讚平兒，便疑平兒素日背地裡自然也有憤怨語了，那酒越發湧了上來，也並不忖奪⑦，回身把平兒先打了兩下，一腳踢開門進去，也不容分說，抓著鮑二家的撕打一頓。又怕賈璉走出去，便堵著門，站著罵道：「好淫婦！你偷主子漢子，還要治死主子老婆！——平兒，過來！你們淫婦忘八一條藤兒⑧，多嫌著我，外面兒你哄我！」說著，又把平兒打幾下。打的平

---

⑥夜叉星——舊時對凶悍的妻子常諢稱「母夜叉」；又認為人的生活都有天星主管，命犯什麼星，就有什麼遭遇。

⑦忖奪——推測、思量。

⑧一條藤兒——由於共同的利害關係而站在同一立場，採取共同態度。

兒有冤無處訴，只氣得乾哭，罵道：「你們做這些沒臉的事，好好的又拉上我做什麼！」說著，也把鮑二家的撕打起來。

賈璉也因吃多了酒，進來高興，未曾作的機密，一見鳳姐來了，已沒了主意；又見平兒也鬧起來，把酒也氣上來了。鳳姐兒打鮑二家的，他已又氣又愧，只不好說的；今見平兒也打，便上來踢罵道：「好娼婦！你也動手打人！」平兒氣怯，忙住了手，哭道：「你們背地裡說話，為什麼拉我呢？」鳳姐見平兒怕賈璉，越發氣了，又趕上來打著平兒，偏叫打鮑二家的。平兒急了，便跑出來找刀子要尋死。外面眾婆子、丫頭忙攔住解勸。

這裡鳳姐兒見平兒尋死去，便一頭撞在賈璉懷裡，叫道：「你們一條藤兒害我，被我聽見了，倒都唬起我來！你也勒死我！」賈璉氣的牆上拔出劍來，說道：「不用尋死！我也急了，一齊殺了，我償了命，大家乾淨！」正鬧的不開交，只見尤氏等一群人來了，說：「這是怎麼說？才好好的，就鬧起來。」賈璉見了人，越發「倚酒三分醉」，逞起威風來，故意要殺鳳姐兒。鳳姐兒見人來了，便不似先前那般潑了，丟下眾人，便哭著往賈母那邊跑。

此時戲已散出，鳳姐跑到賈母跟前，爬在賈母懷裡，只說：「老祖宗救我！璉二爺要殺我呢！」賈母、邢夫人、王夫人等忙問：「怎麼了？」鳳姐兒哭道：「我才家去換衣裳，不防璉二爺在家和人說話，我只當是有客來了，唬得我不敢進去。在窗戶外頭聽了一聽，原來是和鮑二家的媳婦商議，說我利害，要拿毒藥給我吃了，治死我，把平兒扶了正。我原氣了，又不敢和他吵，原打了平兒兩下，問他為什麼要害我。他臊了，就要殺我。」賈母等聽了，都信以為真，說：「這還了得！快拿了那下流種子來！」

一語未完，只見賈璉拿著劍趕來，後面許多人跟著。賈璉明仗著賈母素習疼他們，連母親、嬸母也無礙，故逞強鬧了來。邢夫人、王夫人見了，氣的忙攔住罵道：「這下流種子！你越發反了！老太太在這裡呢！」賈璉乜斜著眼，道：「都是老太太慣的他，他才這樣，連我也罵起來了！」邢夫人氣的奪下劍來，只管喝他：「快出去！」那賈璉撒嬌撒癡，涎言涎語⑨的還只亂說。賈母氣的說道：「我知道你也不把我們放在眼睛裡，叫人把他老子叫來！」賈璉聽見這話，方趔趄著腳兒出去了，賭氣也不往家去，便往外書房來。

這裡邢夫人、王夫人也說鳳姐兒。賈母笑道：「什麼要緊的事！小孩子們年輕，饞嘴貓兒似的，那裡保得住不這麼著？從小兒世人都打這麼過的。——都是我的不是，他多吃了兩口酒，又吃起醋來。」說的眾人都笑了，賈母又道：「你放心，等明兒我叫他來替你賠不是。你今兒別要過去臊著他。」因又罵：「平兒那蹄子，素日我倒看他好，怎麼暗地裡這麼壞！」尤氏等笑道：「平兒沒有不是，是鳳丫頭拿著人家出氣。兩口子不好對打，都拿著平兒煞性子。平兒委屈的什麼似的呢，老太太還罵人家。」賈母道：「原來這樣，我說那孩子倒不像那狐媚魔道⑩的。既這麼著，可憐見的，白受他們的氣。」因叫琥珀來：「你出去告訴平兒，就說我的話：我知道他受了委屈，明兒我叫鳳姐兒替他賠不是。今兒是他

---

⑨涎言涎語——厚著臉皮，耍賴地說話。

⑩狐媚魔道——用邪魔外道來迷惑陷害人。俗傳狐狸精能幻化迷人，因此稱用陰柔手段迷惑人為狐媚；魔，夢中遇到可怕事而驚恐、做惡夢；魔道，用陰謀手段陷害人。

主子的好日子，不許他胡鬧。」

原來平兒早被李紈拉入大觀園去了。平兒哭的哽咽難抬。寶釵勸道：「你是個明白人，素日鳳丫頭何等待你，今兒不過他多吃一口酒，他可不拿你出氣，難道倒拿別人出氣不成？別人又笑話他吃醉了。你只管這會子委屈，素日你的好處，豈不都是假的了？」正說著，只見琥珀走來，說了賈母的話。平兒自覺面上有了光輝，方才漸漸的好了，也不往前頭來。寶釵等歇息了一回，方來看賈母、鳳姐。

寶玉便讓平兒到怡紅院中來。襲人忙接著，笑道：「我先原要讓你的，只因大奶奶和姑娘們都讓你，我就不好讓的了。」平兒也陪笑說：「多謝。」因又說道：「好好兒的，從那裡說起！無緣無故白受了一場氣！」襲人笑道：「二奶奶素日待你好，這不過是一時氣急了。」平兒道：「二奶奶倒沒說的，只是那淫婦治的我，他又偏拿我湊趣！況還有我們那胡塗爺，倒打我！」說著，便又委屈，禁不住落淚。寶玉忙勸道：「好姐姐，別傷心，我替他兩個賠不是罷。」平兒笑道：「與你什麼相干？」寶玉笑道：「我們弟兄姊妹都一樣。他們得罪了人，我替他賠個不是，也是應該的。」又道：「可惜這新衣裳也沾了！這裡有你花妹妹的衣裳，何不換了下來，拿些燒酒噴了，熨一熨。把頭也另梳一梳，洗洗臉。」一面說，一面便吩咐了小丫頭子們舀洗臉水，燒熨斗來。

平兒素習只聞人說寶玉專能和女孩兒們接交；寶玉素日因平兒是賈璉的愛妾，又是鳳姐兒的心腹，故不肯和他廝近，因不能盡心，也常為恨事。平兒今見他這般，心中也暗暗的敁敪：「果然話不虛傳，色色想的周到。」又見襲人特特的開了箱子，拿出兩件不大穿的衣裳來與他換，便趕忙的脫下自己的衣



聯經出版事業公司 校印

服，忙去洗了臉。寶玉一旁笑勸道：「姐姐還該擦上些脂粉，不然，倒像是和鳳姐姐賭氣了似的。況且又是他的好日子，而且老太太又打發了人來安慰你。」

平兒聽了有理，便去找粉，只不見粉。寶玉忙走至妝臺前，將一個宣窰⑪瓷盒揭開，裡面盛著一排十根玉簪花棒，拈了一根遞與平兒。又笑向他道：「這不是鉛粉，這是紫茉莉花種，研碎了，兌上香料製的。」平兒倒在掌上看時，果見輕、白、紅、香，四樣俱美，攤在面上也容易勻淨，且能潤澤肌膚，不似別的粉青重澀滯。然後看見胭脂也不是成張的，卻是一個小小的白玉盒子，裡面盛著一盒，如玫瑰膏子一樣。寶玉笑道：「那市賣的胭脂都不乾淨，顏色也薄。這是上好的胭脂擰出汁子來，淘澄淨了渣滓，配了花露蒸疊成的。只用細簪子挑一點兒抹在手心裡，用一點水化開抹在唇上；手心裡就夠打頰腮了。」平兒依言妝飾，果見鮮豔異常，且又甜香滿頰。寶玉又將盆內的一枝並蒂秋蕙用竹剪刀擷⑫了下來，與他簪在鬢上。忽見李紈打發丫頭來喚他，方忙忙的去了。

寶玉因自來從未在平兒前盡過心，——且平兒又是個極聰明、極清俊的上等女孩兒，比不得那起俗蠢拙物——深為恨怨。今日是金釧兒的生日，故一日不樂。不想落後鬧出這件事來，竟得在平兒前稍盡片心，亦今生意中不想之樂也。因歪在床上，心內怡然自得。忽又思及賈璉惟知以淫樂悅己，並不知作養脂粉。又思平兒並無父母兄弟姊妹，獨自一人，供應賈璉夫婦二人，賈璉之俗，鳳姐之威，他竟能周

---

⑪宣窰——明代宣德年間的官窰，所產瓷器細巧精緻，光彩奪目，以鮮紅色最為名貴。
⑫擷——音ㄒㄧㄝˊ，採摘，這裡是剪下來的意思。

全妥貼，今兒還遭荼毒，想來此人薄命，比黛玉猶甚。想到此間，便又傷感起來，不覺洒然淚下。因見襲人等不在房內，盡力落了幾點痛淚。復起身，又見方才的衣裳上噴的酒已半乾，便拿熨斗熨了，疊好；見他的手帕子忘去，上面猶有淚漬，又拿至臉盆中洗了晾上。又喜又悲，悶了一回，也往稻香村來，說一回閑話，掌燈後方散。

平兒就在李紈處歇了一夜，鳳姐兒只跟著賈母。賈璉晚間歸房，冷清清的，又不好去叫，只得胡亂睡了一夜。次日醒了，想昨日之事，大沒意思，後悔不來。邢夫人記掛著昨日賈璉醉了，忙一早過來，叫了賈璉過賈母這邊來。賈璉只得忍愧前來，在賈母面前跪下。賈母問他：「怎麼了？」賈璉忙陪笑說：「昨兒原是吃了酒，驚了老太太的駕了。今兒來領罪。」賈母啐道：「下流東西！灌了黃湯，不說安分守己的挺屍去，倒打起老婆來了！鳳丫頭成日家說嘴，霸王似的一個人，昨兒唬得可憐！要不是我，你要傷了他的命，這會子怎麼樣？」賈璉一肚子的委屈，不敢分辯，只認不是。賈母又道：「那鳳丫頭和平兒還不是個美人胎子？你還不足！成日家偷雞摸狗，髒的臭的，都拉了你屋裡去。為這起淫婦打老婆，又打屋裡的人，你還虧是大家子的公子出身，活打了嘴了！若你眼睛裡有我，你起來，我饒了你，乖乖的替你媳婦賠個不是，拉了他家去，我就喜歡了。要不然，你只管出去，我也不敢受你的跪。」賈璉聽如此說，又見鳳姐兒站在那邊，也不盛妝，哭的眼睛腫著，也不施脂粉，黃黃臉兒，比往常更覺可憐可愛。想著：「不如賠了不是，彼此也好了，又討老太太的喜歡了。」想畢，便笑道：「老太太的話，我不敢不依，只是越發縱了他了。」賈母笑道：「胡說！我知道他最有禮的，再不會沖撞人。他日後得罪了你，我自然也作主，叫你降伏就是了。」

賈璉聽說，爬起來，便與鳳姐兒作了一個揖，笑道：「原來是我的不是，二奶奶饒過我罷。」滿屋裡的人都笑了。賈母笑道：「鳳丫頭，不許惱了。再惱，我就惱了。」說著，又命人去叫了平兒來，命鳳姐兒和賈璉兩個安慰平兒。賈璉見了平兒，越發顧不得了，所謂「妻不如妾，妾不如偷」，聽賈母一說，便趕上來說道：「姑娘昨日受了屈了，都是我的不是。奶奶得罪了你，也是因我而起。我賠了不是不算外，還替你奶奶賠個不是。」說著，也作了一個揖，引的賈母笑了，鳳姐兒也笑了。

賈母又命鳳姐兒來安慰他。平兒忙走上來給鳳姐兒磕頭，說：「奶奶的千秋⑬，我惹了奶奶生氣，是我該死。」鳳姐兒正自愧悔昨日酒吃多了，不念素日之情，浮躁起來，為聽了旁人的話，無故給平兒沒臉。今反見他如此，又是慚愧，又是心酸，忙一把拉起來，落下淚來。平兒道：「我伏侍了奶奶這麼幾年，也沒彈我一指甲。就是昨兒打我，我也不怨奶奶，都是那淫婦治的，怨不得奶奶生氣。」說著，也滴下淚來了。賈母便命人將他三人送回房去，「有一個再提此事，即刻來回我，我不管是誰，拿拐棍子給他一頓。」三個人重新給賈母、邢、王二位夫人磕了頭。老嬤嬤答應了，送他三人回去。

至房中，鳳姐兒見無人，方說道：「我怎麼像個閻王，又像夜叉？那淫婦咒我死，你也幫著咒我。千日不好，也有一日好。可憐我熬的連個淫婦也不如了，我還有什麼臉來過這日子？」說著，又哭了。賈璉道：「你還不足？你細想想，昨兒誰的不是多？今兒當著人，還是我跪了一跪，又賠不是，你也爭足了光了。這會子還叨叨，難道還叫我替你跪下才罷？——太要足了強，也不是好事。」說的鳳姐兒無

⑬千秋——祝頌長壽的用語，代指生日。

聯經出版事業公司　校印

言可對，平兒「嗤」的一聲又笑了。賈璉也笑道：「又好了！真真我也沒法了。」

正說著，只見一個媳婦來回說：「鮑二媳婦吊死了。」賈璉、鳳姐兒都吃了一驚。鳳姐忙收了怯色，反喝道：「死了罷了，有什麼大驚小怪的！」一時，只見林之孝家的進來，悄回鳳姐道：「鮑二媳婦吊死了，他娘家的親戚要告呢！」鳳姐兒笑道：「這倒好了，我正想要打官司呢！」林之孝家的道：「我才和眾人勸了他們，又威嚇了一陣，又許了他幾個錢，也就依了。」鳳姐兒道：「我沒一個錢！有錢也不給，只管叫他告去。也不許勸他，也不用震嚇他，只管讓他告去。——告不成，倒問他個『以屍訛詐』！」林之孝家的正在為難，見賈璉和他使眼色兒，心下明白，便出來等著。賈璉道：「我出去瞧瞧，看是怎麼樣。」鳳姐兒道：「不許給他錢！」

賈璉一逕出來，和林之孝來商議，著人去作好作歹，許了二百兩發送才罷。賈璉生恐有變，又命人去和王子騰說，將番役仵作⑭人等叫了幾名來，幫著辦喪事。那些人見了如此，縱要復辨亦不敢辨，只得忍氣吞聲罷了。賈璉又命林之孝將那二百銀子入在流年賬上，分別添補，開銷過去。又梯己給鮑二些銀兩，安慰他說：「另日再挑個好媳婦給你。」鮑二又有體面，又有銀子，有何不依，便仍然奉承賈璉，不在話下。

裡面鳳姐心中雖不安，面上只管佯不理論，因房中無人，便拉平兒笑道：「我昨兒灌喪了酒了，你別憤怨。打了那裡？讓我瞧瞧。」平兒道：「也沒打重。」只聽得說：「奶奶、姑娘都進來了。」要知端的，下回分解。

---

⑭仵作——官衙中負責驗屍的差役。


聯經出版事業公司校印

# 第四十五回　金蘭契互剖金蘭語　風雨夕悶製風雨詞

話說鳳姐兒正撫恤平兒，忽見眾姊妹進來，忙讓坐了，平兒斟上茶來。鳳姐兒笑道：「今兒來的這麼齊，倒像下帖子請了來的。」探春笑道：「我們有兩件事：一件是我的，一件是四妹妹的，還夾著老太太的話。」鳳姐兒笑道：「有什麼事，這麼要緊？」探春笑道：「我們起了個詩社，頭一社就不齊全，眾人臉軟，所以就亂了。我想必得你去作個『監社御史』①，鐵面無私才好。再四妹妹為畫園子，用的東西這般那般不全，回了老太太，老太太說：『只怕後頭樓底下還有當年剩下的，找一找，若有呢，拿出來，若沒有，叫人買去。』」

鳳姐笑道：「我又不會作什麼『溼』的『乾』的，要我吃東西去不成？」探春道：「你雖不會作，也不要你作。你只監察著我們裡頭有偷安怠惰的，該怎麼樣罰他就是了。」鳳姐兒笑道：「你們別哄我，

①監社御史——古代有「監察御史」，是掌管監察風紀的官吏，這裡是戲稱，請王熙鳳當監督詩社的風紀官。

我猜著了：那裡是請我作『監社御史』？分明是叫我作個進錢的『銅商』②。你們弄什麼社，必是要輪流作東道的。你們的月錢不夠花了，想出這個法子來拗了我去，好和我要錢。——可是這個主意？」一席話說的眾人都笑起來了。李紈笑道：「真真你是個水晶心肝玻璃人。」

鳳姐兒笑道：「虧你是個大嫂子呢！把姑娘們原交給你帶著念書，學規矩、針線的，他們不好，你要勸。這會子他們起詩社，能用幾個錢，你就不管了？老太太、太太罷了，原是老封君③。你一個月十兩銀子的月錢，比我們多兩倍銀子。老太太、太太還說你『寡婦失業』的，可憐，不夠用，又有個小子，足的又添了十兩，和老太太、太太平等。又給你園子地，各人取租子。年終分年例，你又是上上分兒。——你娘兒們，主子奴才共總沒十個人，吃的穿的仍舊是官中的。——一年通共算起來，也有四五百銀子。這會子你就每年拿出一二百兩銀子來陪他們頑頑，能幾年的限？他們各人出了閣，難道還要你賠不成？這會子你怕花錢，調唆他們來鬧我，我樂得去吃一個河涸海乾，我還通不知道呢！」

李紈笑道：「你們聽聽，我說了一句，他就瘋了，說了兩車的無賴泥腿市俗，專會打細算盤、分斤撥兩④的話出來。這東西，虧他托生在詩書大宦名門之家做小姐，出了嫁又是這樣，他還是這麼著；若

---

②進錢的銅商——進錢，供給錢；進，進奉。銅商，西漢鄧通受寵於漢文帝，得賜蜀郡嚴道銅山，可自行鑄錢，成為西漢大富商。後來就以銅商代指富商。

③封君——古代受封邑的貴族的通稱。

④分斤撥兩——過分計較小事，比喻小氣。



聯經出版事業公司校印

是生在貧寒小戶人家，作個小子，還不知怎麼下作貧嘴惡舌的呢！天下人都被你算計了去！——昨兒還打平兒呢，虧你伸的出手來！那黃湯難道灌喪了狗肚子裡去了？氣的我只要給平兒打報不平兒。忖奪了半日，好容易『狗長尾巴尖兒』的好日子⑤，又怕老太太心裡不受用，因此沒來，究竟氣還未平。你今兒又招我來了！給平兒拾鞋也不要，你們兩個只該換一個過子才是。」說的眾人都笑了。

鳳姐兒忙笑道：「竟不是為詩為畫來找我，這臉子竟是為平兒來報仇的。竟不承望平兒有你這一位仗腰子的人。早知道，便有鬼拉著我的手打他，我也不打了。平姑娘，過來！我當著大奶奶、姑娘們替你賠個不是，擔待我酒後無德⑥罷。」說著，眾人又都笑起來了。李紈笑問平兒道：「如何？我說必定要給你爭爭氣才罷。」平兒笑道：「雖如此，奶奶們取笑，我禁不起。」李紈道：「什麼禁不起，有我呢。快拿了鑰匙叫你主子開了樓房找東西去。」

鳳姐兒笑道：「好嫂子，你且同他們回園子裡去。才要把這米賬合算一算，那邊大太太又打發人來叫，又不知有什麼話說，須得過去走一趟。還有年下你們添補的衣服，還沒打點給他們做去。」李紈笑道：「這些事我都不管，你只把我的事完了，我好歇著去，省得這些姑娘小姐鬧我。」鳳姐忙笑道：「好嫂子，賞我一點空兒。你是最疼我的，怎麼今兒為平兒就不疼我了？往常你還勸我說：『事情雖多，也該保養身子，撿點著偷空兒歇歇。』你今兒反到逼我的命了。況且誤了別人的年下衣裳無礙，他姊妹們

---

⑤「狗長尾巴尖兒」的好日子——代指生日。俗傳小狗在胎裡，一到尾巴長足便生下來，這是對別人生日的玩笑話。

⑥酒後無德——醉後糊塗，耍酒瘋，德行不好。

的若誤了，卻是你的責任。老太太豈不怪你不管閑事，這一句現成的話也不說？我寧可自己落不是，豈敢帶累你呢。」李紈笑道：「你們聽聽，說的好不好？把他會說話的！——我且問你，這詩社你到底管不管？」鳳姐兒笑道：「這是什麼話？我不入社花幾個錢，不成了大觀園的反叛了，還想在這裡吃飯不成？明兒一早就到任，下馬拜了印，先放下五十兩銀子給你們慢慢作會社東道。過後幾天，我又不作詩作文，只不過是個俗人罷了。『監察』也罷，不『監察』也罷，有了錢了，你們還攆出我來！」說的眾人又都笑起來。

鳳姐兒道：「過會子我開了樓房，凡有這些東西都叫人搬出來你們看，若使得，留著使，若少什麼，照你們單子，我叫人替你們買去就是了。畫絹我就裁出來。那圖樣沒有在太太跟前，還在那邊珍大爺那裡呢。——說給你們，別碰釘子去。我打發人取了來，一併叫人連絹交給相公們礬去，如何？」李紈點首笑道：「這難為你，果然這樣還罷了。既如此，咱們家去罷，等著他不送了去，再來鬧他。」說著，便帶了他姊妹就走。鳳姐兒道：「這些事再沒兩個人，都是寶玉生出來的。」李紈聽了，忙回身笑道：「正是為寶玉來，反忘了他！頭一社是他誤了。我們臉軟，你說該怎麼罰他？」鳳姐想了一想，說道：「沒有別的法子，只叫他把你們各人屋子裡的地罰他掃一遍才好。」眾人都笑道：「這話不差。」

說著，才要回去，只見一個小丫頭扶了賴嬤嬤進來。鳳姐兒等忙站起來，笑道：「大娘坐。」又都向他道喜。賴嬤嬤向炕沿上坐了，笑道：「我也喜，主子們也喜。若不是主子們的恩典，我們這喜從何來？昨兒奶奶又打發彩哥兒賞東西，我孫子在門上朝上磕了頭了。」李紈笑道：「多早晚上任去？」賴嬤嬤嘆道：「我那裡管他們？由他們去罷！前兒在家裡給我磕頭，我沒好話，我說：『哥哥兒，你別說你是官兒了，橫行霸道的！你今年活了三十歲，雖然是人家的奴才，一落娘胎胞，主子恩典，放你出來，上托著主子的洪福，下托著你老子娘，也是公子哥兒似的讀書認字，也是丫頭、老婆、奶子捧鳳凰似的，長了這麼大。你那裡知道那「奴才」兩字是怎麼寫的！只知道享福，也不知道你爺爺和你老子受的那苦惱，熬了兩三輩子，好容易掙出你這麼個東西來。從小兒三災八難，花的銀子也照樣打出你這麼個銀人兒來了。到二十歲上，又蒙主子的恩典，許你捐個前程在身上。你看那正根正苗的，忍饑挨餓的要多少？你一個奴才秧子，仔細折了福！如今樂了十年，不知怎麼弄神弄鬼的，求了主子，又選了出來。州縣官兒雖小，事情卻大，為那一州的州官，就是那一方的父母。你不安分守己，盡忠報國，孝敬主子，只怕天也不容你。』」李紈、鳳姐兒都笑道：「你也多慮。我們看他也就好了。先那幾年還進來了兩次，這有好幾年沒來了，年下生日，只見他的名字就罷了。前兒給老太太、太太磕頭來，在老太太那院裡，見他又穿著新官的服色，倒發的威武了，比先時也胖了。他這一得了官，正該你樂呢，反倒愁起這些來！他不好，還有他父親呢，你只受用你的就完了。閑了坐個轎子進來，和老太太鬥一日牌，說一天話兒，誰好意思的委屈了你。家去一般也是樓房廈廳，誰不敬你，自然也是老封君似的了。」

平兒斟上茶來，賴嬤嬤忙站起來接了，笑道：「姑娘不管叫那個孩子倒來罷了，又折受我。」說著，一面吃茶，一面又道：「奶奶不知道。這些小孩子們全要管的嚴。饒這麼嚴，他們還偷空兒鬧個亂子來叫大人操心。知道的，說小孩子們淘氣；不知道的，人家就說仗著財勢欺人，連主子名聲也不好。恨的我沒法兒，常把他老子叫來罵一頓，才好些。」因又指寶玉道：「不怕你嫌我：如今老爺不過這麼管你一管，老太太就護在裡頭；當日老爺小時，挨你爺爺的打，誰沒看見的。老爺小時，何曾像你這麼天不怕地不怕的了？還有那邊大老爺，雖然淘氣，也沒像你這扎窩子⑦的樣兒，也是天天打。還有東府裡你珍哥兒的爺爺，那才是『火上澆油』的性子，說聲惱了，什麼兒子，竟是審賊！如今我眼裡看著，耳朵裡聽著，那珍大爺管兒子，倒也像當日老祖宗的規矩，只是管的『到三不著兩』⑧的。——他自己也不管一管自己，這些兄弟、侄兒怎麼怨的不怕他？你心裡明白，喜歡我說；不明白，嘴裡不好意思，心裡不知怎麼罵我呢！」

正說著，只見賴大家的來了，接著周瑞家的、張材家的都進來回事情。鳳姐兒笑道：「媳婦來接婆婆來了。」賴大家的笑道：「不是接他老人家，倒是打聽打聽奶奶、姑娘們賞臉不賞臉？」賴嬤嬤聽了，笑道：「可是我糊塗了！正經說的話且不說，且說『陳穀子、爛芝麻』的混搗熟⑨。——因為我們小子選了出來，眾親友要給他賀喜，少不得家裡擺個酒。我想，擺一日酒，請這個也不是，請那個也不是；又想了一想，托主子洪福，想不到的這樣榮耀，就傾了家，我也是願意的。因此吩咐他老子連擺三日酒：頭一日，在我們破花園子裡擺幾席酒，一臺戲，請老太太、太太們、奶奶、姑娘們去散一日悶；外頭大廳上一臺戲，擺幾席酒，請老爺們、爺們去增增光；第二日再請親友；第三日再把我們兩府裡的伴兒請一請。熱鬧三天，也是托著主子的洪福一場，光輝光輝。」李紈、鳳姐兒都笑道：「多早晚的日子，我

⑦扎窩子——本指飛鳥鑽在巢中，不肯出來，這裡比喻留戀家庭小天地，不想有所作為。
⑧道三不著兩——做事沒中心，不分輕重緩急，也指喜怒任性。
⑨混搗熟——拉雜囉嗦地說一些別人聽厭了的陳詞濫調。

們必去，只怕老太太高興要去，也定不得。」賴大家的忙道：「擇了十四的日子，只看我們奶奶的老臉罷了。」鳳姐笑道：「別人不知道，我是一定去的。——先說下，我是沒有賀禮的，也不知道放賞，吃完了一走，可別笑話。」賴大家的笑道：「奶奶說那裡話？奶奶要賞，賞我們三二萬銀子就有了。」

賴嬤嬤笑道：「我才去請老太太，老太太也說去，可算我這臉還好。」說畢，又叮嚀了一回，方起身要走，因看見周瑞家的，便想起一事來，因說道：「可是還有一句話問奶奶：這周嫂子的兒子犯了什麼不是，攆了他不用？」鳳姐兒聽了，笑道：「正是我要告訴你媳婦，事情多，也忘了。賴嫂子回去說給你老頭子，兩府裡不許收留他小子，叫他各人去罷。」賴大家的只得答應著。周瑞家的忙跪下央求。賴嬤嬤忙道：「什麼事？說給我評評。」鳳姐兒道：「前日我生日，裡頭還沒吃酒，他小子先醉了。老娘那邊送了禮來，他不說在外頭張羅，他倒坐著罵人，禮也不送進來。兩個女人進來了，他才帶著小么們往裡抬。小么們倒好，他拿的一盒子倒失了手，撒了一院子饅頭。人去了，打發彩明去說他，他倒罵了彩明一頓。這樣無法無天的忘八羔子，不攆了作什麼！」賴嬤嬤笑道：「我當什麼事情，原來為這個。奶奶聽我說：他有不是，打他罵他，使他改過，攆了去，斷乎使不得。他又比不得是咱們家的家生子兒，他現是太太的陪房；奶奶只顧攆了他，太太臉上不好看。依我說，奶奶教導他幾板子，以戒下次，仍舊留著才是。不看他娘，也看太太。」鳳姐兒聽說，便向賴大家的說道：「既這樣，打他四十棍，以後不許他吃酒。」賴大家的答應了。周瑞家的磕頭起來，又要與賴嬤嬤磕頭，賴大家的拉著，方罷。然後他三人去了，李紈等也就回園中來。

至晚，果然鳳姐命人找了許多舊收的畫具出來，送至園中。寶釵等選了一回，各色東西可用的只有一半，將那一半又開了單子，與鳳姐兒去照樣置買，不必細說。

一日，外面礬了絹，起了稿子進來。寶玉每日便在惜春這裡幫忙。探春、李紈、迎春、寶釵等也多往那裡閑坐，一則觀畫，二則便於會面。

寶釵因見天氣涼爽，夜復漸長，遂至母親房中商議打點些針線來。日間至賈母處、王夫人處省候兩次，不免又承色⑩陪坐閑話半時，園中姊妹處也要度時閑話一回，故日間不大得閑，每夜燈下女工必至三更方寢。

黛玉每歲至春分、秋分之後，必犯嗽疾；今秋又遇賈母高興，多遊玩了兩次，未免過勞了神，近日又復嗽起來，覺得比往常又重：所以總不出門，只在自己房中將養。有時悶了，又盼個姊妹來說些閑話排遣；及至寶釵等來望候他，說不得三五句話，又厭煩了。眾人都體諒他病中，且素日形體嬌弱，禁不得一些委屈，所以他接待不周，禮數粗忽，也都不苛責。

這日，寶釵來望他，因說起這病症來。寶釵道：「這裡走的幾個太醫雖都還好，只是你吃他們的藥，總不見效，不如再請一個高明的人來瞧一瞧，治好了豈不好？每年間鬧一春一夏，又不老，又不小，成什麼？不是個常法。」黛玉道：「不中用。我知道我這樣病是不能好的了。——且別說病，只論好的日子我是怎麼形景，就可知了。」寶釵點頭道：「可正是這話。古人說『食穀者生』⑪，你素日吃的竟不

⑩承色——順承迎合父母長輩以博歡心。
⑪食穀者生——中醫認為吃五穀，可以添養精神氣血，見《史記・扁鵲倉公列傳》。


聯經出版事業公司校印

能添養精神氣血，也不是好事。」黛玉嘆道：「『死生有命，富貴在天』⑫，也不是人力可強的。今年比往年反覺又重了些似的。」說話之間，已咳嗽了兩三次。

寶釵道：「昨兒我看你那藥方上，人參、肉桂覺得太多了。雖說益氣補神，也不宜太熱。依我說，先以平肝健胃為要。肝火一平，不能克土⑬，胃氣無病，飲食就可以養人了。每日早起拿上等燕窩一兩，冰糖五錢，用銀銚子⑭熬出粥來，若吃慣了，比藥還強，最是滋陰補氣的。」

黛玉嘆道：「你素日待人，固然是極好的，然我最是個多心的人，只當你心裡藏奸。從前日你說看雜書不好，又勸我那些好話，竟大感激你。往日竟是我錯了，實在誤到如今。細細算來，我母親去世的早，又無姊妹兄弟，我長了今年十五歲，竟沒一個人像你前日的話教導我。怨不得雲丫頭說你好，我往日見他贊你，我還不受用，昨兒我親自經過，才知道了。比如若是你說了那個，我再不輕放過你的；你竟不介意，反勸我那些話，可知我竟自誤了。若不是從前日看出來，今日這話，再不對你說。你方才說叫我吃燕窩粥的話，雖然燕窩易得，但只我因身上不好了，每年犯這個病，也沒什麼要緊的去處。請大

⑫「死生有命，富貴在天」——《論語．顏淵》篇記載孔子弟子司馬牛感嘆自己沒有弟兄的幫助，卜商（子夏）就勸了他許多話，這是其中兩句，下文「司馬牛之嘆」指的就是這個典故。

⑬肝火一平，不能克土——中醫理論以五行的生剋來說明五臟之間的相互關係。肝屬木，脾胃屬土，木與土是相剋關係，木能生火，肝火太旺，要傷及脾土。肝火一平，便不能再剋傷脾胃，就能和順地攝取食物的營養。

⑭銚子——一種帶柄有嘴的小鍋，銚，音ㄉㄧㄠˋ。

夫，熬藥，人參、肉桂，已經鬧了個天翻地覆，這會子我又興出新文⑮來，熬什麼燕窩粥，老太太、太太、鳳姐姐這三個人便沒話說，那些底下的婆子、丫頭們，未免不嫌我太多事了。你看這裡這些人，因見老太太多疼了寶玉和鳳丫頭兩個，他們尚虎視眈眈，背地裡言三語四的，何況於我？況我又不是他們這裡正經主子，原是無依無靠投奔了來的，他們已經多嫌著我了。如今我還不知進退，何苦叫他們咒我？」

寶釵道：「這樣說，我也是和你一樣。」黛玉道：「你如何比我？你又有母親，又有哥哥，這裡又有買賣地土，家裡又仍舊有房有地。你不過是親戚的情分，白住了這裡，一應大小事情，又不沾他們一文半個，要走就走了。我是一無所有，吃穿用度，一草一紙，皆是和他們家的姑娘一樣，那起小人豈有不多嫌的。」寶釵笑道：「將來也不過多費得一副嫁妝罷了，如今也愁不到這裡。」

黛玉聽了，不覺紅了臉，笑道：「人家才拿你當個正經人，把心裡的煩難告訴你聽，你反拿我取笑兒。」寶釵笑道：「雖是取笑兒，卻也是真話。你放心，我在這裡一日，我與你消遣一日。你有什麼委屈煩難，只管告訴我，我能解的，自然替你解一日。我雖有個哥哥，你也是知道的，只有個母親，比你略強些。咱們也算同病相憐。你也是個明白人，何必作『司馬牛之嘆』？你才說的也是，『多一事不如省一事』。我明日家去和媽媽說了，只怕我們家裡還有，與你送幾兩，每日叫丫頭們就熬了，又便宜，又不驚師動眾的。」黛玉忙笑道：「東西事小，難得你多情如此。」寶釵道：「這有什麼放在口裡的！只愁我人人跟前失於應候罷了。——只怕你煩了，我且去了。」黛玉道：「晚上再來和我說句話兒。」

⑮新文——新花樣，新文章。


聯經出版事業公司　校印

寶釵答應著便去了，不在話下。

這裡黛玉喝了兩口稀粥，仍歪在床上。不想日未落時，天就變了，淅淅瀝瀝下起雨來。秋霖脈脈⑯，陰晴不定，那天漸漸的黃昏，且陰的沉黑，兼著那雨滴竹梢，更覺淒涼。知寶釵不能來，便在燈下隨便拿了一本書，卻是《樂府雜稿》⑰，有〈秋閨怨〉、〈別離怨〉等詞。黛玉不覺心有所感，亦不禁發於章句，遂成〈代別離〉一首，擬〈春江花月夜〉之格⑱，乃名其詞曰〈秋窗風雨夕〉。其詞曰：

秋花慘淡秋草黃，耿耿⑲秋燈秋夜長。已覺秋窗秋不盡，那堪風雨助淒涼！助秋風雨來何速？驚破秋窗秋夢綠。抱得秋情不忍眠，自向秋屏移淚燭。淚燭搖搖爇短檠⑳，牽愁照恨動離情。誰家秋院無風入？何處秋窗無雨聲？羅衾不奈秋風力，殘漏聲催秋雨急。連宵脈脈復颼颼，燈前似伴離人泣。寒烟小院轉蕭條，疏竹虛窗時滴瀝。不知風雨幾時休，已教淚洒窗紗濕。

⑯秋霖脈脈——秋雨綿綿。霖，久雨不停。

⑰《樂府雜稿》——大概是作者虛擬的書名。樂府，漢武帝所立的官署，負責搜集詩歌配管弦以入樂，後世稱樂府官署保存的和一些能入樂的詩歌為「樂府」。

⑱〈代別離〉、擬〈春江花月夜〉之格——代，擬作，有時也指用別人口氣寫詩來抒發自己的情懷；代別離，樂府題目。〈春江花月夜〉，樂府吳聲歌曲名，隋煬帝及唐代張若虛、溫庭筠等都寫過〈春江花月夜〉，這裡的〈秋窗風雨夕〉是擬張若虛〈春江花月夜〉的格調，故云。

⑲耿耿——隱隱有些光亮的樣子，比喻心中有所思慮而輾轉不寐。

⑳爇短檠——指燭將燃盡，燒及燈臺。爇，音ㄖㄨㄛˋ，燃燒、點燃；檠，燭臺、燈架。

聯經出版事業公司　校印

吟罷擱筆，方要安寢，丫鬟報說：「寶二爺來了。」一語未完，只見寶玉頭上戴著大箬笠，身上披著蓑衣。黛玉不覺笑了：「那裡來的漁翁！」寶玉忙問：「今兒好些？吃了藥沒有？今兒一日吃了多少飯？」一面說，一面摘了笠，脫了蓑衣，忙一手舉起燈來，一手遮住燈光，向黛玉臉上照了一照，覷著眼細瞧了一瞧，笑道：「今兒氣色好了些。」

黛玉看他脫了蓑衣，裡面只穿半舊紅綾短襖，繫著綠汗巾子，膝下露出油綠綢撒花褲子，底下是掐金滿綉的綿紗襪子，靸著蝴蝶落花鞋。黛玉問道：「上頭怕雨，底下這鞋襪子是不怕雨的？也倒乾淨。」寶玉笑道：「我這一套是全的。有一雙棠木屐㉑，才穿了來，脫在廊檐上了。」

黛玉又看那蓑衣、斗笠不是尋常市賣的，十分細緻輕巧，因說道：「是什麼草編的？怪道穿上不像那刺猬似的。」寶玉道：「這三樣都是北靜王送的。他閑了下雨時在家裡也是這樣。你喜歡這個，我也弄一套來送你。──別的都罷了，惟有這斗笠有趣，竟是活的。上頭的這頂兒是活的，冬天下雪，戴上帽子，就把竹信子㉒抽了，去下頂子來，只剩了這圈子。下雪時男女都戴得，我送你一頂，冬天下雪戴。」黛玉笑道：「我不要他！戴上那個，成個畫兒上畫的和戲上扮的漁婆了。」及說了出來，方想起話未忖奪，與方才說寶玉的話相連，後悔不及，羞的臉飛紅，便伏在桌上嗽個不住。

㉑棠木屐──棠木製作的屐，下有高齒，雨天當套鞋用。棠，即棠梨，也叫杜梨，落葉喬木，木質堅韌；屐，木鞋。

㉒信子──這裡指帽子中心的籤子；第五十三回荷葉燈的「活信」，指燈上可以扭轉的中軸，它的上端就是插蠟燭的籤子。

寶玉卻不留心，因見案上有詩，遂拿起來看了一遍，又不禁叫好。黛玉聽了，忙起來奪在手內，向燈上燒了。寶玉笑道：「我已背熟了，燒也無礙。」黛玉道：「我也好了許多，謝你一天來幾次瞧我，下雨還來。這會子夜深了，我也要歇著，你且請回去，明兒再來。」寶玉聽說，回手向懷中掏出一個核桃大小的一個金表來，瞧了一瞧，那針已指到戌末亥初之間，忙又揣了，說道：「原該歇了，又擾的你勞了半日神。」說著，披蓑戴笠出去了。——又翻身進來問道：「你想什麼吃，告訴我，我明兒一早回老太太，豈不比老婆子們說的明白？」黛玉笑道：「等我夜裡想著了，明兒早起告訴你。你聽，雨越發緊了，快去罷。可有人跟著沒有？」有兩個婆子答應：「有人，外面拿著傘點著燈籠呢。」黛玉笑道：「這個天點燈籠？」寶玉道：「不相干，是明瓦㉓的，不怕雨。」黛玉聽說，回手向書架上把個玻璃綉球燈拿了下來，命點一支小蠟來，遞與寶玉，道：「這個又比那個亮，正是雨裡點的。」寶玉道：「我也有這麼一個，怕他們失腳滑倒了打破了，所以沒點來。」黛玉道：「跌了燈值錢，跌了人值錢？你又穿不慣木屐子。那燈籠命他們前頭照著。這個又輕巧又亮，原是雨裡自己拿著的，你自己手裡拿著這個，豈不好？明兒再送來。——就失了手也有限的，怎麼忽然又變出這『剖腹藏珠』㉔的脾氣來！」寶玉聽說，連忙接了過來。前頭兩個婆子打著傘，提著明瓦燈，後頭還有兩個小丫鬟打著傘。寶玉便將這個燈遞與一個小丫頭捧著，寶玉扶著他的肩，一逕去了。

㉓明瓦——古時沒有玻璃，用蠣殼磨成半透明的薄片，嵌於窗間或燈架上以透光照明，稱作「明瓦」。

㉔剖腹藏珠——比喻為物傷身、輕重倒置，典見《資治通鑑・唐太宗貞觀元年》。

就有蘅蕪苑的一個婆子，也打著傘，提著燈，送了一大包上等燕窩來，還有一包子潔粉梅片雪花洋糖。說：「這比買的強。姑娘說了：姑娘先吃著，完了再送來。」黛玉道：「回去說『費心』。」命他外頭坐了吃茶。婆子笑道：「不吃茶了，我還有事呢。」黛玉笑道：「我也知道你們忙。如今天又涼，夜又長，越發該會個夜局，痛賭兩場了。」婆子笑道：「不瞞姑娘說，今年我大沾光兒了。橫豎每夜各處有幾個上夜的人，誤了更也不好，不如會個夜局，又坐了更，又解悶兒。今兒又是我的頭家，如今園門關了，就該上場了。」黛玉聽說，笑道：「難為你。誤了你發財，冒雨送來。」命人給他幾百錢：「打些酒吃，避避雨氣。」那婆子笑道：「又破費姑娘賞酒吃。」說著，磕了一個頭，外面接了錢，打傘去了。

紫鵑收起燕窩，然後移燈下簾，伏侍黛玉睡下。黛玉自在枕上感念寶釵，一時又羨他有母兄；一面又想寶玉雖素習和睦，終有嫌疑；又聽見窗外竹梢蕉葉之上，雨聲淅瀝，清寒透幕，不覺又滴下淚來。直到四更將闌，方漸漸的睡了。暫且無話。要知端的——


聯經出版事業公司校印

# 第四十六回　尷尬人難免尷尬事　鴛鴦女誓絕鴛鴦偶

話說黛玉直到四更將闌，方漸漸的睡去，暫且無話。

如今且說鳳姐兒因見邢夫人叫他，不知何事，忙另穿戴了一番，坐車過來。邢夫人將房內人遣出，悄向鳳姐兒道：「叫你來不為別事，有一件為難的事，老爺托我，我不得主意，先和你商議：老爺因看上了老太太的鴛鴦，要他在房裡，叫我和老太太討去。我想這倒平常有的事，只是怕老太太不給，你可有法子？」

鳳姐兒聽了，忙道：「依我說，竟別碰這個釘子去。老太太離了鴛鴦，飯也吃不下去的，那裡就捨得了？況且平日說起閑話來，老太太常說老爺：『如今上了年紀，作什麼左一個小老婆右一個小老婆放在屋裡，沒的耽誤了人家。放著身子不保養，官兒也不好生作去，成日家和小老婆喝酒。』太太聽這話，很喜歡老爺呢？這會子迴避還恐迴避不及，倒『拿草棍兒戳老虎的鼻子眼兒』①去了！太太別惱，我是

①拿草棍兒戳老虎的鼻子眼——比喻撩撥有勢力的人，「自尋其禍」的意思。

不敢去的。明放著不中用，而且反招出沒意思來。老爺如今上了年紀，行事不妥，太太該勸才是。比不得年輕，作這些事無礙。如今兄弟、侄兒、兒子、孫子一大群，還這麼鬧起來，怎麼見人呢？」

邢夫人冷笑道：「大家子三房四妾的也多，偏咱們就使不得？我勸了也未必依。就是老太太心愛的丫頭，這麼鬍子蒼白了又作了官的一個大兒子，要了作房裡人，也未必好駁回的。我叫了你來，不過商議商議，你先派上了一篇不是！也有叫你要去的理？自然是我說去。你倒說我不勸，你還不知道那性子的，勸不成，先和我惱了。」

鳳姐兒知道邢夫人稟性愚倔，只知承順賈赦以自保，次則婪取財貨為自得，家下一應大小事務，俱由賈赦擺佈。凡出入銀錢事務，一經他手，便克嗇②異常，以賈赦浪費為名，「須得我就中儉省，方可償補。」兒女奴僕，一人不靠，一言不聽的。如今又聽邢夫人如此的話，便知他又弄左性③，勸了不中用，連忙陪笑說道：「太太這話說的極是。我能活了多大，知道什麼輕重？想來父母跟前，別說一個丫頭，就是那麼大的活寶貝，不給老爺給誰？背地裡的話，那裡信得？——我竟是個呆子！璉二爺或有日得了不是，老爺、太太恨的那樣，恨不得立刻拿來一下子打死；及至見了面，也罷了，依舊拿著老爺、太太心愛的東西賞他。如今老太太待老爺，自然也是那樣了。依我說，老太太今兒喜歡，要討，今兒就討去。我先過去哄著老太太發笑，等太太過去了，我搭訕著走開，把屋子裡的人我也帶開，太太好和老

②克嗇——刻薄、吝嗇；克，同刻。
③左性——性情固執，遇事不肯變通。

太太說的。給了更好，不給也沒妨礙，眾人也不知道。」

邢夫人見他這般說，便又喜歡起來，又告訴他道：「我的主意先不和老太太要。老太太要說不給，這事便死了。我心裡想著先悄悄的和鴛鴦說。——他雖害臊，我細細的告訴了他，他自然不言語，就妥了；那時再和老太太說。老太太雖不依，擱不住④他願意，常言『人去不中留』，自然這就妥了。」鳳姐兒笑道：「到底是太太有智謀，這是千妥萬妥的。別說是鴛鴦，憑他是誰，那一個不想巴高望上、不想出頭的？這半個主子不做，倒願意做個丫頭，將來配個小子就完了。」邢夫人笑道：「正是這個話了。別說鴛鴦，就是那些執事的大丫頭，誰不願意這樣呢？你先過去，別露一點風聲，我吃了晚飯就過來。」

鳳姐兒暗想：「鴛鴦素習是個可惡的，雖如此說，保不嚴他就願意。我先過去了，太太後過去，若他依了，便沒話說；倘或不依，太太是多疑的人，只怕就疑我走了風聲，使他拿腔作勢的。那時太太又見了應了我的話，羞惱變成怒，拿我出起氣來，倒沒意思。不如同著一齊過去了，他依也罷，不依也罷，就疑不到我身上了。」想畢，因笑道：「方才臨來，舅母那邊送了兩籠子鵪鶉，我吩咐他們炸了，原要趕太太晚飯上送過來的。我才進大門時，見小子們抬車，說太太的車拔了縫，拿去收拾去了。不如這會子坐了我的車一齊過去倒好。」邢夫人聽了，便命人來換衣服。鳳姐忙著伏侍了一回，娘兒兩個坐車過來。鳳姐兒又說道：「太太過老太太那裡去，我若跟了去，老太太若問起我過去作什麼的，倒不好。不如太太先去，我脫了衣裳再來。」

④擱不住——擋不住、攔阻不了。

邢夫人聽了有理，便自往賈母處，和賈母說了一回閑話，便出來，假托往王夫人房裡去，從後門出去，打鴛鴦的臥房前過。只見鴛鴦正然坐在那裡做針線，見了邢夫人，忙站起來。邢夫人笑道：「做什麼呢？我瞧瞧，你扎的花兒越發好了。」一面說，一面便接他手內的針線瞧了一瞧，只管贊好。放下針線，又渾身打量。只見他穿著半新的藕合色的綾襖，青緞掐牙背心，下面水綠裙子；蜂腰削背，鴨蛋臉面，烏油頭髮，高高的鼻子，兩邊腮上微微的幾點雀斑。鴛鴦見這般看他，自己倒不好意思起來，心裡便覺詫異，因笑問道：「太太，這會子不早不晚的，過來做什麼？」邢夫人使個眼色兒，跟的人退出。邢夫人便坐下，拉著鴛鴦的手，笑道：「我特來給你道喜來了。」鴛鴦聽了，心中已猜著三分，不覺紅了臉，低了頭，不發一言。聽邢夫人道：「你知道，你老爺跟前竟沒有個可靠的人，心裡再要買一個，又怕那些人牙子⑤家出來的不乾不淨，也不知道毛病兒，買了來家，三日兩日，又要肏鬼吊猴⑥的。因滿府裡要挑一個家生女兒收了，又沒個好的：不是模樣兒不好，就是性子不好；有了這個好處，沒了那個好處。因此冷眼選了半年，這些女孩子裡頭，就只你是個尖兒：模樣兒，行事作人，溫柔可靠，一概是齊全的。意思要和老太太討了你去，收在屋裡。你比不得外頭新買的，你這一進去了，進門就開了臉，就封你作姨娘，又體面，又尊貴。你又是個要強的人，俗語說的，『金子終得金子換』，誰知竟被老爺看重了你。如今這一來，你可遂了素日志大心高的願了，也堵一堵那些嫌你的人的嘴。——跟了我回老

⑤人牙子——人口販子。舊時稱買賣的中間經紀人為「牙子」，即掮客。
⑥肏鬼吊猴——調皮搗蛋。

太太去！」說著，拉了他的手就要走。

鴛鴦紅了臉，奪手不行。邢夫人知他害臊，因又說道：「這有什麼臊處？你又不用說話，只跟著我就是了。」鴛鴦只低了頭，不動身。邢夫人見他這般，便又說道：「難道你不願意不成？若果然不願意，可真是個傻丫頭了。放著主子奶奶不作，倒願意作丫頭！三年二年，不過配上個小子，還是奴才。你跟了我們去，你知道我的性子又好，又不是那不容人的人。老爺待你們又好。過一年半載，生下個一男半女，你就和我並肩了。家裡人，你要使喚誰，誰還不動？——現成主子不做去，錯過這個機會，後悔就遲了。」鴛鴦只管低了頭，仍是不語。邢夫人又道：「你這麼個響快人，怎麼又這樣積粘⑦起來？有什麼不稱心之處，只管說與我，我管你遂心如意就是了。」鴛鴦仍不語。邢夫人又笑道：「想必你有老子娘，你自己不肯說話，怕臊，你等他們問你，——這也是理。讓我問他們去，叫他們來問你，有話只管告訴他們。」說畢，便往鳳姐兒房中來。

鳳姐兒早換了衣服，因房內無人，便將此話告訴了平兒。平兒也搖頭笑道：「據我看，此事未必妥。平常我們背著人說起話來，聽他那主意，未必是肯的。也只說著瞧罷了。」鳳姐兒道：「太太必來這屋裡商議。依了還可，若不依，白討個臊，當著你們，豈不臉上不好看。你說給他們炸鵪鶉，再有什麼配幾樣，預備吃飯。你且別處逛逛去，估量著去了，再來。」平兒聽說，照樣傳給婆子們，便逍遙自在的往園子裡來。

---

⑦積粘——扭扭捏捏，不乾脆、不爽快。

這裡鴛鴦見邢夫人去了，必在鳳姐兒房裡商議去了，必定有人來問他的，不如躲了這裡，因找了琥珀，說道：「老太太要問我，只說我病了，沒吃早飯，往園子裡逛逛就來。」琥珀答應了。鴛鴦也往園子裡來，各處遊玩，不想正遇見平兒。平兒因見無人，便笑道：「新姨娘來了！」鴛鴦聽了，便紅了臉，說道：「怪道你們串通一氣來算計我！等著我和你主子鬧去就是了。」平兒聽了，自悔失言，便拉他到楓樹底下，坐在一塊石上，越性把方才鳳姐過去回來所有的形景言詞、始末原由告訴與他。鴛鴦紅了臉，向平兒冷笑道：「這是咱們好，比如襲人、琥珀、素雲、紫鵑、彩霞、玉釧兒、麝月、翠墨，跟了史姑娘去的翠縷，死了的可人和金釧，去了的茜雪，連上你我，這十來個人，從小兒什麼話兒不說？什麼事兒不作？這如今因都大了，各自幹各自的去了，然我心裡仍是照舊，有話有事，並不瞞你們。這話我且放在你心裡，且別和二奶奶說：別說大老爺要我做小老婆，就是太太這會子死了，他三媒六聘的娶我去作大老婆，我也不能去。」

平兒方欲笑答，只聽山石背後哈哈的笑道：「好個沒臉的丫頭，虧你不怕牙磣⑧。」二人聽了，不免吃了一驚，忙起身向山石背後找尋，不是別個，卻是襲人笑著走了出來，問：「什麼事情？也告訴我。」說著，三人坐在石上。平兒又把方才的話說與襲人聽，道：「真真這話論理不該我們說，這個大老爺太好色了，略平頭正臉的，他就不放手了。」平兒道：「你既不願意，我教你個法子，不用費事就完了。」鴛鴦道：「什麼法子？你說來我聽。」平兒笑道：「你只和老太太說，就說已經給了璉二爺了，大老爺

⑧牙磣——食物中夾雜砂石，咀嚼起來硌牙，皮膚起栗，叫牙磣；這裡引伸為說肉麻話，令人難受。磣，音ㄔㄣˇ。

就不好要了。」鴛鴦啐道：「什麼東西！你還說呢！前兒你主子不是這麼混說的？誰知應到今兒了！」襲人笑道：「他們兩個都不願意，我就和老太太說，叫老太太說把你已經許了寶玉了，大老爺也就死了心了。」鴛鴦又是氣，又是臊，又是急，因罵道：「兩個蹄子不得好死的！人家有為難的事，拿著你們當正經人，告訴你們，與我排解排解，你們倒替換著取笑兒。你們自為都有了結果了，將來都是做姨娘的。據我看，天下的事未必都遂心如意。你們且收著些兒，別忒樂過了頭兒！」

二人見他急了，忙陪笑央告道：「好姐姐，別多心！咱們從小兒都是親姊妹一般，不過無人處偶然取個笑兒。你的主意告訴我們知道，也好放心。」鴛鴦道：「什麼主意！我只不去就完了。」平兒搖頭道：「你不去，未必得干休。大老爺的性子，你是知道的。雖然你是老太太房裡的人，此刻不敢把你怎麼樣，將來難道你跟老太太一輩子不成？也要出去的。那時落了他的手，倒不好了。」鴛鴦冷笑道：「老太太在一日，我一日不離這裡；若是老太太歸西去了，他橫豎還有三年的孝呢，沒個娘才死了，他先納小老婆的！——等過三年，知道又是怎麼個光景？那時再說。縱到了至急為難，我剪了頭髮作姑子去；不然，還有一死。一輩子不嫁男人，又怎麼樣？樂得乾淨呢！」

平兒、襲人笑道：「真這蹄子沒了臉，越發信口兒都說出來了。」鴛鴦道：「事到如此，臊一會怎麼樣！你們不信，慢慢的看著就是了。太太才說了，找我老子娘去。我看他南京找去！」平兒道：「你的父母都在南京看房子，沒上來，終久也尋的著；現在還有你哥哥、嫂子在這裡。——可惜你是這裡的家生女兒，不如我們兩個人是單在這裡。」鴛鴦道：「家生女兒怎麼樣？『牛不吃水強按頭』？我不願意，難道殺我的老子娘不成？」

正說著，只見他嫂子從那邊走來。襲人道：「當時找不著你的爹娘，一定和你嫂子說了。」鴛鴦道：「這個娼婦，專管是個『九國販駱駝』⑨的，聽了這話，他有個不奉承去的！」說話之間，已來到跟前。他嫂子笑道：「那裡沒找到？姑娘跑了這裡來！你跟了我來，我和你說話。」平兒、襲人都忙讓坐。他嫂子說：「姑娘們請坐，我找我們姑娘說句話。」襲人、平兒都裝不知道，笑道：「什麼話，這樣忙？我們這裡猜謎兒贏手批子打呢，等猜了這個再去。」鴛鴦道：「什麼話？你說罷。」他嫂子笑道：「你跟我來，到那裡我告訴你，橫豎有好話兒。」鴛鴦道：「可是大太太和你說的那話？」他嫂子笑道：「姑娘既知道，還奈何我！快來，我細細的告訴你，可是天大的喜事。」鴛鴦聽說，立起身來，照他嫂子臉上下死勁啐了一口，指著他罵道：「你快夾著屄嘴離了這裡，好多著呢！什麼『好話』！宋徽宗的鷹，趙子昂的馬，都是好畫兒⑩，什麼『喜事』！狀元痘兒灌的漿兒又滿是喜事⑪。怪道成日家羨慕人家女兒作了小老婆，一家子都仗著他橫行霸道的，一家子都成了小老婆了！看的眼熱了，也把我送在火坑裡去。我若得臉呢，你們在外頭橫行霸道，自己就封自己是舅爺了；我若不得臉，敗了時，你們把忘八脖子一縮，生死由我！」一面說，一面哭，平兒、襲人攔著勸。

⑨專管是九國販駱駝的——專管，專一、一定；九國販駱駝，比喻到處兜攬生意、鑽營圖利的人，又作「六國販駱駝」。

⑩宋徽宗的鷹，趙子昂的馬，都是好畫兒——歇後語，意即「都是好話兒」；「畫兒」是「話兒」的諧音。宋徽宗趙佶，工於花鳥，以畫鷹著稱；趙孟頫字子昂，元代書畫家，擅長畫馬。

⑪狀元痘兒灌的漿兒又滿是喜事——歇後語，意即「喜事」。狀元痘，是天花痘疹的諱稱；痘疹發出灌漿飽滿，生命便可保無虞，故稱「喜事」。這裡是對「天大喜事」一語的嘲弄。

他嫂子臉上下不來，因說道：「願意不願意，你也好說，不犯著牽三掛四的。俗語說：『當著矮人，別說短話。』姑奶奶罵我，我不敢還言；這二位姑娘並沒惹著你，『小老婆』長，『小老婆』短，人家臉上怎麼過得去？」襲人、平兒忙道：「你倒別這麼說，他也並不是說我們，你倒別牽三掛四的。你聽見那位太太、太爺們封我們做小老婆？況且我們兩個也沒有爹娘、哥哥、兄弟在這門子裡仗著我們橫行霸道的。他罵的人自有他罵的，我們犯不著多心！」鴛鴦道：「他見我罵了他，他臊了，沒的蓋臉，又拿話挑唆你們兩個，幸虧你們兩個明白。原是我急了，也沒分別出來，他就挑出這個空兒來。」他嫂子自覺沒趣，賭氣去了。

鴛鴦氣得還罵，平兒、襲人勸他一回，方才罷了。平兒因問襲人道：「你在那裡藏著做甚麼的？我們竟沒看見你。」襲人道：「我因為往四姑娘房裡瞧我們寶二爺去的，誰知遲了一步，說是來家裡來了。我疑惑怎麼不遇見呢？想要往林姑娘家裡找去，又遇見他的人，說也沒去。我這裡正疑惑是出園子去了，可巧你從那裡來了，我一閃，你也沒看見。後來他又來了。我從這樹後頭走到山子石後，我卻見你兩個說話來了，誰知你們四個眼睛沒見我——」

一語未了，又聽身後笑道：「四個眼睛沒見你？你們六個眼睛竟沒見我！」三人唬了一跳，回身一看，不是別個，正是寶玉走來。襲人先笑道：「叫我好找！你那裡來？」寶玉笑道：「我從四妹妹那裡出來，迎頭看見你來了，我就知道是找我去的，我就藏了起來哄你。看你趨⑫著頭過去了，進了院子就

⑫趨——音ㄑㄩ，低著頭快走，或作「趍」。

出來了，逢人就問。我在那裡好笑，只等你到了跟前，唬你一跳的。後來見你也藏藏躲躲的，我就知道也是要哄人了。我探頭往前看了一看，卻是他兩個，所以我就繞到你身後；你出去，我就躲在你躲的那裡了。」平兒笑道：「咱們再往後找找去，只怕還找出兩個人來也未可知。」寶玉笑道：「這可再沒了。」

鴛鴦已知話俱被寶玉聽了，只伏在石頭上裝睡。寶玉推他笑道：「這石頭上冷，咱們回房裡去睡，豈不好？」說著，拉起鴛鴦來，又忙讓平兒來家坐吃茶。平兒和襲人都勸鴛鴦走，鴛鴦方立起身來，四人竟往怡紅院來。寶玉將方才的話俱已聽見，心中自然不快，只默默的歪在床上，任他三人在外間說笑。

那邊邢夫人因問鳳姐兒鴛鴦的父母，鳳姐因回說：「他爹的名字叫金彩，兩口子都在南京看房子，從不大上京。他哥哥金文翔，現在是老太太那邊的買辦。他嫂子也是老太太那邊漿洗的頭兒。」邢夫人便令人叫了他嫂子金文翔媳婦來，細細說與他。金家媳婦自是喜歡，興興頭頭找鴛鴦，只望一說必妥，不想被鴛鴦搶白一頓，又被襲人、平兒說了幾句，羞惱回來，便對邢夫人說：「不中用，他倒罵了我一場。」因鳳姐兒在旁，不敢提平兒，只說：「襲人也幫著他搶白我，也說了許多不知好歹的話，回不得主子的。太太和老爺商議再買罷，諒那小蹄子也沒有這麼大福，我們也沒有這麼大造化。」邢夫人聽了，因說道：「又與襲人什麼相干？他們如何知道的？」又問：「還有誰在跟前？」金家的道：「還有平姑娘。」鳳姐兒忙道：「你不該拿嘴巴子打他回來？我一出了門，他就逛去了；回家來，連一個影兒也摸不著他！——他必定也幫著說什麼呢？」金家的道：「平姑娘沒在跟前，遠遠的看著倒像是他，可也不真切，不過是我白忖度。」鳳姐便命人去：「快打了他來，告訴他，我來家了，太太也在這裡，請他來幫個忙兒。」豐兒忙上來回道：「林姑娘打發了人下請字，請了三四次，他才去了。奶奶一進門，我就叫他去的。林姑娘說：『告訴你奶奶，我煩他有事呢。』」鳳姐兒聽了方罷，故意的還說：「天天煩他！有些什麼事？」

邢夫人無計，吃了飯回家，晚間告訴了賈赦。賈赦想了一想，即刻叫賈璉來，說：「南京的房子還有人看著，不止一家，即刻叫上金彩來。」賈璉回道：「上次南京信來，金彩已經得了痰迷心竅，那邊連棺材銀子都賞了，不知如今是死是活，便是活著，人事不知，叫來也無用。他老婆子又是個聾子。」賈赦聽了，喝了一聲，又罵：「下流囚攮的，偏你這麼知道，還不離了我這裡！」唬得賈璉退出。一時又叫傳金文翔。賈璉在外書房伺候著，又不敢家去，又不敢見他父親，只得聽著。一時金文翔來了，小么兒們直帶入二門裡去，隔了五六頓飯的工夫才出來去了。賈璉暫且不敢打聽，隔了一會，又打聽賈赦睡了，方才過來。至晚間，鳳姐兒告訴他，方才明白。

鴛鴦一夜沒睡，至次日，他哥哥回賈母，接他家去逛逛，賈母允了，命他出去。鴛鴦意欲不去，又怕賈母疑心，只得勉強出來。他哥哥只得將賈赦的話說與他，又許他怎麼體面，又怎麼當家作姨娘。鴛鴦只咬定牙不願意。他哥哥無法，少不得去回覆了賈赦。賈赦怒起來，因說道：「我這話告訴你，叫你女人向他說去，就說我的話：『自古嫦娥愛少年』，他必定嫌我老了，大約他戀著少爺們，多半是看上了寶玉，——只怕也有賈璉。果有此心，叫他早早歇了心，我要他不來，此後誰還敢收？此是一件。第二件，想著老太太疼他，將來自然往外聘作正頭夫妻去。叫他細想，憑他嫁到誰家去，也難出我的手心。除非他死了，或是終身不嫁男人，我就伏了他！若不然時，叫他趁早回心轉意，有多少好處。」賈赦說一句，金文翔應一聲「是」。賈赦道：「你別哄我，我明兒還打發你太太過去問鴛鴦，你們說了，他不依，便沒你們的不是。若問他，他再依了，仔細你的腦袋！」

金文翔忙應了又應，退出回家，也不等得告訴他女人轉說，竟自己對面說了這話，把個鴛鴦氣的無話可回，想了一想，便說道：「便願意去，也須得你們帶了我回聲老太太去。」他哥嫂聽了，只當回想過來，都喜之不勝，他嫂子即刻帶了他上來見賈母。

可巧王夫人、薛姨媽、李紈、鳳姐兒、寶釵等姊妹並外頭的幾個執事有頭臉的媳婦，都在賈母跟前湊趣兒呢。鴛鴦喜之不盡，拉了他嫂子，到賈母跟前跪下，一行哭，一行說，把邢夫人怎麼來說，園子裡他嫂子又如何說，今兒他哥哥又如何說，「因為不依，方才大老爺越性說我戀著寶玉，不然，要等著往外聘，我到天上，這一輩子也跳不出他的手心去，終久要報仇。——我是橫了心的，當著眾人在這裡，我這一輩子，莫說是『寶玉』，便是『寶金』、『寶銀』、『寶天王』、『寶皇帝』，橫豎不嫁人就完了！就是老太太逼著我，我一刀抹死了，也不能從命！若有造化，我死在老太太之先；若沒造化，該討吃的命，伏侍老太太歸了西，我也不跟著我老子娘、哥哥去，我或是尋死，或是剪了頭髮當尼姑去！若說我不是真心，暫且拿話來支吾，日後再圖別的，天地鬼神，日頭月亮照著嗓子，從嗓子裡頭長疔爛了出來，爛化成醬在這裡！」原來他一進來時，便袖了一把剪子，一面說著，一面左手打開頭髮，右手便鉸。眾婆娘、丫鬟忙來拉住，已剪下半綹來了。眾人看時，幸而他的頭髮極多，鉸的不透，連忙替他挽上。

賈母聽了，氣的渾身亂戰，口內只說：「我通共剩了這麼一個可靠的人，他們還要來算計！」因見王夫人在旁，便向王夫人道：「你們原來都是哄我的！外頭孝敬，暗地裡盤算我！有好東西也來要，有


聯經出版事業公司 校印

好人也要，剩了這麼個毛丫頭，見我待他好了，你們自然氣不過，弄開了他，好擺弄我！」王夫人忙站起來，不敢還一言。薛姨媽見連王夫人怪上，反不好勸的了。李紈一聽見鴛鴦的話，早帶了姊妹們出去。

探春有心的人，想王夫人雖有委屈，如何敢辯；薛姨媽也是親姊妹，自然也不好辯的；寶釵也不便為姨母辯；李紈、鳳姐、寶玉一概不敢辯；這正用著女孩兒之時，——迎春老實，惜春小——因此，窗外聽了一聽，便走進來，陪笑向賈母道：「這事與太太什麼相干？老太太想一想，也有大伯子要收屋裡的人，小嬸子如何知道？便知道，也推不知道。」猶未說完，賈母笑道：「可是我老糊塗了！姨太太別笑話我。你這個姐姐，他極孝順我，不像我那大太太一味怕老爺，婆婆跟前不過應景兒。可是委屈了他。」薛姨媽只答應「是」，又說：「老太太偏心，多疼小兒子媳婦，也是有的。」賈母道：「不偏心！」因又說道：「寶玉，我錯怪了你娘，你怎麼也不提我，看著你娘受委屈？」寶玉笑道：「我偏著娘說大爺、大娘不成？通共一個不是，我娘在這裡不認，卻推誰去？——我倒要認是我的不是，老太太又不信。」賈母笑道：「這也有理。你快給你娘跪下，你說：太太別委屈了，老太太有年紀了，看著寶玉罷。」寶玉聽了，忙走過去，便跪下要說；王夫人忙笑著拉他起來，說：「快起來，快起來，斷乎使不得。終不成你替老太太給我賠不是不成？」寶玉聽說，忙站起來。

賈母又笑道：「鳳姐兒也不提我。」鳳姐兒笑道：「我倒不派老太太的不是，老太太倒尋上我了？」賈母聽了，與眾人都笑道：「這可奇了！倒要聽聽這『不是』。」鳳姐兒道：「誰教老太太會調理人？調理的水葱兒似的，怎麼怨得人要？我幸虧是孫子媳婦，若是孫子，我早要了，還等到這會子呢！」賈母笑道：「這倒是我的不是了？」鳳姐兒笑道：「自然是老太太的不是了。」賈母笑道：「這樣，我也

聯經出版事業公司　校印

不要了，你帶了去罷！」鳳姐兒道：「等著修了這輩子，來生托生男人，我再要罷。」賈母笑道：「你帶了去，給璉兒放在屋裡，看你那沒臉的公公還要不要了！」鳳姐兒道：「璉兒不配，就只配我和平兒這一對『燒糊了的捲子』⑬和他混罷。」說的眾人都笑起來了。

丫鬟回說：「大太太來了。」王夫人忙迎了出去。要知端的——

⑬燒糊了的捲子——比喻貌醜，與上文「水葱兒似的」對稱。糊，烤焦了；捲子，北方俗稱長方形的饅頭為捲子。


聯經出版事業公司校印

# 第四十七回　呆霸王調情遭苦打　冷郎君懼禍走他鄉

話說王夫人聽見邢夫人來了，連忙迎了出去。邢夫人猶不知賈母已知鴛鴦之事，正還要來打聽信息，進了院門，早有幾個婆子悄悄的回了他，他方知道。待要回去，裡面已知，又見王夫人接了出來，少不得進來，先與賈母請安。賈母一聲兒不言語，自己也覺得愧悔。鳳姐兒早指一事迴避了。鴛鴦也自回房去生氣。薛姨媽、王夫人等恐礙著邢夫人的臉面，也都漸漸的退了。邢夫人且不敢出去。

賈母見無人，方說道：「我聽見你替你老爺說媒來了。你倒也『三從四德』①，只是這賢慧也太過了！你們如今也是孫子、兒子滿眼了，你還怕他，勸兩句都使不得，還由著你老爺性兒鬧。」邢夫人滿面通紅，回道：「我勸過幾次不依。老太太還有什麼不知道呢？我也是不得已兒。」賈母道：「他逼著

①三從四德——三從，未嫁從父、既嫁從夫、夫死從子；四德，婦德（品德）、婦言（辭令）、婦容（儀態）、婦功（女工）；這是舊時代女性必須遵守的規範。

你殺人，你也殺去？如今你也想想：你兄弟媳婦本來老實，又生得多病多痛，上上下下，那不是他操心？你一個媳婦雖然幫著，也是天天『丟下笆兒弄掃帚』②。凡百事情，我如今都自己減了。他們兩個就有一些不到的去處，有鴛鴦，那孩子還心細些，我的事情他還想著一點子，該要去的，他就要了來，該添什麼，他就度空兒告訴他們添了。鴛鴦再不這樣，他娘兒兩個，裡頭外頭，大的小的，那裡不忽略一件半件？我如今反倒自己操心去不成？還是天天盤算和你們要東西去？我這屋裡，有的沒的，剩了他一個，年紀也大些，我凡百的脾氣性格兒，他還知道些。二則他還投主子們的緣法，也並不指著我和這位太太要衣裳去，又和那位奶奶要銀子去。所以這幾年，一應事情，他說什麼，從你小嬸和你媳婦起，以至家下大大小小，沒有不信的。所以不單我得靠，連你小嬸、媳婦也都省心。我有了這麼個人，便是媳婦和孫子媳婦有想不到的，我也不得缺了，也沒氣可生了。這會子他去了，你們弄個什麼人來我使？你們就弄他那麼一個真珠的人來，不會說話也無用。我正要打發人和你老爺說去，他要什麼人，我這裡有錢，叫他只管一萬八千的買，就只這個丫頭不能。留下他伏侍我幾年，就比他日夜伏侍我盡了孝的一般。你來的也巧，你就去說，更妥當了。」

說畢，命人來：「請了姨太太、你姑娘們來說個話兒。才高興，怎麼又都散了！」丫頭們忙答應著去了。眾人忙趕的又來。只有薛姨媽向丫鬟道：「我才來了，又作什麼去？你就說我睡了覺了。」那丫頭道：「好親親的姨太太，姨祖宗！我們老太太生氣呢！你老人家不去，沒個開交了，只當疼我們罷。」

②丟下鈀兒弄掃帚——擱下這樣，又做那樣，事情總是做不完的意思。


聯經出版事業公司校印

你老人家嫌乏，我背了你老人家去。」薛姨媽道：「小鬼頭兒，你怕些什麼？不過罵幾句完了。」說著，只得和這小丫頭子走來。賈母忙讓坐，又笑道：「咱們鬥牌罷。姨太太的牌也生，咱們一處坐著，別叫鳳姐兒混了我們去。」薛姨媽笑道：「正是呢！老太太替我看著些兒。就是咱們娘兒四個鬥呢，還是再添個呢？」王夫人笑道：「可不只四個。」鳳姐兒道：「再添一個人，熱鬧些。」賈母道：「叫鴛鴦來，叫他在這下手裡坐著。姨太太眼花了，咱們兩個的牌都叫他瞧著些兒。」鳳姐兒嘆了一聲，向探春道：「你們知書識字的，倒不學算命！」探春道：「這又奇了。這會子你倒不打點精神贏老太太幾個錢，又想算命？」鳳姐兒道：「我正要算算命，今兒該輸多少呢？我還想贏呢！你瞧瞧，場子沒上，左右都埋伏下了。」說的賈母、薛姨媽都笑起來。

一時鴛鴦來了，便坐在賈母下手，鴛鴦之下便是鳳姐兒。鋪下紅毡，洗牌告么③，五人起牌，鬥了一回。鴛鴦見賈母的牌已十嚴④，只等一張二餅，便遞了暗號與鳳姐兒。鳳姐兒正該發牌，便故意躊躇了半晌，笑道：「我這一張牌定在姨媽手裡扣著呢。我若不發這一張，再頂不下來的。」薛姨媽道：「我手裡並沒有你的牌。」鳳姐兒道：「我回來是要查的。」薛姨媽道：「你只管查。你且發下來，我瞧瞧是張什麼。」鳳姐兒便送在薛姨媽跟前。薛姨媽一看是個二餅，便笑道：「我倒不稀罕他，只怕老太太

---

③告么——鬥牌時，洗完牌，由頭家擲骰子，或每人先翻一張牌，按點數的多少起牌。因「么」點次序最先，故稱這種按點起牌叫「告么」。

④十嚴——鬥牌時牌已配齊，只等所需的最後一張牌出現，便可放牌獲勝，叫做「十嚴」。

滿了。」鳳姐兒聽了，忙笑道：「我發錯了。」賈母笑的已擲下牌來，說：「你敢拿回去！誰叫你錯的不成？」鳳姐兒道：「可是我要算一算命呢！這是自己發的，也怨埋伏！」賈母笑道：「可是呢，你自己該打著你那嘴，問著你自己才是！」又向薛姨媽笑道：「我不是小器愛贏錢，原是個彩頭兒。」薛姨媽笑道：「可不是這樣，那裡有那樣糊塗人，說老太太愛錢呢？」

鳳姐兒正數著錢，聽了這話，忙又把錢穿上⑤了，向眾人笑道：「夠了我的了。竟不為贏錢，單為贏彩頭兒。我到底小器，輸了就數錢，快收起來罷。」賈母規矩是鴛鴦代洗牌，因和薛姨媽說笑，不見鴛鴦動手，賈母道：「你怎麼惱了，連牌也不替我洗？」鴛鴦拿起牌來，笑道：「二奶奶不給錢。」賈母道：「他不給錢，那是他交運了！」便命小丫頭子：「把他那一吊錢都拿過來。」小丫頭子真就拿了，擱在賈母旁邊。鳳姐兒笑道：「賞我罷！我照數兒給就是了。」薛姨媽笑道：「果然是鳳丫頭小器，不過是頑兒罷了。」

鳳姐聽說，便站起來，拉著薛姨媽，回頭指著賈母素日放錢的一個木匣子，笑道：「姨媽瞧瞧，那個裡頭不知頑了我多少去了！這一吊錢頑不了半個時辰，那裡頭的錢就招手兒叫他了。只等把這一吊也叫進去了，牌也不用鬥了，老祖宗的氣也平了，又有正經事差我辦去了。」話說未完，引的賈母眾人笑個不住。偏有平兒怕錢不夠，又送了一吊來。鳳姐兒道：「不用放在我跟前，也放在老太太的那一處罷。一齊叫進去，倒省事，不用做兩次，叫箱子裡的錢費事。」賈母笑的手裡的牌撒了一桌子，推著鴛鴦，

⑤把錢穿上——舊時使用的制錢，中有方孔，為便於攜帶和保存，大多用繩子穿起來。

叫：「快撕他的嘴！」

平兒依言放下錢，也笑了一回，方回來。至院門前，遇見賈璉，問他：「太太在那裡呢？老爺叫我請過去呢。」平兒忙笑道：「在老太太跟前呢，站了這半日還沒動呢。趁早兒丟開手罷。老太太生了半日氣，這會子虧二奶奶湊了半日趣兒，才略好了些。」賈璉道：「我過去，只說討老太太的示下，十四往賴大家去不去，好預備轎子的。又請了太太，又湊了趣兒，豈不好？」平兒笑道：「依我說，你竟不去罷。合家子連太太、寶玉都有了不是，這會子你又填限⑥去了。」賈璉道：「已經完了，難道還找補不成？況且與我又無干。二則老爺親自吩咐我請太太的，這會子我打發了人去，倘或知道了，正沒好氣呢，指著這個拿我出氣罷。」說著就走。平兒見他說得有理，也便跟了過來。

賈璉到了堂屋裡，便把腳步放輕了，往裡間探頭，只見邢夫人站在那裡。鳳姐兒眼尖，先瞧見了，使眼色兒，不命他進來，又使眼色與邢夫人。邢夫人不便就走，只得倒了一碗茶來，放在賈母跟前。賈母一回身，賈璉不防，便沒躲伶俐。賈母便問：「外頭是誰？倒像個小子一伸頭。」鳳姐兒忙起身說：「我也恍惚看見一個人影兒，讓我瞧瞧去。」一面說，一面起身出來。賈璉忙進去，陪笑道：「打聽老太太十四可出門？好預備轎子。」賈母道：「既這麼樣，怎麼不進來？又作鬼作神的。」賈璉陪笑道：「見老太太玩牌，不敢驚動，不過叫媳婦出來問問。」賈母道：「就忙到這一時！等他家去，你問多少

---

⑥填限——也作「填餡」，代人受過，白白充當犧牲品的意思。

問不得？那一遭兒你這麼小心來著！又不知是來作耳報神⑦的，也不知是來作探子的！鬼鬼祟祟的，倒唬了我一跳。什麼好下流種子！你媳婦和我頑牌呢，還有半日的空兒，你家去再和那趙二家的商量治你媳婦去罷。」說著，眾人都笑了。鴛鴦笑道：「鮑二家的！老祖宗又拉上趙二家的。」賈母也笑道：「可是，我那裡記得什麼『抱』著『背』著的！提起這些事來，不由我不生氣！我進了這門子，作重孫子媳婦起，到如今，我也有了重孫子媳婦了，連頭帶尾五十四年，憑著大驚大險、千奇百怪的事，也經了些，從沒經過這些事。還不離了我這裡呢！」

賈璉一聲兒不敢說，忙退了出來。平兒站在窗外，悄悄的笑道：「我說著你不聽，到底碰在網裡了。」正說著，只見邢夫人也出來。賈璉道：「都是老爺鬧的，如今都搬在我和太太身上！」邢夫人道：「我把你沒孝心雷打的下流種子！人家還替老子死呢；白說了幾句，你就抱怨了。你還不好好的呢，這幾日生氣，仔細他捶你。」賈璉道：「太太快過去罷，叫我來請了好半日了。」說著，送他母親出來，過那邊去。

邢夫人將方才的話只略說了幾句，賈赦無法，又含愧，自此便告病，且不敢見賈母，只打發邢夫人及賈璉每日過去請安。只得又各處遣人購求尋覓，終久費了八百兩銀子，買了一個十七歲的女孩子來，名喚嫣紅，收在屋內。不在話下。

這裡鬥了半日牌，吃晚飯才罷。此一二日間無話。

---

⑦耳報神——暗地裡通風報信的人，也就是下句的「探子」。

展眼到了十四日，黑早，賴大的媳婦又進來請。賈母高興，便帶了王夫人、薛姨媽及寶玉姊妹等，到賴大花園中坐了半日。那花園雖不及大觀園，卻也十分齊整寬闊，泉石林木，樓閣亭軒，也有好幾處驚人駭目的。外面廳上，薛蟠、賈珍、賈璉、賈蓉並幾個近族的，很遠的也沒來，賈赦也沒來。賴大家內也請了幾個現任的官長並幾個世家子弟作陪。因其中有柳湘蓮，薛蟠自上次會過一次，已念念不忘。又打聽他最喜串戲⑧，且串的都是生旦風月戲文，不免錯會了意，誤認他作了風月子弟，正要與他相交，恨沒有個引進，這日可巧遇見，竟覺無可不可。且賈珍等也慕他的名，酒蓋住了臉，就求他串了兩齣戲。下來，移席和他一處坐著，問長問短，說此說彼。

那柳湘蓮原是世家子弟，讀書不成，父母早喪，素性爽俠，不拘細事，酷好耍槍舞劍，賭博吃酒，以至眠花臥柳，吹笛彈箏，無所不為。因他年紀又輕，生得又美，不知他身分的人，卻誤認作優伶一類。那賴大之子賴尚榮與他素習交好，故他今日請來作陪。不想酒後別人猶可，獨薛蟠又犯了舊病。他心中早已不快，得便意欲走開完事，無奈賴尚榮死也不放。賴尚榮又說：「方才寶二爺又囑咐我，才一進門，雖見了，只是人多不好說話，叫我囑咐你，散的時候別走，他還有話說呢，你既一定要去，等我叫出他來，你兩個見了再走，與我無干。」說著，便命小廝們：「到裡頭找一個老婆子，悄悄告訴，請出寶二爺來。」那小廝去了沒一盞茶時，果見寶玉出來了。賴尚榮向寶玉笑道：「好叔叔，把他交給你，我張羅人去了。」說著，一逕去了。

⑧串戲——扮演戲劇；非職業演員參加演戲也叫串戲，或稱「客串」。

寶玉便拉了柳湘蓮到廳側小書房中坐下，問他這幾日可到秦鐘的墳上去了。湘蓮道：「怎麼不去？前日我們幾個人放鷹⑨去，離他墳上還有二里。我想今年夏天的雨水勤，恐怕他的墳站不住。我背著眾人，走去瞧了一瞧，果然又動了一點子。回家來就便弄了幾百錢，第三日一早出去，僱了兩個人，收拾好了。」寶玉道：「怪道呢。上月我們大觀園的池子裡頭結了蓮蓬，我摘了十個，叫茗烟出去，到墳上供他去，回來我也問他：『可被雨沖壞了沒有？』他說：『不但不沖，且比上回又新了些。』我想著，不過是這幾個朋友新築了。我只恨我天天圈在家裡，一點兒做不得主，行動就有人知道，不是這個攔就是那個勸的，能說不能行。雖然有錢，又不由我使。」湘蓮道：「這個事也用不著你操心，外頭有我，你只心裡有了就是。眼前十月初一，我已經打點下上墳的花消。你知道，我一貧如洗，家裡是沒的積聚，縱有幾個錢來，隨手就光的，不如趁空兒留下這一分，省得到了跟前扎煞手⑩。」寶玉道：「我也正為這個要打發茗烟找你，你又不大在家，知道你天天萍踪浪跡，沒個一定的去處。」湘蓮道：「這也不用找我。這個事不過各盡其道。眼前我還要出門去走走，外頭逛個三年五載再回來。」寶玉聽了，忙問道：「這是為何？」柳湘蓮冷笑道：「你不知道我的心事，等到跟前，你自然知道。——我如今要別過了。」寶玉道：「好容易會著，晚上同散，豈不好？」湘蓮道：「你那令姨表兄還是那樣，再坐著，未免有事，不如我迴避了倒好。」寶玉想了一想，道：「既是這樣，倒是迴避他為是。只是你要果真遠行，必須先

⑨放鷹——獵人出獵，常放出馴養的獵鷹捕取獵物，所以這裡當作打獵的別稱。

⑩扎煞手——也作「扎撒手」；扎煞，雙手攤開的樣子，指遇到難處沒有辦法。

告訴我一聲，千萬別悄悄的去了。」說著，便滴下淚來。柳湘蓮道：「自然要辭的。你只別和別人說就是。」說著，便站起來要走，又道：「你就進去，不必送我。」

一面說，一面出了書房。剛至大門前，早遇見薛蟠在那裡亂嚷亂叫說：「誰放了小柳兒走了？」柳湘蓮聽了，火星亂迸，恨不得一拳打死；復思酒後揮拳，又礙著賴尚榮的臉面，只得忍了又忍。薛蟠忽見他走出來，如得了珍寶，忙趔趄著上來，一把拉住，笑道：「我的兄弟，你往那裡去了？」湘蓮道：「走走就來。」薛蟠笑道：「好兄弟，你一去都沒興了，好歹坐一坐，你就疼我了。憑你有什麼要緊的事，交給哥，你只別忙，有你這個哥，你要做官發財都容易。」湘蓮見他如此不堪，心中又恨又愧，早生一計，便拉他到避人之處，笑道：「你真心和我好，假心和我好呢？」薛蟠聽這話，喜的心癢難撓，乜斜著眼，忙笑道：「好兄弟，你怎麼問起我這話來？我要是假心，立刻死在眼前！」湘蓮道：「既如此，這裡不便。等坐一坐，我先走，你隨後出來，跟到我下處，咱們替另喝一夜酒。我那裡還有兩個絕好的孩子，從沒出門⑪。你可連一個跟的人也不用帶，到了那裡，伏侍的人都是現成的。」薛蟠聽如此說，喜得酒醒了一半，說：「果然如此？」湘蓮道：「如何！人拿真心待你，你倒不信了！」薛蟠忙笑道：「我又不是呆子，怎麼有個不信的呢！既如此，我又不認得，你先去了，我在那裡找你？」湘蓮道：「我這下處在北門外頭，你可捨得家，城外住一夜去？」薛蟠笑道：「有了你，我還要家做什麼！」湘蓮道：「既如此，我在北門外頭橋上等你。咱們席上且吃酒去。你看我走了之後，你再走，他們就不留

⑪絕好的孩子——這裡指男妓，也稱「相公」或「相姑」；下文的「出門」，指出外應酬客人。

心了。」薛蟠聽了，連忙答應。於是二人復又入席，飲了一回。那薛蟠難熬，只拿眼看湘蓮，心內越想越樂，左一壺右一壺，並不用人讓，自己便吃了又吃，不覺酒已八九分了。

湘蓮便起身出來，瞅人不防去了，至門外，命小廝杏奴：「先家去罷，我到城外就來。」說畢，已跨馬直出北門，橋上等候薛蟠。沒頓飯時工夫，只見薛蟠騎著一匹大馬，遠遠的趕了來，張著嘴，瞪著眼，頭似撥浪鼓⑫一般，不住左右亂瞧。及至從湘蓮馬前過去，只顧望遠處瞧，不曾留心近處，反踩過去了。湘蓮又是笑，又是恨，便也撒馬隨後趕來。薛蟠往前看時，漸漸人煙稀少，便又圈馬回來再找，不想一回頭見了湘蓮，如獲奇珍，忙笑道：「我說你是個再不失信的。」湘蓮笑道：「快往前走，仔細人看見跟了來，就不便了。」說著，先就撒馬前去，薛蟠也緊緊的跟來。

湘蓮見前面人跡已稀，且有一帶葦塘，便下馬，將馬拴在樹上，向薛蟠笑道：「你下來，咱們先設個誓，日後要變了心，告訴人去的，便應了誓。」薛蟠笑道：「這話有理。」連忙下了馬，也拴在樹上，便跪下說道：「我要日久變心，告訴人去的，天誅地滅！——」一語未了，只聽「嘡」的一聲，頸後好似鐵錘砸下來，只覺得一陣黑，滿眼金星亂迸，身不由己，便倒下來。湘蓮走上來瞧瞧，知道他是個笨家，不慣捱打，只使了三分氣力，向他臉上拍了幾下，登時便「開了果子鋪」⑬。薛蟠先還要掙挫起來，又被湘蓮用腳尖點了兩點，仍舊跌倒，口內說道：「原是兩家情願，你不依，只好說，為什麼哄出我來

⑫撥浪鼓——一種兒童玩具，棍端穿小鼓，兩旁各掛懸棰，持棍反覆拈轉作響，貨郎叫賣時也常用，又稱「貨郎鼓」。

⑬開了果子鋪——比喻臉上被打得青紫紅腫，像陳列著五顏六色果品的水果店一般。

打我？」一面說，一面亂罵。湘蓮道：「我把你瞎了眼的！你認認柳大爺是誰！你不說哀求，你還傷我！我打死你也無益，只給你個利害罷！」說著，便取了馬鞭過來，從背至脛，打了三四十下。

薛蟠酒已醒了大半，覺得疼痛難禁，不禁有「噯喲」之聲。湘蓮冷笑道：「也只如此！我只當你是不怕打的。」一面說，一面又把薛蟠的左腿拉起來，朝葦中濘泥處拉了幾步，滾的滿身泥水，又問道：「你可認得我了？」薛蟠不應，只伏著哼哼。湘蓮又擲下鞭子，用拳頭向他身上擂了幾下。薛蟠便亂滾亂叫，說：「肋條折了！我知道你是正經人，因為我錯聽了旁人的話了。」湘蓮道：「不用拉別人，你只說現在的。」薛蟠道：「現在沒什麼說的。不過你是個正經人，我錯了！」湘蓮道：「還要說軟些，才饒你。」薛蟠哼著道：「好兄弟——」湘蓮便又一拳；薛蟠「噯喲」了一聲，道：「好哥哥——」湘蓮又連兩拳，薛蟠忙「噯喲」叫道：「好老爺，饒了我這沒眼睛的瞎子罷！從今以後，我敬你怕你了。」湘蓮道：「你把那水喝兩口。」薛蟠一面聽了，一面皺眉道：「那水髒得很，怎麼喝得下去！」湘蓮舉拳就打。薛蟠忙道：「我喝，喝。……」說著說著，只得俯頭向葦根下喝了一口，猶未咽下去，只聽「哇」的一聲，把方才吃的東西都吐了出來。湘蓮道：「好髒東西，你快吃盡了，饒你。」薛蟠聽了，叩頭不迭，道：「好歹積陰功饒我罷！這至死不能吃的。」湘蓮道：「這樣氣息，倒薰壞了我！」說著，丟下薛蟠，便牽馬認鐙⑭去了。

這裡薛蟠見他已去，心內方放下心來，後悔自己不該誤認了人。待要掙挫起來，無奈遍身疼痛難禁。

⑭認鐙——鐙，掛在馬鞍兩旁的踏腳；認鐙，腳尖踏進馬鐙，這裡是「上馬」的意思。

誰知賈珍等席上忽不見了他兩個，各處尋找不見。有人說：「恍惚出北門去了。」薛蟠的小廝們素日是懼他的，他吩咐不許跟去，誰還敢找去？後來還是賈珍不放心，命賈蓉帶著小廝們尋蹤問跡的，直找出北門，下橋二里多路，忽見葦坑邊薛蟠的馬拴在那裡。眾人都道：「可好了！有馬必有人。」一齊來至馬前，只聽葦中有人呻吟。大家忙走來一看，只見薛蟠衣衫零碎，面目腫破，沒頭沒臉，遍身內外，滾的似個泥豬一般。賈蓉心內已猜著九分了，忙下馬令人攙了出來，笑道：「薛大叔天天調情，今兒調到葦子坑裡來了。必定是龍王爺也愛上你風流，要你招駙馬去，你就碰到龍犄角上了。」薛蟠羞的恨沒地縫兒鑽不進去，那裡爬的上馬去？賈蓉只得命人趕到關廂⑮裡僱了一乘小轎子，薛蟠坐了，一齊進城。賈蓉還要抬往賴家去赴席，薛蟠百般央告，又命他不要告訴人，賈蓉方依允了，讓他各自回家。賈蓉仍往賴家回覆賈珍，並說方才形景。賈珍也知為湘蓮所打，也笑道：「他須得吃個虧才好。」至晚散了，便來問候。薛蟠自在臥房將養，推病不見。

賈母等回來，各自歸家時，薛姨媽與寶釵見香菱哭得眼睛腫了。問其原故，忙趕來瞧薛蟠時，臉上、身上雖有傷痕，並未傷筋動骨。薛姨媽又是心疼，又是發恨，罵一回薛蟠，又罵一回柳湘蓮，意欲告訴王夫人，遣人尋拿柳湘蓮。寶釵忙勸道：「這不是什麼大事，不過他們一處吃酒，酒後反臉常情。誰醉了，多挨幾下子打，也是有的。況且咱們家無法無天，也是人所共知的。媽不過是心疼的原故。要出氣也容易，等三五天，哥哥養好了，出的去時，那邊珍大爺、璉二爺這干人也未必白丟開了，自然備個東

⑮關廂——城門外的大街和附近地區。



聯經出版事業公司校印

道，叫了那個人來，當著眾人替哥哥賠不是認罪就是了。如今媽先當件大事告訴眾人，倒顯得媽偏心溺愛，縱容他生事招人，今兒偶然吃了一次虧，媽就這樣興師動眾，倚著親戚之勢，欺壓常人。」薛姨媽聽了道：「我的兒，到底是你想的到，我一時氣糊塗了。」寶釵笑道：「這才好呢。他又不怕媽，又不聽人勸，一天縱似一天，吃過兩三個虧，他倒罷了。」

薛蟠睡在炕上，痛罵柳湘蓮，又命小廝們去拆他的房子，打死他，和他打官司。薛姨媽禁住小廝們，只說柳湘蓮一時酒後放肆，如今酒醒，後悔不及，懼罪逃走了。薛蟠聽見如此說了，要知端的——

# 第四十八回　濫情人情誤思游藝①　慕雅女雅集苦吟詩

且說薛蟠聽見如此說了，氣方漸平。三五日後，疼痛雖愈，傷痕未平，只裝病在家，愧見親友。展眼已到十月，因有各鋪面伙計內有算年賬要回家的，少不得家內治酒餞行。內有一個張德輝，年過六十，自幼在薛家當鋪內攬總②，家內也有二三千金的過活，今歲也要回家，明春方來。因說起「今年紙札、香料短少，明年必是貴的。明年先打發大小兒上來當鋪內照管，趕端陽前，我順路販些紙札、香扇來賣。除去關稅③花銷，亦可以剩得幾倍利息。」薛蟠聽了，心中忖度：「我如今捱了打，正難見人，想著要躲個一年半載，又沒處去躲。天天裝病，也不是事。況且我長了這麼大，文又不文，武又不

①游藝——從事技藝和藝術的鍛煉，這裡指薛蟠出外學做生意。

②攬總——總負責，這裡指當鋪的總經理。

③關稅——舊時內陸各重要河川、道路都設有關卡，各關卡所收的稅捐，就叫做「關稅」。

武，雖說做買賣，究竟戥子④、算盤從沒拿過，地土風俗、遠近道路又不知道，不如也打點幾個本錢，和張德輝逛一年來。賺錢也罷，不賺錢也罷，且躲躲羞去。二則逛逛山水也是好的。」心內主意已定，至酒席散後，便和張德輝說知，命他等一二日，一同前往。

晚間薛蟠告訴了他母親。薛姨媽聽了，雖是歡喜，但又恐他在外生事，花了本錢倒是末事，因此不命他去。只說：「好歹你守著我，我還能放心些。況且也不用做這買賣，也不等著這幾百銀子來用。你在家裡安分守己的，就強似這幾百銀子了。」薛蟠主意已定，那裡肯依？只說：「天天又說我不知世事，這個也不知，那個也不學；如今我發狠把那些沒要緊的都斷了，如今要成人立事，學習著做買賣，又不准我了！叫我怎麼樣呢？我又不是個丫頭，把我關在家裡，何日是個了日？況且那張德輝又是個年高有德的，咱們和他世交，我同他去，怎麼得有舛錯？我就一時半刻有不好的去處，他自然說我、勸我。就是東西貴賤行情，他是知道的，自然色色問他，何等順利，倒不叫我去！過兩日我不告訴家裡，私自打點了一走，明年發了財回家，那時才知道我呢！」說畢，賭氣睡覺去了。

薛姨媽聽他如此說，因和寶釵商議。寶釵笑道：「哥哥果然要經歷正事，正是好的了。只是他在家時說著好聽，到了外頭舊病復犯，越發難拘束他了。——但也愁不得許多。他若真改了，是他一生的福；若不改，媽也不能又有別的法子。一半盡人力，一半聽天命罷了。這麼大人了，若只管怕他不知世路，出不得門，幹不得事，今年關在家裡，明年還是這個樣兒。他既說的名正言順，媽就打諒著丟了八百、

④戥子——一種稱量金銀、藥品等所用的小秤，計量單位從兩到分厘；戥，音ㄉㄥˇ。

一千銀子，竟交與他試一試。橫豎有伙計們幫著，也未必好意思哄騙他的。二則他出去了，左右沒有助興的人，又沒了倚仗的人，到了外頭，誰還怕誰？有了的吃，沒了的餓著，舉眼無靠，他見這樣，只怕比在家裡省了事也未可知。」薛姨媽聽了，思忖半晌說道：「倒是你說的是。花兩個錢，叫他學些乖來也值了。」商議已定，一宿無話。

至次日，薛姨媽命人請了張德輝來，在書房中命薛蟠款待酒飯，自己在後廊下，隔著窗子，向裡千言萬語囑託張德輝照管薛蟠。張德輝滿口應承，吃過飯告辭，又回說：「十四日是上好出行日期，大世兄即刻打點行李，僱下騾子，十四一早就長行了。」薛蟠喜之不盡，將此話告訴了薛姨媽。薛姨媽便和寶釵、香菱並兩個老年的嬤嬤連日打點行裝，派下薛蟠之乳父老蒼頭⑤一名，當年諳事舊僕二名，外有薛蟠隨身常使小廝二人：主僕一共六人，僱了三輛大車，單拉行李使物，又僱了四個長行騾子。薛蟠自騎一匹家內養的鐵青大走騾，外備一匹坐馬。諸事完畢，薛姨媽、寶釵等連夜勸戒之言，自不必備說。

至十三日，薛蟠先去辭了他舅舅，然後過來辭了賈宅諸人。賈珍等未免又有餞行之說，也不必細述。至十四日一早，薛姨媽、寶釵等直同薛蟠出了儀門，母女兩個，四隻淚眼看他去了，方回來。

薛姨媽上京帶來的家人不過四五房，並兩三個老嬤嬤、小丫頭，今跟了薛蟠一去，外面只剩了一兩個男子。因此薛姨媽即日到書房，將一應陳設玩器並簾幔等物盡行搬了進來收貯，命那兩個跟去的男子

---

⑤老蒼頭——老奴僕。古時僕人頭纏黑布，所以把僕人叫做「蒼頭」。

之妻一併也進來睡覺。又命香菱將他屋裡也收拾嚴緊，「將門鎖了，晚間和我去睡。」寶釵道：「媽既有這些人作伴，不如叫菱姐姐和我作伴去。我們園裡又空，夜長了，我每夜作活，越多一個人，豈不越好？」薛姨媽聽了，笑道：「正是，我忘了，原該叫他同你去才是。我前日還同你哥哥說，文杏又小，道三不著兩；鶯兒一個人，不夠伏侍的，還要買一個丫頭來你使。」寶釵道：「買的不知底裡，倘或走了眼，花了錢小事，沒的淘氣。倒是慢慢的打聽著，有知道來歷的，買個還罷了。」一面說，一面命香菱收拾了衾褥妝奩，命一個老嬤嬤並臻兒送至蘅蕪苑去，然後寶釵和香菱才同回園中來。

香菱道：「我原要和奶奶說的，大爺去了，我和姑娘作伴兒去。又恐怕奶奶多心，說我貪著園裡來頑；誰知你竟說了。」寶釵笑道：「我知道你心裡羨慕這園子不是一日兩日了，只是沒個空兒。就每日來一趟，慌慌張張的，也沒趣兒。所以趁著機會，越性住上一年，我也多個作伴的，你也遂了心。」香菱笑道：「好姑娘！你趁著這個工夫，教給我作詩罷。」寶釵笑道：「我說你『得隴望蜀』⑥呢。我勸你今兒頭一日進來，先出園東角門，從老太太起，各處各人，你都瞧瞧，問候一聲兒，也不必特意告訴他們說搬進園來。若有提起因由，你只帶口說我帶了你進來作伴兒就完了。回來進了園，再到各姑娘房裡走走。」

香菱應著，才要走時，只見平兒忙忙的走來。香菱忙問了好，平兒只得陪笑相問。寶釵因向平兒笑道：「我今兒帶了他來作伴兒，正要去回你奶奶一聲兒。」平兒笑道：「姑娘說的是那裡話？我竟沒話

---

⑥得隴望蜀——比喻人貪得無厭。《後漢書・岑彭傳》：「人苦不知足，既平隴（在今甘肅省），復望蜀（今四川）。」

答言了。」寶釵道：「這才是正理。店房也有個主人，廟裡也有個住持。雖不是大事，到底告訴一聲，便是園裡坐更上夜的人知道添了他兩個，也好關門候戶的了。你回去告訴一聲罷，我不打發人去了。」平兒答應著，因又向香菱笑道：「你既來了，也不拜一拜街坊鄰舍去？」寶釵笑道：「我正叫他去呢。」平兒道：「你且不必往我們家去，二爺病了在家裡呢。」香菱答應著去了，先從賈母處來，不在話下。

且說平兒見香菱去了，便拉寶釵忙說道：「姑娘可聽見我們的新聞了？」寶釵道：「我沒聽見新聞。因連日打發我哥哥出門，所以你們這裡的事，一概也不知道，連姊妹們這兩日也沒見。」平兒笑道：「老爺把二爺打了個動不得，難道姑娘就沒聽見？」寶釵道：「早起恍惚聽見了一句，也信不真。我也正要瞧你奶奶去呢，不想你來了。又是為了什麼打他？」平兒咬牙罵道：「都是那賈雨村什麼風村，半路途中那裡來的餓不死的野雜種！認了不到十年，生了多少事出來！今年春天，老爺不知在那個地方看見了幾把舊扇子，回家看家裡所有收著的這些好扇子都不中用了，立刻叫人各處搜求。誰知就有一個不知死的冤家，混號兒世人叫他作石呆子，窮的連飯也沒的吃，偏他家就有二十把舊扇子，死也不肯拿出大門來。二爺好容易煩了多少情，見了這個人，說之再三，把二爺請到他家裡坐著，拿出這扇子，略瞧了一瞧。據二爺說，原是不能再有的，全是湘妃、棕竹、麋鹿、玉竹⑦的，皆是古人寫畫真跡，回來告訴了

---

⑦湘妃、棕竹、麋鹿、玉竹——四種名貴的竹子，紋理美觀，可以製做扇骨。湘妃，指湘妃竹，又稱斑竹，產於湖南、廣西，竹上有紫色斑點；棕竹，又稱棕櫚竹、桃花竹；麋鹿，一種表皮像麋鹿角紋的竹子；玉竹，《群芳譜》：「玉竹，青黃相間。」

老爺。老爺便叫買他的，要多少銀子給他多少。偏那石呆子說：『我餓死、凍死，一千兩銀子一把，我也不賣！』老爺沒法子，天天罵二爺沒能為。已經許了他五百兩，先兌銀子，後拿扇子。他只是不賣，只說：『要扇子，先要我的命！』姑娘想想，這有什麼法子？誰知雨村那沒天理的聽見了，便設了個法子，訛他拖欠了官銀，拿他到衙門裡去，說：『所欠官銀，變賣家產賠補。』把這扇子抄了來，作了官價，送了來。那石呆子如今不知是死是活。老爺拿著扇子問著二爺說：『人家怎麼弄了來？』二爺只說了一句：『為這點子小事，弄得人坑家敗業，也不算什麼能為！』老爺聽了就生了氣，說二爺拿話堵老爺，因此這是第一件大的。這幾日還有幾件小的，我也記不清，所以都湊在一處，就打起來了。也沒拉倒用板子、棍子，就站著，不知拿什麼混打一頓，臉上打破了兩處。我們聽見姨太太這裡有一種丸藥，上棒瘡的，姑娘快尋一丸子給我。」寶釵聽了，忙命鶯兒去要了一丸來與平兒。寶釵道：「既這樣，替我問候罷，我就不去了。」平兒答應著去了，不在話下。

且說香菱見過眾人之後，吃過晚飯，寶釵等都往賈母處去了，自己便往瀟湘館中來。此時黛玉已好了大半，見香菱也進園來住，自是歡喜。香菱因笑道：「我這一進來了，也得了空兒，好歹教給我作詩，就是我的造化了！」黛玉笑道：「既要作詩，你就拜我作師。我雖不通，大略也還教得起你。」香菱笑道：「果然這樣，我就拜你做師。你可不許膩煩的。」黛玉道：「什麼難事，也值得去學！不過是起、承、轉、合，當中承轉是兩副對子，平聲對仄聲，虛的對實的，實的對虛的⑧。若是果有了奇句，連平仄、虛實不對都使得的。」香菱笑道：「怪道我常弄一本舊詩，偷空兒看一兩首，又有對的極工的，又有不對的；又聽見說『一三五不論，二四六分明』⑨，看古人的詩上，亦有順的，亦有二四六上錯了的，所以天天疑惑。如今聽你一說，原來這些格調、規矩竟是末事，只要詞句新奇為上。」黛玉道：「正是這個道理。詞句究竟還是末事，第一立意要緊。若意趣真了，連詞句不用修飾，自是好的：這叫做『不以詞害意』⑩。」香菱笑道：「我只愛陸放翁的詩『重簾不捲留香久，古硯微凹聚墨多』，說的真有趣！」黛玉道：「斷不可學這樣的詩。你們因不知詩，所以見了這淺近的就愛，一入了這個格局，再學不出來的。你只聽我說，你若真心要學，我這裡有《王摩詰全集》，你且把他的五言律讀一百首，細心揣摩透熟了，然後再讀一二百首老杜的七言律，次再李青蓮⑪的七言絕句讀一二百首，肚子裡先有了這三個人作了底子，然後再把陶淵明、應瑒、謝、阮、庾、鮑⑫等人的一看。你又是一個極聰敏伶俐的人，不用一年的工夫，不愁不是詩翁了！」香菱聽了，笑道：「既這樣，好姑娘，你就把這書給我拿出來，

---

⑧起承轉合、平仄虛實——舊體詩文章法、聲韵結構的術語。起，開端；承，承接上文進一步加以申述；轉，轉折，從另一方面論述主題；合，全文結語。平仄，漢字讀音的聲調，平分陰平、陽平，仄包括上、去、入三聲，格律詩每句每字的聲調有規定的平仄格式；虛實，律詩共八句，中間四句規定為兩副對子，要按照詞性的虛實相對。

⑨一三五不論，二四六分明——格律詩對平仄聲的規定，每句的第一、三、五字要求的較寬，平仄可自由；第二、四、六字要求較嚴，平仄必須依律。

⑩不以詞害意——這是說作詩要以「意」（內容）為先，文辭格律次之，不要因過分注重辭藻形式而損害了內容。

我帶回去，夜裡念幾首也是好的。」黛玉聽說，便命紫鵑將王右丞的五言律拿來，遞與香菱，又道：「你只看有紅圈的都是我選的，有一首念一首。不明白的，問你姑娘，或者遇見我，我講與你就是了。」香菱拿了詩，回至蘅蕪苑中，諸事不顧，只向燈下一首一首的讀起來。寶釵連催他數次睡覺，他也不睡。寶釵見他這般苦心，只得隨他去了。

一日，黛玉方梳洗完了，只見香菱笑吟吟的送了書來，又要換杜律。黛玉笑道：「共記得多少首？」香菱笑道：「凡紅圈選的我盡讀了。」黛玉道：「可領略了些滋味沒有？」香菱笑道：「領略了些滋味，不知可是不是，說與你聽聽。」黛玉笑道：「正要講究討論，方能長進，你且說來我聽。」香菱笑道：「據我看來，詩的好處，有口裡說不出來的意思，想去卻是逼真的。有似乎無理的，想去竟是有理有情的。」黛玉笑道：「這話有了些意思，但不知你從何處見得？」香菱笑道：「我看他〈塞上〉一首，那一聯云：『大漠孤烟直，長河落日圓。』想來烟如何直？日自然是圓的：這『直』字似無理，『圓』字

---

⑪陸放翁、王摩詰、老杜、李青蓮——陸放翁，南宋詩人陸游，著有《劍南詩稿》等。王摩詰，唐代詩人王維，人稱王右丞。律是律詩的簡稱，每首八句，每句五字的叫五言律，每句七字叫七言律，超過八句的，叫排律。老杜，盛唐詩人杜甫，號稱「詩聖」，他的七言律獨步詩壇。李青蓮，盛唐詩人李白，號稱「詩仙」，他的七言絕句最被稱頌。絕句，每首四句的格律詩。

⑫應瑒、謝、阮、庾、鮑——應瑒，東漢末年詩人，「建安七子」之一；謝，南朝宋詩人謝靈運；阮，三國時魏詩人阮籍，「竹林七賢」之一；庾，北朝周詩人庾信；鮑，南朝宋詩人鮑照。

似太俗。合上書一想，倒像是見了這景的。若說再找兩個字換這兩個，竟再找不出兩個字來。再還有『日落江湖白，潮來天地青』：這『白』『青』兩個字也似無理。想來，必得這兩個字才形容得盡，念在嘴裡倒像有幾千斤重的一個橄欖。還有『渡頭餘落日，墟里上孤烟』：這『餘』字和『上』字，難為他怎麼想來！我們那年上京來，那日下晚便灣住船，岸上又沒有人，只有幾棵樹，遠遠的幾家人家作晚飯，那個烟竟是碧青，連雲直上。誰知我昨日晚上讀了這兩句，倒像我又到了那個地方去了。」

正說著，寶玉和探春也來了，也都入坐聽他講詩。寶玉笑道：「既然是這樣，也不用看詩。『會心處不在遠』⑬，聽你說了這兩句，可知『三昧』⑭你已得了。」黛玉笑道：「你說他這『上孤烟』好，你還不知他這一句還是套了前人的來。我給你這一句瞧瞧，更比這個淡而現成。」說著便把陶淵明的「曖曖遠人村，依依墟里烟」翻了出來，遞與香菱。香菱瞧了，點頭嘆賞，笑道：「原來『上』字是從『依依』兩個字上化出來的。」寶玉大笑道：「你已得了，不用再講，越發倒學雜了。你就作起來，必是好的。」探春笑道：「明兒我補一個柬來，請你入社。」香菱笑道：「姑娘何苦打趣我！我不過是心裡羨慕，才學著頑罷了。」探春、黛玉都笑道：「誰不是頑？難道我們是認真作詩呢！若說我們認真成了詩，出了這園子，把人的牙還笑倒了呢。」寶玉道：「這也算自暴自棄了。前日我在外頭和相公們商議畫兒，他們聽見咱們起詩社，求我把稿子給他們瞧瞧。我就寫了幾首給他們看看，誰不真心嘆服？他們都抄了

⑬會心處不在遠——會心，領悟；這是說領悟一項事物，不必遠求，也就是以個人內心體驗來評論詩文。

⑭三昧——佛教用語，本是心神專一、雜念止息的意思，是佛家修持的重要方法之一；後借指事物的奧秘和精義。

刻去了。」探春、黛玉忙問道：「這是真話麼？」寶玉笑道：「說謊的是那架上的鸚哥。」黛玉、探春聽說，都道：「你真真胡鬧！且別說那不成詩，便是成詩，我們的筆墨⑮也不該傳到外頭去。」寶玉道：「這怕什麼！古來閨閣中的筆墨不要傳出去，如今也沒有人知道了。」

說著，只見惜春打發了入畫來請寶玉，寶玉方去了。香菱又逼著黛玉換出杜律來，又央黛玉、探春二人：「出個題目，讓我謅去；謅了來，替我改正。」黛玉道：「昨夜的月最好，我正要謅一首，竟未謅成，你竟作一首來。十四寒的韵，由你愛用那幾個字去。」

香菱聽了，喜的拿回詩來，又苦思一回，作兩句詩；又捨不得杜詩，又讀兩首；如此茶飯無心，坐臥不定。寶釵道：「何苦自尋煩惱？──都是顰兒引的你，我和他算賬去。你本來呆頭呆腦的，再添上這個，越發弄成個呆子了。」香菱笑道：「好姑娘，別混我！」一面說，一面作了一首，先與寶釵看。寶釵看了，笑道：「這個不好，不是這個作法。你別怕臊，只管拿了給他瞧去，看他是怎麼說。」香菱聽了，便拿了詩找黛玉。黛玉看時，只見寫道是：

月掛中天夜色寒，清光皎皎影團團。詩人助興常思玩，野客添愁不忍觀。翡翠樓邊懸玉鏡，珍珠簾外掛冰盤。良宵何用燒銀燭，晴彩輝煌映畫欄。

黛玉笑道：「意思卻有，只是措詞不雅。皆因你看的詩少，被他縛住了。把這首丟開，再作一首，只管放開膽子去作。」

---

⑮筆墨──這裡代指詩文作品。

香菱聽了，默默的回來，越性連房也不入，只在池邊樹下，或坐在山石上出神，或蹲在地下摳土，來往的人都詫異。李紈、寶釵、探春、寶玉等聽得此信，都遠遠的站在山坡上瞧看他。只見他皺一回眉，又自己含笑一回。寶釵笑道：「這個人定要瘋了！昨夜嘟嘟噥噥直鬧到五更天才睡下；沒一頓飯的工夫天就亮了，我就聽見他起來了，忙忙碌碌梳了頭，就找顰兒去。一回來了，呆了一日，作了一首又不好，這會子自然另作呢。」寶玉笑道：「這正是『地靈人傑』⑯，老天生人，再不虛賦情性的。我們成日嘆說可惜他這麼個人竟俗了，誰知到底有今日。可見天地至公。」寶釵笑道：「你能夠像他這苦心就好了，學什麼有個不成的？」寶玉不答。

只見香菱興興頭頭的又往黛玉那邊去了。探春笑道：「咱們跟了去，看他有些意思沒有。」說著，一齊都往瀟湘館來。只見黛玉拿著詩和他講究。眾人因問黛玉：「作的如何？」黛玉道：「自然算難為他了，只是還不好。這一首過於穿鑿了，還得另作。」眾人因要詩看時，只見作道：

非銀非水映窗寒，試看晴空護玉盤。淡淡梅花香欲染，絲絲柳帶露初乾。只疑殘粉塗金砌，恍若輕霜抹玉欄。夢醒西樓人跡絕，餘容猶可隔簾看。

寶釵笑道：「不像吟月了，月字底下添一個『色』字，倒還使得。你看句句倒是月色。——這也罷了，原來詩從胡說來，再遲幾天就好了。」

香菱自為這首妙絕，聽如此說，自己掃了興，不肯丟開手，便要思索起來。因見他姊妹們說笑，便

⑯地靈人傑——山川靈秀，人物傑出，出自唐代王勃〈滕王閣序〉。

自己走至階前竹下閑步，挖心搜膽，耳不旁聽，目不別視。一時探春隔窗笑說道：「菱姑娘，你閑閑罷。」香菱怔怔答道：「『閑』字是『十五刪』的，你錯了韻了。」眾人聽了，不覺大笑起來。寶釵道：「可真是詩魔了。都是顰兒引的他！」黛玉道：「聖人說：『誨人不倦』，他又來問我，我豈有不說之理。」李紈笑道：「咱們拉了他往四姑娘房裡去，引他瞧瞧畫兒，叫他醒一醒才好。」

說著，真個出來拉了他過藕香榭，至暖香塢中。惜春正乏倦，在床上歪著睡午覺，畫繒⑰立在壁間，用紗罩著。眾人喚醒了惜春，揭紗看時，十停方有了三停。香菱見畫上有幾個美人，因指著笑道：「這一個是我們姑娘，那一個是林姑娘。」探春笑道：「凡會作詩的，都畫在上頭，快學罷。」說著，頑笑了一回。

各自散後，香菱滿心中還是想詩，至晚間，對燈出了一回神，至三更以後，上床臥下，兩眼鰥鰥⑱，直到五更方才朦朧睡去了。一時天亮，寶釵醒了，聽了一聽，他安穩睡了，心下想：「他翻騰了一夜，不知可作成了？這會子乏了，且別叫他。」正想著，只聽香菱從夢中笑道：「可是有了！難道這一首還不好？」寶釵聽了，又是可嘆，又是可笑，連忙喚醒了他，問他：「得了什麼？你這誠心都通了仙了。——學不成詩，還弄出病來呢！」一面說，一面梳洗了，會同姊妹往賈母處來。

原來香菱苦志學詩，精血誠聚，日間做不出，忽於夢中得了八句。梳洗已畢，便忙錄出來，自己並

---

⑰畫繒——繪畫用的絹；繒，古代對絲織品的統稱。

⑱鰥鰥——鰥，音ㄍㄨㄢ，一種大魚，其性獨行。魚目常睜不閉，因此常用「鰥鰥」形容憂愁失眠的樣子。

不知好歹，便拿來又找黛玉。剛到沁芳亭，只見李紈與眾姊妹方從王夫人處回來，寶釵正告訴他們，說他夢中作詩，說夢話。眾人正笑，抬頭見他來了，便都爭著要詩看。且聽下回分解。


聯經出版事業公司校印

# 第四十九回　琉璃世界白雪紅梅　脂粉香娃割腥啖膻

話說香菱見眾人正說笑，他便迎上去，笑道：「你們看這一首。若使得，我便還學；若還不好，我就死了這作詩的心了。」說著，把詩遞與黛玉及眾人看時，只見寫道是：

精華欲掩料應難，影自娟娟魄自寒。一片砧敲千里白，半輪雞唱五更殘。綠蓑江上秋聞笛，紅袖樓頭夜倚欄。博得嫦娥應借問，緣何不使永團圓！①

眾人看了，笑道：「這首不但好，而且新巧有意趣。可知俗語說：『天下無難事，只怕有心人。』社裡一定請你了。」香菱聽了，心下不信，料著是他們瞞哄自己的話，還只管問黛玉、寶釵等。

正說之間，只見幾個小丫頭並老婆子忙忙的走來，都笑道：「來了好些姑娘、奶奶們，我們都不認得，奶奶、姑娘們快認親去。」李紈笑道：「這是那裡的話？你到底說明白了，是誰的親戚？」那婆子、

①「精華欲掩」一詩——精華，指月亮純淨的光華；砧，搗衣石；綠蓑，即蓑衣，這裡用以代指飄泊江上的旅人。

聯經出版事業公司校印

丫頭都笑道：「奶奶的兩位妹子都來了。還有一位姑娘，說是薛大姑娘的妹妹；還有一位爺，說是薛大爺的兄弟。我這會子請姨太太去呢！奶奶和姑娘們先上去罷。」說著，一逕去了。寶釵笑道：「我們薛蝌和他妹妹來了不成？」李紈也笑道：「我們嬸子又上京來了不成？他們也不能湊在一處，這可是奇事。」大家納悶，來至王夫人上房，只見烏壓壓一地的人。

原來邢夫人之兄嫂帶了女兒岫烟進京來投邢夫人的，可巧鳳姐之兄王仁也正進京，兩親家一處打幫來了。走至半路泊船時，正遇見李紈之寡嬸帶著兩個女兒——大名李紋，次名李綺——也上京。大家敘起來，又是親戚，因此三家一路同行。後有薛蟠之從弟②薛蝌，因當年父親在京時已將胞妹薛寶琴許配都中梅翰林之子為婚，正欲進京發嫁，聞得王仁進京，他也帶了妹子隨後趕來：所以今日會齊了來訪投各人親戚。

於是大家見禮敘過，賈母、王夫人都歡喜非常。賈母因笑道：「怪道昨日晚上燈花爆了又爆，結了又結，原來應到今日。」一面敘些家常，一面收看帶來的禮物，一面命留酒飯。鳳姐兒自不必說，忙上加忙。李紈、寶釵自然和嬸母、姊妹敘離別之情。黛玉見了，先是歡喜，次後想起眾人皆有親眷，獨自己孤單，無個親眷，不免又去垂淚。寶玉深知其情，十分勸慰了一番方罷。

然後寶玉忙忙來至怡紅院中，向襲人、麝月、晴雯等笑道：「你們還不快看人去！誰知寶姐姐的親哥哥是那個樣子，他這叔伯兄弟，形容舉止，另是一樣了；倒像是寶姐姐的同胞弟兄似的。更奇在你們

②從弟——堂弟。


聯經出版事業公司 校印

成日家只說寶姐姐是絕色的人物，你們如今瞧瞧他這妹子，更有大嫂嫂這兩個妹子，——我竟形容不出了。老天，老天！你有多少精華靈秀，生出這些人上之人來！可知我井底之蛙，成日家自說現在的這幾個人是有一無二的；誰知不必遠尋，就是本地風光，一個賽似一個。如今我又長了一層學問了。——除了這幾個，難道還有幾個不成？」一面說，一面自笑自嘆。襲人見他又有了魔意，便不肯去瞧。晴雯等早去瞧了一遍回來，欪欪笑向襲人道：「你快瞧瞧去！大太太的一個侄女兒，寶姑娘一個妹妹，大奶奶兩個妹妹，倒像一把子四根水葱兒。」

一語未了，只見探春也笑著進來找寶玉，因說道：「咱們的詩社可興旺了。」寶玉笑道：「正是呢。這是你一高興起詩社，所以鬼使神差來了這些人。——但只一件，不知他們可學過作詩不曾？」探春道：「我才都問了問他們，雖是他們自謙，看其光景，沒有不會的。便是不會，也沒難處，——你看香菱就知道了。」晴雯笑道：「他們說薛大姑娘的妹妹更好，三姑娘看著怎麼樣？」探春道：「果然的話。據我看，連他姐姐並這些人總不及他。」襲人聽了，又是詫異，又笑道：「這也奇了，還從那裡再尋好的去呢？我倒要瞧瞧去。」

探春道：「老太太一見了，喜歡的無可不可，已經逼著太太認了乾女兒了。老太太要養活，才剛已經定了。」寶玉喜的忙問：「這果然的？」探春道：「我幾時說過謊？」又笑道：「有了這個好孫女兒，就忘了這孫子了。」寶玉笑道：「這倒不妨，原該多疼女孩兒些才是正理。——明兒十六，咱們可該起社了。」探春道：「林丫頭剛起來了，二姐姐又病了，終是七上八下的。」寶玉道：「二姐姐又不大作詩，沒有他又何妨？」探春道：「越性等幾天，他們新來的混熟了，咱們邀上他們，豈不好？這會子，大嫂子、寶姐姐心裡自然沒有詩興的，況且湘雲沒來，顰兒剛好了，人人不合式。不如等著雲丫頭來了，這幾個新的也熟了，顰兒也大好了，大嫂子和寶姐姐心也閑了，香菱詩也長進了，如此邀一滿社，豈不好？咱們兩個如今且往老太太那裡去聽聽，除寶姐姐的妹妹不算外，他一定是在咱們家住定了的。倘或那三個要不在咱們這裡住，咱們央告著老太太留下他們在園子裡住下，咱們豈不多添幾個人，越發有趣了。」寶玉聽了，喜的眉開眼笑，忙說道：「倒是你明白。我終久是個糊塗心腸，空喜歡一會子，卻想不到這上頭來。」

說著，兄妹兩個一齊往賈母處來。果然王夫人已認了寶琴作乾女兒，賈母歡喜非常，連園中也不命住，晚上跟著賈母一處安寢。薛蝌自向薛蟠書房中住下。賈母便和邢夫人說：「你侄女兒也不必家去了，園裡住幾天，逛逛再去。」邢夫人兄嫂家中原艱難，這一上京，原仗的是邢夫人與他們治房舍、幫盤纏，聽如此說，豈不願意。邢夫人便將岫烟交與鳳姐兒。鳳姐兒籌算得園中姊妹多，性情不一，且又不便另設一處，莫若送到迎春一處去，倘日後邢岫烟有些不遂意的事，縱然邢夫人知道了，與自己無干。從此後，若邢岫烟家去住的日期不算，若在大觀園住到一個月上，鳳姐兒亦照迎春的分例送一分與岫烟。鳳姐兒冷眼敁敠岫烟心性為人，竟不像邢夫人及他的父母一樣，卻是溫厚可疼的人。因此鳳姐兒又憐他家貧命苦，比別的姊妹多疼他些，邢夫人倒不大理論了。

賈母、王夫人因素喜李紈賢惠，且年輕守節，令人敬伏，今見他寡嬸來了，便不肯令他外頭去住。那李嬸雖十分不肯，無奈賈母執意不從，只得帶著李紋、李綺在稻香村住下來。

當下安插既定，誰知保齡侯史鼐又遷委③了外省大員，不日要帶了家眷去上任，賈母因捨不得湘雲，便留下他了，接到家中。原要命鳳姐兒另設一處與他住，史湘雲執意不肯，只要與寶釵一處住，因此就罷了。

此時大觀園中比先更熱鬧了多少：李紈為首，餘者迎春、探春、惜春、寶釵、黛玉、湘雲、李紋、李綺、寶琴、邢岫烟，再添上鳳姐兒和寶玉，一共十三人。敘起年庚，除李紈年紀最長，鳳姐次之，餘者皆不過十五六七歲，或有這三個同年，或有那五個共歲，或有這兩個同月同日，那兩個同刻同時，所差者大半是時刻月分而已，連他們自己也不能細細分晰，不過是「弟」「兄」「姊」「妹」四個字隨便亂叫。

如今香菱正滿心滿意只想作詩，又不敢十分羅唕寶釵，可巧來了個史湘雲。那史湘雲又是極愛說話的，那裡禁得起香菱又請教他談詩？越發高了興，沒晝沒夜，高談闊論起來。寶釵因笑道：「我實在聒噪的受不得了。一個女孩兒家，只管拿著詩作正經事講起來，叫有學問的人聽了，反笑話說不守本分的。一個香菱沒鬧清，偏又添了你這麼個話口袋子，滿嘴裡說的是什麼：怎麼是『杜工部之沉鬱，韋蘇州之淡雅』，又怎麼是『溫八叉之綺靡，李義山之隱僻』④。放著兩個現成的詩家不知道，提那些死人做什麼！」湘雲聽了，忙笑問道：「是那兩個？好姐姐，你告訴我。」寶釵笑道：「呆香菱之心苦，瘋湘雲

③遷委——即官職調動。

④杜工部之沉鬱，韋蘇州之淡雅，溫八叉之綺靡，李義山之隱僻——見明代高棅《唐詩品匯總序》。杜工部，杜甫曾任工部員外郎，其詩風格沉鬱頓挫；韋蘇州，唐代詩人韋應物，曾任蘇州刺史，其詩風格恬淡自然；溫八叉，唐代詩人兼詞人溫庭筠，相傳他才思敏捷，叉手八次即可成篇，其詩風格豔麗；李義山，唐代詩人李商隱，其詩隱曲晦澀，且多無題詩，故云隱僻。

之話多。」湘雲、香菱聽了，都笑起來。

正說著，只見寶琴來了，披著一領斗篷，金翠輝煌，不知何物。寶釵忙問：「這是那裡的？」寶琴笑道：「因下雪珠兒，老太太找了這一件給我的。」香菱上來瞧道：「怪道這麼好看，原來是孔雀毛織的。」湘雲道：「那裡是孔雀毛？就是野鴨子頭上的毛作的。可見老太太疼你了：這樣疼寶玉，也沒給他穿。」寶釵道：「真俗語說『各人有緣法』。他也再想不到他這會子來，既來了，又有老太太這麼疼他。」湘雲道：「你除了在老太太跟前，就在園裡來，這兩處只管頑笑吃喝。到了太太屋裡，若太太在屋裡，只管和太太說笑，多坐一回無妨；若太太不在屋裡，你別進去，那屋裡人多心壞，都是要害咱們的。」說的寶釵、寶琴、香菱、鶯兒等都笑了。寶釵笑道：「說你沒心，卻又有心；雖然有心，到底嘴太直了。我們這琴兒就有些像你。你天天說要我作親姐姐，我今兒竟叫你認他作親妹妹罷了。」湘雲又瞅了寶琴半日，笑道：「這一件衣裳也只配他穿，別人穿了，實在不配。」

正說著，只見琥珀走來笑道：「老太太說了，叫寶姑娘別管緊了琴姑娘。他還小呢，讓他愛怎麼樣就怎麼樣。要什麼東西只管要去，別多心。」寶釵忙起身答應了，又推寶琴笑道：「你也不知是那裡來的福氣！你倒去罷，仔細我們委屈著你。我就不信我那些兒不如你。」說話之間，寶玉、黛玉都進來了，寶釵猶自嘲笑。湘雲因笑道：「寶姐姐，你這話雖是頑話，恰有人真心是這樣想呢。」琥珀笑道：「真心惱的再沒別人，就只是他。」口裡說，手指著寶玉。寶釵、湘雲都笑道：「他倒不是這樣人。」琥珀又笑道：「不是他，就是他。」說著，又指著黛玉。湘雲便不則聲。寶釵忙笑道：「更不是了。我的妹妹和他的妹妹一樣，他喜歡的比我還疼呢，那裡還惱？你信口兒混說。他的那嘴有什麼實據！」

寶玉素習深知黛玉有些小性兒，且尚不知近日黛玉和寶釵之事，正恐賈母疼寶琴，他心中不自在，今見湘雲如此說了，寶釵又如此答，再審度黛玉聲色，亦不似往時，果然與寶釵之說相符，心中悶悶不樂。因想：「他兩個素日不是這樣的好，今看來，竟更比他人好十倍。」一時林黛玉又趕著寶琴叫「妹妹」，並不提名道姓，直是親姊妹一般。那寶琴年輕心熱，且本性聰敏，自幼讀書識字，今在賈府住了兩日，大概人物已知；又見諸姊妹都不是那輕薄脂粉，且又和姐姐皆和契，故也不肯怠慢，其中又見林黛玉是個出類拔萃的，便更與黛玉親敬異常。寶玉看著，只是暗暗的納罕。

一時寶釵姊妹往薛姨媽房內去後，湘雲往賈母處來，林黛玉回房歇著。寶玉便找了黛玉來，笑道：「我雖看了《西廂記》，也曾有明白的幾句，說了取笑，你曾惱過。如今想來，竟有一句不解，我念出來，你講講我聽。」黛玉聽了，便知有文章，因笑道：「你念出來我聽聽。」寶玉笑道：「那〈鬧簡〉上有一句說得最好，『是幾時孟光接了梁鴻案？』⑤這句最妙。『孟光接了梁鴻案』這五個字，不過是現成的典，難為他這『是幾時』三個虛字問的有趣。──是幾時接了？你說說我聽聽。」黛玉聽了，禁不住也笑起來，因笑道：「這原問的好。他也問的好，你也問的好。」寶玉道：「先時你只疑我，如今你也沒的說，我反落了單。」黛玉笑道：「誰知他竟真是個好人，我素日只當他藏奸。」因把說錯了酒

---

⑤「孟光接了梁鴻案」──語出元代王實甫《西廂記》第三本第二折，這句唱詞在《西廂記》裡是比喻鶯鶯接受了張生的愛情，這裡是比喻黛玉接受了寶釵的友情。下文「小孩兒（家）口沒遮攔」，也是《西廂記》第三本第二折中的唱詞。「口沒遮攔」，是嘴不嚴實的意思。

令起，連送燕窩、病中所談之事，細細告訴了寶玉。寶玉方知原故，因笑道：「我說呢！正納悶『是幾時孟光接了梁鴻案』，原來是從『小孩兒口沒遮攔』就接了案了。」黛玉因又說起寶琴來，想起自己沒有姊妹，不免又哭了。寶玉忙勸道：「你又自尋煩惱了。你瞧瞧，今年比舊年越發瘦了，你還不保養。每天好好的，你必是自尋煩惱，哭一會子，才算完了這一天的事。」黛玉拭淚道：「近來我只覺心酸，眼淚卻像比舊年少了些的。心裡只管酸痛，眼淚卻不多。」寶玉道：「這是你哭慣了心裡疑的，豈有眼淚會少的！」

正說著，只見他屋裡的小丫頭子送了猩猩毡斗篷來，又說：「大奶奶才打發人來說：下了雪，要商議明日請人作詩呢。」一語未了，只見李紈的丫頭走來請黛玉。寶玉便邀著黛玉同往稻香村來。黛玉換上掐金挖雲紅香羊皮小靴⑥，罩了一件大紅羽紗面白狐狸裡的鶴氅⑦，束一條青金閃綠雙環四合如意縧，頭上罩了雪帽。二人一齊踏雪行來。只見眾姊妹都在那邊，都是一色大紅猩猩毡與羽毛緞斗篷，獨李紈穿一件青哆羅呢對襟褂子，薛寶釵穿一件蓮青斗紋錦上添花洋線番羓絲⑧的鶴氅；那岫烟仍是家常舊衣，

---

⑥掐金挖雲紅香羊皮小靴——掐金挖雲，用金線掐出邊緣，再用其他絲織品挖出雲頭形，裝飾靴尖部位；紅香羊皮，染成大紅色的羊皮。

⑦鶴氅——原指用鳥羽製成的衣裘，這裡指斗篷之類。

⑧蓮青斗紋錦上添花洋線番羓絲——蓮青，指藍紫色；斗紋，指交叉的圖案；錦上添花，指在圖案上又重疊自然花卉；洋線番羓絲，指絲線毛線混合的織物。

並無避雪之衣。一時史湘雲來了，穿著賈母與他的一件貂鼠腦袋面子、大毛黑灰鼠裡子、裡外發燒大褂子⑨，頭上帶著一頂挖雲鵝黃片金裡大紅猩猩毡昭君套，又圍著大貂鼠風領⑩。黛玉先笑道：「你們瞧瞧，孫行者來了。他一般的也拿著雪褂子，故意裝出個小騷達子⑪來。」湘雲笑道：「你們瞧我裡頭打扮的。」一面說，一面脫了褂子。只見他裡頭穿著一件半新的靠色三鑲領袖秋香色盤金五色綉龍窄褙小袖掩衿銀鼠短襖⑫，裡面短短的一件水紅裝緞狐肷褶子⑬，腰裡緊緊束著一條蝴蝶結子長穗五色宮縧，腳下也穿著麀皮⑭小靴，越顯的蜂腰猿背，鶴勢螂形⑮。眾人都笑道：「偏他只愛打扮成個小子的樣兒，原比他打扮女兒更俏麗了些。」

湘雲道：「快商議作詩！我聽聽是誰的東家？」李紈道：「我的主意。想來昨兒的正日已過了，再

---

⑨裡外發燒大褂子——表裡都用毛皮做的大褂子。

⑩風領——一種類似圍巾的皮領子，不與衣服連在一起，用時另戴。

⑪騷達子——對蒙古人的蔑稱。因蒙古人游牧為生，多吃牛羊等膻腥味較重的肉類，故稱。

⑫靠色三鑲領袖秋香色盤金五色綉龍窄褙小袖掩衿——三種相近的顏色叫靠色，把這三種相近顏色的緞錦拼成衣服的領、袖叫做三鑲；秋香色，黃綠色；盤金，用金線在綉花上再加工。

⑬裝緞狐肷褶子——「裝」應作「妝」；妝緞，又叫「妝花緞」，是江寧府的產品，有點像錦；狐肷，狐腋部腹部的皮毛；褶子，大領的外衣，清以前是普通的便服，清代成年人不穿褶子，多做給小孩穿。

⑭麀——音ㄧㄡ，母鹿。

⑮蜂腰猿背、鶴勢螂形——比喻人腰細臂長，俏便俐落；這裡用來形容史湘雲的打扮像武士。

聯經出版事業公司校印

等正日又太遠，可巧又下雪，不如大家湊個社，又替他們接風，又可以作詩。你們意思怎麼樣？」寶玉先道：「這話很是。只是今日晚了，若到明兒晴了，又無趣。」眾人看道：「這雪未必晴，縱晴了，這一夜下的也夠賞了。」李紈道：「我這裡雖好，又不如蘆雪庵好。我已經打發人籠地炕⑯去了，咱們大家擁爐作詩。老太太想來未必高興，況且咱們小頑意兒，單給鳳丫頭個信兒就是了。你們每人一兩銀子就夠了，送到我這裡來。」指著香菱、寶琴、李紋、李綺、岫烟，「五個不算外，咱們裡頭二丫頭病了不算，四丫頭告了假也不算，你們四分子送了來，我包總五六兩銀子也盡夠了。」寶釵等一齊應諾。因又擬題限韵，李紈笑道：「我心裡自已定了。等到了明日臨期，橫竪知道。」說畢，大家又閑話了一回，方往賈母處來。本日無話。

到了次日一早，寶玉因心裡記掛著這事，一夜沒好生得睡，天亮了，就爬起來。掀開帳子一看，雖門窗尚掩，只見窗上光輝奪目，心內早躊躇起來，埋怨定是晴了，日光已出。一面忙起來揭起窗屜，從玻璃窗內往外一看，原來不是日光，竟是一夜大雪，下的將有一尺多厚，天上仍是搓綿扯絮一般。寶玉此時歡喜非常，忙喚人起來，盥漱已畢，只穿一件茄色哆羅呢狐皮襖子，罩一件海龍皮小小鷹膀褂⑰，

---

⑯籠地炕——地炕，灶設於室外，地下有火道通室內，可使室內溫暖的設施，類似現代的壁爐；籠，燒的意思。

⑰海龍皮鷹膀褂——海龍皮，一種類似水獺皮的皮毛，色深於獺，更有光澤，多用作翻毛皮衣；整個皮褂是用一條一條皮子拼成，猶如山鷹翅膀上的花紋，故名。

束了腰，披了玉針蓑，戴上金藤笠⑱，登上沙棠屐，忙忙的往蘆雪庵來。出了院門，四顧一望，並無二色，遠遠的是青松翠竹，自己卻如裝在玻璃盒內一般。於是走至山坡之下，順著山腳，剛轉過去，已聞得一股寒香拂鼻。回頭一看，恰是妙玉門前櫳翠庵中有十數株紅梅如胭脂一般，映著雪色，分外顯得精神，好不有趣！寶玉便立住，細細的賞玩一回方走。只見蜂腰板橋上一個人打著傘走來，是李紈打發了請鳳姐兒去的人。

寶玉來至蘆雪庵，只見丫鬟、婆子正在那裡掃雪開徑。原來這蘆雪庵蓋在傍山臨水河灘之上，一帶幾間，茅檐土壁，槿籬竹牖，推窗便可垂釣，四面都是蘆葦掩覆，一條去徑，逶迤穿蘆度葦過去，便是藕香榭的竹橋了。眾丫鬟、婆子見他披蓑戴笠而來，卻笑道：「我們才說正少一個漁翁，如今都全了。姑娘們吃了飯才來呢，你也太性急了。」寶玉聽了，只得回來。剛至沁芳亭，見探春正從秋爽齋來，圍著大紅猩猩毡斗篷，戴著觀音兜⑲，扶著小丫頭，後面一個婦人打著青綢油傘。寶玉知他往賈母處去，便立在亭邊，等他來到，二人一同出園前去。寶琴正在裡間房內梳洗更衣。

一時眾姊妹來齊，寶玉只嚷餓了，連連催飯。好容易等擺上來，頭一樣菜便是牛乳蒸羊羔⑳，賈母

⑱玉針蓑、金藤笠——玉針蓑，用白玉草編織成的蓑衣，白玉草是清代用以製涼帽的材料；金藤笠，用藤皮細條編成笠，刷以桐油，呈金黃色，故名。
⑲觀音兜——古時婦女戴的一種風帽，因形似觀音所戴的兜帽，故名。
⑳羊羔——這裡指羊胎。

聯經出版事業公司 校印

便說：「這是我們有年紀的人的藥，沒見天日的東西，可惜你們小孩子們吃不得。今兒另外有新鮮鹿肉，你們等著吃。」眾人答應了。寶玉卻等不得，只拿茶泡了一碗飯，就著野雞瓜齏忙忙的咽完了。賈母道：「我知道你們今兒又有事情，連飯也不顧吃了。」便叫：「留著鹿肉與他晚上吃。」鳳姐忙說：「還有呢。」方才罷了。湘雲便悄和寶玉計較道：「有新鮮鹿肉，不如咱們要一塊，自己拿了園裡弄著，又頑又吃。」寶玉聽了，巴不得一聲兒，便真和鳳姐要了一塊，命婆子送入園去。

一時大家散後，進園齊往蘆雪庵來，聽李紈出題限韻，獨不見湘雲、寶玉二人。黛玉道：「他兩個再到不了一處；若到一處，生出多少故事來。這會子一定算計那塊鹿肉去了。」正說著，只見李嬸也走來看熱鬧，因問李紈道：「怎麼那一個帶玉的哥兒和那一個掛金麒麟的姐兒，那樣乾淨清秀，又不少吃的，他兩個在那裡商議著要吃生肉呢，說的有來有去的。我只不信，肉也生吃得的？」眾人聽了，都笑道：「了不得，快拿了他兩個來。」黛玉笑道：「這可是雲丫頭鬧的，我的卦再不錯。」

李紈等忙出來找著他兩個，說道：「你們兩個要吃生的，我送你們到老太太那裡吃去。那怕吃一隻生鹿，撐病了，不與我相干。——這麼大雪，怪冷的，替我作禍呢！」寶玉笑道：「沒有的事，我們燒著吃呢。」李紈道：「這還罷了。」只見老婆們拿了鐵爐、鐵叉、鐵絲蒙㉑來，李紈道：「仔細割了手，不許哭！」說著，同探春進去了。

鳳姐打發了平兒來回覆不能來，為發放年例正忙。湘雲見了平兒，那裡肯放？平兒也是個好頑的，

㉑鐵絲蒙——鐵絲編成的烘烤食物的網狀架子。


聯經出版事業公司校印

素日跟著鳳姐兒無所不至，見如此有趣，樂得頑笑，因而褪去手上的鐲子，三個圍著火爐兒，便要先燒三塊吃。那邊寶釵、黛玉平素看慣了，不以為異，寶琴等及李嬸深為罕事。探春與李紈等已議定了題韵。探春笑道：「你聞聞，香氣這裡都聞見了，我也吃去。」說著，也找了他們來。李紈也隨來說：「客已齊了，你們還吃不夠？」湘雲一面吃，一面說道：「我吃這個方愛吃酒，吃了酒才有詩。若不是這鹿肉，今兒斷不能作詩。」說著，只見寶琴披著鳧靨裘，站在那裡笑。湘雲笑道：「傻子，過來嘗嘗！」寶琴笑說：「怪髒的。」寶釵道：「你嘗嘗去，好吃的。你林姐姐弱，吃了不消化；不然，他也愛吃。」寶琴聽了，便過去吃了一塊，果然好吃，便也吃起來。

一時鳳姐兒打發小丫頭來叫平兒。平兒說：「史姑娘拉著我呢，你先走罷。」小丫頭去了。一時只見鳳姐也披了斗篷走來，笑道：「吃這樣好東西，也不告訴我！」說著，也湊著一處吃起來。黛玉笑道：「那裡找這一群花子去！罷了，罷了！今日蘆雪庵遭劫，生生被雲丫頭作踐了。我為蘆雪庵一大哭！」湘雲冷笑道：「你知道什麼！『是真名士自風流』，你們都是假清高，最可厭的。我們這會子腥膻大吃大嚼，回來卻是錦心綉口。」寶釵笑道：「你回來若作的不好了，把那肉掏了出來，就把這雪壓的蘆葦子摁㉒上些，以完此劫。」

說著，吃畢，洗漱了一回。平兒帶鐲子時，卻少了一個，左右前後亂找了一番，蹤迹全無。眾人都詫異。鳳姐兒笑道：「我知道這鐲子的去向。你們只管作詩去，我們也不用找，只管前頭去，不出三日

㉒摁——這裡同「塞」、「擩」。

包管就有了。」說著又問：「你們今兒作什麼詩？老太太說了，離年又近了，正月裡還該作些燈謎兒大家頑笑。」眾人聽了，都笑道：「可是倒忘了。如今趕著作幾個好的，預備正月裡頑。」說著，一齊來至地炕屋內，只見杯盤果菜俱已擺齊，墻上已貼出詩題、韵腳、格式來了。寶玉、湘雲二人忙看時，只見題目是「即景聯句，五言排律一首，限二蕭」。㉓後面尚未列次序。李紈道：「我不大會作詩，我只起三句罷，然後誰先得了誰先聯。」寶釵道：「到底分個次序。」要知端的，且聽下回分解。

㉓聯句——舊時作詩的一種方式，兩人或多人共作一詩，相聯成篇。一般聯律詩的，由一人先起一句、三句或更多，停於單數句，留著雙數句讓下一人屬對，下一人對出上聯下句，再出下聯上句，讓別人對，輪流作下去，這多半是一種文字遊戲。


聯經出版事業公司　校印

# 第五十回　蘆雪庵爭聯即景詩　暖香塢雅製春燈謎

話說薛寶釵道：「到底分個次序，讓我寫出來。」說著，便令眾人拈鬮為序。起首恰是李氏，然後按次各各開出。鳳姐兒說道：「既是這樣說，我也說一句在上頭。」眾人都笑說道：「更妙了！」寶釵便將稻香老農之上補了一個「鳳」字，李紈又將題目講與他聽。鳳姐兒想了半日，笑道：「你們別笑話我。我只有一句粗話，下剩的我就不知道了。」眾人都笑道：「越是粗話越好，你說了，只管幹正事去罷。」鳳姐兒笑道：「我想下雪必刮北風。昨夜聽見了一夜的北風，我有了一句，就是『一夜北風緊』，可使得？」眾人聽了，都相視笑道：「這句雖粗，不見底下的，這正是會作詩的起法。不但好，而且留了多少地步與後人。就是這句為首，稻香老農快寫上，續下去。」鳳姐和李嬸、平兒又吃了兩杯酒，自去了。

這裡李紈便寫了：

一夜北風緊，

自己聯道：

開門雪尚飄。入泥憐潔白，

香菱道：

匝地惜瓊瑤①。有意榮枯草，

探春道：

無心飾萎苕。價高村釀熟，②

李綺道：

年稔府粱饒。葭動灰飛管，③

李紋道：

陽回斗轉杓④。寒山已失翠，

岫烟道：

凍浦不聞潮。易掛疏枝柳，

---

①「匝地」句——匝，周、遍；瓊瑤，形容白雪如美玉一般。

②萎苕、價高——萎苕，枯萎的蘆葦；價高，指酒價高，雪大天寒，故酒價高漲；村釀，即村酒。

③「年稔」句、「葭動」句——年稔，年景好、收成好；稔，莊稼成熟；府粱，指官倉中的糧食；饒，豐富。「葭動」句，把蘆葦莖內薄膜燒成灰放入十二樂律管內，置密室，到相應節氣管內葭灰就會自己飛動，可預測節氣。

④「陽回」句——陽回，陽氣復回，說明已到「冬至」，陰極而陽始至；斗，指北斗星；杓，斗杓，北斗七星中第五、六、七顆星的總稱，也叫「斗柄」，由於地球的自轉和公轉，斗柄的指向和方位會不斷變動轉換。



聯經出版事業公司校印

湘雲道：

難堆破葉蕉。麝煤⑤融寶鼎，

寶琴道：

綺袖籠金貂。光奪窗前鏡，

黛玉道：

香粘壁上椒。斜風仍故故，

寶玉道：

清夢轉聊聊。何處梅花笛？⑥

寶釵道：

誰家碧玉簫？鰲愁坤軸陷，⑦

李紈笑道：「我替你們看熱酒去罷。」寶釵命寶琴續聯，只見湘雲站起來道：

龍門陣雲銷⑧。野岸迴孤棹，

⑤麝煤——本為香墨的別名，也叫「麝墨」；這裡指取暖用的優質木炭之類。

⑥聊聊、梅花笛——聊聊，略微、短暫，這裡指因天冷而夢境不長。梅花笛，指吹奏〈梅花落〉的笛聲。

⑦「鰲愁」句——巨鰲因怕大雪壓坍大地而發愁。鰲，傳說中的大海龜；坤軸，即地軸，這裡泛指大地。

⑧「龍鬥」句——以玉龍戰罷鱗片紛飛的景象，比喻大雪紛飛。陣雲銷，濃雲消散，表示龍戰已畢。

寶琴也站起道：
吟鞭指灞橋。賜裘憐撫戍，⑨
湘雲那裡肯讓人，且別人也不如他敏捷，都看他揚眉挺身的說道：
加絮念征徭。坳垤審夷險，⑩
寶釵連聲贊好，也便聯道：
枝柯怕動搖。皚皚輕趁步，
黛玉忙聯道：
翦翦舞隨腰。煮芋成新賞⑪，
一面說，一面推寶玉，命他聯。寶玉正看寶釵、寶琴、黛玉三人共戰湘雲，十分有趣，那裡還顧得聯詩，今見黛玉推他，方聯道：
撒鹽是舊謠。葦蓑猶泊釣，

---

⑨「吟鞭」句、「賜裘」句——「吟鞭」句，謂雪中行吟，詩思益增；灞橋，在今西安市東灞水上。「賜裘」句，謂皇帝憐恤守邊將士，賞給他們過冬衣裘。

⑩「加絮」句、「坳垤」句——加絮句，製衣者惦念服徭役的征人寒冷，在衣中多加棉絮。坳垤句，大雪鋪平了窪坑和高坎兒，走路時要細察路面的高低不平。坳，地低窪處，山間平地；垤，小土堆；夷，平坦、平安。

⑪翦翦、煮芋——翦翦，形容風輕而帶寒意，這裡以輕盈舞姿比喻白雪的隨風飛旋。煮芋，蘇東坡贊其幼子蘇過以山芋作玉糝羹，這裡是用玉糝羹的純白，比喻雪色。

湘雲笑道：「你快下去，你不中用，倒耽擱了我。」一面只聽寶琴聯道：

林斧不聞樵。伏象千峰凸，

湘雲忙聯道：

盤蛇一逕遙。花緣經冷聚，

寶釵與眾人又忙贊好。探春又聯道：

色豈畏霜凋。深院驚寒雀，

湘雲正渴了，忙忙的吃茶，已被岫烟道：

空山泣老鴞⑫。階墀隨上下，

湘雲忙丟了茶杯，忙聯道：

池水任浮漂。照耀臨清曉，

黛玉聯道：

繽紛入永宵。誠忘三尺冷，

湘雲忙笑聯道：

⑫泣老鴞——雪光照得夜色如同白晝，怕光的鴟鴞（音ㄔ、ㄒㄧㄠ）因不能捕食而哀泣。鴞，鴟鴞，即貓頭鷹，晝伏夜出，常於夜間捕捉食物，鳴聲慘厲。

瑞釋九重焦。僵臥誰相問，⑬

寶琴也忙笑聯道：

狂遊客喜招。天機斷縞帶，⑭

湘雲又忙道：

海市⑮失鮫綃。

林黛玉不容他出，接著便道：

寂寞對臺榭，

湘雲忙聯道：

清貧懷簞瓢⑯。

寶琴也不容情，也忙道：

烹茶冰漸沸，

⑬九重、僵臥——九重，代指皇帝，宋玉〈九辯〉：「君之門以九重。」僵臥句，用「袁安臥雪」故事：後漢人袁安，在下大雪的日子寧願在家僵臥，也不出外求乞。
⑭「狂遊」句、「天機」句——狂遊句，用唐代巨豪王元寶雪天招客宴飲的故事。天機，傳說中天上織女的織機。
⑮海市——即海市蜃樓，海上由於光線變化而出現的奇異幻景。
⑯「清貧」句——窮苦之士由於大雪封門飲食無著，連「簞食瓢飲」的清貧生活也懷念起來了。簞瓢，語本《論語・雍也》：「一簞食，一瓢飲。」簞，盛飯用的圓形竹器。

湘雲見這般，自為得趣，又是笑，又忙聯道：

煮酒葉難燒。

黛玉也笑道：

沒帚山僧掃，

寶琴也笑道：

埋琴稚子挑。

湘雲笑的彎了腰，忙念了一句，眾人問：「到底說的什麼？」湘雲喊道：

石樓閑睡鶴，

黛玉笑的握著胸口，高聲嚷道：

錦罽暖親貓。

寶琴也忙笑道：

月窟翻銀浪，

湘雲忙聯道：

霞城隱赤標。⑰

黛玉忙笑道：

⑰「霞城」句——霞城，碧霞城，神話中仙人住的地方；赤標，這裡指赤城山的高峰，傳說是人間最高的山峰。

沁梅香可嚼，

寶釵笑稱好，也忙聯道：

淋竹醉堪調。

寶琴也忙道：

或濕鴛鴦帶，

湘雲忙聯道：

時凝翡翠翹⑱。

黛玉又忙道：

無風仍脈脈，

寶琴又忙笑聯道：

不雨亦瀟瀟。

湘雲伏著已笑軟了。眾人看他三人對搶，也都不顧作詩，看看也只是笑。黛玉還推他往下聯，又道：「你也有才盡之時。我聽聽還有什麼舌根嚼了！」湘雲只伏在寶釵懷裡，笑個不住。寶釵推他起來道：「你有本事，把『二蕭』的韵全用完了，我才伏你。」湘雲起身笑道：「我也不是作詩，竟是搶命呢！」眾人笑道：「倒是你說罷。」探春早已料定沒有自己聯的了，便早寫出來，因說：「還沒收住呢。」李

⑱翡翠翹——也稱翠翹。翹，首飾，用翡翠鳥的羽毛粘在首飾上叫「點翠」，翠翹，泛指點翠的其他首飾。

紋聽了，接過來，便聯了一句道：

欲志今朝樂，

李綺收了一句道：

憑詩祝舜堯。

李紈道：「夠了，夠了！雖沒作完了韵，賸的字若生扭用了，倒不好了。」說著，大家來細細評論一回，獨湘雲的多，都笑道：「這都是那塊鹿肉的功勞。」

李紈笑道：「逐句評去，都還一氣，只是寶玉又落了第了。」寶玉笑道：「我原不會聯句，只好擔待我罷。」李紈笑道：「也沒有社社擔待你的：又說『韵險了』，又整誤了，又『不會聯句』了！今日必罰你。我才看見櫳翠庵的紅梅有趣，我要折一枝來插瓶。可厭妙玉為人，我不理他。如今罰你去取一枝來。」眾人都道這罰的又雅又有趣。寶玉也樂為，答應著就要走。湘雲、黛玉一齊說道：「外頭冷得很，你且吃杯熱酒再去。」湘雲早執起壺來，黛玉遞了一個大杯，滿斟了一杯。湘雲笑道：「你吃了我們的酒，你要取不來，加倍罰你。」寶玉忙吃一杯，冒雪而去。

李紈命人好好跟著。黛玉忙攔說：「不必，有了人，反不得了。」李紈點頭說：「是。」一面命丫鬟將一個美女聳肩瓶拿來，貯了水，準備插梅，因又笑道：「回來該咏紅梅了。」湘雲忙道：「我先作一首。」寶釵忙道：「今日斷乎不容你再作了！你都搶了去，別人都閑著，也沒趣。回來還罰寶玉，他說不會聯句，如今就叫他自己作去。」黛玉笑道：「這話很是。我還有個主意，方才聯句不夠，莫若揀著聯的少的人作紅梅。」寶釵笑道：「這話是極。方才邢、李三位屈才，且又是客；琴兒和顰兒、雲兒三個人也搶了許多，我們一概都別作，只讓他三個作才是。」李紈因說：「綺兒也不大會作，還是讓琴妹妹作罷。」寶釵只得依允，又道：「就用『紅梅花』三個字作韵，每人一首七律：邢大妹妹作『紅』字，你們李大妹妹作『梅』字，琴兒作『花』字。」李紈道：「饒過寶玉去，我不服。」湘雲忙道：「有個好題目命他作。」眾人問何題目？湘雲道：「命他就作『訪妙玉乞紅梅』，豈不有趣？」眾人聽了，都說：「有趣！」

一語未了，只見寶玉笑欣欣擎了一枝紅梅進來，眾丫鬟忙已接過，插入瓶內。眾人都笑稱謝。寶玉笑道：「你們如今賞罷，也不知費了我多少精神呢！」說著，探春早又遞過一鍾暖酒來，眾丫鬟走上來接了蓑笠撣雪。各人房中丫鬟都添送衣服來，襲人也遣人送了半舊的狐腋褂來。李紈命人將那蒸的大芋頭盛了一盤，又將朱橘、黃橙、橄欖等物盛了兩盤，命人帶與襲人去。湘雲且告訴寶玉方才的詩題，又催寶玉快作。寶玉道：「姐姐、妹妹們，讓我自己用韵罷，別限韵了。」眾人都說：「隨你作去罷。」

一面說，一面大家看梅花。原來這枝梅花只有二尺來高，旁有一橫枝縱橫而出，約有五六尺長，其間小枝分歧，或如蟠螭，或如僵蚓，或孤削如筆，或密聚如林，花吐胭脂，香欺蘭蕙，各各稱賞。誰知邢岫烟、李紋、薛寶琴等三人都已吟成，各自寫了出來。眾人便依「紅」「梅」「花」三字之序看去，寫道是：

詠紅梅花　得「紅」字⑲　邢岫烟

⑲得「紅」字——多人一起作詩，先提出若干字作為韵字，由大家自由選擇或拈鬮決定，叫做「分韵」；分到某一韵字的人，在他的詩題下注明「得某字」，並用這個字所在韵部的字作韵腳。


聯經出版事業公司　校印

桃未芳菲杏未紅，沖寒先已笑東風。魂飛庾嶺春難辨，霞隔羅浮夢未通。綠萼添妝融寶炬，縞仙扶醉跨殘虹。看來豈是尋常色，濃淡由他冰雪中。⑳

詠紅梅花　得「梅」字　李　紋

白梅懶賦賦紅梅，逞艷先迎醉眼開。凍臉有痕皆是血，酸心無恨亦成灰。誤吞丹藥移真骨，偷下瑤池脫舊胎。江北江南春燦爛，寄言蜂蝶漫疑猜。㉑

詠紅梅花　得「花」字　薛寶琴

疏是枝條艷是花，春妝兒女競奢華。閑庭曲檻無餘雪，流水空山有落霞。幽夢冷隨紅袖笛，遊仙香泛絳河槎。前身定是瑤臺種，無復相疑色相差。㉒

眾人看了，都笑著稱賞了一番，又指末一首說：「更好。」寶玉見寶琴年紀最小，才又敏捷，深為奇異。

⑳邢岫烟詩——沖寒，冒寒，意謂紅梅先於桃杏沖破寒冷笑向東風。庾嶺，即大庾嶺，五嶺之一，在江西、廣東兩省邊境，因嶺上多梅花，又稱梅嶺；羅浮，山名，在廣東省東江北岸，據《龍城錄》載：隋代趙師雄一日晚遊於羅浮，見一美人，淡妝素服迎接他，師雄和她飲酒言談，醉後臥睡，天明起來一看，原來是在大梅樹下。融寶炬、扶醉、跨殘虹，均喻紅色；綠萼，即綠萼梅，是梅中之花瓣萼蒂皆綠者；縞仙，白衣仙人，代指白梅。

㉑李紋詩——醉眼開，喻微開的紅梅。凍臉，喻開放於冰雪嚴寒中的紅梅；酸心，梅花結子味酸，故云「酸心」。「誤吞」句，謂紅梅是白梅誤吞了仙丹換掉真骨化成；「偷下」句，謂紅梅是瑤池仙女偷下凡間，脫化舊胎而成。

㉒薛寶琴詩——「春妝」句，暗喻紅梅怒放，猶如少女濃妝，爭艷鬥妍；春妝，紅妝。餘雪，指白梅；落霞，指紅梅。紅袖笛，指紅梅花；絳河，即天河、銀河；泛，乘船；槎，木筏。色相，這裡指紅梅花的顏色和形狀。

黛玉、湘雲二人斟了一小杯酒，齊賀寶琴。寶釵笑道：「三首各有各好。你們兩個天天捉弄厭了我，如今捉弄他來了。」

李紈又問寶玉：「你可有了？」寶玉忙道：「我倒有了，才一看見那三首，又嚇忘了。等我再想。」湘雲聽了，便拿了一支銅火箸擊著手爐，笑道：「我擊鼓㉓了，若鼓絕不成，又要罰的。」寶玉笑道：「我已有了。」黛玉提起筆來，說道：「你念，我寫。」湘雲便擊了一下，笑道：「一鼓絕。」寶玉笑道：「有了，你寫吧。」眾人聽他念道：

酒未開樽句未裁，

黛玉寫了，搖頭笑道：「起的平平。」湘雲又道：「快著！」寶玉笑道：

尋春問臘到蓬萊。

黛玉、湘雲都點頭笑道：「有些意思了。」寶玉又道：

不求大士瓶中露，為乞孀娥檻外梅。

黛玉寫了，又搖頭道：「湊巧而已。」湘雲忙催二鼓，寶玉又笑道：

入世冷挑紅雪去，離塵香割紫雲來。槎枒誰惜詩肩瘦，衣上猶沾佛院苔。㉔

---

㉓擊鼓——擊鼓催詩，舊日多人一起作詩的活動形式之一，以鼓聲的起止為限定的構思時間，到時作不出來或超過時間便要受罰。

㉔賈寶玉詩——大士、孀娥，都隱指妙玉；檻外，世外，這裡指櫳翠庵。入世，指從庵中採梅回來；離塵，去庵中求梅；挑紅雪、割紫雲，均比喻折紅梅。槎枒，形容梅花枝條；詩肩瘦，指人們為作詩而消瘦。

黛玉寫畢，湘雲大家才評論時，只見幾個丫鬟跑進來道：「老太太來了。」眾人忙迎出來。大家又笑道：「怎麼這等高興！」說著，遠遠見賈母圍了大斗篷，帶著灰鼠暖兜㉕，坐著小竹轎，打著青綢油傘，鴛鴦、琥珀等五六個丫鬟，每人都是打著傘，擁轎而來。李紈等忙往上迎。賈母命人止住，說：「只在那裡就是了。」來至跟前，賈母笑道：「我瞞著你太太和鳳丫頭來了。大雪地下，坐著這個無妨，沒的叫他們來踹雪。」眾人忙一面上前接斗篷，攙扶著，一面答應著。

賈母來至室中，先笑道：「好俊梅花！你們也會樂，我來著了！」說著，李紈早命人拿了一個大狼皮褥來鋪在當中。賈母坐了，因笑道：「你們只管頑笑吃喝。我因為天短了，不敢睡中覺，抹了一回牌，想起你們來了，我也來湊個趣兒。」李紈早又捧過手爐來。探春另拿了一副杯箸來，親自斟了暖酒，奉與賈母。賈母便飲了一口，問：「那個盤子裡是什麼東西？」眾人忙捧了過來，回說：「是糟鵪鶉。」賈母道：「這倒罷了，撕一兩點腿子來。」李紈忙答應了，要水洗手，親自來撕。賈母又道：「你們仍舊坐下說笑我聽。」又命李紈：「你也坐下，就如同我沒來的一樣才好；不然，我就去了。」眾人聽了，方依次坐下，這李紈便挪到盡下邊。賈母因問作何事了，眾人便說作詩。賈母道：「有作詩的，不如作些燈謎，大家正月裡好頑的。」眾人答應了。說笑了一回，賈母便說：「這裡潮濕，你們別久坐，仔細受了潮濕。」因說：「你四妹妹那裡暖和，我們到那裡瞧瞧他的畫兒，趕年可有了。」眾人笑道：「那裡能年下就有了？只怕明年端陽才有了。」賈母道：「這還了得！他竟比蓋這園子還費工夫了。」

㉕暖兜——一種能夠防風保暖的帽子。

說著，仍坐了竹轎，大家圍隨，過了藕香榭，穿入一條夾道，東西兩邊皆有過街門，門樓上裡外皆嵌著石頭匾，如今進的是西門，向外的匾上鑿著「穿雲」二字，向裡的鑿著「度月」兩字。來至當中，進了向南的正門，賈母下了轎，惜春已接了出來。從裡邊遊廊過去，便是惜春臥房，門斗上有「暖香塢」三個字。早有幾個人打起猩紅毡簾，已覺溫香拂臉。

大家進入房中，賈母並不歸坐，只問：「畫在那裡？」惜春因笑回：「天氣寒冷了，膠性皆凝澀不潤，畫了恐不好看，故此收起來。」賈母笑道：「我年下就要的。你別托懶兒，快拿出來給我快畫！」一語未了，忽見鳳姐兒披著紫羯褂，笑欰欰的來了，口內說道：「老祖宗今兒也不告訴人，私自就來了，要我好找！」賈母見他來了，心中自是喜悅，便道：「我怕你們冷著了，所以不許人告訴你們去。你真是個鬼靈精兒，到底找了我來。以理，孝敬也不在這上頭。」鳳姐兒笑道：「我那裡是孝敬的心找了來？我因為到了老祖宗那裡，鴉沒雀靜的，問小丫頭子們，他又不肯說，叫我找到園裡來。我正疑惑，忽然來了兩三個姑子，我心裡才明白：我想姑子必是來送年疏㉖，或要年例香例銀子，老祖宗年下的事也多，一定是躲債來了。我趕忙問了那姑子，果然不錯。我連忙把年例給了他們去了。如今來回老祖宗，債主已去，不用躲著了。已預備下希嫩的野雞，請用晚飯去，再遲一回就老了。」他一行說，眾人一行笑。

鳳姐兒也不等賈母說話，便命人抬過轎子來。賈母笑著攙了鳳姐的手，仍舊上轎，帶著眾人，說笑出了夾道東門，一看，四面粉妝銀砌。忽見寶琴披著鳧靨裘，站在山坡上遙等，身後一個丫鬟，抱著一

㉖年疏——疏，這裡指在神佛前焚化的祭文、祝辭等，又稱「疏頭」。年節時所用的疏頭，叫「年疏」。

瓶紅梅。眾人都笑道：「少了兩個人，他卻在這裡等著，——也弄梅花去了。」賈母喜的忙笑道：「你們瞧，這山坡上配上他的這個人品，又是這件衣裳，後頭又是這梅花，像個什麼？」眾人都笑道：「就像老太太屋裡掛的仇十洲㉗畫的『雙豔圖』。」賈母搖頭笑道：「那畫的那裡有這件衣裳？人也不能這樣好！」

一語未了，只見寶琴背後轉出一個披大紅猩毡的人來。賈母道：「那又是那個女孩兒？」眾人笑道：「我們都在這裡，那是寶玉。」賈母笑道：「我的眼越發花了。」說話之間，來至跟前，可不是寶玉和寶琴？寶玉笑向寶釵、黛玉等道：「我才又到了櫳翠庵。妙玉每人送你們一枝梅花，我已經打發人送去了。」眾人都笑說：「多謝你費心。」

說話之間，已出了園門，來至賈母房中。吃畢飯，大家又說笑了一回。忽見薛姨媽也來了，說：「好大雪，一日也沒過來望候老太太。今日老太太倒不高興？正該賞雪才是。」賈母笑道：「何曾不高興！我找了他們姊妹們去頑了一會子。」薛姨媽笑道：「昨日晚上，我原想著今日要和我們姨太太借一日園子，擺兩桌粗酒，請老太太賞雪的；又見老太太安息的早。我聞得女兒說，老太太心下不大爽，因此今日也沒敢驚動。早知如此，我正該請。」賈母笑道：「這才是十月裡頭場雪，往後下雪的日子多呢，再破費不遲。」薛姨媽笑道：「果然如此，算我的孝心虔了。」

鳳姐兒笑道：「姨媽仔細忘了！如今先秤五十兩銀子來，交給我收著，一下雪，我就預備下酒，姨

---

㉗仇十洲——明代畫家仇英的別號。仇英，字實父，擅畫工筆仕女及山水，為明代四大畫家之一。

媽也不用操心，也不得忘了。」賈母笑道：「既這麼說，姨太太給他五十兩銀子收著，我和他每人分二十五兩，到下雪的日子，我裝心裡不快，混過去了，姨太太更不用操心，我和鳳丫頭倒得了實惠。」鳳姐將手一拍，笑道：「妙極了！這和我的主意一樣。」眾人都笑了。賈母笑道：「呸！沒臉的，就順著竿子爬上來了！你不該說：姨太太是客，在咱們家受屈，我們該請姨太太才是，那裡有破費姨太太的理！不這樣說呢，還有臉先要五十兩銀子，真不害臊！」鳳姐兒笑道：「我們老祖宗最是有眼色的，試一試姨媽；若鬆呢，拿出五十兩來，就和我分；這會子估量著不中用了，翻過來拿我做法子，說出這些大方話來。如今我也不和姨媽要銀子，竟替姨媽出銀子治了酒，請老祖宗吃了，我另外再封五十兩銀子孝敬老祖宗，算是罰我個包攬閑事。這可好不好？」話未說完，眾人已笑倒在炕上。

賈母因又說及寶琴雪下折梅，比畫兒上還好；因又細問他的年庚八字並家內景況。薛姨媽度其意思，大約是要與寶玉求配。薛姨媽心中固也遂意，只是已許過梅家了，因賈母尚未明說，自己也不好擬定，遂半吐半露告訴賈母道：「可惜這孩子沒福，前年他父親就沒了。他從小兒見的世面倒多，跟他父母四山五岳都走遍了。他父親是好樂的，各處因有買賣，帶著家眷，這一省逛一年，明年又往那一省逛半年，所以天下十停走了有五六停了。那年在這裡，把他許了梅翰林的兒子，偏第二年他父親就辭世了，他母親又是痰症。……」鳳姐也不等說完，便嗐聲跺腳的說：「偏不巧！我正要作個媒呢，又已經許了人家！」賈母笑道：「你要給誰說媒？」鳳姐兒說道：「老祖宗別管。我心裡看准了他們兩個是一對。如今已許了人，說也無益，不如不說罷了。」賈母也知鳳姐兒之意，聽見已有了人家，也就不提了。大家又閑話了一會方散。一宿無話。

次日雪晴。飯後，賈母又親囑惜春：「不管冷暖，你只畫去；趕到年下，十分不能，便罷了。第一要緊把昨日琴兒和丫頭、梅花，照模照樣，一筆別錯，快快添上。」惜春聽了，雖是為難，只得應了。一時眾人都來看他如何畫。惜春只是出神。李紈因笑向眾人道：「讓他自己想去，咱們且說話兒。昨兒老太太只叫作燈謎，回家和綺兒、紋兒睡不著，我就編了兩個『四書』的。他兩個每人也編了兩個。」眾人聽了，都笑道：「這倒該作的。先說了，我們猜猜。」李紈笑道：「『觀音未有世家傳』，打『四書』一句。」湘雲接著就說：「在止於至善。」寶釵笑道：「你也想一想『世家傳』三個字的意思再猜。」李紈笑道：「再想。」黛玉笑道：「哦，是了。是『雖善無徵』。」[28]眾人都笑道：「這句是了。」李紈又道：「一池青草草何名。」湘雲忙道：「這一定是『蒲蘆也』[29]。——再不是不成？」李紈笑道：「這難為你猜。紋兒的是『水向石邊流出冷』，打一古人名。」探春笑問道：「可是山濤[30]？」李紈笑道：「是。」李紈又道：「綺兒的是個『螢』字，打一個字。」眾人猜了半日，寶琴笑道：「這個意思卻深，——不知可是花草的『花』字？」李綺笑道：「恰是了。」眾人道：「螢與花何干？」黛玉笑道：「妙得很！螢可不是草化的[31]？」眾人會意，都笑了，說：「好！」

---

㉘李紈燈謎——世家，傳記體例之一；在止於至善，達到最完美的境界，語出《禮記・大學》；雖善無徵，語出《禮記・中庸》。徵，徵驗、證實。

㉙蒲蘆也——語出《禮記・中庸》：「夫政也者，蒲蘆也。」蒲蘆，即蒲葦。

㉚山濤——晉代詩人，字巨源，竹林七賢之一。

㉛螢可不是草化的——螢在夏季多就水草產卵，化蛹成長，古人誤認以為螢是由腐草本身變化而成。

寶釵道：「這些雖好，不合老太太的意思；不如作些淺近的物兒，大家雅俗共賞才好。」眾人都道：「也要作些淺近的俗物才是。」湘雲笑道：「我編了一枝〈點絳唇〉，恰是俗物，你們猜猜。」說著，便念道：

溪壑分離，紅塵遊戲，真何趣？名利猶虛，後事終難繼。

眾人不解，想了半日，也有猜是和尚的，也有猜是道士的，也有猜是偶戲人㉜的。寶玉笑了半日，道：「都不是，我猜著了，一定是耍的猴兒。」湘雲笑道：「正是這個了。」眾人道：「前頭都好，末後一句怎麼解？」湘雲道：「那一個耍的猴子不是剁了尾巴去的？」眾人聽了，都笑起來，說：「他編個謎兒也是刁鑽古怪的。」

李紈道：「昨日姨媽說，琴妹妹見的世面多，走的道路也多，你正該編謎兒，正用著了。你的詩且又好，何不編幾個我們猜一猜？」寶琴聽了，點頭含笑，自去尋思。寶釵也有了一個，念道：

鏤檀鍥梓一層層，豈係良工堆砌成？雖是半天風雨過，何曾聞得梵鈴聲！㉝

打一物。眾人猜時，寶玉也有了一個，念道：

天上人間兩渺茫，琅玕節過謹隄防。鸞音鶴信須凝睇，好把唏噓答上蒼。㉞

㉜偶戲人——木偶戲中的人物，即傀儡。

㉝寶釵燈謎——鏤、鍥，都是雕刻的意思；檀、梓，都是質地比較堅硬的木材；梵鈴，佛寺和寶塔檐角上懸掛的銅鈴。

㉞寶玉燈謎——琅玕，這裡指竹子或竹林；鸞音鶴信，指仙界傳來的消息，鸞和鶴在傳說中都被看作「仙禽」；凝睇，注視；唏噓，哭泣聲。

黛玉也有了一個，念道是：

騄駬何勞縛紫繩？馳城逐塹勢猙獰。主人指示風雷動，鰲背三山獨立名。㉟

探春也有了一個，方欲念時，寶琴走過來，笑道：「我從小兒所走的地方的古蹟不少。我今揀了十個地方的古蹟，作了十首懷古的詩。詩雖粗鄙，卻懷往事，又暗隱俗物十件，姐姐們請猜一猜。」眾人聽了，都說：「這倒巧，何不寫出來大家一看？」要知端的——

㉟黛玉燈謎——騄駬，馬名，傳說為周穆王八駿之一；塹，深溝；鰲背三山，指蓬萊、方丈、瀛洲三座神山，也指舊時皇家元宵花燈山「鰲山」。

# 第五十一回　薛小妹新編懷古詩　胡庸醫亂用虎狼藥

眾人聞得寶琴將素習所經過各省內的古蹟為題，作了十首懷古絕句，內隱十物，皆說：「這自然新巧。」都爭著看時，只見寫道是：

赤壁懷古　其一

赤壁沉埋水不流，徒留名姓載空舟。喧闐一炬悲風冷，無限英魂在內遊。①

交趾懷古　其二

銅鑄金鏞振紀綱，聲傳海外播戎羌。馬援自是功勞大，鐵笛無煩說子房。②

鍾山懷古　其三

①赤壁懷古——赤壁，在今湖北省蒲圻縣西北長江南岸，東漢建安十三年，孫權、劉備聯軍在此地大敗曹軍。懷古詩，感懷古人古事的作品；沉埋水不流，指火燒曹操戰船後，餘骸沉埋江中，江水為之不流。


聯經出版事業公司　校印

名利何曾伴汝身，無端被詔出凡塵。牽連大抵難休絕，莫怨他人嘲笑頻。③

淮陰懷古　其四

壯士須防惡犬欺，三齊位定蓋棺時。寄言世俗休輕鄙，一飯之恩死也知。④

廣陵懷古　其五

蟬噪鴉栖轉眼過，隋堤風景近如何。只緣占得風流號，惹得紛紛口舌多。⑤

桃葉渡懷古　其六

---

②交趾懷古——交趾，古郡名，轄境相當今越南北部，西漢武帝元鼎元年置。金鏞，銅鑄的大鐘；紀綱，指國家的法紀和政令；戎羌，代指我國各邊疆民族地區；馬援，東漢光武帝劉秀的大將，封伏波將軍、新息侯，曾帶兵西擊羌族，南征交趾，北逐匈奴；子房，西漢人張良的字，曾輔劉邦建立漢朝，傳說當漢軍將項羽圍困在垓下時，他命令軍士用笛吹奏楚歌，瓦解楚軍軍心。

③鍾山懷古——鍾山，即紫金山，又稱北山，在今南京中山門外。此詩咏的是南齊孔稚珪〈北山移文〉所說：有個周子，為了欺世盜名，到鍾山隱居，但皇帝詔書一到，他便趨炎附勢，出山作了海鹽令，因而受山靈嘲笑的故事。

④淮陰懷古——淮陰，古縣名，秦置，即今江蘇淮陰，漢高祖封韓信為淮陰侯。「壯士」句，指韓信年輕時曾受辱於淮陰惡少，從其胯下爬過的事；「三齊」句，意謂當韓信受封為齊王時，已經決定了他最後被殺的命運；三齊，項羽滅秦後，將齊地分封給膠東、齊、濟北三王，稱「三齊」；「一飯」句，韓信貧賤時，有一漂母出於憐憫，供他飯食，後來韓信作了楚王，曾以千金相報。

⑤廣陵懷古——廣陵，古郡名，治所在今江蘇江都。隋煬帝楊廣於大業元年強徵河南、淮北各郡民工百餘萬開通濟渠，從洛陽直達江都，兩岸種垂柳，世稱「隋堤」；又沿渠大造離宮，率后妃、百官等南遊江都，窮極侈靡。

衰草閑花映淺池，桃枝桃葉總分離。六朝樑棟多如許，小照空懸壁上題。⑥

青冢懷古　其七

黑水茫茫咽不流，冰弦撥盡曲中愁。漢家制度誠堪嘆，樗櫟應慚萬古羞。⑦

馬嵬懷古　其八

寂寞脂痕漬汗光，溫柔一旦付東洋。只因遺得風流跡，此日衣衾尚有香。⑧

蒲東寺懷古　其九

小紅骨賤最身輕，私掖偷攜強撮成。雖被夫人時吊起，已經勾引彼同行。⑨

梅花觀懷古　其十

⑥桃葉渡懷古——桃葉渡，故址在南京秦淮河與青溪合流處。晉代王獻之曾與愛妾桃葉在此分別，作〈桃葉歌〉相贈，後人便稱此渡為桃葉渡。樑棟，既指屋宇，又指大臣；如許，如此、像這樣；小照，畫像；壁上題，牆壁的上部。

⑦青冢懷古——青冢，即王昭君墓，在今內蒙古呼和浩特市南大黑河岸上。冰弦，一種優質的絲弦，色光潔，明透如水；樗，音ㄕㄨ，臭椿；櫟，音ㄌㄧˋ，柞樹；古人認為這兩種樹不能成材，所以常用來比喻無用之人。

⑧馬嵬懷古——馬嵬，即馬嵬驛，在今陝西省興平縣馬嵬鎮。安史之亂，唐玄宗出亡四川，至馬嵬，被迫縊殺楊貴妃，埋於驛西道旁。

⑨蒲東寺懷古——蒲東寺，即唐代元稹《會真記》中張珙與崔鶯鶯相會的普救寺，因寺在山西省蒲津之東，故又稱蒲東寺。小紅，即崔鶯鶯的丫鬟紅娘；掖，扶持；「雖被」二句，指《西廂記》中〈拷紅〉一折，意謂崔夫人雖拷打紅娘問出私情，但為時已晚。

不在梅邊在柳邊，個中誰拾畫嬋娟。團圓莫憶春香到，一別西風又一年。⑩

眾人看了，都稱奇道妙。寶釵先說道：「前八首都是史鑒⑪上有據的；後二首卻無考，我們也不大懂得，不如另作兩首為是。」黛玉忙攔道：「這寶姐姐也忒『膠柱鼓瑟』⑫，矯揉造作了。這兩首雖於史鑒上無考，咱們雖不曾看這些外傳，不知底裡，難道咱們連兩本戲也沒有見過不成？那三歲孩子也知道，何況咱們？」探春便道：「這話正是了。」李紈又道：「況且他原是到過這個地方的。這兩件事雖無考，古往今來，以訛傳訛，好事者竟故意的弄出這古蹟來以愚人。比如那年上京的時節，單是關夫子⑬的墳，倒見了三四處。關夫子一生事業，皆是有據的，如何又有許多的墳？自然是後來人敬愛他生前為人，只怕從這敬愛上穿鑿出來，也是有的。及至看《廣輿記》⑭上，不止關夫子的墳多，自古來有些名望的人，墳就不少，無考的古蹟更多。如今這兩首雖無考，凡說書唱戲，甚至於求的籤上皆有注批，

---

⑩梅花觀懷古——梅花觀，《牡丹亭》中杜家為守護杜麗娘墳墓而建造的廟宇，柳夢梅曾寄居觀中，拾得麗娘生前自畫像，引來麗娘遊魂，並挖墓開棺，救活麗娘，結為夫妻。個中，此中；春香，杜麗娘丫鬟的名字。

⑪史鑒——史書，如「通鑑」、「綱鑑」之類。鑑，鏡子。

⑫膠柱鼓瑟——語出《史記．廉頗藺相如列傳》。瑟，樂器名；柱，瑟上架弦的柱，能移動，可調音；用膠粘柱就無法調音，比喻拘泥固執，不知靈活變通。

⑬關夫子——即關羽，字雲長，三國時蜀漢大將，後世把他神化，到處修廟塑像，尊稱為「關公」、「關帝」，或把他同「文聖」孔夫子並列而為「武聖」，故稱「關夫子」。

⑭《廣輿記》——地書理，明代陸應暘撰。

老小男女，俗語口頭，人人皆知皆說的。況且又並不是看了《西廂》《牡丹》的詞曲，怕看了邪書。這竟無妨，只管留著。」寶釵聽說，方罷了。大家猜了一回，皆不是。

冬日天短，不覺又是前頭吃晚飯之時，一齊前來吃飯。因有人回王夫人說：「襲人的哥哥花自芳進來說，他母親病重了，想他女兒。他來求恩典，接襲人家去走走。」王夫人聽了，便道：「人家母女一場，豈有不許他去的。」一面就叫了鳳姐兒來，告訴了鳳姐兒，命酌量去辦理。

鳳姐兒答應了，回至房中，便命周瑞家的去告訴襲人原故。又吩咐周瑞家的：「再將跟著出門的媳婦傳一個，你兩個人，再帶兩個小丫頭子，跟了襲人去。外頭派四個有年紀的跟車。要一輛大車，你們帶著坐；要一輛小車，給丫頭們坐。」周瑞家的答應了，才要去，鳳姐兒又道：「那襲人是個省事的，你告訴他說我的話：叫他穿幾件顏色好衣裳，大大的包一包袱衣裳拿著，包袱也要好好的，手爐也要拿好的。臨走時，叫他先來我瞧瞧。」周瑞家的答應去了。

半日，果見襲人穿戴來了，兩個丫頭與周瑞家的拿著手爐與衣包。鳳姐兒看襲人頭上戴著幾枝金釵珠釧，倒華麗；又看身上穿著桃紅百子刻絲銀鼠襖子，葱綠盤金彩繡綿裙，外面穿著青緞灰鼠褂。鳳姐兒笑道：「這三件衣裳都是太太的，賞了你，倒是好的；但只這褂子太素了些，如今穿著也冷，你該穿一件大毛的。」襲人笑道：「太太就只給了這灰鼠的，還有一件銀鼠的。說趕年下再給大毛的，還沒有得呢。」鳳姐兒笑道：「我倒有一件大毛的；我嫌風毛兒[15]出的不好了，正要改去。——也罷，先給你穿去罷。等年下太太給作的時節，我再作罷，只當你還我一樣。」眾人都笑道：「奶奶慣會說這話。成


聯經出版事業公司校印

年家大手大腳的，替太太不知背地裡賠墊了多少東西，真真的賠的是說不出來，那裡又和太太算去？偏這會子又說這小氣話取笑兒。」鳳姐兒笑道：「太太那裡想的到這些？究竟這又不是正經事，再不照管，也是大家的體面。說不得我自己吃些虧，把眾人打扮體統了，寧可我得個好名也罷了。一個一個像『燒糊了的捲子』似的，人先笑話我當家倒把人弄出個花子來。」眾人聽了，都嘆說：「誰似奶奶這樣聖明！在上體貼太太，在下又疼顧下人。」一面說，一面只見鳳姐兒命平兒將昨日那件石青刻絲八團天馬皮褂子拿出來，與了襲人。又看包袱，只得一個彈墨花綾水紅綢裡的夾包袱，裡面只包著兩件半舊棉襖與皮褂。鳳姐兒又命平兒把一個玉色綢裡的哆羅呢的包袱拿出來，又命包上一件雪褂子。

平兒走去拿了出來，一件是半舊大紅猩猩毡的，一件是大紅羽紗的。襲人道：「一件就當不起了。」平兒笑道：「你拿這猩猩毡的。把這件順手拿將出來，叫人給邢大姑娘送去。昨兒那麼大雪，人人都是有的，不是猩猩毡就是羽緞、羽紗的，十來件大紅衣裳，映著大雪，好不整齊。就只他穿著那件舊毡斗篷，越發顯的拱肩縮背，好不可憐見的。如今把這件給他罷。」鳳姐兒笑道：「我的東西，他私自就要給人。我一個還花不夠，再添上你提著，更好了！」眾人笑道：「這都是奶奶素日孝敬太太，疼愛下人。若是奶奶素日是小氣的，只以東西為事，不顧下人的，姑娘那裡還敢這樣了？」鳳姐兒笑道：「所以知道我的心的，也就是他還知三分罷了。」說著，又囑咐襲人道：「你媽若好了就罷；若不中用了，只管住下，打發人來回我，我再另打發人給你送鋪蓋去。可別使人家的鋪蓋和梳頭的傢伙。」又吩咐周瑞家

⑮風毛兒——為了增添美觀及顯示皮毛的珍貴，特意將領、袖、襟、襬等邊緣部分的皮毛露在外面。

的道：「你們自然也知道這裡的規矩的，也不用我囑咐了。」周瑞家的答應：「都知道：我們這去到那裡，總叫他們的人迴避。若住下，必是另要一兩間內房的。」說著，跟了襲人出去，又吩咐預備燈籠，遂坐車往花自芳家來，不在話下。

這裡鳳姐又將怡紅院的嬤嬤喚了兩個來，吩咐道：「襲人只怕不來家，你們素日知道那大丫頭們，那兩個知好歹，派出來在寶玉屋裡上夜。你們也好生照管著，別由著寶玉胡鬧。」兩個嬤嬤去了，一時來回說：「派了晴雯和麝月在屋裡，我們四個人原是輪流著帶管上夜的。」鳳姐兒聽了，點頭道：「晚上催他早睡，早上催他早起。」老嬤嬤們答應了，自回園去。一時果有周瑞家的帶了信回鳳姐兒說：「襲人之母業已停床⑯，不能回來。」鳳姐兒回明了王夫人，一面著人往大觀園去取他的鋪蓋、妝奩。

寶玉看著晴雯、麝月二人打點妥當，送去之後，晴雯、麝月皆卸罷殘妝，脫換過裙襖。晴雯只在熏籠⑰上圍坐。麝月笑道：「你今兒別裝小姐了，我勸你也動一動兒。」晴雯道：「等你們都去盡了，我再動不遲。有你們一日，我且受用一日。」麝月笑道：「好姐姐，我鋪床，你把那穿衣鏡的套子放下來，上頭的划子⑱划上，你的身量比我高些。」說著，便去與寶玉鋪床。晴雯「嗐」了一聲，笑道：「人家才坐暖和了，你就來鬧。」此時寶玉正坐著納悶，想襲人之母不知是死是活，忽聽見晴雯如此說，便自

⑯停床——人剛死停屍於床，尚未入殮，叫「停床」。
⑰熏籠——罩在炭盆上的箱形籠罩，又叫「火箱」。
⑱划子——這裡指穿衣鏡框子上押鏡簾的活動小籤子。

己起身出去，放下鏡套，划上消息。進來笑道：「你們暖和罷，都完了。」晴雯笑道：「終久暖和不成的，我又想起來，湯婆子⑲還沒拿來呢。」麝月道：「這難為你想著！他素日又不要湯婆子，咱們那熏籠上暖和，比不得那屋裡炕冷，今兒可以不用。」寶玉笑道：「這個話，你們兩個都在那上頭睡了，我這外邊沒個人，我怪怕的，一夜也睡不著。」晴雯道：「我是在這裡。麝月往他外邊睡去。」說話之間，天已二更，麝月早已放下簾幔，移燈炷香，伏侍寶玉臥下，二人方睡。晴雯自在熏籠上，麝月便在暖閣外邊。

至三更以後，寶玉睡夢之中，便叫襲人。叫了兩聲，無人答應，自己醒了，方想起襲人不在家，自己也好笑起來。晴雯已醒，因笑喚麝月道：「連我都醒了，他守在旁邊還不知道，真是個挺死屍的。」麝月翻身打個哈氣，笑道：「他叫襲人，與我什麼相干！」因問：「作什麼？」寶玉要吃茶。麝月忙起來，單穿紅綢小棉襖兒。寶玉道：「披上我的襖兒再去，仔細冷著。」麝月聽說，回手便把寶玉披著起夜的一件貂頦滿襟暖襖⑳披上，下去向盆內洗手，先倒了一鍾溫水，拿了大漱盂，寶玉漱了一口；然後才向茶格㉑上取了茶碗，先用溫水瀗㉒了一瀗，向暖壺中倒了半碗茶，遞與寶玉吃了；自己也漱了一漱，

⑲湯婆子——銅、錫等製成的一種專為冬天暖被窩的暖水壺，又叫「湯壺」。
⑳貂頦滿襟暖襖——貂頦皮作的大襟襖。頦，下巴；滿襟，大襟。
㉑茶格——擱茶碗的架子。
㉒瀗——同「涮」，用水晃蕩，洗淨器物。

吃了半碗。晴雯笑道：「好妹子，也賞我一口兒。」麝月笑道：「越發上臉兒了！」晴雯道：「好妹妹，明兒晚上你別動，我伏侍你一夜，如何？」麝月聽說，只得也伏侍他漱了口，倒了半碗茶與他吃過。麝月笑道：「你們兩個別睡，說著話兒，我出去走走回來。」晴雯笑道：「外頭有個鬼等著你呢。」寶玉道：「外頭自然有大月亮的，我們說話，你只管去。」一面說，一面便嗽了兩聲。

麝月便開了後門，揭起毡簾一看，果然好月色。晴雯等他出去，便欲唬他玩耍。仗著素日比別人氣壯，不畏寒冷，也不披衣，只穿著小襖，便躡手躡腳的下了熏籠，隨後出來。寶玉笑勸道：「看凍著，不是頑的。」晴雯只擺手，隨後出了房門。只見月光如水，忽然一陣微風，只覺侵肌透骨，不禁毛骨森然。心下自思道：「怪道人說熱身子不可被風吹，這一冷，果然利害。」一面正要唬麝月，只聽寶玉高聲在內道：「晴雯出去了！」晴雯忙回身進來，笑道：「那裡就唬死了他？偏你慣會這蝎蝎螫螫老婆漢像㉓的！」寶玉笑道：「倒不為唬壞了他，頭一則你凍著也不好；二則他不防，不免一喊，倘或唬醒了別人，不說咱們是頑意，倒反說襲人才去了一夜，你們就見神見鬼的。你來把我的這邊被掖一掖。」晴雯聽說，便上來掖了掖，伸手進去渥一渥時，寶玉笑道：「好冷手！我說看凍著。」一面又見晴雯兩腮如胭脂一般，用手摸了一摸，也覺冰冷。寶玉道：「快進被來渥渥罷。」

一語未了，只聽「咯噔」的一聲門響，麝月慌慌張張的笑了進來，說道：「嚇了我一跳好的！黑影子裡，山子石後頭，只見一個人蹲著。我才要叫喊，原來是那個大錦雞，見了人一飛，飛到亮處來，我

㉓蝎蝎螫螫老婆漢像——唯恐蝎子螫了似的縮手縮腳膽小怕事，雖是漢子卻婆婆媽媽的樣子。

才看真了。若冒冒失失一嚷，倒鬧起人來。」一面說，一面洗手；又笑道：「晴雯出去，我怎麼不見？一定是要唬我去了。」寶玉笑道：「這不是他？在這裡渥呢！我若不叫的快，可是倒唬一跳。」晴雯笑道：「也不用我唬去，這小蹄子已經自怪自驚的了。」一面說，一面仍回自己被中去了。麝月道：「你就這麼『跑解馬』㉔似的打扮得伶伶俐俐的出去了不成？」寶玉笑道：「可不就這麼去了！」麝月道：「你死不揀好日子！你出去站一站，把皮不凍破了你的！」說著，又將火盆上的銅罩揭起，拿灰鍬重將熟炭埋了一埋，拈了兩塊速香放上，仍舊罩了，至屏後，重剔了燈，方才睡下。

晴雯因方才一冷，如今又一暖，不覺打了兩個噴嚏。寶玉嘆道：「如何？到底傷了風了。」麝月笑道：「他早起就嚷不受用，一日也沒吃飯。他這會還不保養些，還要捉弄人。明兒病了，叫他自作自受。」寶玉問：「頭上可熱？」晴雯嗽了兩聲，說道：「不相干，那裡這麼嬌嫩起來了。」說著，只聽外間房中十錦格上的自鳴鐘「當當」兩聲，外間值宿的老嬤嬤嗽了兩聲，因說道：「姑娘們睡罷，明兒再說罷。」寶玉方悄悄的笑道：「咱們別說話了，又惹他們說話。」說著，方大家睡了。

至次日起來，晴雯果覺有些鼻塞聲重，懶怠動彈。寶玉道：「快不要聲張！太太知道，又叫你搬了家去養息。家去雖好，到底冷些，不如在這裡。你就在裡間屋裡躺著，我叫人請了大夫，悄悄的從後門來瞧瞧就是了。」晴雯道：「雖如此說，你到底要告訴大奶奶一聲兒；不然，一時大夫來了，人問起來，怎麼說呢？」寶玉聽了有理，便喚一個老嬤嬤吩咐道：「你回大奶奶去，就說晴雯白冷著了些，不是什

㉔跑解馬——也叫「跑馬賣解」，也就是在馬上表演各種技藝，表演者都穿著短裝。

聯經出版事業公司　校印

麼大病。襲人又不在家，他若家去養病，這裡更沒有人了。傳一個大夫，悄悄的從後門進來瞧瞧，別回太太罷了。」老嬤嬤去了半日，來回說：「大奶奶知道了，說：兩劑藥吃好了便罷，若不好時，還是出去為是。如今時氣不好，恐沾帶了別人事小，姑娘們的身子要緊的。」晴雯睡在暖閣裡，只管咳嗽，聽了這話，氣的喊道：「我那裡就害瘟病了？只怕過了人！我離了這裡，看你們這一輩子都別頭疼腦熱的！」說著，便真要起來。寶玉忙按他，笑道：「別生氣，這原是他的責任，唯恐太太知道了說他不是，白說一句。你素習好生氣，如今肝火自然盛了。」

正說時，人回：「大夫來了。」寶玉便走過來，避在書架之後。只見兩三個後門口的老嬤嬤帶了一個大夫進來。這裡的丫鬟都迴避了，有三四個老嬤嬤放下暖閣上的大紅繡幔，晴雯從幔中單伸出手去。那大夫見這隻手上有兩根指甲，足有三寸長，尚有金鳳花㉕染的通紅的痕跡，便忙回過頭來。有一個老嬤嬤忙拿了一塊手帕掩了。那大夫方診了一回脈，起身到外間，向嬤嬤們說道：「小姐的症是外感內滯㉖，近日時氣不好，竟算是個小傷寒。幸虧是小姐，素日飲食有限，風寒也不大，不過是血氣原弱，偶然沾帶了些，吃兩劑藥疏散疏散就好了。」說著，便又隨婆子們出去。

彼時，李紈已遣人知會過後門上的人及各處丫鬟迴避，那大夫只見了園中的景致，並不曾見一女子。一時出了園門，就在守園門的小廝們的班房內坐了，開了藥方。老嬤嬤道：「你老且別去，我們小爺羅

---

㉕金鳳花——即「鳳仙花」，一年生草本植物，夏季開花，紅色的花瓣可用來染指甲，又名指甲花或指甲草。
㉖外感內滯——中醫用語。外感，指感受風、寒、暑、濕、燥、熱而致病；內滯，在消化系統內有飲食積滯。

唆，恐怕還有話說。」大夫忙道：「方才不是小姐，是位爺不成？那屋子竟是繡房一樣，又是放下幔子來的，如何是位爺呢？」老嬤嬤悄悄笑道：「我的老爺，怪道小廝們才說今兒請了一位新大夫來了，真不知我們家的事。那屋子是我們小哥兒的，那人是他屋裡的丫頭，——倒是個大姐，那裡的小姐？若是小姐的繡房，小姐病了，你那麼容易就進去了？」說著，拿了藥方進去。

寶玉看時，上面有紫蘇、桔梗、防風、荊芥等藥，後面又有枳實、麻黃。寶玉道：「該死，該死！他拿著女孩兒們也像我們一樣的治，如何使得！憑他有什麼內滯，這枳實、麻黃如何禁得。誰請了來的？快打發他去罷！再請一個熟的來。」老婆子道：「用藥好不好，我們不知道這理。如今再叫小廝去請王太醫去倒容易，只是這大夫又不是告訴總管房請來的。這轎馬錢是要給他的。」寶玉道：「給他多少？」婆子道：「少了不好看，也得一兩銀子，才是我們這門戶的禮。」寶玉道：「王太醫來了，給他多少？」婆子笑道：「王太醫和張太醫每常來了，也並沒個給錢的，不過每年四節，大躉㉗送禮，那是一定的年例。這人新來了一次，須得給他一兩銀子去。」

寶玉聽說，便命麝月去取銀子。麝月道：「花大姐姐還不知擱在那裡呢？」寶玉道：「我常見他在螺甸小櫃子裡取錢，我和你找去。」說著，二人來至寶玉堆東西的房子，開了螺甸櫃子，上一格子都是些筆墨、扇子、香餅、各色荷包、汗巾等物；下一格卻是幾串錢。於是開了抽屜，才看見一個小簸籮內放著幾塊銀子，倒也有一把戥子。麝月便拿了一塊銀子，提起戥子來問寶玉：「那是一兩的星兒？」寶

---

㉗大躉——也作「打躉」，打總、湊總數的意思；躉，整數、整批。

玉笑道：「你問我？有趣，你倒成了才來的了！」麝月也笑了，又要去問人。寶玉道：「揀那大的給他一塊就是了。又不作買賣，算這些做什麼！」麝月聽了，便放下戥子，揀了一塊，掂了一掂，笑道：「這一塊只怕是一兩了。寧可多些好，別少了，叫那窮小子笑話，不說咱們不識戥子，倒說咱們有心小器似的。」那婆子站在外頭臺磯上，笑道：「那是五兩的錠子夾了半邊，這一塊至少還有二兩呢！這會子又沒夾剪，姑娘收了這塊，再揀一塊小些的罷。」麝月早掩了櫃子出來，笑道：「誰又找去！多了些你拿了去罷。」寶玉道：「你只快叫茗烟再請王大夫去就是了。」婆子接了銀子，自去料理。

一時茗烟果請了王太醫來，診了脈後，說的病症與前相仿，只是方上果沒有枳實、麻黃等藥，倒有當歸、陳皮、白芍等，藥之分量較先也減了些。寶玉喜道：「這才是女孩兒們的藥，雖然疏散，也不可太過。舊年我病了，卻是傷寒，內裡飲食停滯，他瞧了，還說我禁不起麻黃、石膏、枳實等狼虎藥。我和你們一比，我就如那野墳圈子裡長的幾十年的一棵老楊樹，你們就如秋天芸兒進我的那才開的白海棠；連我禁不起的藥，你們如何禁得起？」麝月等笑道：「野墳裡只有楊樹不成？難道就沒有松柏？我最嫌的是楊樹，那麼大笨樹，葉子只一點子，沒一絲風，他也是亂響。你偏比他，也太下流了。」寶玉笑道：「松柏不敢比。連孔子都說：『歲寒然後知松柏之後凋也。』可知這兩件東西高雅，不怕羞臊的才拿他混比呢。」

說著，只見老婆子取了藥來。寶玉命把煎藥的銀吊子找了出來，就命在火盆上煎。晴雯因說：「正經給他們茶房裡煎去，弄得這屋裡藥氣，如何使得？」寶玉道：「藥氣比一切的花香、果子香都雅。神仙採藥燒藥，再者高人逸士採藥治藥，最妙的一件東西。這屋裡我正想各色都齊了，就只少藥香，如今恰好全了。」一面說，一面早命人煨上。又囑咐麝月打點東西，遣老嬤嬤去看襲人，勸他少哭。一一妥當，方過前邊來賈母、王夫人處問安吃飯。

正值鳳姐兒和賈母、王夫人商議說：「天又短又冷，不如以後大嫂子帶著姑娘們在園子裡吃飯一樣。等天長暖和了，再來回的跑也不妨。」王夫人笑道：「這也是好主意。刮風下雪倒便宜。吃些東西受了冷氣也不好；空心走來，一肚子冷風，壓上些東西也不好。不如後園門裡頭的五間大房子，橫豎有女人們上夜的，挑兩個廚子女人在那裡，單給他姊妹們弄飯。新鮮菜蔬是有分例的，在總管房裡支去，或要錢，或要東西；那些野雞、獐、狍各樣野味，分些給他們就是了。」賈母道：「我也正想著呢，就怕又添一個廚房多事些。」鳳姐道：「並不多事：一樣的分例，這裡添了，那裡減了。就便多費些事，小姑娘們冷風朔氣的，別人還可，第一林妹妹如何禁得住？就連寶兄弟也禁不住，何況眾位姑娘。」賈母道：「正是這話了。上次我要說這話，我見你們的大事太多了，如今又添出這些事來，……」要知端的——

# 第五十二回　俏平兒情掩蝦鬚鐲　勇晴雯病補雀金裘

賈母道：「正是這話了。上次我要說這話，我見你們的大事多，如今又添出這些事來，你們固然不敢抱怨，未免想著我只顧疼這些小孫子、孫女兒們，就不體貼你們這當家人了。你既這麼說出來，更好了。」因此時薛姨媽、李嬸都在座，邢夫人及尤氏婆媳也都過來請安，還未過去，賈母向王夫人等說道：「今兒我才說這話，素日我不說，一則怕逞了鳳丫頭的臉①，二則眾人不服。今日你們都在這裡，都是經過妯娌姑嫂的，還有他這樣想的到的沒有？」薛姨媽、李嬸、尤氏等齊笑說：「真個少有。別人不過是禮上面子情兒，實在他是真疼小叔子、小姑子。就是老太太跟前，也是真孝順。」賈母點頭嘆道：「我雖疼他，我又怕他太伶俐也不是好事。」鳳姐兒忙笑道：「這話老祖宗說差了。世人都說太伶俐聰明，怕活不長。世人都說得，人人都信，獨老祖宗不當說，不當信。老祖宗只有伶俐聰明過我十倍的，怎麼

①逞了臉——因受寵而驕縱。



聯經出版事業公司 校印

如今這樣福壽雙全的？只怕我明兒還勝老祖宗一倍呢！我活一千歲後，等老祖宗歸了西，我才死呢。」賈母笑道：「眾人都死了，單剩下咱們兩個老妖精，有什麼意思。」說的眾人都笑了。

寶玉因記掛著晴雯、襲人等事，便先回園裡來。到房中，藥香滿屋，一人不見，只見晴雯獨臥於炕上，臉面燒的飛紅，又摸了一摸，只覺燙手。忙又向爐上將手烘暖，伸進被去摸了一摸身上，也是火燒。因說道：「別人去了也罷，麝月、秋紋也這樣無情，各自去了？」晴雯道：「秋紋是我攆了他去吃飯的，麝月是方才平兒來找他出去了。兩人鬼鬼祟祟的，不知說什麼。——必是說我病了不出去。」寶玉道：「平兒不是那樣人。況且他並不知你病特來瞧你，想來一定是找麝月來說話，偶然見你病了，隨口說特瞧你的病，這也是人情乖覺取和②的常事。便不出去，有不是，與他何干？你們素日又好，斷不肯為這無干的事傷和氣。」晴雯道：「這話也是，只是疑他為什麼忽然間瞞起我來。」寶玉笑道：「讓我從後門出去，到那窗根下聽聽說些什麼，來告訴你。」說著，果然從後門出去，至窗下潛聽。

只聞麝月悄問道：「你怎麼就得了的？」平兒道：「那日洗手時不見了，二奶奶就不許吵嚷，出了園子，即刻就傳給園裡各處的媽媽們小心查訪。我們只疑惑邢姑娘的丫頭，本來又窮，只怕小孩子家沒見過，拿了起來也是有的。再不料定是你們這裡的。幸而二奶奶沒有在屋裡，你們這裡的宋媽媽去了，拿著這隻鐲子，說是小丫頭子墜兒偷起來的，被他看見，來回二奶奶的。我趕著忙接了鐲子，想了一想：寶玉是偏在你們身上留心用意、爭勝要強的，那一年有一個良兒偷玉，剛冷了一二年間，還有人提起來

②人情乖覺取和——指在人際關係中善於隨機應變，與別人和睦相處。

趁願，這會子又跑出一個偷金子的來了。而且更偷到街坊家去了。偏是他這樣，偏是他的人打嘴。所以我倒忙叮嚀宋媽，千萬別告訴寶玉，只當沒有這事，別和一個人提起。第二件，老太太、太太聽了也生氣。三則襲人和你們也不好看。所以我回二奶奶，只說：『我往大奶奶那裡去的，誰知鐲子褪了口，丟在草根底下，雪深了沒看見。今兒雪化盡了，黃澄澄的映著日頭，還在那裡呢，我就揀了起來。』二奶奶也就信了，所以我來告訴你們。你們以後防著他些，別使喚他到別處去。等襲人回來，你們商議著，變個法子打發出去就完了。」麝月道：「這小娼婦也見過些東西，怎麼這麼眼皮子淺。」平兒道：「究竟這鐲子能多少重，原是二奶奶說的，這叫做『蝦鬚鐲』，倒是這顆珠子還罷了。晴雯那蹄子是塊爆炭，要告訴了他，他是忍不住的。一時氣了，或打或罵，依舊嚷出來不好，所以單告訴你留心就是了。」說著，便作辭而去。

寶玉聽了，又喜，又氣，又嘆：喜的是平兒竟能體貼自己；氣的是墜兒小竊；嘆的是墜兒那樣一個伶俐人，作出這醜事來。因而回至房中，把平兒之話一長一短告訴了晴雯，又說：「他說你是個要強的，如今病著，聽了這話越發要添病，等好了再告訴你。」晴雯聽了，果然氣的蛾眉倒蹙，鳳眼圓睜，即時就叫墜兒。寶玉忙勸道：「你這一喊出來，豈不辜負了平兒待你我之心了。不如領他這個情，過後打發他就完了。」晴雯道：「雖如此說，只是這口氣如何忍得！」寶玉道：「這有什麼氣的？你只養病就是了。」

晴雯服了藥，至晚間又服二和，夜間雖有些汗，還未見效，仍是發燒，頭疼鼻塞聲重。次日，王太醫又來診視，另加減湯劑。雖然稍減了燒，仍是頭疼。寶玉便命麝月：「取鼻烟來，給他嗅些，痛打幾個嚏噴，就通了關竅。」麝月果真去取了一個金鑲雙扣金星玻璃的一個扁盒來，遞與寶玉。寶玉便揭翻盒扇，裡面有西洋琺瑯的黃髮赤身女子，兩肋又有肉翅，裡面盛著些真正汪恰洋烟③。晴雯只顧看畫兒，寶玉道：「嗅些，走了氣就不好了。」晴雯聽說，忙用指甲挑了些嗅入鼻中，不怎樣。便又多多挑了些嗅入。忽覺鼻中一股酸辣透入囟門，接連打了五六個嚏噴，眼淚鼻涕登時齊流。晴雯忙收了盒子，笑道：「了不得，好爽快！拿紙來。」早有小丫頭子遞過一搭子細紙，晴雯便一張一張的拿來醒鼻子。寶玉笑問：「如何？」晴雯笑道：「果覺通快些，只是太陽還疼。」寶玉笑道：「越性盡用西洋藥治一治，只怕就好了。」說著，便命麝月：「和二奶奶要去，就說我說了：姐姐那裡常有那西洋貼頭疼的膏子藥，叫做『依弗哪』，找尋一點兒。」麝月答應了，去了半日，果拿了半節來。便去找了一塊紅緞子角兒，鉸了兩塊指頂大的圓式，將那藥烤和了，用簪挺攤上。晴雯自拿著一面靶鏡，貼在兩太陽上。麝月笑道：「病的蓬頭鬼一樣，如今貼了這個，倒俏皮了。二奶奶貼慣了，倒不大顯。」說畢，又向寶玉道：「二奶奶說了：明日是舅老爺生日，太太說了叫你去呢。明兒穿什麼衣裳？今兒晚上好打點齊備了，省得明兒早起費手。」寶玉道：「什麼順手就是什麼罷了。一年鬧生日也鬧不清！」說著，便起身出房，往惜春房中去看畫。

剛到院門外邊，忽見寶琴的小丫鬟名小螺者從那邊過去，寶玉忙趕上問：「那去？」小螺笑道：「我們二位姑娘都在林姑娘房裡呢，我如今也往那裡去。」寶玉聽了，轉步也便同他往瀟湘館來。不但寶釵姊妹在此，且連邢岫烟也在那裡，四人圍坐在熏籠上敘家常。紫鵑倒坐在暖閣裡，臨窗作針黹。一見他

---

③汪恰洋烟——鼻烟的一種。脂硯齋注：「汪恰，西洋一等寶烟也。」

來，都笑說：「又來了一個！可沒了你的坐處了。」寶玉笑道：「好一幅『冬閨集豔圖』！可惜我遲來了一步。橫豎這屋子比各屋子暖，這椅子坐著並不冷。」說著，便坐在黛玉常坐的搭著灰鼠椅搭的一張椅上。因見暖閣之中有一玉石條盆，裡面攢三聚五栽著一盆單瓣水仙，點著宣石④，便極口贊：「好花！這屋子越發暖，這花香的越清香。昨日未見。」黛玉因說道：「這是你家的大總管賴大嬸子送薛二姑娘的：兩盆臘梅，兩盆水仙。他送了我一盆水仙，他送了蕉丫頭一盆臘梅。我原不要的，又恐辜負了他的心。你若要，我轉送你如何？」寶玉道：「我屋裡卻有兩盆，只是不及這個。琴妹妹送你的，如何又轉送人，這個斷使不得。」黛玉道：「我一日藥吊子不離火，我竟是藥培著呢，那裡還擱的住花香來熏？越發弱了。況且這屋子裡一股藥香，反把這花香攪壞了。不如你抬了去，這花也清淨了，沒雜味來攪他。」寶玉笑道：「我屋裡今兒也有病人煎藥呢，你怎麼知道的？」黛玉笑道：「這話奇了，我原是無心的話，誰知你屋裡的事？你不早來聽說古記⑤，這會子來了，自驚自怪的。」

寶玉笑道：「咱們明兒下一社又有了題目了，就咏水仙、臘梅。」黛玉聽了，笑道：「罷，罷！我再不敢作詩了，作一回，罰一回，沒的怪羞的。」說著，便兩手握起臉來。寶玉笑道：「何苦來！又奚落我作什麼？我還不怕臊呢，你倒握起臉來了。」寶釵因笑道：「下次我邀一社，四個詩題，四個詞題。

④宣石——一種用來點綴盆景的石頭，質地疏鬆多孔隙，易吸水。

⑤古記——這裡指故事、傳說。

每人四首詩，四闋詞。頭一個詩題『咏《太極圖》』⑥，限『一先』的韵，五言律，要把一先的韵都用盡了，一個不許剩。」寶琴笑道：「這一說，可知是姐姐不是真心起社了，這分明難人。若論起來，也強扭的出來，不過顛來倒去弄些《易經》⑦上的話生塡，究竟有何趣味。我八歲時節，跟我父親到西海沿子上買洋貨，誰知有個真真國⑧的女孩子，才十五歲，那臉面就和那西洋畫上的美人一樣，也披著黃頭髮，打著聯垂⑨，滿頭帶的都是珊瑚、貓兒眼、祖母綠這些寶石；身上穿著金絲織的鎖子甲洋錦襖袖；帶著倭刀⑩，也是鑲金嵌寶的，實在畫兒上的也沒他好看。有人說他通中國的詩書，會講五經，能作詩塡詞，因此我父親央煩了一位通事官⑪，煩他寫了一張字，就寫的是他作的詩。」眾人都稱奇道異。寶玉忙笑道：「好妹妹，你拿出來我瞧瞧。」寶琴笑道：「在南京收著呢，此時那裡去取來？」寶玉聽了，大失所望，便說：「沒福得見這世面。」黛玉笑拉寶琴道：「你別哄我們。我知道你這一來，你的這些

---

⑥《太極圖》——北宋周敦頤繪製的對宇宙萬物創成變化的圖解，混雜著儒家和道家的思想。由於《太極圖說》形式上是推衍《易經》的，所以下文說「咏《太極圖》」這樣的詩題只能弄些《易經》上的話「顛來倒去生塡」，不可能做出好詩來。

⑦《易經》——簡稱《易》，也叫《周易》，儒家經典之一。文字簡約，語義玄奧。

⑧真真國——作者杜撰的國名，含「真真假假」的意思。

⑨聯垂——髮辮。

⑩鎖子甲、倭刀——鎖子甲，古代武士臨陣時穿的護身鎧甲；倭刀，古代日本製造的刀。

⑪通事官——翻譯官。

東西未必放在家裡，自然都是要帶了來的，這會子又扯謊說沒帶來。他們雖信，我是不信的。」寶琴便紅了臉，低頭微笑不語。寶釵笑道：「偏這個顰兒慣說這些白話⑫，把你就伶俐的。」黛玉道：「若帶了來，就給我們見識見識也罷了。」寶釵笑道：「箱子籠子一大堆還沒理清，知道在那個裡頭呢！等過日收拾清了，找出來大家再看就是了。」又向寶琴道：「你若記得，何不念念我們聽聽。」寶琴方答道：「記得是首五言律，外國的女子，也就難為他了。」寶釵道：「你且別念，等把雲兒叫了來，也叫他聽聽。」說著，便叫小螺來，吩咐道：「你到我那裡去，就說我們這裡有一個外國美人來了，作的好詩，請你這『詩瘋子』來瞧去，再把我們『詩呆子』也帶來。」小螺笑著去了。

半日，只聽湘雲笑問：「那一個外國美人來了？」一頭說，一頭果和香菱來了。眾人笑道：「人未見形，先已聞聲。」寶琴等忙讓坐，遂把方才的話重敘了一遍。湘雲笑道：「快念來聽聽。」寶琴因念道：

昨夜朱樓夢，今宵水國吟。島雲蒸大海，嵐氣接叢林。月本無今古，情緣自淺深。漢南⑬春歷歷，焉得不關心。

眾人聽了，都道：「難為他！竟比我們中國人還強。」一語未了，只見麝月走來說：「太太打發人來告訴二爺，明兒一早往舅舅那裡去，就說太太身上不大好，不得親自來。」寶玉忙站起來答應道：「是。」因問寶釵、寶琴可去。寶釵道：「我們不去，昨兒單送了禮去了。」大家說了一回方散。

---

⑫白話——這裡是點破底蘊的大實話。

⑬漢南——本指漢水之南，這裡作南國、故土、舊遊之地的泛稱。

寶玉因讓諸姊妹先行，自己落後。黛玉便又叫住他問道：「襲人到底多早晚回來？」寶玉道：「自然等送了殯才來呢。」黛玉還有話說，又不曾出口，出了一回神，便說道：「你去罷。」寶玉也覺心裡有許多話，只是口裡不知要說什麼，想了一想，也笑道：「明日再說罷。」一面下了階磯，低頭正欲邁步，復又忙回身問道：「如今的夜越發長了，你一夜咳嗽幾遍？醒幾次？」黛玉道：「昨兒夜裡好了，只嗽了兩遍，卻只睡了四更一個更次，就再不能睡了。」寶玉又笑道：「正是有句要緊的話，這會子才想起來。」一面說，一面便挨過身來，悄悄道：「我想寶姐姐送你的燕窩——」一語未了，只見趙姨娘走了進來瞧黛玉，問：「姑娘這兩天好？」黛玉便知他是從探春處來，從門前過，順路的人情。黛玉忙陪笑讓坐，說：「難得姨娘想著，怪冷的，親身走來。」又忙命倒茶，一面又使眼色與寶玉。寶玉會意，便走了出來。

正值吃晚飯時，見了王夫人，王夫人又囑他早去。寶玉回來，看晴雯吃了藥。此夕寶玉便不命晴雯挪出暖閣來，自己便在晴雯外邊。又命將熏籠抬至暖閣前，麝月便在熏籠上。一宿無話。

至次日，天未明時，晴雯便叫醒麝月道：「你也該醒了，只是睡不夠！你出去叫人給他預備茶水，我叫醒他就是了。」麝月忙披衣起來道：「咱們叫起他來，穿好衣裳，抬過這火箱去，再叫他們進來。老嬤嬤們已經說過，不叫他在這屋裡，怕過了病氣。如今他們見咱們擠在一處，又該嘮叨了。」晴雯道：「我也是這麼說呢。」

二人才叫時，寶玉已醒了，忙起身披衣。麝月先叫進小丫頭子來，收拾妥當了，才命秋紋檀雲等進來，一同伏侍寶玉梳洗畢。麝月道：「天又陰陰的，只怕有雪，穿那一套毡的罷。」寶玉點頭，即時換了衣裳。小丫頭便用小茶盤捧了一蓋碗建蓮紅棗兒湯來，寶玉喝了兩口。麝月又捧過一小碟法製紫薑⑭來，寶玉噙了一塊。又囑咐了晴雯一回，便往賈母處來。

賈母猶未起來，知道寶玉出門，便開了房門，命寶玉進去。寶玉見賈母身後寶琴面向裡也睡未醒。賈母見寶玉身上穿著荔色哆羅呢的天馬箭袖，大紅猩猩毡盤金彩綉石青妝緞沿邊的排穗褂子。賈母道：「下雪呢麼？」寶玉道：「天陰著，還沒下呢。」賈母便命鴛鴦來：「把昨兒那一件烏雲豹的氅衣給他罷。」鴛鴦答應了，走去果取了一件來。寶玉看時，金翠輝煌，碧彩閃灼，又不似寶琴所披之鳧靨裘。只聽賈母笑道：「這叫作『雀金呢』，這是哦囉斯國拿孔雀毛拈了線織的。前兒把那一件野鴨子的給了你小妹妹，這件給你罷。」寶玉磕了一個頭，便披在身上。賈母笑道：「你先給你娘瞧瞧去再去。」寶玉答應了，便出來，只見鴛鴦站在地下揉眼睛。因自那日鴛鴦發誓決絕之後，他總不和寶玉講話。寶玉正自日夜不安，此時見他又要迴避，寶玉便上來笑道：「好姐姐，你瞧瞧，我穿著這個好不好。」鴛鴦一摔手，便進賈母房中來了。寶玉只得到了王夫人房中，與王夫人看了，然後又回至園中，與晴雯、麝月看過後，至賈母房中回說：「太太看了，只說可惜了的，叫我仔細穿，別糟塌了他。」賈母道：「就剩下了這一件，你糟塌了，也再沒了。這會子特給你做這個也是沒有的事。」說著又囑咐他：「不許多吃酒，早些回來。」寶玉應了幾個「是」。

⑭法製紫薑——用嫩薑製作的醬菜。法製，按傳統方法製作，也就是「地道的」、「標準的」。

老嬤嬤跟至廳上，只見寶玉的奶兄李貴和王榮、張若錦、趙亦華、錢啟、周瑞六個人，帶著茗烟、伴鶴、鋤藥、掃紅四個小廝，背著衣包，抱著坐褥，籠著一匹雕鞍彩轡的白馬，早已伺候多時了。老嬤嬤又吩咐了他六人些話，六個人忙答應了幾個「是」，忙捧鞭墜鐙。寶玉慢慢的上了馬，李貴和王榮籠著嚼環，錢啟、周瑞二人在前引導，張若錦、趙亦華在兩邊緊貼寶玉後身。寶玉在馬上笑道：「周哥，錢哥，咱們打這角門走罷，省得到了老爺的書房門口又下來。」周瑞側身笑道：「老爺不在家，書房天天鎖著的，爺可以不用下來罷了。」寶玉笑道：「雖鎖著，也要下來的。」錢啟、李貴等都笑道：「爺說的是。便托懶不下來，倘或遇見賴大爺、林二爺，雖不好說爺，也勸兩句。有的不是，都派在我們身上，又說我們不教爺禮了。」周瑞、錢啟便一直出角門來。

正說話時，頂頭果見賴大進來。寶玉忙籠住馬，意欲下來。賴大忙上來抱住腿。寶玉便在鐙上站起來，笑攜他的手，說了幾句話。接著又見一個小廝帶著二三十個拿掃帚、簸箕的人進來，見了寶玉，都順墻垂手立住，獨那為首的小廝打千兒，請了一個安。寶玉不識名姓，只微笑點了點頭兒。馬已過去，那人方帶人去了。於是出了角門，門外又有李貴等六人的小廝並幾個馬夫，早預備下十來匹馬專候。一出了角門，李貴等都各上了馬，前引傍圍的一陣烟去了，不在話下。

這裡晴雯吃了藥，仍不見病退，急的亂罵大夫，說：「只會騙人的錢，一劑好藥也不給人吃。」麝月笑勸他道：「你太性急了，俗語說：『病來如山倒，病去如抽絲。』又不是老君的仙丹，那有這樣靈藥！你只靜養幾天，自然好了。你越急越著手。」晴雯又罵小丫頭子們：「那裡鑽沙⑮去了！瞅我病了，

⑮鑽沙——魚類鑽進沙裡不易尋找，這裡比喻小丫頭們都跑的找不見了。

都大膽子走了。明兒我好了，一個一個的才揭你們的皮呢！」唬的小丫頭子篆兒忙進來問：「姑娘作什麼？」晴雯道：「別人都死絕了，就剩了你不成？」說著，只見墜兒也蹭了進來。晴雯道：「你瞧瞧這個小蹄子，不問他還不來呢。這裡又放月錢了，又散果子了，你該跑在頭裡了。你往前些，我不是老虎吃了你！」墜兒只得前湊。晴雯便冷不防欠身一把將他的手抓住，向枕邊取了一丈青⑯，向他手上亂戳，口內罵道：「要這爪子作什麼？拈不得針，拿不動線，只會偷嘴吃。眼皮子又淺，爪子又輕，打嘴現世的，不如戳爛了！」墜兒疼的亂哭亂喊。麝月忙拉開墜兒，按晴雯睡下，笑道：「才出了汗，又作死。等你好了，要打多少打不的？這會子鬧什麼！」

晴雯便命人叫宋嬤嬤進來，說道：「寶二爺才告訴了我，叫我告訴你們，墜兒很懶，寶二爺當面使他，他撥嘴兒不動，連襲人使他，他背後罵他。今兒務必打發他出去，明兒寶二爺親自回太太就是了。」宋嬤嬤聽了，心下便知鐲子事發，因笑道：「雖如此說，也等花姑娘回來，知道了，再打發他。」晴雯道：「寶二爺今兒千叮嚀萬囑咐的，什麼『花姑娘』『草姑娘』，我們自然有道理！你只依我的話，快叫他家的人來領他出去。」麝月道：「這也罷了，早也去，晚也去，帶了去，早清淨一日。」

宋嬤嬤聽了，只得出去喚了他母親來，打點了他的東西。又來見晴雯等，說道：「姑娘們怎麼了？你侄女兒不好，你們教導他，怎麼攆出去？也到底給我們留個臉兒。」晴雯道：「你這話只等寶玉來問他，與我們無干。」那媳婦冷笑道：「我有膽子問他去？他那一件事不是聽姑娘們的調停？他縱依了，

⑯一丈青——兼帶挖耳杓的細長簪子，一頭尖細，一頭較粗，頂端作小杓，即「耳挖子」。

姑娘們不依，也未必中用！比如方才說話，雖是背地裡，姑娘就直叫他的名字。在姑娘們就使得，在我們就成了野人了！」晴雯聽說，一發急紅了臉，說道：「我叫了他的名字了，你在老太太眼前告我去，說我撒野，也攆出我去！」麝月忙道：「嫂子，你只管帶了人出去，有話再說。這個地方豈有你叫喊講禮的？你見誰和我們講過禮？別說嫂子你，就是賴奶奶、林大娘，也得擔待我們三分。便是叫名字，從小兒直到如今，都是老太太吩咐過的，你們也知道的，恐怕難養活，巴巴的寫了他的小名兒，各處貼著叫萬人叫去，為的是好養活。連挑水、挑糞、花子都叫得，何況我們！連昨兒林大娘叫了一聲『爺』，老太太還說他呢，——此是一件。二則，我們這些人常回老太太的話去，可不叫著名字回話，難道也稱『爺』？那一日不把『寶玉』兩個字念二百遍，偏嫂子又來挑這個了！過一日嫂子閑了，在老太太、太太跟前，聽聽我們當著面兒叫他，就知道了。嫂子原也不得在老太太、太太跟前當些體統差事，成年家只在三門外頭混，怪不得不知我們裡頭的規矩。這裡不是嫂子久站的，再一會，不用我們說話，就有人來問你了。有什麼分證話，且帶了他去，你回了林大娘，叫他來找二爺說話。家裡上千的人，你也跑來，我也跑來，我們認人問姓，還認不清呢！」說著，便叫小丫頭子：「拿了擦地的布來擦地！」

那媳婦聽了，無言可對，亦不敢久立，賭氣帶了墜兒就走。宋媽媽忙道：「怪道你這嫂子不知規矩，你女兒在這屋裡一場，臨去時，也給姑娘們磕個頭。沒有別的謝禮，——便有謝禮，他們也不希罕，——不過磕個頭，盡了心。怎麼說走就走？」墜兒聽了，只得翻身進來，給他兩個磕了兩個頭，又找秋紋等。他們也不睬他。那媳婦嗐聲嘆氣，口不敢言，抱恨而去。

晴雯方才又閃了風，著了氣，反覺更不好了，翻騰至掌燈，剛安靜了些。只見寶玉回來，進門就嗐聲跺腳。麝月忙問原故，寶玉道：「今兒老太太喜喜歡歡的給了這個褂子，誰知不防，後襟子上燒了一塊，幸而天晚了，老太太、太太都不理論。」一面說，一面脫下來。麝月瞧時，果見有指頂大的燒眼，說：「這必定是手爐裡的火迸上了。這不值什麼，趕著叫人悄悄的拿出去，叫個能幹織補匠人織上就是了。」說著便用包袱包了，交與一個媽媽送出去。說：「趕天亮就有才好。千萬別給老太太、太太知道。」婆子去了半日，仍舊拿回來，說：「不但能幹織補匠人，就連裁縫、綉匠並作女工的，問了，都不認得這是什麼，都不敢攬。」麝月道：「這怎麼樣呢？明兒不穿也罷了。」寶玉道：「明兒是正日子，老太太、太太說了，還叫穿這個去呢。偏頭一日燒了，豈不掃興！」晴雯聽了半日，忍不住，翻身說道：「拿來我瞧瞧罷。沒個福氣穿就罷了！這會子又著急。」寶玉笑道：「這話倒說的是。」說著，便遞與晴雯，又移過燈來，細看了一會。晴雯道：「這是孔雀金線織的，如今咱們也拿孔雀金線，就像界線⑰似的界密了，只怕還可混得過去。」麝月笑道：「孔雀線現成的，但這裡除了你，還有誰會界線？」晴雯道：「說不得我掙命罷了！」寶玉忙道：「這如何使得！才好了些，如何做得活。」晴雯道：「不用你蝎蝎螫螫的，我自知道。」

一面說，一面坐起來，挽了一挽頭髮，披了衣裳，只覺頭重身輕，滿眼金星亂迸，實實撐不住。若不做，又怕寶玉著急，少不得恨命咬牙捱著。便命麝月只幫著拈線。晴雯先拿了一根比一比，笑道：「這雖不很像，若補上，也不很顯。」寶玉道：「這就很好，那裡又找哦囉嘶國的裁縫去？」晴雯先將裡子

⑰界線——手工刺繡和織補工藝中所用的一種縱橫線織法。

拆開，用茶杯口大的一個竹弓釘牢在背面，再將破口四邊用金刀刮的散鬆鬆的，然後用針紉了兩條，分出經緯，亦如界線之法，先界出地子後，依本衣之紋來回織補。補兩針，又看看，織補兩針，又端詳端詳。無奈頭暈眼黑，氣喘神虛，補不上三五針，伏在枕上歇一會。寶玉在旁，一時又問：「吃些滾水不吃？」一時又命：「歇一歇。」一時又拿一件灰鼠斗篷替他披在背上，一時又命拿個拐枕與他靠著。急的晴雯央道：「小祖宗！你只管睡罷。再熬上半夜，明兒把眼睛摳摟⑱了，怎麼處？」寶玉見他著急，只得胡亂睡下，仍睡不著。一時只聽自鳴鐘已敲了四下，剛剛補完；又用小牙刷慢慢的剔出絨毛來。麝月道：「這就很好，若不留心，再看不出的。」寶玉忙要了瞧瞧，說道：「真真一樣了。」晴雯已嗽了幾陣，好容易補完了，說了一聲：「補雖補了，到底不像，——我也再不能了！」「噯喲」了一聲，便身不由主倒下。要知端的，且聽下回分解。

⑱摳摟——因缺乏睡眠而眼窩略為凹陷的現象。

# 第五十三回　寧國府除夕祭宗祠　榮國府元宵開夜宴

話說寶玉見晴雯將雀裘補完，已使的力盡神危，忙命小丫頭子來替他捶著，彼此捶打了一會，歇下沒一頓飯的工夫，天已大亮，且不出門，只叫快傳大夫。一時王太醫來了，診了脈，疑惑說道：「昨日已好了些，今日如何反虛微浮縮①起來，敢是吃多了飲食？不然就是勞了神思。外感卻倒輕了，這汗後失於調養，非同小可。」一面說，一面出去開了藥方進來。寶玉看時，已將疏散驅邪諸藥減去了，倒添了茯苓、地黃、當歸等益神養血之劑。寶玉忙命人煎去，一面嘆說：「這怎麼處？倘或有個好歹，都是我的罪孽。」晴雯睡在枕上，嗐道：「好二爺！你幹你的去罷！那裡就得癆病了？」

寶玉無奈，只得去了。至下半天，說身上不好就回來了。晴雯此症雖重，幸虧他素習是個使力不使心的；再素習飲食清淡，飢飽無傷。這賈宅中的風俗祕法，無論上下，只一略有些傷風咳嗽，總以淨餓

①虛微浮縮——中醫診斷脈象的術語。虛、微，指脈搏細軟無力的脈象；浮、縮，指輕按便得，應指即回的脈象。

為主，次則服藥調養。故於前日一病時，淨餓了兩三日，又謹慎服藥調治，如今勞碌了些，又加倍培養了幾日，便漸漸的好了。近日園中姊妹皆各在房中吃飯，炊爨飲食亦便，寶玉自能變法要湯要羹調停，不必細說。

襲人送母殯後，業已回來，麝月便將平兒所說宋媽、墜兒一事，並晴雯攆逐出去、也曾回過寶玉等語，一一的告訴襲人。襲人也沒別說，只說：「太性急了些。」只因李紈亦因時氣感冒；邢夫人又正害火眼，迎春、岫烟皆過去朝夕侍藥；李嬸之弟又接了李嬸和李紋、李綺家去住幾日；寶玉又見襲人常常思母含悲，晴雯猶未大愈：因此詩社之日，皆未有人作興，便空了幾社。

當下已是臘月，離年日近，王夫人與鳳姐治辦年事。王子騰升了九省都檢點，賈雨村補授了大司馬②，協理軍機，參贊朝政，不題。

且說賈珍那邊，開了宗祠，著人打掃，收拾供器，請神主，又打掃上房，以備懸供遺真影像③。此時榮、寧二府內外上下，皆是忙忙碌碌。

②都檢點、大司馬——都檢點又作「都點檢」，官名，為禁軍最高統帥，宋初廢，這裡借指朝廷委派的高級武官；大司馬，官名，掌管內廷全部政務，後世用作兵部尚書的別稱。

③遺真影像——受祭祖先的畫像。真，真容，指畫像。

這日，寧府中尤氏正起來，同賈蓉之妻打點送賈母這邊針線禮物，正值丫頭捧了一茶盤押歲錁子④進來，回說：「興兒回奶奶：前兒那一包碎金子共是一百五十三兩六錢七分，裡頭成色不等，共總傾⑤了二百二十個錁子。」說著，遞上去。尤氏看了看，只見也有梅花式的，也有海棠式的，也有「筆錠如意」的，也有「八寶聯春」的。尤氏命：「收起這個來，叫他把銀錁子快快交了進來。」丫鬟答應去了。

一時賈珍進來吃飯，賈蓉之妻迴避了。賈珍因問尤氏：「咱們春祭的恩賞⑥可領了不曾？」尤氏道：「今兒我打發蓉兒關去了。」賈珍道：「咱們家雖不等這幾兩銀子使，多少是皇上天恩。早關了來，給那邊老太太見過，置了祖宗的供，上領皇上的恩，下則是托祖宗的福。咱們那怕用一萬銀子供祖宗，到底不如這個又體面，又是沾恩錫福的。除咱們這樣一二家之外，那些世襲窮官兒家，若不仗著這銀子，拿什麼上供過年？真正皇恩浩大，想的周到。」尤氏道：「正是這話。」

二人正說著，只見人回：「哥兒來了。」賈珍便命：「叫他進來。」只見賈蓉捧了一個小黃布口袋進來。賈珍道：「怎麼去了這一日？」賈蓉陪笑回說：「今兒不在禮部關領，又分在光祿寺⑦庫上，因

---

④押歲錁子——除夕時長輩給小孩的金銀小錠，給錢的，就叫「押歲錢」。
⑤傾——這裡指將金銀熔化倒入模子裡鑄造的一種工藝。
⑥春祭的恩賞——舊曆年節，皇帝按照常例賞給封蔭的官吏供祭祖用的銀兩。
⑦禮部、光祿寺——官署名。禮部掌管國家典章制度、祭祀、學校、科舉及接待四方使節等事；光祿寺，北齊始設，掌管皇室膳食，至清代，皇帝膳飲由內務府掌管，光祿寺只管祭祀所用膳食等事。

又到了光祿寺，才領了下來。光祿寺的官兒們都說，問父親好，多日不見，都著實想念。」賈珍笑道：「他們那裡是想我？這又到了年下了，不是想我的東西，就是想我的戲酒了。」一面說，一面瞧那黃布口袋，上有印就是「皇恩永錫」四個大字，那一邊又有禮部祠祭司的印記，又寫著一行小字，道是「寧國公賈演，榮國公賈源，恩賜永遠春祭賞共二分，淨折銀若干兩，某年某月日，龍禁尉候補侍衛賈蓉當堂領訖，值年寺丞某人」，下面一個朱筆花押⑧。

賈珍吃過飯，盥漱畢，換了靴帽，命賈蓉捧著銀子跟了來，回過賈母、王夫人，又至這邊，回過賈赦、邢夫人，方回家去，取出銀子，命將口袋向宗祠大爐內焚了。又命賈蓉道：「你去問問你璉二嬸子，正月裡請吃年酒的日子擬了沒有？若擬定了，叫書房裡明白開了單子來，咱們再請時，就不能重犯了。舊年不留心重了幾家，不說咱們不留神，倒像兩宅商議定了，送虛情怕費事一樣。」賈蓉忙答應了過去。一時，拿了請人吃年酒的日期單子來了。賈珍看了，命：「交與賴升去看了，請人別重這上頭日子。」因在廳上看著小廝們抬圍屏，擦抹几案金銀供器。

只見小廝手裡拿著個稟帖並一篇賬目，回說：「黑山村的烏莊頭⑨來了。」賈珍道：「這個老砍頭的，今兒才來！」說著，賈蓉接過稟帖賬目，忙展開捧著，賈珍倒背著兩手，向賈蓉手內看去。紅稟帖上寫著：「門下莊頭烏進孝叩請爺、奶奶萬福金安，並公子小姐金安。新春大喜大福，榮貴平安，加官

⑧花押——舊時契據文書末尾的草書簽名。
⑨莊頭——為地主管理田莊、佃戶的經理人，專管監督佃戶生產，催收地租，攤派勞役等事，有的莊頭本身就是地主。

進祿，萬事如意」。賈珍笑道：「莊家人有些意思。」賈蓉也忙笑說：「別看文法，只取個吉利罷了。」一面忙展開單子看時，只見上面寫著：

大鹿三十隻，獐子五十隻，狍子五十隻，暹豬二十個，湯豬二十個，龍豬二十個，野豬二十個，家臘豬二十個，野羊二十個，青羊二十個，家湯羊二十個，家風羊二十個，鱘鰉魚二個，各色雜魚二百斤，活雞、鴨、鵝各二百隻，風雞、鴨、鵝二百隻，野雞、兔子各二百對，熊掌二十對，鹿筋二十斤，海參五十斤，鹿舌五十條，牛舌五十條，蟶乾二十斤，榛、松、桃、杏穰各二口袋，大對蝦五十對，乾蝦二百斤，銀霜炭上等選用一千斤、中等二千斤，柴炭三萬斤，御田胭脂米⑭二石，碧糯五十斛，白糯五十斛，粉粳五十斛，雜色粱穀各五十斛，下用常米一千石，各色乾菜一車，外賣粱穀、牲口各項之銀共折銀二千五百兩。外門下孝敬哥兒姐兒頑意：活鹿兩對，活白兔四對，黑兔四對，活錦雞兩對，西洋鴨兩對。⑩

賈珍便命：「帶進他來。」一時，只見烏進孝進來，只在院內磕頭請安。賈珍命人拉他起來，笑說：「你還硬朗。」烏進孝笑回：「托爺的福，還能走得動。」賈珍道：「你兒子也大了，該叫他走走也罷了。」烏進孝笑道：「不瞞爺說，小的們走慣了，不來也悶的慌。他們可不是都願意來見見天子腳下世面？他們到底年輕，怕路上有閃失，再過幾年就可放心了。」賈珍道：「你走了幾日？」烏進孝道：「回

---

⑩銀霜炭、胭脂米——銀霜炭，一種優質無烟炭，表面灰白，如披銀霜；御田胭脂米，一種優質稻米，煮熟後色紅如胭脂，有香氣，味腴粒長，也叫「玉田米」，為內膳所用。

爺的話：今年雪大，外頭都是四五尺深的雪，前日忽然一暖一化，路上竟難走的很，耽擱了幾日。雖走了一個月零兩日，因日子有限了，怕爺心焦，可不趕著來了。」

賈珍道：「我說呢，怎麼今兒才來！我才看那單子上，今年你這老貨又來打擂臺⑪來了。」烏進孝忙進前了兩步，回道：「回爺說：今年年成實在不好。從三月下雨起，接接連連直到八月，竟沒有一連晴過五日。九月裡一場碗大的雹子，方近一千三百里地，連人帶房並牲口、糧食，打傷了上千上萬的：所以才這樣。小的並不敢說謊。」賈珍皺眉道：「我算定了你至少也有五千兩銀子來，這夠作什麼的！如今你們一共只剩了八九個莊子，今年倒有兩處報了旱澇，你們又打擂臺，真真是又教別過年了！」烏進孝道：「爺的這地方還算好呢！我兄弟離我那裡只一百多里，誰知竟大差了。他現管著那府裡八處莊地，比爺這邊多著幾倍，今年也只這些東西，不過多二三千兩銀子，也是有饑荒打呢⑫。」賈珍道：「正是呢，我這邊都可已，沒有什麼外項大事，不過是一年的費用費些。我受些委屈就省些。再者年例送人請人，我把臉皮厚些，可省些也就完了。比不得那府裡，這幾年添了許多花錢的事，一定不可免是要花的，卻又不添些銀子產業。這一二年倒賠了許多，不和你們要，找誰去！」

烏進孝笑道：「那府裡如今雖添了事，有去有來，娘娘和萬歲爺豈不賞的？」賈珍聽了，笑向賈蓉等道：「你們聽，他這話可笑不可笑？」賈蓉等忙笑道：「你們山坳海沿子上的人，那裡知道這道理？

⑪打擂臺——原意是在擂臺上一招一式地比試武藝，這裡比喻耍花招、弄虛頭、討價還價。

⑫打饑荒——因經濟困難而借債。

聯經出版事業公司　校印

娘娘難道把皇上的庫給了我們不成！他心裡縱有這心，他也不能作主。——豈有不賞之理，按時到節不過是些彩緞、古董、頑意兒。縱賞銀子，不過一百兩金子，才值了一千兩銀子，夠一年的什麼？這二年那一年不多賠出幾千銀子來？頭一年，省親連蓋花園子，你算算那一注共花了多少，就知道了。再兩年，再一回省親，只怕就精窮了。」賈珍笑道：「所以他們莊家老實人，外明不知裡暗的事。黃柏木作磬槌子，——外頭體面裡頭苦。」

賈蓉又笑向賈珍道：「果真那府裡窮了。前兒我聽見二嬸娘和鴛鴦悄悄商議，要偷出老太太的東西去當銀子呢。」賈珍笑道：「那又是你鳳姑娘的鬼，那裡就窮到如此？他必定是見去路太多了，實在賠的狠了，不知又要省那一項的錢，先設此法，使人知道，說窮到如此了。我心裡卻有一個算盤，還不至如此田地。」說著，命人帶了烏進孝出去，好生待他，不在話下。

這裡賈珍吩咐將方才各物，留出供祖的來，將各樣取了些，命賈蓉送過榮府裡。然後自己留了家中所用的，餘者派出等例來，一分一分的堆在月臺下，命人將族中的子侄喚來與他們。接著榮國府也送了許多供祖之物及與賈珍之物。賈珍看著收拾完備供器，靸著鞋，披著猞猁猻⑬大裘，命人在廳柱下石磯上太陽中鋪了一個大狼皮褥子負暄⑭，閒看各子弟們來領取年物。因見賈芹亦來領物，賈珍叫他過來，說道：「你作什麼也來了？誰叫你來的？」賈芹垂手回說：「聽見大爺這裡叫我們領東西，我沒等人去

---

⑬猞猁猻——獸名，猞猁的別稱，又叫土豹，毛呈紅色或灰色，常帶黑斑，其皮毛可作衣裘，很貴重。

⑭負暄——即「負日之暄」，晒太陽取暖的意思；暄，暖和。

就來了。」賈珍道：「我這東西，原是給你那些閒著無事的無進益的小叔叔、兄弟們的。那二年你閑著，我也給過你的。你如今在那府裡管事，家廟裡管和尚道士們，一月又有你的分例外，這些和尚的分例銀子都從你手裡過，你還來取這個，太也貪了！你自己瞧瞧，你穿的像個手裡使錢辦事的？先前說你沒進益，如今又怎麼了？比先倒不像了？」賈芹道：「我家裡原人口多，費用大。」賈珍冷笑道：「你還支吾我！你在家廟裡幹的事，打諒我不知道呢！你到了那裡，自然是爺了，沒人敢違拗你。你手裡又有了錢，離著我們又遠，你就為王稱霸起來，夜夜招聚匪類賭錢，養老婆小子。這會子花的這個形象，你還敢領東西來？領不成東西，領一頓馱水棍⑮去才罷！等過了年，我必和你璉二叔說，換回你來。」賈芹紅了臉，不敢答應。人回：「北府水王爺送了字聯、荷包來了。」賈珍聽說，忙命賈蓉出去款待，「只說我不在家。」賈蓉去了，這裡賈珍看著領完東西，回房與尤氏吃畢晚飯，一宿無話。至次日，更比往日忙，都不必細說。

已到了臘月二十九日了，各色齊備，兩府中都換了門神、聯對、掛牌，新油了桃符⑯，煥然一新。寧國府從大門、儀門、大廳、暖閣、內廳、內三門、內儀門並內塞門，直到正堂，一路正門大開，兩邊階下一色朱紅大高照，點的兩條金龍一般。次日，由賈母有誥封者，皆按品級著朝服，先坐八人大轎，

⑮馱水棍——背水負重時用作支撐的隨身棍棒，這裡借指打人的棍棒。
⑯桃符——舊俗，新年用兩塊桃木板掛在門兩旁，板上畫門神像或寫上門神（神荼、鬱壘）名，用來壓邪，稱作「桃符」，也指新年懸掛或粘貼的春聯。

帶領著眾人進宮朝賀行禮。領宴畢回來，便到寧國府暖閣下轎。諸子弟有未隨入朝者，皆在寧府門前排班伺候，然後引入宗祠。

且說寶琴是初次，一面細細留神打諒這宗祠，原來寧府西邊另一個院子，黑油柵欄內五間大門，上懸一塊匾，寫著是「賈氏宗祠」四個字，旁書「衍聖公⑰孔繼宗書」。兩旁有一副長聯，寫道是：

肝腦塗地，兆姓賴保育之恩；功名貫天，百代仰蒸嘗之盛。⑱

亦衍聖公所書。進入院中，白石甬路，兩邊皆是蒼松翠柏。月臺上設著青綠古銅鼎彝等器。抱廈前上面懸一九龍金匾，寫道是：「星輝輔弼」⑲。乃先皇御筆。兩邊一副對聯，寫道是：

勛業有光昭日月，功名無間及兒孫。

亦是御筆。五間正殿前懸一鬧龍填青匾⑳，寫道是：「慎終追遠」㉑。旁邊一副對聯，寫道是：

已後兒孫承福德，至今黎庶念榮寧。

俱是御筆。裡邊香燭輝煌，錦幛綉幕，雖列著神主，卻看不真切。

---

⑰衍聖公——孔子後裔的封號，自宋仁宗時始設，歷朝沿襲。
⑱「肝腦」一聯——兆姓，天下的老百姓；蒸，冬祭；嘗，秋祭；蒸嘗，泛指四季的祭祀。
⑲星輝輔弼——代指輔佐帝王的重臣；以日月比帝王，以星辰比大臣；弼，輔佐。
⑳鬧龍填青匾——匾的四邊雕鏤著舞動的龍形圖案，叫做「鬧龍」；匾的底面作石青色，稱作「填青」。
㉑慎終追遠——語出《論語・學而》。慎終，父母亡故做到居喪盡禮；追遠，按時誠敬地祭祀祖先；這裡引申作「謹慎從事，考慮身後，追念先人，保持祖德」解釋。


聯經出版事業公司 校印

只見賈府人分昭穆㉒排班立定：賈敬主祭，賈赦陪祭，賈珍獻爵，賈璉、賈琮獻帛㉓，寶玉捧香，賈菖、賈菱展拜毯，守焚池。青衣㉛樂奏，三獻爵，拜興畢，焚帛奠酒，禮畢，樂止，退出。眾人圍隨著賈母至正堂上，影前錦幔高掛，彩屏張護，香燭輝煌。上面正居中懸著寧、榮二祖遺像，皆是披蟒腰玉；兩邊還有幾軸列祖遺影。

賈荇、賈芷等從內儀門挨次列站，直到正堂廊下。檻外方是賈敬、賈赦，檻內是各女眷。眾家人小廝皆在儀門之外。每一道菜至，傳至儀門，賈荇、賈芷等便接了，按次傳至階上賈敬手中。賈蓉係長房長孫，獨他隨女眷在檻內。每賈敬捧菜至，傳於賈蓉，賈蓉便傳於他妻子，又傳於鳳姐、尤氏諸人，直傳至供桌前，方傳於王夫人。王夫人傳於賈母，賈母方捧放在桌上。邢夫人在供桌之西，東向立，同賈母供放。直至將菜飯、湯點、酒、茶傳完，賈蓉方退出下階，歸入賈芹階位之首。凡從「文」旁之名者，賈敬為首；下則從「玉」者，賈珍為首；再下從「草頭」者，賈蓉為首；左昭右穆，男東女西；俟賈母拈香下拜，眾人方一齊跪下，將五間大廳，三間抱廈，內外廊檐，階上階下兩丹墀內，花團錦簇，塞的無一隙空地。鴉雀無聞，只聞鏗鏘叮噹，金鈴玉珮微微搖曳之聲，並起跪靴履颯沓㉕之響。

---

㉒昭穆——古代宗法制度對宗廟祭祀排列次序的規定：始祖居中，次代為昭，居左；昭輩次代為穆，居右；穆輩下一代又為昭，居左，以後各代依此類推，用來區別父子、遠近、長幼、親疏等關係，所以也當作「左右」的代稱。

㉓獻帛——祭祀禮儀之一，這裡「帛」是作為供品的一種絲綢巾帕。

㉔青衣——這裡指祭祀音樂的演奏者；另外，僕人、衙役等賤役人員也稱「青衣」。

㉕颯沓——腳步聲多而且雜。

一時禮畢，賈敬、賈赦等便忙退出，至榮府專候與賈母行禮。尤氏上房早已襲地鋪滿紅毡，當地放著象鼻三足鰍沿鎏金琺瑯大火盆，正面炕上鋪新猩紅毡，設著大紅彩綉「雲龍捧壽」的靠背、引枕，外另有黑狐皮的袱子搭在上面，大白狐皮坐褥。請賈母上去坐了。兩邊又鋪皮褥，讓賈母一輩的兩三個妯娌坐了。這邊橫頭排插之後小炕上，也鋪了皮褥，讓邢夫人等坐了。地下兩面相對十二張雕漆椅上，都是一色灰鼠椅搭小褥，每一張椅下一個大銅腳爐，讓寶琴等姊妹坐了。尤氏用茶盤親捧茶與賈母，蓉妻捧與眾老祖母，然後尤氏又捧與邢夫人等，蓉妻又捧與眾姊妹。鳳姐、李紈等只在地下伺候。茶畢，邢夫人等便先起身來侍賈母。賈母吃茶，與老妯娌閑話了兩三句，便命看轎。鳳姐兒忙上去挽起來。尤氏笑回說：「已經預備下老太太的晚飯。每年都不肯賞些體面用過晚飯過去，果然我們就不及鳳丫頭不成？」鳳姐兒攙著賈母笑道：「老祖宗快走，咱們家去吃飯，別理他。」賈母笑道：「你這裡供著祖宗，忙的什麼似的。那裡擱得住我鬧？況且每年我不吃，你們也要送去的。不如還送了去，我吃不了，留著明兒再吃，豈不多吃些？」說的眾人都笑了。又吩咐他：「好生派妥當人夜裡看香火，不是大意得的。」尤氏答應了。一面走出來，至暖閣前上了轎。尤氏等閃過屏風，小廝們才領轎夫，請了轎出大門。尤氏亦隨邢夫人等同至榮府。

這裡轎出大門，這一條街上，東一邊合面設列著寧國公的儀仗執事樂器，西一邊合面設列著榮國公的儀仗執事樂器，來往行人皆屏退不從此過。一時來至榮府，也是大門正廳直開到底。如今便不在暖閣下轎了，過了大廳，便轉彎向西，至賈母這邊正廳上下轎。眾人圍隨同至賈母正室之中，亦是錦裀綉屏，煥然一新。當地火盆內焚著松柏香、百合草。賈母歸了坐，老嬤嬤來回：「老太太們來行禮。」賈母忙又起身要迎，只見兩三個老妯娌已進來了。大家挽手，笑了一回，讓了一回。吃茶去後，賈母只送至內儀門便回來，歸正坐。賈敬、賈赦等領諸子弟進來，賈母笑道：「一年價難為你們，不行禮罷。」一面說著，一面男一起，女一起，一起一起俱行過了禮。左右兩旁設下交椅，然後又按長幼挨次歸坐受禮。兩府男婦、小廝、丫鬟亦按差役上、中、下行禮畢，散押歲錢、荷包、金銀錁，擺上合歡宴來。男東女西歸坐，獻屠蘇酒㉖、合歡湯、吉祥果、如意糕畢，賈母起身進內間更衣，眾人方各散出。

那晚各處佛堂、灶王前焚香上供，王夫人正房院內設著天地紙馬香供，大觀園正門上也挑著大明角燈，兩溜高照，各處皆有路燈。上下人等，皆打扮的花團錦簇，一夜人聲嘈雜，語笑喧闐，爆竹起火，絡繹不絕。

至次日五鼓，賈母等又按品大妝，擺全副執事進宮朝賀，兼祝元春千秋。領宴回來，又至寧府祭過列祖，方回來。受禮畢，便換衣歇息。所有賀節來的親友，一概不會，只和薛姨媽、李嬸二人說話取便，或者同寶玉、寶琴、釵、玉等姊妹趕圍棋、抹牌作戲。

王夫人與鳳姐是天天忙著請人吃年酒，那邊廳上院內皆是戲酒，親友絡繹不絕，一連忙了七八日才完了。早又元宵將近，寧、榮二府皆張燈結綵。十一日是賈赦請賈母等，次日賈珍又請，賈母皆去隨便領了半日。王夫人和鳳姐兒連日被人請去吃年酒，不能勝記。

㉖屠蘇——草名；古代風俗，陰曆正月初一要飲屠蘇酒。

至十五日之夕，賈母便在大花廳上命擺幾席酒，定一班小戲，滿掛各色佳燈，帶領榮、寧二府各子侄、孫男、孫媳等家宴。賈敬素不茹酒，也不去請他，於後十七日祖祀已完，他便仍出城去修養。便這幾日在家內，亦是靜室默處，一概無聽無聞，不在話下。賈赦略領了賈母之賜，也便告辭而去。賈母知他在此彼此不便，也就隨他去了。賈赦自到家中與眾門客賞燈吃酒，自然是笙歌聒耳，錦繡盈眸，其取便快樂另與這邊不同的。

這邊賈母花廳之上共擺了十來席。每一席邊設一几，几上設爐瓶三事，焚著御賜百合宮香。又有八寸來長、四五寸寬、二三寸高的點著山石布滿青苔的小盆景，俱是新鮮花卉。又有小洋漆茶盤，內放著舊窰㉗茶杯並十錦小茶吊，裡面泡著上等名茶。一色皆是紫檀透雕，嵌著大紅紗透繡花卉並草字詩詞的瓔珞㉘。原來繡這瓔珞的也是個姑蘇女子，名喚慧娘。因他亦是書香宦門之家，他原精於書畫，不過偶然繡一兩件針線作耍，並非市賣之物。凡這屏上所繡之花卉，皆仿的是唐、宋、元、明各名家的折枝花卉，故其格式配色皆從雅。本來非一味濃豔匠工可比。每一枝花側皆用古人題此花之舊句，或詩詞歌賦不一，皆用黑絨繡出草字來，且字迹勾踢、轉折、輕重、連斷皆與筆草無異，亦不比市繡字迹板強可恨。他不仗此技獲利，所以天下雖知，得者甚少，凡世宦富貴之家，無此物者甚多，當今便稱為「慧繡」。竟有世俗射利者，近日仿其針迹，愚人獲利。偏這慧娘命夭，十八歲便死了、如今竟不能再得一件的了。

㉗舊窰——仿古窰。
㉘瓔珞——同纓絡，原指珠玉穿成的頸飾，這裡指帶穗子的刺繡陳設品。

凡所有之家，縱有一兩件，皆珍藏不用。有那一干翰林文魔先生們，因深惜「慧綉」之佳，便說這「綉」字不能盡其妙，這樣筆迹說一「綉」字，反似乎唐突了，便大家商議了，將「綉」字便隱去，換了一個「紋」字，所以如今都稱為「慧紋」。若有一件真「慧紋」之物，價則無限。賈府之榮，也只有兩三件，上年將那兩件已進了上，目下只剩這一副瓔珞，一共十六扇，賈母愛如珍寶，不入在請客各色陳設之內，只留在自己這邊，高興擺酒時賞玩。又有各色舊窰小瓶中都點綴著「歲寒三友」「玉堂富貴」等鮮花草。

上面兩席是李嬸、薛姨媽二位。賈母於東邊設一透雕夔龍護屏矮足短榻，靠背、引枕、皮褥俱全。榻之上一頭又設一個極輕巧洋漆描金小几，几上放著茶吊、茶碗、漱盂、洋巾之類，又有一個眼鏡匣子。賈母歪在榻上，與眾人說笑一回，又自取眼鏡向戲臺上照一回，又向薛姨媽、李嬸笑說：「恕我老了，骨頭疼，放肆，容我歪著相陪罷。」因又命琥珀坐在榻上，拿著美人拳㉙捶腿。榻下並不擺席面，只有一張高几，卻設著瓔珞、花瓶、香爐等物。外另設一精緻小高桌，設著酒杯、匙箸，將自己這一席設於榻旁，命寶琴、湘雲、黛玉、寶玉四人坐著。每一饌一果來，先捧與賈母看了，喜則留在小桌上嘗一嘗，仍撤了放在他四人席上，只算他四人是跟著賈母坐。故下面方是邢夫人、王夫人之位，再下便是尤氏、李紈、鳳姐、賈蓉之妻。西邊一路便是寶釵、李紋、李綺、岫烟、迎春姊妹等。

兩邊大梁上，掛著一對聯三聚五玻璃芙蓉彩穗燈。每一席前豎一柄漆幹倒垂荷葉，葉上有燭信插著彩燭。這荷葉乃是鏨琺瑯的，活信可以扭轉，如今皆將荷葉扭轉向外，將燈影逼住全向外照，看戲分外

㉙美人拳——一種木製小錘，外裹皮革，裝有彈性的長竹柄，老年人用來捶打腰腿，代替拳頭。

聯經出版事業公司校印

真切。窗格門戶一齊摘下，全掛彩穗各種宮燈。廊檐內外及兩邊遊廊罩棚，將各色羊角、玻璃、戳紗、料絲㉚，或綉、或畫、或堆、或摳、或絹、或紙諸燈掛滿。廊上幾席，便是賈珍、賈璉、賈環、賈琮、賈蓉、賈芹、賈芸、賈菱、賈菖等。

賈母也曾差人去請眾族中男女，奈他們或有年邁懶於熱鬧的；或有家內沒有人不便來的；或有疾病淹纏，欲來竟不能來的；或有一等妒富愧貧不來的；甚至於有一等憎畏鳳姐之為人而賭氣不來的；或有羞口羞腳，不慣見人，不敢來的：因此族眾雖多，女客來者只不過賈菌之母婁氏帶了賈菌來了，男子只有賈芹、賈芸、賈菖、賈菱四個現是在鳳姐麾下辦事的來了。當下人雖不全，在家庭間小宴中，數來也算是熱鬧的了。

當又有林之孝之妻帶了六個媳婦，抬了三張炕桌，每一張上搭著一條紅氈，氈上放著選淨一般大新出局的銅錢，用大紅彩繩串著，每二人搭一張，共三張。林之孝家的指示將那兩張擺至薛姨媽、李嬸的席下，將一張送至賈母榻下來。賈母便說：「放在當地罷。」這媳婦們都素知規矩的，放下桌子，一併將錢都打開，將彩繩抽去，散堆在桌上。

正唱《西樓．樓會》㉛這齣將終，于叔夜因賭氣去了，那文豹便發科諢道：「你賭氣去了。恰好今

㉚戳紗、料絲——戳紗，一種特製的刺繡；料絲，一種絲紋的玻璃料，上面繪有各色花紋。

㉛《西樓．樓會》——明末清初袁于令所作《西樓記》傳奇中的一齣，該劇描寫于叔夜和妓女穆素徽悲歡離合的故事。第八齣〈病晤〉的演出本叫〈樓會〉，俗稱〈西樓會〉。下回的〈楚江晴〉是〈樓會〉中的一支曲子。

日正月十五，榮國府中老祖宗家宴，待我騎了這馬，趕進去討些果子吃，是要緊的。」說畢，引的賈母等都笑了。薛姨媽等都說：「好個鬼頭孩子，可憐見的！」鳳姐便說：「這孩子才九歲了。」賈母笑說：「難為他說的巧。」便說了一個「賞」字。早有三個媳婦已經手下預備下簸籮，聽見一個「賞」字，走上去向桌上的散錢堆內，每人便撮了一簸籮，走出來向戲臺說：「老祖宗、姨太太、親家太太賞文豹買果子吃的！」說著，向臺上便一撒，只聽「豁啷啷」滿臺的錢響。賈珍、賈璉已命小廝們抬了大簸籮的錢來，暗暗的預備在那裡。聽見賈母一賞，要知端的——

# 第五十四回　史太君破陳腐舊套　王熙鳳效戲彩斑衣①

卻說賈珍、賈璉暗暗預備下大簸籮的錢，聽見賈母說「賞」，他們也忙命小廝們快撒錢。只聽滿臺錢響，賈母大悅。二人遂起身，小廝們忙將一把新暖銀壺捧在賈璉手內，隨了賈珍趨至裡面。賈珍先至李嬸席上，躬身取下杯來，回身，賈璉忙斟了一盞，然後便至薛姨媽席上，也斟了。二人忙起身笑說：「二位爺請坐著罷了，何必多禮。」於是除邢、王二夫人，滿席都離了席，俱垂手旁侍。賈珍等至賈母榻前，因榻矮，二人便屈膝跪了。賈珍在先捧杯，賈璉在後捧壺。雖止二人捧酒，那賈環弟兄等，卻也是排班按序，一溜隨著他二人進來，見他二人跪下，也都一溜跪下。寶玉也忙跪下了。湘雲悄推他笑道：「你這會又幫著跪下作什麼？有這樣，你也去斟一巡酒豈不好？」寶玉悄笑道：「再等一會子再斟去。」

①戲彩斑衣——即《二十四孝》中老萊子「斑衣娛親」的故事。《二十四孝》是元代郭居業編的一本闡揚孝道的書。「斑衣戲彩」寫七十歲的老萊子穿上花衣裳，拿著玩具學兒童嬉戲，來逗樂他的父母。

說著，等他二人斟完起來，方起來。又與邢夫人、王夫人斟過來。賈珍笑道：「妹妹們怎麼樣呢？」賈母等都說：「你們去罷，他們倒便宜些。」說了，賈珍等方退出。

當下天未二鼓，戲演的是《八義》中〈觀燈〉②八齣。正在熱鬧之際，寶玉因下席往外走。賈母因說：「你往那裡去！外頭爆竹利害，仔細天上吊下火紙來燒了。」寶玉回說：「不往遠去，只出去就來。」賈母命婆子們好生跟著。於是寶玉出來，只有麝月、秋紋並幾個小丫頭隨著。賈母因說：「襲人怎麼不見？他如今也有些拿大了，單支使小女孩子出來。」王夫人忙起身笑回道：「他媽前日沒了，因有熱孝③，不便前頭來。」賈母聽了點頭，又笑道：「跟主子，卻講不起這孝與不孝。若是他還跟我，難道這會子也不在這裡不成？皆因我們太寬了，有人使，不查這些，竟成了例了。」鳳姐兒忙過來笑回道：「今兒晚上他便沒孝，那園子裡也須得他看著，燈燭花炮最是耽險的。這裡一唱戲，園子裡的人誰不偷來瞧瞧。他還細心，各處照看照看。況且這一散後寶兄弟回去睡覺，各色都是齊全的。若他再來了，眾人又不經心，散了回去，鋪蓋也是冷的，茶水也不齊備，各色都不便宜，所以我叫他不用來，只看屋子。散了又齊備，我們這裡也不擔心，又可以全他的禮，豈不三處有益。老祖宗要叫他，我叫他來就是了。」賈母聽了這話，忙說：「你這話很是，比我想的周到，快別叫他了。但只他媽幾時沒了，我怎麼不知道？」

②《八義》、〈觀燈〉——《八義》即《八義記》，明代徐元所作傳奇劇本，據元雜劇《趙氏孤兒》改編，描寫春秋時晉國趙盾一家與屠岸賈之間的故事，〈觀燈〉是該劇的一齣戲。

③熱孝——俗稱新遭父母喪事為熱孝。

鳳姐笑道：「前兒襲人去親自回老太太的，怎麼倒忘了？」賈母想了一想，笑說：「想起來了。我的記性竟平常了！」眾人都笑說：「老太太那裡記得這些事。」賈母因又嘆道：「我想著他從小兒伏侍了我一場，又伏侍了雲兒一場，末後給了一個魔王寶玉，虧他魔了這幾年。他又不是咱們家的根生土長的奴才，沒受過咱們什麼大恩典。他媽沒了，我想著要給他幾兩銀子發送，也就忘了。」鳳姐兒道：「前兒太太賞了他四十兩銀子，也就是了。」賈母聽說，點頭道：「這還罷了。正好鴛鴦的娘前兒也死了，我想他老子娘都在南邊，我也沒叫他家去走走守孝，如今叫他兩個一處作伴兒去。」又命婆子將些果子、菜饌、點心之類與他兩個吃去。琥珀笑說：「還等這會子呢，他早就去了。」說著，大家又吃酒看戲。

且說寶玉一逕來至園中，眾婆子見他回房，便不跟去，只坐在園門裡茶房裡烤火，和管茶的女人偷空飲酒鬥牌。寶玉至院中，雖是燈光燦爛，卻無人聲。麝月道：「他們都睡了不成？咱們悄悄的進去唬他們一跳。」於是大家躡足潛踪的進了鏡壁一看，只見襲人和一人二人對面都歪在地炕上，那一頭有兩三個老嬤嬤打盹。寶玉只當他兩個睡著了，才要進去，忽聽鴛鴦嘆了一聲，說道：「可知天下事難定！論理，你單身在這裡，父母在外頭，每年他們東去西來，沒個定準，想來你是不能送終的了，偏生今年就死在這裡，你倒出去送了終。」襲人道：「正是，我也想不到能夠看父母回首④。太太又賞了四十兩銀子，這倒也算養我一場，我也不敢妄想了。」寶玉聽了，忙轉身悄向麝月等道：「誰知他也來了。我這一進去，他又賭氣走了，不如咱們回去罷，讓他兩個清清靜靜的說一回。」襲人正一個悶著，他幸而來

④回首——死亡的諱語。

的好。」說著，仍悄悄的出來。

寶玉便走過山石之後去，站著撩衣；麝月、秋紋皆站住背過臉去，口內笑說：「蹲下再解小衣，仔細風吹了肚子。」後面兩個小丫頭子知是小解，忙先出去茶房預備去了。這裡寶玉剛轉過來，只見兩個媳婦子迎面來了，問：「是誰？」秋紋道：「寶玉在這裡，你大呼小叫，仔細唬著罷。」那媳婦們忙笑道：「我們不知道，大節下來惹禍了。姑娘們可連日辛苦了！」說著，已到了跟前。麝月等問：「手裡拿的是什麼？」媳婦們道：「是老太太賞金、花二位姑娘吃的。」秋紋笑道：「外頭唱的是《八義》，沒唱《混元盒》⑤，那裡又跑出『金花娘娘』來了？」寶玉笑命：「揭起來我瞧瞧。」秋紋、麝月忙上去將兩個盒子揭開。兩個媳婦忙蹲下身子，寶玉看了兩盒內都是席上所有的上等果品、菜饌，點了一點頭，邁步就走。麝月二人忙胡亂擲了盒蓋，跟上來。寶玉笑道：「這兩個女人倒和氣，會說話，他們天天乏了，倒說你們連日辛苦，倒不是那矜功自伐⑥的。」麝月道：「這好的也很好，那不知禮的也太不知禮。」寶玉笑道：「你們是明白人，耽待他們是粗笨可憐的人就完了。」一面說，一面來至園門。

那幾個婆子雖吃酒鬥牌，卻不住出來打探，見寶玉來了，也都跟上了。來至花廳後廊上，只見那兩個小丫頭，一個捧著小沐盆，一個搭著手巾，又拿著漚子⑦壺，在那裡久等。秋紋先忙伸手向盆內試了

---

⑤《混元盒》——明末清初的一部神魔劇，作者不詳，內容荒誕不經。其中有金花聖母娘娘同張真人鬥法的情節。

⑥矜功自伐——居功自誇，矜：自誇；伐，居功。

⑦漚子——一種潤膚的油脂香蜜。

聯經出版事業公司校印

一試，說道：「你越大越粗心了，那裡弄的這冷水？」小丫頭笑道：「姑娘瞧瞧，這個天，我怕水冷，巴巴的倒的是滾水，這還冷了。」正說著，可巧見一個老婆子提著一壺滾水走來。小丫頭便說：「好奶奶，過來給我倒上些。」那婆子道：「哥哥兒，這是老太太泡茶的，勸你走了舀去罷，那裡就走大了腳。」秋紋道：「憑你是誰的，你不給？我管把老太太茶吊子倒了洗手！」那婆子回頭見是秋紋，忙提起壺來就倒。秋紋道：「夠了。你這麼大年紀也沒個見識，誰不知是老太太的水！要不著的人就敢要了？」婆子笑道：「我眼花了，沒認出這姑娘來。」寶玉洗了手，那小丫頭子拿小壺倒了些漚子在他手內，寶玉漚了。秋紋、麝月也趁熱水洗了一回，漚了，跟進寶玉來。

寶玉便要了一壺暖酒，也從李嬸、薛姨媽斟起，二人也讓坐。賈母便說：「他小，讓他斟去，大家倒要乾過這杯。」說著，便自己乾了。邢、王二夫人也忙乾了，讓他二人。薛、李也只得乾了。賈母又命寶玉道：「連你姐姐、妹妹一齊斟上，不許亂斟，都要叫他乾了。」寶玉聽說，答應著，一一按次斟了。至黛玉前，偏他不飲，拿起杯來，放在寶玉唇上邊，寶玉一氣飲乾。黛玉笑說：「多謝。」寶玉替他斟上一杯。鳳姐兒便笑道：「寶玉，別喝冷酒，仔細手顫，明兒寫不得字，拉不得弓。」寶玉忙道：「沒有吃冷酒。」鳳姐兒笑道：「我知道沒有，不過白囑咐你。」然後寶玉將裡面斟完，——只除賈蓉之妻是丫頭們斟的；復出至廊上，又與賈珍等斟了。坐了一回，方進來仍歸舊坐。

一時上湯後，又接獻元宵來。賈母便命將戲暫歇歇：「小孩子們可憐見的，也給他們些滾湯、滾菜的吃了再唱。」又命將各色果子、元宵等物拿些與他們吃去。一時歇了戲，便有婆子帶了兩個門下常走的女先生兒進來，放兩張杌子在那一邊命他坐了，將弦子琵琶遞過去。賈母便問李、薛聽何書，他二人都回說：「不拘什麼都好。」賈母便問：「近來可有添些什麼新書？」那兩個女先兒回說道：「倒有一段新書，是殘唐五代的故事。」賈母問是何名，女先兒道：「叫做《鳳求鸞》⑧。」賈母道：「這一個名字倒好，不知因什麼起的？先大概說說原故，若好再說。」女先兒道：「這書上乃說殘唐之時，有一位鄉紳，本是金陵人氏，名喚王忠，曾做過兩朝宰輔。如今告老還家，膝下只有一位公子，名喚王熙鳳。」眾人聽了，笑將起來。賈母笑道：「這重了我們鳳丫頭了。」媳婦忙上去推他，「這是二奶奶的名字，少混說。」賈母笑道：「你說，你說。」女先生忙笑著站起來，說：「我們該死了，不知是奶奶的諱。」鳳姐兒笑道：「怕什麼！你們只管說罷，重名重姓的多呢。」女先生又說道：「這年王老爺打發了王公子上京趕考，那日遇見大雨，進到一個莊上避雨。誰知這莊上也有個鄉紳，姓李，與王老爺是世交，便留下這公子住在書房裡。這李鄉紳膝下無兒，只有一位千金小姐。這小姐芳名叫作雛鸞，琴棋書畫，無所不通。」賈母忙道：「怪道叫作『鳳求鸞』。不用說，我猜著了，自然是這王熙鳳要求這雛鸞小姐為妻。」女先兒笑道：「老祖宗原來聽過這一回書。」眾人都道：「老太太什麼沒聽過！便沒聽過，也猜著了。」賈母笑道：「這些書都是一個套子，左不過是些佳人才子，最沒趣兒。把人家女兒說的那樣壞，還說是『佳人』！編的連影兒也沒有了。開口都是書香門第，父親不是尚書，就是宰相，生一個小姐必是愛如珍寶。這小姐必是通文知禮，無所不曉，竟是個『絕代佳人』。——只一見了一個清俊的男人，不管是親是友，便想起『終身大事』來，父母也忘了，書禮也忘了，鬼不成鬼，賊不成賊，那一點兒是

⑧《鳳求鸞》——清代李漁所作的傳奇劇本，寫公子王熙鳳和千金小姐李雛鸞的戀愛故事。

佳人？便是滿腹文章，做出這些事來，也算不得是佳人了！比如男人，滿腹文章去作賊，難道那王法就說他是才子，就不入賊情一案不成？可知那編書的是自己塞了自己的嘴。再者：既說是世宦書香大家小姐，都知禮讀書，連夫人都知書識禮，便是告老還家，自然這樣大家人口不少，奶母、丫鬟伏侍小姐的人也不少，怎麼這些書上，凡有這樣的事，就只小姐和緊跟的一個丫鬟？你們白想想，那些人都是管什麼的？可是前言不答後語？」眾人聽了，都笑說：「老太太這一說，是謊都批出來了。」賈母笑道：「這有個原故：編這樣書的，有一等妒人家富貴，或有求不遂心，所以編出來汙穢人家。再一等，他自己看了這些書，看魔了，他也想一個佳人，所以編了出來取樂。何嘗他知道那世宦讀書家的道理！——別說他那書上那些世宦書禮大家，如今眼下真的，拿我們這中等人家說起，也沒有這樣的事，別說是那些大家子。可知是謅掉了下巴的話。所以我們從不許說這些書，丫頭們也不懂這些話。這幾年我老了，他們姊妹們住的遠，我偶然悶了，說幾句聽聽，他們一來，就忙歇了。」李、薛二人都笑說：「這正是大家的規矩，連我們家也沒這些雜話給孩子們聽見。」

鳳姐兒走上來斟酒，笑道：「罷，罷！酒冷了，老祖宗喝一口潤潤嗓子再掰謊⑨。——這一回就叫作『掰謊記』，就出在本朝、本地、本年、本月、本日、本時，老祖宗『一張口難說兩家話』，『花開兩朵，各表一枝』，『是真是謊且不表，再整那觀燈看戲的人』。老祖宗且讓這二位親戚吃一杯酒、看兩齣戲之後，再從昨朝話言掰起，如何？」他一面斟酒，一面笑說，未曾說完，眾人俱已笑倒。兩個女

⑨掰謊——揭穿謊言。掰，用手把東西打開、撥開。


聯經出版事業公司 校印

先生也笑個不住，都說：「奶奶好剛口⑩。奶奶要一說書，真連我們吃飯的地方也沒了。」薛姨媽笑道：「你少興頭些！外頭有人，比不得往常。」鳳姐兒笑道：「外頭的只有一位珍大爺。我們還是論哥哥妹妹，從小兒一處淘氣了這麼大。這幾年因做了親，我如今立了多少規矩了。便不是從小兒的兄妹，便以伯叔論，那《二十四孝》上『斑衣戲彩』，他們不能來『戲彩』引老祖宗笑一笑，我這裡好容易引的老祖宗笑了一笑，多吃了一點兒東西，大家喜歡，都該謝我才是：難道反笑話我不成？」賈母笑道：「可是這兩日我竟沒有痛痛的笑一場，倒是虧他才一路笑的我心裡痛快了些，我再吃一鍾酒。」吃著酒，又命寶玉：「也敬你姐姐一杯。」鳳姐兒笑道：「不用他敬，我討老祖宗的壽罷。」說著，便將賈母的杯拿起來，將半杯剩酒吃了，將杯遞與丫鬟，另將溫水浸的杯換了一個上來。於是各席上的杯都撤去，另將溫水浸著待換的杯斟了新酒上來，然後歸坐。

女先生回說：「老祖宗不聽這書，或者彈一套曲子聽聽罷。」賈母便說道：「你們兩個對一套《將軍令》⑪罷。」二人聽說，忙和弦按調撥弄起來。賈母因問：「天有幾更了？」眾婆子忙回：「三更了。」賈母道：「怪道寒浸浸的起來。」早有眾丫鬟拿了添換的衣裳送來。王夫人起身笑說道：「老太太不如挪進暖閣裡地炕上，倒也罷了。這二位親戚也不是外人，我們陪著就是了。」賈母聽說，笑道：「既這樣說，不如大家都挪進去，豈不暖和？」王夫人道：「恐裡間坐不下。」賈母笑道：「我有道理：如今

⑩剛口——說書藝人用語，意思是「言詞爽利動聽」，這裡意近「口才」。

⑪將軍令——樂曲名，原是軍中發令時所用鼓吹之曲，後仿其調製成樂曲。

也不用這些桌子，只用兩三張並起來，大家坐在一處擠著，又親香，又暖和。」眾人都道：「這才有趣。」說著，便起了席。眾媳婦忙撤去殘席，裡面直順併了三張大桌，另又添換了果饌擺好。賈母便說：「這都不要拘禮，只聽我分派你們就坐才好。」說著，便讓薛、李正面上坐，自己西向坐了，叫寶琴、黛玉、湘雲三人皆緊依左右坐下，向寶玉說：「你挨著你太太。」於是邢夫人、王夫人之中夾著寶玉，寶釵等姊妹在西邊，挨次下去便是婁氏帶著賈菌，尤氏、李紈夾著賈蘭，下面橫頭便是賈蓉之妻。

賈母便說：「珍哥兒帶著你兄弟們去罷，我也就睡了。」賈珍忙答應，又都進來。賈母道：「快去罷！不用進來，才坐好了，又都起來。你快歇著，明日還有大事呢。」賈珍忙答應了，又笑說：「留下蓉兒斟酒才是。」賈母笑道：「正是忘了他。」賈珍答應了一個「是」，便轉身帶領賈璉等出來。二人自是歡喜，便命人將賈琮、賈璜各自送回家去，便邀了賈璉去追歡買笑，不在話下。

這裡賈母笑道：「我正想著雖然這些人取樂，竟沒一對雙全的，就忘了蓉兒。這可全了，蓉兒就合你媳婦坐在一處，倒也團圓了。」因有媳婦回說開戲，賈母笑道：「我們娘兒們正說的興頭，又要吵起來。況且那孩子們熬夜，怪冷的。也罷，叫他們且歇歇，把咱們的女孩子們叫了來，就在這臺上唱兩齣給他們瞧瞧。」媳婦聽了，答應了出來，忙的一面著人往大觀園去傳人，一面二門口去傳小廝們伺候。小廝們忙至戲房將班中所有的大人一概帶出，只留下小孩子們。

一時，梨香院的教習帶了文官等十二個人，從遊廊角門出來。婆子們抱著幾個軟包⑫，因不及抬箱，

---

⑫軟包——戲劇不是大舉演出時，不用戲箱，只把簡單的道具、服裝等用布包攜帶，叫做「軟包」。


聯經出版事業公司 校印

估料著賈母愛聽的三五齣戲的彩衣包了來。婆子們帶了文官等進去，見過，只垂手站著。賈母笑道：「大正月裡，你師父也不放你們出來逛逛。你等唱什麼？剛才八齣《八義》鬧得我頭疼，咱們清淡些好。你瞧瞧，薛姨太太、這李親家太太，都是有戲的人家，不知聽過多少好戲的。這些姑娘都比咱們家姑娘見過好戲，聽過好曲子。如今這小戲子又是那有名玩戲家的班子，雖是小孩子們，卻比大班還強。咱們好歹別落了褒貶，少不得弄個新樣兒的。叫芳官唱一齣〈尋夢〉⑬，只提琴⑭至管簫合，笙笛一概不用。」文官笑道：「這也是的，我們的戲自然不能入姨太太和親家太太、姑娘們的眼，不過聽我們一個發脫口齒⑮，再聽一個喉嚨罷了。」賈母笑道：「正是這話了。」李嬸、薛姨媽喜的都笑道：「好個靈透孩子，他也跟著老太太打趣我們。」賈母笑道：「我們這原是隨便的頑意兒，又不出去做買賣，所以竟不大合時。」說著，又道：「叫葵官唱一齣〈惠明下書〉⑯，也不用抹臉。——只用這兩齣叫他們聽個疏異⑰罷了。——若省一點力，我可不依。」

文官等聽了，出來，忙去扮演上臺，先是〈尋夢〉，次是〈下書〉。眾人都鴉雀無聞。薛姨媽因笑道：「實在虧他，戲也看過幾百班，從沒見用簫管的。」賈母道：「也有，只是像方才《西樓·楚江情

⑬〈尋夢〉——《牡丹亭》的第十二齣，寫杜麗娘在夢中與柳夢梅歡會後，次日在花園中循跡重溫夢境的情節。
⑭提琴——這裡指胡琴。
⑮發脫口齒——唱戲時的發聲吐字。
⑯〈惠明下書〉——《西廂記》第二本的一段，演惠明和尚持張生書信投送蒲關，請白馬將軍來普救寺解圍的情節。
⑰疏異——這裡是新鮮別致的意思。

》一支，多有小生吹簫和的。這大套的實在少。這也在主人講究不講究罷了，這算什麼出奇？」指湘雲道：「我像他這麼大的時節，他爺爺有一班小戲，偏有一個彈琴的湊了來，即如《西廂記》的〈聽琴〉，《玉簪記》的〈琴挑〉，《續琵琶》的〈胡笳十八拍〉⑱，竟成了真的了。比這個更如何？」眾人都道：「這更難得了。」賈母便命個媳婦來，吩咐他們吹一套《燈月圓》。媳婦領命而去。

當下賈蓉夫妻二人捧酒一巡，鳳姐兒因見賈母十分高興，便笑道：「趁著女先兒們在這裡，不如叫他們擊鼓，咱們傳梅，行一個『春喜上眉梢』⑲的令，如何？」賈母笑道：「這是個好令，正對時對景。」忙命人取了一面黑漆銅釘花腔令鼓來，與女先兒們擊著。席上取了一枝紅梅，賈母笑道：「若到誰手裡住了，吃一杯——也要說個什麼才好。」鳳姐兒笑道：「依我說，誰像老祖宗要什麼有什麼呢？我們這不會的，豈不沒意思？依我說，也要雅俗共賞，不如誰輸了，誰說個笑話罷。」眾人聽了，都知道他素日善說笑話，最是他肚內有無限的新鮮趣談，今兒如此說，不但在席的諸人喜歡，連地下伏侍的老小人等無不歡喜。那小丫頭子們都忙出去，找姐喚妹的告訴他們：「快來聽，二奶奶又說笑話兒了。」眾丫頭子們便擠了一屋子。

⑱《西廂記》的〈聽琴〉等戲曲——〈聽琴〉是《西廂記》第二本，寫崔鶯鶯月夜聽張生彈琴而知音會意的情景；《玉簪記》是明代高濂編寫的傳奇，描寫尼姑陳妙常和書生潘必正結合的故事，〈琴挑〉是該劇第十六齣〈寄弄〉演出本的名目；《續琵琶》是曹雪芹的祖父曹寅撰寫的傳奇，描寫漢末蔡邕的女兒蔡文姬在曹操幫助下從南匈奴回到漢朝的故事，第二十七齣〈製拍〉表現蔡文姬寫作和彈奏〈胡笳十八拍〉，傾訴自己一生的遭遇和心情。

⑲春喜上眉梢——「擊鼓傳梅」的雅稱；梅、眉諧音，將「傳梅」說成「喜上眉（梅）梢」，是為討吉利的口彩。

於是戲完樂罷。賈母命將些湯點、果菜與文官等吃去，便命響鼓。那女先兒們皆是慣的，或緊或慢，或如殘漏之滴，或如迸豆之疾，或如驚馬之亂馳，或如疾電之光而忽暗。其鼓聲慢，傳梅亦慢；鼓聲疾，傳梅亦疾。恰恰至賈母手中，鼓聲忽住。大家呵呵一笑，賈蓉忙上來斟了一杯。眾人都笑道：「自然老太太先喜了，我們才托賴些喜。」賈母笑道：「這酒也罷了，只是這笑話倒有些個難說。」眾人都說：「老太太的比鳳姐兒的還好還多，賞一個，我們也笑一笑兒。」賈母笑道：「並沒什麼新鮮發笑的，少不得老臉皮子厚的說一個罷了。」因說道：「一家子養了十個兒子，娶了十房媳婦。惟有第十個媳婦聰明伶俐，心巧嘴乖，公婆最疼，成日家說那九個不孝順。這九個媳婦委屈，便商議說：『咱們九個心裡孝順，只是不像那小蹄子嘴巧，所以公公婆婆老了，只說他好，這委屈向誰訴去？』大媳婦有主意，便說道：『咱們明兒到閻王廟去燒香，和閻王爺說去，問他一問：叫我們托生人，為什麼單單的給那小蹄子一張乖嘴，我們都是笨的。』眾人聽了都喜歡，說：『這主意不錯。』第二日，便都到閻王廟裡來燒了香，九個人都在供桌底下睡著了。九個魂專等閻王駕到，左等不來，右等也不到。正著急，只見孫行者駕著觔斗雲來了，看見九個魂，便要拿金箍棒打，唬得九個魂忙跪下央求。孫行者問原故，九個人忙細細的告訴了他。孫行者聽了，把腳一跺，嘆了一口氣道：『這原故幸虧遇見我！等著閻王來了，他也不得知道的。』九個人聽了，就求說：『大聖發個慈悲，我們就好了。』孫行者笑道：『這卻不難。那日你們妯娌十個托生時，可巧我到閻王那裡去的，因為撒了泡尿在地下，你那小嬸子便吃了。你們如今要伶俐嘴乖，有的是尿，再撒泡你們吃了就是了。』」

說畢，大家都笑起來。鳳姐兒笑道：「好的，幸而我們都笨嘴笨腮的！不然，也就吃了猴兒尿了！」

尤氏、婁氏都笑向李紈道：「咱們這裡誰是吃過猴兒尿的，別裝沒事人兒。」薛姨媽笑道：「笑話兒不在好歹，只要對景就發笑。」

說著，又擊起鼓來。小丫頭子們只要聽鳳姐兒的笑話，便悄悄的和女先兒說明，以咳嗽為記。須臾傳至兩遍，剛到了鳳姐兒手裡，小丫頭子們故意咳嗽，女先兒便住了。眾人齊笑道：「這可拿住他了。快吃了酒說一個好的，——別太逗的人笑的腸子疼。」鳳姐兒想了一想，笑道：「一家子也是過正月半，合家賞燈吃酒，真真的熱鬧非常，祖婆婆、太婆婆、婆婆、媳婦、孫子媳婦、重孫子媳婦、親孫子、侄孫子、重孫子、灰孫子⑳、滴滴搭搭的孫子、孫女兒、外孫女兒、姨表孫女兒、姑表孫女兒，……嗳喲喲，真好熱鬧！……」眾人聽他說著，已經笑了，都說：「聽數貧嘴㉑，又不知編派那一個呢！」尤氏笑道：「你要招我，我可撕你的嘴！」鳳姐兒起身拍手笑道：「人家費力說，你們混，我就不說了。」賈母笑道：「你說，你說，底下怎麼樣？」鳳姐兒想了一想，笑道：「底下就團團的坐了一屋子，吃了一夜酒，就散了。」眾人見他正言厲色的說了，別無他話，都怔怔的還等下話，只覺冰冷無味。湘雲看了他半日。鳳姐兒笑道：「再說一個過正月半的。幾個人抬著個房子大的炮仗往城外放去，引了上萬的人跟著瞧去。有一個性急的人等不得，便偷著拿香點著了。只聽『噗哧』一聲，眾人哄然一笑，都散了。這抬炮仗的人抱怨賣炮仗的捍的不結實，沒等放，就散了。」湘雲道：「難道他本人沒聽見響？」鳳姐

⑳灰孫子——「灰」是「細小」的意思，這是形容輩分很小。
㉑數貧嘴——廢話很多，說個沒完的意思，有時有「故意招笑」的含義。

兒道：「這本人原是聾子。」眾人聽說，一回想，不覺一齊失聲都大笑起來。又想著先前那一個沒完的，問他：「先一個怎麼樣？也該說完。」鳳姐兒將桌子一拍，說道：「好囉嗦！到了第二日是十六日，年也完了，節也完了，我看著人忙著收東西還鬧不清，那裡還知道底下的事了？」眾人聽說，復又笑將起來。

鳳姐兒笑道：「外頭已經四更，依我說：老祖宗也乏了，咱們也該『聾子放炮仗——散了』罷。」尤氏等用手帕子握著嘴，笑的前仰後合，指他說道：「這個東西真會數貧嘴！」賈母笑道：「真真這鳳丫頭越發貧嘴了。」一面說，一面吩咐道：「他提炮仗來，咱們也把烟火放了，解解酒。」

賈蓉聽了，忙出去帶著小廝們就在院內安下屏架，將烟火設吊齊備。這烟火皆係各處進貢之物，雖不甚大，卻極精巧，各色故事俱全，夾著各色花炮。黛玉稟氣柔弱，不禁「畢駁」之聲，賈母便摟他在懷中。薛姨媽摟湘雲，湘雲笑道：「我不怕。」寶釵等笑道：「他專愛自己放大炮仗，還怕這個呢！」王夫人便將寶玉摟入懷內。鳳姐兒笑道：「我們是沒有人疼的了！」尤氏笑道：「有我呢，我摟著你。也不怕臊，你這會子又撒嬌了，聽見放炮仗，『吃了蜜蜂兒屎』的，今兒又輕狂起來。」鳳姐兒笑道：「等散了，咱們園子裡放去。我比小廝們還放的好呢。」說話之間，外面一色一色的放了又放，又有許多的「滿天星」、「九龍入雲」、「一聲雷」、「飛天十響」之類的零碎小爆竹。放罷，然後又命小戲子打了一回「蓮花落」㉒，撒了滿臺錢，命那孩子們滿臺搶錢取樂。

㉒蓮花落——曲藝的一種，也叫「蓮花樂」、「落子」，原是行乞賣唱者所唱，後來出現專業藝人，演唱內容多為民間傳說，打竹板按節拍伴奏，因而說「打了一回蓮花落」。

又上湯時，賈母說道：「夜長，覺的有些餓了。」鳳姐兒忙回說：「有預備的鴨子肉粥。」賈母道：「我吃些清淡的罷。」鳳姐兒忙道：「也有棗兒熬的粳米粥，預備太太們吃齋的。」賈母笑道：「不是油膩膩的，就是甜的。」鳳姐兒又忙道：「還有杏仁茶，只怕也甜。」賈母道：「倒是這個還罷了。」說著，又命人撤去殘席，外面另設上各種精緻小菜。大家隨便隨意吃了些，用過漱口茶，方散。

十七日一早，又過寧府行禮，伺候掩了宗祠，收過影像，方回來。此日便是薛姨媽家請吃年酒。十八日便是賴大家，十九日便是寧府賴升家，二十日便是林之孝家，二十一日便是單大良家，二十二日便是吳新登家。這幾家，賈母也有去的，也有不去的，也有高興直待眾人散了方回的，也有興盡半日一時就來的。幾諸親友來請或來赴席的，賈母一概怕拘束不會，自有邢夫人、王夫人、鳳姐兒三人料理。連寶玉只除王子騰家去了，餘諸亦皆不會，只說賈母留下解悶。所以倒是家下人家來請，賈母可以自便之處，方高興去逛逛。閑言不提，且說當下元宵已過——

# 第五十五回　辱親女愚妾爭閑氣　欺幼主刁奴蓄險心

且說元宵已過，只因當今以孝治天下，目下宮中有一位太妃欠安，故各嬪妃皆為之減膳謝妝，不獨不能省親，亦且將宴樂俱免。故榮府今歲元宵亦無燈謎之集。

剛將年事忙過，鳳姐兒便小月①了，在家一月，不能理事，天天兩三個太醫用藥。鳳姐兒自恃強壯，雖不出門，然籌畫計算，想起什麼事來，便命平兒去回王夫人，任人諫勸，他只不聽。王夫人便覺失了膀臂，一人能有許多的精神？凡有了大事，自己主張；將家中瑣碎之事，一應都暫令李紈協理。李紈是個尚德不尚才的，未免逞縱了下人。王夫人便命探春合同李紈裁處，只說過了一月，鳳姐將息好了，仍交與他。誰知鳳姐稟賦氣血不足，兼年幼不知保養，平生爭強鬥智，心力更虧，故雖係小月，竟著實虧虛下來，一月之後，復添了下紅之症。他雖不肯說出來，眾人看他面目黃瘦，便知失於調養。王夫人只

①小月——小產。一般稱生產為「坐月子」，小產就稱「坐小月子」，簡稱「小月」。

令他好生服藥調養，不令他操心。他自己也怕成了大症，遺笑於人，便想偷空調養，恨不得一時復舊如常。誰知一直服藥調養到八九月間，才漸漸的起復過來，下紅也漸漸止了。此是後話。

如今且說目今王夫人見他如此，探春與李紈暫難謝事②，園中人多，又恐失於照管，因又特請了寶釵來，托他各處小心：「老婆子們不中用，得空兒吃酒鬥牌，白日裡睡覺，夜裡鬥牌，我都知道的。鳳丫頭在外頭，他們還有個懼怕，如今他們又該取便了。好孩子，你還是個妥當人，你兄弟、妹妹們又小，我又沒工夫，你替我辛苦兩天，照看照看，凡有想不到的事，你來告訴我，別等老太太問出來，我沒話回。那些人不好了，你只管說。他們不聽，你來回我。別弄出大事來才好。」寶釵聽說，只得答應了。

時屆孟春，黛玉又犯了嗽疾。湘雲亦因時氣所感，亦臥病於蘅蕪苑，一天醫藥不斷。探春同李紈相住間隔，二人近日同事，不比往年，來往回話人等亦不便，故二人議定：每日早晨皆到園門口南邊的三間小花廳上去會齊辦事，吃過早飯，於午錯方回房。這三間廳原係預備省親之時眾執事太監起坐之處，故省親之後也用不著了，每日只有婆子們上夜。如今天已和暖，不用十分修飾，只不過略略的鋪陳了，便可他二人起坐。這廳上也有一匾，題著「輔仁諭德」③四字，家下俗呼皆只叫「議事廳」兒。如今他二人每日卯正至此，午正方散。凡一應執事媳婦等來往回話者，絡繹不絕。

眾人先聽見李紈獨辦，個個心中暗喜，以為李紈素日原是個厚道多恩無罰的，自然比鳳姐兒好搪塞；

②謝事——引退，辭謝所擔任的差事。
③輔仁諭德——輔，補益；諭，了解。這是說：通過議事，使人對「仁政」有所補益，對道德有所了解。


聯經出版事業公司校印

便添了一個探春，也都想著不過是個未出閨閣的青年小姐，且素日也最平和恬淡，因此都不在意，比鳳姐兒前更懈怠了許多。只三四日後，幾件事過手，漸覺探春精細處不讓鳳姐，只不過是言語安靜，性情和順而已。

可巧連日有王公侯伯世襲官員十幾處，皆係榮、寧非親即友或世交之家，或有升遷，或有黜降，或有婚喪紅白等事，王夫人賀弔迎送，應酬不暇，前邊更無人。他二人便一日皆在廳上起坐。寶釵便一日在上房監察，至王夫人回方散。每於夜間針線暇時，臨寢之先，坐了小轎，帶領園中上夜人等各處巡察一次。他三人如此一理，更覺比鳳姐兒當差時倒更謹慎了些。因而裡外下人都暗中抱怨說：「剛剛的倒了一個『巡海夜叉』，又添了三個『鎮山太歲』④，越性連夜裡偷著吃酒頑的工夫都沒了。」

這日王夫人正是往錦鄉侯府去赴席，李紈與探春早已梳洗，伺候出門去後，回至廳上坐了。剛吃茶時，只見吳新登的媳婦進來回說：「趙姨娘的兄弟趙國基昨日死了。昨日回過太太，太太說知道了，叫回姑娘、奶奶來。」說畢，便垂手旁侍，再不言語。彼時來回話者不少，都打聽他二人辦事如何：若辦得妥當，大家則安個畏懼之心；若少有嫌隙⑤不當之處，不但不畏伏，出二門，還要編出許多笑話來取笑。吳新登的媳婦心中已有主意：若是鳳姐前，他便早已獻勤，說出許多主意，又查出許多舊例來，任

---

④巡海夜叉、鎮山太歲——指擔當巡邏和守衛職責的惡鬼凶神。夜叉，一名「藥叉」，吃人的惡鬼；太歲，中國古代傳說中的值歲神，被視作凶煞，不可觸犯。

⑤嫌隙——本指人因猜忌而發生衝突，這裡是「有漏洞」的意思。

鳳姐兒揀擇施行；如今他藐視李紈老實，探春是青年的姑娘，所以只說出這一句話來，試他二人有何主見。

探春便問李紈。李紈想了一想，便道：「前兒襲人的媽死了，聽見說賞銀四十兩。這也賞他四十兩罷了。」吳新登家的聽了，忙答應了「是」，接了對牌就走。探春道：「你且回來。」吳新登家的只得回來，探春道：「你且別支銀子。我且問你：那幾年老太太屋裡的幾位老姨奶奶，也有家裡的，也有外頭的⑥，這兩個分別。家裡的若死了人是賞多少？外頭的死了人是賞多少？你且說兩個我們聽聽。」一問，吳新登家的便都忘了，忙陪笑回說：「這也不是什麼大事，賞多少，誰還敢爭不成？」探春笑道：「這話胡鬧！依我說，賞一百倒好！若不按例，別說你們笑話，明兒也難見你二奶奶。」吳新登家的笑道：「既這麼說，我查舊賬去，此時卻記不得。」探春笑道：「你辦事辦老了的，還記不得，倒來難我們！你素日回你二奶奶，也現查去？若有這道理，鳳姐姐還不算厲害，也就是算寬厚了！還不快找了來我瞧。再遲一日，不說你們粗心，反像我們沒主意了。」吳新登家的滿面通紅，忙轉身出來。眾媳婦們都伸舌頭，這裡又回別的事。

一時，吳家的取了舊賬來。探春看時，兩個家裡的賞過皆二十兩，兩個外頭的皆賞過四十兩。外還有兩個外頭的，一個賞過一百兩，一個賞過六十兩。——這兩筆底下皆有原故：一個是隔省遷父母之柩，外賞六十兩；一個是現買葬地，外賞二十兩。探春便遞與李紈看了。探春便說：「給他二十兩銀子。把這賬留下，我們細看看。」吳新登家的去了。

---

⑥家裡的、外頭的——家裡的，指世代為僕的「家生子」；買來或僱來的僕婢叫「外頭的」。

忽見趙姨娘進來，李紈、探春忙讓坐。趙姨娘開口便說道：「這屋裡的人都踩下我的頭去還罷了，姑娘，你也想一想，該替我出氣才是！」一面說，一面眼淚、鼻涕哭起來。探春忙道：「姨娘這話說誰？我竟不解。誰踩姨娘的頭？說出來，我替姨娘出氣。」趙姨娘道：「姑娘現踩我，我告訴誰！」探春聽說，忙站起來，說道：「我並不敢。」李紈也站起來勸。趙姨娘道：「你們請坐下，聽我說。我這屋裡熬油似的熬了這麼大年紀，又有你和你兄弟，這會子連襲人都不如了，我還有什麼臉？連你也沒臉面，別說我了！」探春笑道：「原來為這個！我說我並不敢犯法違理。」一面便坐了，拿賬翻與趙姨娘看，又唸與他聽；又說道：「這是祖宗手裡舊規矩，人人都依著，偏我改了不成？也不但襲人，將來環兒收了外頭的，自然也是同襲人一樣。這原不是什麼爭大爭小的事，講不到有臉沒臉的話上。他是太太的奴才，我是按著規矩辦。說辦的好，領祖宗的恩典、太太的恩典；若說辦的不均，那是他糊塗不知福，也只好憑他抱怨去。太太連房子賞了人，我有什麼有臉之處？一文不賞，我也沒什麼沒臉之處。依我說，太太不在家，姨娘安靜些，養神罷了，何苦只要操心？太太滿心疼我，因姨娘每每生事，幾次寒心。我但凡是個男人，可以出得去，我必早走了，立一番事業，那時自有我一番道理。偏我是女孩兒家，一句多話也沒有我亂說的。太太滿心裡都知道。如今因看重我，才叫我照管家務。還沒有做一件好事，姨娘倒先來作踐我。倘或太太知道了，怕我為難不叫我管，那才正經沒臉，連姨娘也真沒臉！」一面說，一面不禁滾下淚來。

趙姨娘沒了別話答對，便說道：「太太疼你，你越發拉扯拉扯我們。你只顧討太太的疼，就把我們忘了。」探春道：「我怎麼忘了？叫我怎麼拉扯？這也問你們各人，那一個主子不疼出力得用的人？那一個好人用人拉扯的？」李紈在旁只管勸說：「姨娘別生氣。也怨不得姑娘，他滿心裡要拉扯，口裡怎麼說的出來？」探春忙道：「這大嫂子也糊塗了！我拉扯誰？誰家姑娘們拉扯奴才了？他們的好歹，你們該知道，與我什麼相干？」趙姨娘氣的問道：「誰叫你拉扯別人去了？你不當家，我也不來問你。你如今現說一是一，說二是二。如今你舅舅死了，你多給了二三十兩銀子，難道太太就不依你？分明太太是好太太，都是你們尖酸刻薄，可惜太太有恩無處使。——姑娘放心，這也使不著你的銀子。明兒等出了閣，我還想你額外照看趙家呢！如今沒有長羽毛，就忘了根本，只揀高枝兒飛去了！」

探春沒聽完，已氣的臉白氣噎，抽抽咽咽的一面哭，一面問道：「誰是我舅舅？我舅舅年下才升了九省檢點，那裡又跑出一個舅舅來？我倒素習按理尊敬，越發敬出這些親戚來了。——既這麼說，環兒出去，為什麼趙國基又站起來，又跟他上學？為什麼不拿出舅舅的款來？何苦來！誰不知道我是姨娘養的，必要過兩三個月尋出由頭⑦來，徹底來翻騰⑧一陣，生怕人不知道，故意的表白表白。也不知誰給誰沒臉？——幸虧我還明白，但凡糊塗不知理的，早急了。」李紈急的只管勸，趙姨娘只管還嘮叨。

忽聽有人說：「二奶奶打發平姑娘說話來了。」趙姨娘聽說，方把口止住。只見平兒進來，趙姨娘忙陪笑讓坐，又忙問：「你奶奶好些？我正要瞧去，就只沒得空兒。」李紈見平兒進來，因問他：「來做什麼？」平兒笑道：「奶奶說，趙姨奶奶的兄弟沒了，恐怕奶奶和姑娘不知有舊例。若照常例，只得

⑦由頭——由來、原因，這裡指借某個事故惹事。
⑧翻騰——原是翻亂、攪亂所有的秩序，這裡是把事情鬧開的意思。

二十兩；如今請姑娘裁奪著，再添些也使得。」探春早已拭去淚痕，忙說道：「又好好的添什麼？誰又是『二十四個月養下來的』？不然也是那出兵放馬、背著主子逃出命來過的人不成？你主子真個倒巧，叫我開了例，他做好人，拿著太太不心疼的錢，樂的做人情。你告訴他，我不敢添減，混出主意。他添他施恩，等他好了出來，愛怎麼添了去！」平兒一來時，已明白了對半；今聽這一番話，越發會意，見探春有怒色，便不敢以往日喜樂之時相待，只一邊垂手默侍。

時值寶釵也從上房中來，探春等忙起身讓坐。未及開言，又有一個媳婦進來回事。因探春才哭了，便有三四個小丫鬟捧了沐盆、巾帕、靶鏡等物來。此時探春因盤膝坐在矮板榻上，那捧盆的丫鬟走至跟前，便雙膝跪下，高捧沐盆；那兩個小丫鬟，也都在旁屈膝捧著巾帕並靶鏡、脂粉之飾。平兒見侍書不在這裡，便忙上來與探春挽袖卸鐲，又接過一條大手巾來，將探春面前衣襟掩了，探春方伸手向面盆中盥沐。那媳婦便回道：「回奶奶、姑娘，家學裡支環爺和蘭哥兒的一年公費。」平兒先道：「你忙什麼！你睜著眼看見姑娘洗臉，你不出去伺候著，先說話來。二奶奶跟前，你也這麼沒眼色來著？姑娘雖然恩寬，我去回了二奶奶，只說你們眼裡都沒姑娘，你們都吃了虧，可別怨我！」唬的那個媳婦忙陪笑道：「我粗心了！」一面說，一面忙退出去。

探春一面勻臉，一面向平兒冷笑道：「你遲了一步，還有可笑的：連吳姐姐這麼個辦老了事的，也不查清楚了，就來混我們！幸虧我們問他，他竟有臉說『忘了』。我說他回你主子事也忘了再找去？我料著你那主子未必有耐性兒等他去找。」平兒忙笑道：「他有這一次，管包腿上的筋早折了兩根。姑娘別信他們。那是他們瞅著大奶奶是個菩薩，姑娘又是個靦腆小姐，固然是托懶來混。」說著，又向門外說道：「你們只管撒野，等奶奶大安了，咱們再說。」門外的眾媳婦都笑道：「姑娘，你是個最明白的人，俗語說，『一人作罪一人當』，我們並不敢欺蔽小姐。如今小姐是嬌客⑨，若認真惹惱了，死無葬身之地！」

平兒冷笑道：「你們明白就好了。」又陪笑向探春道：「姑娘知道二奶奶本來事多，那裡照看的這些？保不住不忽略。俗語說：『旁觀者清。』這幾年姑娘冷眼看著，或有該添該減的去處，二奶奶沒行到，姑娘竟一添減，頭一件，於太太的事有益；第二件，也不枉姑娘待我們奶奶的情義了。」話未說完，寶釵、李紈皆笑道：「好丫頭，真怨不得鳳丫頭偏疼他！本來無可添減的事，如今聽你一說，倒要找出兩件來斟酌斟酌，不辜負你這話。」探春笑道：「我一肚子氣，沒人煞性子，正要拿他奶奶出氣去，偏他碰了來，說了這些話，叫我也沒了主意了。」一面說，一面叫進方才那媳婦來問：「環爺和蘭哥兒家學裡這一年的銀子，是做那一項用的？」那媳婦便回說：「一年學裡吃點心或者買紙筆，每位有八兩銀子的使用。」探春道：「凡爺們的使用，都是各屋領了月錢的：環哥的是姨娘領二兩，寶玉的是老太太屋裡襲人領二兩，蘭哥兒的是大奶奶屋裡領。怎麼學裡每人又多這八兩？——原來上學去的是為這八兩銀子！從今兒起，把這一項蠲了。平兒，回去告訴你奶奶，我的話，把這一條務必免了。」平兒笑道：「早就該免。舊年奶奶原說要免的，因年下忙，就忘了。」那個媳婦只得答應著去了。

就有大觀園中媳婦捧了飯盒來。侍書、素雲早已抬過一張小飯桌來，平兒也忙著上菜。探春笑道：

⑨嬌客——舊俗女婿或女兒都可稱嬌客，這裡指探春。


聯經出版事業公司　校印

「你說完了話，幹你的去罷，在這裡忙什麼？」平兒笑道：「我原沒事的。二奶奶打發了我來，一則說話，二則恐這裡人不方便，原是叫我幫著妹妹們伏侍奶奶、姑娘的。」探春因問：「寶姑娘的飯怎麼不端來一處吃？」丫鬟們聽說，忙出至檐外，命媳婦去說：「寶姑娘如今在廳上一處吃，叫他們把飯送了這裡來。」探春聽說，便高聲說道：「你別混支使人！那都是辦大事的管家娘子們，你們支使他要飯要茶的？連個高低都不知道！平兒這裡站著，你叫叫去！」

平兒忙答應了一聲出來，那些媳婦們都忙悄悄的拉住笑道：「那裡用姑娘去叫？我們已有人叫去了。」一面說，一面用手帕撣石磯上說：「姑娘站了半天，乏了，這太陽影裡且歇歇。」平兒便坐下。又有茶房裡的兩個婆子拿了個坐褥鋪下，說：「石頭冷，這是極乾淨的，姑娘將就坐一坐兒罷。」平兒忙陪笑道：「多謝。」一個又捧了一碗精緻新茶出來，也悄悄笑說：「這不是我們的常用茶，原是伺候姑娘們的，姑娘且潤一潤罷。」平兒忙欠身接了，因指眾媳婦悄悄說道：「你們太鬧的不像了。他是個姑娘家，不肯發威動怒，這是他尊重，你們就藐視欺負他。果然招他動了大氣，不過說他個粗糙就完了，你們就現吃不了的虧！他撒個嬌兒，太太也得讓他一二分，二奶奶也不敢怎樣。你們就這麼大膽子小看他，可是雞蛋往石頭上碰！」眾人都忙道：「我們何嘗敢大膽了？都是趙姨奶奶鬧的。」平兒也悄悄的說：「罷了！好奶奶們，『牆倒眾人推』，那趙姨奶奶原有些倒三不著兩，有了事都就賴他。你們素日那眼裡沒人、心術厲害，我這幾年難道還不知道？二奶奶若是略差一點兒的，早被你們這些奶奶治倒了。——饒這麼著，得一點空兒，還要難他一難，好幾次沒落了你們的口聲⑩。眾人都道他厲害，你們都怕他，惟

⑩口聲——即口實、話柄。

我知道他心裡也就不算不怕你們呢。前兒我們還議論到這裡：再不能依頭順尾，必有兩場氣生。那三姑娘雖是個姑娘，你們都橫看了他。二奶奶這些大姑子、小姑子裡頭，也就只單畏他五分。你們這會子倒不把他放在眼裡了。」

正說著，只見秋紋走來。眾媳婦忙趕著問好，又說：「姑娘也且歇一歇，裡頭擺飯呢。等撤下飯桌子，再回話去。」秋紋笑道：「我比不得你們，我那裡等得？」說著，便直要上廳去。平兒忙叫：「快回來！」秋紋回頭，見了平兒，笑道：「你又在這裡充什麼外圍的防護？」一面回身便坐在平兒褥上。平兒悄問：「回什麼？」秋紋道：「問一問寶玉的月銀、我們的月錢，多早晚才領？」平兒道：「這什麼大事。你快回去告訴襲人，說我的話：憑有什麼事，今兒都別回。若回一件，管駁一件；回一百件，管駁一百件！」秋紋聽了，忙問：「這是為什麼了？」平兒與眾媳婦等都忙告訴他原故，又說：「正要找幾件厲害事與有體面的人開例作法子，鎮壓與眾人作榜樣呢。何苦你們先來碰在這釘子上？你這一去說了，他們若拿你們也作一二件榜樣，又礙著老太太、太太；若不拿著你們作一二件，人家又說：『偏一個向一個，仗著老太太、太太威勢的就怕，也不敢動，只拿著軟的作鼻子頭⑪。』你聽聽罷，二奶奶的事，他還要駁兩件，才壓的眾人口聲呢！」秋紋聽了，伸舌笑道：「幸而平姐姐在這裡，沒的臊一鼻子灰。我趕早知會他們去。」說著，便起身走了。

接著寶釵的飯至，平兒忙進來伏侍。那時趙姨娘已去，三人在板床上吃飯。寶釵面南，探春面西，

⑪鼻子頭——開頭第一個，這裡是「開例」的意思。



聯經出版事業公司校印

李紈面東。眾媳婦皆在廊下靜候，裡頭只有他們緊跟常侍的丫鬟伺候，別人一概不敢擅入。這些媳婦們都悄悄的議論說：「大家省事罷！別安著沒良心的主意。連吳大娘才都討了沒意思，咱們又是什麼有臉的？」他們一邊悄議，等飯完回事。只覺裡面鴉雀無聲，並不聞碗箸之聲。一時，只見一個丫鬟將簾櫳高揭，又有兩個將桌抬出。茶房內早有三個丫頭捧著三沐盆水，見飯桌已出，三人便進去了。一回又捧出沐盆並漱盂來，方有侍書、素雲、鶯兒三個，每人用茶盤捧了三蓋碗茶進去。一時等他三人出來，侍書命小丫頭子：「好生伺候著，我們吃飯來換你們，別又偷坐著去。」眾媳婦們方慢慢的一個一個的安分回事，不敢如先前輕慢疏忽了。

探春氣方漸平，因向平兒道：「我有一件大事，早要和你奶奶商議，如今可巧想起來。你吃了飯快來。寶姑娘也在這裡，咱們四個人商議了，再細細問你奶奶可行可止。」平兒答應回去。

鳳姐因問為何去這一日，平兒便笑著將方才的原故細細說與他聽了。鳳姐兒笑道：「好，好，好，好個三姑娘！我說他不錯。只可惜他命薄，沒托生在太太肚裡。」平兒笑道：「奶奶也說糊塗話了。他便不是太太養的，難道誰敢小看他，不與別的一樣看了？」鳳姐兒嘆道：「你那裡知道？雖然庶出一樣，女兒卻比不得男人，將來攀親時，如今有一種輕狂人，先要打聽姑娘是正出庶出，多有為庶出不要的。殊不知別說庶出，便是我們的丫頭，比人家的小姐還強呢！將來不知那個沒造化的，挑庶正誤了事呢；也不知那個有造化的，不挑庶正的得了去。」說著，又向平兒笑道：「你知道，我這幾年生了多少省儉的法子，一家子大約也沒個不背地裡恨我的。我如今也是『騎上老虎』了。雖然看破些，無奈一時也難寬放；二則家裡出去的多，進來的少。凡百大小事，仍是照著老祖宗手裡的規矩，卻一年進的產業又不及先時多。省儉了，外人又笑話，老太太、太太也受委屈，家下人也抱怨刻薄；若不趁早兒料理省儉之計，再幾年就都賠盡了。」

平兒道：「可不是這話！將來還有三四位姑娘，還有兩三個小爺，一位老太太，這幾件大事未完呢。」鳳姐兒笑道：「我也慮到這裡，倒也夠了：寶玉和林妹妹他兩個一娶一嫁，可以使不著官中的錢，老太太自有梯己拿出來。二姑娘是大老爺那邊的，也不算。剩了三四個，滿破著每人花上一萬銀子。環哥娶親有限，花上三千兩銀子，不拘那裡省一抿子⑫也就夠了。老太太事出來，一應都是全了的，不過零星雜項，便費也滿破三五千兩。如今再儉省些，陸續也就夠了。只怕如今平空又生出一兩件事來，可就了不得了。——咱們且別慮後事，你且吃了飯，快聽他商議什麼。這正碰了我的機會，我正愁沒個膀臂。雖有個寶玉，他又不是這裡頭的貨，縱收伏了他，也不中用。大奶奶是個佛爺，也不中用。二姑娘更不中用，亦且不是這屋裡的人。四姑娘小呢。蘭小子更小。環兒更是個燎毛的小凍貓子，只等有熱灶火炕讓他鑽去罷。——真真一個娘肚子裡跑出這個天懸地隔的兩個人來，我想到這裡就不伏！再者林丫頭和寶姑娘他兩個倒好，偏又都是親戚，又不好管咱家務事。況且一個是美人燈兒，風吹吹就壞了；一個是拿定了主意，『不干己事不張口，一問搖頭三不知⑬』，也難十分去問他。倒只剩了三姑娘一個，心裡嘴裡都也來的，又是咱家的正人，太太又疼他，——雖然面上淡淡的，皆因是趙姨娘那老東西鬧的，心

---

⑫一抿子——一點點、一小宗；抿子，原指刮刷頭髮的小刷子，這裡引申作量詞。

⑬三不知——指對事情的起因、經過、結果都不了解，也就是「完全不知道」的意思。



聯經出版事業公司校印

裡卻是和寶玉一樣呢。比不得環兒，實在令人難疼，要依我的性，早攆出去了。如今他既有這主意，正該和他協同，大家做個膀臂，我也不孤不獨了。按正理，天理良心上論，咱們有他這個人幫著，咱們也省些心，於太太的事也有些益。若按私心藏奸上論，我也太行毒了，也該抽頭退步。回頭看了看，再要窮追苦克，人恨極了，暗地裡笑裡藏刀，咱們兩個才四個眼睛、兩個心，一時不防，倒弄壞了。趁著緊溜⑭之中，他出頭一料理，眾人就把往日咱們的恨暫可解了。還有一件，我雖知你極明白，恐怕你心裡挽不過來，如今囑咐你：他雖是姑娘家，心裡卻事事明白，不過是言語謹慎；他又比我知書識字，更厲害一層了。如今俗語『擒賊必先擒王』，他如今要作法開端，一定是先拿我開端。倘或他要駁我的事，你可別分辨，你只越恭敬，越說駁的是才好。千萬別想著怕我沒臉，和他一強，就不好了。」

平兒不等說完，便笑道：「你太把人看糊塗了！我才已經行在先，這會子又反囑咐我。」鳳姐兒笑道：「我是恐怕你心裡眼裡只有了我，一概沒有別人之故，不得不囑咐。既已行在先，更比我明白了。你又急了，滿口裡『你』『我』起來。」平兒道：「偏說『你』！你不依，這不是嘴巴子？再打一頓。難道這臉上還沒嘗過的不成？」鳳姐兒笑道：「你這小蹄子，要掂多少過子⑮才罷？看我病的這樣，還來慪我！過來坐下，橫豎沒人來，咱們一處吃飯是正經。」

說著，豐兒等三四個小丫頭子進來，放小炕桌。鳳姐只吃燕窩粥，兩碟子精緻小菜，每日分例菜已

⑭緊溜——緊要關頭。

⑮掂多少過子——翻過多少遍的意思。

暫減去。豐兒便將平兒的四樣分例菜端至桌上，與平兒盛了飯來。平兒屈一膝於炕沿之上，半身猶立於炕下，陪著鳳姐兒吃了飯，伏侍漱盥。漱畢，囑咐了豐兒些話，方往探春處來。只見院中寂靜，人已散出。要知端的——

# 第五十六回　敏探春興利除宿弊　時寶釵小惠全大體

話說平兒陪著鳳姐兒吃了飯，伏侍盥漱畢，方往探春處來。只見院中寂靜，只有丫鬟、婆子諸內壼①近人在窗外聽候。

平兒進入廳中，他姊妹三人正議論些家務，說的便是年內賴大家請吃酒，他家花園中事故。見他來了，探春便命他腳踏上坐了，因說道：「我想的事，不為別的，因想著我們一月有二兩月銀外，丫頭們又另有月錢。前兒又有人回，要我們一月所用的頭油、脂粉，每人又是二兩。這又同才剛學裡的八兩一樣，重重疊疊，事雖小，錢有限，看起來也不妥當。你奶奶怎麼就沒想到這個？」平兒笑道：「這有個原故：姑娘們所用的這些東西，自然是該有分例。每月買辦買了，令女人們各房交與我們收管，不過預備姑娘們使用就罷了，沒有個我們天天各人拿錢找人買頭油又是脂粉去的理。所以外頭買辦總領了去，

①內壼——即內室。壼，音ㄎㄨㄣˇ，通「閫」；宮中的間道，引申為內宮、內室的代稱。

聯經出版事業公司　校印

按月使女人按房交與我們的。姑娘們的每月這二兩，原不是為買這些的，原為的是一時當家的奶奶、太太或不在，或不得閑，姑娘們偶然一時可巧要幾個錢使，省得找人去。這原是恐怕姑娘們受委屈，可知這個錢並不是買這個才有的。如今我冷眼看著，各房裡的我們的姊妹都是現拿錢買這些東西的，竟有一半。我就疑惑，不是買辦脫了空，遲些日子，就是買的不是正經貨，弄些使不得的東西來搪塞。」探春、李紈都笑道：「你也留心看出來了。脫空是沒有的，也不敢，只是遲些日子；催急了，不知那裡弄些來，不過是個名兒，其實使不得，依然得現買。就用這二兩銀子，另叫別人的奶媽子的或是弟兄、哥哥的兒子買了來才使得。若使了官中的人，依然是那一樣的。不知他們是什麼法子，是鋪子裡壞了不要的，他們都弄了來，單預備給我們？」平兒笑道：「買辦買的是那樣的，他買了好的來，買辦豈肯和他善開交，又說他使壞心要奪這買辦了。所以他們也只得如此，寧可得罪了裡頭，不肯得罪了外頭辦事的人。要是姑娘們使了奶媽子們，他們也就不敢閑話了。」

探春道：「因此我心中不自在。錢費兩起，東西又白丟一半！通算起來，反費了兩折子，不如竟把買辦的每月蠲了為是。此是一件事。第二件，年裡往賴大家去，你也去的，你看他那小園子，比咱們這個如何？」平兒笑道：「還沒有咱們這一半大，樹木花草也少多了。」探春道：「我因和他家女兒說閑話兒，誰知那麼個園子，除他們帶的花，吃的筍、菜、魚、蝦之外，一年還有人包了去，年終足有二百兩銀子剩。從那日，我才知道一個破荷葉、一根枯草根子，都是值錢的。」

寶釵笑道：「真真膏粱紈褲之談。你們雖是千金小姐，原不知這事，但你們都念過書，識字的，竟沒看見朱夫子有一篇〈不自棄文〉②不成？」探春笑道：「雖看過，那不過是勉人自勵，虛比浮詞③，那裡都真有的？」寶釵道：「朱子都有虛比浮詞？那句句都是有的。你才辦了兩天時事，就利欲熏心，把朱子都看虛浮了。你再出去，見了那些利弊大事，越發把孔子也看虛了！」探春笑道：「你這樣一個通人④，竟沒看見子書？當日《姬子》有云：『登利祿之場，處運籌⑤之界者，竊堯舜之詞，背孔孟之道。』」寶釵笑道：「底下一句呢？」探春笑道：「如今只斷章取意，念出底下一句，我自己罵我自己不成？」寶釵道：「天下沒有不可用的東西；既可用，便值錢。難為你是個聰敏人，這些正事大節目事竟沒經歷，也可惜遲了。」李紈笑道：「叫了人家來，不說正事，且你們對講學問。」寶釵道：「學問中便是正事。此刻於小事上用學問一提，那小事越發作高一層了。不拿學問提著，便都流入市俗去了。」

三人只是取笑之談，說了笑了一回，便仍談正事。探春因又接說道：「咱們這園子，只算比他們的多一半，加一倍算，一年就有四百銀子的利息。若此時也出脫生發⑥銀子，自然小器，不是咱們這樣人家的事。若派出兩個一定的人來，既有許多值錢之物，一味任人作踐，也似乎暴殄天物。不如在園子裡

②〈不自棄文〉——見於《朱子文集大全類編》卷二十一〈庭訓〉，大意為：天下物皆因有一節之可取而不為世所棄，故人不應自棄，不宜怨天尤人而應反求諸己，思祖德、念父功，作成自身事業，從而保存發展祖宗基業。
③虛比浮詞——空洞不切實際的話。
④通人——學識淵博、博古通今的人。
⑤運籌——原指謀畫、設計，這裡指在經濟方面的打算。
⑥出脫生發——把東西賣掉來取得收益；出脫，賣出；生發，生利。

所有的老媽媽中，揀出幾個本分老誠、能知園圃的事，派准他們收拾料理，也不必要他們交租納稅，只問他們一年可以孝敬些什麼。一則園子有專定之人修理花木，自然一年好似一年的，也不用臨時忙亂；二則也不至作踐，白辜負了東西；三則老媽媽們也可借此小補，不枉年日在園中辛苦；四則亦可以省了這些花兒匠、山子匠、打掃人等的工費。將此有餘，以補不足，未為不可。」寶釵正在地下看壁上的字畫，聽如此說一則，便點一回頭，說完，便笑道：「善哉，三年之內無饑饉矣！」李紈笑道：「好主意！這果一行，太太必喜歡。省錢事小，第一有人打掃，專司其職，又許他們去賣錢。使之以權，動之以利，再無不盡職的了。」平兒道：「這件事須得姑娘說出來。我們奶奶雖有此心，也未必好出口。此刻姑娘們在園裡住著，不能多弄些玩意兒去陪襯，反叫人去監管修理，圖省錢，這話斷不好出口。」

寶釵忙走過來，摸著他的臉笑道：「你張開嘴，我瞧瞧你的牙齒、舌頭是什麼作的?從早起來到這會子，你說這些話，一套一個樣子，也不奉承三姑娘，也沒見你說奶奶才短想不到，也並沒有三姑娘說一句，你就說一句是；橫豎三姑娘一套話出，你就有一套話進去；總是三姑娘想的到的，你奶奶也想到了，只是必有個不可辦的原故。這會子又是因姑娘住的園子，不好因省錢令人去監管。你們想想這話，若果真交與人弄錢去的，那人自然是一枝花也不許掐，一個果子也不許動了，姑娘們分中自然不敢，天天與小姑娘們就吵不清。他這遠愁近慮，不亢不卑。他奶奶便不是和咱們好，聽他這一番話，也必要自愧的變好了，不和也變和了。」探春笑道：「我早起一肚子氣，聽他來了，忽然想起他主子來，素日當家，使出來的好撒野的人！我見了他便生了氣。誰知他來了，避貓鼠兒似的站了半日，怪可憐的。接著又說了那麼些話，不說他主子待我好，倒說『不枉姑娘待我們奶奶素日的情意了』。這一句，不但沒了氣，我倒愧了，又傷起心來。我細想：我一個女孩兒家，自己還鬧得沒人疼沒人顧的，我那裡還有好處去待人？」口內說到這裡，不免又流下淚來。

李紈等見他說的懇切，又想他素日趙姨娘每生誹謗，在王夫人跟前，亦為趙姨娘所累，亦都不免流下淚來，都忙勸道：「趁今日清淨，大家商議兩件興利剔弊的事，也不枉太太委托一場。又提這沒要緊的事做什麼？」平兒忙道：「我已明白了。姑娘竟說誰好，竟一派人，就完了。」探春道：「雖如此說，也須得回你奶奶一聲。我們這裡搜剔小遺，已經不當，——皆因你奶奶是個明白人，我才這樣行；若是糊塗多蠱多妒⑦的，我也不肯，倒像抓他乖⑧一般。豈可不商議了行？」平兒笑道：「既這樣，我去告訴一聲。」說著去了，半日方回來，笑說：「我說是白走一趟。這樣好事，奶奶豈有不依的。」

探春聽了，便和李紈命人將園中所有婆子的名單要來，大家參度，大概定了幾個。又將他們一齊傳來，李紈大概告訴與他們。眾人聽了，無不願意，也有說：「那一片竹子單交給我，一年工夫，明年又是一片。除了家裡吃的筍，一年還可交些錢糧。」這一個說：「那一片稻地交給我，一年這些頑的大小雀鳥的糧食不必動官中錢糧，我還可以交錢糧。」探春才要說話，人回：「大夫來了，進園瞧史姑娘。」眾婆子只得去接大夫。平兒忙說：「單你們，有一百個也不成個體統。難道沒有兩個管事的頭腦帶進大夫來？」回事的那人說：「有，吳大娘和單大娘他兩個在西南角上聚錦門等著呢。」平兒聽說，方罷了。

---

⑦多蠱多妒——居心歹毒，多所猜疑和妒忌；蠱，毒蟲。
⑧抓乖——搶先行動，使別人出醜。

聯經出版事業公司校印

眾婆子去後，探春問寶釵：「如何？」寶釵笑答道：「幸於始者怠於終，繕其辭者嗜其利。」⑨探春聽了，點頭稱贊，便向冊上指出幾人來與他三人看。平兒忙去取筆硯來。他三人說道：「這一個老祝媽是個妥當的，況他老頭子和他兒子代代都是管打掃竹子，如今竟把這所有的竹子交與他。這一個老田媽本是種莊稼的，稻香村一帶凡有菜蔬稻稗之類，雖是頑意兒，不必認真大治大耕，也須得他去，再一按時加些培植，豈不更好？」探春又笑道：「可惜，蘅蕪苑和怡紅院這兩處大地方，竟沒有出利息之物！」李紈忙笑道：「蘅蕪苑更利害！如今香料鋪並大市大廟賣的各處香料、香草兒，都不是這些東西？算起來，比別的利息更大。怡紅院別說別的，單只說春夏天一季玫瑰花，共下多少花？還有一帶籬笆上薔薇、月季、寶相⑩、金銀藤，單這沒要緊的草花乾了，賣到茶葉鋪、藥鋪去，也值幾個錢。」探春笑道：「原來如此。只是弄香草的沒有在行的人。」平兒忙笑道：「跟寶姑娘的鶯兒他媽，就是會弄這個的。上回他還採了些曬乾了，辮成花籃葫蘆給我頑的，姑娘倒忘了不成？」寶釵笑道：「我才贊你，你到來捉弄我了。」三人都詫異，都問：「這是為何？」寶釵道：「斷斷使不得！你們這裡多少得用的人，一個一個閑著沒事辦，這會子我又弄個人來，叫那起人連我也看小了。我倒替你們想出一個人來：怡紅院有個老葉媽，他就是茗烟的娘。那是個誠實老人家，他又和我們鶯兒的娘極好，不如把這事交與葉媽。他有

⑨幸於始者怠於終，繕其辭者嗜其利——開頭因僥倖獲利而興致很高的人，最終是會懈怠的；嘴上說得好聽的人，特別愛占便宜。幸，慶幸，這裡指因有利可圖而感到僥倖；繕，修補、整治；嗜，特殊愛好。

⑩寶相——花名，屬薔薇科。



聯經出版事業公司校印

不知的，不必咱們說，他就找鶯兒的娘去商議了。那怕葉媽全不管，竟交與那一個，那是他們私情兒，有人說閑話，也就怨不到咱們身上了。如此一行，你們辦的又至公，於事又甚妥。」李紈、平兒都道：「是極。」探春笑道：「雖如此，只怕他們見利忘義。」平兒笑道：「不相干，前兒鶯兒還認了葉媽做乾娘，請吃飯吃酒，兩家和厚的好的很呢。」探春聽了，方罷了。又共同斟酌出幾人來，俱是他四人素昔冷眼取中的，用筆圈出。

一時婆子們來回：「大夫已去。」將藥方送上去。三人看了，一面遣人送出去取藥，監派調服；一面探春與李紈明示諸人：某人管某處，「按四季，除家中定例用多少外，餘者任憑你們採取了去取利，年終算賬。」探春笑道：「我又想起一件事：若年終算賬，歸錢時，自然歸到賬房，仍是上頭又添一層管主，還在他們手心裡，又剝一層皮。這如今我們興出這事來派了你們，已是跨過他們的頭去了，心裡有氣，只說不出來；你們年終去歸賬，他們還不捉弄你們等什麼？再者，這一年間管什麼的，主子有一全分，他們就得半分。這是家裡的舊例，人所共知的，別的偷著的在外。如今這園子裡是我的新創，竟別入他們手，每年歸賬，竟歸到裡頭來才好。」寶釵笑道：「依我說，裡頭也不用歸賬。這個多了，那個少了，倒多了事。不如問他們誰領這一分的，他就攬一宗事去。不過是園裡的人的動用。我替你們算出來了，有限的幾宗事：不過是頭油、胭粉、香、紙，每一位姑娘幾個丫頭，都是有定例的；再者，各處笤帚、撮簸、撣子並大小禽鳥、鹿、兔吃的糧食。不過這幾樣，都是他們包了去，不用賬房去領錢。你算算，就省下多少來？」平兒笑道：「這幾宗雖小，一年通共算了，也省的下四百兩銀子。」

寶釵笑道：「卻又來！一年四百，二年八百兩，取租的房子也能看得了幾間，薄地也可添幾畝。雖然還有敷餘的，但他們既辛苦鬧一年，也要叫他們剩些，粘補粘補自家。雖是興利節用為綱，然亦不可太嗇。縱再省上二三百銀子，失了大體統，也不像。所以如此一行，外頭賬房裡一年少出四五百銀子，也不覺得很艱嗇了；他們裡頭卻也得些小補；這些沒營生的媽媽們也寬裕了；園子裡花木，也可以每年滋長蕃盛；你們也得了可使之物：這庶幾不失大體。若一味要省時，那裡不搜尋出幾個錢來？凡有些餘利的，一概入了官中，那時裡外怨聲載道，豈不失了你們這樣人家的大體？如今這園裡幾十個老媽媽們，若只給了這個，那剩的也必抱怨不公；我才說的，他們只供給這個幾樣，也未免太寬裕了。一年竟除這個之外，他每人不論有餘無餘，只叫他拿出若干貫錢來，大家湊齊，單散與園中這些媽媽們。他們雖不料理這些，卻日夜也是在園中照看當差之人，關門閉戶，起早睡晚，大雨大雪，姑娘們出入，抬轎子，撐船，拉冰床⑪，一應粗糙活計，都是他們的差使。一年在園裡辛苦到頭，這園內既有出息，也是分內該沾帶些的。──還有一句至小的話，越發說破了：你們只管了自己寬裕，不分與他們些，他們雖不敢明怨，心裡卻都不服，只用假公濟私的，多摘你們幾個果子，多掐幾枝花兒，你們有冤還沒處訴。他們也沾帶了些利息，你們有照顧不到，他們就替你照顧了。」

眾婆子聽了這個議論，又去了賬房受轄制，又不與鳳姐兒去算賬，一年不過多拿出若干貫錢來，各各歡喜異常，都齊說：「願意！強如出去被他揉搓著，還得拿出錢來呢！」那不得管地的，聽了每年終又無故得分錢，也都喜歡起來，口內說：「他們辛苦收拾，是該剩些錢粘補的。我們怎麼好『穩坐吃三

⑪冰床──在冰上滑行用的小坐床，也稱「冰排子」。

注』⑫的？」寶釵笑道：「媽媽們也別推辭了，這原是分內應當的。你們只要日夜辛苦些，別躲懶縱放人吃酒賭錢就是了。不然，我也不該管這事；你們一般聽見，姨娘親口囑托我三五回，說大奶奶如今又不得閑兒，別的姑娘又小，托我照看照看。我若不依，分明是叫姨娘操心。你們奶奶又多病多痛，家務也忙。我原是個閑人，便是個街坊鄰居，也要幫著些，何況是親姨娘托我？我免不得去小就大，講不起眾人嫌我。倘或我只顧了小分沽名釣譽，那時酒醉賭博，生出事來，我怎麼見姨娘？你們那時後悔也遲了，就連你們素日的老臉也都丟了。這些姑娘小姐們，這麼一所大花園，都是你們照看，皆因看得你們是三四代的老媽媽，最是循規遵矩的，原該大家齊心，顧些體統。你們反縱放別人任意吃酒賭博，姨娘聽見了，教訓一場猶可，倘若被那幾個管家娘子聽見了，他們也不用回姨娘，竟教導你們一番，你們這年老的反受了年小的教訓，雖是他們是管家，管的著你們，何如自己存些體統，他們如何得來作踐。所以我如今替你們想出這個額外的進益來，也為大家齊心把這園裡周全的謹謹慎慎，使那些有權執事的看見這般嚴肅謹慎，且不用他們操心，他們心裡豈不敬伏？也不枉替你們籌畫進益，既能奪他們之權，生你們之利，豈不能行無為之治，分他們之憂。你們去細想想這話。」眾人都歡聲鼎沸說：「姑娘說的很是。從此姑娘、奶奶只管放心，姑娘、奶奶這麼疼顧我們，我們再要不體上情，天地也不容了。」

剛說著，只見林之孝家的進來說：「江南甄府裡家眷昨日到京，今日進宮朝賀。此刻先遣人來送禮

---

⑫穩坐吃三注——不費氣力而穩得多方錢財的意思。注，賭注，用來賭博的財物；三注：指押在上門、下門和天門三個位置上的賭注。

請安。」說著，便將禮單送上去。探春接了，看道是：「上用的妝緞、蟒緞十二匹，上用雜色緞十二匹，上用各色紗十二匹，上用宮綢十二匹，官用各色緞紗綢綾二十四匹。」李紈也看過，說：「用上等封兒⑬賞他。」因又命人回了賈母。賈母便命人叫李紈、探春、寶釵等也都過來，將禮物看了。李紈收過，一邊吩咐內庫上人說：「等太太回來看了再收。」賈母因說：「這甄家又不與別家相同，上等賞封賞男人，只怕展眼又打發女人來請安，預備下尺頭。」一語未完，果然人回：「甄府四個女人來請安。」賈母聽了，忙命人帶進來。

那四個人都是四十往上的年紀，穿戴之物，皆比主子不甚差別。請安問好畢，賈母命拿了四個腳踏來，他四人謝了坐，待寶釵等坐了，方都坐下。賈母便問：「多早晚進京的？」四人忙起身回說：「昨日進的京。今日太太帶了姑娘進宮請安去了，故令女人們來請安，問候姑娘們。」賈母笑問道：「這些年沒進京，也不想到今年來。」四人也都笑回道：「正是。今年是奉旨進京的。」賈母問道：「家眷都來了？」四人回說：「老太太和哥兒、兩位小姐並別位太太都沒來，就只太太帶了三姑娘來了。」賈母道：「有人家沒有？」四人道：「尚沒有。」賈母笑道：「你們大姑娘和二姑娘這兩家，都和我們家甚好。」四人笑道：「正是。每年姑娘們有信回去說，全虧府上照看。」賈母笑道：「什麼『照看』？原是世交，又是老親，原應當的。你們二姑娘更好，更不自尊自大，所以我們才走的親密。」四人笑道：「這是老太太過謙了。」

---

⑬封兒——即賞封，紅紙袋內裝賞錢，叫做「賞封」。

賈母又問：「你這哥兒也跟著你們老太太？」四人回說：「也是跟著老太太。」賈母道：「幾歲了？」又問：「上學不曾？」四人笑說：「今年十三歲。因長得齊整，老太太很疼。自幼淘氣異常，天天逃學，老爺、太太也不便十分管教。」賈母笑道：「也不成了我們家的了？你這哥兒叫什麼名字？」四人道：「因老太太當作寶貝一樣，他又生的白，老太太便叫作『寶玉』。」賈母便向李紈等道：「偏也叫作個『寶玉』！」李紈忙欠身笑道：「從古至今，同時隔代，重名的很多。」四人也笑道：「起了這小名兒之後，我們上下都疑惑，不知那位親友家也倒似曾有一個的。只是這十來年沒進京來，卻記不得真了。」賈母笑道：「豈敢，就是我的孫子。——人來。」眾媳婦、丫頭答應了一聲，走近幾步。賈母笑道：「園裡把咱們的寶玉叫了來，給這四個管家娘子瞧瞧，比他們的寶玉如何？」

眾媳婦聽了，忙去了，半刻，圍了寶玉進來。四人一見，忙起身笑道：「唬了我們一跳！若是我們不進府來，倘若別處遇見，還只道我們的寶玉後趕著也進了京了呢！」一面說，一面都上來拉他的手，問長問短。寶玉忙也笑問好。賈母笑道：「比你們的長的如何？」李紈等笑道：「四位媽媽才一說，可知是模樣相仿了。」賈母笑道：「那有這樣巧事？大家子孩子們，再養的嬌嫩，除了臉上有殘疾十分黑醜的，大概看去都是一樣的齊整。這也沒有什麼怪處。」四人笑道：「如今看來，模樣是一樣。據老太太說，淘氣也一樣。我們看來，這位哥兒性情卻比我們的好些。」賈母忙問：「怎見得？」四人笑道：「方才我們拉哥兒的手說話便知。我們那一個，只說我們糊塗，慢說拉手，他的東西我們略動一動也不依。所使喚的人，都是女孩子們。……」四人未說完，李紈姊妹等禁不住都失聲笑出來。賈母也笑道：「我們這會子也打發人去見了你們寶玉，若拉他的手，他也自然勉強忍耐一時。可知你我這樣人家的孩子們，憑他們有什麼刁鑽古怪的毛病兒，見了外人，必是要還出正經禮數來的。若他不還正經禮數，也斷不容他刁鑽去了。就是大人溺愛的，是他一則生的得人意；二則見人禮數竟比大人行出來的不錯，使人見了可愛可憐：背地裡所以才縱他一點子。若一味他只管沒裡沒外，不與大人爭光，憑他生的怎樣，也是該打死的。」四人聽了，都笑說：「老太太這話正是。雖然我們寶玉淘氣古怪，有時見了人客，規矩禮數，更比大人有禮。所以無人見了不愛，只說為什麼還打他。殊不知他在家裡無法無天，大人想不到的話偏會說，想不到的事他偏要行，所以老爺、太太恨的無法。就是弄性，也是小孩子的常情；胡亂花費，這也是公子哥兒的常情；怕上學，也是小孩子的常情：都還治的過來。第一，天生下來這一種刁鑽古怪的脾氣，如何使得？」一語未了，人回：「太太回來了。」王夫人進來，問過安。他四人請了安，大概說了兩句。賈母便命歇歇去。王夫人親捧過茶，方退出。四人告辭了賈母，便往王夫人處來，說了一會家務，打發他們回去，不必細說。

這裡賈母卻喜的逢人便告訴：也有一個寶玉，也都一般行景。眾人都為天下之大，世宦之多，同名者也甚多，祖母溺愛孫者也古今所有常事耳，不是什麼罕事，故皆不介意。獨寶玉是個迂闊呆公子的性情，自為是那四人承悅賈母之詞。後至蘅蕪苑去看湘雲病去，湘雲說他：「你放心鬧罷，先是『單絲不成線，獨樹不成林』，如今有了個對子。鬧急了，再打很了，你逃走到南京找那一個去。」寶玉道：「那裡的謊話，你也信了，偏又有個寶玉？」湘雲道：「怎麼列國有個藺相如⑭，漢朝又有個司馬相如呢？」

---

⑭列國、藺相如——列國，指春秋戰國時代；藺相如，戰國時趙國的上卿。

寶玉笑道：「這也罷了，偏又模樣兒也一樣，這是沒有的事。」湘雲道：「怎麼匡人看見孔子，只當是陽虎⑮呢？」寶玉笑道：「孔子、陽虎雖同貌，卻不同名；藺與司馬雖同名，而又不同貌；偏我和他就兩樣俱同不成？」湘雲沒了話答對，因笑道：「你只會胡攪，我也不和你分證。有也罷，沒也罷，與我無干！」說著，便睡下了。

寶玉心中便又疑惑起來：若說必無，然亦似有；若說必有，又並無目睹。心中悶了，回至房中榻上默默盤算，不覺就忽忽的睡去，不覺竟到了一座花園之內。寶玉詫異道：「除了我們大觀園，更又有這一個園子？」正疑惑間，從那邊來了幾個女兒，都是丫鬟。寶玉又詫異道：「除了鴛鴦、襲人、平兒之外，也竟還有這一干人？」只見那些丫鬟笑道：「寶玉怎麼跑到這裡來了？」寶玉只當是說他，自己忙來陪笑說道：「因我偶步到此，不知是那位世交的花園？好姐姐們，帶我逛逛。」眾丫鬟都笑道：「原來不是咱家的寶玉。他生的倒也還乾淨，嘴兒也倒乖覺。」寶玉聽了，忙道：「姐姐們這裡，也更還有個寶玉？」丫鬟們忙道：「『寶玉』二字，我們是奉老太太、太太之命，為保佑他延壽消災的。我們叫他，他聽見喜歡；你是那裡遠方來的臭小廝，也亂叫起他來！仔細你的臭肉，打不爛你的！」又一個丫鬟笑道：「咱們快走罷，別叫寶玉看見，又說同這臭小廝說了話，把咱熏臭了。」說著，一逕去了。

⑮匡人看見孔子只當是陽虎——匡，春秋時衛國的地名，在今河南省長垣縣境；陽虎，即陽貨，春秋時魯國人，季孫氏家臣。據《史記．孔子世家》記載，孔子的相貌像陽虎，而陽虎欺壓過匡人，所以孔子過匡，匡人曾把他當成陽虎圍困了幾天。

寶玉納悶道：「從來沒有人如此塗毒⑯我，他們如何更這樣？真亦有我這樣一個人不成？」一面想，一面順步早到了一所院內。寶玉又詫異道：「除了怡紅院，也更還有這麼一個院落？」忽上了臺磯，進入屋內，只見榻上有一個人臥著，那邊有幾個女孩兒做針線，也有嘻笑頑耍的。只見榻上那個少年嘆了一聲。一個丫鬟笑問道：「寶玉，你不睡，又嘆什麼？想必為你妹妹病了，你又胡愁亂恨呢。」寶玉聽說，心下也便吃驚。只見榻上少年說道：「我聽見老太太說，長安都中也有個寶玉，和我一樣的性情，我只不信。我才作了一個夢，竟夢中到了都中一個花園子裡頭，遇見幾個姐姐，都叫我臭小廝，不理我。好容易找到他房裡頭，偏他睡覺，空有皮囊，真性不知那去了。」寶玉聽說，忙說道：「我因找寶玉來到這裡。原來你就是寶玉？」榻上的忙下來拉住：「原來你就是寶玉？這可不是夢裡了。」寶玉道：「這如何是夢？真而又真了。」一語未了，只見人來說：「老爺叫寶玉。」唬得二人皆慌了。一個寶玉就走，一個寶玉便忙叫：「寶玉快回來，快回來！」

襲人在旁聽他夢中自喚，忙推醒他，笑問道：「寶玉在那裡？」此時寶玉雖醒，神意尚恍惚，因向門外指說：「才出去了。」襲人笑道：「那是你夢迷了。你揉眼細瞧，是鏡子裡照的你影兒。」寶玉向前瞧了一瞧，原是那嵌的大鏡對面相照，自己也笑了。早有人捧過漱盂茶鹵⑰來，漱了口。麝月道：「怪道老太太常囑咐說：『小人屋裡不可多有鏡子。小人魂不全，有鏡子照多了，睡覺驚恐作胡夢。』如今

⑯塗毒——原指毒害、殘害，這裡是「挖苦」的意思。
⑰茶鹵——這裡指用以漱口的濃釅茶汁。

聯經出版事業公司校印

倒在大鏡子那裡安了一張床！有時放下鏡套還好；往前去，天熱困倦不定，那裡想的到放他？比如方才就忘了。自然是先躺下照著影兒頑的，一時合上眼，自然是胡夢顛倒；不然，如何得看著自己叫著自己的名字？不如明兒挪進床來是正經。」一語未了，只見王夫人遣人來叫寶玉，不知有何話說——

# 第五十七回　慧紫鵑情辭試忙玉　慈姨媽愛語慰癡顰

話說寶玉聽王夫人喚他，忙至前邊來，原來是王夫人要帶他拜甄夫人去。寶玉自是歡喜，忙去換衣服，跟了王夫人到那裡。見其家中形景，自與榮、寧不甚差別，或有一二稍盛者。細問，果有一寶玉，甄夫人留席，竟日方回，寶玉方信。因晚間回家來，王夫人又吩咐預備上等的席面，定名班大戲，請過甄夫人母女。後二日，他母女便不作辭，回任去了，無話。

這日寶玉因見湘雲漸愈，然後去看黛玉。正值黛玉才歇午覺，寶玉不敢驚動，因紫鵑正在迴廊上手裡做針黹，便來問他：「昨日夜裡咳嗽可好了？」紫鵑道：「好些了。」寶玉笑道：「阿彌陀佛！寧可好了罷。」紫鵑笑道：「你也念起佛來，真是新聞！」寶玉笑道：「所謂『病篤亂投醫』了。」一面說，一面見他穿著彈墨綾薄綿襖，外面只穿著青緞夾背心，寶玉便伸手向他身上摸了一摸，說：「穿這樣單


聯經出版事業公司 校印

薄，還在風口裡坐著，看天風饞①，時氣又不好，你再病了，越發難了。」紫鵑便說道：「從此咱們只可說話，別動手動腳的：一年大，二年小的，叫人看著不尊重。打緊的那起混賬行子們背地裡說你，你總不留心，還只管和小時一般行為，如何使得？姑娘常常吩咐我們，不叫和你說笑。你近來瞧他，遠著你還恐遠不及呢！」說著，便起身，攜了針線進別房去了。

寶玉見了這般景況，心中忽澆了一盆冷水一般，只瞅著竹子，發了一回呆。因祝媽正來挖筍修竿，便怔怔的走出來，一時魂魄失守，心無所知，隨便坐在一塊山石上出神，不覺滴下淚來。直呆了五六頓飯工夫，千思萬想，總不知如何是可。偶值雪雁從王夫人房中取了人參來，從此經過，忽扭頭看見桃花樹下石上一人手托著腮頰出神：不是別人，卻是寶玉。雪雁疑惑道：「怪冷的，他一個人在這裡作什麼？春天凡有殘疾的人都犯病，敢是他犯了呆病了？」一邊想，一邊便走過來，蹲下笑道：「你在這裡作什麼呢？」寶玉忽見了雪雁，便說道：「你又作什麼來找我？你難道不是女兒？他既防嫌，不許你們理我，你又來尋我，倘被人看見，豈不又生口舌？你快家去罷了。」雪雁聽了，只當是他又受了黛玉的委屈，只得回至房中。

黛玉未醒，將人參交與紫鵑。紫鵑因問他：「太太做什麼呢？」雪雁道：「也歇中覺，所以等了這半日。姐姐，你聽笑話兒：我因等太太的工夫，和玉釧兒姐姐坐在下房裡說話兒，誰知趙姨奶奶招手兒叫我。我只當有什麼話說，原來他和太太告了假，出去給他兄弟伴宿坐夜，明兒送殯去。跟他的小丫頭

---

①風饞——形容春天的風對衣衫單薄者的侵襲，容易使人受寒致病。

子小吉祥兒沒衣裳，要借我的月白緞子襖兒。我想：他們一般也有兩件子的，往髒地方兒去恐怕弄髒了，自己的捨不得穿，故此借別人的。借我的，弄髒了也是小事，只是我想，他素日有些什麼好處到咱們跟前，所以我說了：『我的衣裳、簪環，都是姑娘叫紫鵑姐姐收著呢。如今先得去告訴他，還得回姑娘呢。姑娘身上又病著，更費了大事，誤了你老出門，不如再轉借罷。』」紫鵑笑道：「你這個小東西子倒也巧。你不借給他，你往我和姑娘身上推，叫人怨不著你。——他這會子就下去了，還是等明日一早才去？」雪雁道：「這會子就去的，只怕此時已去了。」紫鵑點點頭。雪雁道：「姑娘還沒醒呢，是誰給了寶玉氣受？坐在那裡哭呢！」紫鵑聽了，忙問：「在那裡？」雪雁道：「在沁芳亭後頭桃花底下呢。」

紫鵑聽說，忙放下針線，又囑咐雪雁：「好生聽叫。若問我，答應我就來。」說著，便出了瀟湘館，一逕來尋寶玉，走至寶玉跟前，含笑說道：「我不過說了那兩句話，為的是大家好，你就賭氣跑了這風地裡來哭，作出病來唬我。」寶玉忙笑道：「誰賭氣了！我因為聽你說的有理，我想你們既這樣說，自然別人也是這樣說，將來漸漸的都不理我了，我所以想著自己傷心。」

紫鵑也便挨他坐著。寶玉笑道：「方才對面說話，你尚走開，這會子如何又來挨我坐著？」紫鵑道：「你都忘了？幾日前你們姊妹兩個正說話，趙姨娘一頭走了進來，——我才聽見他不在家，所以我來問你。正是前日你和他才說了一句『燕窩』就歇住了，總沒提起，我正想著問你。」寶玉道：「也沒什麼要緊。不過我想著寶姐姐也是客中，既吃燕窩，又不可間斷，若只管和他要，太也托實②。雖不便和太

②托實——實心眼兒，含有「不識相」、「不客氣」的意思。

太要，我已經在老太太跟前略露了個風聲，只怕老太太和鳳姐姐說了。我告訴他的，竟沒告訴完了他。如今我聽見一日給你們一兩燕窩，這也就完了。」紫鵑道：「原來是你說了，這又多謝你費心。我們正疑惑，老太太怎麼忽然想起來叫人每一日送一兩燕窩來呢？這就是了。」寶玉笑道：「這要天天吃慣了，吃上三二年就好了。」紫鵑道：「在這裡吃慣了，明年家去，那裡有這閑錢吃這個。」

寶玉聽了，吃了一驚，忙問：「誰？往那個家去？」紫鵑道：「你妹妹回蘇州家去。」寶玉笑道：「你又說白話。蘇州雖是原籍，因沒了姑父、姑母，無人照看，才就了來的。明年回去找誰？可見是扯謊。」紫鵑冷笑道：「你太看小了人。你們賈家獨是大族，人口多的；除了你家，別人只得一父一母，房族中真個再無人了不成？我們姑娘來時，原是老太太心疼他年小，雖有叔伯，不如親父母，故此接來住幾年。大了該出閣時，自然要送還林家的。終不成林家的女兒在你賈家一世不成？林家雖貧到沒飯吃，也是世代書宦之家，斷不肯將他家的人丟在親戚家，落人的恥笑。所以早則明年春天，遲則秋天，這裡縱不送去，林家亦必有人來接的。前日夜裡姑娘和我說了，叫我告訴你：將從前小時頑的東西，有他送你的，叫你都打點出來還他；他也將你送他的打疊了在那裡呢。」

寶玉聽了，便如頭頂上響了一個焦雷一般。紫鵑看他怎樣回答，只不作聲。忽見晴雯找來說：「老太太叫你呢，誰知道在這裡。」紫鵑笑道：「他這裡問姑娘的病症，我告訴了他半日，他只不信。你倒拉他去罷。」說著，自己便走回房去了。

晴雯見他呆呆的，一頭熱汗，滿臉紫脹，忙拉他的手，一直到怡紅院中。襲人見了這般，慌起來，只說時氣所感，熱汗被風撲了。無奈寶玉發熱事猶小可，更覺兩個眼珠兒直直的起來，口角邊津液流出，皆不知覺。給他個枕頭，他便睡下；扶他起來，他便坐著；倒了茶來，他便吃茶。眾人見他這般，一時忙起來，又不敢造次去回賈母，先便差人出去請李嬤嬤。

一時李嬤嬤來了，看了半日：問他幾句話，也無回答，用手向他脈門摸了摸，嘴唇人中③上邊著力掐了兩下，掐的指印如許來深，竟也不覺疼。李嬤嬤只說了一聲：「可了不得了！」「呀」的一聲，便摟著放聲大哭起來。急的襲人忙拉他說：「你老人家瞧瞧，可怕不怕？且告訴我們，去回老太太、太太去。你老人家怎麼先哭起來？」李嬤嬤捶床搗枕說：「這可不中用了！我白操了一世心了！」襲人等以他年老多知，所以請他來看，如今見他這般一說，都信以為實，也都哭起來。

晴雯便告訴襲人，方才如此這般。襲人聽了，便忙到瀟湘館來，見紫鵑正伏侍黛玉吃藥，也顧不得什麼，便走上來問紫鵑道：「你才和我們寶玉說了些什麼？你瞧他去！你回老太太去，我也不管了！」說著，便坐在椅上。黛玉忽見襲人滿面急怒，又有淚痕，舉止大變，便不免也慌了，忙問：「怎麼了？」襲人定了一回，哭道：「不知紫鵑姑奶奶說了些什麼話，那個呆子眼也直了，手腳也冷了，話也不說了，李媽媽掐著也不疼了，已死了大半個了！連李媽媽都說不中用了，那裡放聲大哭。──只怕這會子都死了！」黛玉一聽此言，李媽媽乃是經過的老嫗，說不中用了，可知必不中用。「哇」的一聲，將腹中之藥一概嗆出，抖腸搜肺、熾胃扇肝的，痛聲大嗽了幾陣，一時面紅髮亂，目腫筋浮，喘的抬不起頭來。紫鵑忙上來捶背，黛玉伏枕喘息半晌，推紫鵑道：「你不用捶！你竟拿繩子來勒死我是正經！」紫鵑哭

③人中──人體穴位名，在鼻下唇上正中的凹痕處，對此穴扎針或用指甲力掐，可急救昏迷不醒。

道：「我並沒說什麼，不過是說了幾句頑話，他就認真。」襲人道：「你還不知道他那傻子，每每頑話認了真？」黛玉道：「你說了什麼話？趁早兒去解說，他只怕就醒過來了。」紫鵑聽說，忙下了床，同襲人到了怡紅院。

誰知賈母、王夫人等已都在那裡了。賈母一見了紫鵑，眼內出火，罵道：「你這小蹄子，和他說了什麼？」紫鵑忙道：「並沒說什麼，不過說幾句頑話。」誰知寶玉見了紫鵑，方「噯呀」了一聲，哭出來了。眾人一見，方都放下心來。賈母便拉住紫鵑，——只當他得罪了寶玉，所以拉紫鵑，命他打。誰知寶玉一把拉住紫鵑，死也不放，說：「要去連我也帶了去。」眾人不解，細問起來，方知紫鵑說「要回蘇州去」一句頑話引出來的。賈母流淚道：「我當有什麼要緊大事，原來是這句頑話。」又向紫鵑道：「你這孩子，素日最是個伶俐聰敏的，你又知道他有個呆根子，平白的哄他作什麼？」薛姨媽勸道：「寶玉本來心實，可巧林姑娘又是從小兒來的，他姊妹兩個一處長了這麼大，比別的姊妹更不同。這會子熱刺刺的說一個『去』，別說他是個實心的傻孩子，便是冷心腸的大人，也要傷心。這並不是什麼大病，老太太和姨太太只管萬安，吃一兩劑藥就好了。」

正說著，人回：「林之孝家的、單大良家的，都來瞧哥兒來了。」賈母道：「難為他們想著，叫他們來瞧瞧。」寶玉聽了一個「林」字，便滿床鬧起來，說：「了不得了，林家的人接他們來了，快打出去罷！」賈母聽了，也忙說：「打出去罷。」又忙安慰說：「那不是林家的人。林家的人都死絕了，沒人來接他的，你只放心罷！」寶玉哭道：「憑他是誰，除了林妹妹，都不許姓林的！」賈母道：「沒姓林的來，凡姓林的我都打走了。」一面吩咐眾人：「以後別叫林之孝家的進園來，你們也別說『林』字。

好孩子們，你們聽我這句話罷！」眾人忙答應，又不敢笑。一時寶玉又一眼看見了十錦格子上陳設的一隻金西洋自行船，便指著亂叫說：「那不是接他們來的船來了？灣在那裡呢！」賈母忙命拿下來。襲人忙拿下來，寶玉伸手要，襲人遞過，寶玉便掖在被中，笑道：「可去不成了！」一面說，一面死拉著紫鵑不放。

一時人回：「大夫來了。」賈母忙命：「快進來。」王夫人、薛姨媽、寶釵等暫避裡間，賈母便端坐在寶玉身旁。王太醫進來，見許多的人，忙上去請了賈母的安，拿了寶玉的手，診了一回。那紫鵑少不得低了頭。王大夫也不解何意，起身說道：「世兄這症，乃是急痛迷心。古人曾云：『痰迷有別：有氣血虧柔，飲食不能熔化痰迷者；有怒惱中痰裹而迷者；有急痛壅塞者。』此亦痰迷之症④，係急痛所致，不過一時壅蔽，較諸痰迷似輕。」賈母道：「你只說怕不怕，誰同你背藥書呢。」王太醫忙躬身笑說：「不妨，不妨。」賈母道：「果真不妨？」王太醫道：「實在不妨，都在晚生身上。」賈母道：「既如此，請到外面坐，開藥方。若吃好了，我另外預備好謝禮，叫他親自捧來，送去磕頭；若耽誤了，打發人去拆了太醫院大堂。」王太醫只躬身笑說：「不敢，不敢。」他原聽了說「另具上等謝禮命寶玉去磕頭」，故滿口說「不敢」，竟未聽見賈母後來說「拆太醫院」之戲語，猶說「不敢」，賈母與眾人反倒笑了。

一時按方煎了藥來服下，果覺比先安靜。無奈寶玉只不肯放紫鵑，只說：「他去了，便是要回蘇州

④痰迷之症——中醫術語，也稱「痰迷心竅」，因痰阻塞經絡、孔竅引起神志昏迷的一種病症，也泛指「中風」病。

去了。」賈母、王夫人無法，只得命紫鵑守著他，另將琥珀去伏侍黛玉。

黛玉不時遣雪雁來探消息，這邊事務盡知，自己心中暗嘆。幸喜眾人都知寶玉原有些呆氣，自幼是他二人親密，如今紫鵑之戲語亦是常情，寶玉之病亦非罕事，因不疑到別事去。

晚間寶玉稍安，賈母、王夫人等方回房去。一夜還遣人來問訊幾次。李奶母帶領宋嬤嬤等幾個年老人用心看守，紫鵑、襲人、晴雯等日夜相伴。有時寶玉睡去，必從夢中驚醒，不是哭了說黛玉已去，便是有人來接。每一驚時，必得紫鵑安慰一番方罷。彼時賈母又命將祛邪守靈丹及開竅通神散各樣上方祕製諸藥，按方飲服。次日又服了王太醫藥，漸次好起來。寶玉心下明白，因恐紫鵑回去，故有時或作佯狂之態，紫鵑自那日也著實後悔，如今日夜辛苦，並沒有怨意。襲人等皆心安神定，因向紫鵑笑道：「都是你鬧的，還得你來治。也沒見我們這呆子，『聽了風就是雨』，往後怎麼好！」暫且按下。

因此時湘雲之症已愈，天天過來瞧看，見寶玉明白了，便將他病中狂態形容了與他瞧，引的寶玉自己伏枕而笑。原來他起先那樣，竟是不知的，如今聽人說，還不信。無人時，紫鵑在側，寶玉又拉他的手問道：「你為什麼唬我？」紫鵑道：「不過是哄你頑的，你就認真了。」寶玉道：「你說的那樣有情有理，如何是頑話？」紫鵑笑道：「那些頑話，都是我編的。林家實沒了人口，縱有，也是極遠的。族中也都不在蘇州住，各省流寓不定。縱有人來接，老太太必不放去的。」寶玉道：「便老太太放去，我也不依。」紫鵑笑道：「果真的你不依？只怕是口裡的話。你如今也大了，連親也定下了，過二三年再娶了親，你眼裡還有誰了？」

寶玉聽了，又驚問：「誰定了親？定了誰？」紫鵑笑道：「年裡我聽見老太太說，要定下琴姑娘呢。

不然，那麼疼他？」寶玉笑道：「人人只說我傻。你比我更傻！不過是句頑話，他已經許給梅翰林家了。果然定下了他，我還是這個形景了？先是我發誓賭咒，砸這勞什子，你都沒勸過，說我瘋的？剛剛的這幾日才好了，你又來慪我。」一面說，一面咬牙切齒的，又說道：「我只願這會子立刻我死了，把心迸出來，你們瞧見了，然後連皮帶骨，一概都化成一股灰，——灰還有形跡，不如再化一股烟，——烟還可凝聚，人還看見，須得一陣大亂風吹的四面八方都登時散了，這才好！」一面說，一面又滾下淚來。紫鵑忙上來握他的嘴，替他擦眼淚，又忙笑解說道：「你不用著急。這原是我心裡著急，故來試你。」

寶玉聽了，更又詫異，問道：「你又著什麼急？」紫鵑笑道：「你知道，我並不是林家的人，我也和襲人、鴛鴦是一夥的，偏把我給了林姑娘使。偏生他又和我極好，比他蘇州帶來的還好十倍，一時一刻我們兩個離不開。我如今心裡卻愁，他倘或要去了，我必要跟了他去的。我是合家在這裡，我若不去，辜負了我們素日的情常；若去，又棄了本家：所以我疑惑，故設出這謊話來問你，——誰知你就傻鬧起來。」寶玉笑道：「原來是你愁這個，所以你是傻子！從此後再別愁了。我只告訴你一句蔥話⑤：活著，咱們一處活著；不活著，咱們一處化灰、化烟，如何？」

紫鵑聽了，心下暗暗籌畫。忽有人回：「環爺、蘭哥兒問候。」寶玉道：「就說難為他們，我才睡了，不必進來。」婆子答應去了。紫鵑笑道：「你也好了，該放我回去瞧瞧我們那一個去了。」寶玉道：「正是這話。我昨日就要叫你去的，偏又忘了。我已經大好了，你就去罷。」紫鵑聽說，方打疊鋪蓋、

⑤蔥話——打總的話，是「總而言之」、「一言以蔽之」的意思。

妝奩之類。寶玉笑道：「我看見你文具裡頭有三兩面鏡子，你把那面小菱花的給我留下罷。我擱在枕頭旁邊，睡著好照，明兒出門帶著也輕巧。」紫鵑聽說，只得與他留下，先命人將東西送過去，然後別了眾人，自回瀟湘館來。

黛玉近日聞得寶玉如此形景，未免又添些病症，多哭幾場。今見紫鵑來了，問其原故，已知大愈，仍遣琥珀去伏侍賈母。夜間人定後，紫鵑已寬衣臥下之時，悄向黛玉笑道：「寶玉的心倒實，聽見咱們去，就那樣起來。」黛玉不答。紫鵑停了半晌，自言自語的說道：「一動不如一靜，我們這裡就算好人家，別的都容易，最難得的是從小兒一處長大，脾氣性情都彼此知道的了。」黛玉啐道：「你這幾天還不乏，趁這會子不歇一歇，還嚼什麼蛆。」紫鵑笑道：「倒不是白嚼蛆，我倒是一片真心為姑娘。——替你愁了這幾年了，無父母兄弟，誰是知疼著熱的人？趁早兒老太太還明白硬朗的時節，作定了大事要緊。俗語說，『老健春寒秋後熱』⑥，倘或老太太一時有個好歹，那時雖也完事，只怕耽誤了時光，還不得趁心如意呢。公子王孫雖多，那一個不是三房五妾，今兒朝東，明兒朝西？要一個天仙來，也不過三夜五夕，也丟在脖子後頭了，甚至於為妾、為丫頭反目成仇的。若娘家有人有勢的還好些，若是姑娘這樣的人，有老太太一日還好一日，若沒了老太太，也只是憑人去欺負了。所以說，拿主意要緊。姑娘是個明白人，豈不聞俗語說：『萬兩黃金容易得，知心一個也難求。』」黛玉聽了，便說道：「這丫頭

⑥老健春寒秋後熱——春日漸暖，雖寒冷也不會持久；立秋之後天氣就轉涼，再熱也是暫時的，比喻老年人的健康不易常保。

今兒不瘋了？怎麼去了幾日，忽然變了一個人。我明兒必回老太太，退回去，我不敢要你了。」紫鵑笑道：「我說的是好話，不過叫你心裡留神，並沒叫你去為非作歹，何苦回老太太，叫我吃了虧，又有何好處？」說著，竟自睡了。

黛玉聽了這話，口內雖如此說，心內未嘗不傷感，待他睡了，便直泣了一夜，至天明，方打了一個盹兒。次日，勉強盥漱了，吃了些燕窩粥，便有賈母等親來看視了，又囑咐了許多話。

目今是薛姨媽的生日，自賈母起，諸人皆有祝賀之禮，黛玉亦早備了兩色針線⑦送去。是日也定了一本小戲，請賈母、王夫人等，獨有寶玉與黛玉二人不曾去得。至散時，賈母等順路又瞧他二人一遍，方回房去。次日，薛姨媽家又命薛蝌陪諸伙計吃了一天酒，連忙了三四天方完備。

因薛姨媽看見邢岫烟生得端雅穩重，且家道貧寒，是個釵荊裙布⑧的女兒，便欲說與薛蟠為妻。因薛蟠素習行止浮奢，又恐糟塌人家的女兒。正在躊躇之際，忽想起薛蝌未娶，看他二人，恰是一對天生地設的夫妻，因謀之於鳳姐兒。鳳姐兒嘆道：「姑媽素知我們太太有些左性的，這事等我慢謀。」因賈母去瞧鳳姐兒時，鳳姐兒便和賈母說：「姑媽有件事求老祖宗，只是不好啟齒的。」賈母忙問何事，鳳姐便將求親一事說了。賈母笑道：「這有什麼不好啟齒？這是極好的事。等我和你婆婆說了，怕他不依？」

⑦兩色針線——兩樣針黹手工製品；色，一種或一樣，叫一「色」。
⑧釵荊裙布——以木作釵，粗布作裙，形容女子能夠安於貧困。

因回房來，即刻就命人來請邢夫人過來，硬作保山。邢夫人想了一想：薛家根基不錯，且現今大富；薛蝌生得又好，且賈母硬作保山，將機就計，便應了。

賈母十分喜歡，忙命人請了薛姨媽來。二人見了，自然有許多謙辭。邢夫人即刻命人去告訴邢忠夫婦。他夫婦原是此來投靠邢夫人的，如何不依，早極口的說：「妙極。」賈母笑道：「我愛管個閑事，今兒又管成了一件事，不知得多少謝媒錢？」薛姨媽笑道：「這是自然的。縱抬了十萬銀子來，只怕不希罕。但只一件，老太太既作媒，還得一位主親才好。」賈母笑道：「別的沒有，我們家折腿爛手的人還有兩個。」說著，便令人去叫過尤氏婆媳二人來。賈母告訴他原故，彼此忙都道喜。賈母吩咐道：「咱們家的規矩，你是盡知的，從沒有兩親家『爭禮爭面』的。如今你算替我在當中料理，也不可太嗇，也不可太費，把他兩家的事周全了回我。」尤氏忙答應了。薛姨媽喜之不盡，回家來忙命寫了請帖，補送過寧府。尤氏深知邢夫人情性，本不欲管，無奈賈母親自囑咐，只得應了，惟有忖度邢夫人之意行事。薛姨媽是個無可無不可的人，倒還易說。這且不在話下。

如今薛姨媽既定了邢岫烟為媳，合宅皆知。邢夫人本欲接出岫烟去住，賈母因說：「這又何妨？兩個孩子又不能見面，就是姨太太和他一個大姑，一個小姑，又何妨？況且都是女兒，正好親香呢。」邢夫人方罷。

蝌、岫二人前次途中皆曾有一面之遇，大約二人心中也皆如意。只是邢岫烟未免比先時拘泥了些，不好與寶釵姊妹共處閑語；又兼湘雲是個愛取戲的，更覺不好意思。幸他是個知書達禮的，雖有女兒身分，還不是那種佯羞詐愧、一味輕薄造作之輩。寶釵自見他時，見他家業貧寒；二則別人之父母皆年高有德之人，獨他父母偏是酒糟透之人，於女兒分中平常；邢夫人也不過是臉面之情，亦非真心疼愛；且岫烟為人雅重，迎春是個有氣的死人，連他自己尚未照管齊全，如何能照管到他身上，凡閨閣中家常一應需用之物，或有虧乏，無人照管，他又不與人張口，寶釵倒暗中每相體貼接濟，也不敢與邢夫人知道，亦恐多心閑話之故耳。如今卻出人意料之外奇緣作成這門親事。岫烟心中先取中寶釵，然後方取薛蝌。有時岫烟仍與寶釵閑話，寶釵仍以姊妹相呼。

這日寶釵因來瞧黛玉，恰值岫烟也來瞧黛玉，二人在半路相遇。寶釵含笑喚他到跟前，二人同走至一塊石壁後，寶釵笑問他：「這天還冷的很，你怎麼倒全換了夾的？」岫烟見問，低頭不答。寶釵便知道又有了原故，因又笑問道：「必定是這個月的月錢又沒得？鳳丫頭如今也這樣沒心沒計了。」岫烟道：「他倒想著不錯日子給。因姑媽打發人和我說，一個月用不了二兩銀子，叫我省一兩給爹媽送出去，要使什麼，橫豎有二姐姐的東西，能著些兒搭著就使了。姐姐想：二姐姐也是個老實人，也不大留心，我使他的東西，他雖不說什麼，他那些媽媽、丫頭，那一個是省事的，那一個是嘴裡不尖的？我雖在那屋裡，卻不敢很使他們。過三天五天，我倒得拿出錢來，給他們打酒、買點心吃才好。因此，一月二兩銀子還不夠使，如今又去了一兩。前兒我悄悄的把綿衣服叫人當了幾吊錢盤纏。」寶釵聽了，愁眉嘆道：「偏梅家又合家在任上，後年才進來。若是在這裡，琴兒過去了，好再商議你這事。離了這裡就完了。如今不先定了他妹妹的事，也斷不敢先娶親的。如今倒是一件難事。再遲兩年，又怕你熬煎出病來。等我和媽再商議。有人欺負你，你只管耐些煩兒，千萬別自己熬煎出病來。不如把那一兩銀子明兒也越性給了他們，倒都歇心。你以後也不用白給那些人東西吃，他尖刺讓他們去尖刺，很聽不過了，各人走開。

倘或短了什麼，你別存那小家兒女氣，只管找我去。並不是作親後方如此，你一來時咱們就好的。便怕人閑話，你打發小丫頭悄悄的和我說去就是了。」岫烟低頭答應了。

寶釵又指他裙上一個碧玉珮問道：「這是誰給你的？」岫烟道：「這是三姐姐給的。」寶釵點頭笑道：「他見人人皆有，獨你一個沒有，怕人笑話，故此送你一個。這是他聰明細緻之處。但還有一句話你也要知道，這些妝飾原出於大官富貴之家的小姐，你看我從頭至腳可有這些富麗閑妝？然七八年之先，我也是這樣來的，如今一時比不得一時了，所以我都自己該省的就省了。將來你這一到了我們家，這些沒有用的東西，只怕還有一箱子。咱們如今比不得他們了，總要一色從實守分為主，不比他們才是。」岫烟笑道：「姐姐既這樣說，我回去摘了就是了。」寶釵忙笑道：「你也太聽說了。這是他好意送你，你不佩著，他豈不疑心。我不過是偶然提到這裡，以後知道就是了。」岫烟忙又答應，又問：「姐姐此時那裡去？」寶釵道：「我到瀟湘館去。你且回去把那當票⑨叫丫頭送來，我那裡悄悄的取出來，晚上再悄悄的送給你去，早晚好穿；不然，風扇了事大。——但不知當在那裡了？」岫烟道：「叫作『恆舒典』，是鼓樓西大街的。」寶釵笑道：「這鬧在一家去了。伙計們倘或知道了，好說『人沒過來，衣裳先過來了。』」岫烟聽說，便知是他家的本錢，也不覺紅了臉一笑，二人走開。

寶釵就往瀟湘館來。正值他母親也來瞧黛玉，正說閑話呢。寶釵笑道：「媽多早晚來的？我竟不知

---

⑨當票——當鋪付給貸款人作為憑證的票據。當鋪是舊時以典當進行高利貸的一種行業，收取抵押品，發放貸款，利率很高，若過期不贖，抵押品就歸當鋪所有。

道。」薛姨媽道：「我這幾天連日忙，總沒來瞧瞧寶玉和他。所以今兒瞧他二個，都也好了。」黛玉忙讓寶釵坐了，因向寶釵道：「天下的事真是人想不到的，怎麼想的到姨媽和大舅母又作一門親家。」薛姨媽道：「我的兒，你們女孩家那裡知道，自古道：『千里姻緣一線牽。』管姻緣的有一位月下老人，預先注定，暗裡只用一根紅絲把這兩個人的腳絆住，憑你兩家隔著海，隔著國，有世仇的，也終久有機會作了夫婦。這一件事，都是出人意料之外。憑父母本人都願意了，或是年年在一處的，以為是定了的親事，若月下老人不用紅線拴的，再不能到一處。比如你姊妹兩個的婚姻，此刻也不知在眼前，也不知在山南海北呢！」

寶釵道：「惟有媽說動話就拉上我們。」一面說，一面伏在他母親懷裡，笑說：「咱們走罷。」黛玉笑道：「你瞧，這麼大了，離了姨媽，他就是個最老道[⑩]的，見了姨媽，他就撒嬌兒。」薛姨媽用手摩弄著寶釵，嘆向黛玉道：「你這姐姐，就和鳳哥兒在老太太跟前一樣：有了正經事就和他商量；沒了事，幸虧他開開我的心。我見了他這樣，有多少愁不散的？」

黛玉聽說，流淚嘆道：「他偏在這裡這樣，分明是氣我沒娘的人，故意來刺我的眼！」寶釵笑道：「媽，瞧他輕狂，倒說我撒嬌兒！」薛姨媽道：「也怨不得他傷心，可憐沒父母，到底沒個親人。」又摩娑黛玉，笑道：「好孩子，別哭。你見我疼你姐姐，你傷心了，你不知我心裡更疼你呢！你姐姐雖沒了父親，到底有我，有親哥哥，這就比你強了。我每每和你姐姐說，心裡很疼你，只是外頭不好帶出來

⑩老道——這裡義同「老到」，老成練達的意思。

的。你這裡人多口雜，說好話的人少，說歹話的人多：不說你無依無靠，為人作人配人疼，只說我們看老太太疼你了，我們也『泭上水』⑪去了。」

黛玉笑道：「姨媽既這麼說，我明日就認姨媽做娘，姨媽若是棄嫌不認，便是假意疼我了。」薛姨媽道：「你不厭我，就認了才好。」寶釵忙道：「認不得的。」黛玉道：「怎麼認不得？」寶釵笑問道：「我且問你：我哥哥還沒定親事，為什麼反將邢妹妹先說與我兄弟了？是什麼道理？」黛玉道：「他不在家，或是屬相生日不對，所以先說與兄弟了。」寶釵笑道：「非也。我哥哥已經相準了，只等來家就下定了，也不必提出人來，我方才說你認不得娘，——你細想去。」說著，便和他母親擠眼兒發笑。

黛玉聽了，便也一頭伏在薛姨媽身上，說道：「姨媽不打他，我不依。」薛姨媽忙也摟他笑道：「你別信你姐姐的話，他是頑你呢。」寶釵笑道：「真個的，媽明兒和老太太求了他作媳婦，豈不比外頭尋的好？」黛玉便夠上來要抓他，口內笑說：「你越發瘋了！」薛姨媽忙也笑勸，用手分開方罷。因又向寶釵道：「連邢女兒我還怕你哥哥糟塌了他，所以給你兄弟說了。別說這孩子，我也斷不肯給他。前兒老太太因要把你妹妹說給寶玉，偏生又有了人家；不然，倒是一門好親。前兒我說定了邢女兒，老太太還取笑說：『我原要說他的人，誰知他的人沒到手，倒被他說了我們的一個去了。』雖是頑話，細想來倒有些意思。我想寶琴雖有了人家，我雖沒人可給，難道一句話也不說。我想著你寶兄弟，老太太那樣疼他，他又生的那樣，若要外頭說去，斷不中意。不如竟把你林妹妹定與他，豈不四角俱全⑫？」

⑪泭上水——游向上游，比喻巴結有權勢的人；泭，游泳。

⑫四角俱全——完美無缺的意思。

黛玉先還怔怔的聽，後來見說到自己身上，便啐了寶釵一口，紅了臉，拉著寶釵笑道：「我只打你！你為什麼招出姨媽這些老沒正經的話來？」寶釵笑道：「這可奇了！媽說你，為什麼打我？」紫鵑忙也跑來笑道：「姨太太既有這主意，為什麼不和老太太說去？」薛姨媽哈哈笑道：「你這孩子，急什麼！想必催著你姑娘出了閣，你也要早些尋一個小女婿去了？」紫鵑聽了，也紅了臉，笑道：「姨太太真個倚老賣老的起來。」說著，便轉身去了。黛玉先罵：「又與你這蹄子什麼相干？」後來見了這樣，也笑起來說：「阿彌陀佛！該，該，該！也臊了一鼻子灰去了！」薛姨媽母女及屋內婆子、丫鬟都笑起來。婆子們因也笑道：「姨太太雖是頑話，卻倒也不差呢。到閑了時和老太太一商議，姨太太竟做媒保成這門親事，是千妥萬妥的。」薛姨媽道：「我一出這主意，老太太必喜歡的。」

一語未了，忽見湘雲走來，手裡拿著一張當票，口內笑道：「這是什麼賬篇子？」黛玉瞧了，也不認得。地下婆子們都笑道：「這可是一件奇貨，這個乖可不是白教人的。」寶釵忙一把接了，看時，就是岫烟才說的當票，忙折了起來。薛姨媽忙說：「那必定是那個媽媽的當票子失落了，回來急的他們找。——那裡得的？」湘雲道：「什麼是『當票子』？」眾人都笑道：「真真是個呆子，連個當票子也不知道。」薛姨媽嘆道：「怨不得他，真真是侯門千金，而且又小，那裡知道這個？那裡去有這個？便是家下人有這個，他如何得見？別笑他呆子，若給你們家的小姐們看了，也都成了呆子。」眾婆子笑道：「林姑娘方才也不認得。別說姑娘們，此刻寶玉他倒是外頭常走出去的，只怕也還沒見過呢。」薛姨媽忙將原故講明。湘雲、黛玉二人聽了，方笑道：「原來為此。人也太會想錢了！——姨媽家的當鋪也有這個不成？」眾人笑道：「這又呆了。『天下老鴰一般黑』，豈有兩樣的？」薛姨媽因又問：「是那裡拾的？」湘雲方欲說時，寶釵忙說：「是一張死了沒用的，不知那年勾了賬的，香菱拿著哄他們頑的。」薛姨媽聽了此話是真，也就不問了。一時人來回：「那府裡大奶奶過來請姨太太說話呢。」薛姨媽起身去了。

這裡屋內無人時，寶釵方問湘雲何處拾的。湘雲笑道：「我見你令弟媳的丫頭篆兒悄悄的遞與鶯兒。鶯兒便隨手夾在書裡，只當我沒看見。我等他們出去了，我偷著看，竟不認得。知道你們都在這裡，所以拿來大家認認。」黛玉忙問：「怎麼，他也當衣裳不成？既當了，怎麼又給你去？」寶釵見問，不好隱瞞他兩個，遂將方才之事都告訴了他二人。黛玉聽了，「兔死狐悲，物傷其類」，不免感嘆起來。湘雲便動了氣，說：「等我問著二姐姐去！我罵那起老婆子、丫頭一頓，給你們出氣，何如？」說著，便要走。寶釵忙一把拉住，笑道：「你又發瘋了，還不給我坐著呢。」黛玉笑道：「你要是個男人，出去打一個報不平兒。你又充什麼荊軻、聶政⑬？真真好笑！」湘雲道：「既不叫我問他去，明兒也把他接到咱們苑裡一處住去，豈不好？」寶釵笑道：「明日再商量。」說著，人報：「三姑娘、四姑娘來了。」三人聽了，忙掩了口不提此事。要知端的，且聽下回分解。

⑬荊軻、聶政——都是重義輕生、為報效知己而慷慨赴死的人物。荊軻，戰國時衛國人，曾謀刺秦始皇，未成被殺；聶政，戰國時韓國人，曾代人報仇，刺死韓相俠累後自殺。

# 第五十八回　杏子陰假鳳泣虛凰　茜紗窗眞情揆癡理①

話說他三人因見探春等進來，忙將此話掩住不提。探春等問候過，大家說笑了一會方散。

誰知上回所表的那位老太妃已薨②，凡誥命等皆入朝隨班，按爵守制③。敕諭天下：凡有爵之家，一年內不得筵宴音樂，庶民皆三月不得婚嫁。賈母、邢、王、尤、許婆媳祖孫等每日入朝隨祭，至未正以後方回。在大內偏宮二十一日後，方請靈入先陵，地名曰孝慈縣。這陵離都來往得十來日之功，如今請靈至此，還要停放數日，方入地宮④，故得一月光景。寧府賈珍夫妻二人，也少不得要去的。兩府無

---

①回目——假鳳虛凰，鳳凰是傳說中象徵祥瑞的神鳥，雄的叫鳳，雌的叫凰，常用來比喻夫妻，藕官和藥官雖在戲中扮演夫妻，但她們都是女孩子，故稱「假鳳虛凰」；揆，推測、揣度。

②薨——《禮記．曲禮下》：「天子死曰崩，諸侯曰薨。」皇妃之死也叫薨。

③按爵守制——古代皇帝后妃之喪，臣民都要守制（參見第二回註㉒），守制期間，對官員以至民間的宴樂嫁娶都有種種限制。

④地宮——地下的宮殿，指皇家的陵墓。


聯經出版事業公司 校印

人，因此大家計議，家中無主，便報了「尤氏產育」，將他騰挪出來，協理榮、寧兩處事體。因又托了薛姨媽在園內照管他姊妹、丫鬟。薛姨媽只得也挪進園來。因寶釵處有湘雲、香菱；李紈處目今李嬸母女雖去，然有時亦來住三五日不定，賈母又將寶琴送與他去照管；迎春處有岫烟；探春因家務冗雜，且不時有趙姨娘與賈環來嘈聒，甚不方便；惜春處房屋狹小；況賈母又千叮嚀萬囑咐托他照管黛玉，薛姨媽素習也最憐愛他的，今既巧遇這事，便挪至瀟湘館來和黛玉同房，一應藥餌飲食十分經心。黛玉感戴不盡，以後便亦如寶釵之稱呼，——連寶釵前亦直以「姐姐」呼之，寶琴前直以「妹妹」呼之，儼似同胞共出，較諸人更似親切。賈母見如此，也十分喜悅放心。薛姨媽只不過照管他姊妹，禁約得丫頭輩，一應家中大小事務也不肯多口。尤氏雖天天過來，也不過應名點卯，亦不肯亂作威福；且他家內上下，也只剩他一個料理；再者每日還照管賈母、王夫人的下處一應所需飲饌鋪設之物：所以也甚操勞。

當下榮、寧兩處主人既如此不暇，並兩處執事人等，或有人跟隨入朝的，或有朝外照理下處事務的，又有先跴踏⑤下處的，也都各各忙亂。因此兩處下人無了正經頭緒，也都偷安，或乘隙結黨，與權暫執事者竊弄威福。榮府只留得賴大並幾個管事照管外務。這賴大手下常用幾個人已去，雖另委人，都是些生的，只覺不順手。且他們無知，或賺騙無節，或呈告無據，或舉薦無因：種種不善，在在生事，也難備述。

又見各官宦家，凡養優伶男女者，一概蠲免遣發，尤氏等便議定，待王夫人回家回明，也欲遣發十二個女孩子，又說：「這些人原是買的，如今雖不學唱，盡可留著使喚，令其教習們自去也罷了。」王

---

⑤跴踏——這裡是實地察看的意思；跴，同「踩」。

夫人因說：「這學戲的倒比不得使喚的，他們也是好人家的兒女，因無能，賣了做這事，裝醜弄鬼的幾年。如今有這機會，不如給他們幾兩銀子盤費，各自去罷。當日祖宗手裡都有這例的。咱們如今損陰壞德，而且還小器。如今雖有幾個老的還在，那是他們各有原故，不肯回去的，所以才留下使喚，大了配了咱們家的小廝們了。」尤氏道：「如今我們也去問他十二個，有願意回去的，就帶了信兒，叫上父母來親自來領回去，給他們幾兩銀子盤纏，方妥當。若不叫上他父母親人來，只怕有混賬人頂名冒領出去，又轉賣了，豈不辜負了這恩典？若有不願意回去的，就留下。」王夫人笑道：「這話妥當。」

尤氏等又遣人告訴了鳳姐兒。一面說與總理房中，每教習給銀八兩，令其自便。凡梨香院一應物件，查清注冊收明，派人上夜。將十二個女孩子叫來面問，倒有一多半不願意回家的：也有說父母雖有，他只以賣我們為事，這一去還被他賣了；也有父母已亡，或被叔伯兄弟所賣；也有說無人可投的；也有說戀恩不捨的。所願去者只四、五人。

王夫人聽了，只得留下。將去者四、五人皆令其乾娘領回家去，單等他親父母來領；將不願去者分散在園中使喚。賈母便留下文官自使，將正旦芳官指與寶玉，將小旦蕊官送了寶釵，將小生藕官指與了黛玉，將大花面葵官送了湘雲，將小花面豆官送了寶琴，將老外⑥艾官送了探春，尤氏便討了老旦茄官去：當下各得其所，就如倦鳥出籠，每日園中遊戲。眾人皆知他們不能針黹，不慣使用，皆不大責備。

⑥大小花面、老外——戲曲角色名稱：大花臉是地位較高，舉止穩重，著重唱功的淨角；小花面就是小丑，表演時語言幽默，行動滑稽；老外專演老年男性角色，一般都掛白鬚。

其中或有一二個知事的，愁將來無應時之技，亦將本技丟開，便學起針黹紡績女工諸務。

一日正是朝中大祭，賈母等五更便去了，先到下處用些點心小食，然後入朝。早膳已畢，方退至下處，用過早飯，略歇片刻，復入朝侍中、晚二祭完畢，方出至下處歇息，用過晚飯方回家。可巧這下處乃是一個大官的家廟，乃比丘尼焚修⑦，房舍極多極靜。東西二院：榮府便賃了東院，北靜王府便賃了西院。太妃、少妃每日宴息，見賈母等在東院，彼此同出同入，都有照應。外面細事不消細述。

且說大觀園中因賈母、王夫人天天不在家內，又送靈去一月方回，各丫鬟、婆子皆有閑空，多在園中遊玩。更又將梨香院內服侍的眾婆子一概撤回，並散在園內聽使，更覺園內人多了幾十個。因文官等一干人或心性高傲，或倚勢凌下，或揀衣挑食，或口角鋒芒，大概不安分守理者多，因此眾婆子無不含怨，只是口中不敢與他們分證；如今散了學，大家稱了願，也有丟開手的，也有心地狹窄猶懷舊怨的，因將眾人皆分在各房名下，不敢來廝侵。

可巧這日乃是清明之日，賈璉已備下年例祭祀，帶領賈環、賈琮、賈蘭三人去往鐵檻寺祭柩燒紙。寧府賈蓉也同族中幾人各辦祭祀前往。因寶玉未大愈，故不曾去得。飯後發倦，襲人因說：「天氣甚好，你且出去逛逛，省得丟下粥碗就睡，存在心裡。」寶玉聽說，只得拄了一支杖，靸著鞋，步出院外。因近日將園中分與眾婆子料理，各司各業，皆在忙時，也有修竹的，也有剔樹⑧的，也有栽花的，也有種

⑦比丘尼焚修——比丘尼，梵語，指已經出家受大戒的女子，俗稱「尼姑」；焚修，焚香修道。

豆的，池中又有駕娘們行著船夾泥⑨種藕。香菱、湘雲、寶琴與丫鬟等都坐在山石上，瞧他們取樂。寶玉也慢慢行來。湘雲見了他來，忙笑說：「快把這船打出去！他們是接林妹妹的。」眾人都笑起來。寶玉紅了臉，也笑道：「人家的病，誰是好意的？你也形容著取笑兒。」湘雲笑道：「病也比人家另一樣，原招笑兒，反說起人來。」說著，寶玉便也坐下，看著眾人忙亂了一回。湘雲因說：「這裡有風，石頭上又冷，坐坐去罷。」

寶玉便也正要去瞧黛玉，便起身拄拐辭了他們，從沁芳橋一帶堤上走來。只見柳垂金線，桃吐丹霞，山石之後，一株大杏樹，花已全落，葉稠陰翠，上面已結了豆子大小的許多小杏。寶玉因想道：「能病了幾天，竟把杏花辜負了！不覺倒『綠葉成蔭子滿枝』⑩了！」因此仰望杏子不捨。又想起邢岫烟已擇了夫婿一事：雖說是男女大事，不可不行，但未免又少了一個好女兒，不過兩年，便也要「綠葉成蔭子滿枝」了。再過幾日，這杏樹子落枝空，再幾年，岫烟未免烏髮如銀，紅顏似槁了，因此不免傷心，只管對杏流淚嘆息。正悲嘆時，忽有一個雀兒飛來，落於枝上亂啼。寶玉又發了呆性，心下想道：「這雀兒必定是杏花正開時他曾來過，今見無花空有子葉，故也亂啼。這聲韵必是啼哭之聲，可恨公冶長⑪不

⑧剷樹——將樹木的舊枝大部削砍使其另發新枝的園林工藝；剷，除田草的刀，在這裡作動詞用。

⑨夾泥——即撈取河底的爛泥作肥料。

⑩綠葉成蔭子滿枝——比喻少女已嫁並生兒育女。杜牧〈嘆花〉詩：「自是尋春去較遲，不須惆悵怨芳時。狂風落盡深紅色，綠葉成蔭子滿枝。」

在眼前，不能問他。但不知明年再發時，這個雀兒可還記得飛到這裡來與杏花一會了？」

正胡思間，忽見一股火光從山石那邊發出，將雀兒驚飛。寶玉吃一大驚，又聽那邊有人喊道：「藕官，你要死！怎弄些紙錢進來燒？我回去回奶奶們去，仔細你的肉！」寶玉聽了，益發疑惑起來，忙轉過山石看時，只見藕官滿面淚痕，蹲在那裡，手裡還拿著火，守著些紙錢灰作悲。寶玉忙問道：「你與誰燒紙錢？快不要在這裡燒！——你或是為父母兄弟，你告訴我姓名，外頭去叫小廝們打了包袱⑫寫上名姓去燒。」藕官見了寶玉，只不作一聲。寶玉數問不答，忽見一婆子惡狠狠走來拉藕官，口內說道：「我已經回了奶奶們了，奶奶氣的了不得！」藕官聽了，終是孩氣，怕辱沒了沒臉，便不肯去。婆子道：「我說你們別太興頭過餘了！如今還比你們在外頭隨心亂鬧呢！這是尺寸地方兒⑬。」指寶玉道：「連我們的爺還守規矩呢！你是什麼阿物兒，跑來胡鬧！——怕也不中用，跟我快走罷！」寶玉忙道：「他並沒燒紙錢，原是林妹妹叫他來燒那爛字紙的。你沒看真，反錯告了他。」

藕官正沒了主意，見了寶玉，也正添了畏懼，忽聽他反掩飾，心內轉憂成喜，也便硬著口說道：「你很看真是紙錢了麼？我燒的是林姑娘寫壞了的字紙！」那婆子聽如此，亦發狠起來，便彎腰向紙灰中揀那不曾化盡的遺紙，揀了兩點在手內，說道：「你還嘴硬，有據有證在這裡。我只和你廳上講去！」說

---

⑪公冶長——春秋時魯國人（一說齊人），孔子弟子，傳說能通鳥語。

⑫包袱——一種特製的紙袋，用來裝紙錢，便利祭拜時焚燒；下文的「白錢」就是指「紙錢」。

⑬尺寸地方兒——講分寸規矩的地方；尺寸，意同「分寸」。

著，拉了袖子，就拽著要走。寶玉忙把藕官拉住，用拄杖敲開那婆子的手，說道：「你只管拿了那個回去。實告訴你：我昨夜作了一個夢，夢見杏花神和我要一掛白紙錢，不可叫本房人燒，要一個生人替我燒了。我的病就好的快。所以我請了這白錢，巴巴兒的和林姑娘煩了他來，替我燒了祝贊。原不許一個人知道的，所以我今日才能起來，偏你看見了。我這會子又不好了，都是你沖了！你還要告他去？——藕官，只管去！見了他們，你就照依我這話說。等老太太回來，我就說他故意來沖神祇，保祐我早死。」

藕官聽了，益發得了主意，反倒拉著婆子要走。那婆子聽了這話，忙丟下紙錢，陪笑央告寶玉道：「我原不知道，二爺若回了老太太，我這老婆子豈不完了？我如今回奶奶們去，就說是爺祭神，我看錯了。」寶玉道：「你也不許再回去了，我便不說。」婆子道：「我已經回了，叫我來帶他，我怎好不回去的？也罷，就說我已經叫到了他，林姑娘叫了去了。」寶玉想一想，方點頭應允。那婆子只得去了。

這裡寶玉問他：「到底是為誰燒紙？我想來若是為父母兄弟，你們皆煩人外頭燒過了，這裡燒這幾張，必有私自的情理。」藕官因方才護庇之情感激於衷，便知他是自己一流的人物，便含淚說道：「我這事，除了你屋裡的芳官並寶姑娘的蕊官，並沒第三個人知道。今日被你遇見，又有這段意思，少不得也告訴了你，只不許再對人言講。」又哭道：「我也不便和你面說，你只回去背人悄問芳官就知道了。」說畢，佯常而去。

寶玉聽了，心下納悶，只得踱到瀟湘館，瞧黛玉益發瘦的可憐，問起來，比往日已算大愈了。黛玉見他也比先大瘦了，想起往日之事，不免流下淚來，些微談了談，便催寶玉去歇息調養。寶玉只得回來。因記掛著要問芳官那原委，偏有湘雲、香菱來了，正和襲人、芳官說笑，不好叫他，恐人又盤詰，只得耐著。

一時芳官又跟了他乾娘去洗頭。他乾娘偏又先叫了他親女兒洗過了後，才叫芳官洗。芳官見了這般，便說他偏心，「把你女兒剩水給我洗？我一個月的月錢都是你拿著，沾我的光不算，反倒給我剩東剩西的。」他乾娘羞愧變成惱，便罵他：「不識抬舉的東西！怪不得人人說戲子沒一個好纏的。憑你甚麼好人，入了這一行，都弄壞了！這一點子屄崽子，也挑么挑六，鹹屄淡話，咬群的騾子似的！」娘兒兩個吵起來。

襲人忙打發人去說：「少亂嚷！瞅著老太太不在家，一個個連句安靜話也不說。」晴雯因說：「都是芳官不省事，不知狂的什麼？也不過是會兩齣戲，倒像殺了賊王，擒了反叛來的。」襲人道：「一個巴掌拍不響，老的也太不公些，小的也太可惡些。」寶玉道：「怨不得芳官。自古說：『物不平則鳴』⑭。他少親失眷的，在這裡沒人照看；賺了他的錢，又作踐他，如何怪得。」因又向襲人道：「他一月多少錢？以後不如你收了過來照管他，豈不省事？」襲人道：「我要照看他，那裡不照看了，又要他那幾個錢才照看他？沒的討人罵去了。」說著，便起身至那屋裡取了一瓶花露油，並些雞卵、香皂、頭繩之類，叫一個婆子來送給芳官去，叫他另要水自洗，不要吵鬧了。

他乾娘益發羞愧，便說芳官：「沒良心，花掰⑮我克扣你的錢！」便向他身上拍了幾把，芳官便哭

⑭物不平則鳴——語出唐代韓愈〈送孟東野序〉首句：「大凡物不得其平則鳴」，比喻人遇到不公平的境遇就要發洩申訴。

⑮花掰——胡編瞎說的意思。

起來。寶玉便走出，襲人忙勸：「作什麼？我去說他。」晴雯忙先過來，指他乾娘說道：「你老人家太不省事。你不給他洗頭的東西，我們饒給他東西，你不自臊，還有臉打他！他要還在學裡學藝，你也敢打他不成！」那婆子便說：「『一日叫娘，終身是母。』他排場我，我就打得！」

襲人喚麝月道：「我不會和人拌嘴，晴雯性太急，你快過去震嚇他兩句。」麝月聽了，忙過來說道：「你且別嚷。我且問你：別說我們這一處，你看滿園子裡，誰在主子屋裡教導過女兒的？便是你的親女兒，既分了房，有了主子，自有主子打得罵得；再者大些的姑娘、姐姐們打得罵得，誰許老子娘又半中間管閑事了？都這樣管，又要叫他們跟著我們學什麼？越老越沒了規矩！你見前兒墜兒的娘來吵，你也來跟他學！你們放心，因連日這個病那個病，老太太又不得閑心，所以我沒回。等兩日消閑了，咱們痛回一回，大家把威風煞一煞兒才好！寶玉才好了些，連我們不敢大聲說話，你反打的人狼號鬼叫的。上頭能出了幾日門，你們就無法無天的，眼睛裡沒了我們，——再兩天，你們就該打我們了！他不要你這乾娘，怕糞草埋了他不成？」寶玉恨的用拄杖敲著門檻子說道：「這些老婆子都是些鐵心石頭腸子，也是件大奇的事！不能照看，反倒折挫，天長地久，如何是好！」晴雯道：「什麼『如何是好』？都攆了出去，不要這些中看不中吃的！」

那婆子羞愧難當，一言不發。那芳官只穿著海棠紅的小棉襖，底下絲綢撒花袷褲，敞著褲腿，一頭烏油似的頭髮披在腦後，哭的淚人一般。麝月笑道：「把一個鶯鶯小姐，反弄成拷打的紅娘了！這會子又不妝扮了，還是這麼鬆怠怠的。」寶玉道：「他這本來面目極好，倒別弄緊襯了。」晴雯過去拉了他，替他洗淨了髮，用手巾擰乾，鬆鬆的挽了一個慵妝髻[16]，命他穿了衣服，過這邊來了。

接著司內廚的婆子來問：「晚飯有了，可送不送？」小丫頭聽了，進來問襲人。襲人笑道：「方才胡吵了一陣，也沒留心聽鐘幾下了。」晴雯道：「那勞什子又不知怎麼了，又得去收拾！」說著，便拿過表來瞧了一瞧，說：「略等半鍾茶的工夫就是了。」小丫頭去了。麝月笑道：「提起淘氣，芳官也該打幾下。昨兒是他擺弄了那墜子半日，就壞了。」說話之間，便將食具打點現成。一時小丫頭子捧了盒子進來站住，晴雯、麝月揭開看時，還是只四樣小菜。晴雯笑道：「已經好了，還不給兩樣清淡菜吃。這稀飯鹹菜鬧到多早晚？」一面擺好，一面又看那盒中，卻有一碗火腿鮮筍湯，忙端了放在寶玉跟前。寶玉便就桌上喝了一口，說：「好燙！」襲人笑道：「菩薩，能幾日不見葷，饞的這樣起來。」一面說，一面忙端起輕輕用口吹。因見芳官在側，便遞與芳官，笑道：「你也學著些伏侍，別一味呆憨呆睡。——口勁輕著，別吹上唾沫星兒。」芳官依言果吹了幾口，甚妥。

他乾娘也忙端飯在門外伺候。向日芳官等一到時原從外邊認的，就同往梨香院去了。這干婆子原係榮府三等人物，不過令其與他們漿洗，皆不曾入內答應，故此不知內幃規矩。今亦托賴他們方入園中，隨女歸房。這婆子先領過麝月的排場，方知了一二分，生恐不令芳官認他做乾娘，便有許多失利之處，故心中只要買轉他們。今見芳官吹湯，便忙跑進來，笑道：「他不老成，仔細打了碗，讓我吹罷。」一面說，一面就接。晴雯忙喊：「出去！你讓他砸了碗，也輪不到你吹。你什麼空兒跑到這裡槅子來了？還不出去！」一面又罵小丫頭們：「瞎了心的！他不知道，你們也不說給他！」小丫頭們都說：「我們

⑯慵妝髻——一種蓬鬆而偏垂一邊的髮髻。

攆他，他不出去；說他，他又不信。如今帶累我們受氣，你可信了？我們到的地方兒，有你到的一半，還有你一半到不去的呢！何況又跑到我們到不去的地方？——還不算，又去伸手動嘴的了。」一面說，一面推他出去。階下幾個等空盒傢伙的婆子見他出來，都笑道：「嫂子也沒用鏡子照一照，就進去了！」羞的那婆子又恨又氣，只得忍耐下去。

芳官吹了幾口，寶玉笑道：「好了，仔細傷了氣。你嘗一口，可好了？」芳官只當是頑話，只是笑看著襲人等。襲人道：「你就嘗一口何妨。」晴雯笑道：「你瞧我嘗。」說著就喝了一口。芳官見如此，自己也便嘗了一口，說：「好了。」遞與寶玉。寶玉喝了半碗，吃了幾片筍，又吃了半碗粥，就罷了。眾人揀收出去了。小丫頭捧了沐盆，盥漱已畢，襲人等出去吃飯。寶玉使個眼色與芳官，芳官本自伶俐，又學幾年戲，何事不知？便裝說頭疼，不吃飯了。襲人道：「既不吃飯，你就在屋裡作伴兒，把這粥給你留著，一時餓了再吃。」說著，都去了。

這裡寶玉和他只二人，寶玉便將方才從火光發起，如何見了藕官，又如何謊言護庇，又如何「藕官叫我問你」，從頭至尾，細細的告訴他一遍，又問他祭的果係何人。芳官聽了，滿面含笑，又嘆一口氣，說道：「這事說來可笑又可嘆。」寶玉聽了，忙問如何。芳官笑道：「你說他祭的是誰？祭的是死了的藥官。」寶玉道：「這是友誼，也應當的。」芳官笑道：「那裡是友誼？他竟是瘋傻的想頭：說他自己是小生，藥官是小旦，常做夫妻，雖說是假的，每日那些曲文排場，皆是真正溫存體貼之事，故此二人就瘋了，雖不做戲，尋常飲食起坐，兩個人竟是你恩我愛。藥官一死，他哭的死去活來，至今不忘，所以每節燒紙。後來補了蕊官，我們見他一般的溫柔體貼，也曾問他得新棄舊的。他說：『這又有個大道


聯經出版事業公司 校印

理。此如男子喪了妻，或有必當續弦者，也必要續弦為是。便只是不把死的丟過不提，便是情深意重了。若一味因死的不續，孤守一世，妨了大節，也不是理，死者反不安了。』你說可是又瘋又呆？說來可是可笑？」

寶玉聽說了這篇呆話，獨合了他的呆性，不覺又是歡喜，又是悲嘆，又稱奇道絕，說：「天既生這樣人，又何用我這鬚眉濁物玷辱世界。」因又忙拉芳官囑道：「既如此說，我也有一句話囑咐他，我若親對面與他講，未免不便，須得你告訴他。」芳官問何事。寶玉道：「以後斷不可燒紙錢。這紙錢原是後人異端，不是孔子的遺訓。以後逢時按節，只備一個爐，到日隨便焚香，一心誠虔，可感格⑰了。愚人原不知，無論神佛、死人，必要分出等例，各式各例的。殊不知只一『誠心』二字為主。即值倉皇流離之日，雖連香亦無，隨便有土有草，只以潔淨，便可為祭，不獨死者享祭，便是神鬼也來享的。你瞧瞧我那案上，只設一爐，不論日期，時常焚香。他們皆不知原故，我心裡卻各有所因。隨便有清茶便供一鍾茶，有新水就供一盞水，或有鮮花，或有鮮果，甚至葷羹腥菜，只要心誠意潔，便是佛也都可來享。所以說，只在敬不在虛名。以後快命他不可再燒紙。」芳官聽了，便答應著。一時吃過飯，便有人回：「老太太、太太回來了。」——

⑰感格——感動、感應的意思。格，感通。《尚書・說命》：「格于皇天」，意即虔誠能感通上天。

# 第五十九回　柳葉渚邊嗔鶯咤燕　絳芸軒裏召將飛符①

話說寶玉聽說賈母等回來，隨多添了一件衣服，拄杖前邊來，都見過了。賈母等因每日辛苦，都要早些歇息，一宿無話，次日五鼓，又往朝中去。

離送靈日不遠，鴛鴦、琥珀、翡翠、玻璃四人都忙著打點賈母之物，玉釧、彩雲、彩霞等皆打疊王夫人之物，當面查點與跟隨的管事媳婦們。跟隨的一共大小六個丫鬟，十個老婆子、媳婦子，男人不算。連日收拾馱轎②器械。鴛鴦與玉釧兒皆不隨去，只看屋子。一面先幾日預發帳幔鋪陳之物，先有四五個媳婦並幾個男人領了出來，坐了幾輛車繞道先至下處，鋪陳安插等候。

臨日，賈母帶著蓉妻坐一乘馱轎，王夫人在後亦坐一乘馱轎；賈珍騎馬，率了眾家丁護衛，又有幾

①召將飛符——很快的傳送兵符去調兵遣將，這裡指很快的去請平兒來處理事情。符，兵符，古時調動軍隊的憑證。

②馱轎——也叫騾馱轎，兩匹牲口抬著走的轎子，北方陸行交通工具。

輛大車與婆子、丫鬟等坐，並放些隨換的衣包等件。是日薛姨媽、尤氏率領諸人直送至大門外方回。賈璉恐路上不便，一面打發了他父母起身，趕上賈母、王夫人馱轎，自己也隨後帶領家丁押後跟來。

榮府內賴大添派人丁上夜，將兩處廳院都關了，一應出入人等，皆走西邊小角門。日落時，便命關了儀門，不放人出入。園中前後東西角門亦皆關鎖，只留王夫人大房之後常係他姊妹出入之門，東邊通薛姨媽的角門，這兩門因在內院，不必關鎖。裡面鴛鴦和玉釧兒也各將上房關了，自領丫鬟、婆子下房去安歇。每日林之孝之妻進來，帶領十來個婆子上夜，穿堂內又添了許多小廝們坐更打梆子，已安插得十分妥當。

一日清曉，寶釵春困已醒，搴帷下榻，微覺輕寒，啟戶視之，見園中土潤苔青，原來五更時落了幾點微雨。於是喚起湘雲等人來。一面梳洗，湘雲因說兩腮作癢，恐又犯了杏癍癬，因問寶釵要些薔薇硝來。寶釵道：「前兒剩的都給了妹子。」因說：「顰兒配了許多，我正要和他要些，因今年竟沒發癢，就忘了。」因命鶯兒去取些來。鶯兒應了才去時，蕊官便說：「我同你去，順便瞧瞧藕官。」說著，一逕同鶯兒出了蘅蕪苑。

二人你言我語，一面行走，一面說笑，不覺到了柳葉渚，順著柳堤走來。因見柳葉才吐淺碧，絲若垂金，鶯兒便笑道：「你會拿著柳條子編東西不會？」蕊官笑道：「編什麼東西？」鶯兒道：「什麼編不得？頑的、使的都可。等我摘些下來，帶著這葉子編個花籃兒，採了各色花放在裡頭，才是好頑呢。」說著，且不去取硝，且伸手挽翠披金，採了許多的嫩條，命蕊官拿著。他卻一行走一行編花籃，隨路見花便採一二枝，編出一個玲瓏過梁的籃子。枝上自有本來翠葉滿布，將花放上，卻也別致有趣。喜的蕊官笑道：「姐姐，給了我罷。」鶯兒道：「這一個咱們送林姑娘，回來咱們再多採些，編幾個大家頑。」說著，來至瀟湘館中。

黛玉也正晨妝，見了籃子，便笑說：「這個新鮮花籃是誰編的？」鶯兒笑說：「我編了送姑娘頑的。」黛玉接了，笑道：「怪道人贊你的手巧，這頑意兒卻也別致。」一面瞧了，一面便命紫鵑掛在那裡。鶯兒又問候了薛姨媽，方和黛玉要硝。黛玉忙命紫鵑包了一包，遞與鶯兒。黛玉又道：「我好了，今日要出去逛逛。你回去說與姐姐，不用過來問候媽了，也不敢勞他來瞧我，梳了頭，同媽都往你那裡去，連飯也端了那裡去吃，大家熱鬧些。」

鶯兒答應了出來，便到紫鵑房中找蕊官，只見藕官與蕊官二人正說得高興，不能相捨，因說：「姑娘也去呢，藕官先同我們去等著，豈不好？」紫鵑聽如此說，便也說道：「這話倒是，他這裡淘氣的也可厭。」一面說，一面便將黛玉的匙箸用一塊洋巾包了，交與藕官道：「你先帶了這個去，也算一趟差了。」

藕官接了，笑嘻嘻同他二人出來，一逕順著柳堤走來。鶯兒便又採些柳條，越性坐在山石上編起來；又命蕊官先送了硝去再來。他二人只顧愛看他編，那裡捨得去？鶯兒只顧催說：「你們再不去，我也不編了。」藕官便說：「我同你去了，再快回來。」二人方去了。

這裡鶯兒正編，只見何婆的小女春燕走來，笑問：「姐姐織什麼呢？」正說著，蕊、藕二人也到了。春燕便向藕官道：「前兒你到底燒什麼紙？被我姨媽看見了，要告你沒告成，倒被寶玉賴了他一大些不是，氣的他一五一十告訴我媽。你們在外頭這二三年積了些什麼仇恨，如今還不解開？」藕官冷笑道：


聯經出版事業公司校印

「有什麼仇恨？他們不知足，反怨我們了。在外頭這兩年，別的東西不算，只算我們的米菜，不知賺了多少家去，合家子吃不了，還有每日買東買西賺的錢在外。逢我們使他們一使兒，就怨天怨地的。你說說可有良心？」

春燕笑道：「他是我的姨媽，也不好向著外人反說他的。怨不得寶玉說：『女孩兒未出嫁，是顆無價之寶珠；出了嫁，不知怎麼就變出許多的不好的毛病來，雖是顆珠子，卻沒有光彩寶色，是顆死珠了；再老了，更變的不是珠子，竟是魚眼睛了！分明一個人，怎麼變出三樣來？』這話雖是混話，倒也有些不差。別人不知道，只說我媽和姨媽，他老姊妹兩個，如今越老了，越把錢看的真了。先時老姐兒兩個在家抱怨沒個差使，沒個進益，幸虧有了這園子，把我挑進來，可巧把我分到怡紅院。家裡省了我一個人的費用不算外，每月還有四五百錢的剩餘，這也還說不夠。後來老姊妹二人都派到梨香院去照看他們，藕官認了我姨媽，芳官認了我媽，這幾年著實寬裕了。如今挪進來，也算撒開手了，還只無厭。你說好笑不好笑？我姨媽剛和藕官吵了，接著我媽為洗頭就和芳官吵。芳官連要洗頭也不給他洗。昨日得月錢，推不去了，買了東西先叫我洗。我想了一想：我自有錢，就沒錢要洗時，不管襲人、晴雯、麝月，那一個跟前和他們說一聲，也都容易，何必借這個光兒？好沒意思。所以我不洗。他又叫我妹妹小鳩兒洗了，才叫芳官，果然就吵起來。接著又要給寶玉吹湯，你說可笑死了人？我見他一進來，我就告訴那些規矩。他只不信，只要強做知道的，足的討個沒趣兒。幸虧園裡的人多，沒人分記的清楚誰是誰的親故；若有人記得，只有我們一家人吵，什麼意思呢？——你這會子又跑來弄這個：這一帶地上的東西都是我姑娘管著，一得了這地方，比得了永遠基業還利害，每日早起晚睡，自己辛苦了還不算，每日逼著我們來照看，生恐有人糟塌，又怕誤了我的差使。如今進來了，老姑嫂兩個照看得謹謹慎慎，一根草也不許人動。你還掐這些花兒，又折他的嫩樹，他們即刻就來，仔細他們抱怨。」

鶯兒道：「別人亂折亂掐使不得，獨我使得。——自從分了地基之後，每日裡各房皆有分例，吃的不用算；單管花草頑意兒，誰管什麼，每日誰就把各房裡姑娘、丫頭戴的，必要各色送些折枝的去，還有插瓶的。惟有我們說了：『一概不用送，等要什麼再和你們要。』究竟沒有要過一次。我今便掐些，他們也不好意思說的。」

一語未了，他姑娘果然拄了拐走來。鶯兒、春燕等忙讓坐。那婆子見採了許多嫩柳，又見藕官等都採了許多鮮花，心內便不受用；看著鶯兒編，又不好說什麼，便說春燕道：「我叫你來照看照看，你就貪住頑不去了。倘或叫起你來，你又說我使你了，拿我做隱身符兒③，你來樂。」春燕道：「你老又使我，又怕，這會子反說我。難道把我劈做八瓣子不成？」鶯兒笑道：「姑媽，你別信小燕的話。這都是他摘下來的，煩我給他編，我攆他，他不去。」春燕笑道：「你可少頑兒，你只顧頑兒，老人家就認真了。」

那婆子本是愚頑之輩，兼之年邁昏眊④，惟利是命，一概情面不管；正心疼肝斷，無計可施，聽鶯兒如此說，便以老賣老，拿起拄杖來向春燕身上擊上幾下，罵道：「小蹄子，我說著你，你還和我強嘴兒呢。你媽恨的牙根癢癢，要撕你的肉吃呢！你還來和我強梆子似的⑤。」打的春燕又愧又急，哭道：

③隱身符兒——迷信中認為能使身體隱匿不被人看見的符籙，在這裡是「擋箭牌」的意思。
④昏眊——昏聵糊塗的老人。眊，眼睛看不清楚。
⑤梆子似的——比喻說話聲音高，凶巴巴的。梆子是木製打擊樂器，聲音高吭。

「鶯兒姐姐頑話，你老就認真打我！我媽為什麼恨我？我又沒燒糊了洗臉水⑥，有什麼不是！」

鶯兒本是頑話，忽見婆子認真動了氣，忙上去拉住，笑道：「我才是頑話，你老人家打他，我豈不愧？」那婆子道：「姑娘，你別管我們的事，難道為姑娘在這裡，不許我管孩子不成？」鶯兒聽見這般蠢話，便賭氣紅了臉，撒了手，冷笑道：「你老人家要管，那一刻管不得？偏我說了一句頑話，就管他了？我看你老管去！」說著，便坐下，仍編柳籃子。

偏又有春燕的娘出來找他，喊道：「你不來舀水，在那裡做什麼呢？」那婆子便接聲兒道：「你來瞧瞧，你的女兒連我也不服了，在那裡排揎我呢！」那婆子一面走過來，說：「姑奶奶，又怎麼了？我們丫頭眼裡沒娘罷了，連姑媽也沒了不成？」鶯兒見他娘來了，只得又說原故。他姑娘那裡容人說話，便將石上的花柳與他娘瞧，道：「你瞧瞧你女兒！這麼大孩子，頑的他先領著人糟塌我，我怎麼說人？」他娘也正為芳官之氣未平，又恨春燕不遂他的心，便走上來打耳刮子，罵道：「小娼婦，你能上去了幾年？你也跟那起輕狂浪小婦學！怎麼就管不得你們了？乾的我管不得，你是我屄裡掉出來的，難道也不敢管你不成！既是你們這起蹄子到得去的地方我到不去，你就該死在那裡伺候，又跑出來浪漢！」一面又抓起柳條子來，直送到他臉上，問道：「這叫作什麼？這編的是你娘的屄！」鶯兒忙道：「那是我們編的，你老別指桑罵槐。」那婆子深妒襲人、晴雯一干人，已知凡房中大些的丫鬟都比他們有些體統權勢，凡見了這干人，心中又畏又讓，未免又氣又恨，亦且遷怒於眾，復又看見了藕官，又是他令姊的冤

⑥燒糊了洗臉水——洗臉水不可能燒焦，所以這是「沒犯錯，而且不可能犯錯」的意思。

家：四處湊成一股怒氣。

那春燕啼哭著往怡紅院去了。他娘又恐問他為何哭，怕他又說出自己打他，又要受晴雯等之氣，不免著起急來，又忙喊道：「你回來！我告訴你再去。」春燕那裡肯回來？急的他娘跑了去要拉他。他回頭看見，便也往前飛跑。他娘只顧趕他，不妨腳下被青苔滑倒，引的鶯兒三個人反都笑了。鶯兒便賭氣將花柳皆擲於河中，自回房去。這裡把個婆子心疼的只念佛，又罵：「促狹小蹄子！糟塌了花兒，雷也是要打的！」自己且掐花與各房送去不提。

卻說春燕一直跑入院中，頂頭遇見襲人往黛玉處去問安。春燕便一把抱住襲人，說：「姑娘救我！我娘又打我呢！」襲人見他娘來了，不免生氣，便說道：「三日兩頭兒，打了乾的打親的，還是賣弄你女兒多，還是認真不知王法？」這婆子來了幾日，見襲人不言不語，是好性的，便說道：「姑娘，你不知道，別管我們閑事，──都是你們縱的，這會子還管什麼？」說著，便又趕著打。襲人氣的轉身進來，見麝月正在海棠下晾手巾──聽得如此喊鬧，便說：「姐姐別管，看他怎樣。」一面使眼色與春燕，春燕會意，便直奔了寶玉去。眾人都笑說：「這可是沒有的事都鬧出來了！」麝月向婆子道：「你再略煞一煞氣兒，難道這些人的臉面，和你討一個情還討不下來不成？」

那婆子見他女兒奔到寶玉身邊去，又見寶玉拉了春燕的手，說：「別怕，有我呢！」春燕又一行哭，又一行說，把方才鶯兒等事都說出來。寶玉越發急起來，說：「你只在這裡鬧也罷了，怎麼連親戚也都得罪起來？」麝月又向婆子及眾人道：「怨不得這嫂子說我們管不著他們的事，我們雖無知，錯管了，如今請出一個管得著的人來管一管，嫂子就心伏口伏，也知道規矩了。」便回頭叫小丫頭子：「去把平兒給我們叫來！平兒不得閑，就把林大娘叫了來。」

那小丫頭應了就走。眾媳婦上來笑說：「嫂子，快求姑娘們叫回那孩子罷。平姑娘來了，可就不好了！」那婆子說道：「憑你那個平姑娘來也憑個理，沒有娘管女兒，大家管著娘的。」眾人笑道：「你當是那個平姑娘？是二奶奶屋裡的平姑娘。他有情呢，說你兩句；他一翻臉，嫂子你吃不了兜著走！」說話之間，只見小丫頭子回來說：「平姑娘正有事，問我作什麼，我告訴了他，他說：『既這樣，且攆他出去，告訴了林大娘，在角門外打他四十板子就是了。』」那婆子聽如此說，自不捨得出去，便又淚流滿面，央告襲人等說：「好容易我進來了，況且我是寡婦，家裡沒人，正好一心無掛的在裡頭伏侍姑娘們。姑娘們也便宜，我家裡也省些攬過⑦。我這一去，又要去自己生火過活，將來不免又沒了過活。」襲人見他如此，早又心軟了，便說：「你既要在這裡，又不守規矩，又不聽話，又亂打人。那裡弄你這個不曉事的來，天天鬥口，也叫人笑話，失了體統。」晴雯道：「理他呢！打發去了是正經。誰和他去對嘴對舌的。」那婆子又央眾人道：「我雖錯了，姑娘們吩咐了，我以後改過。姑娘們那不是行好積德。」一面又央春燕道：「原是我為打你起的，究竟沒打成你，我如今反受了罪。你也替我說說。」寶玉見如此可憐，只得留下，吩咐他不可再鬧。那婆子走來一一的謝過了下去。

只見平兒走來，問係何事。襲人等忙說：「已完了，不必再提。」平兒笑道：「『得饒人處且饒人』，得省的將就省些事也罷了。能去了幾日，只聽各處大小人兒都作起反來了，一處不了又一處，叫我不知

⑦攬過——開銷、花費。

管那一處的是。」襲人笑道：「我只說我們這裡反了，原來還有幾處。」平兒笑道：「這算什麼。正和珍大奶奶算呢，這三四日的工夫，一共大小出來了八九件了。你這裡是極小的，算不起數兒來，還有大的可氣可笑之事。」不知襲人問他果係何事，且聽下回分解。

# 第六十回 茉莉粉替去薔薇硝 玫瑰露引來茯苓霜

話說襲人因問平兒：「何事這等忙亂？」平兒笑道：「都是世人想不到的，說來也好笑。——等幾日告訴你，如今沒頭緒呢，且也不得閑兒。」一語未了，只見李紈的丫鬟來了，說：「平姐姐可在這裡，奶奶等你，你怎麼不去了？」平兒忙轉身出來，口內笑說：「來了，來了。」襲人等笑道：「他奶奶病了，他又成了香餑餑①了，都搶不到手。」平兒去了不提。

寶玉便叫春燕：「你跟了你媽去，到寶姑娘房裡給鶯兒幾句好話聽聽，也不可白得罪了他。」春燕答應了，和他媽出去。寶玉又隔窗說道：「不可當著寶姑娘說，仔細反叫鶯兒受教導。」

娘兒兩個應了出來，一壁走著，一面說閑話兒。春燕因向他娘道：「我素日勸你老人家，再不信，何苦鬧出沒趣來才罷！」他娘笑道：「小蹄子，你走罷！俗語道：『不經一事，不長一智。』我如今知

①餑餑——有的地方指饅頭，有的地方是指點心，這裡應指後者。香餑餑，比喻搶手貨，大家都要。

聯經出版事業公司 校印

道了。你又該來支問②著我。」春燕笑道：「媽，你若安分守己，在這屋裡長久了，自有許多的好處。我且告訴你句話：寶玉常說，將來這屋裡的人，無論家裡外頭的，一應我們這些人，他都要回太太全放出去，與本人父母自便呢。你只說這一件，可好不好？」他娘聽說，喜的忙問：「這話果真？」春燕道：「誰可扯這謊做什麼？」婆子聽了，便念佛不絕。

當下來至蘅蕪苑中，正值寶釵、黛玉、薛姨媽等吃飯。鶯兒自去泡茶，春燕便和他媽一逕到鶯兒前，陪笑說「方才言語冒撞了，姑娘莫嗔莫怪，特來陪罪」等語。鶯兒忙笑讓坐，又倒茶。他娘兒兩個說有事，便作辭回來。忽見蕊官趕出，叫：「媽媽、姐姐，略站一站。」一面走上來，遞了一個紙包與他們，說是薔薇硝，帶與芳官去擦臉。春燕笑道：「你們也太小氣了，還怕那裡沒這個與他，巴巴的你又弄一包給他去。」蕊官道：「他是他的，我送的是我的。好姐姐，千萬帶回去罷。」春燕只得接了，娘兒兩個回來，正值賈環、賈琮二人來問候寶玉，也才進去。春燕便向他娘說：「只我進去罷，你老不用去。」他娘聽了，自此便百依百隨的，不敢倔強了。

春燕進來，寶玉知道回覆，便先點頭。春燕知意，便不再說一語，略站了一站，便轉身出來，使眼色與芳官。芳官出來，春燕方悄悄的說與他蕊官之事，並與了他硝。寶玉並無與琮、環可談之語，因笑問芳官手裡是什麼。芳官便忙遞與寶玉瞧，又說：「是擦春癬的薔薇硝。」寶玉笑道：「虧他想得到。」賈環聽了，便伸著頭瞧了一瞧，又聞得一股清香，便彎著腰向靴桶內掏出一張紙來托著，笑說：「好哥

②支問——這裡作「責備」解釋。

哥，給我一半兒。」寶玉只得要與他。芳官心中因是蕊官之贈，不肯與別人，連忙攔住，笑說道：「別動這個，我另拿些來。」寶玉會意，忙笑包上，說道：「快取來。」

芳官接了這個，自去收好，便從奩中去尋自己常使的。啟奩看時，盒內已空，心中疑惑：「早間還剩了些，如何沒了？」因問人時，都說不知。麝月便說：「這會子且忙著問這個！不過是這屋裡人一時短了。你不管拿些什麼給他們，他們那裡看得出來？快打發他們去了，咱們好吃飯。」芳官聽了，便將些茉莉粉包了一包拿來。賈環見了，就伸手來接。芳官便忙向炕上一擲。賈環只得向炕上拾了，揣在懷內，方作辭而去。

原來賈政不在家，且王夫人等又不在家，賈環連日也便裝病逃學。如今得了硝，興興頭頭來找彩雲，正值彩雲和趙姨娘閑談，賈環嘻嘻向彩雲道：「我也得了一包好的，送你擦臉。你常說薔薇硝擦癬，比外頭的銀硝強。你且看看，可是這個？」彩雲打開一看，「嗤」的一聲笑了，說道：「你是和誰要來的？」賈環便將方才之事說了。彩雲笑道：「這是他們哄你這鄉老呢！這不是硝，這是茉莉粉。」賈環看了一看，果然比先的帶些紅色，聞聞也是噴香，因笑道：「這也是好的，硝粉一樣，留著擦罷，自是比外頭買的高便好。」彩雲只得收了。

趙姨娘便說：「有好的給你？誰叫你要去了？怎怨他們耍你！依我，拿了去，照臉摔給他去，趁著這回子撞屍的撞屍去了，挺床的便挺床③，吵一齣子，大家別心淨，也算是報仇。莫不是兩個月之後，

③挺床——原指死屍停臥在床上，借用來罵人臥病、睡覺。

還找出這個碴兒來問你不成？便問你，你也有話說。寶玉是哥哥，不敢沖撞他罷了。難道他屋裡的貓兒狗兒，也不敢去問問不成！」賈環聽說，便低了頭。彩雲忙說：「這又何苦生事！不管怎樣，忍耐些罷了。」趙姨娘道：「你快休管，橫豎與你無干。乘著抓住了理，罵給那些浪淫婦們一頓，也是好的。」又指賈環道：「呸！你這下流沒剛性的，也只好受這些毛崽子的氣！平白我說你一句兒，或無心中錯拿了一件東西給你，你倒會扭頭暴筋、瞪著眼，蹾摔④娘。這會子被那起屄崽子耍弄也罷了。你明兒還想這些家裡人怕你呢！你沒有屄本事，我也替你羞。」

賈環聽了，不免又愧又急，又不敢去，只摔手說道：「你這麼會說，你又不敢去，指使了我去鬧。倘或往學裡告去，捱了打，你敢自不疼呢！遭遭兒調唆了我鬧去，鬧出了事來，我捱了打罵，你一般也低了頭。這會子又調唆我和毛丫頭們去鬧！你不怕三姐姐，你敢去，我就伏你！」只這一句話，便戳了他娘的肺，便喊說：「我腸子爬出來的，我再怕不成！這屋裡越發有的說了！」一面說，一面拿了那包子，便飛也似往園中去。彩雲死勸不住，只得躲入別房。賈環便也躲出儀門，自去頑耍。

趙姨娘直進園子，正是一頭火，頂頭正遇見藕官的乾娘夏婆子走來。見趙姨娘氣恨恨的走來，因問：「姨奶奶那去？」趙姨娘又說：「你瞧瞧，這屋裡連三日兩日進來的唱戲的小粉頭⑤們，都三般兩樣，掂人分兩放小菜碟兒⑥了。若是別一個，我還不惱，若叫這些小娼婦捉弄了，還成個什麼！」夏婆子聽

④蹾摔——摔手頓足、發脾氣，也就是「頂撞」的意思。
⑤粉頭——原指娼妓，引申指行為不正當的女子。

了，正中己懷，忙問因何。趙姨娘悉將芳官以粉作硝，輕侮賈環之事說了。夏婆子道：「我的奶奶，你今日才知道？這算什麼事。連昨日這個地方，他們私自燒紙錢，寶玉還攔到頭裡。人家還沒拿進個什麼兒來，就說使不得，不乾不淨的忌諱。這燒紙倒不忌諱？你老想一想，這屋裡除了太太，誰還大似你？你老自己撐不起來；但凡撐起來的，誰還不怕你老人家？如今我想，乘著這幾個小粉頭兒恰不是正頭貨，得罪了他們，也有限的，快把這兩件事抓著理，扎個筏子，我在旁作證據，你老把威風抖一抖，以後也好爭別的禮。便是奶奶、姑娘們，也不好為那起小粉頭子說你老的。」趙姨娘聽了這話，益發有理，便說：「燒紙的事不知道，你卻細細的告訴我。」夏婆子便將前事一一的說了，又說：「你只管說去。倘或鬧起，還有我們幫著你呢。」趙姨娘聽了，越發得了意，仗著膽子，便一逕到了怡紅院中。

可巧寶玉聽見黛玉在那裡，便往那裡去了。芳官正與襲人等吃飯，見趙姨娘來了，便都起身笑讓：「姨奶奶吃飯，有什麼事這麼忙？」趙姨娘也不答話，走上來便將粉照著芳官臉上撒來，指著芳官罵道：「小淫婦！你是我家銀子錢買來學戲的，不過娼婦粉頭之流！我家裡下三等奴才也比你高貴些的！你都會『看人下菜碟兒』！寶玉要給東西，你攔在頭裡，莫不是要了你的了？拿這個哄他，你只當他不認得呢！好不好，他們是手足，都是一樣的主子，那裡有你小看他的！」芳官那裡禁得住這話，一行哭，一行說：「沒了硝，我才把這個給他的；若說沒了，又恐他不信。難道這不是好的？我便學戲，也沒往外頭去唱。我一個女孩兒家，知道什麼是『粉頭』『面頭』的！姨奶奶犯不著來罵我，我只不是姨奶奶家

⑥三般兩樣、放小菜碟兒——三般兩樣，對人歧視、分高下；放小菜碟兒，背後說人閑話，挑撥是非。

買的。『梅香拜把子——都是奴幾』⑦呢！」襲人忙拉他說：「休胡說！」趙姨娘氣的便上來打了兩個耳刮子。襲人等忙上來拉勸，說：「姨奶奶別和他小孩子一般見識，等我們說他。」芳官捱了兩下打，那裡肯依，便拾頭打滾，潑哭潑鬧起來。口內便說：「你打得起我麼？你照照那模樣兒再動手！我叫你打了去，我還活著！」便撞在懷裡叫他打。眾人一面勸，一面拉他。晴雯悄拉襲人說：「別管他們，讓他們鬧去，看怎麼開交！如今亂為王了，什麼你也來打，我也來打，都這樣起來，還了得呢！」

外面跟著趙姨娘來的一干的人聽見如此，心中各各稱願，都念佛說：「也有今日！」又有那一干懷怨的老婆子見打了芳官，也都稱願。

當下藕官、蕊官等正在一處作耍，湘雲的大花面葵官，寶琴的豆官，兩個聞了此信，慌忙找著他兩個說：「芳官被人欺侮，咱們也沒趣，須得大家破著大鬧一場，方爭過氣來。」四人終是小孩子心性，只顧他們情分上義憤，便不顧別的，一齊跑入怡紅院中。豆官先便一頭，幾乎不曾將趙姨娘撞了一跌。那三個也便擁上來，放聲大哭，手撕頭撞，把個趙姨娘裹住。晴雯等一面笑，一面假意去拉。急的襲人拉起這個，又跑了那個，口內只說：「你們要死！有委屈只好說，這沒理的事如何使得！」趙姨娘反沒了主意，只好亂罵。蕊官、藕官兩個一邊一個，抱住左右手；葵官、豆官前後頭頂住。四人只說：「你只打死我們四個就罷！」芳官直挺挺躺在地下，哭得死過去。

---

⑦梅香拜把子——都是奴幾——這是一句歇後語，意謂不管老幾，都是奴才輩的。梅香，婢女的代稱；拜把子，結拜兄弟姐妹；幾，指次第、排行。


聯經出版事業公司校印

正沒開交，誰知晴雯早遣春燕回了探春。當下尤氏、李紈、探春三人帶著平兒與眾媳婦走來，將四個喝住。問起原故，趙姨娘便氣的瞪著眼、粗了筋，一五一十，說個不清。尤、李兩個不答言，只喝禁他四人。探春便嘆氣說：「這是什麼大事，姨娘也太肯動氣了！我正有一句話，要請姨娘商議，怪道丫頭說不知在那裡，原來在這裡生氣呢！快同我來。」尤氏、李氏都笑說：「姨娘請到廳上來，咱們商量。」

趙姨娘無法，只得同他三人出來，口內猶說長說短。探春便說：「那些小丫頭子們原是些頑意兒，喜歡呢，和他說說笑笑；不喜歡，便可以不理他。便他不好了，也如同貓兒狗兒抓咬了一下子，可恕就恕，不恕時，也只該叫了管家媳婦們去，說給他去責罰。何苦自己不尊重，大吆小喝，失了體統。你瞧周姨娘，怎不見人欺他，他也不尋人去？我勸姨娘且回房去煞煞性兒，別聽那些混賬人的調唆，沒的惹人笑話，自己呆，白給人作粗活。心裡有二十分的氣，也忍耐這幾天，等太太回來，自然料理。」一席話，說得趙姨娘閉口無言，只得回房去了。

這裡探春氣的和尤氏、李紈說：「這麼大年紀，行出來的事總不叫人敬伏！這是什麼意思，值得吵一吵，並不留體統！耳朵又軟，心裡又沒有計算。這又是那起沒臉面的奴才們的調停，作弄出個呆人替他們出氣！」越想越氣，因命人查是誰調唆的。媳婦們只得答應著，出來相視而笑，都說是：「大海裡那裡尋針去？」只是將趙姨娘的人並園中喚來盤詰，都說不知道。眾人沒法，只得回探春：「一時難查，慢慢訪查，凡有口舌不妥的，一總來回了責罰。」

探春氣漸漸平服，方罷。可巧艾官便悄悄的回探春說：「都是夏媽和我們素日不對，每每的造言生事。前兒賴藕官燒紙，幸虧是寶玉叫他燒的，寶玉自己應了，他才沒話說。今兒我與姑娘送手帕去，看見他和姨奶奶在一處說了半天，嘁嘁喳喳的，見了我，才走開了。」探春聽了，雖知情弊，亦料定他們皆是一黨，本皆淘氣異常，便只答應，也不肯據此為實。

誰知夏婆子的外孫女兒蟬姐兒便是探春處當役的，時常與房中丫鬟們買東西呼喚人，眾女孩兒都和他好。這日飯後，探春正上廳理事，翠墨在家看屋子，因命蟬姐兒出去叫小幺兒買糕去。蟬兒便說：「我才掃了個大園子，腰腿生疼的，你叫個別的人去罷。」翠墨笑說：「我又叫誰去？你趁早兒去，我告訴你一句好話：你到後門順路告訴你老娘，防著些兒。」說著，便將艾官告他老娘的話告訴了他。蟬姐聽了，忙接了錢，道：「這個小蹄子也要捉弄人，等我告訴去。」說著，便起身出來。至後門邊，只見廚房內此刻手閑之時，都坐在階砌上說閑話呢，他老娘亦在內。蟬兒便命一個婆子出去買糕。他且一行罵，一行說，將方才之話告訴與夏婆子。夏婆子聽了，又氣又怕，便欲去找艾官問他，又欲往探春前去訴冤。蟬兒忙攔住說：「你老人家去怎麼說呢？這話怎得知道的？可又叨登⑧不好了。說給你老防著就是了，那裡忙到這一時兒？」

正說著，忽見芳官走來，扒著院門，笑向廚房中柳家媳婦說道：「柳嫂子，寶二爺說了：晚飯的素菜要一樣涼涼的、酸酸的東西，只別擱上香油弄膩了。」柳家的笑道：「知道。今兒怎遣你來了告訴這麼一句要緊話。你不嫌髒，進來逛逛兒不是？」芳官才進來，忽有一個婆子手裡托了一碟糕來。芳官便

⑧叨登——翻覆、移動、攪亂、吵鬧的意思；下一回的「叨登」則是「打擾」的意思。

戲道：「誰買的熱糕？我先嘗一塊兒。」蟬兒一手接了道：「這是人家買的，你們還稀罕這個。」柳家的見了，忙笑道：「芳姑娘，你喜吃這個？我這裡有才買下給你姐姐吃的，他不曾吃，還收在那裡，乾乾淨淨沒動呢。」說著，便拿了一碟出來，遞與芳官，又說：「你等我進去替你頓口好茶來。」一面進去，現通開火頓茶。芳官便拿著熱糕，問到蟬兒臉上，說：「稀罕吃你那糕！這個不是糕不成？我不過說著頑罷了，你給我磕個頭，我也不吃！」說著，便將手內的糕一塊一塊的掰了，擲著打雀兒玩，口內笑說：「柳嫂子，你別心疼，我回來買二斤給你。」小蟬氣的怔怔的，瞅著冷笑道：「雷公老爺也有眼睛，怎不打這作孽的！他還氣我呢。我可拿什麼比你們，又有人進貢，又有人作乾奴才，溜你們好上好兒，幫襯著說句話兒。」眾媳婦都說：「姑娘們，罷呀，天天見了就咕唧。」有幾個伶透的，見了他們對了口，怕又生事，都拿起腳來各自走開了。當下蟬兒也不敢十分說他，一面咕嘟著去了。

這裡柳家的見人散了，忙出來和芳官說：「前兒那話兒說了不曾？」芳官道：「說了。等一二日再提這事。偏那趙不死的又和我鬧了一場。前兒那玫瑰露，姐姐吃了不曾？他到底可好些？」柳家的道：「可不都吃了。他愛的什麼似的，又不好問你再要的。」芳官道：「不值什麼，等我再要些來給他就是了。」

原來這柳家的有個女兒，今年才十六歲，雖是廚役之女，卻生的人物與平、襲、紫、鴛皆類。因他排行第五，因叫他是五兒。因素有弱疾，故沒得差。近因柳家的見寶玉房中的丫鬟差輕人多，且又聞得寶玉將來都要放他們，故如今要送他到那裡應名兒。正無頭路，可巧這柳家的是梨香院的差役，他最小意殷勤，伏侍得芳官一干人比別的乾娘還好。芳官等亦待他們極好，如今便和芳官說了，央芳官去與寶玉說。寶玉雖是依允，只是近日病著，又見事多，尚未說得。

前言少述，且說當下芳官回至怡紅院中，回覆了寶玉。寶玉正在聽見趙姨娘廝吵，心中自是不悅，說又不是，不說又不是，只得等吵完了，打聽著探春勸了他去後，方從蘅蕪苑回來，勸了芳官一陣，方大家安妥。今見他回來，又說還要些玫瑰露與柳五兒吃去。寶玉忙道：「有的，我又不大吃，你都給他去罷。」說著，命襲人取了出來，見瓶中亦不多，遂連瓶與了他。

芳官便自攜了瓶與他去。正值柳家的帶進他女兒來散悶，在那邊犄角子上一帶地方兒逛了一回，便回到廚房內，正吃茶歇腳兒。芳官拿了一個五寸來高的小玻璃瓶來，迎亮照看，裡面小半瓶胭脂一般的汁子，還道是寶玉吃的西洋葡萄酒。母女兩個忙說：「快拿旋子⑨燙滾水，你且坐下。」芳官笑道：「就剩了這些，連瓶子都給你們罷。」五兒聽了，方知是玫瑰露，忙接了，謝了又謝。芳官又問他：「好些？」五兒道：「今兒精神些，進來逛逛。這後邊一帶，也沒什麼意思，不過見些大石頭、大樹和房子後墻，正經好景致也沒看見。」芳官道：「你為什麼不往前去？」柳家的道：「我沒叫他往前去。姑娘們也不認得他，倘有不對眼的人看見了，又是一番口舌。明兒托你攜帶他有了房頭⑩，怕沒有人帶著他逛呢，只怕逛膩了的日子還有呢。」芳官聽了，笑道：「怕什麼，有我呢。」柳家的忙道：「噯喲喲，我的姑娘，我們的頭皮兒薄，比不得你們。」說著，又倒了茶來。芳官那裡吃這茶？只漱了一口就走了。柳家的說道：「我這裡占著手，五丫頭送送。」

⑨旋子——即「鏇子」，一種溫酒用的器皿。圓筒形，多用銅錫製成，可以燒熱水，將酒壺放入旋內熱水中，就可溫酒。

⑩房頭——即「戶頭」，有了房頭便有了歸屬，指奴婢被分派到某一主子的屋裡供使喚。

五兒便送出來，因見無人，又拉著芳官說道：「我的話到底說了沒有？」芳官笑道：「難道哄你不成？我聽見屋裡正經還少兩個人的窩兒，並沒補上。一個是紅玉的，璉二奶奶要去，還沒給人來；一個是墜兒的，也還沒補。如今要你一個也不算過分。皆因平兒每每的和襲人說：凡有動人動錢的事，得挨的且挨一日更好。如今三姑娘正要拿人扎筏子呢，連他屋裡的事都駁了兩三件，如今正要尋我們屋裡的事沒尋著，何苦來往網裡碰去？倘或說些話駁了，那時老了⑪，倒難回轉。不如等冷一冷，老太太、太太心閑了，憑是天大的事，先和老的一說，沒有不成的。」五兒道：「雖如此說，我卻性急，等不得了。趁如今挑上來了：一則給我媽爭口氣，也不枉養我一場；二則添上月錢，家裡又從容些；三則我的心開一開，只怕這病就好了。——便是請大夫吃藥，也省了家裡的錢。」芳官道：「我都知道了，你只放心。」二人別過，芳官自去不提。

單表五兒回來，與他娘深謝芳官之情。他娘因說：「再不承望得了這些東西，雖然是個珍貴物兒，卻是吃多了也最動熱。竟把這個倒些送個人去，也是個大情。」五兒問：「送誰？」他娘道：「送你舅舅的兒子，昨日熱病，也想這些東西吃，如今我倒半盞與他去。」五兒聽了，半日沒言語，隨他媽倒了半盞子去，將剩的連瓶便放在家伙廚內。五兒冷笑道：「依我說，竟不給他也罷了。倘或有人盤問起來，倒又是一場事了。」他娘道：「那裡怕起這些來，還了得了。我們辛辛苦苦的，裡頭賺些東西，也是應當的。難道是賊偷的不成？」說著，一逕去了。直至外邊他哥哥家中，他侄子正躺著，一見了這個，他

⑪老了——這裡是「已成定局」的意思。

哥嫂侄男無不歡喜。現從井上取了涼水，和吃了一碗，心中一暢，頭目清涼。剩的半盞，用紙覆著，放在桌上。

可巧又有家中幾個小廝同他侄兒素日相好的，走來問候他的病。內中有一小伙名喚錢槐者，乃係趙姨娘之內侄。他父母現在庫上管賬，他本身又派跟賈環上學。因他有些錢勢，尚未娶親，素日看上了柳家的五兒標緻，和父母說了，欲娶他為妻。也曾央中保媒人再四求告。柳家父母卻也情願，爭奈五兒執意不從，——雖未明言，卻行止中已帶出，父母未敢應允。近日又想往園內去，越發將此事丟開，只等三五年後放出來，自向外邊擇婿了。錢家見他如此，也就罷了。怎奈錢槐不得五兒，心中又氣又愧，發恨定要弄取成配，方了此願。今也同人來瞧望柳侄，不期柳家的在內。

柳家的忽見一群人來了，內中有錢槐，便推說不得閑，起身便走了。他哥嫂忙說：「姑媽怎麼不吃茶就走？倒難為姑媽記掛。」柳家的因笑道：「只怕裡面傳飯，再閑了，出來瞧侄子罷。」他嫂子因向抽屜內取了一個紙包出來，拿在手內，送了柳家的出來，至墻角邊遞與柳家的，又笑道：「這是你哥哥昨兒在門上該班兒，誰知這五日一班，竟偏冷淡，一個外財沒發。只有昨兒有粵東的官兒來拜，送了上頭兩小簍子茯苓霜。餘外給了門上人一簍作門禮，你哥哥分了這些。這地方千年松柏最多，所以單取了這茯苓的精液和了藥，不知怎麼弄出這怪俊的白霜兒來。說第一用人乳和著，每日早起吃一鍾，最補人的；第二用牛奶子；萬不得，滾白水也好。我們想著，正宜外甥女兒吃。原是上半日打發小丫頭子送了家去的，他說鎖著門，連外甥女兒也進去了。本來我要瞧瞧他去，給他帶了去的，又想主子們不在家，各處嚴緊，我又沒甚麼差使，有要沒緊跑些什麼。況且這兩日風聲，聞得裡頭家反宅亂的，倘或沾帶了，


聯經出版事業公司 校印

倒值多的。姑娘來的正好，親自帶去罷。」

柳氏道了生受，作別回來，剛到了角門前，只見一個小么兒笑道：「你老人家那裡去了？裡頭三次兩趟叫人傳呢，我們三四個人都找你老去了，還沒來。你老人家卻從那裡來了？這條路又不是家去的路，我倒疑心起來。」那柳家的笑罵道：「好猴兒崽子，……」要知端的，且聽下回分解。

# 第六十一回　投鼠忌器寶玉瞞贓　判冤決獄平兒行權①

那柳家的笑道：「好猴兒崽子，你親嬸子找野老兒去了，你豈不多得一個叔叔，有什麼疑的！別討我把你頭上的楿子蓋②似的幾根屄毛撏③下來！還不開門讓我進去呢。」這小廝且不開門，且拉著笑說：「好嬸子，你這一進去，好歹偷些杏子出來賞我吃。我這裡老等。你若忘了時，日後半夜三更打酒買油的，我不給你老人家開門，也不答應你，隨你乾叫去。」柳氏啐道：「發了昏的，今年不比往年，把這些東西都分給了眾奶奶了。一個個的不像抓破了臉的，人打樹底下一過，兩眼就像那烏雞④似的，還動他的果子！昨兒我從李子樹下一走，偏有一個蜜蜂兒往臉上一過，我一招手兒，偏你那好舅母就看見了。

---

①投鼠忌器、判冤決獄——投鼠忌器，比喻作事有所顧忌，不敢放手進行；判冤決獄，判斷冤案，平息官司。
②楿子蓋——舊時兒童留頭髮的一種樣式，四圍剃去，中留圓形短髮。
③撏——拔（毛髮），音ㄒㄩㄣ，也讀作ㄑㄧㄢˊ。
④烏雞——鳥名，全身黑色，身短尾長，凶猛善鬥；這裡形容人眼神猜疑，神色不安寧。

他離的遠看不真，只當我摘李子呢，就屄聲浪嗓喊起來，說又是『還沒供佛呢』，又是『老太太、太太不在家還沒進鮮呢，等進了上頭，嫂子們都有分的』，倒像誰害了饞癆等李子出汗呢。叫我也沒好話說，搶白了他一頓。可是你舅母、姨娘兩三個親戚都管著，怎不和他們要的，倒和我來要。這可是『倉老鼠和老鴰去借糧——守著的沒有，飛著的有』。」小廝笑道：「哎喲喲，沒有罷了，說上這些閑話！我看你老以後就用不著我了？就便是姐姐有了好地方，將來更呼喚著的日子多，只要我們多答應他些就有了。」柳氏聽了，笑道：「你這個小猴精，又搗鬼吊白的，你姐姐有什麼好地方了？」那小廝笑道：「別哄我了，早已知道了。單是你們有內牽⑤，難道我們就沒有內牽不成？我雖在這裡聽差，裡頭卻也有兩個姊妹成個體統的，什麼瞞了我們！」

正說著，只聽門內又有老婆子向外叫：「小猴兒們，快傳你柳嬸子去罷，再不能，可就誤了！」柳家的聽了，不顧和小廝說話，忙推門進去，笑說：「不必忙，我來了。」一面來至廚房，——雖有幾個同伴的人，他們都不敢自專，單等他來調停分派——一面問眾人：「五丫頭那去了？」眾人都說：「才往茶房裡找他們姊妹去了。」

柳家的聽了，便將茯苓霜擱起，且按著房頭分派菜饌。忽見迎春房裡小丫頭蓮花兒走來說：「司棋姐姐說了，要碗雞蛋，炖的嫩嫩的。」柳家的道：「就是這樣尊貴。不知怎的，今年這雞蛋短的很，十個錢一個還找不出來。昨兒上頭給親戚家送粥米去，四五個買辦出去，好容易才湊了二千個來。我那裡

⑤內牽——內線，從內部向外通消息的人。

找去？你說給他，改日吃罷。」蓮花兒道：「前兒要吃豆腐，你弄了些餿的，叫他說了我一頓。今兒要雞蛋又沒有了。什麼好東西，我就不信連雞蛋都沒有了？別叫我翻出來！」一面說，一面真個走來，揭起菜箱一看，只見裡面果有十來個雞蛋，說道：「這不是？你就這麼利害！吃的是主子的，我們的分例，你為什麼心疼？又不是你下的蛋，怕人吃了。」

柳家的忙丟了手裡的活計，便上來說道：「你少滿嘴裡混唚！你娘才下蛋呢！通共留下這幾個，預備菜上的澆頭⑥。姑娘們不要，還不肯做上去呢：預備接急的。你們吃了，倘或一聲要起來，沒有好的，連雞蛋都沒了？你們深宅大院，水來伸手，飯來張口，只知雞蛋是平常物件，那裡知道外頭買賣的行市呢。別說這個，有一年連草根子還沒了的日子還有呢！我勸他們，細米白飯，每日肥雞大鴨子，將就些兒也罷了。吃膩了膈，天天又鬧起故事來了。雞蛋、豆腐，又是什麼麵筋、醬蘿蔔炸兒，敢自倒換口味。只是我又不是答應你們的，一處要一樣，就是十來樣。我倒別伺候頭層主子，只預備你們二層主子了。」

蓮花聽了，便紅了臉，喊道：「誰天天要你什麼來？你說上這兩車子話！叫你來，不是為便宜，卻為什麼？前兒小燕來，說『晴雯姐姐要吃蘆蒿』，你怎麼忙的還問肉炒雞炒？小燕說『葷的因不好，才另叫你炒個麵筋的，少擱油才好。』你忙的倒說自己『發昏』，趕著洗手炒了，狗顛兒⑦似的親捧了去。今兒反倒拿我作筏子，說我給眾人聽！」

⑥澆頭——澆在菜肴上用作調味和點綴的汁子，或指加在盛好的主食上的菜肴。

⑦狗顛兒——用狗搖尾乞憐來諷刺獻媚、獻殷勤的人。

柳家的忙道：「阿彌陀佛！這些人眼見的。別說前兒一次，就從舊年一立廚房以來，凡各房裡，偶然間不論姑娘、姐兒們要添一樣半樣，誰不是先拿了錢來，另買另添？有的沒的，名聲好聽，說我單管姑娘廚房省事，又有剩頭兒，算起賬來，惹人惡心：連姑娘帶姐兒們四五十人，一日也只管要兩隻雞，兩隻鴨子，十來斤肉，一吊錢的菜蔬。你們算算，夠作什麼的？連本項兩頓飯還撐持不住，還擱的住這個點這樣，那個點那樣？買來的又不吃，又買別的去。既這樣，不如回了太太，多添些分例，也像大廚房裡預備老太太的飯，把天下所有的菜蔬用水牌⑧寫了，天天轉著吃，吃到一個月現算倒好。連前兒三姑娘和寶姑娘偶然商議了要吃個油鹽炒枸杞芽兒來，現打發個姐兒拿著五百錢來給我，我倒笑起來了，說：『二位姑娘就是大肚子彌勒佛，也吃不了五百錢的去。這三二十個錢的事，還預備的起。』趕著我送回錢去，到底不收，說賞我打酒吃，又說『如今廚房在裡頭，保不住屋裡的人不去叨登。一鹽一醬，那不是錢買的？你不給又不好，給了你又沒的賠。你拿著這個錢，全當還了他們素日叨登的東西窩兒。』這就是明白體下的姑娘，我們心裡只替他念佛。沒的趙姨奶奶聽了又氣不忿，又說太便宜了我，隔不了十天，也打發個小丫頭子來尋這樣，尋那樣，我倒好笑起來。你們竟成了例，不是這個，就是那個！我那裡有這些賠的？」

正亂時，只見司棋又打發人來催蓮花兒，說他：「死在這裡了，怎麼就不回去？」蓮花兒賭氣回來，便添了一篇話，告訴了司棋。司棋聽了，不免心頭起火。此刻伺候迎春飯罷，帶了小丫頭們走來，見了

---

⑧水牌——暫時記寫、又可隨時擦去的白漆木牌。

許多人正吃飯，——見他來的勢頭不好，都忙起身陪笑讓坐。司棋便喝令小丫頭子動手，「凡箱櫃所有的菜蔬，只管丟出來餵狗，大家賺不成！」小丫頭子們巴不得一聲，七手八腳搶上去，一頓亂翻亂擲的。眾人一面拉勸，一面央告司棋說：「姑娘別誤聽了小孩子的話。柳嫂子有八個頭，也不敢得罪姑娘。說雞蛋難買是真。我們才也說他不知好歹，憑是什麼東西，也少不得變法兒去。他已經悟過來了，連忙蒸上了。姑娘不信，瞧那火上。」

司棋被眾人一頓好言，方將氣勸的漸平。小丫頭們也沒得摔完東西，便拉開了。司棋連說帶罵，鬧了一回，方被眾人勸去。柳家的只好摔碗丟盤，自己咕嘟了一回，蒸了一碗蛋令人送去。司棋全潑了地下了。那人回來也不敢說，恐又生事。

柳家的打發他女兒喝了一回湯，吃了半碗粥，又將茯苓霜一節說了。五兒聽罷，便心下要分些贈芳官，遂用紙另包了一半，趁黃昏人稀之時，自己花遮柳隱的來找芳官。且喜無人盤問。一逕到了怡紅院門前，不好進去，只在一簇玫瑰花前站立，遠遠的望著。有一盞茶時，可巧小燕出來，忙上前叫住。小燕不知是那一個，至跟前方看真切，因問：「作什麼？」五兒笑道：「你叫出芳官來，我和他說話。」小燕悄笑道：「姐姐太性急了，橫豎等十來日就來了，只管找他做什麼？方才使了他往前頭去了，你且等他一等。不然，有什麼話告訴我，等我告訴他。恐怕你等不得，只怕關園門了。」五兒便將茯苓霜遞與了小燕，又說：「這是茯苓霜，」——如何吃，如何補益，——「我得了些送他的，轉煩你遞與他就是了。」說畢，作辭回來。

正走蓼溆一帶，忽見迎頭林之孝家的帶著幾個婆子走來，五兒藏躲不及，只得上來問好。林之孝家的問道：「我聽見你病了，怎麼跑到這裡來？」五兒陪笑道：「因這兩日好些，跟我媽進來散散悶。才因我媽使我到怡紅院送傢伙去。」林之孝家的說道：「這話岔了。方才我見你媽出去，我才關門。既是你媽使了你去，他如何不告訴我說你在這裡呢？竟出去讓我關門，是何主意？可知是你扯謊。」五兒聽了，沒話回答，只說：「原是我媽一早教我取去的，我忘了，挨到這時我才想起來了。只怕我媽錯當我先出去了，所以沒和大娘說得。」

林之孝家的聽他辭鈍色虛，又因近日玉釧兒說那邊正房內失落了東西，幾個丫頭對賴，沒主兒，心下便起了疑。可巧小蟬、蓮花兒並幾個媳婦子走來，見了這事，便說道：「林奶奶倒要審審他。這兩日他往這裡頭跑的不像，鬼鬼唧唧的，不知幹些什麼事。」小蟬又道：「正是。昨兒玉釧姐姐說，太太耳房裡的櫃子開了，少了好些零碎東西。璉二奶奶打發平姑娘和玉釧姐姐要些玫瑰露，誰知也少了一罐子。若不是尋露，還不知道呢。」蓮花兒笑道：「這話我沒聽見，今兒我倒看見一個露瓶子。」林之孝家的正因這些事沒主兒，每日鳳姐兒使平兒催逼他，一聽此言，忙問在那裡。蓮花兒便說：「在他們廚房裡呢。」林之孝家的聽了，忙命打了燈籠，帶著眾人來尋。五兒急的便說：「那原是寶二爺屋裡的芳官給我的。」林之孝家的便說：「不管你『方官』、『圓官』，現有了贓證，我只呈報了，憑你主子前辯去！」一面說，一面進入廚房，蓮花兒帶著，取出露瓶。恐還有偷的別物，又細細搜了一遍，又得了一包茯苓霜，一並拿了，帶了五兒，來回李紈與探春。

那時李紈正因蘭哥兒病了，不理事務，只命去見探春。探春已歸房。人回進去，丫鬟們都在院內納涼，探春在內盥沐，只有侍書回進去。半日，出來說：「姑娘知道了，叫你們找平兒回二奶奶去。」林之孝家的只得領出來。到鳳姐兒那邊，先找著了平兒，平兒進去回了鳳姐。鳳姐方才歇下，聽見此事，便吩咐：「將他娘打四十板子，攆出來，永不許進二門。把五兒打四十板子，立刻交給莊子上，或賣或配人。」平兒聽了，出來依言吩咐了林之孝家的。五兒唬的哭哭啼啼，給平兒跪著，細訴芳官之事。平兒道：「這也不難，等明日問了芳官，便知真假。但這茯苓霜，前日人送了來，還等老太太、太太回來看了才敢行動，這不該偷了去。」五兒見問，忙又將他舅舅送的一節說了出來。平兒聽了，笑道：「這樣說，你竟是個平白無辜之人，拿你來頂缸⑨。此時天晚，奶奶才進了藥歇下，不便為這點子小事去絮叨。如今且將他交給上夜的人看守一夜，等明兒我回了奶奶，再做道理。」林之孝家的不敢違拗，只得帶了出來，交與上夜的媳婦們看守，自便去了。

這裡五兒被人軟禁起來，一步不敢多走。又兼眾媳婦也有勸他說，不該做這沒行止之事；也有報怨說：「正經更還坐不上來，又弄個賊來給我們看！倘或眼不見尋了死，逃走了，都是我們不是。」於是又有素日一干與柳家不睦的人，見了這般，十分趁願，都來奚落嘲戲他。這五兒心內又氣又委屈，竟無處可訴；且本來怯弱有病，這一夜思茶無茶，思水無水，思睡無衾枕，嗚嗚咽咽，直哭了一夜。

誰知和他母女不和的那些人，巴不得一時攆出他們去，惟恐次日有變，大家先起了個清早，都悄悄的來買轉平兒，一面送些東西，一面又奉承他辦事簡斷，一面又講述他母親素日許多不好。平兒一一的都應著，打發他們去了，卻悄悄的來訪襲人，問他可果真芳官給他露了。襲人便說：「露卻是給芳官，

⑨頂缸——「代人受過」的意思。又，頂替缺額也叫「頂缸」。


聯經出版事業公司 校印

芳官轉給何人，我卻不知。」襲人於是又問芳官，芳官聽了，唬天跳地，忙應是自己送他的。芳官便又告訴了寶玉，寶玉也慌了，說：「露雖有了，若勾起茯苓霜來，他自然也實供。若聽見了是他舅舅門上得的，他舅舅又有了不是，豈不是人家的好意，反被咱們陷害了？」因忙和平兒計議：「露的事雖完，然這霜也是有不是的。好姐姐，你叫他說也是芳官給他的，就完了。」平兒笑道：「雖如此，只是他昨晚已經同人說是他舅舅給的了，如何又說你給的？況且那邊所丟的露也是無主兒，如今有贓證的白放了，又去找誰？誰還肯認？眾人也未必心服。」晴雯走來笑道：「太太那邊的露，再無別人，分明是彩雲偷了給環哥兒去了。你們可瞎亂說。」

平兒笑道：「誰不知是這個原故？但今玉釧兒急的哭，悄悄問著他，他應了，玉釧也罷了，大家也就混著不問了。難道我們好意兒攬這事不成！可恨彩雲不但不應，他還擠玉釧兒，說他偷了去了。兩個人窩裡發炮⑩，先吵的合府皆知，我們如何裝沒事人？少不得要查的。殊不知告失盜的就是賊，又沒贓證，怎麼說他？」寶玉道：「也罷，這件事，我也應起來，就說是我唬他們頑的，悄悄的偷了太太的來了。兩件事都完了。」襲人道：「也倒是件陰騭事，保全人的賊名兒。只是太太聽見，又說你小孩子氣，不知好歹了。」平兒笑道：「這也倒是小事。如今便從趙姨娘屋裡起了贓來也容易，我只怕又傷著一個好人的體面。別人都別管，這一個人，豈不又生氣？我可憐的是他，不肯為『打老鼠傷了玉瓶』。」說著，把三個指頭一伸。襲人等聽說，便知他說的是探春。大家都忙說：「可是這話。竟是我們這裡應了

⑩窩裡發炮——比喻在家發威，自相殘殺。

起來的為是。」平兒又笑道：「也須得把彩雲和玉釧兒兩個業障叫了來，問准了他方好。不然，他們得了益，不說為這個，倒像我沒了本事，問不出來，煩出這裡來完事；他們以後越發偷的偷，不管的不管了。」襲人等笑道：「正是，也要你留個地步。」

平兒便命人叫了他兩個來，說道：「不用慌，賊已有了。」玉釧兒先問：「賊在那裡？」平兒道：「現在二奶奶屋裡，你問他什麼應什麼。我心裡明知不是他偷的，可憐他害怕，都承認。這裡寶二爺不過意，要替他認一半。我待要說出來，但只是這做賊的，素日又是和我好的一個姊妹；窩主卻是平常裡面又傷著一個好人的體面：因此為難。少不得央求寶二爺應了，大家無事。如今反要問你們兩個，還是怎樣？若從此以後，大家小心存體面，這便求寶二爺應了；若不然，我就回了二奶奶，別冤屈了好人。」

彩雲聽了，不覺紅了臉，一時羞惡之心感發，便說道：「姐姐放心，也別冤了好人，也別帶累了無辜之人傷體面。偷東西，原是趙姨奶奶央告我再三，我拿了些與環哥是情真。——連太太在家我們還拿過，各人去送人，也是常事。我原說嚷過兩天就罷了。如今既冤屈了好人，我心也不忍。姐姐竟帶了我回奶奶去，我一概應了完事。」

眾人聽了這話，一個個都詫異他竟這樣有肝膽。寶玉忙笑道：「彩雲姐姐果然是個正經人。如今也不用你應，我只說是我悄悄的偷的唬你們頑，如今鬧出事來，我原該承認。只求姐姐們以後省些事，大家就好了。」彩雲道：「我幹的事，為什麼叫你應？死活我該去受。」平兒、襲人忙道：「不是這樣說：你一應了，未免又叨登出趙姨奶奶來，那時三姑娘聽了，豈不生氣？竟不如寶二爺應了，大家無事；且除這幾個人，皆不得知道這事，何等的乾淨。但只以後千萬大家小心些就是了。要拿什麼，好歹奈到太太到家；那怕連這房子給了人，我們也沒干係了。」彩雲聽了，低頭想了一想，方依允。

於是大家商議妥貼，平兒帶了他兩個並芳官往前邊來，至上夜房中，叫了五兒，將茯苓霜一節也悄悄的教他說係芳官所贈，五兒感謝不盡。平兒帶他們來至自己這邊，已見林之孝家的帶領了幾個媳婦，押解著柳家的等夠多時。林之孝家的又向平兒說：「今兒一早押了他來，恐園裡沒人伺候姑娘們的飯，我暫且將秦顯的女人派了去伺候。姑娘一併回明奶奶，他倒乾淨謹慎，以後就派他常伺候罷。」平兒道：「秦顯的女人是誰？我不大相熟。」林之孝家的道：「他是園裡南角子上夜的，白日裡沒什麼事，所以姑娘不大相識。高高孤拐⑪，大大的眼睛，最乾淨爽利的。」玉釧兒道：「是了。姐姐，你怎麼忘了？他是跟二姑娘的司棋的嬸娘。司棋的父母雖是大老爺那邊的人，他這叔叔卻是咱們這邊的。」

平兒聽了，方想起來，笑道：「哦！你早說是他，我就明白了。」又笑道：「也太派急了些。如今這事，八下裡水落石出了，連前兒太太屋裡丟的，也有了主兒。──是寶玉那日過來和這兩個業障要什麼的，偏這兩個業障慪他頑，說：『太太不在家，不敢拿。』寶玉便瞅他兩個不提防的時節，自己進去拿了些什麼出來。這兩個業障不知道，就唬慌了。如今寶玉聽見帶累了別人，方細細的告訴了我，拿出東西來我瞧，一件不差。那茯苓霜是寶玉外頭得了的，也曾賞過許多人。──不獨園內人有，連媽媽子們討了出去給親戚們吃，又轉送人；襲人也曾給過芳官之流的人。他們私情，各相往來，也是常事。前兒那兩簍還擺在議事廳上，好好的原封沒動，怎麼就混賴起人來？等我回了奶奶再說。」說畢，抽身進

⑪孤拐──這裡指顴骨；舊時迷信，認為女人顴骨高是剋夫之相，所以稱作「孤拐」。

了臥房，將此事照前言回了鳳姐兒一遍。
鳳姐兒道：「雖如此說，但寶玉為人，不管青紅皂白，愛兜攬事情。別人再求求他去，他又擱不住人兩句好話，給他個炭簍子⑫戴上，什麼事他不應承？咱們若信了，將來若大事也如此，如何治人？還要細細的追求才是。依我的主意，把太太屋裡的丫頭都拿來，雖不便擅加拷打，只叫他們墊著磁瓦子跪在太陽地下，茶飯也別給吃。一日不說跪一日，便是鐵打的，一日也管招了。又道是『蒼蠅不抱無縫的蛋』，雖然這柳家的沒偷，到底有些影兒，人才說他。雖不加賊刑⑬，也革出不用。朝廷家原有掛誤⑭的，倒也不算委屈了他。」
平兒道：「何苦來操這心！『得放手時須放手』，什麼大不了的事，樂得不施恩呢。依我說，縱在這屋裡操上一百分的心，終久咱們是那邊屋裡去的。沒的結些小人仇恨，使人含怨。況且自己又三災八難的，好容易懷了一個哥兒，到了六七個月還掉了，焉知不是素日操勞太過，氣惱傷著的？如今乘早兒見一半不見一半的，也倒罷了。」一席話，說的鳳姐兒倒笑了，說道：「憑你這小蹄子發放去罷！我才精爽些了，沒的淘氣。」平兒笑道：「這不是正經？」說畢，轉身出來，一一發放。要知端的，且聽下回分解。

⑫炭簍子——又高又熱的高帽子，指對人不善意的恭維。
⑬賊刑——按盜賊處置的刑罰。
⑭掛誤——官吏因受牽連或辦錯事而被處分撤職叫「掛誤」。


聯經出版事業公司 校印

# 第六十二回　憨湘雲醉眠芍藥裀①　呆香菱情解石榴裙

話說平兒出來吩咐林之孝家的道：「『大事化為小事，小事化為沒事』，方是興旺之家。若得不了一點子小事，便揚鈴打鼓的亂折騰起來，不成道理。如今將他母女帶回，照舊去當差。將秦顯家的仍舊退回。再不必提此事。只是每日小心巡察要緊。」說畢，起身走了。柳家的母女忙向上磕頭，林家的帶回園中，回了李紈、探春，二人皆說：「知道了，能可無事，很好。」

司棋等人空興頭②了一陣。那秦顯家的好容易等了這個空子鑽了來，只興頭上半天。在廚房內正亂著接收傢伙、米糧、煤炭等物，又查出許多虧空來，說：「粳米短了兩石，常用米又多支了一個月的，炭也欠著額數。」一面又打點送林之孝家的禮，悄悄的備了一簍炭、五百斤木柴、一擔粳米在外邊，就

①芍藥裀——用芍藥的落花當褥子；裀，通「茵」，席子、墊子之類的坐具。
②興頭——高興、得意。

遺了子侄送入林家去了；又打點送賬房的禮；又預備幾樣菜蔬請幾位同事的人，說：「我來了，全仗列位扶持。自今以後都是一家人了。我有照顧不到的，好歹大家照顧些。」正亂著，忽有人來說與他：「看過這早飯，就出去罷。柳嫂兒原無事，如今還交與他管了。」秦顯家的聽了，轟去魂魄，垂頭喪氣，登時掩旗息鼓，捲包而出。送人之物，白丟了許多，自己倒要折變了賠補虧空。連司棋都氣了個倒仰，無計挽回，只得罷了。

趙姨娘正因彩雲私贈了許多東西，被玉釧兒吵出，生恐查詰出來，每日捏一把汗打聽信兒。忽見彩雲來告訴說：「都是寶玉應了，從此無事。」趙姨娘方把心放下來。誰知賈環聽如此說，便起了疑心，將彩雲凡私贈之物都拿了出來，照著彩雲的臉摔了去，說：「這兩面三刀③的東西！我不稀罕。你不和寶玉好，他如何肯替你應？你既有擔當給了我，原該不與一個人知道。如今你既然告訴他，我再要這個，也沒趣兒！」彩雲見如此，急的發身賭誓，至於哭了。百般解說，賈環執意不信，說：「不看你素日之情，去告訴二嫂子，就說你偷來給我，我不敢要。你細想去！」說畢，摔手出去了。急的趙姨娘罵：「沒造化的種子，蛆心孽障！」氣的彩雲哭個淚乾腸斷。趙姨娘百般的安慰他：「好孩子，他辜負了你的心，我看的真。讓我收起來，過兩日，他自然回轉過來了。」說著，便要收東西。彩雲賭氣一頓包起來，乘人不見時，來至園中，都撇在河內，順水沉的沉、漂的漂了。自己氣的夜間在被內暗哭。

③兩面三刀——心口不一、挑撥是非的手段。

當下又值寶玉生日已到。原來寶琴也是這日，二人相同。因王夫人不在家，也不曾像往年鬧熱，只有張道士送了四樣禮，換的寄名符兒；還有幾處僧尼廟的和尚、姑子送了供尖兒④，並壽星、紙馬、疏頭，並本命星官、值年太歲、周年換的鎖兒。家中常走的女先兒來上壽。王子騰那邊，仍是一套衣服，一雙鞋襪，一百壽桃，一百束上用銀絲掛麵。薛姨媽處減一等。其餘家中人，尤氏仍是一雙鞋襪；鳳姐兒是一個宮製四面和合荷包，裡面裝一個金壽星，一件波斯國⑤所製玩器。各廟中遣人去放堂⑥捨錢。又另有寶琴之禮，不能備述。姊妹中皆隨便——或有一扇的，或有一字的，或有一畫的，或有一詩的，聊復應景而已。

這日寶玉清晨起來，梳洗已畢，冠帶出來。至前廳院中，已有李貴等四五個人在那裡設下天地香燭，寶玉炷了香。行畢禮，奠茶焚紙後，便至寧府中宗祠、祖先堂兩處行畢禮；出至月臺上，又朝上遙拜過賈母、賈政、王夫人等。一順到尤氏上房，行過禮，坐了一回，方回榮府。先至薛姨媽處，薛姨媽再三拉著，然後又遇見薛蝌，讓一回，方進園來。晴雯、麝月二人跟隨，小丫頭夾著氈子，從李氏起，一一挨著，長的房中到過。復出二門，至李、趙、張、王四個奶媽家，讓了一回，方進來。雖眾人要行禮，也不曾受。回至房中，襲人等只都來說一聲就是了。王夫人有言，不令年輕人受禮，恐折了福壽，故皆

④供尖兒——即蜜供。用麵粉做成小條，油炸後，拌上蜜，堆作塔形，用以供神，叫供尖兒。
⑤波斯國——古國名，即今伊朗。
⑥放堂——舊時施主在寺廟中普遍布施僧眾以期消災得福，叫放堂。

不磕頭。

歇一時，賈環、賈蘭等來了，襲人連忙拉住，坐了一坐，便去了。寶玉笑說：「走乏了！」便歪在床上。方吃了半盞茶，只聽外面咭咭呱呱，一群丫頭笑進來，原來是翠墨、小螺、翠縷、入畫，邢岫烟的丫頭篆兒，並奶子抱巧姐兒，彩鸞、綉鸞八九個人，都抱著紅毡笑著走來，說：「拜壽的擠破了門了，快拿麵來我們吃。」剛進來時，探春、湘雲、寶琴、岫烟、惜春也都來了。寶玉忙迎出來，笑說：「不敢起動，——快預備好茶。」進入房中，不免推讓一回，大家歸坐。

襲人等捧過茶來，才吃了一口，平兒也打扮的花枝招展的來了。寶玉忙迎出來，笑說：「我方才到鳳姐姐門上，回了進去，不能見，我又打發人進去讓姐姐的。」平兒笑道：「我正打發⑦你姐姐梳頭，不得出來回你。後來聽見又說讓我，我那裡禁當的起？所以特趕來磕頭。」寶玉笑道：「我也禁當不起。」襲人早在外間安了坐，讓他坐。平兒便福下去，寶玉作揖不迭。平兒便跪下去，寶玉也忙還跪下，襲人連忙攙起來。又下了一福，寶玉又還了一揖。襲人笑推寶玉：「你再作揖。」寶玉道：「已經完了，怎麼又作揖？」襲人笑道：「這是他來給你拜壽。今兒也是他的生日，你也該給他拜壽。」寶玉聽了，喜的忙作下揖去，說：「原來今兒也是姐姐的芳誕。」平兒還萬福不迭。湘雲拉寶琴、岫烟說：「你們四個人對拜壽，直拜一天才是。」探春忙問：「原來邢妹妹也是今兒？我怎麼就忘了！」忙命丫頭：「去告訴二奶奶，趕著補了一分禮，與琴姑娘的一樣，送到二姑娘屋裡去。」丫頭答應著去了。岫烟見湘雲

⑦打發——這裡指「伺候著」，和一般作「辦過」、「了結」、「驅遣」解不同。

直口說出來，少不得要到各房去讓讓。

探春笑道：「倒有些意思。一年十二個月，月月有幾個生日。人多了，便這等巧，也有三個一日、兩個一日的。大年初一日也不白過，大姐姐占了去。——怨不得他福大，生日比別人就占先。——又是太祖太爺的生日。過了燈節，就是老太太和寶姐姐，他們娘兒兩個遇的巧。三月初一日是太太，初九日是璉二哥哥。二月沒人。」襲人道：「二月十二是林姑娘，怎麼沒人？就只不是咱家的人。」探春笑道：「我這個記性是怎麼了！」寶玉笑指襲人道：「他和林妹妹是一日，所以他記的。」探春笑道：「原來你兩個倒是一日？每年連頭也不給我們磕一個！平兒的生日我們也不知道，這也是才知道。」平兒笑道：「我們是那牌兒名上的人⑧，生日也沒拜壽的福，又沒受禮職分，可吵鬧什麼，可不悄悄的過去？今兒他又偏吵出來了。等姑娘們回房，我再行禮去罷。」探春笑道：「也不敢驚動。只是今兒倒要替你過個生日，我心才過得去。」寶玉、湘雲等一齊都說：「很是。」探春便吩咐了丫頭：「去告訴他奶奶，就說我們大家說了，今兒一日不放平兒出去，我們也大家湊了分子過生日呢。」丫頭笑著去了，半日，回來說：「二奶奶說了，多謝姑娘們給他臉。不知過生日給他些什麼吃？只別忘了二奶奶，就不來絮聒他了。」眾人都笑了。

探春因說道：「可巧今兒裡頭廚房不預備飯，一應下面弄菜，都是外頭收拾。咱們就湊了錢，叫柳家的來攬了去，只在咱們裡頭收拾倒好。」眾人都說是極。探春一面遣人去問李紈、寶釵、黛玉，一面

⑧那牌兒名上的人——等於說「那項人」、「那班人」，是自謙沒資格的說法。

遣人去傳柳家的進來，吩咐他內廚房中快收拾兩桌酒席。柳家的不知何意，因說：「外廚房都預備了。」探春笑道：「你原來不知道，今兒是平姑娘的華誕。外頭預備的是上頭的，這如今我們私下又湊了分子，單為平姑娘預備兩桌請他。你只管揀新巧的菜蔬預備了來，開了賬，和我那裡領錢。」柳家的笑道：「原來今日也是平姑娘的千秋？我竟不知道。」說著，便向平兒磕下頭去，慌的平兒拉起他來。柳家的忙去預備酒席。

這裡探春又邀了寶玉，同到廳上去吃麵，等到李紈、寶釵一齊來全，又遣人去請薛姨媽與黛玉。因天氣和暖，黛玉之疾漸愈，故也來了。花團錦簇，擠了一廳的人。

誰知薛蝌又送了巾扇香帛四色壽禮與寶玉，寶玉於是過去陪他吃麵。兩家皆治了壽酒，互相酬送，彼此同領。至午間，寶玉又陪薛蝌吃了兩杯酒。寶釵帶了寶琴過來與薛蝌行禮，把盞畢，寶釵因囑薛蝌：「家裡的酒也不用送過那邊去，這虛套竟可收了。你只請伙計們吃罷。我們和寶兄弟進去，還要待人去呢，也不能陪你了。」薛蝌忙說：「姐姐、兄弟只管請，只怕伙計們也就好來了。」寶玉忙又告過罪，方同他姊妹回來。

一進角門，寶釵便命婆子將門鎖上，把鑰匙要了，自己拿著。寶玉忙說：「這一道門何必關？又沒多的人走。況且姨媽、姐姐、妹妹都在裡頭，倘或家去取什麼，豈不費事？」寶釵笑道：「小心沒過逾的！你瞧你們那邊，這幾日七事八事，竟沒有我們這邊的人，可知是這門關的有功效了。若是開著，保不住那起人圖順腳，抄近路從這裡走，攔誰的是？不如鎖了，連媽和我也禁著些，大家別走。縱有了事，就賴不著這邊的人了。」寶玉笑道：「原來姐姐也知道我們那邊近日丟了東西？」寶釵笑道：「你只知


聯經出版事業公司 校印

道玫瑰露和茯苓霜兩件，乃因人而及物。若非因人，你連這兩件還不知道呢。殊不知還有幾件比這兩件大的呢。若以後叨登不出來，是大家的造化；若叨登出來，不知裡頭連累多少人呢。你也是不管事的人，我才告訴你。平兒是個明白人，我前兒也告訴了他，皆因他奶奶不在外頭，所以使他明白了。若不犯出來，大家樂得丟開手；若犯出來，他心裡已有稿子，自有頭緒，就冤屈不著平人了。你只聽我說，以後留神小心就是了。──這話也不可對第二個人講。」

說著，來到沁芳亭邊，只見襲人、香菱、侍書、素雲、晴雯、麝月、芳官、蕊官、藕官等十來個人，都在那裡看魚作耍。見他們來了，都說：「芍藥欄裡預備下了，快去上席罷。」寶釵等隨攜了他們，同到了芍藥欄中紅香圃三間小敞廳內，──連尤氏已請過來了，諸人都在那裡，只沒平兒。

原來平兒出去，有賴、林諸家送了禮來，連三接四，上中下三等家人來拜壽送禮的不少，平兒忙著打發賞錢道謝，一面又色色的回明鳳姐兒，不過留下幾樣；也有不收的，也有收下即刻賞與人的。忙了一回，又直待鳳姐兒吃過麵，方換了衣裳往園裡來。

剛進了園，就有幾個丫鬟來找他，一同到了紅香圃中。只見筵開玳瑁，褥設芙蓉⑨。眾人都笑：「壽星全了。」上面四座，定要讓他四個人坐，四人皆不肯。薛姨媽說：「我老天拔地，又不合你們的群兒，我倒覺拘的慌，不如我到廳上隨便躺躺去倒好。我又吃不下什麼去，又不大吃酒，這裡讓他們，倒便宜。」尤氏等執意不從。寶釵道：「這也罷了，倒是讓媽在廳上歪著自如些，有愛吃的送些過去，倒自在了。

⑨筵開玳瑁、褥設芙蓉──形容筵席的珍貴和鋪設的華麗；玳瑁，龜類動物，甲殼可作酒器或裝飾品，很名貴。

且前頭沒人在那裡，又可照看了。」探春等笑道：「既這樣，恭敬不如從命。」因大家送了他到議事廳上，眼看著命丫頭們鋪了一個錦褥並靠背、引枕之類，又囑咐：「好生給姨媽捶腿，要茶要水別推三扯四的。回來送了東西來，姨媽吃了，就賞你們吃。只別離了這裡出去。」小丫頭們都答應了。

探春等方回來。終久讓寶琴、岫烟二人在上，平兒面西坐，寶玉面東坐。探春又接了鴛鴦來，二人並肩對面相陪。西邊一桌，寶釵、黛玉、湘雲、迎春、惜春，一面又拉了香菱、玉釧兒二人打横。三桌上，尤氏、李紈，又拉了襲人、彩雲陪坐。四桌上便是紫鵑、鶯兒、晴雯、小螺、司棋等人圍坐。當下探春等還要把盞，寶琴等四人都說：「這一鬧，一日都坐不成了。」方才罷了。兩個女先兒要彈詞上壽，眾人都說：「我們沒人要聽那些野話，你廳上去，說給姨太太解悶兒去罷。」一面又將各色吃食揀了，命人送與薛姨媽去。

寶玉便說：「雅坐無趣，須要行令才好。」眾人有的說行這個令好，那個又說行那個令好。黛玉道：「依我說，拿了筆硯，將各色全都寫了，拈成鬮兒，咱們抓出那個來，就是那個。」眾人都道：「妙！」即拿了一副筆硯花箋。香菱近日學了詩，又天天學寫字，見了筆硯便圖不得，連忙起座說：「我寫。」大家想了一回，共得了十來個，念著，香菱一一的寫了，搓成鬮兒，擲在一個瓶中間。探春便命平兒揀，平兒向內攪了一攪，用箸拈了一個出來，打開看，上寫著「射覆」⑩二字。寶釵笑道：「把個酒令的祖

⑩射覆——射，猜；覆，遮蓋、隱藏。射覆，原是古時的一種猜謎遊戲，用碗盆等把某物遮蓋起來，猜中者得勝；後來也作為酒令的一種，彼此用詩文、成語、典故來猜謎。

宗拈出來。『射覆』從古有的，如今失了傳，這是後人纂的，比一切的令都難。這裡頭倒有一半是不會的，不如毀了，另拈一個雅俗共賞的。」探春笑道：「既拈了出來，如何又毀？如今再拈一個，若是雅俗共賞的，便叫他們行去。咱們行這個。」說著，又著襲人拈了一個，卻是「拇戰」⑪。湘雲笑著說：「這個簡斷爽利，合了我的脾氣。我不行這個『射覆』，沒的垂頭喪氣悶人，我只划拳去了。」探春道：「惟有他亂令，寶姐姐快罰他一鍾。」寶釵不容分說，便灌湘雲一杯。

探春道：「我吃一杯，我是令官，也不用宣，只聽我分派。」命取了令骰、令盆來，「從琴妹擲起，挨下擲去，對了點的二人射覆。」寶琴一擲，是個三，岫烟、寶玉等皆擲的不對，直到香菱方擲了一個三。寶琴笑道：「只好室內生春⑫，若說到外頭去，可太沒頭緒了。」探春道：「自然。三次不中者罰一杯。你覆，他射。」寶琴想了一想，說了個「老」字。香菱原生於這令，一時想不到，滿室滿席都不見有與「老」字相連的成語。湘雲先聽了，便也亂看，忽見門斗上貼著「紅香圃」三個字，便知寶琴覆的是「吾不如老圃」的「圃」字。見香菱射不著，眾人擊鼓又催，便悄悄的拉香菱，教他說「藥」字⑬。黛玉偏看見了，說：「快罰他，又在那裡私相傳遞呢！」哄的眾人都知道了，忙又罰了一杯，恨的湘雲

⑪拇戰——酒令的一種，也叫豁拳、划拳。

⑫室內生春——這裡指所射覆的謎底只限於本室的事物。生春，比喻想得新巧，妙趣橫生，又含有吉利的意思。

⑬吾不如老圃、「藥」字——吾不如老圃，見《論語・子路》；老圃，老菜農。「藥」字，可能是指包括「紅香圃」三間小敞廳在內的「芍藥欄」。

拿筷子敲黛玉的手。於是罰了香菱一杯。下則寶釵和探春對了點子。探春便覆了一個「人」字。寶釵笑道：「這個『人』字泛的很。」探春笑道：「添一字，兩覆一射也不泛了。」說著，便又說了一個「窗」字。寶釵一想，因見席上有雞，便射著他是用「雞窗」「雞人」二典了，因射了一個「塒」字。探春知他射著，用了「雞棲於塒」⑭的典，二人一笑，各飲一口門杯。

湘雲等不得，早和寶玉「三」「五」亂叫，划起拳來；那邊尤氏和鴛鴦隔著席，也「七」「八」亂叫，划起來；平兒、襲人也作了一對划拳：叮叮噹噹，只聽得腕上的鐲子響。一時湘雲贏了寶玉，襲人贏了平兒，尤氏贏了鴛鴦，三個人限酒底酒面，湘雲便說：「酒面要一句古文，一句舊詩，一句骨牌名，一句曲牌名，還要一句時憲書⑮上的話，共總湊成一句話。酒底要關人事的果菜名。」眾人聽了，都笑說：「惟有他的令也比人嘮叨，——倒也有意思。」便催寶玉快說。寶玉笑道：「誰說過這個，也等想一想兒。」黛玉便道：「你多喝一鐘，我替你說。」寶玉真個喝了酒，聽黛玉說道：

落霞與孤鶩齊飛，風急江天過雁哀，卻是一隻折足雁，叫的人九迴腸，——這是鴻雁來賓。⑯

---

⑭雞窗、雞人、雞棲於塒——雞窗，指書室；傳說晉代兗州刺史宋處宗得一長鳴雞，經常放在窗邊，雞忽然會說人話，和處宗終日交談，處宗因而學問大進，後人便用雞窗代稱書室。雞人，官名，參見第二十二回註(69)。雞棲於塒，見《詩・王風・君子于役》；塒，鑿在牆壁上的雞窩。

⑮時憲書——即曆書。

⑯「落霞……鴻雁來賓」一段——「落霞」句，見唐代王勃〈滕王閣序〉；鶩，野鴨。「風急」句，也許是宋代陸游〈寒夕〉詩中的「風急江天無過雁」句的誤記。「折足雁」，骨牌副兒名。九迴腸，曲牌名。「鴻雁來賓」，見《禮記・月令》，舊時曆書引此語作為秋季的標誌。

說的大家笑了，說：「這一串子倒有些意思。」黛玉又拈了一個榛穰，說酒底道：

榛子非關隔院砧，何來萬戶擣衣聲。⑰

令完，鴛鴦、襲人等皆說的是一句俗語，都帶一個「壽」字的，不能多贅。

大家輪流亂划了一陣，這上面湘雲又和寶琴對了手，李紈和岫烟對了點子。李紈便覆了一個「瓢」字，岫烟便射了一個「綠」字⑱，二人會意，各飲一口。湘雲的拳卻輸了，請酒面酒底。寶琴笑道：「請君入甕⑲。」大家笑起來，說：「這個典用的當。」湘雲便說道：

奔騰而砰湃，江間波浪兼天湧，須要鐵鎖纜孤舟，既遇著一江風，——不宜出行。⑳

說的眾人都笑了，說：「好個謅斷了腸子的！怪道他出這個令，故意惹人笑。」又聽他說酒底。湘雲吃

---

⑰「榛子」二句——榛子，榛樹（一種落葉灌木）的果實，果仁可食用或榨油；砧，擣衣石；隔院砧，鄰家的擣衣石。萬戶擣衣聲，見唐李白〈子夜吳歌．秋歌〉。

⑱李紈同岫烟射覆一段——李紈覆「瓢」字，是因席上有樽（酒杯），所以用既有「瓢」字又有「樽」字的詩句「瓢樽空掛壁」（宋蘇轍〈九日三首〉之二）來隱寓「樽」字。岫烟射「綠」字，是用既有「綠」字又有「樽」字的詩句「愁向綠樽生」（見唐代劉希夷〈送友人之新豐〉），來猜李紈所覆的「樽」字。

⑲請君入甕——以其人之法還治其人之身的意思。

⑳「奔騰……不宜出行」一段——「奔騰」句，見宋歐陽修〈秋聲賦〉。「江間」句，見唐杜甫〈秋興八首〉之一；兼天，連天。「鐵鎖」句，骨牌副兒名。一江風，曲牌名。不宜出行，舊時曆書上每個日子的下面都載「宜」或「忌」什麼，某日外出不吉利就寫上「不宜出行」，某日會親友吉利就寫上「宜會親友」，等等。

了酒，揀了一塊鴨肉，呷口酒，忽見碗內有半個鴨頭，遂揀了出來吃腦子。眾人催他：「別只顧吃，到底快說了。」湘雲便用箸子舉著說道：

這鴨頭不是那丫頭，頭上那討桂花油。

眾人越發笑起來，引的晴雯、小螺、鶯兒等一干人都走過來說：「雲姑娘會開心兒，拿著我們取笑兒，快罰一杯才罷！怎見得我們就該擦桂花油的？倒得每人給一瓶子桂花油擦擦！」黛玉笑道：「他倒有心給你們一瓶子油，又怕掛誤著打盜竊的官司。」眾人不理論，寶玉卻明白，忙低了頭。彩雲有心病，不覺的紅了臉。寶釵忙暗暗的瞅了黛玉一眼。黛玉自悔失言，原是趣寶玉的，就忘了趣著彩雲。自悔不及，忙一頓行令划拳岔開了。

底下寶玉可巧和寶釵對了點子。寶釵覆了一個「寶」字，寶玉想了一想，便知是寶釵作戲，指自己所佩通靈玉而言，便笑道：「姐姐拿我作雅謔，我卻射著了。說出來姐姐別惱，就是姐姐的諱——『釵』字就是了。」眾人道：「怎麼解？」寶玉道：「他說『寶』，底下自然是『玉』了。我射『釵』字，舊詩曾有『敲斷玉釵紅燭冷』㉑，豈不射著了？」湘雲說道：「這用時事卻使不得，兩個人都該罰。」香菱忙道：「不止時事，這也有出處。」湘雲道：「『寶玉』二字並無出處，不過是春聯上或有之，詩書紀載並無，算不得。」香菱道：「前日我讀岑嘉州㉒五言律，現有一句，說：『此鄉多寶玉』，怎麼你

㉑敲斷玉釵紅燭冷——見南宋鄭會〈題邸間壁〉詩；玉釵，代指燈花。

㉒岑嘉州——唐代詩人岑參，曾任嘉州刺史；「此鄉多寶玉」，見其〈送張子尉南海〉詩。

倒忘了？後來又讀李義山七言絕句，又有一句『寶釵何日不生塵』㉓，我還笑說他兩個名字都原來在唐詩上呢。」眾人笑說：「這可問住了，快罰一杯！」湘雲無語，只得飲了。

大家又該對點的對點，划拳的划拳。這些人因賈母、王夫人不在家，沒了管束，便任意取樂，呼三喝四，喊七叫八。滿廳中紅飛翠舞，玉動珠搖，真是十分熱鬧。頑了一回，大家方起席散了一散，倏然不見了湘雲，只當他外頭自便就來，誰知越等越沒了影響，使人各處去找，那裡找得著？

接著林之孝家的同著幾個老婆子來，生恐有正事呼喚，二者恐丫鬟們年輕，乘王夫人不在家，不服探春等約束，恣意痛飲，失了體統，故來請問有事無事。探春見他們來了，便知其意，忙笑道：「你們又不放心，來查我們來了。我們沒有多吃酒，不過是大家頑笑，將酒作個引子。媽媽們別擔心。」李紈、尤氏都也笑說：「你們歇著去罷，我們也不敢叫他們多吃了。」林之孝家的等人笑說：「我們知道。連老太太叫姑娘吃酒，姑娘們還不肯吃，何況太太們不在家，自然頑罷了。我們怕有事，來打聽打聽。二則天長了，姑娘們頑一回子，還該點補些小食兒。素日又不大吃雜東西，如今吃一兩杯酒，若不多吃些東西，怕受傷。」探春笑道：「媽媽們說的是，我們也正要吃呢。」因回頭命取點心來。兩旁丫鬟們答應了，忙去傳點心。探春又笑讓：「你們歇著去罷，或是姨媽那裡說話兒去。我們即刻打發人送酒你們吃去。」林之孝家的等人笑回：「不敢領了。」又站了一回，方退了出來。平兒摸著臉笑道：「我的臉都熱了，也不好意思見他們。依我說，竟收了罷，別惹他們再來，倒沒意思了。」探春笑道：「不相干，

---

㉓寶釵何日不生塵——見唐李義山（商隱）〈殘花〉詩；寶釵生塵，形容女子懶於梳妝。

橫豎咱們不認真喝酒就罷了。」

正說著，只見一個小丫頭笑嘻嘻的走來：「姑娘們快瞧雲姑娘去！吃醉了，圖涼快，在山子後頭一塊青板石凳上睡著了。」眾人聽說，都笑道：「快別吵嚷。」說著，都走來看時，果見湘雲臥於山石僻處一個凳子上，業經香夢沉酣，四面芍藥花飛了一身，滿頭臉衣襟上皆是紅香散亂，手中的扇子在地下，也半被落花埋了，一群蜂蝶鬧穰穰的圍著他，又用鮫帕包了一包芍藥花瓣枕著。眾人看了，又是愛，又是笑，忙上來推喚挽扶。湘雲口內猶作睡語說酒令，唧唧嘟嘟說：

泉香而酒冽，玉盌盛來琥珀光，直飲到梅梢月上，醉扶歸，——卻為宜會親友。㉔

眾人笑推他，說道：「快醒醒兒，吃飯去。這潮凳上還睡出病來呢！」

湘雲慢啟秋波，見了眾人，低頭看了一看自己，方知是醉了。原是來納涼避靜的，不覺的因多罰了兩杯酒，嬌嫋不勝，便睡著了，心中反覺自愧。連忙起身扎掙著同人來至紅香圃中，用過水，又吃了兩盞釅茶。探春忙命將醒酒石拿來給他銜在口內，一時又命他喝了一些酸湯，方才覺得好了些。

當下又選了幾樣果菜與鳳姐送去，鳳姐兒也送了幾樣來。寶釵等吃過點心，大家也有坐的，也有立的，也有在外觀花的，也有扶欄觀魚的，各自取便，說笑不一。探春便和寶琴下棋，寶釵、岫烟觀局。黛玉和寶玉在一簇花下唧唧噥噥，不知說些什麼。只見林之孝家的和一群女人帶了一個媳婦進來。那媳

---

㉔「泉香……宜會親友」一段——「泉香」句，見宋代歐陽修〈醉翁亭記〉；冽，清涼。「玉盌」句，見唐代李白〈客中行〉詩。梅梢月上，骨牌副兒名。醉扶歸，曲牌名。

婦愁眉苦臉，也不敢進廳，只到了階下，便朝上跪下了，碰頭有聲。探春因一塊棋受了敵，算來算去，總得了兩個眼，便折了官著㉕，兩眼只瞅著棋枰，一隻手卻伸在盒內，只管抓弄棋子作想。林之孝家的站了半天。因回頭要茶時，才看見，問：「什麼事？」林之孝家的便指那媳婦說：「這是四姑娘屋裡的小丫頭彩兒的娘，現是園內伺候的人。嘴很不好，才是我聽見了，問著他，他說的話也不敢回姑娘。竟要攆出去才是。」探春道：「怎麼不回大奶奶？」林之孝家的道：「方才大奶奶都往廳上姨太太處去了，頂頭看見，我已回明白了，叫回姑娘來。」探春道：「怎麼不回二奶奶？」平兒道：「不回去也罷，我回去說一聲就是了。」探春點點頭，道：「既這麼著，就攆出他去，等太太來了，再回定奪。」說畢，仍又下棋。這林之孝家的帶了那人去，不提。

　　黛玉和寶玉二人站在花下，遙遙知意。黛玉便說道：「你家三丫頭倒是個乖人。雖然叫他管些事，倒也一步兒不肯多走。差不多的人就早作起威福來了。」寶玉道：「你不知道呢。你病著時，他幹了好幾件事，這園子也分了人管，如今多掐一草也不能了。又蠲了幾件事，單拿我和鳳姐姐作筏子禁別人。最是心裡有算計的人，豈只乖而已。」黛玉道：「要這樣才好，咱們家裡也太花費了。我雖不管事，心裡每常閑了，替你們一算計，出的多，進的少，如今若不省儉，必致後手不接。」寶玉笑道：「憑他怎麼後手不接，也短不了咱們兩個人的。」黛玉聽了，轉身就往廳上尋寶釵說笑去了。

---

㉕眼、官著——都是圍棋術語。走棋時一方棋域中所留的空隙，叫「眼」；有兩個眼，相連的一片子才能活。圍棋下到最後階段，雙方爭奪之地已畢，尚餘周圍及邊角空白，可以輪次填子，填滿為止，叫收官著或收官子。

寶玉正欲走時，只見襲人走來，手內捧著一個小連環洋漆茶盤，裡面可式放著兩鍾新茶，因問：「他往那去了？我見你兩個半日沒吃茶，巴巴的倒了兩鍾去，他又走了。」寶玉道：「那不是他，你給他送去。」說著，自拿了一鍾。襲人便送了那鍾去，偏和寶釵在一處，只得一鍾茶，便說：「那位渴了那位先接了，我再倒去。」寶釵笑道：「我卻不渴，只要一口漱一漱就夠了。」說著，先拿起來喝了一口，剩下半杯，遞在黛玉手內。襲人笑說：「我再倒去。」黛玉笑道：「你知道我這病，大夫不許我多吃茶，這半鍾盡夠了，難為你想的到。」說畢，飲乾，將杯放下。襲人又接寶玉的。寶玉因問：「這半日沒見芳官，他在那裡呢？」襲人四顧一瞧說：「才在這裡幾個人鬥草的，這會子不見了。」

寶玉聽說，便忙回至房中，果見芳官面向裡睡在床上。寶玉推他說道：「快別睡覺，咱們外頭頑去，一回兒好吃飯的。」芳官道：「你們吃酒，不理我，教我悶了半日，可不來睡覺罷了。」寶玉拉了他起來，笑道：「咱們晚上家裡再吃。回來我叫襲人姐姐帶了你桌上吃飯，何如？」芳官道：「藕官、蕊官都不上去，單我在那裡，也不好。我也不慣吃那個麵條子，早起也沒好生吃，才剛餓了，我已告訴了柳嫂子，先給我做一碗湯，盛半碗粳米飯送來，我這裡吃了就完事。若是晚上吃酒，不許教人管著我，我要盡力吃夠了才罷。我先在家裡，吃二三斤好惠泉酒呢。如今學了這勞什子，他們說怕壞嗓子，這幾年也沒聞見。乘今兒，我是要開齋了。」寶玉道：「這個容易。」

說著，只見柳家的果遣了人送了一個盒子來。小燕接著，揭開，裡面是一碗蝦丸雞皮湯，又是一碗酒釀清蒸鴨子，一碟醃的胭脂鵝脯，還有一碟四個奶油松瓤捲酥，並一大碗熱騰騰碧熒熒蒸的綠畦香稻粳米飯。小燕放在案上，走去拿了小菜並碗箸過來，撥了一碗飯。芳官便說：「油膩膩的，誰吃這些東西。」只將湯泡飯吃了一碗，揀了兩塊腌鵝，就不吃了。寶玉聞著，倒覺比往常之味有勝些似的，遂吃了一個捲酥，又命小燕也撥了半碗飯，泡湯一吃，十分香甜可口。小燕和芳官都笑了。

吃畢，小燕便將剩的要交回。寶玉道：「你吃了罷，若不夠，再要些來。」小燕道：「不用要，這就夠了。方才麝月姐姐拿了兩盤子點心給我們吃了，我再吃了這個，盡不用再吃了。」說著，便站在桌旁一頓吃了，又留下兩個捲酥，說：「這個留著給我媽吃。晚上要吃酒，給我兩碗酒吃就是了。」寶玉笑道：「你也愛吃酒？等著咱們晚上痛喝一陣。你襲人姐姐和晴雯姐姐量也好，也要喝，只是每日不好意思。今兒大家開齋。——還有一件事，想著囑咐你，我竟忘了，此刻才想起來：以後芳官全要你照看他，他或有不到的去處，你提他。襲人照顧不過這些人來。」小燕道：「我都知道，都不用操心。但只這五兒怎麼樣？」寶玉道：「你和柳家的說去，明兒直叫他進來罷，等我告訴他們一聲就完了。」芳官聽了，笑道：「這倒是正經。」小燕又叫兩個小丫頭進來，伏侍洗手倒茶，自己收了傢伙，交與婆子，也洗了手，便去找柳家的，不在話下。

寶玉便出來，仍往紅香圃尋眾姊妹，芳官在後，拿著巾扇。剛出了院門，只見襲人、晴雯二人攜手回來。寶玉問：「你們做什麼？」襲人道：「擺下飯了，等你吃飯呢。」寶玉便笑著將方才吃的飯一節告訴了他兩個。襲人笑道：「我說你是貓兒食㉖，聞見了香就好。隔鍋飯兒香。雖然如此，也該上去陪他們，多少應個景兒。」晴雯用手指戳在芳官額上，說道：「你就是個狐媚子！什麼空兒，跑了去吃飯！

㉖貓兒食——嘲笑人飯量小，不按頓吃飯，愛吃零食。

聯經出版事業公司校印

兩個人怎麼就約下了？也不告訴我們一聲兒。」襲人笑道：「不過是誤打誤撞的遇見了，說約下了，可是沒有的事。」晴雯道：「既這麼著，要我們無用。明兒我們都走了，讓芳官一個人，就夠使了。」襲人笑道：「我們都去了，使得；你卻去不得。」晴雯道：「惟有我是第一個要去：又懶，又笨，性子又不好，又沒用。」襲人笑道：「倘或那孔雀褂子再燒個窟窿，你去了，誰可會補呢？你倒別和我拿三撇四的。我煩你做個什麼，把你懶的『橫針不拈，豎線不動』。一般也不是我的私活煩你，橫豎都是他的，你就都不肯做。怎麼我去了幾天，你病的七死八活，一夜連命也不顧，給他做了出來，這又是什麼原故？——你到底說話，別只佯憨，和我笑，也當不了什麼。」大家說著，來至廳上。薛姨媽也來了。大家依序坐下吃飯。寶玉只用茶泡了半碗飯，應景而已。一時吃畢，大家吃茶閑話，又隨便頑笑。

外面小螺和香菱、芳官、蕊官、藕官、荳官等四五個人，都滿園中頑了一回，大家採了些花草來兜著，坐在花草堆中鬥草。這一個說：「我有觀音柳。」那一個說：「我有羅漢松。」那一個又說：「我有君子竹。」這一個又說：「我有美人蕉。」這個又說：「我有星星翠。」那個又說：「我有月月紅。」這個又說：「我有《牡丹亭》上的牡丹花。」那個又說：「我有《琵琶記》裡的枇杷果。」荳官便說：「我有姊妹花。」眾人沒了，香菱便說：「我有夫妻蕙。」荳官說：「從沒聽見有個『夫妻蕙』。」香菱道：「一箭一花為『蘭』，一箭數花為『蕙』。凡蕙有兩枝，上下結花者為『兄弟蕙』，有並頭結花者為『夫妻蕙』。我這枝並頭的，怎麼不是？」荳官沒的說了，便起身笑道：「依你說，若是這兩枝一大一小，就是『老子兒子蕙』了？若兩枝背面開的，就是『仇人蕙』了。你漢子去了大半年，你想夫妻了？便扯上蕙也有夫妻，好不害羞！」

香菱聽了，紅了臉，忙要起身擰他，笑罵道：「我把你這個爛了嘴的小蹄子！滿嘴裡汗爆㉗的胡說了。等我起來打不死你這小蹄子！」荳官見他要勾來，怎容他起來，便忙連身將他壓倒。回頭笑著央告蕊官等：「你們來，幫著我擰他這謅嘴。」兩個人滾在草地下。眾人拍手笑說：「了不得了！那是一窪子水，可惜汙了他的新裙子了。」荳官回頭看了一看，果見旁邊有一汪積雨，香菱的半扇裙子都汙濕了，自己不好意思，忙奪了手跑了。眾人笑個不住，怕香菱拿他們出氣，也都哄笑一散。

香菱起身，低頭一瞧，那裙上猶滴滴點點流下綠水來。正恨罵不絕，可巧寶玉見他們鬥草，也尋了些花草來湊戲，忽見眾人跑了，只剩了香菱一個低頭弄裙，因問：「怎麼散了？」香菱便說：「我有一枝夫妻蕙，他們不知道，反說我謅，因此鬧起來，把我的新裙子也髒了。」寶玉笑道：「你有夫妻蕙，我這裡倒有一枝並蒂菱。」口內說，手內卻真個拈著一枝並蒂菱花，又拈了那枝夫妻蕙在手內。香菱道：「什麼夫妻不夫妻、並蒂不並蒂！你瞧瞧這裙子！」寶玉方低頭一瞧，便「噯呀」了一聲，說：「怎麼就拖在泥裡了？可惜這石榴紅綾最不經染。」香菱道：「這是前兒琴姑娘帶了來的。姑娘做了一條，我做了一條，今兒才上身。」寶玉跌腳嘆道：「若你們家，一日糟塌這一百件也不值什麼。只是頭一件既係琴姑娘帶來的，你和寶姐姐每人才一件，他的尚好，你的先髒了，豈不辜負他的心？二則姨媽老人家嘴碎，饒這麼樣，我還聽見常說你們不知過日子，只會糟塌東西，不知惜福呢。這叫姨媽看見了，又說

---

㉗汗爆——生熱病的人，汗多難出，心中煩躁，神志不清，往往胡言亂語，稱為「汗爆」；這裡借來罵人家「胡說」。

一個不清。」香菱聽了這話，卻碰在心坎兒上，反倒喜歡起來了，因笑道：「就是這話了。我雖有幾條新裙子，都不和這一樣的；若有一樣的，趕著換了，也就好了。過後再說。」寶玉道：「你快休動，只站著方好，不然連小衣兒、膝褲、鞋面都要拖髒。我有個主意：襲人上月做了一條和這個一模一樣的。他因有孝，如今也不穿，竟送了你換下這個來，如何？」香菱笑著搖頭說：「不好。他們倘或聽見了，倒不好。」寶玉道：「這怕什麼？等他孝滿了，他愛什麼，難道不許你送他別的不成？你若這樣，不是你素日為人了。況且不是瞞人的事，只管告訴寶姐姐也可，只不過怕姨媽老人家生氣罷了。」香菱想了一想有理，便點頭笑道：「就是這樣罷了，別辜負了你的心。我等著你，——千萬叫他親自送來才好。」

寶玉聽了，喜歡非常，答應了，忙忙的回來。一壁裡低頭心下暗算：「可惜這麼一個人，沒父母，連自己本姓都忘了，被人拐出來，偏又賣與了這個霸王。」因又想起：「上日平兒也是意外想不到的，今日更是意外之意外的事了。」一壁胡思亂想，來至房中，拉了襲人，細細告訴了他原故。香菱之為人，無人不憐愛的。襲人又本是個手中撒漫㉘的，況與香菱素相交好，一聞此信，忙就開箱取了出來，折好，隨了寶玉來尋著香菱。他還站在那裡等呢。襲人笑道：「我說你太淘氣了，足的淘出個故事來才罷。」香菱紅了臉，笑說：「多謝姐姐了，誰知那起促狹鬼使黑心！」說著，接了裙子，展開一看，果然同自己的一樣。又命寶玉背過臉去，自己叉手向內解下來，將這條繫上。襲人道：「把這髒了的交與我拿回去，收拾了，再給你送來。你若拿回去，看見了，也是要問的。」香菱道：「好姐姐，你拿去不拘給那

㉘撒漫——這裡是大手大腳、不吝惜財物的意思。



聯經出版事業公司 校印

個妹妹罷。我有了這個，不要他了。」襲人道：「你倒大方的好。」香菱忙又萬福道謝，襲人拿了髒裙便走。

香菱見寶玉蹲在地下，將方才的夫妻蕙與並蒂菱用樹枝兒摳了一個坑，先抓些落花來鋪墊了，將這菱、蕙安放好，又將些落花來掩了，方撮土掩埋平服。香菱拉他的手，笑道：「這又叫做什麼？怪道人人說你慣會鬼鬼祟祟使人肉麻的事。你瞧瞧，你這手弄的泥烏苔滑的，還不快洗去。」寶玉笑著，方起身走了去洗手。香菱也自走開。

二人已走遠了數步，香菱復轉身回來叫住寶玉。寶玉不知有何話，扎著兩隻泥手，笑嘻嘻的轉來，問：「什麼？」香菱只顧笑。因那邊他的小丫頭臻兒走來說：「二姑娘等你說話呢。」香菱方向寶玉道：「裙子的事，可別向你哥哥說才好。」說畢，即轉身走了。寶玉笑道：「可不我瘋了？往虎口裡探頭兒去呢！」說著，也回去洗手去了。不知端詳，且聽下回分解。

# 第六十三回　壽怡紅羣芳開夜宴　死金丹獨艷理親喪

話說寶玉回至房中洗手，因與襲人商議：「晚間吃酒，大家取樂，不可拘泥。如今吃什麼好？早說給他們備辦去。」襲人笑道：「你放心，我和晴雯、麝月、秋紋四個人，每人五錢銀子，共是二兩；芳官、碧痕、小燕、四兒四個人，每人三錢銀子；他們有假的不算：共是三兩二錢銀子，早已交給了柳嫂子，預備四十碟果子。我和平兒說了，已經抬了一罈好紹興酒藏在那邊了。我們八個人，單替你過生日。」寶玉聽了，喜的忙說：「他們是那裡的錢？不該叫他們出才是。」晴雯道：「他們沒錢，難道我們是有錢的！這原是各人的心。那怕他偷的呢，只管領他們的情就是。」寶玉聽了，笑說：「你說的是。」襲人笑道：「你一天不捱他兩句硬話村①你，你再過不去。」晴雯笑道：「你如今也學壞了，專會架橋撥火兒②。」說著，大家都笑了。寶玉說：「關院門罷。」襲人笑道：「怪不得人說你是『無事忙』！這

①村——用不好聽的話傷人。
②架橋撥火兒——從旁慫恿挑撥促成別人吵嘴打架。架橋，比喻勾起雙方衝突；撥火，比喻撥動人心中火，使人動氣。


聯經出版事業公司　校印

會子關了門，人倒疑惑，越性再等一等。」

寶玉點頭，因說：「我出去走走。四兒舀水去，小燕一個跟我來罷。」說著，走至外邊，因見無人，便問五兒之事。小燕道：「我才告訴了柳嫂子，他倒喜歡的很。只是五兒那夜受了委屈煩惱，回家去又氣病了，那裡來得？只等好了罷。」寶玉聽了，不免後悔長嘆，因又問：「這事襲人知道不知道？」小燕道：「我沒告訴，不知芳官可說了不曾？」寶玉道：「我卻沒告訴過他。——也罷，等我告訴他就是了。」說畢，復走進來，故意洗手。

已是掌燈時分，聽得院門前有一群人進來。大家隔窗悄視。果見林之孝家的和幾個管事的女人走來，前頭一人提著大燈籠。晴雯悄笑道：「他們查上夜的人來了。這一出去，咱們好關門了。」只見怡紅院凡上夜的人都迎了出去，林之孝家的看了不少。林之孝家的吩咐：「別耍錢、吃酒，放倒頭睡到大天亮。我聽見是不依的。」眾人都笑說：「那裡有那樣大膽子的人。」

林之孝家的又問：「寶二爺睡下了沒有？」眾人都回：「不知道。」襲人忙推寶玉。寶玉靸了鞋，便迎出來，笑道：「我還沒睡呢。媽媽進來歇歇。」又叫：「襲人，倒茶來。」林之孝家的忙進來，笑說：「還沒睡？如今天長夜短了，該早些睡，明兒起的方早。不然，到了明日起遲了，人笑話說不是個讀書上學的公子了。倒像那起挑腳漢了。」說畢，又笑。寶玉忙笑道：「媽媽說的是。我每日都睡的早，媽媽每日進來，可都是我不知道的，已經睡了。今兒因吃了麵，怕停住食，所以多頑一會子。」林之孝家的又向襲人等笑說：「該沏些個普洱茶[3]吃。」襲人、晴雯二人忙笑說：「沏了一盄子女兒茶[4]，已經吃過兩碗了。大娘也嘗一碗，都是現成的。」

說著，晴雯便倒了一碗來。林之孝家的又笑道：「這些時，我聽見二爺嘴裡都換了字眼，趕著這幾位大姑娘們竟叫起名字來。雖然在這屋裡，到底是老太太、太太的人，還該嘴裡尊重些才是。若一時半刻偶然叫一聲使得；若只管叫起來，怕以後兄弟侄兒照樣，便惹人笑話，說這家子的人眼裡沒有長輩。」寶玉笑道：「媽媽說的是。我原不過是一時半刻的。」襲人、晴雯都笑說：「這可別委屈了他。直到如今，他可『姐姐』沒離了口。不過頑的時候叫一聲半聲名字，若當著人，卻是和先前一樣。」林之孝家的笑道：「這才好呢，這才是讀書知禮的。越自己謙，越尊重。別說是三五代的陳人⑤，現從老太太、太太屋裡撥過來的，便是老太太、太太屋裡的貓兒、狗兒，輕易也傷他不的。這才是受過調教的公子行事。」說畢，吃了茶，便說：「請安歇罷，我們走了。」寶玉還說：「再歇歇。」那林之孝家的已帶了眾人，又查別處去了。

這裡晴雯等忙命關了門，進來笑說：「這位奶奶那裡吃了一杯來了，嘮三叨四的，又排場了我們一頓去了。」麝月笑道：「他也不是好意的？少不得也要常提著些兒，也提防著，怕走了大褶兒⑥的意思。」

---

③普洱茶——產於雲南普洱一帶的名茶，多壓製成團狀。

④女兒茶——泰山附近採青桐芽當飲料，號稱「女兒茶」。

⑤陳人——老人，老資格的人。

⑥走了大褶兒——錯了大規矩。

說著，一面擺上酒果。襲人道：「不用圍桌，咱們把那張花梨圓炕桌子放在炕上坐，又寬綽，又便宜。」說著，大家果然抬來。麝月和四兒那邊去搬果子，用兩個大茶盤做四五次方搬運了來。兩個老婆子蹲在外面火盆上篩酒。

寶玉說：「天熱，咱們都脫了大衣裳才好。」眾人笑道：「你要脫，你脫，我們還要輪流安席⑦呢。」寶玉笑道：「這一安，就安到五更天了。知道我最怕這些俗套子，在外人跟前，不得已的，這會子還慪我。就不好了。」眾人聽了，都說：「依你。」於是先不上坐，且忙著卸妝寬衣。一時將正裝卸去，頭上只隨便挽著鬢兒，身上皆是長裙短襖。寶玉只穿著大紅棉紗小襖子，下面綠綾彈墨袷褲，散著褲腳，倚著一個各色玫瑰、芍藥花瓣裝的玉色夾紗新枕頭，和芳官兩個先划拳。當時芳官滿口嚷熱，只穿著一件玉色紅青酡絨三色緞子斗的水田小夾襖⑧，束著一條柳綠汗巾，底下是水紅撒花夾褲，也散著褲腿。頭上齊額編著一圈小辮，總歸至頂心，結一根鵝卵粗細的總辮，拖在腦後。右耳眼內只塞著米粒大小的一個小玉塞子，左耳上單帶著一個白果大小的硬紅鑲金大墜子，越顯的面如滿月猶白，眼如秋水還清。引的眾人笑說：「他兩個倒像是雙生的弟兄兩個。」

---

⑦安席——舊時宴席入座時主人對賓客敬酒、行禮的一套禮節。

⑧玉色紅青酡絨三色緞子斗的水田小夾襖——用玉色、紅青、酡絨三種顏色的緞子小塊拼在一起做成的小夾襖。玉色，介於淡青和綠色之間的顏色；紅青，略泛微紅的黑色；酡絨，微帶赭色的淡紅。斗，又作「逗」，指兩種以上的色彩或衣料拼接一起組成圖案。水田，即「水田衣」，用多種顏色的零碎小方塊衣料縫在一起做成的衣服。

襲人等一一的斟了酒來，說：「且等等再划拳，雖不安席，每人在手裡吃我們一口罷了。」于是襲人為先，端在唇上吃一口，餘依次下去，一一吃過，大家方團圓坐定。小燕、四兒因炕沿坐不下，便端了兩張椅子，近炕放下。那四十個碟子，皆是一色白粉定窰的，不過只有小茶碟大，裡面不過是山南海北、中原外國，或乾或鮮，或水或陸，天下所有的酒饌果菜。

寶玉因說：「咱們也該行個令才好。」襲人道：「斯文些的才好，別大呼小叫，惹人聽見。二則我們不識字，可不要那些文的。」麝月笑道：「拿骰子咱們搶紅⑨罷。」寶玉道：「沒趣，不好。咱們占花名兒好。」晴雯笑道：「正是，早已想弄這個頑意兒。」襲人道：「這個頑意雖好，人少了沒趣。」小燕笑道：「依我說，咱們竟悄悄的把寶姑娘、林姑娘請了來，頑一回子，到二更天再睡不遲。」襲人道：「又開門喝戶的鬧，倘或遇見巡夜的問呢？」寶玉說：「怕什麼，咱們三姑娘也吃酒，再請他一聲才好。還有琴姑娘。」眾人都道：「琴姑娘罷了，他在大奶奶屋裡，叨登的大發⑩了。」寶玉道：「怕什麼，你們就快請去。」小燕、四兒都得不了一聲，二人忙命開了門，分頭去請。

晴雯、麝月、襲人三人又說：「他兩個去請，只怕寶、林兩個不肯來，須得我們請去，死活拉他來。」於是襲人、晴雯忙又命老婆子打個燈籠，二人又去。果然寶釵說「夜深了」，黛玉說「身上不好」，他二人再三央求說：「好歹給我們一點體面，略坐坐再來。」探春聽了，卻也歡喜。因想不請李紈，倘或

⑨搶紅——擲骰為戲，以得紅點多少定輸贏，叫搶紅。

⑩大發——把事情弄得太大，太過份。

被他知道了，倒不好。便命翠墨同了小燕也再三的請了李紈和寶琴二人，會齊，先後都到了怡紅院中。襲人又死活拉了香菱來。炕上又併了一張桌子，方坐開了。

寶玉忙說：「林妹妹怕冷，過這邊靠板壁坐。」又拿個靠背墊著些。襲人等都端了椅子在炕沿下一陪。黛玉卻離桌遠遠的靠著靠背，因笑向寶釵、李紈、探春等道：「你們日日說人夜聚飲博，今兒我們自己也如此，以後怎麼說人。」李紈笑道：「這有何妨。一年之中，不過生日節間如此，並無夜夜如此，這倒也不怕。」

說著，晴雯拿了一個竹雕的籤筒來。裡面裝著象牙花名籤子，搖了一搖，放在當中。又取過骰子來，盛在盒內，搖了一搖，揭開一看，裡面是五點，數至寶釵。寶釵便笑道：「我先抓，不知抓出個什麼來。」說著，將筒搖了一搖，伸手掣出一根，大家一看，只見籤上畫著一支牡丹，題著「豔冠群芳」四字，下面又有鐫的小字，一句唐詩，道是：

任是無情也動人。

又注著：「在席共賀一杯。此為群芳之冠，隨意命人，不拘詩詞雅謔，道一則以侑酒⑪。」

眾人看了，都笑說：「巧的很，你也原配牡丹花。」說著，大家共賀了一杯。寶釵吃過，便笑說：「芳官唱一支我們聽罷。」芳官道：「既這樣，大家吃門杯好聽的。」於是大家吃酒。芳官便唱：「壽筵開處風光好……」眾人都道：「快打回去！這會子很不用你來上壽，揀你極好的唱來。」芳官只得細

⑪侑酒——勸酒。

細的唱了一支〈賞花時〉：

翠鳳毛翎紮帚叉，閑踏天門掃落花。您看那風起玉塵沙。猛可的那一層雲下，抵多少門外即天涯。您再休要劍斬黃龍一線兒差，再休向東老貧窮賣酒家。您與俺眼向雲霞。洞賓呵，您得了人可便早些兒回話；若遲呵，錯教人留恨碧桃花。⑫

才罷。寶玉卻只管拿著那籤，口內顛來倒去念「任是無情也動人」，聽了這曲子，眼看著芳官不語。湘雲忙一手奪了，擲與寶釵。

寶釵又擲了一個十六點，數到探春。探春笑道：「我還不知得個什麼呢。」伸手掣了一根出來，自己一瞧，便擲在地下，紅了臉，笑道：「這東西不好，不該行這令。這原是外頭男人們行的令，許多混話在上頭。」眾人不解，襲人等忙拾了起來，眾人看上面是一枝杏花，那紅字寫著「瑤池仙品」四字，詩云：

日邊紅杏倚雲栽。

注云：「得此籤者，必得貴婿，大家恭賀一杯，共同飲一杯。」

眾人笑道：「我說是什麼呢！這籤原是閨閣中取戲的，除了這兩三根有這話的，並無雜話。這有何

---

⑫〈賞花時〉一曲——〈賞花時〉，曲牌名，這是明代湯顯祖《邯鄲記．度世》中何仙姑來蓬萊山門外掃花時所唱的第一支曲。「斬黃龍」句，故事見《醒世恆言．呂洞賓飛劍斬黃龍》，這是囑咐呂洞賓再也不要像斬黃龍那樣冒冒失失地差一點丟了性命。東老，宋代湖州東林沈氏自稱東老，家貧而好客，善釀酒，留飲時常使客醉；本句是勸呂洞賓在路上不要貪酒誤事。


聯經出版事業公司　校印

妨？我們家已有了個王妃，難道你也是王妃不成？大喜，大喜！」說著，大家來敬。探春那裡肯飲，卻被湘雲、香菱、李紈等三四個人強死強活灌了下去。探春只命蠲了這個，再行別的，眾人斷不肯依。湘雲拿著他的手強擲了個十九點出來，便該李氏掣。

李氏搖了一搖，掣出一根來一看，笑道：「好極！你們瞧瞧，這勞什子竟有些意思。」眾人瞧那籤上，畫著一枝老梅，是寫著「霜曉寒姿」四字，那一面舊詩是：

竹籬茅舍自甘心。

注云：「自飲一杯，下家擲骰。」李紈笑道：「真有趣，你們擲去罷。我只自吃一杯，不問你們的廢與興。」說著，便吃酒，將骰過與黛玉。黛玉一擲，是個十八點，便該湘雲掣。

湘雲笑著，揎拳擄袖的，伸手掣了一根出來。大家看時，一面畫著一枝海棠，題著「香夢沉酣」四字，那面詩道是：

只恐夜深花睡去。

黛玉笑道：「『夜深』兩個字，改『石涼』兩個字。」眾人便知他打趣白日間湘雲醉臥的事，都笑了。湘雲笑指那自行船與黛玉看，又說：「快坐上那船家去罷，別多話了。」眾人都笑了。因看注云：「既云『香夢沉酣』，掣此籤者，不便飲酒，只令上下二家各飲一杯。」湘雲拍手笑道：「阿彌陀佛，真真好籤！」恰好黛玉是上家，寶玉是下家。二人斟了兩杯，只得要飲。寶玉先飲了半杯，瞅人不見，遞與芳官，端起來便一揚脖。黛玉只管和人說話，將酒全折在漱盂內了。

湘雲便綽起骰子來一擲個九點，數去該麝月。麝月便掣了一根出來。大家看時，這面上一枝荼蘼花，題著「韶華勝極」四字，那邊寫著一句舊詩，道是：

開到荼蘼花事了。

注云：「在席各飲三杯送春。」麝月問怎麼講，寶玉愁眉，忙將籤藏了，說：「咱們且喝酒。」說著，大家吃了三口，以充三杯之數。

麝月一擲個十九點，該香菱。香菱便掣了一根並蒂花，題著「聯春繞瑞」，那面寫著一句詩，道是：

連理枝頭花正開。

注云：「共賀掣者三杯，大家陪飲一杯。」香菱便又擲了個六點，該黛玉掣。

黛玉默默的想道：「不知還有什麼好的被我掣著方好。」一面伸手取了一根，只見上面畫著一枝芙蓉，題著「風露清愁」四字，那面一句舊詩，道是：

莫怨東風當自嗟。

注云：「自飲一杯，牡丹陪飲一杯。」眾人笑說：「這個好極。除了他，別人不配作芙蓉。」黛玉也自笑了。於是飲了酒，便擲了個二十點，該著襲人。

襲人便伸手取了一支出來，卻是一枝桃花，題著「武陵別景」四字，那一面舊詩寫著道是：

桃紅又是一年春。

注云：「杏花陪一盞，坐中同庚[13]者陪一盞，同辰者陪一盞，同姓者陪一盞。」眾人笑道：「這一回熱

---

[13] 同庚——同一年生的人。

鬧有趣。」大家算來：香菱、晴雯、寶釵三人皆與他同庚，黛玉與他同辰，只無同姓者。芳官忙道：「我也姓花，我也陪他一鍾。」於是大家斟了酒，黛玉因向探春笑道：「命中該著招貴婿的！你是杏花，快喝了，我們好喝。」探春笑道：「這是個什麼？大嫂子順手給他一下子。」李紈笑道：「人家不得貴婿，反挨打，我也不忍的。」說的衆人都笑了。

襲人才要擲，只聽有人叫門。老婆子忙出去問時，原來是薛姨媽打發人來接黛玉的。衆人因問：「幾更了？」人回：「二更以後了，鐘打過十一下了。」寶玉猶不信，要過表來瞧了一瞧，已是子初初刻十分了。黛玉便起身說：「我可撐不住了，回去還要吃藥呢。」衆人說：「也都該散了。」襲人、寶玉等還要留著衆人。李紈、寶釵等都說：「夜太深了不像，這已是破格了。」襲人道：「既如此，每位再吃一杯再走。」說著，晴雯等已都斟滿了酒，每人吃了，都命點燈。襲人等直送過沁芳亭河那邊，方回來。

關了門，大家復又行起令來。襲人等又用大鍾斟了幾鍾，用盤攢了各樣果菜與地下的老嬤嬤們吃。彼此有了三分酒，便猜拳贏唱小曲兒。那天已四更時分，老嬤嬤們一面明吃，一面暗偷，酒罈已罄，衆人聽了納罕，方收拾盥漱睡覺。芳官吃的兩腮胭脂一般，眉梢眼角，越添了許多丰韵，身子圖不得⑭，便睡在襲人身上，「好姐姐，心跳的很。」襲人笑道：「誰許你盡力灌起來！」小燕、四兒也圖不得，早睡了。晴雯還只管叫。寶玉道：「不用叫了，咱們且胡亂歇一歇罷。」自己便枕了那紅香枕，身子一歪，便也睡著了。襲人見芳官醉的很，恐鬧他唾酒，只得輕輕起來，就將芳官扶在寶玉之側，由他睡了。

⑭圖不得——因過份困倦而動不了。

自己卻在對面榻上倒下。

大家黑甜一覺，不知所之。及至天明，襲人睜眼一看，只見天色晶明，忙說：「可遲了。」向對面床上瞧了一瞧，只見芳官頭枕著炕沿上，睡猶未醒；連忙起來叫他。寶玉已翻身醒了，笑道：「可遲了！」因又推芳官起身。那芳官坐起來，猶發怔揉眼睛。襲人笑道：「不害羞，你吃醉了，怎麼也不揀地方兒，亂挺下了？」芳官聽了，瞧了一瞧，方知道和寶玉同榻，忙笑的下地來，說：「我怎麼吃的不知道了。」寶玉笑道：「我竟也不知道了。若知道，給你臉上抹些黑墨。」

說著，丫頭進來伺候梳洗。寶玉笑道：「昨兒有擾，今兒晚上我還席。」襲人笑道：「罷，罷，罷！今兒可別鬧了，再鬧就有人說話了。」寶玉道：「怕什麼！不過才兩次罷了。咱們也算是會吃酒了，那一罈子酒，怎麼就吃光了。——正是有趣，偏又沒了。」襲人笑道：「原要這樣才有趣。必至興盡了，反無後味了。昨兒都好上來了，晴雯連臊也忘了，我記得他還唱了一個。」四兒笑道：「姐姐忘了，連姐姐還唱了一個呢。在席的誰沒唱過！」眾人聽了，俱紅了臉，用兩手握著，笑個不住。

忽見平兒笑嘻嘻的走來，說親自來請昨日在席的人：「今兒我還東，短一個也使不得。」眾人忙讓坐吃茶。晴雯笑道：「可惜昨夜沒他。」平兒忙問：「你們夜裡做什麼來？」襲人便說：「告訴不得你。昨兒夜裡熱鬧非常，連往日老太太、太太帶著眾人頑，也不及昨兒這一頑。一罈酒，我們都鼓搗⑮光了，一個個吃的把臊都丟了，三不知的又都唱起來。四更多天，才橫三豎四的打了一個盹兒。」平兒笑道：

⑮鼓搗——這裡有「搞」、「作」、「搬弄」的意思。



聯經出版事業公司 校印

「好！白和我要了酒來，也不請我，還說著給我聽，氣我！」晴雯道：「今兒他還席，必來請你的，等著罷。」平兒笑問道：「『他』是誰，誰是『他』？」晴雯聽了，趕著笑打，說道：「偏你這耳朵尖，聽得真。」平兒笑道：「這會子有事，不和你說！我幹事去了。一回再打發人來請，一個不到，我是打上門來的。」寶玉等忙留，他已經去了。

這裡寶玉梳洗了，正吃茶，忽然一眼看見硯臺底下壓著一張紙，因說道：「你們這麼隨便混壓東西也不好。」襲人、晴雯等忙問：「又怎麼了？誰又有了不是了？」寶玉指道：「硯臺下是什麼？一定又是那位的樣子，忘記了收的。」晴雯忙啟硯拿了出來，卻是一張字帖兒，遞與寶玉看時，原來是一張粉箋子，上面寫著「檻外人妙玉恭肅遙叩芳辰」。寶玉看畢，直跳了起來，忙問：「這是誰接了來的？也不告訴。」襲人、晴雯等見了這般，不知當是那個要緊的人來的帖子，忙一齊問：「昨兒誰接下了一個帖子？」四兒忙飛跑進來，笑說：「昨兒妙玉並沒親來，只打發個媽媽送來。我就擱在那裡，誰知一頓酒就忘了。」眾人聽了，道：「我當誰的，這樣大驚小怪。這也不值的。」寶玉忙命：「快拿紙來。」當時拿了紙，研了墨，看他下著「檻外人」三字，自己竟不知回帖上回個什麼字樣才相敵。只管提筆出神，半天仍沒主意。因又想：若問寶釵去，他必又批評怪誕，不如問黛玉去。

想罷，袖了帖兒，逕來尋黛玉。剛過了沁芳亭，忽見岫烟顫顫巍巍的迎面走來。寶玉忙問：「姐姐那裡去？」岫烟笑道：「我找妙玉說話。」寶玉聽了詫異，說道：「他為人孤癖，不合時宜，萬人不入他目。原來他推重姐姐，竟知姐姐不是我們一流的俗人。」岫烟笑道：「他也未必真心重我，但我和他做過十年的鄰居，只一墻之隔。他在蟠香寺修煉，我家原寒素，賃的是他廟裡的房子，住了十年，無事到他廟裡去作伴，我所認的字，都是承他所授。我和他又是貧賤之交，又有半師之分。因我們投親去了，聞得他因不合時宜，權勢不容，竟投到這裡來。如今又天緣湊合，我們得遇，舊情竟未易。承他青目，更勝當日。」

寶玉聽了，恍如聽了焦雷一般，喜的笑道：「怪道姐姐舉止言談，超然如野鶴閑雲，原來有本而來。正因他的一件事我為難，要請教別人去。如今遇見姐姐，真是天緣巧合，求姐姐指教。」說著，便將拜帖取與岫烟看。岫烟笑道：「他這脾氣竟不能改，竟是生成這等放誕詭僻了。從來沒見拜帖上下別號的，這可是俗語說的『僧不僧，俗不俗，女不女，男不男』，成個什麼道理。」寶玉聽說，忙笑道：「姐姐不知道，他原不在這些人中算，他原是世人意外之人。因取我是個些微有知識⑯的，方給我這帖子。我因不知回什麼字樣才好，竟沒了主意，正要去問林妹妹，可巧遇見了姐姐。」

岫烟聽了寶玉這話，且只顧用眼上下細細打量了半日，方笑道：「怪道俗語說的『聞名不如見面』，又怪不得妙玉竟下這帖子給你，又怪不得上年竟給你那些梅花。既連他這樣，少不得我告訴你原故。他常說：『古人中自漢、晉、五代、唐、宋以來，皆無好詩，只有兩句好，說道：「縱有千年鐵門檻，終須一個土饅頭。」⑰』所以他自稱『檻外之人』。又常贊：『文是莊子的好。』故又或稱為『畸人』⑱。

⑯有知識——這裡指有不同流俗的見識。
⑰「縱有千年鐵門檻」二句——宋人范成大的詩句，這是說縱然有千年不壞的鐵製門檻，也擋不住死亡的來臨。
⑱畸人——行事乖僻，與世俗禮儀悖謬的人。


聯經出版事業公司　校印

他若帖子上是自稱『畸人』的，你就還他個『世人』。畸人者，他自稱是畸零之人；你謙自己乃世中擾擾之人，他便喜了。如今他自稱『檻外之人』，是自謂蹈于『鐵檻』之外了；故你如今只下『檻內人』，便合了他的心了。」

寶玉聽了，如醍醐灌頂⑲，「噯喲」了一聲，方笑道：「怪道我們家廟說是『鐵檻寺』呢！原來有這一說。姐姐就請，讓我去寫回帖。」岫烟聽了，便自往櫳翠庵來。寶玉回房，寫了帖子，上面只寫「檻內人寶玉熏沐謹拜」幾字，親自拿了到櫳翠庵，只隔門縫兒投進去，便回來了。

因又見芳官梳了頭，挽起䰖來，帶了些花翠，忙命他改妝，又命將周圍的短髮剃了去，露出碧青頭皮來，當中分大頂，又說：「冬天作大貂鼠臥兔兒⑳帶，腳上穿虎頭盤雲五彩小戰靴，或散著褲腿，只用淨襪厚底鑲鞋。」又說：「芳官之名不好，竟改了男名才別致。」因又改作「雄奴」。芳官十分稱心，又說：「既如此，你出門也帶我出去。有人問，只說我和茗烟一樣的小廝就是了。」寶玉笑道：「到底人看的出來。」芳官笑道：「我說你是無才的。咱家現有幾家土番，你就說我是個小土番兒。況且人人說我打聯垂好看，你想這話可妙？」寶玉聽了，喜出意外，忙笑道：「這卻很好。我亦常見官員人等多有跟從外國獻俘之種，圖其不畏風霜，鞍馬便捷。既這等，再起個番名，叫作『耶律雄奴』。『雄奴』

⑲醍醐灌頂——佛家語，比喻向人灌輸智慧佛性，這裡引申為經人指點頓然領悟的意思。醍醐，乳酪上的酥油，滲透力最強，佛家用來比喻佛性和智慧。

⑳大貂鼠臥兔兒——貂皮做的一種帽子，樣式如臥兔。

二音，又與匈奴相通，都是犬戎[21]名姓。況且這兩種人自堯舜時便為中華之患，晉唐諸朝，深受其害。幸得咱們有福，生在當今之世，大舜之正裔，聖虞之功德仁孝，赫赫格天，同天地日月億兆不朽，所以凡歷朝中跳梁猖獗之小醜，到了如今竟不用一干一戈，皆天使其拱手俛頭緣遠來降。我們正該作踐他們，為君父生色。」芳官笑道：「既這樣著，你該去操習弓馬，學些武藝，挺身出去拿幾個反叛來，豈不進忠效力了？何必借我們，你鼓唇搖舌的，自己開心作戲，卻說是稱功頌德呢？」寶玉笑道：「所以你不明白。如今四海賓服，八方寧靜，千載百載不用武備。咱們雖一戲一笑，也該稱頌，方不負坐享昇平了。」芳官聽了有理，二人自為妥貼甚宜。寶玉便叫他「耶律雄奴」。

究竟賈府二宅皆有先人當年所獲之囚賜為奴隸，只不過令其飼養馬匹，皆不堪大用。湘雲素習憨戲異常，他也最喜武扮的，每每自己束鑾帶，穿折袖[22]。近見寶玉將芳官扮成男子，他便將葵官也扮了個小子。那葵官本是常刮剔短髮，好便於面上粉墨油彩，手腳又伶便，打扮了又省一層手。李紈探春見了也愛，便將寶琴的荳官也就命他打扮了一個小童，頭上兩個丫髻，短襖紅鞋，只差了塗臉，便儼是戲上的一個琴童。湘雲將葵官改了，換作「大英」。因他姓韋，便叫他作韋大英，方合自己的意思，暗有「惟大英雄能本色」之語，何必塗朱抹粉，才是男子。荳官身量、年紀皆極小，又極鬼靈，故曰荳官。園中人也有喚他作「阿荳」的，也有喚作「炒豆子」的。寶琴反說琴童、書童等名太熟了，竟是荳字別致，

[21]犬戎——又稱畎夷、昆夷、串夷，中國古代西戎種族的別名，殷周時在涇渭流域游牧。
[22]折袖——又叫「挽袖」，袖口部分挽上一塊的服式。

便換作「荳童」。

因飯後平兒還席，說紅香圃太熱，便在榆蔭堂中擺了幾席新酒佳肴。可喜尤氏又帶了佩鳳、偕鴛二妾過來遊頑，這二妾亦是青年姣憨女子，不常過來的，今既入了這園，再遇見湘雲、香菱、芳、蕊一干女子，所謂「方以類聚，物以群分」，二語不錯，只見他們說笑不了，也不管尤氏在那裡，只憑丫鬟們去伏侍，且同眾人一一的遊頑。一時到了怡紅院，忽聽寶玉叫「耶律雄奴」，把佩鳳、偕鴛、香菱三個人笑在一處，問是什麼話，大家也學著叫這名字，又叫錯了音韵，或忘了字眼，甚至於叫出「野驢子」來，引的合園中人凡聽見無不笑倒。寶玉又見人人取笑，恐作踐了他，忙又說：「海西福朗思牙㉓，聞有金星玻璃寶石，他本國番語以金星玻璃名為『溫都里納』。如今將你比作他，就改名喚叫『溫都里納』可好？」芳官聽了更喜，說：「就是這樣罷。」因此又喚了這名。眾人嫌拗口，仍翻漢名，就喚「玻璃」。

閑言少述，且說當下眾人都在榆蔭堂中，以酒為名，大家頑笑，命女先兒擊鼓，平兒採了一枝芍藥，大家約二十來人，傳花為令，熱鬧了一回。因人回說：「甄家有兩個女人送東西來了。」探春和李紈、尤氏三人出去議事廳相見，這裡眾人且出來散一散。佩鳳、偕鴛兩個去打鞦韆頑耍，寶玉便說：「你兩個上去，讓我送。」慌的佩鳳說：「罷了，別替我們鬧亂子，倒是叫『野驢子』來送送使得。」寶玉忙笑說：「好姐姐們別頑了，沒的叫人跟著你們學著罵他。」偕鴛又說：「笑軟了，怎麼打呢，掉下來，栽出你的黃子來！」佩鳳便趕著他打。

㉓福朗思牙——即法蘭西，今法國。

正頑笑不絕，忽見東府中幾個人慌慌張張跑來，說：「老爺賓天㉔了。」眾人聽了，唬了一大跳，忙都說：「好好的並無疾病，怎麼就沒了？」家下人說：「老爺天天修煉，定是功行圓滿，升仙去了。」尤氏一聞此言，又見賈珍父子並賈璉等皆不在家，一時竟沒個著己的男子來，未免忙了。只得忙卸了妝飾，命人先到玄真觀將所有的道士都鎖了起來，等大爺來家審問；一面忙忙坐車帶了賴升一干家人媳婦出城。又請太醫看視，到底係何病。

大夫們見人已死，何處診脈來？素知賈敬導氣之術㉕總屬虛誕，更至參星禮斗，守庚申，服靈砂㉖，妄作虛為，過於勞神費力，反因此傷了性命的。如今雖死，肚中堅硬似鐵，面皮嘴唇燒的紫絳皺裂。便向媳婦回說：「係玄教中吞金服砂，燒脹而歿。」眾道士慌的回說：「原是老爺祕法新製的丹砂吃壞事，小道們也曾勸說：『功行未到，且服不得。』不承望老爺於今夜守庚申時，悄悄的服了下去，便升仙了。這恐是虔心得道，已出苦海，脫去皮囊，自了去也。」

---

㉔賓天——古時尊稱帝王之死，後世道家稱尊者死亡也說「賓天」。

㉕導氣之術——又作「導引之術」，是「導氣令和，引體令柔」的意思，原為我國古代鍛鍊身體和醫療疾病的一種方法，近似現代的氣功療法，後被道教披上神祕外衣，利用作「修仙」、「長生」的方術之一。

㉖參星、禮斗、守庚申、服靈砂——道教迷信，認為拜北斗星有助於成仙；又說人腹中有一種怪物叫「三尸」（也叫三彭、三蟲），專門伺察人的隱私過惡，每到庚申日就到天帝面前告發，減人祿命，如果人在庚申日吃齋、整夜靜坐，就可避免此災，可以長生不死；靈砂，指丹砂、朱砂，道教認為吃了丹砂可以長生不死。

尤氏也不聽，只命鎖著，等賈珍來發放，且命人去飛馬報信。一面看視這裡窄狹，不能停放，橫豎也不能進城的，忙裝裹好了，用軟轎抬至鐵檻寺來停放。掐指算來，至早也得半月的工夫，賈珍方能來到；目今天氣炎熱，實不得相待，遂自行主持，命天文生㉗擇了日期入殮。壽木已係早年備下寄在此廟的，甚是便宜。三日後便開喪破孝，一面且做起道場來等賈珍。

榮府中鳳姐兒出不來，李紈又照顧姊妹，寶玉不識事體，只得將外頭之事，暫托了幾個家中二等管事人。賈𤪠、賈珖、賈珩、賈瓔、賈菖、賈菱等各有執事。尤氏不能回家，便將他繼母接來，在寧府看家。他這繼母只得將兩個未出嫁的小女帶來，一並起居，才放心。

且說賈珍聞了此信，即忙告假，並賈蓉是有職之人。禮部見當今隆敦孝弟，不敢自專，具本請旨。原來天子極是仁孝過天的，且更隆重功臣之裔，一見此本，便詔問賈敬何職。禮部代奏：「係進士出身，祖職已蔭其子賈珍。賈敬因年邁多疾，常養靜於都城之外玄真觀，今因疾歿於寺中。其子珍，其孫蓉，現因國喪，隨駕在此，故乞假歸殮。」天子聽了，忙下額外恩旨曰：「賈敬雖白衣㉘無功於國，念彼祖父之功，追賜五品之職。令其子孫扶柩由北下之門進都，入彼私第殯殮。任子孫盡喪，禮畢扶柩回籍。外着光祿寺按上例賜祭，朝中由王公以下，准其祭弔。欽此。」此旨一下，不但賈府中人謝恩，連朝中

㉗天文生——本是明、清時代欽天監官員的職稱之一，這裡是指以擇日、占卜、看風水、選陰陽宅等為職業的人，也稱「陰陽先生」、「風水先生」或「堪輿先生」。

㉘白衣——古時平民穿白衣，所以作為老百姓的代稱。

所有大臣皆嵩呼㉙稱頌不絕。

賈珍父子星夜馳回，半路中又見賈瑞、賈珖二人領家丁飛騎而來，看見賈珍，一齊滾鞍下馬請安。賈珍忙問：「作什麼？」賈瑞回說：「嫂子恐哥哥和侄兒來了，老太太路上無人，叫我們兩個來護送老太太的。」賈珍聽了，贊稱不絕。又問：「家中如何料理？」賈瑞等便將如何拿了道士，如何挪至家廟，怕家內無人，接了親家母和兩個姨娘在上房住著。賈蓉當下也下了馬，聽見兩個姨娘來了，便和賈珍一笑。賈珍忙說了幾聲「妥當」，加鞭便走，店也不投，連夜換馬飛馳。

一日到了都門，先奔入鐵檻寺。那天已是四更天氣，坐更的聞知，忙喝起眾人來。賈珍下了馬，和賈蓉放聲大哭，從大門外便跪爬進來，至棺前稽顙泣血㉚，直哭到天亮，喉嚨都啞了方住。尤氏等都一齊見過。賈珍父子忙按禮換了凶服，在棺前俯伏。無奈自要理事，竟不能目不視物，耳不聞聲，少不得減些悲戚，好指揮眾人。因將恩旨備述與眾親友聽了。一面先打發賈蓉家中料理停靈之事。

賈蓉得不得一聲兒，先騎馬飛來至家，忙命前廳收桌椅，下槅扇，掛孝幔子，門前起鼓手棚、牌樓等事。又忙著進來看外祖母、兩個姨娘。原來尤老安人㉛年高喜睡，常歪著；他二姨娘、三姨娘都和丫頭們作活計，他來了，都道煩惱。賈蓉且嘻嘻的望他二姨娘笑說：「二姨娘，你又來了？我們父親正想

---

㉙嵩呼——也叫「山呼」。古代臣子頌祝皇帝，高呼萬歲，叫「嵩呼」。
㉚稽顙泣血——以頭叩地，哀痛號泣。稽顙，古時禮節，跪拜時，拱手至地，以額觸地；顙，額、腦門。
㉛安人——明清時對六品官之妻的封號，這裡只是個尊稱。

你呢。」尤二姐便紅了臉，罵道：「蓉小子，我過兩日不罵你幾句，你就過不得了，越發連個體統都沒了！還虧你是大家公子哥兒，每日念書學禮的，越發連那小家子瓢坎的也跟不上！」說著，順手拿起一個熨斗來，摟頭就打，嚇的賈蓉抱著頭，滾到懷裡告饒。尤三姐便上來撕嘴，又說：「等姐姐來家，咱們告訴他。」賈蓉忙笑著跪在炕上求饒，他兩個又笑了。

賈蓉又和二姨搶砂仁吃，尤二姐嚼了一嘴渣子，吐了他一臉。賈蓉用舌頭都舔著吃了。眾丫頭看不過，都笑說：「熱孝在身上，老娘才睡了覺，他兩個雖小，到底是姨娘家，你太眼裡沒有奶奶！回來告訴爺，你吃不了兜著走！」賈蓉撇下他姨娘，便抱著丫頭們親嘴：「我的心肝！你說的是。咱們饞他兩個。」丫頭們忙推他，恨的罵：「短命鬼兒！你一般有老婆、丫頭，只和我們鬧！知道的說是頑；不知道的人，再遇見那髒心爛肺的、愛多管閑事、嚼舌頭的人，吵嚷的那府裡誰不知道，誰不背地裡嚼舌說咱們這邊亂賬。」賈蓉笑道：「各門另戶，誰管誰的事？都夠使的了！從古至今，連漢朝和唐朝，人還說『髒唐臭漢』㉜，何況咱們這宗人家！誰家沒風流事？別討我說出來。連那邊大老爺這麼利害，璉叔還和那小姨娘不乾淨呢！鳳姑娘那樣剛強，瑞叔還想他的賬。——那一件瞞了我！」

賈蓉只管信口開合，胡言亂道之間，只見他老娘醒了，請安問好，又說：「難為老祖宗勞心，又難為兩位姨娘受委屈，我們爺兒們感戴不盡。惟有等事完了，我們合家大小，登門去磕頭。」尤老安人點頭道：「我的兒，倒是你會說話。親戚們原是該的。」又問：「你父親好？幾時得了信趕到的？」賈蓉

---

㉜髒唐臭漢——指漢唐宮廷中男女關係非常混亂，汙穢。

笑道：「才剛趕到的，先打發我瞧你老人家來了。好歹求你老人家事完了再去。」說著，又和他二姨擠眼，那尤二姐便悄悄咬牙含笑罵：「很會嚼舌頭的猴兒崽子！留下我們，給你爹作娘不成！」

賈蓉又戲他老娘道：「放心罷，我父親每日為兩位姨娘操心，要尋兩個又有根基，又富貴，又年輕，又俏皮㉝的兩位姨爹，好聘嫁這二位姨娘的。這幾年總沒揀得，可巧前日路上才相准了一個。」尤老娘只當真話，忙問是誰家的，二姊妹丟了活計，一頭笑，一頭趕著打，說：「媽別信這雷打的。」連丫頭們都說：「天老爺有眼，仔細雷要緊！」又值人來回話：「事已完了，請哥兒出去看了，回爺的話去。」那賈蓉方笑嘻嘻的去了。欲知如何，且聽下回分解。

㉝俏皮——這裡是「漂亮」的意思。



聯經出版事業公司校印

# 第六十四回　幽淑女悲題五美吟　浪蕩子情遺九龍珮

話說賈蓉見家中諸事已妥，連忙趕至寺中，回明賈珍。於是連夜分派各項執事人役，並預備一切應用幡杠等物。擇於初四日卯時請靈柩進城，一面使人知會諸位親友。是日，喪儀焜耀①，賓客如雲，自鐵檻寺至寧府，夾路看的何止數萬人。內中有嗟嘆的，也有羨慕的，又有一等半瓶醋的讀書人，說是「喪禮與其奢易，莫若儉戚」②的，一路紛紛議論不一。至未申時方到，將靈柩停放在正堂之內。供奠舉哀已畢，親友漸次散回，只剩族中人分理迎賓送客等事。近親只有邢大舅相伴未去。賈珍、賈蓉此時為禮法所拘，不免在靈旁藉草枕塊③，恨苦居喪。人散後，仍乘空尋他小姨子們廝混。寶玉亦每日在寧府穿

---

①焜耀——光輝明亮，形容賈府喪儀排場之大。焜，音ㄏㄨㄣˇ，明亮。

②喪禮與其奢易莫若儉戚——喪禮與其奢侈而缺乏真情，不如儉樸而衷心悲戚；語出《論語・八佾》。易，輕慢、怠弛，這裡是指缺乏真情實意。

③藉草枕塊——睡乾草，枕土塊。這是古時居父母喪的禮節。

孝，至晚人散，方回園裡。鳳姐身體未愈，雖不能時常在此，或遇開壇誦經親友上祭之日，亦扎掙過來，相幫尤氏料理。

一日，供畢早飯，因此時天氣尚長，賈珍等連日勞倦，不免在靈旁假寐。寶玉見無客至，遂欲回家看視黛玉，因先回至怡紅院中。進入門來，只見院中寂靜無人，有幾個老婆子與小丫頭們在迴廊下取便乘涼，也有睡臥的，也有坐著打盹的。寶玉也不去驚動。只有四兒看見，連忙上前來打簾子。將掀起時，只見芳官自內帶笑跑出，幾乎與寶玉撞個滿懷。一見寶玉，方含笑站住，說道：「你怎麼來了？你快與我攔住晴雯，他要打我呢！」一語未了，只聽得屋內嘻嗈嘩喇的亂響，不知是何物撒了一地。隨後晴雯趕來罵道：「我看你這小蹄子往那裡去？輸了不叫打！寶玉不在家，我看你有誰來救你！」寶玉連忙帶笑攔住，說道：「你妹子小，不知怎麼得罪了你，看我的分上，饒他罷。」晴雯也不想寶玉此時回來，乍一見，不覺好笑，遂笑說道：「芳官竟是個狐狸精變的？竟是會拘神遣將的符咒也沒有這樣快。」又笑道：「就是你真請了神來，我也不怕。」遂奪手仍要捉拿芳官。芳官早已藏在寶玉身後。寶玉遂一手拉了晴雯，一手攜了芳官，進入屋內。看時，只見西邊炕上麝月、秋紋、碧痕、紫綃等正在那裡抓子兒贏瓜子兒④呢。卻是芳官輸與晴雯，芳官不肯叫打，跑了出去。晴雯因趕芳官，將懷內的子兒撒了一地。寶玉歡喜道：「如此長天，我不在家，正恐你們寂寞，吃了飯睡覺，睡出病來，大家尋件事頑笑消遣甚好。」因不見襲人，又問道：「你襲人姐姐呢？」晴雯道：「襲人麼，越發道學⑤了，獨自個在屋裡面

④抓子兒、贏瓜子兒——抓子兒，舊時一種訓練手眼敏捷的小兒遊戲；贏瓜子兒，這裡指贏者用手打輸者的手心等。

⑤道學——宋代的理學講究「存天理、去人慾」，所以後人對一些虛偽、頑固、死板的人，也稱作「道學」。

壁⑥呢。這好一會我沒進去，不知他作什麼呢，一些聲氣也聽不見。你快瞧瞧去罷，或者此時參悟了，也未可定。」

寶玉聽說，一面笑，一面走至裡間。只見襲人坐在近窗床上，手中拿著一根灰色縧子，正在那裡打結子呢。見寶玉進來，連忙站起來，笑道：「晴雯這東西，編派我什麼呢？我因要趕著打完了這結子，沒工夫和他們瞎鬧，因哄他們道：『你們頑去罷，趁著二爺不在家，我要在這裡靜坐一坐，養一養神。』他就編派了我這些混話，什麼『面壁了』、『參禪了』的，等一會我不撕他那嘴！」寶玉笑著挨近襲人坐下，瞧他打結子，問道：「這麼長天，你也該歇息歇息，或和他們頑笑，要不，瞧瞧林妹妹去也好。怪熱的打這個，那裡使？」襲人道：「我見你帶的扇套，還是那年東府裡蓉大奶奶的事情上作的。那個青東西，除族中或親友家夏天有喪事方帶得著，一年遇著帶一兩遭，平常又不犯做⑦。如今那府裡有事，這是要過去天天帶的，所以我趕著另作一個。等打完了結子，給你換下那舊的來。你雖然不講究這個，若叫老太太回來看見，又該說我們躲懶，連你的穿帶之物都不經心了。」寶玉笑道：「這真難為你想的到。只是也不可過於趕，熱著了倒是大事。」說著，芳官早托了一杯涼水內新湃的茶來。因寶玉素昔秉賦柔脆，雖暑月不敢用冰，只以新汲井水將茶連壺浸在盆內，不時更換，取其涼意而已。寶玉就芳官手內吃了半盞，遂向襲人道：「我來時已吩咐了茗烟，若珍大哥那邊有要緊的客來時，叫他即刻送信；若

⑥面壁——因達摩坐禪，面對牆壁，所以佛家打坐又叫面壁。
⑦不犯做——不值得做。

無要緊的事，我就不過去了。」說畢，遂出了房門，又回頭向碧痕等道：「如有事，往林姑娘處來找我。」於是一逕往瀟湘館來看黛玉。

將過了沁芳橋，只見雪雁領著兩個老婆子，手中都拿著菱藕瓜果之類。寶玉忙問雪雁道：「你們姑娘從來不吃這些涼東西的，拿這些瓜果何用？不是要請那位姑娘、奶奶麼？」雪雁笑道：「我告訴你，可不許你對姑娘說去。」寶玉點頭應允。雪雁便命兩個婆子：「先將瓜果送去交與紫鵑姐姐。他要問我，你就說我做什麼呢，就來。」那婆子答應著去了。雪雁方說道：「我們姑娘這兩日方覺身上好些了。今日飯後，三姑娘來會著要瞧二奶奶去，姑娘也沒去。又不知想起了甚麼來，自己傷感了一回，提筆寫了好些，不知是詩是詞，叫我傳瓜果去時，又聽叫紫鵑將屋內擺著的小琴桌上的陳設搬下來，將桌子挪在外間當地，又叫將那龍文鼒⑧放在桌上，等瓜果來時聽用。——若說是請人呢，不犯先忙著把個爐擺出來；若說點香呢，我們姑娘素日屋內除擺新鮮花果木瓜之類，又不大喜熏衣服。就是點香，亦當點在常坐臥之處；難道是老婆子們把屋子熏臭了，要拿香熏熏不成？究竟連我也不知何故。」說畢，便連忙的去了。

寶玉這裡不由的低頭心內細想道：「據雪雁說來，必有原故。若是同那一位姊妹們閑坐，亦不必如此先設饌具。或者是姑爹、姑媽的忌辰？但我記得每年到此日期，老太太都吩咐另外整理肴饌送去與林妹妹私祭，此時已過。大約必是七月，因為瓜果之節，家家都上秋祭的墳，林妹妹有感於心，所以在私室自己奠祭，取《禮記》：『春秋薦其時食』⑨之意，也未可定。但我此刻走去，見他傷感，必極力勸

---

⑧龍文鼒——有龍形圖案的香爐。鼒，音ㄗ，小鼎。

⑨春秋薦其時食——每逢春秋祭祀，向祖先進獻時鮮食品，語見《禮記・中庸》。

解，又怕他煩惱鬱結於心；若不去，又恐他過於傷感，無人勸止：兩件皆足致疾。莫若先到鳳姐姐處一看，在彼稍坐即回。如若見林妹妹傷感，再設法開解，既不至使其過悲，哀痛稍申，亦不至抑鬱致病。」想畢，遂出了園門，一逕到鳳姐處來。

正有許多執事婆子們回事畢，紛紛散出。鳳姐兒正倚著門和平兒說話呢。一見了寶玉，笑道：「你回來了麼？我才吩咐了林之孝家的，叫他使人告訴跟你的小廝，若沒什麼事，趁便請你回來歇息歇息。再者那裡人多，你那裡禁得住那些氣味？不想恰好你倒來了。」寶玉笑道：「多謝姐姐記掛。我也因今日沒事，又見姐姐這兩日沒往那府裡去，不知身上可大愈否，所以回來看視看視。」鳳姐道：「左右也不過是這樣，三日好兩日不好的。老太太、太太不在家，這些大娘們，噯！那一個是安分的？每日不是打架，就拌嘴，連賭博、偷盜的事情，都鬧出來了兩三件了。雖說有三姑娘幫著辦理，他又是個沒出閣的姑娘。也有叫他知道得的，也有往他說不得的事，也只好強扎掙著罷了。總不得心靜一會兒。別說想病好，求其不添，也就罷了。」寶玉道：「雖如此說，姐姐還要保重身體，少操些心才是。」說畢，又說了些閑話，別了鳳姐，一直往園中走來。

進了瀟湘館院門看時，只見爐裊殘烟，奠餘玉醴⑩。紫鵑正看著人往裡搬桌子，收陳設呢。寶玉便知已經祭完了，走入屋內，只見黛玉面向裡歪著，病體懨懨，大有不勝之態。紫鵑連忙說道：「寶二爺來了。」黛玉方慢慢的起來，含笑讓坐。寶玉道：「妹妹這兩天可大好些了？氣色倒覺靜些，只是為何

⑩玉醴——甜酒。

又傷心了？」黛玉道：「可是你沒的說了，好好的，我多早晚又傷心了？」寶玉笑道：「妹妹臉上現有淚痕，如何還哄我呢？只是我想妹妹素日本來多病，凡事當各自寬解，不可過作無益之悲。若作踐壞了身子，使我……」說到這裡，覺得以下的話有些難說，連忙咽住。只因他雖說和黛玉一處長大，情投意合，又願同生死，卻只是心中領會，從來未曾當面說出；況兼黛玉心多，每每說話造次，得罪了他。今日原為的是來勸解，不想把話又說造次了，接不下去，心中一急，又怕黛玉惱他；又想一想自己的心，實在的是為好，因而轉急為悲，早已滾下淚來。黛玉起先原惱寶玉說話不論輕重，如今見此光景，心有所感，本來素昔愛哭，此時亦不免無言對泣。

卻說紫鵑端了茶來，打諒二人又為何事角口，因說道：「姑娘才身上好些，寶二爺又來慪氣了。到底是怎麼樣？」寶玉一面拭淚，笑道：「誰敢慪妹妹了？」一面搭訕著起來閑步。只見硯臺底下微露一紙角，不禁伸手拿起。黛玉忙要起身來奪，已被寶玉揣在懷內，笑央道：「好妹妹，賞我看看罷。」黛玉道：「不管什麼，來了就混翻！」

一語未了，只見寶釵走來，笑道：「寶兄弟要看什麼？」寶玉因未見上面是何言詞，又不知黛玉心中如何，未敢造次回答，卻望著黛玉笑。黛玉一面讓寶釵坐，一面笑說道：「我曾見古史中有才色的女子，終身遭際，令人可欣、可羨、可悲、可嘆者甚多。今日飯後無事，因欲擇出數人，胡亂湊幾首詩，以寄感慨，可巧探丫頭來會我瞧鳳姐姐去，我也身上懶懶的，沒同他去。才將做了五首，一時困倦起來，撂在那裡，不想二爺來了，就瞧見了。其實給他看也倒沒有什麼，但只我嫌他是不是的寫給人看去。」寶玉忙道：「我多早晚給人看來呢？昨日那把扇子，原是我愛那幾首白海棠的詩，所以我自己用小楷寫了，不過為的是拿在手中看著便易。我豈不知閨閣中詩詞字跡是輕易往外傳誦不得的？自從你說了，我總沒拿出園子去。」

寶釵道：「林妹妹這慮的也是。你既寫在扇子上，偶然忘記了，拿在書房裡去，被相公們看見了，豈有不問是誰做的呢？倘或傳揚開了，反為不美。自古道『女子無才便是德』，總以貞靜為主，女工還是第二件。其餘詩詞，不過是閨中遊戲，原可以會，可以不會。咱們這樣人家的姑娘，倒不要這些才華的名譽。」因又笑向黛玉道：「拿出來給我看看無妨，只不叫寶兄弟拿出去就是了。」黛玉笑道：「既如此說，連你也可以不必看了。」又指著寶玉笑道：「他早已搶了去了。」寶玉聽了，方自懷內取出，湊至寶釵身旁，一同細看。只見寫道：

西　施

一代傾城逐浪花，吳宮空自憶兒家。效顰莫笑東村女，頭白溪邊尚浣紗。

虞　姬

腸斷烏騅夜嘯風，虞兮幽恨對重瞳。黥彭甘受他年醢，飲劍何如楚帳中。⑪

---

⑪「虞姬」一詩——虞姬，西楚霸王項羽的愛姬，常隨項羽出征，項羽被圍垓下，夜聞四面楚歌，知大勢已去，便悲歌慷慨，虞姬和之，歌罷拔劍自刎。烏騅，項羽所騎戰馬名；重瞳，眼中有兩個瞳孔，這裡代指項羽。黥，指黥布，因謀反為劉邦所殺；彭，指彭越，被封梁王，因有人告他謀反，劉邦先貶他為庶人，後誅而醢之，以其醢遍賜諸侯；醢，本是肉、魚等製成的醬，這裡指把人剁成肉醬的醢刑。飲劍，用劍自刎。

明妃

絕豔驚人出漢宮，紅顏命薄古今同。君王縱使輕顏色，予奪權何畀畫工？⑫

綠珠

瓦礫明珠一例拋，何曾石尉重嬌嬈。都緣頑福前生造，更有同歸慰寂寥。⑬

紅拂

長揖雄談態自殊，美人巨眼識窮途。屍居餘氣楊公幕，豈得羈縻女丈夫。⑭

寶玉看了，贊不絕口，又說道：「妹妹這詩，恰好只做了五首，何不就命曰《五美吟》？」於是不容分說，便提筆寫在後面。寶釵亦說道：「做詩不論何題，只要善翻古人之意。若要隨人腳踪走去，縱使字句精工，已落第二義⑮，究竟算不得好詩。即如前人所咏昭君之詩甚多，有悲挽昭君的，有怨恨延

---

⑫「明妃」一詩——明妃，即王昭君，因避晉文帝司馬昭諱，改「昭」為「明」。出漢宮，指昭君出嫁於南匈奴呼韓邪單于事。予奪，賜予和剝奪、取與捨；畀，音ㄅㄧˋ，交給。

⑬「綠珠」一詩——綠珠，晉代石崇的侍妾，善吹笛與歌舞，孫秀想要綠珠，石崇不給，孫遂假傳皇帝詔令逮捕石崇，綠珠跳樓自殺，石崇也被處死。石尉，即石崇，他曾作過散騎常侍、侍中、南蠻校尉等官。頑福，義同「癡福」，即舊時俗語所謂「癡人有癡福」；同歸，同死。

⑭「紅拂」一詩——紅拂，唐代杜光庭《虬髯客傳》的女主角，姓張，原是隋朝大臣楊素的侍女，後私奔李靖；她在楊家時手執紅拂，見李靖時又自稱「紅拂妓」。長揖，拱手；本句形容李靖儀態洒脫，談笑自若。屍居餘氣，本是形容人之將死，這裡藉以形容楊素老朽不堪，無所作為。

⑮第二義——第二等、第二流。


聯經出版事業公司校印

壽的，又有譏漢帝不能使畫工圖貌賢臣而畫美人的，紛紛不一。後來王荊公復有『意態由來畫不成，當時枉殺毛延壽』；永叔有『耳目所見尚如此，萬里安能制夷狄』⑯。二詩俱能各出己見，不與人同。今日林妹妹這五首詩，亦可謂命意新奇，別開生面了。」

仍欲往下說時，只見有人回道：「璉二爺回來了。適才外間傳說，往東府裡去了，好一會了，想必就回來的。」寶玉聽了，連忙起身，迎至大門以內等待。恰好賈璉自外下馬進來，於是寶玉先迎著賈璉跪下，口中給賈母、王夫人等請了安，又給賈璉請了安。二人攜手走了進來。只見李紈、鳳姐、寶釵、黛玉、迎、探、惜等早在中堂等候，一一相見已畢。因聽賈璉說道：「老太太明日一早到家，一路身體甚好。今日先打發了我來，回家看視，明日五更，仍要出城迎接。」說畢，眾人又問了些路途的景況。因賈璉是遠歸，遂大家別過，讓賈璉回房歇息。一宿晚景，不必細述。

至次日飯時前後，果見賈母、王夫人等到來。眾人接見已畢，略坐了一坐，吃了一杯茶，便領了王夫人等人過寧府中來。只聽見裡面哭聲震天，卻是賈赦、賈璉送賈母到家，即過這邊來了。當下賈母進入裡面，早有賈赦、賈璉率領族中人哭著迎了出來。他父子一邊一個挽了賈母，走至靈前，又有賈珍、賈蓉跪著撲入賈母懷中痛哭。賈母暮年人，見此光景，亦摟了珍、蓉等痛哭不已。賈赦、賈璉在旁苦勸，方略略止住。又轉至靈右，見了尤氏婆媳，不免又相持大痛一場。哭畢，眾人方上前一一請安問好。

---

⑯王荊公、永叔——王荊公，即王安石，曾被封為荊國公；「意態」二句，見其〈明妃曲〉第一首。永叔，歐陽修的字；「耳目」二句，見其〈明妃曲・再和王介甫〉。

賈珍因賈母才回家來，未得歇息，坐在此間看著，未免要傷心，遂再三求賈母回家；王夫人等亦再三相勸。賈母不得已，方回來了。果然年邁的人，禁不住風霜傷感，至夜間便覺頭悶目酸，鼻塞聲重。連忙請了醫生來診脈下藥，足足的忙亂了半夜一日。幸而發散的快，未曾傳經⑰，至三更天，些須發了點汗，脈靜身涼，大家方放了心。至次日，仍服藥調理。

又過了數日，乃賈敬送殯之期，賈母猶未大愈，遂留寶玉在家侍奉。鳳姐因未曾甚好，亦未去。其餘賈赦、賈璉、邢夫人、王夫人等，率領家人僕婦，都送至鐵檻寺，至晚方回。賈珍、尤氏並賈蓉仍在寺中守靈，等過百日後，方扶柩回籍。家中仍托尤老娘並二姐、三姐照管。

卻說賈璉素日既聞尤氏姊妹之名，恨無緣得見。近因賈敬停靈在家，每日與二姐、三姐相識已熟，不禁動了垂涎之意。況知與賈珍、賈蓉等素有聚麀⑱之誚，因而乘機百般撩撥，眉目傳情。那三姐卻只是淡淡相對，只有二姐也十分有意，但只是眼目眾多，無從下手。賈璉又怕賈珍吃醋，不敢輕動，只好二人心領神會而已。此時出殯以後，賈珍家下人少，除尤老娘帶領二姐、三姐並幾個粗使的丫鬟、老婆子在正室居住外，其餘婢妾，都隨在寺中；外面僕婦，不過晚間巡更，日間看守門戶，白日無事，亦不

⑰傳經——中醫術語。人體外感風寒通過經絡傳至全身叫「傳經」。

⑱聚麀——指父子共占一個女子的禽獸行為。《禮記・曲禮》：「夫惟禽獸無禮，故父子聚麀。」麀，母鹿，也泛指母獸。

聯經出版事業公司校印

進裡面去。所以賈璉便欲趁此下手，遂托相伴賈珍為名，亦在寺中住宿；又時常借著替賈珍料理家務，不時至寧府中來勾搭二姐。

一日，有小管家俞祿來回賈珍道：「前者所用棚杠孝布並請杠人青衣，共使銀一千一百一十兩，除給銀五百兩外，仍欠六百零十兩。昨日兩處買賣人俱來催討，小的特來討爺的示下。」賈珍道：「你且向庫上領去就是了，這又何必來回我。」俞祿道：「昨日已曾上庫上去領，但只是老爺賓天以後，各處支領甚多，所剩還要預備百日道場及廟中用度，此時竟不能發給。所以小的今日特來回爺，或者爺內庫裡暫且發給，或者挪借何項，吩咐了，小的好辦。」賈珍笑道：「你還當是先呢，有銀子放著不使。你無論那裡借了給他罷。」俞祿笑回道：「若說一二百，小的還可以挪借；這五六百，小的一時那裡辦得來？」賈珍想了一回，向賈蓉道：「你問你娘去，昨日出殯以後，有江南甄家送來打祭銀⑲五百兩，未曾交到庫上去，你先要了來，給他去罷。」賈蓉答應了，連忙過這邊來，回了尤氏，復轉來回他父親道：「昨日那項銀子已使了二百兩，下剩的三百兩，令人送至家中，交與老娘收了。」賈珍道：「既然如此，你就帶了他去，向你老娘要了出來，交給他。再也瞧瞧家中有事無事，問你兩個姨娘好。下剩的，俞祿先借了添上罷。」

賈蓉與俞祿答應了，方欲退出，只見賈璉走了進來。俞祿忙上前請了安。賈璉便問何事，賈珍一一告訴了。賈璉心中想道：「趁此機會，正可至寧府尋二姐。」一面遂說道：「這有多大事，何必向人借

---

⑲打祭銀——奠儀，送給死者家屬以代祭品的銀錢。

去？昨日我方得了一項銀子，還沒有使呢，莫若給他添上，豈不省事？」賈珍道：「如此甚好。你就吩咐了蓉兒，一并令他取去。」賈璉忙道：「這必得我親身取去。再我這幾日沒回家了，還要給老太太、老爺、太太們請請安去；到大哥那邊查查家人們有無生事，再也給親家太太請請安。」賈珍笑道：「只是又勞動你，我心裡倒不安。」賈璉也笑道：「自家兄弟，這有何妨呢？」賈珍又吩咐賈蓉道：「你跟了你叔叔去，也到那邊給老太太、老爺、太太們請安，說我和你娘都請安。打聽打聽老太太身上可大安了？還服藥呢沒有？」賈蓉一一答應了，跟隨賈璉出來，帶了幾個小廝，騎上馬，一同進城。

在路叔侄閑話。賈璉有心，便提到尤二姐，因誇說如何標緻，如何做人好，舉止大方，言語溫柔，無一處不令人可敬可愛，「人人都說你嬸子好，據我看，那裡及你二姨一零兒呢？」賈蓉揣知其意，便笑道：「叔叔既這麼愛他，我給叔叔作媒，說了做二房，何如？」賈璉笑道：「你這是頑話，還是正經話？」賈蓉道：「我說的是當真的話。」賈璉又笑道：「敢自好呢。只是怕你嬸子不依，再也怕你老娘不願意。況且我聽見說你二姨兒已有了人家了。」賈蓉道：「這都無妨。我二姨兒三姨兒都不是我老爺養的，原是我老娘帶了來的。聽見說，我老娘在那一家時，就把我二姨兒許給皇糧莊頭⑳張家，指腹為婚。後來張家遭了官司，敗落了，我老娘又自那家嫁了出來，如今這十數年，兩家音信不通。我老娘時常報怨，要與他家退婚；我父親也要將二姨轉聘，只等有了好人家，不過令人找著張家，給他十幾兩銀子，寫上一張退婚的字兒。想張家窮極了的人，見了銀子，有什麼不依的？再他也知道咱們這樣的人家，

⑳皇糧莊頭——皇莊的代管人；皇帝私人的土地，稱作「皇莊」。


聯經出版事業公司 校印

也不怕他不依。又是叔叔這樣人說了做二房，我管保我老娘和我父親都願意。倒只是嬸子那裡卻難。」

賈璉聽到這裡，心花都開了，那裡還有什麼話說，只是一味呆笑而已。賈蓉又想了一想，笑道：「叔叔若有膽量，依我的主意，管保無妨，不過多花上幾個錢。」賈璉忙道：「有何主意，快些說來，我沒有不依的。」賈蓉道：「叔叔回家，一點聲色也別露。等我回明了我父親，向我老娘說妥，然後在咱們府後方近左右，買上一所房子及應用傢伙，再撥兩窩子家人過去伏侍。擇了日子，人不知，鬼不覺，娶了過去，囑咐家人不許走漏風聲。嬸子在裡面住著，深宅大院，那裡就得知道了？叔叔兩下裡住著，過個一年半載，即或鬧出來，不過挨上老爺一頓罵。叔叔只說嬸子總不生育，原是為子嗣起見，所以私自在外面作成此事。就是嬸子，見生米做成熟飯，也只得罷了。再求一求老太太，沒有不完的事。」

自古道「慾令智昏」，賈璉只顧貪圖二姐美色，聽了賈蓉一篇話，遂為計出萬全，將現今身上有服，並停妻再娶，嚴父妒妻，種種不妥之處，皆置之度外了。卻不知賈蓉亦非好意，素日因同他姨娘有情，只因賈珍在內，不能暢意。如今若是賈璉娶了，少不得在外居住，趁賈璉不在時，好去鬼混之意。賈璉那裡思想及此，遂向賈蓉致謝道：「好侄兒，你果然能夠說成了，我買兩個絕色的丫頭謝你。」說著，已至寧府門首。賈蓉說道：「叔叔進去，向我老娘要出銀子來，就交給俞祿罷。我先給老太太請安去。」賈璉含笑點頭道：「老太太跟前，別說我和你一同來的。」賈蓉道：「知道。」又附耳向賈璉道：「今日要遇見二姨，可別性急了，鬧出事來，往後倒難辦了。」賈璉笑道：「少胡說！你快去罷。我在這裡等你。」於是賈蓉自去給賈母請安。

賈璉進入寧府，早有家人頭兒率領家人等請安，一路圍隨至廳上。賈璉一一的問了些話，不過塞責而已，便命家人散去，獨自往裡面走來。原來賈璉、賈珍素日親密，又是弟兄，本無可避忌之人，自來是不等通報的。於是走至上房，早有廊下伺候的老婆子打起簾子，讓賈璉進去。賈璉進入房中一看，只見南邊炕上只有尤二姐帶著兩個丫鬟一處做活，卻不見尤老娘與三姐。賈璉忙上前問好相見。尤二姐含笑讓坐，便靠東邊排插兒㉑坐下。賈璉仍將上首讓與二姐兒，說了幾句見面情兒，便笑問道：「親家太太和三妹妹那裡去了，怎麼不見？」尤二姐笑道：「才有事往後頭去了，也就來的。」

此時伺候的丫鬟因倒茶去，無人在跟前，賈璉不住的拿眼瞟著二姐。二姐低了頭，只含笑不理。賈璉又不敢造次動手動腳，因見二姐手中拿著一條拴著荷包的絹子擺弄，便搭訕著，往腰裡摸了摸，說道：「檳榔荷包也忘記了帶了來，妹妹有檳榔，賞我一口吃。」二姐道：「檳榔倒有，就只是我的檳榔從來不給人吃。」賈璉便笑著欲近身來拿。二姐怕人看見不雅，便連忙一笑，撂了過來。賈璉接在手中，都倒了出來，揀了半塊吃剩下的，撂在口中吃了，又將剩下的都揣了起來。剛要把荷包親身送過去，只見兩個丫鬟倒了茶來。賈璉一面接了茶吃茶，一面暗將自己帶的一個漢玉九龍珮解了下來，拴在手絹上，趁丫鬟回頭時，仍撂了過去。二姐亦不去拿，只裝看不見，坐著吃茶。只聽後面一陣簾子響，卻是尤老娘、三姐帶著兩個小丫鬟自後面走來。賈璉送目與二姐，令其拾取，這尤二姐亦只是不理。賈璉不知二姐何意，甚是著急，只得迎上來與尤老娘、三姐相見。一面又回頭看二姐時，只見二姐笑著，沒事人似的；再又看一看絹子，已不知那裡去了，賈璉方放了心。

㉑排插兒——即「牌插」，一種用於室內局部分隔的設施，常用於室內前後檐炕的兩頭。

於是大家歸坐後，敘了些閑話，賈璉說道：「大嫂子說，前日有一包銀子交給親家太太收起來了，今日因要還人，大哥令我來取。再也看看家裡有事無事。」尤老娘聽了，連忙使二姐拿鑰匙去取銀子。這裡賈璉又說道：「我也要給親家太太請請安，瞧瞧二位妹妹。親家太太臉面倒好，只是二位妹妹在我們家裡受委屈。」尤老娘笑道：「咱們都是至親骨肉，說那裡的話？在家裡也是住著，在這裡也是住著。不瞞二爺說，我們家裡自從先夫去世，家計也著實艱難了，全虧了這裡姑爺幫助。如今姑爺家裡有了這樣大事，我們不能別的出力，白看一看家，還有什麼委屈了的呢？」正說著，二姐已取了銀子來，交與尤老娘。尤老娘便遞與賈璉。賈璉叫一個小丫頭叫了一個老婆子來，吩咐他道：「你把這個交給俞祿，叫他拿過那邊去等我。」老婆子答應了出去。

只聽得院內是賈蓉的聲音說話。須臾進來，給他老娘、姨娘請了安，又向賈璉笑道：「才剛老爺還問叔叔呢，說是有什麼事情要使喚。原要使人到廟裡去叫，我回老爺說叔叔就來。老爺還吩咐我，路上遇著叔叔，叫快去呢。」賈璉聽了，忙要起身，又聽賈蓉和他老娘說道：「那一次我和老太太說的，我父親要給二姨說的姨父，就和我這叔叔的面貌身量差不多兒。老太太說好不好？」一面說著，又悄悄的用手指著賈璉，和他二姨努嘴。二姐倒不好意思說什麼，只見三姐似笑非笑、似惱非惱的罵道：「壞透了的小猴兒崽子！沒了你娘的說了！多早晚我才撕他那嘴呢！」一面說著，便趕了過來。賈蓉早笑著跑了出去，賈璉也笑著辭了出來。走至廳上，又吩咐了家人們不可耍錢、吃酒等話。又悄悄的央賈蓉，回去急速和他父親說。一面便帶了俞祿過來，將銀子添足，交給他拿去。一面給賈赦請安，又給賈母去請安，不提。

卻說賈蓉見俞祿跟了賈璉去取銀子，自己無事，便仍回至裡面，和他兩個姨娘嘲戲一回，方起身。至晚到寺，見了賈珍，回道：「銀子已經交給俞祿了。老太太已大愈了，如今已經不服藥了。」說畢，又趁便將路上賈璉要娶尤二姐做二房之意說了。又說如何在外面置房子住，不使鳳姐知道：「此時總不過為的是子嗣艱難起見。為的是二姨是見過的，親上做親，比別處不知道的人家說了來的好。所以二叔再三央求我對父親說。」只不說是他自己的主意。賈珍想了想，笑道：「其實倒也罷了。只不知你二姨心中願意不願意。明日你先去和你老娘商量，叫你老娘問准了你二姨，再作定奪。」於是又教了賈蓉一篇話，便走過來，將此事告訴了尤氏。尤氏卻知此事不妥，因而極力勸止。無奈賈珍主意已定，素日又是順從慣了的，況且他與二姐本非一母，不便深管，因而也只得由他們鬧去了。

至次日一早，果然賈蓉復進城來見他老娘，將他父親之意說了，又添上許多話，說賈璉做人如何好，目今鳳姐身子有病，已是不能好的了，暫且買了房子在外面住著，過個一年半載，只等鳳姐一死，便接了二姨進去做正室。又說他父親此時如何聘，賈璉那邊如何娶，如何「接了你老人家養老，往後三姨也是那邊應了替聘」，說得天花亂墜，不由得尤老娘不肯。況且素日全虧賈珍周濟，此時又是賈珍作主替聘，而且妝奩不用自己置買，賈璉又是青年公子，比張華勝強十倍，遂連忙過來與二姐商議。二姐又是水性的人，在先已和姐夫不妥，又常怨恨當時錯許張華，致使後來終身失所，今日賈璉有情，況是姐夫將他聘嫁，有何不肯？也便點頭依允。當下回覆了賈蓉，賈蓉回了他父親。

次日，命人請了賈璉到寺中來，賈珍當面告訴了他尤老娘應允之事。賈璉自是喜出望外，感謝賈珍、賈蓉父子不盡。於是二人商量著，使人看房子，打首飾，給二姐置買妝奩，及新房中應用床帳等物。不過幾日，早將諸事辦妥。已於寧榮街後二里遠近小花枝巷內買定一所房子，共二十餘間。又買了兩個小丫鬟。賈珍又給了一房家人，名叫鮑二，夫妻兩口，以備二姐過來時伏侍。那鮑二兩口子聽見這個巧宗兒，如何不來呢？又使人將張華父子叫來，逼勒著與尤老娘寫退婚書。卻說張華之祖原當皇糧莊頭，後來死去。至張華父親時，仍充此役，因與尤老娘前夫相好，所以將張華與尤二姐指腹為婚。後來不料遭了官司，敗落了家產，弄得衣食不周，那裡還娶得起媳婦呢？尤老娘又自那家嫁了出來，兩家有十數年音信不通。今被賈府家人喚至，逼他與二姐退婚，心中雖不願意，無奈懼怕賈珍等勢焰，不敢不依，只得寫了一張退婚文約。尤老娘與了二十兩銀子，兩家退親不提。

這裡賈璉等見諸事已妥，遂擇了初三黃道吉日，以便迎娶二姐過門。正是：

只為同枝貪色欲，致使連理起戈矛。

下回分解。

# 第六十五回　賈二舍①偷娶尤二姨　尤三姐思嫁柳二郎

話說賈璉、賈珍、賈蓉等三人商議，事事妥貼，至初二日，先將尤老和三姐送入新房。尤老娘一看，雖不似賈蓉口內之言，也十分齊備，母女二人已稱了心。鮑二夫婦見了，如一盆火，趕著尤老娘一口一聲喚「老娘」，又或是「老太太」；趕著三姐喚「三姨」，或是「姨娘」。至次日五更天，一乘素轎，將二姐抬來，各色香燭紙馬，並鋪蓋以及酒飯，早已備得十分妥當。一時，賈璉素服坐了小轎而來，拜過天地，焚了紙馬。那尤老娘見二姐身上、頭上煥然一新，不是在家模樣，十分得意。攙入洞房。是夜賈璉同她顛鸞倒鳳，百般恩愛，不消細說。

那賈璉越看越愛，越瞧越喜，不知怎生奉承這二姐，乃命鮑二等人不許提三說二的，直以「奶奶」稱之，自己也稱「奶奶」，竟將鳳姐一筆勾倒。有時回家中，只說在東府有事羈絆，鳳姐輩因知他和賈

①二舍——二公子、二少爺，舍，即舍人，原是官名，宋元以來俗稱貴族官家子弟為舍人。

珍相得，自然是或有事商議，也不疑心。再家下人雖多，都不管這些事。便有那遊手好閑、專打聽小事的人，也都去奉承賈璉，乘機討些便宜，誰肯去露風？於是賈璉深感賈珍不盡。賈璉一月出五兩銀子做天天的供給。若不來時，他母女三人一處吃飯；若賈璉來了，他夫妻二人一處吃，他母女便回房自吃。賈璉又將自己積年所有的梯己，一併搬了與二姐收著；又將鳳姐素日之為人行事，枕邊衾內，盡情告訴了他，只等一死，便接他進去。二姐聽了，自是願意。當下十來個人，倒也過起日子來，十分豐足。

眼見已是兩個月光景。這日賈珍在鐵檻寺作完佛事，晚間回家時，因與他姨妹久別，竟要去探望探望。先命小廝去打聽賈璉在與不在，小廝回來說不在。賈珍歡喜，將左右一概先遣回去，只留兩個心腹小童牽馬。一時，到了新房，已是掌燈時分，悄悄入去。兩個小廝將馬拴在圈內，自往下房去聽候。

賈珍進來，屋內才點燈，先看過了尤氏母女，然後二姐出見，賈珍仍喚二姨。大家吃茶，說了一回閑話。賈珍因笑說：「我作的這保山如何？若錯過了，打著燈籠還沒處尋！過日，你姐姐還備了禮來瞧你們呢。」說話之間，尤二姐已命人預備下酒饌，關起門來。都是一家人，原無避諱。那鮑二來請安，賈珍便說：「你還是個有良心的小子，所以叫你來伏侍。日後自有大用你之處，不可在外頭吃酒生事。我自然賞你。倘或這裡短了什麼，你璉二爺事多，那裡人雜，你只管去回我。我們弟兄，不比別人。」鮑二答應道：「是，小的知道。若小的不盡心，除非不要這腦袋了。」賈珍點頭說：「要你知道。」

當下四人一處吃酒。尤二姐知局②，便邀他母親說：「我怪怕的，媽同我到那邊走走來。」尤老娘也會意，便真個同他出來，只剩小丫頭們。賈珍便和三姐挨肩擦臉，百般輕薄起來。小丫頭們看不過，也都躲了出去，憑他兩個自在取樂，不知作些什麼勾當。

跟的兩個小廝都在廚下和鮑二飲酒，鮑二女人上灶。忽見兩個丫頭也走了來，嘲笑要吃酒。鮑二因說：「姐兒們不在上頭伏侍，也偷來了；一時叫起來沒人，又是事。」他女人罵道：「胡塗渾嗆了的③忘八！你撞喪那黃湯罷。撞喪醉了，夾著你那臊子挺你的尸去！叫不叫，與你屄相干！一應有我承當，風雨橫豎洒不著你頭上來。」這鮑二原因妻子發迹的，近日越發虧他。自己除賺錢吃酒之外，一概不管，賈璉等也不肯責備他，故他視妻如母，百依百隨，且吃夠了便去睡覺。這裡鮑二家的陪著這些丫鬟、小廝吃酒，討他們的好，準備在賈珍前上好。

四人正吃的高興，忽聽扣門之聲，鮑二家的忙出來開門，看見是賈璉下馬，問有事無事。鮑二女人便悄悄告他說：「大爺在這裡西院裡呢。」賈璉聽了，便回至臥房。只見尤二姐和他母親都在房中，見他來了，二人面上便有些訕訕的。賈璉反推不知，只命：「快拿酒來，咱們吃兩杯好睡覺。我今日很乏了。」尤二姐忙上來陪笑，接衣奉茶，問長問短。賈璉喜的心癢難受。一時，鮑二家的端上酒來，二人對飲。他丈母不吃，自回房中睡去了。兩個小丫頭分了一個過來伏侍。

賈璉的心腹小童隆兒拴馬去，見已有了一匹馬，細瞧一瞧，知是賈珍的，心下會意，也來廚下。只見喜兒、壽兒兩個正在那裡坐著吃酒，見他來了，也都會意，故笑道：「你這會子來的巧。我們因趕不

②知局——知趣、識相。
③渾嗆了的——被愚濁意識迷住了的，罵人糊塗的話。


聯經出版事業公司　校印

上爺的馬，恐怕犯夜④，往這裡來借宿一宵的。」隆兒便笑道：「有的是炕，只管睡。我是二爺使我送月銀的，交給了奶奶，我也不回去了。」喜兒便說：「我們吃多了，你來吃一鍾。」隆兒才坐下，端起杯來，忽聽馬棚內鬧將起來。原來二馬同槽，不能相容，互相蹶踢起來。隆兒等慌的忙放下酒杯，出來喝馬，好容易喝住，另拴好了，方進來。鮑二家的笑說：「你三人就在這裡罷，茶也現成了，我可去了。」說著，帶門出去。這裡喜兒喝了幾杯，已是楞子眼⑤了。隆兒、壽兒關了門，回頭見喜兒直挺挺的仰臥炕上，二人便推他說：「好兄弟，起來好生睡，只顧你一個人，我們就苦了。」那喜兒便說道：「咱們今兒可要公公道道的貼一爐子燒餅，要有一個充正經的人，我痛把你媽一肏。」隆兒、壽兒見他醉了，也不必多說，只得吹了燈，將就睡下。

尤二姐聽見馬鬧，心下便不自安，只管用言語混亂賈璉。那賈璉吃了幾杯，春興發作，便命收了酒果，掩門寬衣。尤二姐只穿著大紅小襖，散挽烏雲，滿臉春色，比白日更增了顏色。賈璉摟他笑道：「人人都說我們那夜叉婆齊整，如今我看來，給你拾鞋也不要！」尤二姐道：「我雖標緻，卻無品行。看來到底是不標緻的好。」賈璉忙問道：「這話如何說？我卻不解。」尤二姐滴淚說道：「你們拿我作愚人待，什麼事我不知？我如今和你作了兩個月夫妻，日子雖淺，我也知你不是愚人。我生是你的人，死是你的鬼，如今既作了夫妻，我終身靠你，豈敢瞞藏一字。我算是有靠，將來我妹子卻如何結果？據我看

---

④犯夜——舊時城裡有宵禁，夜間不能有行人，違犯了的叫「犯夜」，要受一定的懲罰。

⑤楞子眼——不正常的直瞪著眼，這裡指喝醉了眼睛直瞪著。

來，這個形景恐非長策，要作長久之計方可。」賈璉聽了，笑道：「你且放心，我不是拈酸吃醋之輩。前事我已盡知，你也不必驚慌。你因妹夫倒是作兄的，自然不好意思，不如我去破了這例。」說著走了，便至西院中來，只見窗內燈燭輝煌，二人正吃酒取樂。

賈璉便推門進去，笑說：「大爺在這裡，兄弟來請安。」賈珍羞的無話，只得起身讓坐。賈璉忙笑道：「何必又作如此景象，咱們弟兄從前是如何樣來？大哥為我操心，我今日粉身碎骨，感激不盡。大哥若多心，我意何安。從此以後，還求大哥如昔方好；不然，兄弟寧可絕後，再不敢到此處來了。」說著，便要跪下。慌的賈珍連忙攙起，只說：「兄弟怎麼說，我無不領命。」賈璉忙命人：「看酒來，我和大哥吃兩杯。」又拉尤三姐說：「你過來，陪小叔子一杯。」賈珍笑著說：「老二，到底是你，哥哥必要吃乾這鍾。」說著，一揚脖。

尤三姐站在炕上，指賈璉冷笑道：「你不用和我花馬吊嘴⑥的！『清水下雜麵⑦——你吃我看。』『提著影戲人子⑧上場——好歹別戳破這層紙兒。』你別油蒙了心，打量我們不知道你府上的事。這會子花了幾個臭錢，你們哥兒倆拿著我們姐兒兩個權當粉頭來取樂兒，你們就打錯了算盤了！我也知道你那

---

⑥花馬吊嘴——花言巧語；耍貧嘴、哄騙人。

⑦清水下雜麵——雜麵是一種以綠豆為主的麵條，煮時要多加油才不會澀，只用清水煮，就很難吃，所以這是「你吃我看」的歇後語，也就是「我只看卻不吃」的意思。

⑧影戲人子——也叫「影戲人兒」，影戲中用皮或紙剪的人物。

老婆太難纏，如今把我姐姐拐了來做二房，『偷的鑼兒敲不得』。我也要會會那鳳奶奶去，看他是幾個腦袋？幾隻手？若大家好取和便罷；倘若有一點叫人過不去，我有本事先把你兩個的牛黃狗寶⑨掏了出來，再和那潑婦拚了這命，也不算是尤三姑奶奶！喝酒怕什麼？咱們就喝！」說著，自己綽起壺來，斟了一杯，自己先喝了半杯，摟過賈璉的脖子來就灌，說：「我和你哥哥已經吃過了，咱們來親香親香。」唬的賈璉酒都醒了。賈珍也不承望尤三姐這等無恥老辣。弟兄兩個本是風月場中耍慣的，不想今日反被這閨女一席話說住。尤三姐一疊聲又叫：「將姐姐請來，要樂，咱們四個一處同樂。俗語說『便宜不過當家』⑩，他們是弟兄，咱們是姊妹，又不是外人，只管上來！」尤二姐反不好意思起來。賈珍得便就要一溜，尤三姐那裡肯放？賈珍此此時方後悔，不承望他是這種為人，與賈璉反不好輕薄起來。

這尤三姐鬆鬆挽著頭髮，大紅襖子半掩半開，露著葱綠抹胸，一痕雪脯；底下綠褲紅鞋，一對金蓮或翹或並，沒半刻斯文；兩個墜子卻似打鞦韆一般；燈光之下，越顯得柳眉籠翠霧，檀口點丹砂。本是一雙秋水眼，再吃了酒，又添了餳澀淫浪，不獨將他二姊壓倒，據珍、璉評去，所見過的上下貴賤若干女子，皆未有此綽約風流者。二人已酥麻如醉，不禁去招他一招，他那淫態風情，反將二人禁住。那尤三姐放出手眼來略試了一試，他弟兄兩個竟全然無一點別識別見，連口中一句響亮話都沒了，不過是酒色二字而已。自己高談闊論，任意揮霍洒落一陣，拿他弟兄二人嘲笑取樂，竟真是他嫖了男人，並非男

⑨牛黃狗寶——兩種中藥，均為結石，前者生在病牛的膽內，後者長於癩狗的腹中。這裡用來罵人，喻黑心腸、壞心思。
⑩便宜不過當家——便宜事不能給外人，「肥水不落外人田」的意思。

人淫了他。一時他的酒足興盡，也不容他弟兄多坐，攆了出去，自己關門睡去了。

自此後，或略有丫鬟、婆娘不到之處，便將賈璉、賈珍、賈蓉三個潑聲厲言痛罵，說他爺兒三個誆騙了他寡婦孤女。賈珍回去之後，以後亦不敢輕易再來。有時尤三姐自己高了興，悄命小廝來請，方敢去一會，到了這裡，也只好隨他的便。誰知這尤三姐天生脾氣不堪，仗著自己風流標緻，偏要打扮的出色，另式作出許多萬人不及的淫情浪態來，哄的男子們垂涎落魄，欲近不能，欲遠不捨，迷離顛倒，他以為樂。他母姊二人也十分相勸，他反說：「姐姐糊塗！咱們金玉一般的人，白叫這兩個現世寶⑪玷汙了去，也算無能。而且他家有一個極利害的女人，如今瞞著他不知，咱們方安；倘或一日他知道了，豈有干休之理？勢必有一場大鬧，不知誰生誰死。趁如今我不拿他們取樂作踐准折，到那時白落個臭名，後悔不及。」因此一說，他母女見不聽勸，也只得罷了。那尤三姐天天挑揀穿吃，打了銀的，又要金的；有了珠子，又要寶石；吃的肥鵝，又宰肥鴨。或不稱心，連桌一推；衣裳不如意，不論綾緞新整，便用剪刀剪碎，撕一條，罵一句，究竟賈珍等何曾隨意了一日，反花了許多昧心錢⑫。

賈璉來了，只在二姐房內，心中也悔上來。無奈二姐倒是個多情人，以為賈璉是終身之主了，凡事倒還知疼著癢。若論起溫柔和順，凡事必商必議，不敢恃才自專，實較鳳姐高十倍；若論標緻，言談行事，也勝五分。雖然如今改過，但已經失了腳，有了一個「淫」字，憑他有甚好處也不算了。偏這賈璉

⑪現世寶——諷刺下流無賴漢的話。現世，出醜、丟臉；寶，寶貝，這是反話。

⑫昧心錢——白花的冤枉錢，指不花不行，花了又沒結果，有口難言，只能放在心裡的錢。

又說：「誰人無錯，知過必改就好。」故不提以往之淫，只取現今之善，便如膠授漆，似水如魚，一心一計，誓同生死，那裡還有鳳、平二人在意了？二姐在枕邊衾內，也常勸賈璉說：「你和珍大哥商議商議，揀個熟的人，把三丫頭聘了罷。留著他，不是常法子，終久要生出事來，怎麼處？」賈璉道：「前日我曾回過大哥的，他只是捨不得。我說：『是塊肥羊肉，只是燙的慌；玫瑰花兒可愛，刺大扎手。咱們未必降的住，正經揀個人聘了罷。』他只意意思思⑬，就丟開手了。你叫我有何法？」二姐道：「你放心。咱們明日先勸三丫頭，他肯了，讓他自己鬧去；鬧的無法，少不得聘他。」賈璉聽了，說：「這話極是。」

至次日，二姐另備了酒，賈璉也不出門，至午間，特請他小妹過來，與他母親上坐。尤三姐便知其意，酒過三巡，不用姐姐開口，先便滴淚泣道：「姐姐今日請我，自有一番大禮要說。但妹子不是那愚人，也不用絮絮叨叨提那從前醜事，我已盡知，說也無益。既如今姐姐也得了好處安身，媽也有了安身之處，我也要自尋歸結去，方是正理。但終身大事，一生至一死，非同兒戲。我如今改過守分，只要我揀一個素日可心如意的人，方跟他去。若憑你們揀擇，雖是富比石崇，才過子建，貌比潘安的，我心裡進不去，也白過了一世。」賈璉笑道：「這也容易。憑你說是誰，就是誰。一應彩禮，都有我們置辦，母親也不用操心。」尤三姐泣道：「姐姐知道，不用我說。」賈璉笑問二姐是誰，二姐一時也想不起來。大家想來，賈璉便道：「定是此人無疑了！」便拍手笑道：「我知道了。這人原不差，果然好眼力。」

---

⑬意意思思——猶豫不決，無法下決心。

二姐笑問：「是誰？」賈璉笑道：「別人他如何進得去，一定是寶玉。」二姐與尤老娘聽了，亦以為然。尤三姐便啐了一口，道：「我們有姊妹十個，也嫁你弟兄十個不成？難道除了你家，天下就沒了好男子了不成！」眾人聽了都詫異：「除去他，還有那一個？」尤三姐笑道：「別只在眼前想，姐姐只在五年前想，就是了。」

正說著，忽見賈璉的心腹小廝興兒走來請賈璉，說：「老爺那邊緊等著叫爺呢。小的答應往舅老爺那邊去了，小的連忙來請。」賈璉又忙問：「昨日家裡沒人問？」興兒道：「小的回奶奶說，爺在家廟裡同珍大爺商議作百日的事，只怕不能來家。」賈璉忙命拉馬，隆兒跟隨去了，留下興兒答應人來事務。

尤二姐拿了兩碟菜，命拿大杯斟了酒，就命興兒在炕沿下蹲著吃，一長一短，向他說話兒。問他「家裡奶奶多大年紀？怎個利害的樣子？老太太多大年紀？太太多大年紀？姑娘幾個？」各樣家常等語。興兒笑嘻嘻的在炕沿下一頭吃，一頭將榮府之事備細告訴他母女。又說：「我是二門上該班的人。我們共是兩班，一班四個，共是八個。這八個人有幾個是奶奶的心腹，有幾個是爺的心腹。奶奶的心腹，我們不敢惹；爺的心腹，奶奶的就敢惹。提起我們奶奶來，心裡歹毒，口裡尖快。我們二爺也算是個好的，那裡見得他？倒是跟前的平姑娘為人很好，雖然和奶奶一氣，他倒背著奶奶常作些個好事。小的們凡有了不是，奶奶是容不過的，只求求他去就完了。如今合家大小，除了老太太、太太兩個人，沒有不恨他的，只不過面子情兒怕他。皆因他一時看的人都不及他，只一味哄著老太太、太太兩個人喜歡。他說一是一，說二是二，沒人敢攔他。又恨不得把銀子錢省下來堆成山，好叫老太太、太太說他會過日子，殊不知苦了下人，他討好兒。估著有好事，他就不等別人去說，他先抓尖兒；或有了不好事，或他自己錯了，他便一縮頭，推到別人身上來，他還在旁邊撥火兒。如今連他正經婆婆大太太都嫌了他，說他『雀兒揀著旺處飛，黑母雞一窩兒，自家的事不管，倒替人家去瞎張羅』。若不是老太太在頭裡，早叫過他去了。」

尤二姐笑道：「你背著他這等說他，將來你又不知怎麼說我呢！我又差他一層兒，越發有的說了。」興兒忙跪下說道：「奶奶要這樣說，小的不怕雷打？但凡小的們有造化起來，先娶奶奶時，若得了奶奶這樣的人，小的們也少挨些打罵，也少提心吊膽的。如今跟爺的這幾個人，誰不背前背後稱揚奶奶聖德憐下？我們商量著叫二爺要出來，情願來答應奶奶呢。」

尤二姐笑道：「猴兒肏的，還不起來呢！說句頑話，就唬的那樣起來。你們作什麼來？我還要找了你奶奶去呢。」興兒連忙搖手，說：「奶奶千萬不要去！我告訴奶奶：一輩子別見他才好。嘴甜心苦，兩面三刀；上頭一臉笑，腳下使絆子；明是一盆火，暗是一把刀：都占全了。只怕三姨的這張嘴還說他不過呢！奶奶這樣斯文良善人，那裡是他的對手？」尤氏笑道：「我只以禮待他，他敢怎麼樣？」興兒道：「不是小的吃了酒，放肆胡說：奶奶便有禮讓，他看見奶奶比他標緻，又比他得人心，他怎肯干休善罷？人家是醋罐子，他是醋缸、醋甕！凡丫頭們二爺多看一眼，他有本事當著爺打個爛羊頭。雖然平姑娘在屋裡，大約一年二年之間兩個有一次到一處，他還要口裡掂十個過子呢。氣的平姑娘性子發了，哭鬧一陣，說：『又不是我自己尋來的！你又浪著勸我，我原不依，你反說我反了，這會子又這樣！』他一般的也罷了，倒央告平姑娘。」尤二姐笑道：「可是扯謊？這樣一個夜叉，怎麼反怕屋裡的人呢？」興兒道：「這就是俗語說的『天下逃不過一個理字去』了。這平兒是他自幼的丫頭，陪了過來一共四個，

聯經出版事業公司　校印

嫁人的嫁人，死的死了，只剩了這個心腹。他原為收了屋裡，一則顯他賢良名兒，二則又叫拴爺的心，好不外頭走邪的。又還有一段因果：我們家的規矩，凡爺們大了，未娶親之先，都先放兩個人服侍的。二爺原有兩個，誰知他來了沒半年，都尋出不是來，都打發出去了。別人雖不好說，自己臉上過不去，所以強逼著平姑娘作了房裡人。那平姑娘又是個正經人，從不把這一件事放在心上，也不會挑妻窩夫的，倒一味忠心赤膽伏侍他，才容下了。」

尤二姐笑道：「原來如此。但我聽見你們家還有一位寡婦奶奶和幾位姑娘，他這樣利害，這些人如何依得？」興兒拍手笑道：「原來奶奶不知道！我們家這位寡婦奶奶，他的渾名叫作『大菩薩』，第一個善德人。我們家的規矩又大，寡婦奶奶不管事，只宜清淨守節。妙在姑娘又多，只把姑娘們交給他，看書寫字，學針線，學道理，這是他的責任。除此問事不知，說事不管。只因這一向他病了，事多，這大奶奶暫管幾日。究竟也無可管，不過是按例而行，不像他多事逞才。我們大姑娘不用說，但凡不好也沒這段大福了。二姑娘的渾名是『二木頭』，戳一針也不知『噯喲』一聲。三姑娘的渾名是『玫瑰花』。」尤氏姊妹忙笑問何意。興兒笑道：「玫瑰花又紅又香，無人不愛的，只是刺戳手。也是一位神道⑭，可惜不是太太養的，『老鴰窩裡出鳳凰』！四姑娘小，他正經是珍大爺親妹子，因自幼無母，老太太命太太抱過來養這麼大，也是一位不管事的。奶奶不知道，我們家的姑娘不算，另外有兩個姑娘，真是天上少有，地下無雙！一個是咱們姑太太的女兒，姓林，小名兒叫什麼黛玉，面龐身段和三姨不差什麼，一

⑭神道——這裡比喻本領大、了不起的人物。

肚子文章，只是一身多病，這樣的天，還穿夾的，出來風兒一吹就倒了。我們這起沒王法的嘴，都悄悄的叫他『多病西施』。還有一位姨太太的女兒，姓薛，叫什麼寶釵，竟是雪堆出來的。每常出門或上車，或一時院子裡瞥見一眼，我們鬼使神差，見了他兩個，不敢出氣兒。」尤二姐笑道：「你們大家規矩，雖然你們小孩子進的去，然遇見小姐們，原該遠遠藏開。」興兒搖手道：「不是，不是。那正經大禮，自然遠遠的藏開，自不必說。就藏開了，自己不敢出氣，是生怕這氣大了，吹倒了姓林的；氣暖了，吹化了姓薛的。」說的滿屋裡都笑起來了。不知端詳，且聽下回分解。

# 第六十六回　情小妹恥情歸地府　冷二郎一冷入空門

話說鮑二家的打他一下子，笑道：「原有些真的，叫你又編了這混話，越發沒了捆兒①。你倒不像跟二爺的人，這些混話倒像是寶玉那邊的了。」

尤二姐才要又問，忽見尤三姐笑道：「可是你們家那寶玉，除了上學，他作些什麼？」興兒笑道：「姨娘別問他，——說起來，姨娘也未必信。他長了這麼大，獨他沒有上過正經學堂。我們家從祖宗直到二爺，誰不是寒窗十載，偏他不喜讀書。老太太的寶貝，老爺先還管，如今也不敢管了。成天家瘋瘋癲癲的，說的話人也不懂，幹的事人也不知。外頭人人看著好清俊模樣兒，心裡自然是聰明的，誰知是外清而內濁，見了人，一句話也沒有。所有的好處，雖沒上過學，倒難為他認得幾個字。每日也不習文，也不學武，又怕見人，只愛在丫頭群裡鬧。再者，也沒剛柔，有時見了我們，喜歡時，沒上沒下，大家

①沒了捆兒——沒拘束隨便亂說。



聯經出版事業公司 校印

亂頑一陣；不喜歡，各自走了，他也不理人。我們坐著臥著，見了他也不理，他也不責備。因此沒人怕他，只管隨便，都過的去。」

尤三姐笑道：「主子寬了，你們又這樣；嚴了，又報怨。可知難纏。」尤二姐道：「我們看他倒好，原來這樣。可惜了一個好胎子。」尤三姐道：「姐姐信他胡說，咱們也不是見一面兩面的，行事言談吃喝，原有些女兒氣，那是只在裡頭慣了的。若說糊塗，那些兒糊塗？姐姐記得，穿孝時咱們同在一處，那日正是和尚們進來繞棺②，咱們都在那裡站著，他只站在頭裡擋著人。人說他不知禮，又沒眼色。過後他沒悄悄的告訴咱們說：『姐姐不知道，我並不是沒眼色。想和尚們髒，恐怕氣味熏了姐姐們。』接著他吃茶，姐姐又要茶，那個老婆子就拿了他的碗倒。他趕忙說：『我吃髒了的，另洗了再拿來。』這兩件上，我冷眼看去，原來他在女孩子們前，不管怎樣都過的去，只不大合外人的式，所以他們不知道。」尤二姐聽說，笑道：「依你說，你兩個已是情投意合了。竟把你許了他，豈不好？」三姐見有興兒，不便說話，只低頭磕瓜子。興兒笑道：「若論模樣兒、行事為人，倒是一對好的。只是他已有了，只未露形。——將來准是林姑娘定了的。因林姑娘多病，二則都還小，故尚未及此。再過三二年，老太太便一開言，那是再無不准的了。」

大家正說話，只見隆兒又來了，說：「老爺有事，是件機密大事，要遣二爺往平安州去。不過三五日就起身，來回也得半月工夫。今日不能來了。請老奶奶早和二姨定了那事，明日爺來，好作定奪。」

---

②繞棺——人死後請和尚或道士繞著棺材念經好超渡亡魂。

聯經出版事業公司校印

說著，帶了興兒回去了。

這裡尤二姐命掩了門早睡，盤問他妹子一夜。至次日午後，賈璉方來了。尤二姐因勸他說：「既有正事，何必忙忙又來？千萬別為我誤事。」賈璉道：「也沒甚事，只是偏偏的又出來了一件遠差。出了月就起身，得半月工夫才來。」尤二姐道：「既如此，你只管放心前去，這裡一應不用你記掛。三妹子他從不會朝更暮改的。他已說了改悔，必是改悔的。他已擇定了人，你只要依他就是了。」賈璉問是誰，尤二姐笑道：「這人此刻不在這裡，不知多早才來，也難為他眼力。自己說了，這人一年不來，他等一年；十年不來，等十年；若這人死了，再不來了，他情願剃了頭當姑子去，吃長齋念佛，以了今生。」賈璉問：「到底是誰，這樣動他的心？」二姐笑道：「說來話長。五年前，我們老娘家裡做生日，媽和我們到那裡與老娘拜壽。他家請了一起串客③，裡頭有個作小生的叫作柳湘蓮，他看上了，如今要是他才嫁。舊年我們聞得柳湘蓮惹了一個禍逃走了，不知可有來了不曾？」賈璉聽了道：「怪道呢！我說是個什麼樣人，原來是他！果然眼力不錯。你不知道這柳二郎，那樣一個標緻人，最是冷面冷心的，差不多的人，都無情無義。他最和寶玉合得來。去年因打了薛呆子，他不好意思見我們的，不知那裡去了一向。後來聽見有人說來了，不知是真是假。一問寶玉的小子們就知道了。──倘或不來，他萍蹤浪跡，知道幾年才來，豈不白耽擱了？」尤二姐道：「我們這三丫頭說的出來，幹的出來，他怎樣說，只依他便了。」

---

③串客──業餘的戲劇演員，又稱為「子弟」，如同後來所稱「玩票」的「票友」。

二人正說之間，只見尤三姐走來說道：「姐夫，你只放心，我們不是那心口兩樣的人，說什麼是什麼。若有了姓柳的來，我便嫁他。從今日起，我吃齋念佛，只伏侍母親，等他來了，嫁了他去；若一百年不來，我自己修行去了。」說著，將一根玉簪，擊作兩段，「一句不真，就如這簪子！」說著，回房去了，真個竟「非禮不動，非禮不言」起來。

賈璉無了法，只得和二姐商議了一回家務，復回家與鳳姐商議起身之事。一面著人問茗烟，茗烟說：「竟不知道。——大約未來；若來了，必是我知道的。」一面又問他的街坊，也說未來。賈璉只得回覆了二姐。至起身之日已近，前兩天便說起身，卻先往二姐這邊來住兩夜，從這裡再悄悄長行。果見小妹竟又換了一個人；又見二姐持家勤慎，自是不消記掛。

是日，一早出城，就奔平安州大道，曉行夜住，渴飲飢餐。方走了三日，那日正走之間，頂頭來了一群馱子，內中一伙，主僕十來騎馬，走的近來一看，不是別人，竟是薛蟠和柳湘蓮來了。賈璉深為奇怪，忙伸馬④迎了上來，大家一齊相見，說些別後寒溫，大家便入酒店歇下，敘談敘談。

賈璉因笑說：「鬧過之後，我們忙著請你兩個和解，誰知柳兄踪跡全無。怎麼你兩個今日倒在一處了？」薛蟠笑道：「天下竟有這樣奇事。我同伙計販了貨物，自春天起身，往回裡走，一路平安。誰知前日到了平安州界，遇一伙強盜，已將東西劫去。不想柳二弟從那邊來了，方把賊人趕散，奪回貨物，還救了我們的性命。我謝他又不受，所以我們結拜了生死弟兄，如今一路進京。從此後，我們是親弟親

---

④伸馬——勒緊韁繩，驅馬向前。

兄一般。到前面岔口上分路，他就分路往南二百里，有他一個姑媽，他去望候望候。我先進京去安置了我的事，然後給他尋一所宅子，尋一門好親事，大家過起來。」

賈璉聽了道：「原來如此，倒教我們懸了幾日心。」因又聽道尋親，又忙說道：「我正有一門好親事，堪配二弟。」說著，便將自己娶尤氏，如今又要發嫁小姨一節說了出來，只不說尤三姐自擇之語。又囑薛蟠：「且不可告訴家裡，等生了兒子，自然是知道的。」

薛蟠聽了大喜，說：「早該如此。這都是舍表妹之過！」湘蓮忙笑說：「你又忘情⑤了，還不住口。」薛蟠忙止住不語，便說：「既是這等，這門親事定要做的。」湘蓮道：「我本有願，定要一個絕色的女子。如今既是貴昆仲⑥高誼，顧不得許多了，任憑裁奪，我無不從命。」賈璉笑道：「如今口說無憑，等柳兄一見，便知我這內娣⑦的品貌，是古今有一無二的了。」湘蓮聽了大喜，說：「既如此說，等弟探過姑娘，不過月中就進京的，那時再定，如何？」賈璉笑道：「你我一言為定。只是我信不過柳兄。你乃是萍踪浪跡，倘然淹滯不歸，豈不誤了人家？須得留一定禮。」湘蓮道：「大丈夫豈有失信之理？小弟素係寒貧，況且客中，何能有定禮？」薛蟠道：「我這裡現成，就備一分，二哥帶去。」賈璉笑道：「也不用金帛之禮，須是柳兄親身自有之物，不論物之貴賤，不過我帶去取信耳。」湘蓮道：「既如此

---

⑤忘情——情不自禁，說多了。

⑥昆仲——兄弟。昆，兄；仲，第二、弟。

⑦內娣——妻的妹妹。

說，弟無別物，此劍防身，不能解下。囊中尚有一把鴛鴦劍，乃吾家傳代之寶，弟也不敢擅用，只隨身收藏而已。賈兄請拿去為定。弟縱係水流花落之性，然亦斷不捨此劍者。」說畢，大家又飲了幾杯，方各自上馬，作別起程。正是：將軍不下馬，各自奔前程。

且說賈璉一日到了平安州，見了節度，完了公事。因又囑他十月前後務要還來一次，賈璉領命。次日連忙取路回家，先到尤二姐處探望。

誰知賈璉出門之後，尤二姐操持家務，十分謹肅，每日關門閤戶，一點外事不聞。他小妹子果是個斬釘截鐵之人，每日侍奉母姊之餘，只安分守己，隨分過活。雖是夜晚間孤衾獨枕，不慣寂寞，奈一心丟了眾人，只念柳湘蓮早早回來完了終身大事。這日賈璉進門，見了這般景況，喜之不盡，深念二姐之德。大家敘些寒溫之後，賈璉便將路上相遇湘蓮一事說了出來，又將鴛鴦劍取出，遞與三姐。三姐看時，上面龍吞夔護⑧，珠寶晶熒，將靶一掣，裡面卻是兩把合體的。一把上面鏨著一「鴛」字，一把上面鏨著一「鴦」字，冷颼颼，明亮亮，如兩痕秋水一般。三姐喜出望外，連忙收了，掛在自己綉房床上，每日望著劍，自笑終身有靠。

賈璉住了兩天，回去覆了父命，回家合宅相見。那時鳳姐已大愈，出來理事行走了。賈璉又將此事告訴了賈珍。賈珍因近日又遇了新友，將這事丟過，不在心上，任憑賈璉裁奪，只怕賈璉獨力不加，少

---

⑧龍吞夔護——指寶劍鞘上裝飾的龍夔盤繞的雕紋；夔，音ㄎㄨㄟˊ，古代傳說中的一種神獸。

聯經出版事業公司校印

不得又給了他三十兩銀子。賈璉拿來交與二姐，預備妝奩。

誰知八月內湘蓮方進了京，先來拜見薛姨媽，又遇見薛蝌，方知薛蟠不慣風霜，不服水土，一進京時，便病倒在家，請醫調治。聽見湘蓮來了，請入臥室相見。薛姨媽也不念舊事，只感新恩，母子們十分稱謝。又說起親事一節：凡一應東西皆已妥當，只等擇日。柳湘蓮也感激不盡。

次日，又來見寶玉，二人相會，如魚得水。湘蓮因問賈璉偷娶二房之事，寶玉笑道：「我聽見茗烟一干人說，我卻未見，我也不敢多管。我又聽見茗烟說，璉二哥哥著實問你，不知有何話說？」湘蓮就將路上所有之事，一概告訴寶玉。寶玉笑道：「大喜，大喜！難得這個標緻人，果然是個古今絕色，堪配你之為人。」湘蓮道：「既是這樣，他那裡少了人物，如何只想到我？況且我又素日不甚和他厚，也關切不至此。路上工夫忙忙的就那樣再三要來定，難道女家反趕著男家不成？我自己疑惑起來，後悔不該留下這劍作定。所以後來想起你來，可以細細問個底裡才好。」寶玉道：「你原是個精細人，如何既許了定禮又疑惑起來？你原說只要一個絕色的，如今既得了個絕色，便罷了，何必再疑？」湘蓮道：「你既不知他娶，如何又知是絕色？」寶玉道：「他是珍大嫂子的繼母帶來的兩位小姨。我在那裡和他們混了一個月，怎麼不知？真真一對尤物⑨，——他又姓尤。」湘蓮聽了，跌足道：「這事不好，斷乎做不得了！你們東府裡，除了那兩個石頭獅子乾淨，只怕連貓兒狗兒都不乾淨！我不做這剩忘八！」寶玉聽說，紅了臉。湘蓮自慚失言，連忙作揖，說：「我該死胡說！——你好歹告訴我，他品行如何？」寶玉

⑨尤物——這裡指絕美的女子。尤，特異。


聯經出版事業公司校印

笑道：「你既深知，又來問我作甚麼？連我也未必乾淨了。」湘蓮笑道：「原是我自己一時忘情，好歹別多心。」寶玉笑道：「何必再提，這倒是有心了。」

湘蓮作揖告辭出來，若去找薛蟠，一則他現臥病，二則他又浮躁，不如去索回定禮。主意已定，便一逕來找賈璉。

賈璉正在新房中，聞得湘蓮來了，喜之不禁，忙迎了出來，讓到內室，與尤老娘相見。湘蓮只作揖，稱「老伯母」，自稱「晚生」，賈璉聽了詫異。吃茶之間，湘蓮便說：「客中偶然忙促，誰知家姑母於四月間訂了弟婦，使弟無言可回。若從了老兄，背了姑母，似非合理。若係金帛之訂，弟不敢索取；但此劍係祖父所遺，請仍賜回為幸。」賈璉聽了，便不自在，還說：「定者，定也；原怕反悔，所以為定。豈有婚姻之事，出入隨意的？還要斟酌。」湘蓮笑道：「雖如此說，弟願領責領罰，然此事斷不敢從命。」賈璉還要饒舌，湘蓮便起身說：「請兄外坐一敘，此處不便。」

那尤三姐在房明明聽見。好容易等了他來，今忽見反悔，便知他在賈府中得了消息，自然是嫌自己淫奔無恥之流，不屑為妻。今若容他出去和賈璉說退親，料那賈璉必無法可處，自己豈不無趣。一聽賈璉要同他出去，連忙摘下劍來，將一股雌鋒隱在肘內，出來便說：「你們不必出去再議，還你的定禮！」一面淚如雨下，左手將劍並鞘送與湘蓮，右手回肘，只往項上一橫，可憐「揉碎桃花紅滿地，玉山傾倒再難扶」⑩，芳靈蕙性，渺渺冥冥，不知那邊去了。

---

⑩「揉碎桃花」句——桃花借喻美女，玉山借喻美女的軀體。玉山傾到，這裡是身死倒地的婉辭。

當下唬得眾人急救不迭。尤老娘一面嚎哭，一面又罵湘蓮。賈璉忙揪住湘蓮，命人捆了送官。尤二姐忙止淚，反勸賈璉：「你太多事，人家並沒威逼他死，是他自尋短見。你便送他到官，又有何益？反覺生事出醜。不如放他去罷，豈不省事。」賈璉此時也沒了主意，便放了手，命湘蓮快去。湘蓮反不動身，泣道：「我並不知是這等剛烈賢妻，可敬，可敬！」湘蓮反扶屍大哭一場。等買了棺木，眼見入殮，又俯棺大哭一場，方告辭而去。

出門無所之，昏昏默默，自想方才之事。原來尤三姐這樣標緻，又這等剛烈，自悔不及。正走之間，只見薛蟠的小廝尋他家去，那湘蓮只管出神。那小廝帶他到新房之中，十分齊整。忽聽環珮叮噹，尤三姐從外而入，一手捧著鴛鴦劍，一手捧著一卷冊子，向柳湘蓮泣道：「妾癡情待君五年矣。不期君果『冷心冷面』，妾以死報此癡情。妾今奉警幻之命，前往太虛幻境，修注案中所有一干情鬼。妾不忍一別，故來一會，從此再不能相見矣。」說著便走。湘蓮不捨，忙欲上來拉住問時，那尤三姐便說：「來自情天，去由情地。前生誤被情惑，今既恥情而覺，與君兩無干涉。」說畢，一陣香風，無蹤無影去了。

湘蓮警覺，似夢非夢，睜眼看時，那裡有薛家小童，也非新室，竟是一座破廟，旁邊坐著一個跏腿道士捕虱。湘蓮便起身稽首相問：「此係何方？仙師仙名法號？」道士笑道：「連我也不知道此係何方，我係何人，不過暫來歇足而已。」柳湘蓮聽了，不覺冷然如寒冰侵骨，掣出那股雄劍，將萬根煩惱絲一揮而盡，便隨那道士不知往那裡去了。後回便見。

# 第六十七回　見土儀顰卿思故里　聞秘事鳳姐訊家童

話說尤三姐自盡之後，尤老娘和二姐兒、賈珍、賈璉等俱不勝悲慟，自不必說，忙令人盛殮，送往城外埋葬。柳湘蓮見尤三姐身亡，癡情眷戀，卻被道人數句冷言，打破迷關，竟自截髮出家，跟隨瘋道人飄然而去，不知何往。暫且不表。

且說薛姨媽聞知湘蓮已說定了尤三姐為妻，心中甚喜，正是高高興興要打算替他買房子，治傢伙，擇吉迎娶，以報他救命之恩。忽有家中小廝吵嚷「三姐兒自盡了」，被小丫頭們聽見，告知薛姨媽。薛姨媽不知為何，心甚嘆息。正在猜疑，寶釵從園裡過來，薛姨媽便對寶釵說道：「我的兒，你聽見了沒有？你珍大嫂子的妹妹三姑娘，他不是已經許定給你哥哥的義弟柳湘蓮了麼？不知為什麼自刎了。那柳湘蓮也不知往那裡去了。真正奇怪的事，叫人意想不到。」寶釵聽了，並不在意，便說道：「俗語說的好：『天有不測風雲，人有旦夕禍福。』這也是他們前生命定。前日媽媽為他救了哥哥，商量著替他料理，如今已經死的死了，走的走了，依我說，也只好由他罷了。媽媽也不必為他們傷感了。倒是自從哥哥打江南回來了一二十日，販了來的貨物，想來也該發完了。那同伴去的伙計們辛辛苦苦的，回來幾個月了，媽媽和哥哥商議商議，也該請一請，酬謝酬謝才是。別叫人家看著無理似的。」

母女正說話間，見薛蟠自外而入，眼中尚有淚痕。一進門來，便向他母親拍手說道：「媽媽可知道柳二哥尤三姐的事麼？」薛姨媽說：「我才聽見說，正在這裡和你妹妹說這件公案呢。」薛蟠道：「媽媽可聽見說柳湘蓮跟著一個道士出了家了麼？」薛姨媽道：「這越發奇了！怎麼柳相公那樣一個年輕的聰明人，一時糊塗，就跟著道士去了呢？我想你們好了一場，他又無父母兄弟，只身一人在此，你該各處找找他才是。靠那道士，能往那裡遠去？左不過是在這方近左右的廟裡、寺裡罷了。」薛蟠說：「何嘗不是呢？我一聽見這個信兒，就連忙帶了小廝們在各處尋找，連一個影兒也沒有。又去問人，都說沒看見。」

薛姨媽說：「你既找尋過，沒有，也算把你作朋友的心盡了。焉知他這一出家，不是得了好處去呢？只是你如今也該張羅張羅買賣，二則把你自己娶媳婦應辦的事情，倒早些料理料理。咱們家沒人，俗語說的，『夯雀兒先飛』，省得臨時丟三落四的不齊全，令人笑話。再者，你妹妹才說，你也回家半個多月了，想貨物也該發完了，同你去的伙計們，也該擺桌酒給他們道道乏才是。人家陪著你走了二三千里的路程，受了四五個月的辛苦，而且在路上又替你擔了多少的驚怕沉重。」薛蟠聽說，便道：「媽媽說的很是。倒是妹妹想的周到。我也這樣想著，只因這些日子為各處發貨鬧的腦袋都大了。又為柳二哥的事忙了這幾日，反倒落了一個空，白張羅了一會子，倒把正經事都誤了。要不然，定了明兒後兒，下帖兒請罷。」薛姨媽道：「由你辦去罷。」


聯經出版事業公司校印

話猶未了，外面小廝進來回說：「管總的張大爺差人送了兩箱子東西來，說：『這是爺各自買的，不在貨賬裡面。本要早送來，因貨物箱子壓著，沒得拿；昨兒貨物發完了，所以今日才送來了。』」一面說，一面又見兩個小廝搬進了兩個夾板夾的大棕箱。薛蟠一見，說：「嗳哟！可是我怎麼就糊塗到這步田地了！特特的給媽和妹妹帶來的東西，都忘了，沒拿了家裡來，還是伙計送了來了。」寶釵說：「虧你說還是『特特的帶來』的，才放了一二十天！若不是『特特的帶來』，大約要放到年底下才送來呢。我看你也諸事太不留心了。」薛蟠笑道：「想是在路上叫人把魂嚇掉了，還沒歸竅呢。」說著，大家笑了一回，便向小丫頭說：「出去告訴小廝們，東西收下，叫他們回去罷。」

薛姨媽同寶釵因問：「到底是什麼東西，這樣捆著綁著的？」薛蟠便命叫兩個小廝進來，解了繩子，去了夾板，開了鎖看時，這一箱都是綢緞、綾錦、洋貨等家常應用之物。薛蟠笑著道：「那一箱是給妹妹帶的。」親自來開。母女二人看時，卻是些筆、墨、紙、硯、各色箋紙、香袋、香珠、扇子、扇墜、花粉、胭脂等物；外有虎丘①帶來的自行人、酒令兒②，水銀灌的打觔斗小小子，沙子燈③，一齣一齣的泥人兒的戲，用青紗罩的匣子裝著；又有在虎丘山上泥捏的薛蟠的小像，與薛蟠毫無相差。寶釵見了，別的都不理論，倒是薛蟠的小像，拿著細細看了一看，又看看他哥哥，不禁笑起來了。因叫鶯兒帶著幾

---

①虎邱——山名，在江蘇省吳縣西北閶門外，山上有許多名勝古蹟，這裡借指蘇州。
②酒令兒——飲酒時的各種遊戲，這裡指專為行酒令用的牙籌、紙牌之類的玩具。
③沙子燈——一種玻璃罩子燈。

個老婆子將這些東西連箱子送到園裡去，又和母親、哥哥說了一回閑話兒，才回園裡去了。這裡薛姨媽將箱子裡的東西取出，一分一分的打點清楚，叫同喜送給賈母並王夫人等處，不提。

且說寶釵到了自己房中，將那些玩意兒一件一件的過了目，除了自己留用之外，一分一分配合妥當，也有送筆、墨、紙、硯的；也有送香袋、扇子、香墜的；也有送脂粉、頭油的；有單送玩意兒的。只有黛玉的比別人不同，且又加厚一倍。一一打點完畢，使鶯兒同著一個老婆子，跟著送往各處。

這邊姊妹諸人都收了東西，賞賜來使，說：「見面再謝。」惟有黛玉看見他家鄉之物，反自觸物傷情，想起：「父母雙亡，又無兄弟，寄居親戚家中，那裡有人也給我帶些土物？」想到這裡，不覺的又傷起心來了。紫鵑深知黛玉心腸，但也不敢說破，只在一旁勸道：「姑娘的身子多病，早晚服藥，這兩日看著比那些日子略好些。雖說精神長了一點兒，還算不得十分大好。今兒寶姑娘送來的這些東西，可見寶姑娘素日看得姑娘很重，姑娘看著該喜歡才是，為什麼反倒傷起心來？這不是寶姑娘送東西來，倒叫姑娘煩惱了不成？就是寶姑娘聽見，反覺臉上不好看。再者，這裡老太太們為姑娘的病體，千方百計請好大夫配藥診治，也為是姑娘的病好。這如今才好些，又這樣哭哭啼啼，豈不是自己糟塌了自己身子，叫老太太看著添了愁煩了麼？況且姑娘這病，原是素日憂慮過度，傷了血氣。姑娘的千金貴體，也別自己看輕了。」紫鵑正在這裡勸解，只聽見小丫頭子在院內說：「寶二爺來了。」紫鵑忙說：「請二爺進來罷。」

只見寶玉進房來了，黛玉讓坐畢，寶玉見黛玉淚痕滿面，便問：「妹妹，又是誰氣著你了？」黛玉勉強笑道：「誰生什麼氣！」旁邊紫鵑將嘴向床後桌上一呶。寶玉會意，往那裡一瞧，見堆著許多東西，


聯經出版事業公司　校印

就知道是寶釵送來的，便取笑說道：「那裡這些東西？不是妹妹要開雜貨鋪啊？」黛玉也不答言。紫鵑笑著道：「二爺還提東西呢！因寶姑娘送了些東西來，姑娘一看，就傷起心來了。我正在這裡勸解，恰好二爺來的很巧，替我們勸勸。」

寶玉明知黛玉是這個原故，卻也不敢提頭兒，只得笑說道：「你們姑娘的原故，想來不為別的，必是寶姑娘送來的東西少，所以生氣傷心。——妹妹，你放心，等我明年叫人往江南去，與你多多的帶兩船來，省得你淌眼抹淚的。」黛玉聽了這些話，也知寶玉是為自己開心，也不好推，也不好任，因說道：「我任憑怎麼沒見世面，也到不了這步田地，——因送的東西少，就生氣傷心。我又不是兩三歲的小孩子，你也忒把人看得小氣了。我有我的原故，你那裡知道。」說著，眼淚又流下來了。

寶玉忙走到床前，挨著黛玉坐下，將那些東西一件一件拿起來擺弄著細瞧，故意問：「這是什麼，叫什麼名字？」「那是什麼做的，這樣齊整？」「這是什麼，要他做什麼使用？」又說：「這一件可以擺在面前。」又說：「那一件可以放在條桌上，當骨董兒倒好呢。」一味的將些沒要緊的話來厮混。黛玉見寶玉如此，自己心裡倒過不去，便說：「你不用在這裡混攪了。咱們到寶姐姐那邊去罷。」寶玉巴不得黛玉出去散散悶，解了悲痛，便道：「寶姐姐送咱們東西，咱們原該謝謝去。」黛玉道：「自家姊妹，這倒不必。只是到他那邊，薛大哥回來了，必然告訴他些南邊的古蹟兒，我去聽聽，只當回了家鄉一趟的。」說著，眼圈兒又紅了。寶玉便站著等他。黛玉只得同他出來，往寶釵那裡去了。

且說薛蟠聽了母親之言，急下了請帖，辦了酒席。次日，請了四位伙計，俱已到齊，不免說些販賣賬目發貨之事。不一時，上席讓坐，薛蟠挨次斟了酒。薛姨媽又使人出來致意。大家喝著酒說閑話兒。

內中一個道：「今日這席上短兩個好朋友。」眾人齊問是誰，那人道：「還有誰，就是賈府上的璉二爺和大爺的盟弟柳二爺。」大家果然都想起來，問著薛蟠道：「怎麼不請璉二爺和柳二爺來？」薛蟠聞言，把眉一皺，嘆口氣道：「璉二爺又往平安州去了，頭兩天就起了身的。那柳二爺竟別提起，真是天下頭一件奇事！什麼是『柳二爺』，如今不知那裡作『柳道爺』去了。」眾人都詫異道：「這是怎麼說？」薛蟠便把湘蓮前後事體說了一遍。眾人聽了，越發駭異，因說道：「怪不的前日我們在店裡彷彷彿彿也聽見人吵嚷說：『有一個道士，三言兩語，把一個人度了去了。』又說：『一陣風刮了去了。』只不知是誰。我們正發貨，那裡有閑工夫打聽這個事去？到如今還是似信不信的，誰知就是柳二爺呢！早知是他，我們大家也該勸他勸才是。任他怎麼著，也不叫他去。」內中一個道：「別是這麼著罷？」眾人問：「怎麼樣？」那人道：「柳二爺那樣個伶俐人，未必是真跟了道士去罷？他原會些武藝，又有力量，或看破那道士的妖術邪法，特意跟他去，在背地擺佈他，也未可知。」薛蟠道：「果然如此，倒也罷了。世上這些妖言惑眾的人，怎麼沒人治他一下子！」眾人道：「那時難道你知道了，也沒找尋他去？」薛蟠說：「城裡城外，那裡沒有找到？不怕你們笑話，我找不著他，還哭了一場呢！」言畢，只是長吁短嘆，無精打彩的，不像往日高興。眾伙計見他這樣光景，自然不便久坐，不過隨便喝了幾杯酒，吃了飯，大家散了。

且說寶玉同著黛玉到寶釵處來。寶玉見了寶釵，便說道：「大哥哥辛辛苦苦的帶了東西來，姐姐留著使罷，又送我們。」寶釵笑道：「原不是什麼好東西，不過是遠路帶來的土物兒，大家看著新鮮些就是了。」黛玉道：「這些東西，我們小時候倒不理會，如今看見，真是新鮮物兒了。」寶釵因笑道：「妹


聯經出版事業公司校印

妹知道，這就是俗語說的『物離鄉貴』，其實可算什麼呢。」寶玉聽了這話，正對了黛玉方才的心事，連忙拿話岔道：「明年好歹大哥哥再去時，替我們多帶些來。」黛玉瞅了他一眼，便道：「你要，你只管說，不必拉扯上人。——姐姐你瞧，寶哥哥不是給姐姐來道謝，竟又要定下明年的東西來了。」說的寶釵、寶玉都笑了。

三個人又閑話了一回，因提起黛玉的病來。寶釵勸了一回，因說道：「妹妹若覺著身子不爽快，倒要自己勉強扎掙著出來，各處走走逛逛，散散心，比在屋裡悶坐著到底好些。我那兩日不是覺著發懶、渾身發熱、只是要歪著？也因為時氣不好，怕病，因此尋些事情，自己混著。這兩日才覺著好些了。」黛玉道：「姐姐說的何嘗不是？我也是這麼想著呢。」大家又坐了一會子方散。寶玉仍把黛玉送至瀟湘館門首，才各自回去了。

且說趙姨娘因見寶釵送了賈環些東西，心中甚是喜歡，想道：「怨不得別人都說那寶丫頭好，會做人，很大方。如今看起來，果然不錯！他哥哥能帶了多少東西來？他挨門兒送到，並不遺漏一處，也不露出誰薄誰厚，連我們這樣沒時運的，他都想到了。若是那林丫頭，他把我們娘兒們正眼也不瞧，那裡還肯送我們東西？」一面想，一面把那些東西翻來覆去的擺弄，瞧看一回。忽然想到寶釵係王夫人的親戚，為何不到王夫人跟前賣個好兒呢？自己便蝎蝎螫螫的拿著東西，走至王夫人房中，站在旁邊，陪笑說道：「這是寶姑娘才剛給環哥兒的。難為寶姑娘這麼年輕的人，想的這麼周到，真是大戶人家的姑娘，又展樣④，又大方，怎麼叫人不敬服呢！怪不得老太太和太太成日家都誇他、疼他。我也不敢自專

④展樣——原指物品的式樣大方美麗，這裡指人的氣派開展大方。

就收起來，特拿來給太太瞧瞧，太太也喜歡喜歡。」王夫人聽了，早知道來意了，又見他說的不倫不類，也不便不理他，說道：「你自管收了去給環哥頑罷。」趙姨娘來時，興興頭頭，誰知抹了一鼻子灰，滿心生氣，又不敢露出來，只得訕訕的出來了。到了自己房中，將東西丟在一邊，嘴裡咕咕噥噥自言自語道：「這個又算了個什麼兒呢？」一面坐著，各自生了一回悶氣。

卻說鶯兒帶著老婆子們送東西回來，回覆了寶釵，將眾人道謝的話並賞賜的銀錢都回完了，那老婆子便出去了。鶯兒走近前來一步，挨著寶釵，悄悄的說道：「剛才我到璉二奶奶那邊，看見二奶奶一臉的怒氣。我送下東西出來時，悄悄的問小紅，說：『剛才二奶奶從老太太屋裡回來，不似往日歡天喜地的，叫了平兒去，唧唧咕咕的不知說了些什麼。』看那個光景，倒像有什麼大事的似的。姑娘沒聽見那邊老太太有什麼事？」寶釵聽了，也自己納悶，想不出鳳姐是為什麼有氣，便道：「各人家有各人的事，咱們那裡管得？你去倒茶去罷。」鶯兒於是出來，自去倒茶不提。

且說寶玉送了黛玉回來，想著黛玉的孤苦，不免也替他傷感起來，因要將這話告訴襲人。進來時卻只有麝月、秋紋在房中，因問：「你襲人姐姐那裡去了？」麝月道：「左不過在這幾個院裡，那裡就丟了他？一時不見，就這樣找！」寶玉笑著道：「不是怕丟了他。因我方才到林姑娘那邊，見林姑娘又正傷心呢。問起來，卻是為寶姐姐送了他東西，他看見是他家鄉的土物，不免對景傷情。我要告訴你襲人姐姐，叫他閑時過去勸勸。」正說著，晴雯進來了，因問寶玉道：「你回來了！你又要叫勸誰？」寶玉將方才的話說了一遍。晴雯道：「襲人姐姐才出去，聽見他說要到璉二奶奶那邊去。保不住還到林姑娘那裡。」寶玉聽了，便不言語。秋紋倒了茶來，寶玉漱了一口，遞給小丫頭子，心中著實不自在，就隨便


聯經出版事業公司校印

歪在床上。

卻說襲人因寶玉出門，自己作了回活計，忽想起鳳姐身上不好，這幾日也沒有過去看看，況聞賈璉出門，正好大家說說話兒。便告訴晴雯：「好生在屋裡，別都出去了，叫寶玉回來抓不著人。」晴雯道：「嗳喲！這屋裡單你一個人記掛著他，我們都是白閑著混飯吃的！」襲人笑著，也不答言，就走了。

剛來到沁芳橋畔，那時正是夏末秋初，池中蓮藕，新殘相間，紅綠離披⑤。襲人走著，沿堤看頑了一回，猛抬頭，看見那邊葡萄架底下有人拿著撣子在那裡撣什麼呢，走到跟前，卻是老祝媽。那老婆子見了襲人，便笑嘻嘻的迎上來，說道：「姑娘怎麼今日得工夫出來逛逛？」襲人道：「可不是。我要到璉二奶奶家瞧瞧去。你在這裡做什麼呢？」那婆子道：「我在這裡趕蜜蜂兒。今年三伏裡雨水少，這果子樹上都有蟲子，把果子吃的疤瘌流星⑥的掉了好些下來。姑娘還不知道呢：這馬蜂最可惡的，一嘟嚕⑦上只咬破三兩個兒，將破的水滴到好的上頭，連這一嘟嚕都是要爛的。姑娘你瞧，咱們說話的空兒沒趕，就落上許多了。」襲人道：「你就是不住手的趕，也趕不了許多。你倒是告訴買辦，叫他多多做些小冷布⑧口袋兒，一嘟嚕套上一個，又透風，又不糟塌。」婆子笑道：「倒是姑娘說的是。我今年才管

⑤紅綠離披——指蓮藕的紅花綠葉分散凋謝；離披，分散的樣子。
⑥疤瘌流星——形容果皮腐爛破壞，倒處是疤痕。
⑦嘟嚕——量詞，用於連成一簇的東西：一嘟嚕葡萄，一嘟嚕鑰匙，猶言「一串」。
⑧冷布——粗而稀的紗布。

上，那裡知道這個巧法兒呢。」因又笑著說道：「今年果子雖糟塌了些，味兒倒好，不信摘一個姑娘嘗嘗。」襲人正色道：「這那裡使得？不但沒熟吃不得，就是熟了，上頭還沒有供鮮，咱們倒先吃了。你是府裡使老了的，難道連這個規矩都不懂了？」老祝忙笑道：「姑娘說得是。我見姑娘很喜歡，我才敢這麼說，可就把規矩錯了。我可是老糊塗了！」襲人道：「這也沒有什麼。只是你們有年紀的老奶奶們，別先領著頭兒這麼著就好了。」說著，遂一逕出了園門，來到鳳姐這邊。

一到院裡，只聽鳳姐說道：「天理良心！我在這屋裡熬的越發成了賊了！」襲人聽見這話，知道有原故了，又不好回來，又不好進去，遂把腳步放重些，隔著窗子問道：「平姐姐在家裡呢麼？」平兒忙答應著迎出來。襲人便問：「二奶奶也在家裡呢麼？身上可大安了？」說著，已走進來。鳳姐裝著在床上歪著呢，見襲人進來，也笑著站起來，說：「好些了，叫你惦著。怎麼這幾日不過我們這邊坐坐？」襲人道：「奶奶身上欠安，本該天天過來請安才是。但只怕奶奶身上不爽快，倒要靜靜兒的歇歇兒，我們來了，倒吵的奶奶煩。」鳳姐笑道：「煩是沒的話。倒是寶兄弟屋裡雖然人多，也就靠著你一個照看他，也實在的離不開。我常聽見平兒告訴我，說你背地裡還惦著我，常常問我。這就是你盡心了。」一面說著，叫平兒挪了張杌子放在床旁邊，讓襲人坐下。豐兒端進茶來，襲人欠身道：「妹妹坐著罷。」一面說閑話兒。只見一個小丫頭子在外間屋裡悄悄的和平兒說：「旺兒來了。在二門上伺候著呢。」又聽見平兒也悄悄的道：「知道了。叫他先去，回來再來。別在門口兒站著。」襲人知他們有事，又說了兩句話，便起身要走。鳳姐道：「閑來坐坐，說說話兒，我倒開心。」因命平兒：「送送你妹妹。」平兒答應著，送出來。只見兩三個小丫頭子都在那裡，屏聲息氣，齊齊的伺候著。襲人不知何事，便自去了。

卻說平兒送出襲人，進來回道：「旺兒才來了，因襲人在這裡，我叫他先到外頭等等兒。這會子還是立刻叫他呢，還是等著？請奶奶的示下。」鳳姐道：「叫他來！」平兒忙叫小丫頭去傳旺兒進來。

這裡鳳姐又問平兒：「你到底是怎麼聽見說的？」平兒道：「就是頭裡那小丫頭子的話。他說他在二門裡頭，聽見外頭兩個小廝說：『這個新二奶奶比咱們舊二奶奶還俊呢，脾氣兒也好。』不知是旺兒是誰，吆喝了兩個一頓，說：『什麼新奶奶、舊奶奶的！還不快悄悄兒的呢，叫裡頭知道了，把你的舌頭還割了呢！』」平兒正說著，只見一個小丫頭進來，回說：「旺兒在外頭伺候著呢。」鳳姐聽了，冷笑了一聲，說：「叫他進來！」那小丫頭出來說：「奶奶叫呢。」旺兒連忙答應著進來。

旺兒請了安，在外間門口垂手侍立。鳳姐兒道：「你過來，我問你話。」旺兒才走到裡間門旁站著。鳳姐兒道：「你二爺在外頭弄了人，你知道不知道？」旺兒又打著千兒，回道：「奴才天天在二門上聽差事，如何能知道二爺外頭的事呢？」鳳姐冷笑道：「你自然『不知道』！你要知道，你怎麼攔人呢！」旺兒見這話，知道剛才的話已經走了風了，料著瞞不過，便又跪回道：「奴才實在不知。就是頭裡興兒和喜兒兩個人在那裡混說，奴才吆喝了他們兩句。內中深情底裡，奴才不知道，不敢妄回。求奶奶問興兒，他是長跟二爺出門的。」鳳姐聽了，下死勁啐了一口，罵道：「你們這一起沒良心的混賬忘八崽子！都是一條藤兒，打量我不知道呢！先去給我把興兒那個忘八崽子叫了來，你也不許走！問明白了他，回來再問你。好，好，好！這才是我使出來的好人呢！」那旺兒只得連聲答應幾個「是」，磕了個頭，爬起來出去，去叫興兒。

卻說興兒正在賬房兒裡和小廝們玩呢，聽見說「二奶奶叫」，先唬了一跳，卻也想不到是這件事發作了，連忙跟著旺兒進來。旺兒先進去，回說：「興兒來了。」鳳姐兒厲聲道：「叫他！」那興兒聽見這個聲音兒，早已沒了主意了，只得乍著膽子進來。鳳姐兒一見，便說：「好小子啊！你和你爺辦的好事啊！你只實說罷！」興兒一聞此言，又看見鳳姐兒氣色及兩邊丫頭們的光景，早唬軟了，不覺跪下，只是磕頭。鳳姐兒道：「論起這事來，我也聽見說不與你相干。但只你不早來回我知道，這就是你的不是了。你要實說了，我還饒你；再有一字虛言，你先摸摸你腔子上幾個腦袋瓜子！」興兒戰兢兢的朝上磕頭道：「奶奶問的是什麼事，奴才同爺辦壞了？」鳳姐聽了，一腔火都發作起來，喝命：「打嘴巴！」旺兒過來才要打時，鳳姐兒罵道：「什麼糊塗忘八崽子！叫他自己打，用你打嗎？一會子你再各人打你那嘴巴子還不遲呢！」那興兒真個自己左右開弓，打了自己十幾個嘴巴。鳳姐兒喝聲「站住」，問道：「你二爺外頭娶了什麼『新奶奶』『舊奶奶』的事，你大概不知道啊？」興兒見說出這件事來，越發著了慌，連忙把帽子抓下來，在磚地上「咕咚咕咚」碰的頭山響，口裡說道：「只求奶奶超生⑨！奴才再不敢撒一個字兒的謊。」鳳姐道：「快說！」

興兒直蹶蹶的跪起來回道：「這事頭裡奴才也不知道。就是這一天，東府裡大老爺送了殯，俞祿往珍大爺廟裡去領銀子，二爺同著蓉哥兒到了東府裡，道兒上，爺兒兩個說起珍大奶奶那邊的二位姨奶奶來。二爺誇他好，蓉哥兒哄著二爺，說把二姨奶奶說給二爺。……」鳳姐聽到這裡，使勁啐道：「呸！沒臉的忘八蛋！他是你那一門子的姨奶奶！」興兒忙又磕頭說：「奴才該死！」往上瞅著，不敢言語。

⑨超生——「饒恕」的意思，道家認為替死者念經表示懺悔，可以使死者得到饒恕，叫「超生」。


聯經出版事業公司 校印

鳳姐兒道：「完了嗎？怎麼不說了？」興兒方才又回道：「奶奶恕奴才，奴才才敢回。」鳳姐啐道：「放你媽的屁！這還什麼『恕』不『恕』了！你好生給我往下說，好多著呢。」興兒又回道：「二爺聽見這個話，就喜歡了。後來奴才也不知道怎麼就弄真了。」鳳姐微微冷笑道：「這個自然麼，你可那裡知道呢！你知道的，只怕都煩了呢。——是了，說底下的罷！」興兒回道：「後來就是蓉哥兒給二爺找了房子。」鳳姐忙問道：「如今房子在那裡？」興兒道：「就在府後頭。」鳳姐兒道：「哦。」回頭瞅著平兒，道：「咱們都是死人哪！你聽聽！」平兒也不敢作聲。

興兒又回道：「珍大爺那邊給了張家不知多少銀子，那張家就不問了。」鳳姐道：「這裡頭怎麼又扯拉上什麼張家、李家咧呢？」興兒回道：「奶奶不知道，這二奶奶……」剛說到這裡，又自己打了個嘴巴，把鳳姐兒倒慪笑了。兩邊的丫頭也都抿嘴兒笑。興兒想了想，說道：「那珍大奶奶的妹子……」鳳姐兒接著道：「怎麼樣？快說呀！」興兒道：「那珍大奶奶的妹子原來從小兒有人家的，姓張，叫什麼張華，如今窮的待好討飯。珍大爺許了他銀子，他就退了親了。」鳳姐兒聽到這裡，點了點頭兒，回頭便望丫頭們說道：「你們都聽見了？小忘八崽子！頭裡他還說他不知道呢！」興兒又回道：「後來二爺才叫人裱糊了房子，娶過來了。」鳳姐道：「打那裡娶過來的？」興兒回道：「就在他老娘家抬過來的。」鳳姐道：「好罷咧！」又問：「沒人送親麼？」興兒道：「就是蓉哥兒。還有幾個丫頭、老婆子們，沒別人。」鳳姐道：「你大奶奶沒來嗎？」興兒道：「過了兩天，大奶奶才拿了些東西來瞧的。」

鳳姐兒笑了一笑，回頭向平兒道：「怪道那兩天二爺稱讚大奶奶不離嘴呢！」掉過臉來，又問興兒：「誰伏侍呢？自然是你了？」興兒趕著碰頭，不言語。鳳姐又問：「前頭那些日子，說給那府裡辦事，想來辦的就是這個了？」興兒回道：「也有辦事的時候，也有往新房子裡去的時候。」鳳姐又問道：「誰和他住著呢？」興兒道：「他母親和他妹子。昨兒他妹子各人抹了脖子了。」鳳姐道：「這又為什麼？」興兒隨將柳湘蓮的事說了一遍。鳳姐道：「這個人還算造化高，省了當那出名兒的忘八！」因又問道：「沒了別的事了麼？」興兒道：「別的事奴才不知道。奴才剛才說的，字字是實話，一字虛假，奶奶問出來，只管打死奴才，奴才也無怨的。」

鳳姐低了一回頭，便又指著興兒說道：「你這個猴兒崽子就該打死！這有什麼瞞著我的？你想著瞞了我，就在你那糊塗爺跟前討了好兒了，你新奶奶好疼你！我不看你剛才還有點怕懼兒，不敢撒謊，我把你的腿不給你砸折了呢！」說著，喝聲：「起去！」興兒磕了個頭，才爬起來，退到外間門口，不敢就走。鳳姐道：「過來！我還有話呢。」興兒趕忙垂手敬聽。鳳姐道：「你忙什麼？新奶奶等著賞你什麼呢？」興兒也不敢抬頭。鳳姐道：「你從今日不許過去！我什麼時候叫你，你什麼時候到。遲一步兒，你試試！——出去罷。」興兒忙答應幾個「是」，退出門來。鳳姐又叫道：「興兒！」興兒趕忙答應回來。鳳姐道：「快出去告訴你二爺去，是不是啊？」興兒回道：「奴才不敢。」鳳姐道：「你出去提一個字兒，提防你的皮！」興兒連忙答應著才出去了。鳳姐又叫：「旺兒呢？」旺兒連忙答應著過來。鳳姐把眼直瞪瞪的瞅了兩三句話的工夫，才說道：「好，旺兒！——很好，去罷！外頭有人提一個字兒，全在你身上！」旺兒答應著，也出去了。

鳳姐便叫：「倒茶[10]。」小丫頭子們會意，都出去了。這裡鳳姐才和平兒說：「你都聽見了？這才好呢！」平兒也不敢答言，只好陪笑兒。鳳姐越想越氣，歪在枕上，只是出神。忽然眉頭一皺，計上心來，便叫：「平兒，來。」平兒連忙答應過來。鳳姐道：「我想這件事，竟該這麼著才好。也不必等你二爺回來再商量了。」未知鳳姐如何辦理，下回分解。

⑩倒茶——舊時大官會見下級官吏，說「倒茶」就表示會客已完，要倒掉剩茶送走客人的意思；這裡王熙鳳叫「倒茶」，意思是叫小丫頭們都退出去。

# 第六十八回　苦尤娘賺入大觀園　酸鳳姐大鬧寧國府

話說賈璉起身去後，偏值平安節度巡邊在外，約一個月方回。賈璉未得確信，只得住在下處等候。乃至回來相見，將事辦妥，回程已是將兩個月的限了。

誰知鳳姐心下早已算定：只待賈璉前腳走了，回來便傳各色匠役，收拾東廂房三間，照依自己正室一樣裝飾陳設。至十四日便回明賈母、王夫人，說十五日一早要到姑子廟進香去。只帶了平兒、豐兒、周瑞媳婦、旺兒媳婦四人，未曾上車，便將原故告訴了眾人。又吩咐眾男人，素衣素蓋①，一逕前來。興兒引路，一直到了二姐門前扣門。鮑二家的開了。興兒笑說：「快回二奶奶去，大奶奶來了。」鮑二家的聽了這句，頂梁骨走了真魂②，忙飛進報與尤二姐。尤二姐雖也一驚，但已來了，只得以禮相

①素衣素蓋——白色的衣裳和白色的傘蓋，表示服喪。

②頂梁骨走了真魂——頂梁骨即頭蓋骨，這是說驚嚇得要死。



聯經出版事業公司校印

見，於是忙整衣，迎了出來，至門前，鳳姐方下車進來。尤二姐一看，只見頭上皆是素白銀器，身上月白緞襖，青緞披風，白綾素裙；眉彎柳葉，高吊兩梢，目横丹鳳，神凝三角：俏麗若三春之桃，清潔若九秋之菊。周瑞、旺兒的二女人攙入院來。尤二姐陪笑，忙迎上來萬福，張口便叫：「姐姐下降，不曾遠接，望恕倉促之罪。」說著便福了下來。鳳姐忙陪笑還禮不迭。二人攜手同入室中。

鳳姐上座，尤二姐命丫鬟拿褥子來便行禮，說：「奴家年輕，一從到了這裡，諸事皆係家母和家姐商議主張。今日有幸相會，若姐姐不棄奴家寒微，凡事求姐姐的指示教訓。奴亦傾心吐膽，只伏侍姐姐。」說著，便行下禮去。鳳姐兒忙下座以禮相還，口內忙說：「皆因奴家婦人之見，一味勸夫慎重，不可在外眠花臥柳，恐惹父母擔憂：此皆是你我之癡心，怎奈二爺錯會奴意。眠花宿柳之事瞞奴或可；今娶姐姐二房之大事，亦人家大禮，亦不曾對奴說。奴亦曾勸二爺早行此禮，以備生育。不想二爺反以奴為那等嫉妒之婦，私自行此大事，並不說知。使奴有冤難訴，惟天地可表。前於十日之先，奴已風聞，恐二爺不樂，遂不敢先說。今可巧遠行在外，故奴家親自拜見過，還求姐姐下體奴心，起動大駕，挪至家中。你我姊妹同居同處，彼此合心諫勸二爺，慎重世務，保養身體，方是大禮。若姐姐在外，奴在內，雖愚賤不堪相伴，奴心又何安。再者，使外人聞知，亦甚不雅觀。二爺之名也要緊，倒是談論奴家，奴亦不怨。所以今生今世奴之名節全在姐姐身上。那起下人小人之言，未免見我素日持家太嚴，背後加減些言語，自是常情。姐姐乃何等樣人物，豈可信真。若我實有不好之處，上頭三層公婆，中有無數姊妹、妯娌，況賈府世代名家，豈容我到今日？今日二爺私娶姐姐在外，若別人則怒，我則以為幸。正是天地神佛不忍我被小人們誹謗，故生此事。我今來求姐姐進去和我一樣同居同處，同分同例，同侍公婆，同諫丈夫。喜則同喜，悲則同悲；情似親妹，和比骨肉。不但那起小人見了，自悔從前錯認了我；就是二爺來家一見，他作丈夫之人，心中也未免暗悔。所以姐姐竟是我的大恩人，使我從前之名一洗無餘了。若姐姐不隨奴去，奴亦情願在此相陪。奴願作妹子，每日伏侍姐姐梳頭洗面。只求姐姐在二爺跟前替我好言方便方便，容我一席之地安身，奴死也願意。」說著，便嗚嗚咽咽哭將起來。尤二姐見了這般，也不免滴下淚來。

二人對見了禮，分序座下。平兒忙也上來要見禮。尤二姐見他打扮不凡，舉止品貌不俗，料定是平兒，連忙親身挽住，只叫：「妹子快休如此，你我是一樣的人。」鳳姐忙也起身笑說：「折死③他了！妹子只管受禮，他原是咱們的丫頭。以後快別如此。」說著，又命周家的從包袱裡取出四匹上色尺頭，四對金珠簪環為拜禮。尤二姐忙拜受了。二人吃茶，對訴已往之事。鳳姐口內全是自怨自錯，「怨不得別人，如今只求姐姐疼我」等語。尤二姐見了這般，便認他作是個極好的人，「小人不遂心，誹謗主子，亦是常理。」故傾心吐膽，敘了一回，竟把鳳姐認為知已。又見周瑞等媳婦在旁邊稱揚鳳姐素日許多善政，「只是吃虧心太癡了，惹人怨。」又說：「已經預備了房屋，奶奶進去，一看便知。」尤氏心中早已要進去同住方好，今又見如此，豈有不允之理？便說：「原該跟了姐姐去，只是這裡怎樣？」鳳姐兒道：「這有何難？姐姐的箱籠細軟，只管著小廝搬了進去。這些粗笨貨，要他無用，還叫人看著。姐姐說誰妥當，就叫誰在這裡。」尤二姐忙說：「今日既遇見姐姐，這一進去，凡事只憑姐姐料理。我也來

③折死——下對上、奴對主，行禮是應當的；如果反過來就不合理，在下的人就會「折壽」——縮短壽命。

的日子淺，也不曾當過家，世事不明白，如何敢作主？這幾件箱籠拿進去罷。我也沒有什麼東西，那也不過是二爺的。」

鳳姐聽了，便命周瑞家的記清，好生看管著，抬到東廂房去。於是催著尤二姐穿戴了，二人攜手上車，又同坐一處，又悄悄的告訴他：「我們家的規矩大。這事老太太一概不知，倘或知二爺孝中娶你，管把他打死了。如今且別見老太太、太太。我們有一個花園子極大，姊妹住著，容易沒人去的。你這一去，且在園裡住兩天，等我設個法子，回明白了，那時再見方妥。」尤二姐道：「任憑姐姐裁處。」那些跟車的小厮們皆是預先說明的，如今不去大門，只奔後門而來。

下了車，趕散眾人。鳳姐便帶尤氏進了大觀園的後門，來到李紈處相見了。彼時大觀園中十停人已有九停人知道了，今忽見鳳姐帶了進來，引動多人來看問。尤二姐一一見過。眾人見他標緻和悅，無不稱揚。鳳姐一一的吩咐了眾人：「都不許在外走了風聲，若老太太、太太知道，我先叫你們死！」園中婆子、丫鬟都素懼鳳姐的，又係賈璉國孝、家孝中所行之事，知道關係非常，都不管這事。鳳姐悄悄的求李紈收養幾日，「等回明了，我們自然過去的。」李紈見鳳姐那邊已收拾房屋，況在服中，不好倡揚，自是正理，只得收下權住。鳳姐又變法將他的丫頭一概退出，又將自己的一個丫頭送他使喚。暗暗吩咐園中媳婦們：「好生照看著他。若有走失逃亡，一概和你們算賬。」自己又去暗中行事。合家之人都暗暗納罕的說：「看他如何這等賢惠起來了。」

那尤二姐得了這個所在，又見園中姊妹各各相好，倒也安心樂業的，自為得其所矣。誰知三日之後，丫頭善姐便有些不服使喚起來。尤二姐因說：「沒了頭油了，你去回聲大奶奶，拿些來。」善姐便道：

「二奶奶，你怎麼不知好歹，沒眼色？我們奶奶天天承應了老太太，又要承應這邊太太，那邊太太；這些妯娌姊妹，上下幾百男女，天天起來，都等他的話。一日少說，大事也有一二十件，小事還有三五十件。外頭的從娘娘算起，以及王公侯伯家，多少人情客禮，家裡又有這些親友的調度。銀子上千錢上萬，一日都從他一個手一個心一個口裡調度，那裡為這點子小事去煩瑣他？我勸你能著些兒罷！咱們又不是明媒正娶來的。這是他亙古少有一個賢良人，才這樣待你；若差些兒的人，聽見了這話，吵嚷起來，把你丟在外，死不死，生不生，你又敢怎樣呢？」一席話，說的尤氏垂了頭，自為有這一說，少不得將就些罷了。那善姐漸漸連飯也怕端來與他吃，或早一頓，或晚一頓，所拿來之物，皆是剩的。尤二姐說過兩次，他反先亂叫起來。尤二姐又怕人笑他不安分，少不得忍著。隔上五日、八日，見鳳姐一面，那鳳姐卻是和容悅色，滿嘴裡「姐姐」不離口。又說：「倘有下人不到之處，你降不住他們，只管告訴我，我打他們。」又罵丫頭、媳婦說：「我深知你們，軟的欺，硬的怕，背開我的眼，還怕誰？倘或二奶奶告訴我一個『不』字，我要你們的命！」尤氏見他這般的好心，思想：「既有他，何必我又多事？下人不知好歹，也是常情。我若告了，他們受了委屈，反叫人說我不賢良。」因此，反替他們遮掩。

鳳姐一面使旺兒在外打聽細事，這尤二姐之事皆已深知。原來已有了婆家的，女婿現在才十九歲，成日在外嫖賭，不理生業，家私花盡，父親攆他出來，現在賭錢廠存身。父親得了尤婆十兩銀子退了親的，這女婿尚不知道。原來這小伙子名叫張華。鳳姐都一一盡知原委，便封了二十兩銀子與旺兒，悄悄命他將張華勾來養活，「著他寫一張狀子，只管往有司衙門中告去，就告璉二爺國孝、家孝之中，背旨瞞親，仗財依勢，強逼退親，停妻再娶」等語。這張華也深知利害，先不敢造次。旺兒回了鳳姐，鳳姐氣的罵：「『癩狗扶不上牆』的種子。你細細的說給他，便告我們家謀反也沒事的。不過是借他一鬧，大家沒臉。若告大了，我這裡自然能夠平息的。」旺兒領命，只得細說與張華。鳳姐又吩咐旺兒：「他若告了你，你就和他對詞去。」如此如此，這般這般，「我自有道理。」旺兒聽了有他做主，便又命張華狀子上添上自己，說：「你只告我來往過付④，一應調唆二爺做的。」張華便得了主意，和旺兒商議定了，寫了一紙狀子，次日便往都察院⑤喊了冤。

察院坐堂看狀，見是告賈璉的事，上面有「家人旺兒一人」，只得遣人去賈府傳旺兒來對詞。青衣⑥不敢擅入，只命人帶信。那旺兒正等著此事，不用人帶信，早在這條街上等候。見了青衣，反迎上去笑道：「起動眾位兄弟，必是兄弟的事犯了。說不得，快來套上。」眾青衣不敢，只說：「你老去罷，別鬧了。」於是來至堂前跪了。察院命將狀子與他看。旺兒故意看了一遍，碰頭說道：「這事小的盡知，小的主人實有此事。但這張華素與小的有仇，故意攀扯小的在內。其中還有別人，求老爺再問。」張華碰頭說：「雖還有人，小的不敢告他，所以只告他下人。」旺兒故意急的說：「糊塗東西，還不快說出來！這是朝廷公堂之上，憑是主子，也要說出來。」張華便說出賈蓉來。察院聽了無法，只得去傳賈蓉。

---

④過付——買賣和有買賣性質的事務，通過中間人交付財物。

⑤都察院——明清設置的負責檢查官吏不法行為的官署。

⑥青衣——官府的差人大多穿黑衣服，稱作「皂隸」或「青衣」。

聯經出版事業公司　校印

鳳姐又差了慶兒暗中打聽告了起來，便忙將王信喚來，告訴他此事，命他托察院只虛張聲勢，警唬而已，又拿了三百銀子與他去打點。是夜王信到了察院私第，安了根子⑦。那察院深知原委，收了贓銀。次日回堂，只說張華無賴，因拖欠了賈府銀兩，枉捏虛詞，誣賴良人。都察院又素與王子騰相好，王信也只到家說了一聲，況是賈府之人，巴不得了事，便也不提此事，且都收下，只傳賈蓉對詞。

且說賈蓉等正忙著賈珍之事，忽有人來報信，說「有人告你們」，如此如此，這般這般，「快作道理！」賈蓉慌了，忙來回賈珍。賈珍說：「我防了這一著，只虧他大膽子。」即刻封了二百銀子，著人去打點察院，又命家人去對詞。正商議之間，人報：「西府二奶奶來了。」賈珍聽了這個，倒吃了一驚，忙要同賈蓉藏躲。不想鳳姐進來了，說：「好大哥哥，帶著兄弟們幹的好事！」賈蓉忙請安，鳳姐拉了他就進來。賈珍還笑說：「好生伺候你嬸娘，吩咐他們殺牲口備飯。」說了，忙命備馬，躲往別處去了。

這裡鳳姐兒帶著賈蓉走來上房，尤氏正迎了出來，見鳳姐氣色不善，忙笑說：「什麼事情這等忙？」鳳姐照臉一口吐沫，啐道：「你尤家的丫頭沒人要了，偷著只往賈家送！難道賈家的人都是好的，普天下死絕了男人了！你就願意給，也要三媒六證，大家說明，成個體統才是。你痰迷了心，脂油蒙了竅，國孝、家孝，兩重在身，就把個人送來了！這會子被人家告我們，我又是個沒腳蟹⑧，連官場中都知道

⑦安了根子——指暗中賄賂官府，求得包庇。
⑧沒腳蟹——比喻行動不得，手足無措。

我厲害，吃醋，如今指名提我，要休⑨我！我來了你家，幹錯了什麼不是，你這等害我？或是老太太、太太有了話在你心裡，使你們做這圈套，要擠我出去？如今咱們兩個一同去見官，分證明白。回來咱們公同請了合族中人，大家覿面⑩說個明白。給我休書，我就走路！」一面說，一面大哭，拉著尤氏，只要去見官。急的賈蓉跪在地下碰頭，只求「嬸子息怒！」鳳姐兒一面又罵賈蓉：「天雷劈腦子、五鬼分屍的沒良心的種子！不知天有多高，地有多厚，成日家調三窩四，幹出這些沒臉面、沒王法、敗家破業的營生。你死了的娘，陰靈也不容你！祖宗也不容！還敢來勸我！」哭罵著，揚手就打。賈蓉忙磕頭有聲，說：「嬸子別動氣！仔細手，讓我自己打。嬸子別生氣！」說著，自己舉手，左右開弓，自己打了一頓嘴巴子，又自己問著自己說：「以後可再顧三不顧四的混管閑事了？以後還單聽叔叔的話、不聽嬸子的話了？」眾人又是勸，又要笑，又不敢笑。

鳳姐兒滾到尤氏懷裡，嚎天動地，大放悲聲，只說：「給你兄弟娶親，我不惱。為什麼使他違旨背親，將混賬名兒給我背著？咱們只去見官，省得捕快皂隸來拿。再者，咱們只過去見了老太太、太太和眾族人，大家公議了，我既不賢良，又不容丈夫娶親買妾，只給我一紙休書，我即刻就走！你妹妹我也親身接來家，生怕老太太、太太生氣，也不敢回，現在三茶六飯、金奴銀婢的住在園裡。我這裡趕著收

⑨休——在傳統社會中，丈夫可以用嫉妒、淫佚等罪名把妻子趕出去，斷絕關係，叫做「休妻」，也叫「出妻」；下文的「休書」，就是為出妻而寫的文書。

⑩覿面——見面，當面；覿，音ㄉㄧˊ，見、相見。

拾房子，一樣和我的道理，只等老太太知道了。原說接過來大家安分守己的，我也不提舊事了，誰知又是有了人家的！不知你們幹的什麼事，我一概又不知道。如今告我，我昨日急了，縱然我出去見官，也丟的是你賈家的臉，少不得偷把太太的五百兩銀子去打點。如今把我的人還鎖在那裡！」說了又哭，哭了又罵，後來放聲大哭起祖宗爹媽來，又要尋死撞頭。把個尤氏揉搓成一個麵團，衣服上全是眼淚鼻涕，並無別語，只罵賈蓉：「孽障種子！和你老子作的好事！我就說不好的。」

鳳姐兒聽說，哭著，兩手搬著尤氏的臉，緊對相問道：「你發昏了？你的嘴裡難道有茄子塞著？不然他們給你嚼子銜上了？為什麼你不告訴我去？你若告訴了我，這會子平安不了？怎得經官動府，鬧到這步田地？你這會子還怨他們！自古說：『妻賢夫禍少』，『表壯不如裡壯』⑪。你但凡是個好的，他們怎得鬧出這些事來！你又沒才幹，又沒口齒，鋸了嘴子的葫蘆⑫，就只會一味瞎小心，圖賢良的名兒。總是他們也不怕你，也不聽你！」說著，啐了幾口。尤氏也哭道：「何曾不是這樣？你不信，問問跟的人，我何曾不勸的？也得他們聽。叫我怎麼樣呢？怨不得妹妹生氣，我只好聽著罷了。」

眾姬妾、丫鬟、媳婦已是烏壓壓跪了一地，陪笑求說：「二奶奶最聖明的。雖是我們奶奶的不是，奶奶也作踐的夠了。當著奴才們，奶奶們素日何等的好來，如今還求奶奶給留臉！」說著，捧上茶來。鳳姐也摔了，一面止了哭，挽頭髮，又哭罵賈蓉：「出去請你父親來！我對面問他，親大爺的孝才五七

---

⑪表壯不如裡壯——表，外面，指丈夫；裡，內，指妻子；壯，棒、有能力。這是說丈夫有才幹，還不如妻子會理家。

⑫鋸了嘴子的葫蘆——比喻光有嘴沒有舌頭，不會說話。

⑬，侄兒娶親，這個禮，我竟不知道。我問問，也好學著，日後教導子侄的！」賈蓉只跪著磕頭，說：「這事原不與父母相干，都是侄兒一時吃了屎，調唆叔叔作的。我父親也並不知道。如今我父親正要商量接太爺出殯，嬸子若鬧起來，侄兒也是個死。只求嬸子責罰侄兒，侄兒謹領。這官司還求嬸子料理，侄兒竟不能幹這大事。嬸子是何等樣人，豈不知俗語說的『胳膊只折在袖子裡』？侄兒糊塗死了，既作了不肖的事，就同那貓兒狗兒一般。嬸子既教訓，就不和侄兒一般見識的，少不得還要嬸子費心費力，將外頭的壓住了才好。只當嬸子有這個不肖的兒子，既惹了禍，少不得委屈，還要疼兒子。」說著，又磕頭不絕。

鳳姐見他母子這般，也再難往前施展了，只得又轉過了一副形容言談來，與尤氏反陪禮說：「我是年輕不知事的人，一聽見有人告訴了，把我嚇昏了，不知方才怎樣得罪了嫂子。可是蓉兒說的，『胳膊折了，往袖子裡藏』，少不得嫂子要體諒我。還要嫂子轉替哥哥說了，先把這官司按下去才好。」尤氏、賈蓉一齊都說：「嬸子放心，橫豎一點兒連累不著叔叔。嬸子方才說用過了五百兩銀子，少不得我娘兒們打點五百兩銀子與嬸子送過去，好補上的，不然豈有反教嬸子又添上虧空之理？越發我們該死了！但還有一件：老太太、太太們跟前，嬸子還要周全方便，別提這些話方好。」

鳳姐兒又冷笑道：「你們饒壓著我的頭幹了事，這會子反哄著我替你們周全！我雖然是個呆子，也

⑬五七——人死後的第三十五天；按傳統禮儀，伯叔的孝，侄兒應服喪一百天，也就是下文說的「百日」，在這期間不許辦婚事。

聯經出版事業公司 校印

呆不到如此。嫂子的兄弟是我的丈夫，嫂子既怕他絕後，我豈不更比嫂子更怕絕後？嫂子的令妹就是我的妹子一樣，我一聽見這話，連夜喜歡的連覺也睡不成，趕著傳人收拾了屋子，就要接進來同住。倒是奴才小人的見識，他們倒說：『奶奶太好性了。若是我們的主意，先回了老太太、太太，看是怎樣，再收拾房子去接也不遲。』我聽了這話，教我要打要罵的，才不言語。誰知偏不稱我的意，偏打我的嘴，半空裡又跑出一個張華來告了一狀。我聽見了，唬的兩夜沒合眼兒，又不敢聲張，只得求人去打聽這張華是什麼人，這樣大膽。打聽了兩日，誰知是個無賴的花子。我年輕不知事，反笑了，說：『他告什麼？』倒是小子們說：『原是二奶奶許了他的。他如今正是急了，凍死餓死也是個死；現在有這個理他抓著，縱然死了，死的倒比凍死餓死還值些。怎麼怨的他告呢？這事原是爺做的太急了：國孝一層罪，家孝一層罪，背著父母私娶一層罪，停妻再娶一層罪。俗語說：「拼著一身剮，敢把皇帝拉下馬。」他窮瘋了的人，什麼事作不出來？況且他又拿著這滿理，不告，等請不成？』嫂子說，我便是個韓信、張良，聽了這話，也把智謀唬回去了！你兄弟又不在家，又沒個商議，少不得拿錢去墊補，誰知越使錢越被人拿住了刀靶，越發來訛。我是『耗子尾上長瘡——多少膿血兒』！所以又急又氣，少不得來找嫂子。……」尤氏、賈蓉不等說完，都說：「不必操心，自然要料理的。」賈蓉又道：「那張華不過是窮急，故捨了命才告。咱們如今想了一個法兒，竟許他些銀子，只叫他應了妄告不實之罪，咱們替他打點完了官司。他出來時，再給他些個銀子就完了。」鳳姐兒笑道：「好孩子，怨不得你顧一不顧二的作這些事出來：原來你竟糊塗。若你說得這話，他暫且依了，且打出官司來，又得了銀子，眼前自然了事。這些人既是無賴之徒，銀子到手，一旦光了，他又尋事故訛詐。倘又叨登起來這事，咱們雖不怕，也終擔心。擱不住他說：既沒毛病，為什麼反給他銀子？終久是不了之局。」

賈蓉原是個明白人，聽如此一說，便笑道：「我還有個主意：『來是是非人，去是是非者』⑭，這事還得我了才好。如今我竟去問張華個主意，或是他定要人？或是他願意了事，得錢再娶？他若說一定要人，少不得我去勸我二姨，叫他出來，仍嫁他去；若說要錢，我們這裡少不得給他。」鳳姐兒忙道：「雖如此說，我斷捨不得你姨娘出去，我也斷不肯使他去。好侄兒，你若疼我，只能可多給他錢為是。」賈蓉深知鳳姐口雖如此，心卻是巴不得只要本人出來，他卻做賢良人。如今怎說怎依。

鳳姐兒歡喜了，又說：「外頭好處了，家裡終久怎麼樣？你也同我過去回明才是。」尤氏又慌了，拉鳳姐討主意，如何撒謊才好。鳳姐冷笑道：「既沒這本事，誰叫你幹這事了？這會子又這個腔兒，我又看不上！待要不出個主意，我又是個心慈面軟的人，憑人撮弄我，我還是一片癡心。——說不得，讓我應起來。如今你們只別露面，我只領了你妹妹去與老太太、太太們磕頭，只說：原係你妹妹，我看上了很好。正因我不大生長，原說買兩個人放在屋裡的，今既見你妹妹很好，而又是親上做親的，我願意娶來做二房。皆因家中父母姊妹新近一概死了，日子又艱難，不能度日，若等百日之後，無奈無家無業，實難等得。我的主意，接了進來，已經廂房收拾了出來，暫且住著，等滿了服再圓房⑮。仗著我不怕臊的臉，死活賴去，有了不是，也尋不著你們了。你們母子想想，可使得？」尤氏、賈蓉一齊笑說：「到

⑭來是是非人，去是是非者——意思是：誰做的錯事還由誰去收拾。來，招致；去，解除。

⑮圓房——原指童養媳和未婚夫開始過夫妻生活，這裡是正式結婚的意思。

底是嬸子寬洪大量，足智多謀。等事妥了，少不得我們娘兒們過去拜謝！」尤氏忙命丫鬟們伏侍鳳姐梳妝洗臉，又擺酒飯，親自遞酒揀菜。

鳳姐也不多坐，執意就走了。進園中將此事告訴與尤二姐，又說：「我怎麼操心打聽，又怎麼設法子，須得如此如此方救下眾人無罪，少不得我去拆開這魚頭⑯，大家才好。」不知端詳，且聽下回分解。

⑯拆魚頭——也叫「擇魚頭」，比喻處理和排解複雜難辦的事；拆、分解、清理。引申有給人方便，寧可自找麻煩的意思。


聯經出版事業公司　校印

# 第六十九回　弄小巧用借劍殺人　覺大限①吞生金自逝

話說尤二姐聽了，又感謝不盡，只得跟了他來。尤氏那邊怎好不過來的，少不得也過來，跟著鳳姐去回，方是大禮。鳳姐笑說：「你只別說話，等我去說。」尤氏道：「這個自然。但一有個不是，是往你身上推的。」說著，大家先來至賈母房中。

正值賈母和園中姊妹們說笑解悶，忽見鳳姐帶了一個標緻小媳婦進來，忙覷著眼看，說：「這是誰家的孩子！好可憐見的！」鳳姐上來笑道：「老祖宗倒細細的看看，好不好？」說著，忙拉二姐說：「這是太婆婆，快磕頭。」二姐忙行了大禮，展拜起來。又指著眾姊妹說：這是某人某人，「你先認了，太太瞧過了再見禮。」二姐聽了，一一又從新故意的問過，垂頭站在旁邊。賈母上下瞧了一遍，因又笑問：「你姓什麼？今年十幾了？」鳳姐忙又笑說：「老祖宗且別問，只說比我俊不俊。」賈母又戴了眼鏡，

①大限——壽數，也指死期。

命鴛鴦、琥珀：「把那孩子拉過來，我瞧瞧肉皮兒。」眾人都抿嘴兒笑著，只得推他上去。賈母細瞧了一遍，又命琥珀：「拿出手來我瞧瞧。」鴛鴦又揭起裙子來。賈母瞧畢，摘下眼鏡來，笑說道：「更是個齊全孩子！我看比你俊些。」鳳姐聽說，笑著忙跪下，將尤氏那邊所編之話，一五一十，細細的說了一遍，「少不得老祖宗發慈心，先許他進來住，一年後再圓房。」賈母聽了道：「這有什麼不是？既你這樣賢良，很好。只是一年後方可圓得房。」鳳姐聽了，叩頭起來，又求賈母：「著兩個女人一同帶去見太太們，說是老祖宗的主意。」賈母依允，遂使二人帶去，見了邢夫人等。王夫人正因他風聲不雅，深為憂慮，見他今行此事，豈有不樂之理？於是尤二姐自此見了天日，挪到廂房住居。

鳳姐一面使人暗暗調唆張華，只叫他要原妻，這裡還有許多賠送外，還給他銀子安家過活。張華原無膽無心告賈家的，後來又見賈蓉打發人來對詞，那人原說的：「張華先退了親。我們皆是親戚。接到家裡住著是真，並無娶嫁之說。皆因張華拖欠了我們的債務，追索不與，方誣賴小的主人那些個。」察院都和賈、王兩處有瓜葛，況又受了賄，只說張華無賴，以窮訛詐，狀子也不收，打了一頓趕出來。慶兒在外替他打點，也沒打重。又調唆張華：「親原是你家定的，你只要親事，官必還斷給你。」於是又告。王信那邊又透了消息與察院，察院便批：「張華所欠賈宅之銀，令其限內按數交還；其所定之親，仍令其有力時娶回。」又傳了他父親來，當堂批准。他父親亦係慶兒說明，樂得人財兩進，便去賈家領人。

鳳姐兒一面嚇的來回賈母，說如此這般，「都是珍大嫂子幹事不明，並沒和那家退准，惹人告了，如此官斷。」賈母聽了，忙喚了尤氏過來，說他作事不妥，「既是你妹子從小曾與人指腹為婚，又沒退斷，使人混告了。」尤氏聽了，只得說：「他連銀子都收了，怎麼沒准？」鳳姐在旁又說：「張華的口


聯經出版事業公司校印

供上現說不曾見銀子，也沒見人去。他老子說：『原是親家母說過一次，並沒應准。親家母死了，你們就接進去作二房。』如此沒有對證，只好由他去混說。幸而璉二爺不在家，沒曾圓房，這還無妨。只是人已來了，怎好送回去，豈不傷臉？」賈母道：「又沒圓房，沒的強占人家有夫之人，名聲也不好，不如送給他去。那裡尋不出好人來？」尤二姐聽了，又回賈母說：「我母親實於某年月日給了他十兩銀子退准的。他因窮急了告，又翻了口。我姐姐原沒錯辦。」賈母聽了，便說：「可見刁民難惹。既這樣，鳳丫頭去料理料理。」鳳姐聽了無法，只得應著。回來只命人去找賈蓉。賈蓉深知鳳姐之意，——若要使張華領回，成何體統？便回了賈珍，暗暗遣人去說張華：「你如今既有許多銀子，何必定要原人？若只管執定主意，豈不怕爺們一怒，尋出個由頭，你死無葬身之地！你有了銀子，回家去，什麼好人尋不出來？你若走時，還賞你些路費。」張華聽了，心中想了一想，這倒是好主意，和父親商議已定，約共也得了有百金，父子次日起個五更，回原籍去了。

賈蓉打聽得真了，來回了賈母、鳳姐，說：「張華父子妄告不實，懼罪逃走，官府亦知此情，也不追究，大事完畢。」鳳姐聽了，心中一想：「若必定著張華帶回二姐去，未免賈璉回來，再花幾個錢包占住，不怕張華不依。還是二姐不去，自己相伴著還妥當，且再作道理。只是張華此去，不知何往，他倘或再將此事告訴了別人，或日後再尋出這由頭來翻案，豈不是自己害了自己？原先不該如此將刀靶付與外人去的。」因此悔之不迭，復又想了一條主意出來，悄命旺兒遣人尋著了他，或說他作賊，和他打官司，將他治死，或暗中使人算計，務將張華治死，方剪草除根，保住自己的名譽。旺兒領命出來，回家細想：「人已走了完事，何必如此大作？人命關天，非同兒戲。我且哄過他去，再作道理。」因此在外躲了幾日，回來告訴鳳姐，只說：「張華是有了幾兩銀子在身上，逃去第三日，在京口地界，五更天，已被截路人②打悶棍打死了。他老子唬死在店房，在那裡驗屍掩埋。」鳳姐聽了不信，說：「你要扯謊，我再使人打聽出來，敲你的牙！」自此，方丟過不究。鳳姐和尤二姐和美非常，更比親姊親妹還勝十倍。

那賈璉一日事畢回來，先到了新房中，已竟悄悄的封鎖，只有一個看房子的老頭兒。賈璉問他原故，老頭子細說原委，賈璉只在鐙中跌足。少不得來見賈赦與邢夫人，將所完之事回明。賈赦十分歡喜，說他中用，賞了他一百兩銀子，又將房中一個十七歲的丫鬟名喚秋桐者，賞他為妾。賈璉叩頭領去，喜之不盡。見了賈母和家中人，回來見鳳姐，未免臉上有些愧色。誰知鳳姐兒他反不似往日容顏，同尤二姐一同出迎，敘了寒溫。賈璉將秋桐之事說了，未免臉上有些得意之色，驕矜之容。鳳姐聽了，忙命兩個媳婦坐車在那邊接了來。心中一刺未除，又平空添了一刺，說不得且吞聲忍氣，將好顏面換出來遮掩。一面又命擺酒接風，一面帶了秋桐來見賈母與王夫人等。賈璉心中也暗暗的納罕。

那日已是臘月十二日，賈珍起身，先拜了宗祠，然後過來辭拜賈母等人。和族中人直送到洒淚亭方回，獨賈璉、賈蓉二人送出三日三夜方回。一路上賈珍命他好生收心治家等語，二人口內答應，也說些大禮套話，不必煩敘。

且說鳳姐在家，外面待尤二姐自不必說得，只是心中又懷別意。無人處，只和尤二姐說：「妹妹的

②截路人——強盜、攔路打劫的人。

聲名很不好聽，連老太太、太太們都知道了，說妹妹在家做女孩兒就不乾淨，又和姐夫有些首尾，『沒人要的了，你揀了來；還不休了，再尋好的！』我聽見這話，氣得倒仰，查是誰說的，又查不出來。這日久天長，這些個奴才們跟前，怎麼說嘴？我反弄了個魚頭來拆。」說了兩遍，自己又「氣病了」，茶飯也不吃，除了平兒，眾丫頭、媳婦無不言三語四，指桑說槐，暗相譏刺。秋桐自為係賈赦之賜，無人僭他的，連鳳姐、平兒皆不放在眼裡，豈肯容他？張口是：「先姦後娶，沒漢子要的娼婦，也來要我的強！」鳳姐聽了暗樂，尤二姐聽了暗愧、暗怒、暗氣。鳳姐既裝病，便不和尤二姐吃飯了。每日只命人端了菜飯到他房中去吃，那茶飯都係不堪之物。平兒看不過，自拿了錢出來弄菜與他吃，或是有時只說和他園中去頑，在園中廚內另做了湯水與他吃，也無人敢回鳳姐。只有秋桐一時撞見了，便去說舌，告訴鳳姐說：「奶奶的名聲，生是平兒弄壞了的。這樣好菜好飯，浪著不吃，卻往園裡去偷吃。」鳳姐聽了，罵平兒說：「人家養貓拿耗子，我的貓只倒咬雞！」平兒不敢多說，自此也要遠著了。又暗恨秋桐，難以出口。

園中姊妹和李紈、迎春、惜春等人，皆為鳳姐是好意，然寶、黛一干人，暗為二姐擔心。雖都不便多事，惟見二姐可憐，常來了，倒還都憫恤他。每日常無人處說起話來，尤二姐便淌眼抹淚，又不敢抱怨。鳳姐兒又並無露出一點壞形來。賈璉來家時，見了鳳姐賢良，也便不留心。況素習以來因賈赦姬妾、丫鬟最多，賈璉每懷不軌之心，只未敢下手。如這秋桐輩等人，皆是恨老爺年邁昏憒，貪多嚼不爛，沒的留下這些人作什麼，因此除了幾個知禮有恥的，餘者或有與二門上小么兒們嘲戲的。甚至於與賈璉眉來眼去相偷期的，只懼賈赦之威，未曾到手。這秋桐便和賈璉有舊，從未來過一次。今日天緣湊巧，竟賞了他，真是一對烈火乾柴，如膠投漆，燕爾新婚③，連日那裡拆的開？那賈璉在二姐身上之心，也漸漸淡了，只有秋桐一人是命。

鳳姐雖恨秋桐，且喜借他先可發脫二姐，自己且抽頭，用「借劍殺人」之法，「坐山觀虎鬥」，等秋桐殺了尤二姐，自己再殺秋桐。主意已定，沒人處常又私勸秋桐說：「你年輕不知事。他現是二房奶奶，你爺心坎兒上的人，我還讓他三分，你去硬碰他，豈不是自尋其死？」那秋桐聽了這話，越發惱了，天天大口亂罵，說：「奶奶是軟弱人，那等賢惠，我卻做不來！奶奶把素日的威風怎都沒了？奶奶寬洪大量，我卻眼裡揉不下沙子去。讓我和他這淫婦做一回，他才知道！」鳳姐兒在屋裡，只裝不敢出聲兒。氣的尤二姐在房裡哭泣，飯也不吃，又不敢告訴賈璉。次日，賈母見他眼紅紅的腫了，問他，又不敢說。秋桐正是抓乖賣俏之時，他便悄悄的告訴賈母、王夫人等說：「專會作死，好好的，成天家號喪，背地裡咒二奶奶和我早死了，他好和二爺一心一計的過。」賈母聽了，便說：「人太生嬌俏了，可知心就嫉妒。鳳丫頭倒好意待他，他倒這樣爭鋒吃醋的。可是個賤骨頭！」因此，漸次便不大歡喜。眾人見賈母不喜，不免又往下踏踐起來，弄得這尤二姐要死不能，要生不得。還是虧了平兒，時常背著鳳姐，看他這般，與他排解排解。

那尤二姐原是個「花為腸肚，雪作肌膚」的人，如何經得這般磨折？不過受了一個月的暗氣，便懨懨得了一病，四肢懶動，茶飯不進，漸次黃瘦下去。夜來合上眼，只見他小妹子手捧鴛鴦寶劍，前來說：

③燕爾新婚——新婚和美。《詩經・邶風・谷風》：「宴爾新昏，如兄如弟。」宴爾，燕好、和美，指夫妻和諧。


聯經出版事業公司校印

「姐姐，你一生為人心癡意軟，終吃了這虧！休信那妒婦花言巧語，外作賢良，內藏奸狡，他發恨定要弄你一死方罷。若妹子在世，斷不肯令你進來；即進來時，亦不容他這樣。此亦係理數應然，你我生前淫奔不才，使人家喪倫敗行，故有此報。你依我，將此劍斬了那妒婦，一同歸至警幻案下，聽其發落。不然，你則白白的喪命，且無人憐惜。」尤二姐泣道：「妹妹，我一生品行既虧，今日之報既係當然，何必又生殺戮之冤？隨我去忍耐。若天見憐，使我好了，豈不兩全？」小妹笑道：「姐姐，你終是個癡人。自古『天網恢恢，疏而不漏』④，天道好還⑤。你雖悔過自新，然已將人父子、兄弟致於麀聚之亂，天怎容你安生？」尤二姐泣道：「既不得安生，亦是理之當然，奴亦無怨。」小妹聽了，長嘆而去。尤二姐驚醒，卻是一夢。等賈璉來看時，因無人在側，便泣說：「我這病便不能好了。我來了半年，腹中也有身孕，但不能預知男女。倘天見憐，生了下來還可；若不然，我這命就不保，何況於他！」賈璉亦泣說：「你只放心，我請明人來醫治。」於是出去，即刻請醫生。

誰知王太醫亦謀幹了軍前效力，回來好討蔭封的。小廝們走去，便請了個姓胡的太醫，名叫君榮。進來診脈看了，說是經水不調，全要大補。賈璉便說：「已是三月庚信⑥不行，又常作嘔酸，恐是胎氣。」胡君榮聽了，復又命老婆子們請出手來再看看。尤二姐少不得又從帳內伸出手來。胡君榮又診了半日，

④天網恢恢，疏而不漏——《老子》：「天網恢恢，疏而不失。」天網，天道如網，比喻國法；恢恢，寬廣的樣子。

⑤天道好還——上天所行之道是喜歡報復的；好，喜愛；還，報償、報復。

⑥庚信——又稱月信，即月經。

說：「若論胎氣，肝脈⑦自應洪大。然木盛則生火，經水不調亦皆因由肝木所致。醫生要大膽，須得請奶奶將金面略露露，醫生觀觀氣色，方敢下藥。」賈璉無法，只得命將帳子掀起一縫，尤二姐露出臉來。胡君榮一見，魂魄如飛上九天，通身麻木，一無所知。一時掩了帳子，賈璉就陪他出來，問是如何。胡太醫道：「不是胎氣，只是迂血凝結。如今只以下迂血通經脈要緊。」於是寫了一方，作辭而去。賈璉命人送了藥禮，抓了藥來，調服下去。只半夜，尤二姐腹痛不止，誰知竟將一個已成形的男胎打了下來。於是血行不止，二姐就昏迷過去。賈璉聞知，大罵胡君榮。一面再遣人去請醫調治，一面命人去打告胡君榮。胡君榮聽了，早已捲包逃走。

這裡太醫便說：「本來氣血生成虧弱，受胎以來，想是著了些氣惱，鬱結於中。這位先生擅用虎狼之劑，如今大人元氣十分傷其八九，一時難保就愈。煎、九二藥並行，還要一些閑言閑事不聞，庶可望好。」說畢而去。急的賈璉查是誰請了姓胡的來，一時查了出來，便打了半死。

鳳姐比賈璉更急十倍，只說：「咱們命中無子，好容易有了一個，又遇見這樣沒本事的大夫！」於是天地前燒香禮拜，自己通陳禱告說：「我或有病，只求尤氏妹子身體大愈，再得懷胎，生一男子，我願吃長齋念佛。」賈璉眾人見了，無不稱讚。賈璉與秋桐在一處時，鳳姐又做湯做水的著人送與二姐。又罵平兒不是個有福的，「也和我一樣。我因多病了，你卻無病也不見懷胎。如今二奶奶這樣，都因咱們無福，或犯了什麼，沖的他這樣。」因又叫人出去算命打卦。偏算命的回來又說：「係屬兔的陰人沖

⑦肝脈——左手關脈可診肝部病情，又稱肝脈。

犯。」大家算將起來，只有秋桐一人屬兔，說他沖的。

秋桐近見賈璉請醫治藥，打人罵狗，為尤二姐十分盡心，他心中早浸了一缸醋在內了。今又聽見如此，說他沖了，鳳姐兒又勸他說：「你暫且別處去躲幾個月再來。」秋桐便氣的哭罵道：「理那起瞎肏的混咬舌根！我和他『井水不犯河水』，怎麼就沖了他！好個愛八哥兒，在外頭什麼人不見？偏來了就有人沖了！白眉赤臉，那裡來的孩子？他不過指著哄我們那個棉花耳朵⑧的爺罷了。縱有孩子，也不知姓張、姓王！奶奶希罕那雜種羔子，我不喜歡！老了誰不成？誰不會養！一年半載養一個，倒還是一點攙雜沒有的呢！」罵的眾人又要笑，又不敢笑。可巧邢夫人過來請安，秋桐便哭告邢夫人說：「二爺、奶奶要攆我回去，我沒了安身之處，太太好歹開恩！」邢夫人聽說，慌的數落鳳姐兒一陣，又罵賈璉：「不知好歹的種子！憑他怎不好，是你父親給的。為個外頭來的攆他，連老子都沒了。你要攆他，你不如還你父親去倒好。」說著，賭氣去了。秋桐更又得意，越性走到他窗戶根底下，大哭大罵起來。尤二姐聽了，不免更添煩惱。

晚間，賈璉在秋桐房中歇了，鳳姐已睡，平兒過來瞧他，又悄悄勸他：「好生養病，不要理那畜生。」尤二姐拉他哭道：「姐姐，我從到了這裡，多虧姐姐照應。為我，姐姐也不知受了多少閑氣。我若逃的出命來，我必答報姐姐的恩德；只怕我逃不出命來，也只好等來生罷。」平兒也不禁滴淚說道：「想來都是我坑了你。我原是一片癡心，從沒瞞他的話。既聽見你在外頭，豈有不告訴他的？誰知生出這些個

⑧棉花耳朵——沒主見，隨便聽信旁人的話，也就是「耳軟」。

事來。」尤二姐忙道：「姐姐這話錯了。若姐姐便不告訴他，他豈有打聽不出來的？不過是姐姐說的在先。況且我也要一心進來，方成個體統，與姐姐何干？」二人哭了一回，平兒又囑咐了幾句，夜已深了，方去安息。

這裡尤二姐心下自思：「病已成勢，日無所養，反有所傷，料定必不能好。況胎已打下，無可懸心，何必受這些零氣⑨？不如一死，倒還乾淨。常聽見人說，生金子可以墜死，豈不比上吊自刎又乾淨。」想畢，扎掙起來，打開箱子，找出一塊生金，也不知多重，恨命含淚便吞入口，幾次狠命直脖，方咽了下去。於是趕忙將衣服、首飾穿戴齊整，上炕躺下了。當下人不知，鬼不覺。到第二日早晨，丫鬟、媳婦們見他不叫人，樂得且自己去梳洗。鳳姐便和秋桐都上去了。平兒看不過，說丫頭們：「你們就只配沒人心的打著罵著使也罷了，一個病人，也不知可憐可憐。他雖好性兒，你們也該拿出個樣兒來，別太過逾了，『墻倒眾人推』。」丫鬟聽了，急推房門進來看時，卻穿戴的齊齊整整，死在炕上。於是方嚇慌了，喊叫起來。平兒進來看了，不禁大哭。眾人雖素習懼怕鳳姐，然想尤二姐實在溫和憐下，比鳳姐原強，如今死去，誰不傷心落淚，只不敢與鳳姐看見。

當下合宅皆知。賈璉進來，摟屍大哭不止。鳳姐也假意哭：「狠心的妹妹！你怎麼丟下我去了？辜負了我的心！」尤氏、賈蓉等也來哭了一場，勸住賈璉。賈璉便回了王夫人，討了梨香院，停放五日，挪到鐵檻寺去。王夫人依允。賈璉忙命人去開了梨香院的門，收拾出正房來停靈。賈璉嫌後門出靈不像，

---

⑨零氣——閑氣；零，剩餘。

便對著梨香院的正牆上通街現開了一個大門。兩邊搭棚，安壇場做佛事。用軟榻鋪了錦緞衾褥，將二姐抬上榻去，用衾單蓋了。八個小廝和幾個媳婦圍隨，從內子牆⑩一帶抬往梨香院來。那裡已請下天文生預備，揭起衾單一看，只見這尤二姐面色如生，比活著還美貌。賈璉又摟著大哭，只叫：「奶奶，你死的不明，都是我坑了你！」賈蓉忙上來勸：「叔叔解著些兒，我這個姨娘自己沒福。」說著，又向南指大觀園的界墻，賈璉會意，只悄悄跌腳說：「我忽略了，終久對出來，我替你報仇。」天文生回說：「奶奶卒於今日正卯時，五日出不得，或是三日，或是七日方可。明日寅時入殮大吉。」賈璉道：「三日斷乎使不得，竟是七日。因家叔、家兄皆在外，小喪不敢多停，等到外頭，還放五七，做大道場才掩靈。明年往南去下葬。」天文生應諾，寫了殃榜⑪而去。寶玉已早過來陪哭一場。眾族中人也都來了。

賈璉忙進去找鳳姐，要銀子治辦棺槨喪禮。鳳姐見抬了出去，推有病，回：「老太太、太太說我病著，忌三房⑫，不許我去。」因此也不出來穿孝，且往大觀園中來。繞過群山，至北界墻根下往外聽，隱隱綽綽聽了一言半語，回來又回賈母說如此這般。賈母道：「信他胡說！誰家癆病死的孩子不燒了一撒？也認真的開喪破土起來。既是二房一場，也是夫妻之分，停五七日，抬出來，或一燒，或亂葬地上埋了完事。」鳳姐笑道：「可是這話，我又不敢勸他。」

⑩內子墻——和「外圍墻」或「外界墻」相對而言的墻，指一座府第中兩相鄰院落之間夾道兩側的墻。
⑪殃榜——舊時由陰陽先生給死者寫的文書，上有死者的年壽及「招魂」的話。
⑫忌三房——舊俗，生病的人忌進新房、產房和凶房（靈堂），稱為「忌三房」。

聯經出版事業公司 校印

正說著，丫鬟來請鳳姐，說：「二爺等著奶奶拿銀子呢。」鳳姐只得來了，便問他：「什麼銀子？家裡近來艱難，你還不知道？咱們的月例，一月趕不上一月，雞兒吃了過年糧。昨兒我把兩個金項圈當了三百銀子，你還做夢呢。這裡還有二三十兩銀子，你要就拿去。」說著，命平兒拿了出來，遞與賈璉，指著賈母有話，又去了。恨的賈璉沒話可說，只得開了尤氏箱櫃，去拿自己的梯己。及開了箱櫃，一滴無存，只有些拆簪爛花並幾件半新不舊的綢絹衣裳，都是尤二姐素習所穿的。不禁又傷心哭了起來。自己用個包袱一齊包了，也不命小廝、丫鬟來拿，便自己提著來燒。

平兒又是傷心，又是好笑，忙將二百兩一包的碎銀子偷了出來，到廂房拉住賈璉，悄遞與他說：「你只別作聲才好。你要哭，外頭多少哭不得？又跑了這裡來點眼⑬。」賈璉聽說，便說：「你說的是。」接了銀子，又將一條裙子遞與平兒，說：「這是他家常穿的，你好生替我收著，作個念心兒⑭。」平兒只得掩了，自己收去。

賈璉拿了銀子與眾人，走來命人先去買板。好的又貴，中的又不要。賈璉騎馬自去要瞧，至晚間果抬了一副好板進來，價銀五百兩賒著，連夜趕造。一面分派了人口穿孝守靈，晚來也不進去，只在這裡伴宿。正是——

⑬點眼——在別人不注意的時候，故意用一些動作來招惹別人的注意。
⑭念心兒——紀念品，又作「念信兒」。


聯經出版事業公司 校印

# 第七十回　林黛玉重建桃花社　史湘雲偶填柳絮詞

話說賈璉自在梨香院伴宿七日夜，天天僧道不斷做佛事。賈母喚了他去，吩咐不許送往家廟中。賈璉無法，只得又和時覺說了，就在尤三姐之上，點了一個穴，破土埋葬。那日送殯，只不過族中人與王信夫婦、尤氏婆媳而已。鳳姐一應不管，只憑他自去辦理。

因又年近歲逼，諸務猬集不算外，又有林之孝開了一個人名單子來，共有八個二十五歲的單身小廝應該娶妻成房，等裡面有該放的丫頭們好求指配①。鳳姐看了，先來問賈母和王夫人。大家商議，雖有幾個應該發配的，奈各人皆有原故：第一個鴛鴦發誓不去。自那日之後，一向未和寶玉說話，也不盛妝濃飾。眾人見他志堅，也不好相強。第二個琥珀，又有病，這次不能了。彩雲因近日和賈環分崩，也染了無醫之症。只有鳳姐兒和李紈房中粗使的大丫鬟出去了，其餘年紀未足。令他們外頭自娶去了。

①指配——清朝時，凡家僕的婚姻都由主人作主，稱為「指配」。

原來這一向因鳳姐病了，李紈、探春料理家務，不得閑暇，接著過年過節，出來許多雜事，竟將詩社擱起，如今仲春天氣，雖得了工夫，爭奈寶玉因冷遁了柳湘蓮，劍刎了尤小妹，金逝了尤二姐，氣病了柳五兒：連連接接，閑愁胡恨，一重不了一重添，弄得情色若癡，語言常亂，似染怔忡②之疾。慌的襲人等又不敢回賈母，只百般逗他玩笑。

這日清晨方醒，只聽外間房內咕咕呱呱，笑聲不斷。襲人因笑說：「你快出去解救，晴雯和麝月兩個人按住溫都里那膈肢呢。」寶玉聽了，忙披上灰鼠襖子，出來一瞧，只見他三人被褥尚未疊起，大衣也未穿：那晴雯只穿葱綠院綢小襖，紅小衣、紅睡鞋，披著頭髮，騎在雄奴身上。麝月是黃綾抹胸，披著一身舊衣，在那裡抓雄奴的肋肢。雄奴卻仰在炕上，穿著撒花緊身兒，紅褲綠襪，兩腳亂蹬，笑的喘不過氣來。寶玉上前笑說：「兩個大的欺負一個小的，等我助力。」說著，也上床來膈肢晴雯。晴雯觸癢，笑的忙丟下雄奴，和寶玉對抓。雄奴趁勢又將晴雯按倒，向他肋下抓動。襲人笑說：「仔細凍著了。」看他四人裹在一處，倒好笑。

忽有李紈打發碧月來說：「昨兒晚上，奶奶在這裡把塊手帕子忘了，不知可在這裡？」小燕說：「有，有，有！我在地下拾了起來，不知是那一位的，才洗了出來晾著，還未乾呢。」碧月見他四人亂滾，因笑道：「倒是這裡熱鬧，大清早起就咕咕呱呱的頑到一處。」寶玉笑道：「你們那裡人也不少，怎麼不

②怔忡——音ㄓㄥ ㄔㄨㄥ，病名，也叫心悸，患者心跳不安，好像驚恐的樣子。

頑？」碧月道：「我們奶奶不頑，把兩個姨娘和琴姑娘也賓住③了。如今琴姑娘又跟了老太太前頭去了，更寂寞了。兩個姨娘今年過了，到明年冬天都去了，又更寂寞呢！你瞧寶姑娘那裡，出去了一個香菱，就冷清了多少，把個雲姑娘落了單。」

正說著，只見湘雲又打發了翠縷來說：「請二爺快出去瞧好詩。」寶玉聽了，忙問：「那裡的好詩？」翠縷笑道：「姑娘們都在沁芳亭上，你去了便知。」寶玉聽了，忙梳洗了出來，果見黛玉、寶釵、湘雲、寶琴、探春都在那裡，手裡拿著一篇詩看。見他來時，都笑說：「這會子還不起來！咱們的詩社散了一年，也沒有人作興。如今正是初春時節，萬物更新，正該鼓舞另立起來才好。」湘雲笑道：「一起詩社時是秋天，就不應發達。如今卻好萬物逢春，皆主生盛。況這首『桃花詩』又好，就把海棠社改作桃花社。」寶玉聽著，點頭說：「很好。」且忙著要詩看。眾人都又說：「咱們此時就訪稻香老農去，大家議定好起的。」說著，一齊起來，都往稻香村來。

寶玉一壁走，一壁看那紙上寫著〈桃花行〉一篇，曰：

桃花簾外東風軟，桃花簾內晨妝懶。簾外桃花簾內人，人與桃花隔不遠。東風有意揭簾櫳，花欲窺人簾不捲。桃花簾外開仍舊，簾中人比桃花瘦。花解憐人花也愁，隔簾消息風吹透。風透湘簾花滿庭，庭前春色倍傷情。閑苔院落門空掩，斜日欄杆人自憑。憑欄人向東風泣，茜裙偷傍桃花立。桃花桃葉亂紛紛，花綻新紅葉凝碧。霧裹烟封一萬株，烘樓照壁紅模糊。天機曉破鴛鴦錦，

③賓住——賓，應作「秉」，勉強忍住、拘束住的意思。

春酣欲醒移珊枕。侍女金盆進水來，香泉影蘸胭脂冷。胭脂鮮豔何相類，花之顏色人之淚；——若將人淚比桃花，淚自長流花自媚。淚眼觀花淚易乾，淚乾春盡花憔悴。憔悴花遮憔悴人，花飛人倦易黃昏。一聲杜宇春歸盡，寂寞簾櫳空月痕！④

寶玉看了並不稱贊，卻滾下淚來。便知出自黛玉，因此落下淚來，又怕眾人看見，又忙自己擦了。因問：「你們怎麼得來？」寶琴笑道：「你猜是誰作的？」寶玉笑道：「自然是瀟湘子稿。」寶琴笑道：「現是我作的呢！」寶玉笑道：「我不信！這聲調口氣，迥乎不像蘅蕪之體，所以不信。」寶釵笑道：「所以你不通。難道杜工部首首只作『叢菊兩開他日淚』之句不成！一般的也有『紅綻雨肥梅』、『水荇牽風翠帶長』⑤之媚語。」寶玉笑道：「固然如此說。但我知道姐姐斷不許妹妹有此傷悼語句，妹妹雖有此才，是斷不肯作的。比不得林妹妹曾經離喪，作此哀音。」眾人聽說，都笑了。

已至稻香村中，將詩與李紈看了，自不必說，稱賞不已。說起詩社，大家議定：明日乃三月初二日，就起社，便改「海棠社」為「桃花社」，林黛玉就為社主。明日飯後，齊集瀟湘館。因又大家擬題。黛

---

④〈桃花行〉一詩——茜裙，紅色的衣裙；茜，一種多年生的蔓草，根紅色，可作染料。天機燒破鴛鴦錦，形容盛開的花像天上的紋錦燒成碎片落入人間；燒，形容非常紅。香泉影蘸胭脂冷，面容的倒影映在清冷的泉水中；胭脂，指少女的面容。月痕，月光。

⑤難道杜工部……之媚語——「叢菊兩開他日淚」，見杜甫「秋興八首」其一；叢菊兩開，即兩年的意思；他日淚，回憶往事而傷心落淚。「紅綻雨肥梅」，見〈陪鄭廣文遊何將軍山林十首〉其五；意思是：雨水滋潤紅梅含苞待放。「水荇牽風翠帶長」，見〈曲江對雨〉。


聯經出版事業公司 校印

玉便說：「大家就要『桃花詩』一百韵。」寶釵道：「使不得。從來桃花詩最多，縱作了必落套，比不得你這一首古風⑥。須得再擬。」正說著，人回：「舅太太來了。姑娘出去請安。」因此大家都往前頭來見王子騰的夫人，陪著說話。吃飯畢，又陪入園中來，各處遊頑一遍。至晚飯後掌燈方去。

次日乃是探春的壽日，元春早打發了兩個小太監送了幾件頑器。合家皆有壽儀，自不必說。飯後，探春換了禮服，各處行禮。黛玉笑向眾人道：「我這一社開的又不巧了，偏忘了這兩日是他的生日。雖不擺酒唱戲的，少不得都要陪他在老太太、太太跟前頑笑一日，如何能得閑空兒。」因此，改至初五。

這日眾姊妹皆在房中侍早膳畢，便有賈政書信到了。寶玉請安，將請賈母的安稟⑦拆開，念與賈母聽，上面不過是請安的話，說六月中准進京等語。其餘家信事務之帖，自有賈璉和王夫人開讀。眾人聽說六七月回京，都喜之不盡。偏生近日王子騰之女許與保寧侯之子為妻，擇日於五月初十過門，鳳姐兒又忙著張羅，常三五日不在家。這日王子騰的夫人又來接鳳姐兒，一並請眾甥男、甥女閑樂一日。賈母和王夫人命寶玉、探春、黛玉、寶釵四人同鳳姐去。眾人不敢違拗，只得回房去另妝飾了起來。五人作辭，去了一日，掌燈方回。

寶玉進入怡紅院，歇了半刻，襲人便乘機見景，勸他收一收心，閑時把書理一理預備著。寶玉屈指算一算，說：「還早呢。」襲人道：「書是第一件，字是第二件。到那時你縱有了書，你的字寫的在那

⑥古風——漢魏六朝時期出現並流行的一種形式比較自由的古體詩。

⑦安稟——舊時兒女給父母寫信，要請安問好，並且稟告自己的情況。因此把書信叫「安稟」。

裡呢？」寶玉笑道：「我時常也有寫的好些，難道都沒收著？」襲人道：「何曾沒收著？你昨兒不在家，我就拿出來共算，數了一數，才有五六十篇。這三四年的工夫，難道只有這幾張字不成？依我說，從明日起，把別的心全收了起來，天天快臨幾張字補上。雖不能按日都有，也要大概看得過去。」寶玉聽了，忙的自己又親檢了一遍，實在搪塞不去，便說：「明日為始，一天寫一百字才好。」說話時，大家安下。

至次日起來，梳洗了，便在窗下研墨，恭楷臨帖。賈母因不見他，只當病了，忙使人來問。寶玉方去請安，便說：「寫字之故，先將早起清晨的工夫盡了出來，再作別的，因此出來遲了。」賈母聽了，便十分歡喜，吩咐他：「以後只管寫字、念書，不用出來也使得。你去回你太太知道。」寶玉聽說，便往王夫人房中來說明。王夫人便說：「臨陣磨槍，也不中用。有這會子著急，天天寫寫念念，有多少完不了的？這一趕，又趕出病來才罷。」寶玉回說：「不妨事。」這裡賈母也說怕急出病來。探春、寶釵等都笑說：「老太太不用急。書雖替他不得，字卻替得的。我們每人每日臨一篇給他，搪塞過這一步就完了。一則老爺到家不生氣，二則他也急不出病來。」賈母聽說，喜之不盡。

原來黛玉聞得賈政回家，必問寶玉的功課，寶玉肯分心，恐臨期吃了虧。因此自己只裝作不耐煩，把詩社便不起，也不以外事去勾引他。探春、寶釵二人每日也臨一篇楷書字與寶玉，寶玉自己每日也加工，或寫二百、三百不拘。至三月下旬，便將字又集湊出許多來。這日正算，再得五十篇，也就混的過了。誰知紫鵑走來，送了一卷東西與寶玉，拆開看時，卻是一色老油竹紙上臨的鍾王蠅頭小楷⑧，字跡

⑧鍾王蠅頭小楷——鍾，指三國魏人鍾繇；王，指東晉時王羲之；二人都是我國古代著名的書法家，被歷代推尊為楷書、行書之祖。蠅頭，比喻小字。

且與自己十分相似。喜的寶玉和紫鵑作了一個揖，又親自來道謝。湘雲、寶琴二人亦皆臨了幾篇相送。湊成，雖不足功課，亦足搪塞了。

寶玉放了心，於是將所應讀之書，又溫理過幾遍。正是天天用功，可巧近海一帶海嘯，又糟塌了幾處生民。地方官題本奏聞，奉旨就著賈政順路查看賑濟回來。如此算去，至冬底方回。寶玉聽了，便把書字又擱過一邊，仍是照舊遊蕩。

時值暮春之際，湘雲無聊，因見柳花飄舞，便偶成一小令⑨，調寄〈如夢令〉，其詞曰：

豈是繡絨殘吐，捲起半簾香霧，纖手自拈來，空使鵑啼燕妒。且住，且住！莫使春光別去。

自己作了，心中得意，便用一條紙兒寫好，與寶釵看了，又來找黛玉。黛玉看畢，笑道：「好，也新鮮有趣。我卻不能。」湘雲笑道：「咱們這幾社總沒有填詞。你明日何不起社填詞，改個樣兒，豈不新鮮些？」黛玉聽了，偶然興動，便說：「這話說的極是。我如今便請他們去。」說著，一面吩咐預備了幾色果點之類，一面就打發人分頭去請眾人。這裡他二人便擬了柳絮之題，又限出幾個調來，寫了綃在壁上。

眾人來看時，以柳絮為題，限各色小調。又都看了湘雲的，稱賞了一回。寶玉笑道：「這詞上我們平常，少不得也要胡謅起來。」於是大家拈鬮，寶釵便拈得了〈臨江仙〉，寶琴拈得〈西江月〉，探春拈得了〈南柯子〉，黛玉拈得了〈唐多令〉，寶玉拈得了〈蝶戀花〉。紫鵑炷了一支夢甜香，大家思索起來。

---

⑨小令——詞的體製短小的稱「小令」，一般在五十八字以內，有的只有一段叫「單調」，如〈如夢令〉，有的分上下兩闋，叫「雙調」，如〈唐多令〉、〈西江月〉、〈臨江仙〉等。

聯經出版事業公司　校印

一時黛玉有了，寫完。接著寶琴、寶釵都有了。他三人寫完，互相看時，寶釵便笑道：「我先瞧完了你們的，再看我的。」探春笑道：「噯呀，今兒這香怎麼這樣快，已剩了三分了。我才有了半首。」因又問寶玉可有了。寶玉雖作了些，只是自己嫌不好，又都抹了，要另作，回頭看香，已將燼了。李紈笑道：「這算輸了。蕉丫頭的半首且寫出來。」探春聽說，忙寫了出來。眾人看時，上面卻只半首〈南柯子〉，寫道是：

空掛纖纖縷，徒垂絡絡絲，也難綰繫也難羈，一任東西南北各分離。

李紈笑道：「這也卻好作，何不續上？」寶玉見香沒了，情願認輸，不肯勉強塞責，將筆擱下，來瞧這半首。見沒完時，反倒動了興，開了機，乃提筆續道是：

落去君休惜，飛來我自知。鶯愁蝶倦晚芳時，縱是明春再見，隔年期！

眾人笑道：「正經你分內的又不能，這卻偏有了。縱然好，也不算得。」說著，看黛玉的〈唐多令〉：

粉墮百花洲，香殘燕子樓。一團團，逐對成毬。飄泊亦如人命薄：空繾綣，說風流。　草木也知愁，韶華竟白頭！嘆今生誰捨誰收？嫁與東風春不管，憑爾去，忍淹留。⑩

眾人看了，俱點頭感嘆，說：「太作悲了，——好是固然好的。」因又看寶琴的是〈西江月〉：

---

⑩〈唐多令〉一詞——粉墮，「粉」指粉白色的柳絮；百花洲，在姑蘇山上，傳說吳王夫差常攜西施在此泛舟遊樂。燕子樓，在今徐州市西北，唐代女子關盼盼曾獨自居此十五年，常常懷念舊情，後代文人便用燕子樓的典故泛說女子的孤獨悲愁。嫁與，跟隨著去。忍淹留，忍，忍心，在反問句裡可引申為不必、何必；淹留，停留、久留。

漢苑零星有限，隋堤點綴無窮。三春事業付東風，明月梅花一夢。　幾處落紅庭院，誰家香雪簾櫳？江南江北一般同，偏是離人恨重！⑪

眾人都笑說：「到底是他的聲調壯。『幾處』『誰家』兩句最妙。」寶釵笑道：「終不免過於喪敗。我想，柳絮原是一件輕薄無根無絆的東西，然依我的主意，偏要把他說好了，才不落套。所以我謅了一首來，未必合你們的意思。」眾人笑道：「不要太謙。我們且賞鑒，自然是好的。」因看這一首〈臨江仙〉道是：

白玉堂前春解舞，東風捲得均勻。

湘雲先笑道：「好一個『東風捲得均勻』！這一句就出人之上了。」又看底下道：

蜂團蝶陣亂紛紛。幾曾隨逝水，豈必委芳塵？　萬縷千絲終不改，任他隨聚隨分。韶華休笑本無根，好風頻借力，送我上青雲！⑫

眾人拍案叫絕，都說：「果然翻得好氣力，自然是這首為尊。纏綿悲戚，讓瀟湘妃子；情致嫵媚，卻是枕霞；小薛與蕉客今日落第，要受罰的。」寶琴笑道：「我們自然受罰，但不知付白卷子的，又怎麼罰？」

---

⑪〈西江月〉一詞——漢苑，漢代皇家的園林，在今陝西長安東南，植楊柳不多，所以「零星有限」。隋堤，隋煬帝開掘運河，千里河堤廣種楊柳。香雪，落絮。偏，獨、只。離人恨重，飄零的柳絮像漂泊的遊子，深懷離愁別恨。

⑫〈臨江仙〉一詞——白玉堂，指大家族的廳堂；春解舞，春風吹得柳絮翩翩起舞；均勻，指舞姿優美、勻稱。蜂團蝶陣，比喻柳絮紛飛如蜂蝶成團成陣亂飛。青雲，喻高位；後人稱追逐功名利祿，飛黃騰達的人為「青雲直上」。

李紈道：「不要忙，這定要重重罰他。下次為例。」

一語未了，只聽窗外竹子上一聲響，恰似窗屜子倒了一般，眾人唬了一跳。丫鬟們出去瞧時，簾外丫鬟嚷道：「一個大蝴蝶風箏掛在竹梢上了。」眾丫鬟笑道：「好一個齊整風箏！不知是誰家放斷了繩，拿下他來。」寶玉等聽了，也都出來看時，寶玉笑道：「我認得這風箏。這是大老爺那院裡嫣紅姑娘放的，拿下來給他送過去罷。」紫鵑笑道：「難道天下沒有一樣的風箏，單他有這個不成？我不管，我且拿起來。」探春道：「紫鵑也學小氣了。你們一般的也有，這會子拾人走了的，也不怕忌諱？」黛玉笑道：「可是呢，知道是誰放晦氣⑬的，快掉出去罷。把咱們的拿出去，咱們也放晦氣。」紫鵑聽了，趕著命小丫頭們將這風箏送出與園門上值日的婆子去了，倘有人來找，好與他們去的。

這裡小丫頭們聽見放風箏，巴不得，七手八腳都忙著拿出個美人風箏來。也有搬高凳去的，也有捆剪子股的，也有撥籰子⑭的。寶釵等都立在院門前，命丫頭們在院外敞地下放去。寶琴笑道：「你這個不大好看，不如三姐姐的那一個軟翅子大鳳凰好。」寶釵笑道：「果然。」因回頭向翠墨笑道：「你把你們的拿來也放放。」翠墨笑嘻嘻的果然也取去了。寶玉又興頭起來，也打發個小丫頭子家去，說：「把昨兒賴大娘送我的那個大魚取來。」小丫頭子去了半天，空手回來，笑道：「晴姑娘昨兒放走了。」寶

---

⑬放晦氣——舊時迷信，放風箏時故意剪斷扯線，讓風箏飛走，認為可以放走壞運氣，叫「放晦氣」。

⑭剪子股、籰子——剪子股，用竹竿抖放風箏時，在竿頭斜捆上一個小棍做成剪子形，以便挑線；籰（音ㄩㄝˋ）子，纏絲、紗、線等的工具，這裡指放風箏用的線車子，也叫繞子。



聯經出版事業公司 校印

玉道：「我還沒放一遭兒呢。」探春笑道：「橫豎是給你放晦氣罷了。」寶玉道：「也罷。再把那個大螃蟹拿來罷。」丫頭去了，同了幾個人扛了一個美人並籰子來，說道：「襲姑娘說，昨兒把螃蟹給了三爺了。這一個是林大娘才送來的，放這一個罷。」寶玉細看了一回，只見這美人做的十分精緻。心中歡喜，便命叫放起來。此時探春的也取了來，翠墨帶著幾個小丫頭子們在那邊山坡上已放了起來。寶琴也命人將自己的一個大紅蝙蝠也取來。寶釵也高興，也取了一個來，卻是一連七個大雁的，都放起來。獨有寶玉的美人放不起去。寶玉說丫頭們不會放，自己放了半天，只起房高，便落下來了。急的寶玉頭上出汗，眾人又笑。寶玉恨的擲在地下，指著風箏道：「若不是個美人，我一頓腳跺個稀爛！」黛玉笑道：「那是頂線不好，拿出去，另使人打了頂線，就好了。」寶玉一面使人拿去打頂線，一面又取一個來放。大家都仰面而看，天上這幾個風箏都起在半空中去了。

一時丫鬟們又拿了許多各式各樣的送飯的⑮來，頑了一回。紫鵑笑道：「這一回的勁大，姑娘來放罷。」黛玉聽說，用手帕墊著手，頓了一頓，果然風緊力大，接過籰子來，隨著風箏的勢將籰子一鬆，只聽一陣豁剌剌響，登時籰子線盡。黛玉因讓眾人來放。眾人都笑道：「各人都有，你先請罷。」黛玉笑道：「這一放雖有趣，只是不忍。」李紈道：「放風箏圖的是這一樂，所以又說放晦氣，你更該多放些，把你這病根兒都帶了去就好了。」紫鵑笑道：「我們姑娘越發小氣了。那一年不放幾個子，今忽然

⑮送飯的——放風箏的一種附加物，風箏放到空中以後，將它掛在線上，隨風鼓起，沿線而上，有的上面繫有爆竹在空中鳴響，有的則附有各種絢麗的彩飾。

又心疼了。姑娘不放，等我放。」說著便向雪雁手中接過一把西洋小銀剪子來，齊籰子根下寸絲不留，「咯登」一聲鉸斷，笑道：「這一去把病根兒可都帶了去了。」那風箏飄飄颻颻，只管往後退了去，一時只有雞蛋大小，展眼只剩了一點黑星，再展眼便不見了。眾人皆仰面睃眼說：「有趣，有趣。」寶玉道：「可惜不知落在那裡去了。若落在有人烟處，被小孩子得了還好；若落在荒郊野外無人烟處，我替他寂寞。想起來把我這個放去，教他兩個作伴兒罷。」於是也用剪子剪斷，照先放去。探春正要剪自己的鳳凰，見天上也有一個鳳凰，因道：「這也不知是誰家的。」眾人皆笑說：「且別剪你的，看他倒像要來絞的樣兒。」說著，只見那鳳凰漸逼近來，遂與這鳳凰絞在一處。眾人方要往下收線，那一家也要收線，正不開交，又見一個門扇大的玲瓏喜字帶響鞭，在半天如鐘鳴一般，也逼近來。眾人笑道：「這一個也來絞了。且別收，讓他三個絞在一處倒有趣呢。」說著，那喜字果然與這兩個鳳凰絞在一起。三下齊收亂頓，誰知線都斷了，那三個風箏飄飄颻颻都去了。眾人拍手哄然一笑，說：「倒有趣，可不知那喜字是誰家的，忒促狹了些。」黛玉說：「我的風箏也放去了，我也乏了，我也要歇歇去了。」寶釵說：「且等我們放了去，大家好散。」說著，看姊妹都放去了，大家方散。黛玉回房歪著養乏。要知端的，下回便見。

# 第七十一回　嫌隙人有心生嫌隙　鴛鴦女無意遇鴛鴦

話說賈政回京之後，諸事完畢，賜假一月在家歇息。因年景漸老，事重身衰，又近因在外幾年，骨肉離異，今得晏然復聚於庭室，自覺喜幸不盡。一應大小事務，一概益發付於度外，只是看書，悶了便與清客們下棋吃酒，或日間在裡面，母子夫妻，共敘天倫庭闈之樂。

因今歲八月初三日乃賈母八旬之慶，又因親友全來，恐筵宴排設不開，便早同賈赦及賈珍、賈璉等商議，議定於七月二十八日起至八月初五日止，榮寧兩處齊開筵宴，寧國府中單請官客，榮國府中單請堂客，大觀園中，收拾出綴錦閣並嘉蔭堂等幾處大地方來作退居①。二十八日，請皇親、駙馬、王公、諸公主、郡主、王妃、國君、太君、夫人②等；二十九日，便是閣下、都府、督鎮③及誥命等；三十日，

①退居——供賓客臨時休息的處所。
②國君、太君、夫人——舊時按官階賜予臣子母、妻的封號。
③閣下、都府、督鎮——閣下，指入閣辦事的大學士；閣，內閣，輔佐皇帝的中央最高機關。都府，泛指中央所屬各部、府的長官。督鎮，泛指各省督撫、總兵之類的長官和將帥。

便是諸官長及誥命並遠近親友及堂客。初一日，是賈赦的家宴；初二日，是賈政；初三日，是賈珍、賈璉；初四日，是賈府中合族長幼大小共湊的家宴；初五日是賴大、林之孝等家下管事人等共湊一日。自七月上旬，送壽禮者便絡繹不絕。禮部奉旨：欽賜金玉如意一柄，彩緞四端，金玉環四個，帑銀五百兩。元春又命太監送出金壽星一尊，沉香拐一隻，伽南珠④一串，福壽香一盒，金錠一對，銀錠四對，彩緞十二匹，玉杯四隻。餘者自親王、駙馬以及大小文武官員之家，凡所來往者，莫不有禮，不能勝記。堂屋內設下大桌案，鋪了紅毡，將凡所有精細之物都擺上，請賈母過目。賈母先一二日還高興過來瞧瞧，後來煩了，也不過目，只說：「叫鳳丫頭收了，改日悶了再瞧。」

至二十八日，兩府中俱懸燈結彩，屏開鸞鳳，褥設芙蓉，笙簫鼓樂之音，通衢越巷。寧府中本日只有北靜王、南安郡王、永昌駙馬、樂善郡王並幾個世交公侯應襲；榮府中南安王太妃、北靜王妃並幾位世交公侯誥命。賈母等皆是按品大妝迎接。大家廝見，先請入大觀園內嘉蔭堂，茶畢更衣，方出至榮慶堂上拜壽入席。大家謙遜半日，方才入席。上面兩席是南、北王妃，下面依敘，便是眾公侯誥命。左邊下手一席，陪客是錦鄉侯誥命與臨昌伯誥命；右邊下手一席，方是賈母主位。邢夫人、王夫人帶領尤氏、鳳姐並族中幾個媳婦，兩溜雁翅站在賈母身後侍立。林之孝、賴大家的帶領眾媳婦，都在竹簾外面伺候上菜、上酒，周瑞家的帶領幾個丫鬟，在圍屏後伺侯呼喚。凡跟來的人，早又有人別處管待去了。

一時臺上參了場⑤，臺下一色十二個未留髮的小廝伺候。須臾，一小廝捧了戲單至階下，先遞與回

④沉香拐、伽南珠——沉香，產於印度、泰國的香木；伽南，產於廣東瓊山中的香木。

⑤參了場——舊時喜慶祝壽等演戲時，演員在開場前須出臺致賀，叫「參場」。

事的媳婦；這媳婦接了，才遞與林之孝家的，用一小茶盤托上，挨身入簾來，遞與尤氏的侍妾佩鳳；佩鳳接了，才奉與尤氏；尤氏托著，走至上席，南安太妃謙讓了一回，點了一齣吉慶戲文，然後又謙讓了一回，北靜王妃也點了一齣；眾人又讓了一回，命隨便揀好的唱罷了。

少時，菜已四獻，湯始一道，跟來各家的放了賞。大家便更衣復入園來，另獻好茶。南安太妃因問寶玉，賈母笑道：「今日幾處廟裡念『保安延壽經』，他跪經⑥去了。」又問眾小姐們，賈母笑道：「他們姊妹們病的病，弱的弱，見人靦腆，所以叫他們給我看屋子去了。有的是小戲子，傳了一班，在那邊廳上陪著他姨娘家姊妹們也看戲呢。」南安太妃笑道：「既這樣，叫人請來。」賈母回頭命鳳姐兒去把史、薛、林帶來，「再只叫你三妹妹陪著來罷。」

鳳姐答應了，來至賈母這邊，只見他姊妹們正吃果子看戲，寶玉也才從廟裡跪經回來。鳳姐兒說了話，寶釵姊妹與黛玉、探春、湘雲五人來至園中，大家見了，不過請安問好讓坐等事。眾人中也有見過的，還有一兩家不曾見過的，都齊聲誇讚不絕。其中湘雲最熟，南安太妃因笑道：「你在這裡，聽見我來了還不出來，還只等請去。我明兒和你叔叔算賬。」因一手拉著探春，一手拉著寶釵，問：「幾歲了？」又連聲誇讚。因又鬆了他兩個，又拉著黛玉、寶琴，也著實細看，極誇一回。又笑道：「都是好的，你不知叫我誇那一個的是！」早有人將備用禮物打點出五分來：金玉戒指各五個，腕香珠五串。南安太妃笑道：「你姊妹們別笑話，留著賞丫頭們罷。」五人忙拜謝過。北靜王妃也有五樣禮物，餘者不必細說。

---

⑥跪經——參加寺廟誦經的一種方式。

吃了茶，園中略逛了一逛，賈母等因又讓入席。南安太妃便告辭，說：「身上不快。今日若不來，實在使不得。因此，恕我竟先要告別了。」賈母等聽說，也不便強留，大家又讓了一回，送至園門，坐轎而去。接著北靜王妃略坐一坐，也就告辭了。餘者也有終席的，也有不終席的。

賈母勞乏了一日，次日便不會人，一應都是邢夫人、王夫人管待。有那些世家子弟拜壽的，只到廳上行禮，賈赦、賈政、賈珍等還禮管待，至寧府坐席。不在話下。

這幾日，尤氏晚間也不回那府裡去，白日間待客，晚間在園內李氏房中歇宿。這日晚間伏侍過賈母晚飯後，賈母因說：「你們也乏了，我也乏了，早些尋一點子吃的，歇歇去。明兒還要起早鬧呢。」尤氏答應著，退了出來，到鳳姐兒房裡來吃飯。鳳姐兒在樓上看著人收送禮的新圍屏，只有平兒在房裡與鳳姐兒疊衣服。尤氏因問：「你們奶奶吃了飯了沒有？」平兒笑道：「吃飯豈不請奶奶去的？」尤氏笑道：「既這樣，我別處找吃的去。餓的我受不得了。」說著，就走。平兒忙笑道：「奶奶請回來。這裡有點心，且點補一點兒，回來再吃飯。」尤氏笑道：「你們忙的這樣，我園裡和他姊妹們鬧去。」一面說，一面就走。平兒留不住，只得罷了。

且說尤氏一逕來至園中，只見園中正門與各處角門仍未關，猶吊著各色彩燈，因回頭命小丫頭叫該班的女人。那丫鬟走入班房中，竟沒一個人影，回來回了尤氏。尤氏便命傳管家的女人。這丫頭應了便出去，到二門外鹿頂內，——乃是管事的女人議事取齊之所。到了這裡，只有兩個婆子分菜果呢。因問：「那一位奶奶在這裡？東府奶奶立等一位奶奶，有話吩咐。」這兩個婆子只顧分菜果，又聽見是東府裡的奶奶，不大在心上，因就回說：「管家奶奶們才散了。」小丫頭道：「散了，你們家裡傳他去。」婆子道：「我們只管看屋子，不管傳人。姑娘要傳人，再派傳人的去。」小丫頭聽了道：「噯呀，噯呀，這可反了！怎麼你們不傳去？你哄那新來了的，怎麼哄起我來了！素日你們不傳，誰傳去？這會子打聽了梯己信兒⑦，或是賞了那位管家奶奶的東西，你們爭著狗顛兒似的傳去的，不知誰是誰呢！璉二奶奶要傳，你們可也這麼回？」這兩個婆子一則吃了酒，二則被這丫頭揭挑著弊病，便羞激怒了，因回口道：「扯你的臊！我們的事，傳不傳，不與你相干！你不用揭挑我們。你想想，你那老子娘在那邊管家爺們跟前，比我們還更會溜⑧呢。什麼『清水下雜麵，你吃我也見』的事，各家門，另家戶，你有本事，排場你們那邊人去！我們這邊，你們還早些呢！」丫頭聽了，氣白了臉，因說道：「好，好！這話說的好！」一面轉身進來回話。

尤氏已早入園來，因遇見了襲人、寶琴、湘雲三人同著地藏庵的兩個姑子正說故事頑笑，尤氏因說餓了，先到怡紅院，襲人裝了幾樣葷素點心出來與尤氏吃。兩個姑子、寶琴、湘雲等都吃茶，仍說故事。那小丫頭子一逕找了來，氣狠狠的把方才的話都說了出來。尤氏聽了，冷笑道：「這是兩個什麼人？」兩個姑子並寶琴、湘雲等聽了，生怕尤氏生氣，忙勸說：「沒有的事，必是這一個聽錯了。」兩個姑子笑推這丫頭道：「你這孩子好性氣！那糊塗老嬤嬤們的話，你也不該來回才是。咱們奶奶萬金之軀，勞

⑦體己信兒——私人的信息。

⑧溜——對逢迎、討好、拍馬屁一類行動的諷刺語。

乏了幾日，黃湯辣水沒吃，咱們哄他歡喜一會還不得一半兒，說這些話做什麼？」襲人也忙笑拉出他去，說：「好妹子，你且出去歇歇，我打發人叫他們去。」尤氏道：「你不要叫人，你去就叫這兩個婆子來，到那邊把他們家的鳳兒叫來。」襲人笑道：「我請去。」尤氏道：「偏不要你去。」兩個姑子忙立起身來，笑說：「奶奶素日寬洪大量，今日老祖宗千秋，奶奶生氣，豈不惹人談論？」寶琴、湘雲二人也都笑勸。尤氏道：「不為老太太的千秋，我斷不依！且放著就是了。」

說話之間，襲人早又遣了一個丫頭去到園門外找人，可巧遇見周瑞家的，這小丫頭子就把這話告訴周瑞家的。周瑞家的雖不管事，因他素日仗著是王夫人的陪房，原有些體面，心性乖滑，專管各處獻勤討好，所以各處房裡的主人都喜歡他。他今日聽了這話，忙的便跑入怡紅院來，一面飛走，一面口內說：「氣壞了奶奶了，可了不得！我們家裡，如今慣的太不堪了。偏生我不在跟前，若在跟前，且打給他們幾個耳刮子，再等過了這幾日算賬！」

尤氏見了他，也便笑道：「周姐姐，你來，有個理你說說，這早晚門還大開著，明燈蠟燭，出入的人又雜，倘有不防的事，如何使得？因此叫該班的人吹燈關門。誰知一個人芽兒也沒有。」周瑞家的道：「這還了得！前兒二奶奶還吩咐了他們，說這幾日事多人雜，一晚就關門吹燈，不是園裡人不許放進去。今兒就沒了人。這事過了這幾日，必要打幾個才好。」尤氏又說小丫頭子的話。周瑞家的道：「奶奶不要生氣。等過了事，我告訴管事的，打他個臭死。只問他們，誰叫他們說這『各家門、各家戶』的話！我已經叫他們吹了燈，關上正門和角門子。」正亂著，只見鳳姐兒打發人來請吃飯。尤氏道：「我也不餓了，才吃了幾個餑餑，請你奶奶自吃罷。」

一時周瑞家的得便出去，便把方才的事回了鳳姐，又說：「這兩個婆子就是管家奶奶，時常我們和他說話，都似狠蟲一般。奶奶若不戒飭，大奶奶臉上過不去。」鳳姐道：「既這麼著，記上兩個人的名字，等過了這幾日，捆了送到那府裡，憑大嫂子開發。或是打幾下子，或是他開恩饒了他們，隨他去就是了。什麼大事！」周瑞家的聽了，巴不得一聲兒，——素日因與這幾個人不睦，——出來了，便命一個小廝到林之孝家傳鳳姐的話，立刻叫林之孝家的進來見大奶奶；一面亦傳人立刻捆起這兩個婆子來，交到馬圈裡，派人看守。

林之孝家的不知有什麼事，此時已經點燈，忙坐車進來，先見鳳姐。至二門上，傳進話去，丫頭們出來說：「奶奶才歇了。大奶奶在園裡，叫大娘見了大奶奶就是了。」林之孝家的只得進園來，到稻香村。丫鬟們回進去，尤氏聽了，反過意不去，忙喚進他來，因笑向他道：「我不過為找人找不著，因問你；你既去了，也不是什麼大事，誰又把你叫進來？倒要你白跑一遭。不大的事，已經撒開手了。」林之孝家的也笑道：「二奶奶打發人傳我，說奶奶有話吩咐。」尤氏笑道：「這是那裡的話，只當你沒去，白問你。這是誰又多事告訴了鳳丫頭，大約周姐姐說的。家去歇著罷，沒有什麼大事。」李紈又要說原故，尤氏反攔住了。

林之孝家的見如此，只得便回身出園去。可巧遇見趙姨娘，姨娘因笑道：「噯喲喲，我的嫂子！這會子還不家去歇歇，還跑些什麼？」林之孝家的便笑說：「何曾不家去的？」如此這般，「進來了。」又是個齊頭故事。趙姨娘原是好察聽這些事的，且素日又與管事的女人們扳厚⑨，互相連絡，好作首尾。

⑨扳厚——因拉關係而有交情。

方才之事，已竟聞得八九，聽林之孝家的如此說，便恁般如此，告訴了林之孝家的一遍，林之孝家的聽了，笑道：「原來是這事，也值一個屁！開恩呢，就不理論；心窄些兒，也不過打幾下子就完了。」趙姨娘道：「我的嫂子，事雖不大，可見他們太張狂了些。巴巴的傳進你來，明明戲弄你，頑算你。快歇歇去，明兒還有事呢，也不留你吃茶去。」

說畢，林之孝家的出來，到了側門前，就有方才兩個婆子的女兒上來哭著求情。林之孝家的笑道：「你這孩子好糊塗！誰叫你娘吃酒、混說了，惹出事來，連我也不知道。二奶奶打發人捆他，連我還有不是呢。我替誰討情去？」這兩個小丫頭子才七八歲，原不識事，只管哭啼求告。纏的林之孝家的沒法，因說道：「糊塗東西！你放著門路不去，卻纏我來！你姐姐現給了那邊太太作陪房費大娘的兒子，你走過去告訴你姐姐，叫親家娘和太太一說，什麼完不了的事！」一語提醒了一個，那一個還求。林之孝家的啐道：「糊塗攮的！他過去一說，自然都完了。沒有個單放了他媽，又只打你媽的理！」說畢，上車去了。

這一個小丫頭果然過來告訴了他姐姐，和費婆子說了。這費婆子原是邢夫人的陪房，起先也曾興過時，只因賈母近來不大作興⑩邢夫人，所以連這邊的人也減了威勢。凡賈政這邊有些體面的人，那邊個個皆虎視眈眈。這費婆子常倚老賣老，仗著邢夫人，常吃些酒，嘴裡胡罵亂怨的出氣。如今賈母慶壽這樣大事，乾看著人家逞才賣技辦事，呼么喝六弄手腳，心中早已不自在，指雞罵狗，閑言閑語的亂鬧。這邊的人也不和他較量。如今聽了周瑞家的捆了他親家，越發火上澆油，仗著酒興，指著隔斷的墻大罵

⑩不作興——這裡是不高興、不喜歡的意思。

了一陣，便走上來求邢夫人，說他親家並沒什麼不是，「不過和那府裡的大奶奶的小丫頭白鬥了兩句話，周瑞家的便調唆了咱家二奶奶捆到馬圈裡，等過了這兩日還要打。求太太——我那親家娘也是七八十歲的老婆子——和二奶奶說聲，饒他這一次罷。」

邢夫人自為要鴛鴦之後討了沒意思，後來見賈母越發冷淡了他，鳳姐的體面反勝自己；且前日南安太妃來了，要見他姊妹，賈母又只令探春出來，迎春竟似有如無，自己心內早已怨忿不樂，只是使不出來。又值這一干小人們在側，他們心內嫉妒、挾怨之事不敢施展，便背地裡造言生事，調撥主人。先不過是告那邊的奴才；後來漸次告到鳳姐：「只哄著老太太喜歡了，他好就中作威作福，轄治著璉二爺，調唆二太太，把這邊的正經太太倒不放在心上。」後來又告到王夫人，說：「老太太不喜歡太太，都是二太太和璉二奶奶調唆的。」邢夫人縱是鐵心銅膽的人，婦女家終不免生些嫌隙之心，近日因此著實惡絕鳳姐。今聽了如此一篇話，也不說長短。

至次日一早，見過賈母，眾族人中到齊，坐席開戲。賈母高興，又見今日無遠親，都是自己族中子侄輩，只便衣常妝出來，堂上受禮。當中獨設一榻，引枕、靠背、腳踏俱全，自己歪在榻上。榻之前後左右，皆是一色的小矮凳，寶釵、寶琴、黛玉、湘雲、迎春、探春、惜春姊妹等圍繞。因賈㻋之母也帶了女兒喜鸞，賈瓊之母也帶了女兒四姐兒，還有幾房的孫女兒，大小共有二十來個。賈母獨見喜鸞和四姐兒生得又好，說話行事與眾不同，心中喜歡，便命他兩個也過來榻前同坐。寶玉卻在榻上腳下與賈母捶腿。首席便是薛姨媽，下邊兩溜皆順著房頭輩數下去。簾外兩廊，都是族中男客，也依次而坐。先是那女客一起一起行禮，後方是男客行禮。賈母歪在榻上，只命人說「免了罷」，早已都行完了。然後賴大等帶領眾人，從儀門直跪至大廳上，磕頭禮畢，又是眾家下媳婦，然後各房的丫鬟，足鬧了兩三頓飯時。然後又抬了許多雀籠來，在當院中放了生。賈赦等焚過了天地壽星紙，方開戲飲酒。直到歇了中臺⑪，賈母方進來歇息，命他們取便，因命鳳姐兒留下喜鸞、四姐兒頑兩日再去。鳳姐兒出來，便和他母親說，他兩個母親素日都承鳳姐的照顧，也巴不得一聲兒。他兩個也願意在園內頑耍，至晚便不回家了。

邢夫人直至晚間散時，當著許多人，陪笑和鳳姐求情說：「我聽見昨兒晚上二奶奶生氣，打發周管家的娘子捆了兩個老婆子，可也不知犯了什麼罪？論理，我不該討情。我想老太太好日子，發狠的還捨錢捨米，周貧濟老，咱們家先倒折磨起人家來了？不看我的臉，權且看老太太，竟放了他們罷！」說畢，上車去了。

鳳姐聽了這話，又當著許多人，又羞又氣，一時抓尋不著頭腦，憋得臉紫漲，回頭向賴大家的等笑道：「這是那裡的話？昨兒因為這裡的人得罪了那府裡的大嫂子，我怕大嫂子多心，所以盡讓他發放，並不為得罪了我。這又是誰的耳報神這麼快？」王夫人因問：「為什麼事？」鳳姐兒笑將昨日的事說了。尤氏也笑道：「連我並不知道，你原也太多事了。」鳳姐兒道：「我為你臉上過不去，所以等你開發，不過是個禮。就如我在你那裡，有人得罪了我，你自然送了來盡我。憑他是什麼好奴才，到底錯不過這個禮去。這又不知誰過去沒的獻勤兒，這也當作一件事情去說！」王夫人道：「你太太說的是。就是珍哥兒媳婦也不是外人，也不用這些虛禮。老太太的千秋要緊，放了他們為是。」說著，回頭便命人去放

---

⑪中臺——舊時演戲，開場時觀眾尚未到齊，照例由次要演員先演開場戲；「中臺」才由主要演員演出正本戲。

了那兩個婆子。鳳姐由不得越想越氣越愧，不覺的灰心轉悲，滾下淚來。因賭氣回房哭泣，又不使人知覺。偏是賈母打發了琥珀來叫，立等說話。琥珀見了，詫異道：「好好的，這是什麼原故？那裡立等你呢。」

鳳姐聽了，忙擦乾了淚，洗面另施了脂粉，方同琥珀過來。賈母因問道：「前兒這些人家送禮來的，共有幾家有圍屏？」鳳姐兒道：「共有十六家有圍屏，十二架大的，四架小的炕屏。內中只有江南甄家一架大屏十二扇，大紅緞子緙絲⑫『滿床笏』，一面是泥金『百壽圖』的，是頭等的。還有粵海將軍鄔家一架玻璃的還罷了。」賈母道：「既這樣，這兩架別動，好生擱著，我要送人的。」鳳姐兒答應了。

鴛鴦忽過來向鳳姐兒面上只管瞧，引的賈母問說：「你不認得他？只管瞧什麼？」鴛鴦笑道：「怎麼他的眼腫腫的，所以我詫異，只管看。」賈母聽說，便叫進前來，也覷著眼看。鳳姐笑道：「才覺的一陣癢癢，揉腫了些。」鴛鴦笑道：「別又是受了誰的氣了不成？」鳳姐道：「誰敢給我氣受？便受了氣，老太太好日子，我也不敢哭的。」賈母道：「正是呢。我正要吃晚飯，你在這裡打發我吃，剩下的，你就和珍兒媳婦吃了。你兩個在這裡幫著兩個師傅，替我揀佛豆兒，你們也積積壽。前兒你姊妹們和寶玉都揀了，如今也叫你們揀揀，別說我偏心。」

說話時，先擺上一桌素的來，兩個姑子吃了。然後才擺上葷的，賈母吃畢，抬出外間。尤氏、鳳姐兒二人正吃，賈母又叫把喜鸞、四姐兒二人也叫來，跟他二人吃畢，洗了手，點上香，捧過一升豆子來。

---

⑫緙絲——即刻絲。我國特有的一種絲織工藝。織造時，以細絲為經、彩色作緯，各色緯絲僅於圖案花紋需要處與經絲交織，緯絲不貫串全幅，而經絲則縱貫織品。

兩個姑子先念了佛偈，然後一個一個的揀在一個簸籮內，每揀一個，念一聲佛。明日煮熟了，令人在十字街結壽緣⑬。賈母歪著，聽兩個姑子又說些佛家的因果善事。

鴛鴦早已聽見琥珀說鳳姐哭之事，又和平兒前打聽得原故，晚間人散時，便回說：「二奶奶還是哭的，那邊大太太當著人給二奶奶沒臉。」賈母因問：「為什麼原故？」鴛鴦便將原故說了。賈母道：「這才是鳳丫頭知禮處。難道為我的生日，由著奴才們把一族中的主子都得罪了，也不管罷？這是大太太素日沒好氣，不敢發作，所以今兒拿著這個作法子，明是當著眾人給鳳兒沒臉罷了。」正說著，只見寶琴等進來，也就不說了。

賈母因問：「你在那裡來？」寶琴道：「在園裡林姐姐屋裡大家說話的。」賈母忽想起一事來，忙喚一個老婆子來，吩咐他：「到園裡各處女人們跟前囑咐囑咐，留下的喜姐兒和四姐兒雖然窮，也和家裡的姑娘們是一樣，大家照看經心些。我知道咱們家的男男女女都是『一個富貴心，兩隻體面眼⑭』，未必把他兩個放在眼裡。有人小看了他們，我聽見可不依！」婆子應了，方要走時，鴛鴦道：「我說去罷。他們那裡聽他的話？」說著，便一逕往園子來。

先到稻香村中，李紈與尤氏都不在這裡。問丫鬟們，說：「都在三姑娘那裡呢。」鴛鴦回身，又來

⑬揀佛豆兒、結壽緣——舊時生日，眾人一面念佛，一面揀豆，叫「揀佛豆兒」；然後把佛豆煮熟，在街口分送行人，以求添壽，叫做「結壽緣」。

⑭體面眼——即勢利眼，只看得起有身份、有體面的人。

至曉翠堂，果見那園中人都在那裡說笑。見他來了，都笑說：「你這會子又跑來做什麼？」又讓他坐。鴛鴦笑道：「不許我也逛逛麼？」於是把方才的話說了一遍。李紈忙起身聽了，就叫人把各處的頭兒喚了一個來。令他們傳與諸人知道，不在話下。

這裡尤氏笑道：「老太太也太想的到，實在我們年輕力壯的人，捆上十個也趕不上。」李紈道：「鳳丫頭仗著鬼聰明兒，還離腳踪兒不遠。咱們是不能的了。」鴛鴦道：「罷喲！還提『鳳丫頭』『虎丫頭』呢，他也可憐見兒的！雖然這幾年沒有在老太太、太太跟前有個錯縫兒，暗裡也不知得罪了多少人。總而言之，為人是難作的：若太老實了，沒有個機變，公婆又嫌太老實了，家裡人也不怕；若有些機變，未免又『治一經損一經』⑮。如今咱們家裡更好，新出來的這些底下奴字號的奶奶們，一個個心滿意足，都不知要怎麼樣才好，少有不得意，不是背地裡咬舌根，就是挑三窩四的。我怕老太太生氣，一點兒也不肯說；不然，我告訴出來，大家別過太平日子。這不是我當著三姑娘說：老太太偏疼寶玉，有人背地裡怨言還罷了，算是偏心；如今老太太偏疼你，我聽著也是不好。這可笑不可笑？」探春笑道：「糊塗人多，那裡較量得許多？我說：倒不如小人家人少，雖然寒素些，倒是歡天喜地，大家快樂。我們這樣人家人多，外頭看著我們不知千金萬金小姐，何等快樂，殊不知我們這裡說不出來的煩難，更利害。」

寶玉道：「誰都像三妹妹好多心？事事我常勸你，總別聽那些俗語、想那俗事，只管安富尊榮才是。比不得我們沒這清福，該應濁鬧的。」尤氏道：「誰都像你，真是一心無掛礙，只知道和姊妹們頑笑，

---

⑮治一經損一經——原是中醫術語，這裡作「顧了這裡，反誤了那邊」解釋。

餓了吃，困了睡，再過幾年，不過還是這樣，一點後事也不慮。」寶玉笑道：「我能夠和姊妹們過一日，是一日，死了就完了。什麼後事不後事！」李紈等都笑道：「這可又是胡說！就算你是個沒出息的，終老在這裡，難道他姊妹們都不出門的？」尤氏笑道：「怨不得人都說他是假長了一個胎子，究竟是個又傻又呆的。」寶玉笑道：「人事莫定，知道誰死誰活？倘或我在今日明日、今年明年死了，也算是遂心一輩子了。」眾人不等說完，便說：「可是又瘋了！——別和他說話才好。若和他說話，不是呆話，就是瘋話。」喜鸞因笑道：「二哥哥，你別這樣說，等這裡姐姐們果然都出了閣，橫豎老太太、太太也寂寞，我來和你作伴兒。」李紈、尤氏等都笑道：「姑娘也別說呆話，難道你是不出門的？這話哄誰？」說的喜鸞低了頭。當下已是起更時分，大家各自歸房安歇，眾人都且不提。

且說鴛鴦一逕回來，剛至園門前，只見角門虛掩，猶未上閂。此時園內無人來往，只有該班的房內燈光掩映，微月半天。鴛鴦又不曾有個作伴的，也不曾提燈籠，獨自一個，腳步又輕，所以該班的人皆不理會。偏生又要小解，因下了甬路，尋微草處，行至一湖山石後大桂樹陰下來。剛轉過石後，只聽一陣衣衫響，嚇了一驚不小。定睛一看，只見是兩個人在那裡，見他來了，便想往石後樹叢藏躲。鴛鴦眼尖，趁月色見準一個穿紅裙子、梳鬅頭⑯、高大豐壯身材的，是迎春房裡的司棋。鴛鴦只當他和別的女孩子也在此方便，見自己來了，故意藏躲，恐嚇著耍，因便笑叫道：「司棋！你不快出來，嚇著我，我

⑯鬅頭——一種髮髻蓬鬆的女子髮式。鬅，音ㄆㄥˊ，頭髮散亂的樣子。

就喊起來，當賊拿了。這麼大丫頭了，沒個黑家白日的只是頑不夠！」這本是鴛鴦的戲語，叫他出來。誰知他賊人膽虛，只當鴛鴦已看見他的首尾了，生恐叫喊起來，使眾人知覺，更不好；且素日鴛鴦又和自己親厚，不比別人：便從樹後跑出來，一把拉住鴛鴦，便雙膝跪下，只說：「好姐姐，千萬別嚷！」

鴛鴦反不知因何，忙拉他起來，笑問道：「這是怎麼說？」司棋滿臉紅脹，又流下淚來。鴛鴦再一回想，那一個人影恍惚像個小廝，心下便猜疑了八九，自己反羞的面紅耳赤，又怕起來。因定了一會，忙悄問：「那個是誰？」司棋復跪下道：「是我姑舅兄弟。」鴛鴦啐了一口，道：「要死，要死！」司棋又回頭悄道：「你不用藏著，姐姐已看見了，快出來磕頭。」那小廝聽了，只得也從樹後爬出來，磕頭如搗蒜。鴛鴦忙要回身，司棋拉住苦求，哭道：「我們的性命，都在姐姐身上，只求姐姐超生要緊！」鴛鴦道：「你放心，我橫豎不告訴一個人就是了。」一語未了，只聽角門上有人說道：「金姑娘已出去了，角門上鎖罷。」鴛鴦正被司棋拉住，不得脫身，聽見如此說，便接聲道：「我在這裡有事，且略住手，我出來了。」司棋聽了，只得鬆手讓他去了——

# 第七十二回　王熙鳳恃強羞說病　來旺婦倚勢霸成親

且說鴛鴦出了角門，臉上猶紅，心內突突的，真是意外之事。因想這事非常，若說出來，姦盜相連，關係人命，還保不住帶累了旁人。橫豎與自己無干，且藏在心內，不說與一人知道。回房覆了賈母的命，大家安息。從此凡晚間便不大往園中來。因思園中尚有這樣奇事，何況別處，因此連別處也不大輕走動了。

原來那司棋因從小兒和他姑表兄弟在一處頑笑起住時，小兒戲言，便都訂下將來不娶不嫁。近年大了，彼此又出落的品貌風流，常時司棋回家時，二人眉來眼去，舊情不忘，只不能入手。又彼此生怕父母不從，二人便設法，彼此裡外買囑園內老婆子們留門看道，今日趁亂，方初次入港。雖未成雙，卻也海誓山盟，私傳表記，已有無限風情了。忽被鴛鴦驚散，那小廝早穿花度柳，從角門出去了。司棋一夜不曾睡著，又後悔不來。至次日見了鴛鴦，自是臉上一紅一白，百般過不去。心內懷著鬼胎，茶飯無心，起坐恍惚。挨了兩日，竟不聽見有動靜，方略放下了心。這日晚間，忽有個婆子來悄告訴他道：「你兄弟竟逃走了，三四天沒歸家。如今打發人四處找他呢。」司棋聽了，氣個倒仰，因思道：「縱是鬧了出


聯經出版事業公司 校印

來，也該死在一處。他自為是男人，先就走了，可見是個沒情意的。」因此又添了一層氣。次日便覺心內不快，百般支持不住，一頭睡倒，懨懨的成了大病。

鴛鴦聞知那邊無故走了一個小廝，園內司棋又病重，要往外挪，心下料定是二人懼罪之故，「生怕我說出來，方嚇到這樣。」因此，自己反過意不去，指著來望候司棋，支出人去，反自己立身發誓，與司棋說：「我告訴一個人，立刻現死現報！你只管放心養病，別白糟塌了小命兒。」司棋一把拉住，哭道：「我的姐姐！咱們從小兒耳鬢廝磨，你不曾拿我當外人待，我也不敢怠慢了你。如今我雖一著走錯，你若果然不告訴一個人，你就是我的親娘一樣。從此後，我活一日，是你給我一日。我的病好之後，把你立個長生牌位，我天天焚香禮拜，保佑你一生福壽雙全。我若死了時，變驢變狗報答你。再俗語說，『千里搭長棚，沒有不散的筵席。』再過三二年，咱們都是要離這裡的。俗語又說，『浮萍尚有相逢日，人豈全無見面時。』倘或日後咱們遇見了，那時我又怎麼報你的德行？」一面說，一面哭。這一席話反把鴛鴦說的心酸，也哭起來了。因點頭道：「正是這話。我又不是管事的人，何苦我壞你的聲名，我白去獻勤？況且這事我自己也不便開口向人說。你只放心。從此養好了，可要安分守己，再不許胡行亂作了。」司棋在枕上點首不絕。

鴛鴦又安慰了他一番，方出來。因知賈璉不在家中，又因這兩日鳳姐兒聲色怠惰了些，不似往日一樣，因順路也來望候。因進入鳳姐院門，二門上的人見是他來，便立身待他進去。鴛鴦剛至堂屋中，只見平兒從裡間出來，見了他來，忙上來悄聲笑道：「才吃了一口飯，歇了午睡，你且這屋裡略坐坐。」鴛鴦聽了，只得同平兒到東邊房裡來。小丫頭倒了茶來。鴛鴦因悄問：「你奶奶這兩日是怎麼了？我看他懶懶的。」平兒見問，因房內無人，便嘆道：「他這懶懶的，也不止今日了，這有一月之前便是這樣。又兼這幾日忙亂了幾天，又受了些閑氣，從新又勾起來。這兩日比先又添了些病，所以支持不住，便露出馬腳來了。」鴛鴦忙道：「既這樣，怎麼不早請大夫來治？」平兒嘆道：「我的姐姐，你還不知道他的脾氣的？別說請大夫來吃藥；我看不過，白問了一聲『身上覺怎麼樣？』他就動了氣，反說我咒他病了。饒這樣，天天還是察三訪四，自己再不肯看破些，且養身子。」鴛鴦道：「雖然如此，到底該請大夫來瞧瞧是什麼病，也都好放心。」平兒道：「我的姐姐，說起病來，據我看，也不是什麼小症候。」鴛鴦忙道：「是什麼病呢？」平兒見問，又往前湊了一湊，向耳邊說道：「只從上月行了經之後，這一個月，竟瀝瀝淅淅的沒有止住。這可是大病不是？」鴛鴦聽了，忙答道：「噯喲！依你這話，這可不成了血山崩①了。」平兒忙啐了一口，又悄笑道：「你女孩兒家，這是怎麼說的？倒會咒人呢！」鴛鴦見說，不禁紅了臉，又悄笑道：「究竟我也不知什麼是崩不崩的。你倒忘了不成：先我姐姐不是害這病死了？我也不知是什麼病，因無心聽見媽和親家媽說，我還納悶，後來也是聽見媽細說原故，才明白了一二分。」平兒笑道：「你該知道的，我竟也忘了。」

二人正說著，只見小丫頭進來向平兒道：「方才朱大娘又來了。我們回了他：『奶奶才歇午覺。』他往太太上頭去了。」平兒聽了點頭。鴛鴦問：「那一個朱大娘？」平兒道：「就是官媒婆②那朱嫂子。

①血山崩——婦科疾病，也叫「血崩」，主要症狀是經血暴下，或月經剛停，仍繼續下血，淋瀝不斷。

②官媒婆——舊時衙門中的女差役，承辦擇配女犯或官吏貴族家放出婚配的婦女，也指職業媒婆。

因有什麼孫大人家來和咱們求親，所以他這兩日天天弄個帖子來賴死賴活。」一語未了，小丫頭跑來說：「二爺進來了。」

說話之間，賈璉已走至堂屋門，口內喚平兒。平兒答應著，才迎出去，賈璉已找至這間房內來。至門前，忽見鴛鴦坐在炕上，便煞住腳，笑道：「鴛鴦姐姐，今兒貴腳踏賤地。」鴛鴦只坐著，笑道：「來請爺、奶奶的安，偏又不在家的不在家，睡覺的睡覺。」賈璉笑道：「姐姐一年到頭辛苦伏侍老太太，我還沒看你去，那裡還敢勞動來看我們。正是巧的很，我才要找姐姐去。因為穿著這袍子熱，先來換了夾袍子，再過去找姐姐，不想天可憐，省我走這一趟，姐姐先在這裡等我了。」一面說，一面在椅上坐下。

鴛鴦因問：「又有什麼說的？」賈璉未語先笑，道：「因有一件事，我竟忘了，只怕姐姐還記得：上年老太太生日，曾有一個外路和尚③來孝敬一個蠟油凍的佛手④，因老太太愛，就即刻拿過來擺著了。因前日老太太生日，我看骨董賬上還有這一筆，卻不知此時這件東西著落何方。骨董房裡的人也回過我兩次，等我問準了，好注上一筆。所以我問姐姐，如今還是老太太擺著呢？還是交到誰手裡去了呢？」鴛鴦聽說，便道：「老太太擺了幾日，厭煩了，就給了你們奶奶。你這會子又問我來。我連日子還記得，還是我打發了老王家的送來的。你忘了，或是問你們奶奶和平兒。」平兒正拿衣服，聽見如此說，忙出來回說：「交過來了，現在樓上放著呢。奶奶已經打發過人出去說過給了這屋裡，他們發昏，沒記上，

③外路和尚——從外地來的和尚，不是本地寺院常住的僧人。即所謂「一身輕如水，悠悠任去來」的行腳僧。

④臘油凍的佛手——黃蜜臘凍石所雕的佛手柑。

又來叨登這些沒要緊的事。」賈璉聽說，笑道：「既然給了你奶奶，我怎麼不知道，你們就昧下了？」平兒道：「奶奶告訴二爺，二爺還要送人，奶奶不肯，好容易留下的。這會子自己忘了，倒說我們昧下！那是什麼好東西，什麼沒有的物兒。比那強十倍的東西，也沒昧下一遭，這會子愛上那不值錢的！」賈璉垂頭含笑想了一想，拍手道：「我如今竟糊塗了！丟三忘四，惹人抱怨，竟大不像先了。」鴛鴦笑道：「也怨不得。事情又多，口舌又雜，你再喝上兩杯酒，那裡清楚的許多？」一面說，一面就起身要去。

賈璉忙也立身說道：「好姐姐，再坐一坐，兄弟還有事相求。」說著便罵小丫頭：「怎麼不沏好茶來！快拿乾淨蓋碗，把昨兒進上的新茶沏一碗來。」說著，向鴛鴦道：「這兩日因老太太的千秋，所有的幾千兩銀子都使了。幾處房租、地稅，通在九月才得，這會子竟接不上。明兒又要送南安府裡的禮，又要預備娘娘的重陽節禮，還有幾家紅白大禮，至少還得三二千兩銀子用，一時難去支借。俗語說：『求人不如求己。』說不得，姐姐擔個不是，暫且把老太太查不著的金銀傢伙，偷著運出一箱子來，暫押千數兩銀子，支騰過去。不上半月的光景，銀子來了，我就贖了交還，斷不能叫姐姐落不是。」鴛鴦聽了，笑道：「你倒會變法兒！虧你怎麼想來？」賈璉笑道：「不是我扯謊：若論除了姐姐，也還有人手裡管的起千數兩銀子的；只是他們為人，都不如你明白有膽量，我若和他們一說，反嚇住了他們。所以我『寧撞金鐘一下，不打破鼓三千』⑤。」一語未了，忽有賈母那邊的小丫頭子忙忙走來找鴛鴦，說：「老太太找姐姐半日，我們那裡沒找到，卻在這裡。」鴛鴦聽說，忙的且去見賈母。

⑤寧撞金鐘一下，不打破鼓三千——意思是：寧可向有辦法的人央求一次，也不向沒能力的人求告再三。

賈璉見他去了，只得回來瞧鳳姐。誰知鳳姐已醒了，聽他和鴛鴦借當，自己不便答話，只躺在榻上。聽見鴛鴦去了，賈璉進來，鳳姐因問道：「他可應准了？」賈璉笑道：「雖然未應准，卻有幾分成手，須得你晚上再和他一說，就十成了。」鳳姐笑道：「我不管這事。倘或說准了，這會子說得好聽，到有了錢的時節，你就丟在脖子後頭，誰去和你打饑荒去？倘或老太太知道了，倒把我這幾年的臉面都丟了！」賈璉笑道：「好人，你若說定了，我謝你如何？」鳳姐笑道：「你說，謝我什麼？」賈璉笑道：「你說要什麼就給你什麼。」平兒一旁笑道：「奶奶倒不要謝的。昨兒正說，要作一件什麼事，恰少一二百銀子使，不如借了來，奶奶拿一二百銀子，豈不兩全其美？」鳳姐笑道：「幸虧提起我來，就是這樣也罷。」賈璉笑道：「你們也太狠了！你們這會子別說一千兩的當頭，就是現銀子，要三五千，只怕也難不倒。我不和你們借就罷了；這會子煩你說一句話，還要個利錢，真真了不得。」鳳姐聽了，翻身起來說：「我有三千五萬，不是賺的你的！如今裡裡外外、上上下下，背著我嚼說我的不少，就差你來說了，可知『沒家親引不出外鬼來』⑥。我們王家可那裡來的錢？都是你們賈家賺的？別叫我惡心了！你們看著你家什麼石崇、鄧通？把我王家的地縫子掃一掃，就夠你們過一輩子呢。說出來的話也不怕臊！現有對證：把太太和我的嫁妝細看看，比一比你們的，那一樣是配不上你們的？」賈璉笑道：「說句頑話就急了。這有什麼這樣的？要使一二百兩銀子值什麼？多的沒有，這還有，先拿進來，你使了再說，如何？」鳳姐道：「我又不等著『銜口墊背』⑦，忙了什麼！」賈璉道：「何苦來？不犯著這樣肝火盛。」鳳姐聽了，

⑥沒家親引不出外鬼來——沒有自己人在內部搗鬼，就不會引進外邊的壞人來。

⑦啣口墊背——古代殮葬時的習俗：給死屍口中含珠、玉或米，叫做「啣口」；在死屍褥下放錢，叫做「墊背」。

又自笑起來，「不是我著急，你說的話，戳人的心。我因為我想著後日是尤二姐的周年，我們好了一場，雖不能別的，到底給他上個墳，燒張紙，也是姊妹一場。他雖沒留下個男女，也要『前人撒土，迷了後人的眼』⑧才是。」一語倒把賈璉說沒了話，低頭打算了半晌，方道：「難為你想的周全，我竟忘了。既是後日才用，若明日得了這個，你隨便使多少就是了。」

一語未了，只見旺兒媳婦走進來。鳳姐便問：「可成了沒有？」旺兒媳婦道：「竟不中用。我說須得奶奶作主就成了。」賈璉便問：「又是什麼事？」鳳姐兒見問，便說道：「不是什麼大事。旺兒有個小子，今年十七歲了，還沒得女人，因要求太太房裡的彩霞，不知太太心裡怎麼樣，就沒有計較得。前日太太見彩霞大了，二則又多病多災的，因此開恩，打發他出去了，給他老子娘隨便自己揀女婿去罷。因此旺兒媳婦來求我。我想他兩家也就算門當戶對的，一說去，自然成的，誰知他這會子來了，說不中用。」賈璉道：「這是什麼大事？比彩霞好的多著呢。」旺兒家的陪笑道：「爺雖如此說，連他家還看不起我們，別人越發看不起我們了。好容易相看準一個媳婦，我只說求爺、奶奶的恩典，替作成了。奶奶又說他必肯的，我就煩了人走過去試一試，誰知白討了沒趣。若論那孩子，倒好，據我素日私意兒試他，他心裡沒有甚說的，只是他老子娘兩個老東西太心高了些。」

一語戳動了鳳姐和賈璉，鳳姐因見賈璉在此，且不作一聲，只看賈璉的光景。賈璉心中有事，那裡把這點子事放在心裡。待要不管，只是看著他是鳳姐兒的陪房，且又素日出過力的，臉上實在過不去，

---

⑧前人灑土，迷了後人的眼睛——比喻前人的行動過於逼眞，以致後來的人不加考慮的相信；猶言「掩人耳目」。



聯經出版事業公司　校印

因說道：「什麼大事？只管咕咕唧唧的。你放心，且去。我明兒作媒，打發兩個有體面的人，一面說，一面帶著定禮去，就說我的主意。他十分不依，叫他來見我。」旺兒家的看著鳳姐，鳳姐便扭嘴兒。旺兒家的會意，忙爬下就給賈璉磕頭謝恩。賈璉忙道：「你只給你姑娘磕頭。我雖如此說了這樣行，到底也得你姑娘打發個人叫他女人上來，和他好說，更好些。雖然他們必依，然這事也不可霸道了。」鳳姐忙道：「連你還這樣開恩操心呢，我倒反袖手旁觀不成？——旺兒家的，你聽見：說了這事，你也忙忙的給我完了事來。說給你男人，外頭所有的賬，一概趕今年年底下收了進來，少一個錢我也不依的。我的名聲不好，再放一年，都要生吃了我呢！」

旺兒媳婦笑道：「奶奶也太膽小了。誰敢議論奶奶？若收了時，公道說，我們倒還省些事，不大得罪人。」鳳姐冷笑道：「我也是一場癡心白使了。我真個的還等錢作什麼？不過為的是日用出的多，進的少。這屋裡有的沒的，我和你姑爺一月的月錢，再連上四個丫頭的月錢，通共一二十兩銀子，還不夠三五天的使用呢。若不是我千湊萬挪的，早不知道到什麼破窰裡去了！如今倒落了一個放賬破落戶的名兒。既這樣，我就收了回來。我比誰不會花錢？咱們以後就坐著花，到多早晚，是多早晚。這不是樣兒？前兒老太太生日，太太急了兩個月，想不出法兒來，還是我提了一句，後樓上現有些沒要緊的大銅錫傢伙，四五箱子，拿去弄了三百銀子，才把太太遮羞禮兒搪過去了。我是你們知道的：那一個金自鳴鐘賣了五百六十兩銀子，沒有半個月，大事小事倒有十來件，白填在裡頭。今兒外頭也短住了，不知是誰的主意，搜尋上老太太了。明兒再過一年，各人搜尋到頭面衣服，可就好了！」旺兒媳婦笑道：「那一位太太、奶奶的頭面、衣服折變了不夠過一輩子的？只是不肯罷了。」鳳姐道：「不是我說沒了能奈的話，要像這樣，我竟不能了。昨晚上忽然作了一個夢，說來也可笑：夢見一個人，雖然面善，卻又不知名姓，找我。問他作什麼，他說娘娘打發他來要一百匹錦。我問他是那一位娘娘，他說的又不是咱們家的娘娘。我就不肯給他，他就上來奪。正奪著，就醒了。」旺兒家的笑道：「這是奶奶的日間操心，常應候宮裡的事。」

一語未了，人回：「夏太府打發了一個小內監來說話。」賈璉聽了，忙皺眉道：「又是什麼話？一年他們也搬夠了！」鳳姐道：「你藏起來，等我見他。若是小事，罷了；若是大事，我自有話回他。」賈璉便躲入內套間去。

這裡鳳姐命人帶進小太監來，讓他椅子上坐了吃茶，因問何事。那小太監便說：「夏爺爺因今兒偶見一所房子，如今竟短二百兩銀子，打發我來問舅奶奶家裡，有現成的銀子暫借一二百，過一兩日就送過來。」鳳姐聽了，笑道：「什麼是送過來？有的是銀子，只管先兌了去。改日等我們短了，再借去也是一樣。」小太監道：「夏爺爺還說了：上兩回還有一千二百兩銀子沒送來，等今年年底下，自然一齊都送過來。」鳳姐笑道：「你夏爺爺好小氣，這也值得提在心上？我說一句話，不怕他多心：若都這樣記清了還我們，不知還了多少了。只怕沒有；若有，只管拿去。」因叫旺兒媳婦來，「出去，不管那裡先支二百兩來。」旺兒媳婦會意，因笑道：「我才因別處支不動，才來和奶奶支的。」鳳姐道：「你們只會裡頭來要錢，叫你們外頭弄去，就不能了。」說著，叫平兒，「把我那兩個金項圈拿出去，暫且押四百兩銀子。」

平兒答應了，去半日，果然拿了一個錦盒子來，裡面兩個錦袱包著。打開時，一個金纍絲攢珠的，那珍珠都有蓮子大小；一個點翠嵌寶石的：兩個都與宮中之物不離上下。一時拿去，果然拿了四百兩銀子來。鳳姐命與小太監打疊起一半，那一半命人與了旺兒媳婦，命他拿去辦八月中秋的節。那小太監便告辭了，鳳姐命人替他拿著銀子，送出大門去了。

這裡賈璉出來，笑道：「這一起外祟⑨，何日是了！」鳳姐笑道：「剛說著，就來了一股子。」賈璉道：「昨兒周太監來，張口一千兩。我略應慢了些，他就不自在。將來得罪人之處不少。這會子再發個三二百萬的財就好了。」一面說，一面平兒伏侍鳳姐另洗了面，更衣往賈母處去伺候晚飯。

這裡賈璉出來，剛至外書房，忽見林之孝走來。賈璉因問何事。林之孝說道：「方才聽得雨村降了，卻不知因何事，只怕未必真。」賈璉道：「真不真，他那官兒也未必保得長。將來有事，只怕未必不連累咱們，寧可疏遠著他好。」林之孝道：「何嘗不是？只是一時難以疏遠。如今東府大爺和他更好，老爺又喜歡他，時常來往，那個不知？」賈璉道：「橫豎不和他謀事，也不相干。你去再打聽真了，是為什麼。」

林之孝答應了，卻不動身，坐在下面椅子上，且說些閑話。因又說起家道艱難，便趁勢又說：「人口太眾了。不如揀個空日，回明老太太、老爺，把這些出過力的老家人，用不著的，開恩放幾家出去：一則他們各有營運，二則家裡一年也省些口糧月錢。再者，裡頭的姑娘也太多。俗語說，『一時比不得一時』，如今說不得先時的例了，少不得大家委屈些，使該八個的使六個，該使四個的便使兩個。若各

---

⑨外祟——不是自己家死者的靈魂，而是外來的鬼魂作祟，叫「外祟」，這裡比喻從外部來糾纏的人。

房算起來，一年也可以省得許多月米月錢。況且裡頭的女孩子們一半都太大了，也該配人的配人。成了房，豈不又孳生出人來？」賈璉道：「我也這樣想著，只是老爺才回家來，多少大事未回，那裡議到這個上頭？前兒官媒拿了個庚帖⑩來求親，太太還說老爺才來家，每日歡天喜地的說『骨肉完聚』，忽然就提起這事，恐老爺又傷心，所以且不叫提這事。」林之孝道：「這也是正理，太太想的周到。」

賈璉道：「正是，提起這話，我想起了一件事來：我們旺兒的小子，要說太太房裡的彩霞。他昨兒求我，我想：什麼大事，不管誰去說一聲去。這會子有誰閑著，我打發個人去說一聲，就說我的話。」林之孝聽了，只得應著，半晌，笑道：「依我說，二爺竟別管這件事。旺兒的那小兒子，雖然年輕，在外頭吃酒賭錢，無所不至。雖說都是奴才們，到底是一輩子的事。彩霞那孩子，這幾年我雖沒見，聽得越發出挑的好了，何苦來白糟塌一個人？」賈璉道：「他小兒子原會吃酒，不成人？」林之孝冷笑道：「豈只吃酒賭錢，在外頭無所不為。我們看他是奶奶的人，也只見一半不見一半罷了。」賈璉道：「我竟不知道這些事。既這樣，那裡還給他老婆？且給他一頓棍，鎖起來，再問他老子娘！」林之孝笑道：「何必在這一時？那是錯，也等他再生事，我們自然回爺處治，如今且恕他。」賈璉不語，一時林之孝出去。

晚間，鳳姐已命人喚了彩霞之母來說媒。那彩霞之母滿心縱不願意，見鳳姐親自和他說，何等體面，便心不由意的滿口應了出去。今鳳姐問賈璉：「可說了沒有？」賈璉因說：「我原要說的，打聽得他小

⑩庚帖——也叫「年庚帖子」，舊時訂婚，男女雙方互相交換的一種紅色柬帖，上面寫著訂婚者的姓名、籍貫、生辰八字和祖宗三代等。

兒子大不成人，故還不曾說。若果然不成人，且管教他兩日，再給他老婆不遲。」鳳姐聽說，便說：「你聽見誰說他不成人？」賈璉道：「不過是家裡的人，還有誰。」鳳姐笑道：「我們王家的人，連我還不中你們的意，何況奴才呢！我才已竟和他母親說了，他娘已經歡天喜地應了，難道又叫進他來，不要了不成？」賈璉道：「既你說了，又何必退？明兒說給他老子，好生管他就是了。」這裡說話，不提。

且說彩霞因前日出去，等父母擇人，心中雖是與賈環有舊，尚未作准。今日又見旺兒每每來求親，早聞得旺兒之子酗酒賭博，而且容顏醜陋，一技不知，自此心中越發懊惱。生恐旺兒仗鳳姐之勢，一時作成，終身為患，不免心中急躁。遂至晚間，悄命他妹子小霞進二門來找趙姨娘，問了端的。趙姨娘素日深與彩霞契合，巴不得與了賈環，方有個膀臂，不承望王夫人又放了出去。每唆賈環去討，一則賈環羞口難開，二則賈環也不大甚在意，不過是個丫頭，他去了，將來自然還有，遂遷延住不說，意思便丟開。無奈趙姨娘又不捨，又見他妹子來問，是晚得空，便先求了賈政。賈政因說道：「且忙什麼！等他們再念一二年書，再放人不遲。我已經看中了兩個丫頭，一個與寶玉，一個給環兒。只是年紀還小，又怕他們誤了書，所以再等一二年。」趙姨娘道：「寶玉已有了二年了，老爺還不知道？」賈政聽了，忙問道：「誰給的？」趙姨娘方欲說話，只聽外面一聲響，不知何物，大家吃了一驚不小。要知端的，且聽下回分解。

# 第七十三回　癡丫頭誤拾繡春囊　懦小姐不問纍金①鳳

話說那趙姨娘和賈政說話，忽聽外面一聲響，不知何物。忙問時，原來是外間窗屜不曾扣好，塌了屈戌②了，掉下來。趙姨娘罵了丫頭幾句，自己帶領丫鬟上好，方進來打發賈政安歇。不在話下。

卻說怡紅院中寶玉正才睡下，丫鬟們正欲各散安歇，忽聽有人擊院門。老婆子開了門，見是趙姨娘房內的丫鬟名喚小鵲的。問他什麼事，小鵲不答，直往房內來找寶玉。只見寶玉才睡下，晴雯等猶在床邊坐著，大家頑笑，見他來了，都問：「什麼事？這時候又跑了來作什麼？」小鵲笑向寶玉道：「我來告訴你一個信兒。方才我們奶奶這般如此在老爺前說了。你仔細明兒老爺問你話。」說著，回身就去了。

①纍金——首飾或小器物用細金絲編製的，也稱「纍絲」。
②屈戌——門窗上的搭扣。

襲人命留他吃茶，因怕關門，遂一直去了。

這裡寶玉聽了，便如孫大聖聽見了緊箍咒一般，登時四肢五內一齊皆不自在起來。想來想去，別無他法，且理熟了書，預備明兒盤考：口內不舛錯，便有他事，也可搪塞一半。想罷，忙披衣起來要讀書。心中又自後悔：「這些日子只說不提了，偏又丟生，早知該天天好歹溫習些的。」如今打算打算，肚子內現可背誦的，不過只有《學》《庸》「二論」③是帶注背得出的。至上本《孟子》，就有一半是夾生的，若憑空提一句，斷不能接背的；至「下孟」，就有一大半忘了。算起五經④來，因近來作詩，常把《詩經》讀些，雖不甚精闡，還可塞責。別的雖不記得，素日賈政也幸未吩咐過讀的，縱不知，也還不妨。至於古文，還是那幾年所讀過的幾篇，連《左傳》《國策》《公羊》《穀梁》⑤漢唐等文，不過幾十篇，這幾年竟未曾溫得半篇片語，雖閑時也曾遍閱，不過一時之興，隨看隨忘，未下苦工夫，如何記得？這是斷難塞責的。更有時文八股一道，因平素深惡此道，原非聖賢之製撰，焉能闡發聖賢之微奧，不過作後人餌名釣祿⑥之階。雖賈政當日起身時選了百十篇命他讀的，不過偶因見其中或一二股內，或

---

③《學》、《庸》、《二論》——即《大學》、《中庸》和《論語》；因《論語》分上下兩本，故稱「二論」。

④五經——《易》、《書》、《詩》、《禮》、《春秋》稱為五經。

⑤《左傳》、《國策》、《公羊》、《穀梁》——《左傳》又稱《春秋左氏傳》，相傳為春秋時左丘明所撰，是以《春秋》為綱依據各國史籍編寫而成。《公羊》、《穀梁》又稱《春秋公羊傳》、《春秋穀梁傳》，相傳是戰國時公羊高、穀梁赤所撰，多用義理闡釋《春秋》；與《左傳》合稱「春秋三傳」。《國策》即《戰國策》，分別敘寫戰國時期各諸侯國的歷史，多記述當時那些謀臣說客的論辯說辭。

⑥餌名釣祿——追逐個人名利。餌，釣魚的魚食，比喻科舉時代用八股時文來追求功名利祿。

承起之中，有作的或精緻、或流蕩、或遊戲、或悲感，稍能動性者，偶一讀之，不過供一時之興趣，究竟何曾成篇潛心玩索？如今若溫習這個，又恐明日盤詰那個；若溫習那個，又恐盤駁這個：況一夜之功，亦不能全然溫習。因此，越添了焦燥。自己讀書不致緊要，卻帶累著一房丫鬟們皆不能睡。襲人、麝月、晴雯等幾個大的是不用說，在旁剪燭斟茶；那些小的，都困眼朦朧，前仰後合起來。晴雯因罵道：「什麼蹄子們！一個個黑日白夜挺屍挺不夠，偶然一次睡遲了些，就裝出這腔調來了。再這樣，我拿針戳給你們兩下子！」

話猶未了，只聽外間「咕咚」一聲，急忙看時，原來是一個小丫頭子坐著打盹，一頭撞到壁上了，從夢中驚醒，恰正是晴雯說這話之時，他怔怔的只當是晴雯打了他一下，遂哭央說：「好姐姐，我再不敢了。」眾人都發起笑來。寶玉忙勸道：「饒他去罷，原該叫他們都睡去才是。你們也該替換著睡去。」襲人忙道：「小祖宗，你只顧你的罷！通共這一夜的功夫，你把心暫且用在這幾本書上，等過了這一關，由你再張羅別的去，也不算誤了什麼。」寶玉聽他說的懇切，只得又讀。讀了沒有幾句，麝月又斟了一杯茶來潤舌，寶玉接茶吃了。因見麝月只穿著短襖，解了裙子，寶玉道：「夜靜了，冷，到底穿一件大衣裳才是。」麝月笑指著書道：「你暫且把我們忘了，把心且略對著他些罷。」

話猶未了，只聽金星玻璃從後房門跑進來，口內喊說：「不好了，一個人從墻上跳下來了！」眾人聽說，忙問：「在那裡？」即喝起人來，各處尋找。晴雯因見寶玉讀書苦惱，勞費一夜神思，明日也未必妥當，心下正要替寶玉想出一個主意來脫此難，正好忽然逢此一驚，即便生計，向寶玉道：「趁這個機會快裝病，只說唬著了。」此話正中寶玉心懷。因而遂傳起上夜人等來，打著燈籠，各處搜尋，並無蹤迹，都說：「小姑娘們想是睡花了眼出去，風搖的樹枝兒，錯認作人了。」晴雯便道：「別放謅屁！你們查的不嚴，怕得不是，還拿這話來支吾！才剛並不是一個人見的，寶玉和我們出去有事，大家親見的。如今寶玉唬的顏色都變了，滿身發熱，我如今還要上房裡取安魂丸藥去。太太問起來，是要回明白的，難道依你說就罷了不成？」眾人聽了，嚇的不敢則聲，只得又各處去找。晴雯和玻璃二人果出去要藥，故意鬧的眾人皆知寶玉嚇著了。王夫人聽了，忙命人來看視給藥，又吩咐各上夜人仔細搜查，又一面叫查二門外鄰園墻上夜的小廝們。於是園內燈籠火把，直鬧了一夜。至五更天，就傳管家男女，命仔細查一查，拷問內外上夜男女等人。

賈母聞知寶玉被嚇，細問原由，不敢再隱，只得回明。賈母道：「我不料到有此事。如今各處上夜都不小心，還是小事，只怕他們就是賊，也未可知。」當下邢夫人並尤氏等都過來請安，鳳姐及李紈姊妹等皆陪侍，聽賈母如此說，都默無所答。獨探春出位笑道：「近因鳳姐姐身子不好幾日，園內的人比先放肆了許多。先前不過是大家偷著一時半刻，或夜裡坐更時，三四個人聚在一處，或擲骰或鬥牌，小小的頑意，不過為熬困。近來漸次放誕，竟開了賭局，甚至有頭家局主，或三十吊、五十吊、三百吊的大輸贏。半月前竟有爭鬥相打之事。」賈母聽了，忙說：「你既知道，為何不早回我們來？」探春道：「我因想著太太事多，且連日不自在，所以沒回。只告訴了大嫂子和管事的人們，戒飭過幾次，近日好些。」賈母忙道：「你姑娘家，如何知道這裡頭的利害？你自為耍錢常事，不過怕起爭端。殊不知夜間既耍錢，就保不住不吃酒；既吃酒，就免不得門戶任意開鎖。或買東西，尋張覓李，其中夜靜人稀，趨便藏賊引姦引盜，何等事作不出來？況且園內的姊妹們起居所伴者皆係丫頭、媳婦們，賢愚混雜，賊盜

聯經出版事業公司　校印

事小，再有別事，倘略沾帶些，關係不小。這事豈可輕恕？」探春聽說，便默然歸坐。鳳姐雖未大愈，精神因此比常稍減，今見賈母如此說，便忙道：「偏生我又病了。」遂回頭命人速傳林之孝家的等總理家事四個媳婦到來，當著賈母申飭了一頓。賈母命：「即刻查了頭家賭家來！有人出首者賞，隱情不告者罰！」

林之孝家的等見賈母動怒，誰敢狗私，忙至園內傳齊人，一一盤查。雖不免大家賴一回，終不免水落石出。查得大頭家三人，小頭家八人，聚賭者通共二十多人，都帶來見賈母，跪在院內磕響頭求饒。賈母先問大頭家名姓和錢之多少。原來這三個大頭家，一個就是林之孝的兩姨親家，一個就是園內廚房內柳家媳婦之妹，一個就是迎春之乳母。這是三個為首的，餘者不能多記。賈母便命將骰子、牌一並燒毀，所有的錢入官，分散與眾人；將為首者每人四十大板，攆出，總不許再入；從者每人二十大板，革去三月月錢，撥入圊廁行⑦內。又將林之孝家的申飭了一番。

林之孝家的見他的親戚又與他打嘴，自己也覺沒趣。迎春在坐，也覺沒意思。黛玉、寶釵、探春等見迎春的乳母如此，也是「物傷其類」的意思，遂都起身笑向賈母討情，說：「這個媽媽素日原不頑的，不知怎麼，也偶然高興。求看二姐姐面上，饒他這次罷。」賈母道：「你們不知。大約這些奶子們，一個個仗著奶過哥兒姐兒，原比別人有些體面，他們就生事，比別人更可惡，專管調唆主子，護短偏向。我都是經過的。況且要拿一個作法，恰好果然就遇見一個。你們別管，我自有道理。」寶釵等聽說，只

⑦圊廁行——打掃管理廁所的職務；圊，廁所。

得罷了。

一時賈母歇晌，大家散出，都知賈母今日生氣，皆不敢各散回家，只得在此暫候。尤氏便往鳳姐兒處來閑話了一回，因他也不自在，只得往園內尋眾姑嫂閑談。邢夫人在王夫人處坐了一回，也就往園內散散心來。剛至園門前，只見賈母房內的小丫頭子名喚傻大姐的笑嘻嘻走來，手內拿著個花紅柳綠的東西，低頭一壁瞧著，一壁只管走，不防迎頭撞見邢夫人，抬頭看見，方才站住。邢夫人因說：「這癡丫頭，又得了個什麼狗不識兒這麼歡喜？拿來我瞧瞧。」

原來這傻大姐年方十四五歲，是新挑上來的與賈母這邊提水桶掃院子專作粗活的一個丫頭。只因他生得體肥面闊，兩隻大腳，作粗活簡捷爽利，且心性愚頑，一無知識，行事出言，常在規矩之外。賈母因喜歡他爽利便捷，又喜他出言可以發笑，便起名為「傻大姐」，常悶來便引他取笑一回，毫無避忌，因此又叫他作「癡丫頭」。他縱有失禮之處，見賈母喜歡他，眾人也就不去苛責。這丫頭也得了這個力，若賈母不喚他時，便入園內來頑耍。今日正在園內掏促織，忽在山石背後得了一個五彩繡香囊，其華麗精緻，固是可愛，但上面繡的並非花鳥等物，一面卻是兩個人赤條條的盤踞相抱，一面是幾個字。這癡丫頭原不認得是春意兒，便心下盤算：「敢是兩個妖精打架？不然必是兩口子相打。」左右猜解不來，正要拿去與賈母看，是以笑嘻嘻的一壁看，一壁走，忽見了邢夫人如此說，便笑道：「太太真個說的巧，真個是狗不識呢。太太請瞧一瞧。」說著，便送過去。

邢夫人接來一看，嚇得連忙死緊攥住，忙問：「你是那裡得的？」傻大姐道：「我掏促織兒，在山石上揀的。」邢夫人道：「快休告訴一人。這不是好東西，連你也要打死。皆因你素日是傻子，以後再別提起了。」這傻大姐聽了，反嚇的黃了臉，說：「再不敢了！」磕了個頭，呆呆而去。邢夫人回頭看時，都是些女孩兒，不便遞與，自己便塞在袖內，心內十分罕異，揣摩此物從何而至，且不形於聲色，且來至迎春室中。

迎春正因他乳母獲罪，自覺無趣，心中不自在，忽報母親來了，遂接入內室。奉茶畢，邢夫人因說道：「你這麼大了，你那奶媽子行此事，你也不說說他；如今別人都好好的，偏咱們的人做出這事來，什麼意思？」迎春低著頭弄衣帶，半晌答道：「我說他兩次，他不聽，也無法。況且他是媽媽，只有他說我的，沒有我說他的。」邢夫人道：「胡說！你不好了，他原該說；如今他犯了法，你就該拿出小姐的身分來。他敢不從，你就回我去才是。如今直等外人共知，是什麼意思！再者，只他去放頭兒⑧，還恐怕他巧言花語的和你借貸些簪環、衣履作本錢，你這心活面軟，未必不周接他些。若被他騙去，我是一個錢沒有的，看你明日怎麼過節？」迎春不語，只低頭弄衣帶。邢夫人見他這般，因冷笑道：「總是你那好哥哥、好嫂子，一對兒赫赫揚揚，璉二爺、鳳奶奶，兩口子遮天蓋日，百事周到，竟通共這一個妹子，全不在意。但凡是我身上吊下來的，又有一話說，——只好憑他們罷了。況且你又不是我養的，你雖然不是同他一娘所生，到底是同出一父，也該彼此瞻顧些，也免別人笑話。我想天下的事也難較定，你是大老爺跟前人養的，這裡探丫頭也是二老爺跟前人養的，出身一樣。如今你娘死了，從前看來你兩個的娘，只有你娘比如今趙姨娘強十倍的，你該比探丫頭強才是。怎麼反不及他一半！誰知竟不然，這

⑧放頭兒——這裡是聚賭、作頭家的意思，聚賭抽頭所得的錢叫「頭兒錢」。


聯經出版事業公司 校印

可不是異事。倒是我一生無兒無女的，一生乾淨，也不能惹人笑話議論為高。」旁邊伺候的媳婦們便趁機道：「我們的姑娘老實仁德，那裡像他們三姑娘伶牙俐齒，會要姊妹們的強？他們明知姐姐這樣，他竟不顧恤一點兒。」邢夫人道：「連他哥哥、嫂子還如是，別人又作什麼呢！」一言未了，人回：「璉二奶奶來了。」邢夫人聽了，冷笑兩聲，命人出去說：「請他自去養病，我這裡不用他伺候。」接著又有探事的小丫頭來報說：「老太太醒了。」邢夫人方起身前邊來。迎春送至院外方回。

繡桔因說道：「如何？前兒我回姑娘，那一個攢珠纍絲金鳳竟不知那裡去了。回了姑娘，姑娘竟不問一聲兒。我說必是老奶奶拿去典了銀子放頭兒的，姑娘不信，只說司棋收著呢。問司棋，司棋雖病著，心裡卻明白。我去問他，他說沒有收起來，還在書架上匣內暫放著，預備八月十五日恐怕要戴呢。姑娘就該問老奶奶一聲，只是臉軟怕人惱。如今竟怕無著，明兒要都戴時，獨咱們不戴，是何意思呢？」迎春道：「何用問？自然是他拿去暫時借一肩兒⑨。我只說他悄悄的拿了出去，不過一時半晌，仍舊悄悄的送來就完了，誰知他就忘了。今日偏又鬧出來，問他想也無益。」繡桔道：「何曾是忘記！他是試準了姑娘的性格，所以才這樣。如今我有個主意：我竟走到二奶奶房裡，將此事回了他，或他著人去要，或他省事拿幾吊錢來替他賠補。如何？」迎春忙道：「罷，罷，罷！省些事罷。寧可沒有了，又何必生事？」繡桔道：「姑娘怎麼這樣軟弱？都要省起事來，將來連姑娘還騙了去呢！我竟去的是。」說著便走。迎春便不言語，只好由他。

⑨借一肩——挑擔時讓別人挑一會自己歇一會叫「借力歇肩」或「借一肩」，這裡指借人的東西典押得錢來應急用。

聯經出版事業公司　校印

誰知迎春乳母子媳王住兒媳婦正因他婆婆得了罪，來求迎春去討情，聽他們正說金鳳一事，且不進去。也因素日迎春懦弱，他們都不放在心上。如今見繡桔立意去回鳳姐，估著這事脫不去的，且又有求迎春之事，只得進來，陪笑先向繡桔說：「姑娘，你別去生事。姑娘的金絲鳳，原是我們老奶奶老糊塗了，輸了幾個錢，沒的撈梢⑩，所以暫借了去。原說一日半晌就贖的，因總未撈過本兒來，就遲住了。可巧今兒又不知是誰走了風聲，弄出事來。雖然這樣，到底主子的東西，我們不敢遲誤下，終久是要贖的。如今還要求姑娘看從小兒吃奶的情常，往老太太那邊去討個情面，救出他老人家來才好。」迎春先便說道：「好嫂子，你趁早兒打了這妄想，要等我去說情兒，等到明年，也不中用的。方才連寶姐姐、林妹妹大伙兒說情，老太太還不依，何況是我一個人？我自己愧還愧不來，反去討臊去？」繡桔便說：「贖金鳳是一件事，說情是一件事，別絞在一處說。難道姑娘不去說情，你就不贖了不成？嫂子且取了金鳳來再說。」

王住兒家的聽見迎春如此拒絕他，繡桔的話又鋒利，無可回答，一時臉上過不去，也明欺迎春素日好性兒，乃向繡桔發話道：「姑娘，你別太仗勢了。你滿家子算一算，誰的媽媽奶子不仗著主子哥兒多得些益？偏咱們就這樣『丁是丁，卯是卯』的？只許你們偷偷摸摸的哄騙了去。自從邢姑娘來了，太太吩咐一個月儉省出一兩銀子來與舅太太去，這裡饒添了邢姑娘的使費，反少了一兩銀子。常時短了這個，少了那個，那不是我們供給？誰又要去？不過大家將就些罷了。算到今日，少說些也有三十兩了。我們

⑩撈梢——賭博中稱翻本為「撈梢」，即把輸了的錢贏回來。

這一向的錢，豈不白填了限⑪呢。」繡桔不待說完，便啐了一口，道：「作什麼的白填了三十兩？我且和你算算賬！姑娘要了些什麼東西？」

迎春聽見這媳婦發邢夫人之私意，忙止道：「罷，罷，罷！你不能拿了金鳳來，不必牽三扯四亂嚷。我也不要那鳳了。便是太太們問時，我只說丟了，也妨礙不著你什麼的，出去歇息歇息倒好。」一面叫繡桔倒茶來。繡桔又氣又急，因說道：「姑娘雖不怕，我們是作什麼的？把姑娘的東西丟了，他倒賴說姑娘使了他們的錢，這如今竟要準折起來！倘或太太問姑娘為什麼使了這些錢，敢是我們就中取勢了？這還了得！」一行說，一行就哭了。司棋聽不過，只得勉強過來，幫著繡桔問著那媳婦。迎春勸止不住，自拿了一本《太上感應篇》⑫來看。

三人正沒開交，可巧寶釵、黛玉、寶琴、探春等因恐迎春今日不自在，都約來安慰他。走至院中，聽得兩三個人較口。探春從紗窗內一看，只見迎春倚在床上看書，若有不聞之狀。探春也笑了。小丫鬟們忙打起簾子，報道：「姑娘們來了。」迎春方放下書起身。那媳婦見有人來，且又有探春在內，不勸而自止了，遂趁便要去。

探春坐下，便問：「才剛誰在這裡說話？倒像拌嘴似的。」迎春笑道：「沒有說什麼，左不過是他們小題大作罷了。何必問他？」探春笑道：「我才聽見什麼『金鳳』，又是什麼『沒有錢，只和我們奴

---

⑪白填了限——**白搭**；白損失掉，沒效果。

⑫《太上感應篇》——書名，晉代葛洪托名道家始祖太上老君之名所作，內容專門勸善懲惡，宣揚因果報應。

才要』，誰和奴才要錢了？難道姐姐和奴才要錢了不成？難道姐姐不是和我們一樣有月錢的，一樣有用度不成？」司棋、繡桔道：「姑娘說的是了。姑娘們都是一樣的，那一位姑娘的錢不是由著奶奶、媽媽們使，連我們也不知道怎樣是算賬，不過要東西只說得一聲兒。如今他偏要說姑娘使過了頭兒，他賠出許多來了。究竟姑娘何曾和他要什麼了？」探春笑道：「姐姐既沒有和他要，必定是我們或者和他們要了不成？你叫他進來，我倒要問問他。」迎春笑道：「這話又可笑。你們又無沾礙，何得帶累於他？」探春笑道：「這倒不然。我和姐姐一樣，姐姐的事和我的也是一般，他說姐姐就是說我。我那邊的人有怨我的，姐姐聽見，也即同怨姐姐是一理。咱們是主子，自然不理論那些錢財小事，只知想起什麼要什麼，也是有的事。但不知金纍絲鳳因何又夾在裡頭？」那王住兒媳婦生恐繡桔等告出他來，遂忙進來用話掩飾。探春深知其意，因笑道：「你們所以糊塗。如今你奶奶已得了不是，趁此求求二奶奶，把方才的錢尚未散人的拿出些來贖取了就完了。比不得沒鬧出來，大家都藏著留臉面；如今既是沒了臉，趁此時縱有十個罪，也只一人受罰，沒有砍兩顆頭的理。你依我，竟是和二奶奶說說。在這裡大聲小氣，如何使得！」這媳婦被探春說出真病，也無可賴了，只不敢往鳳姐處自首。探春笑道：「我不聽見便罷，既聽見，少不得替你們分解分解。」誰知探春早使個眼色與侍書出去了。

這裡正說話，忽見平兒進來。寶琴拍手笑說道：「三姐姐敢是有驅神召將的符術？」黛玉笑道：「這倒不是道家玄術，倒是用兵最精的，所謂『守如處女，脫如狡兔』⑬，『出其不備』之妙策也。」二人

⑬守如處女，脫如狡兔——作戰時開始要像處女一樣沉靜，使敵人放鬆戒備，然後像脫兔一樣迅速，使敵人不及抗拒；比喻出其不意的舉動。

取笑。寶釵便使眼色與二人，令其不可，遂以別話岔開。探春見平兒來了，遂問：「你奶奶可好些了？真是病糊塗了，事事都不在心上，叫我們受這樣的委屈。」平兒忙道：「姑娘怎麼委屈？誰敢給姑娘氣受？姑娘快吩咐我。」

當時住兒媳婦兒方慌了手腳，遂上來趕著平兒叫：「姑娘坐下，讓我說原故，請聽。」平兒正色道：「姑娘這裡說話，也有你混插口的禮！你但凡知禮，只該在外頭侍候。不叫你，進不來的地方，幾曾有外頭的媳婦子們無故到姑娘們房裡來的例？」繡桔道：「你不知我們這屋裡是沒禮的，誰愛來就來！」平兒道：「都是你們的不是。姑娘好性兒，你們就該打出去，然後再回太太去才是。」王住兒媳婦見平兒出了言，紅了臉，方退出去。

探春接著道：「我且告訴你，若是別人得罪了我，倒還罷了；如今那住兒媳婦和他婆婆，仗著是媽媽，又瞅著二姐姐好性兒，如此這般私自拿了首飾去賭錢，而且還揑造假賬妙算，威逼著還要去討情，和這兩個丫頭在臥房裡大嚷大叫，二姐姐竟不能轄治，所以我看不過，才請你來問一聲：還是他原是天外的人，不知道理？還是誰主使他如此──先把二姐姐制伏，然後就要治我和四姑娘了？」平兒忙陪笑道：「姑娘怎麼今日說這話出來？我們奶奶如何當得起！」探春冷笑道：「俗語說的：『物傷其類』，『齒竭唇亡』⑭，我自然有些驚心。」平兒道：「若論此事，還不是大事，極好處置。但他現是姑娘的奶嫂，據姑娘怎麼樣為是？」

---

⑭齒竭唇亡──又作「唇亡齒寒」，語出《左傳》僖公五年，比喻兩者相互依存，利害關係十分密切。

當下迎春只和寶釵閱《感應篇》故事，究竟連探春之語亦不曾聞得，忽見平兒如此說，乃笑道：「問我，我也沒什麼法子。他們的不是，自作自受，我也不能討情，我也不去苛責，就是了。至於私自拿去的東西，送來我收下，不送，我也不要了。太太們要問，我可以隱瞞遮飾過去，是他的造化；若瞞不住，我也沒法，沒有個為他們反欺枉太太們的理，少不得直說。你們若說我好性兒，沒個決斷，竟有好主意可以八面周全，不使太太們生氣，任憑你們處治，我總不知道。」眾人聽了，都好笑起來。黛玉笑道：「真是『虎狼屯於階陛，尚談因果』⑮，若使二姐姐是個男人，這一家上下若許人，又如何裁治他們？」迎春笑道：「正是。多少男人尚如此，何況我哉！」一語未了，只見又有一人進來。正不知道是那個，且聽下回分解。

⑮虎狼屯於階陛尚談因果——屯，聚集、駐紮；階陛，宮殿的臺階。這句話原意在諷喻帝王佞信佛道以致禍國殃民，這裡是指對和自己生死攸關的事，採取不聞不問的態度。


聯經出版事業公司校印

# 第七十四回　惑奸讒抄檢大觀園　矢孤介①杜絕寧國府

話說平兒聽迎春說了，正自好笑，忽見寶玉也來了。原來管廚房柳家媳婦之妹，也因放頭開賭得了不是。這園中有素與柳家不睦的，便又告出柳家來，說他和他妹子是伙計，雖然他妹子出名，其實賺了錢兩個人平分。因此鳳姐要治柳家之罪。那柳家的因得此信，便慌了手腳，因思素與怡紅院人最為深厚，故走來悄悄的央求晴雯、金星玻璃等人。金星玻璃告訴了寶玉。寶玉因思內中迎春之乳母也現有此罪，不若來約同迎春討情，比自己獨去單為柳家說情又更妥當，故此前來。忽見許多人在此，見他來時，都問：「你的病可好了？跑來作什麼？」寶玉不便說出討情一事，只說：「來看二姐姐。」當下眾人也不在意，且說些閑話。

平兒便出去辦「纍絲金鳳」一事。那王住兒媳婦緊跟在後，口內百般央求，只說：「姑娘好歹口內

①矢孤介——誓守孤高耿介的志趣。矢，即「誓」，當作動詞；孤介，孤高耿介、不喜歡和世俗人交往。

聯經出版事業公司校印

超生，我橫豎去贖了來。」平兒笑道：「你遲也贖，早也贖，『既有今日，何必當初』！你的意思得過去就過去了。既是這樣，我也不好意思告人，趁早去贖了來，交與我送去，我一字不提。」王住兒媳婦聽說，方放下心來，就拜謝，又說：「姑娘自去貴幹，我趕晚拿了來，先回了姑娘，再送去，如何？」平兒道：「趕晚不來，可別怨我！」說畢，二人方分路各自散了。

平兒到房，鳳姐問他：「三姑娘叫你作什麼？」平兒笑道：「三姑娘怕奶奶生氣，叫我勸著奶奶些，問奶奶這兩天可吃些什麼？」鳳姐笑道：「倒是他還記掛著我。——剛才又出來了一件事：有人來告柳二媳婦和他妹子通同開局②，凡妹子所為，都是他作主。我想，你素日肯勸我『多一事不如省一事』，就可閑一時心，自己保養保養也是好的。我因聽不進去，果然應了些，先把太太得罪了，而且自己反賺了一場病。如今我也看破了，隨他們鬧去罷，橫豎還有許多人呢！我白操一會子心，倒惹的萬人咒罵。我且養病要緊；便是好了，我也作個好好先生，得樂且樂，得笑且笑，一概是非都憑他們去罷。所以我只答應著『知道了』，白不在我心上。」平兒笑道：「奶奶果然如此，便是我們的造化。」

一語未了，只見賈璉進來，拍手嘆氣道：「好好的又生事！前兒我和鴛鴦借當，那邊太太怎麼知道了？才剛太太叫過我去，叫我不管那裡先遷挪二百銀子，做八月十五日節間使用。我回沒處遷挪，太太就說：『你沒有錢就有地方遷挪，我白和你商量，你就搪塞我，你就說沒地方！前兒一千銀子的當是那裡的？連老太太的東西你都有神通弄出來，這會子二百銀子，你就這樣。幸虧我沒和別人說去！』我想

②開局——開設賭博場。



聯經出版事業公司　校印

太太分明不短，何苦來要尋事奈何人！」鳳姐兒道：「那日並沒一個外人，誰走了這個消息？」平兒聽了，也細想那日有誰在此，想了半日，笑道：「是了。那日說話時沒一個外人，但晚上送東西來的時節，老太太那邊傻大姐的娘也可巧來送漿洗衣服。他在下房裡坐了一會子，見一大箱子東西，自然要問，必是小丫頭們不知道，說了出來，也未可知。」因此便喚了幾個小丫頭來問：「那日誰告訴傻大姐的娘？」這事眾小丫頭慌了，都跪下賭咒發誓，說：「自來也不敢多說一句話。有人凡問什麼，都答應不知道。這事如何敢多說？」鳳姐詳情③說：「他們必不敢，倒別委屈了他們。如今且把這事靠後，且把太太打發了去要緊。寧可咱們短些，又別討沒意思。」因叫平兒：「把我的金項圈拿來，且去暫押二百銀子來，送去完事。」賈璉道：「越性多押二百，咱們也要使呢。」鳳姐道：「很不必，我沒處使錢。這一去，還不知指那一項贖呢！」平兒拿去，吩咐一個人喚了旺兒媳婦來領去，不一時，拿了銀子來。賈璉親自送去，不在話下。

這裡鳳姐和平兒猜疑，終是誰人走的風聲，竟擬不出人來。鳳姐兒又道：「知道這事還是小事，怕的是小人趁便又造非言，生出別的事來。當緊那邊正和鴛鴦結下仇了，如今聽得他私自借給璉二爺東西，那起小人眼饞肚飽，連沒縫兒的雞蛋還要下蛆呢，如今有了這個因由，恐怕又造出些沒天理的話來也定不得。在你璉二爺還無妨，只是鴛鴦正經女兒，帶累了他受屈，豈不是咱們的過失！」平兒笑道：「這也無妨。鴛鴦借東西看的是奶奶，並不為的是二爺。一則鴛鴦雖應名是他私情，其實他是回過老太太的。

③詳情——審察情理。

老太太因怕孫男弟女多，這個也借，那個也要，到跟前撒個嬌兒，和誰要去，因此只裝不知道。縱鬧了出來，究竟那也無礙。」鳳姐兒道：「理固如此，只是你我是知道的，那不知道的，焉得不生疑呢。」

一語未了，人報：「太太來了。」鳳姐聽了詫異，不知為何事親來，與平兒等忙迎出來。只見王夫人氣色更變，只帶一個貼己的小丫頭走來，一語不發，走至裡間坐下。鳳姐忙奉茶，因陪笑問道：「太太今日高興，到這裡逛逛？」王夫人喝命：「平兒出去！」平兒見了這般，著慌不知怎麼樣了，忙應了一聲，帶著眾小丫頭一齊出去，在房門外站住，越性將房門掩了，自己坐在臺磯上，所有的人，一個不許進去。

鳳姐也著了慌，不知有何等事。只見王夫人含著淚，從袖內擲出一個香袋子來，說：「你瞧！」鳳姐忙拾起一看，見是十錦春意香袋，也嚇了一跳，忙問：「太太從那裡得來？」王夫人見問，越發淚如雨下，顫聲說道：「我從那裡得來？我天天坐在井裡！拿你當個細心人，所以我才偷個空兒；誰知你也和我一樣！這樣的東西，大天白日，明擺在園裡山石上，被老太太的丫頭拾著，不虧你婆婆遇見，早已送到老太太跟前去了！我且問你：這個東西如何遺在那裡來？」

鳳姐聽得，也更了顏色，忙問：「太太怎知是我的？」王夫人又哭、又嘆，說道：「你反問我！你想，一家子除了你們小夫小妻，餘者老婆子們，要這個何用？再女孩子們是從那裡得來？自然是那璉兒不長進下流種子那裡弄來！你們又和氣，當作一件頑意兒；年輕人，兒女閨房私意是有的，你還和我賴！幸而園內上下人還不解事，尚未揀得。倘或丫頭們揀著，你姊妹看見，這還了得！不然，有那小丫頭們揀著，出去說是園內揀著的，外人知道，這性命、臉面要也不要？」

鳳姐聽說，又急又愧，登時紫漲了面皮，便依炕沿雙膝跪下，也含淚訴道：「太太說的固然有理，我也不敢辯我並無這樣的東西。但其中還要求太太細詳其理：那香袋是外頭僱工仿著內工④繡的，帶子、穗子一概是市賣貨。我便年輕不尊重些，也不要這勞什子，自然都是好的，此其一。二者，這東西也不是常帶著的，我縱有，也只好在家裡，焉肯帶在身上各處去？況且又在園裡去，個個姊妹，我們都肯拉拉扯扯，倘或露出來，不但在姊妹前，就是奴才看見，我有什麼意思？我雖年輕不尊重，亦不能糊塗至此。三則論主子內我是年輕媳婦，算起奴才來，比我更年輕的又不止一個人了。況且他們也常進園，晚間各人家去，焉知不是他們身上的？四則除我常在園裡之外，還有那邊太太常帶過幾個小姨娘來，如嫣紅、翠雲等人，皆係年輕侍妾，他們更該有這個了。還有那邊珍大嫂子，他不算甚老外，他也常帶過佩鳳等人來，焉知又不是他們的？五則園內丫頭太多，保的住個個都是正經的不成？也有年紀大些的，知道了人事，或者一時半刻人查問不到，偷著出去，或借著因由，同二門上小么兒們打牙犯嘴⑤，外頭得了來的，也未可知。如今不但我沒此事，就連平兒，我也可以下保的。太太請細想。」

王夫人聽了這一席話大近情理，因嘆道：「你起來。我也知道你是大家小姐出身，焉得輕薄至此，不過我氣急了，拿了話激你。但如今卻怎麼處？你婆婆才打發人封了這個給我瞧，說是前日從傻大姐手裡得的，把我氣了個死！」鳳姐道：「太太快別生氣。若被眾人覺察了，保不定老太太不知道。且平心

---

④內工——皇宮裡的織物。

⑤打牙犯嘴——打趣、抬槓，非正經的談話。

靜氣暗暗訪察，才得確實；縱然訪不著，外人也不能知道。這叫作『胳膊折在袖內』。如今惟有趁著賭錢的因由革了許多的人這空兒，把周瑞媳婦、旺兒媳婦等四五個貼近不能走話的人安插在園裡，以查賭為由。再如今他們的丫頭也太多了，保不住人大心大，生事作耗，等鬧出事來，反悔之不及。如今若無故裁革，不但姑娘們委屈煩惱，就連太太和我也過不去。不如趁此機會，以後凡年紀大些的，或有些咬牙⑥難纏的，拿個錯兒攆出去，配了人：一則保得住沒有別的事，二則也可省些用度。太太想我這話如何？」王夫人嘆道：「你說的何嘗不是，但從公細想，你這幾個姊妹也甚可憐了。也不用遠比，只說如今你林妹妹的母親，未出閣時，是何等的嬌生慣養，是何等的金尊玉貴，那才像個千金小姐的體統。如今這幾個姊妹，不過比人家的丫頭略強些罷了，通共每人只有兩三個丫頭像個人樣，餘者縱有四五個小丫頭子，竟是廟裡的小鬼。如今還要裁革了去，不但於我心不忍，只怕老太太未必就依。雖然艱難，難不至此。我雖沒受過大榮華富貴，比你們是強的。如今我寧可省些，別委屈了他們。以後要省儉先從我來倒使得。如今且叫人傳了周瑞家的等人進來，就吩咐他們快快暗地訪拿這事要緊。」鳳姐聽了，即喚平兒進來，吩咐出去。

一時，周瑞家的與吳興家的、鄭華家的、來旺家的、來喜家的現在五家陪房進來，餘者皆在南方各有執事。王夫人正嫌人少不能勘察，忽見邢夫人的陪房王善保家的走來，方才正是他送香囊來的。王夫人向來看視邢夫人之得力心腹人等原無二意，今見他來打聽此事，十分關切，便向他說：「你去回了太

⑥咬牙——說話尖酸、伶俐，愛和人爭鬥。

太，也進園內照管照管，不比別人又強些。」這王善保家正因素日進園去，那些丫鬟們不大趨奉他，他心裡大不自在，要尋他們的故事⑦又尋不著，恰好生出這事來，以為得了把柄。又聽王夫人委托，正撞在心坎上，說：「這個容易。不是奴才多話，論理這事該早嚴緊的。太太也不大往園裡去，這些女孩子們，一個個倒像受了封誥似的，他們就成了千金小姐了。鬧下天來，誰敢哼一聲兒。不然，就調唆姑娘的丫頭們，說欺負了姑娘們了，誰還耽得起。」王夫人道：「這也有的常情，跟姑娘的丫頭原比別的嬌貴些。你們該勸他們。連主子們的姑娘不教導尚且不堪，何況他們？」王善保家的道：「別的都還罷了。太太不知道，一個寶玉屋裡的晴雯，那丫頭仗著他生的模樣兒比別人標緻些，又生了一張巧嘴，天天打扮的像個西施的樣子，在人跟前能說慣道，掐尖要強；一句話不投機，他就立起兩個騷眼睛來罵人，妖妖趫趫⑧，大不成個體統！」

王夫人聽了這話，猛然觸動往事，便問鳳姐道：「上次我們跟了老太太進園逛去，有一個水蛇腰、削肩膀、眉眼又有些像你林妹妹的，正在那裡罵小丫頭。我的心裡很看不上那狂樣子，因同老太太走，我不曾說得。後來要問是誰，又偏忘了。今日對了坎兒⑨，這丫頭想必就是他了？」鳳姐道：「若論這些丫頭們，共總比起來，都沒晴雯生得好。論舉止言語，他原有些輕薄。方才太太說的倒很像他，我也

---

⑦尋故事——找岔子，挑不是。

⑧妖妖趫趫——妖冶輕佻的樣子。趫，音ㄑㄧㄠˊ，行動輕捷，這裡有「舉止輕浮」的意思。

⑨對了坎兒——問題恰巧對頭，情況恰巧符合。

忘了那日的事，不敢亂說。」王善保家的便道：「不用這樣，此刻不難叫了他來，太太瞧瞧。」王夫人道：「寶玉房裡常見我的只有襲人、麝月，這兩個，笨笨的倒好。若有這個，他自不敢來見我的。我一生最嫌這樣人，況且又出來這個事。好好的寶玉，倘或叫這蹄子勾引壞了，那還了得！」因叫自己的丫頭來，吩咐他到園裡去，「只說我有話問他們，留下襲人、麝月伏侍寶玉，不必來；有一個晴雯最伶俐，叫他即刻快來。你不許和他說什麼。」

小丫頭子答應了，走入怡紅院，正值晴雯身上不自在，睡中覺才起來，正發悶，聽如此說，只得隨了他來。素日這些丫鬟皆知王夫人最嫌趫妝豔飾、語薄言輕者，故晴雯不敢出頭。今因連日不自在，並沒十分妝飾，自為無礙。及到了鳳姐房中，王夫人一見他釵軃⑩鬢鬆，衫垂帶褪，有春睡捧心之遺風⑪，而且形容面貌恰是上月的那人，不覺勾起方才的火來。王夫人原是天真爛漫之人，喜怒出於心臆，不比那些飾詞掩意之人，今既真怒攻心，又勾起往事，便冷笑道：「好個美人！真像個病西施了！你天天作這輕狂樣兒給誰看？你幹的事，打量我不知道呢！我且放著你，自然明兒揭你的皮！——寶玉今日可好些？」晴雯一聽如此說，心內大異，便知有人暗算了他。雖然著惱，只不敢作聲。他本是個聰敏過頂的人，見問寶玉可好些，他便不肯以實話對，只說：「我不大到寶玉房裡去，又不常和寶玉在一處，好歹

⑩釵軃——髮髻上的釵飾快要脫落。軃，音ㄉㄨㄛˇ，下垂的樣子。

⑪春睡捧心之遺風——春睡，比喻楊貴妃的醉態；捧心，指西施蹙眉捧心之美；遺風，即餘風，前人遺留下來的風韻、風致。這裡譏刺女子的嬌慵病弱。


聯經出版事業公司校印

我不能知道，只問襲人、麝月兩個。」王夫人道：「這就該打嘴！你難道是死人，要你們作什麼？」晴雯道：「我原是跟老太太的人。因老太太說園裡空大，人少，寶玉害怕，所以撥了我去外間屋裡上夜，不過看屋子。我原回過我笨，不能伏侍。老太太罵了我，說：『又不叫你管他的事，要伶俐的作什麼？』我聽了這話，才去的。不過十天半個月之內，寶玉悶了，大家頑一會子，就散了。至於寶玉飲食起坐，上一層有老奶奶、老媽媽們，下一層又有襲人、麝月、秋紋幾個人。我閑著還要作老太太屋裡的針線，所以寶玉的事，竟不曾留心。太太既怪，從此後我留心就是了。」王夫人信以為實了，忙說：「阿彌陀佛！你不近寶玉，是我的造化，竟不勞你費心。既是老太太給寶玉的，我明兒回了老太太，再攆你。」因向王善保家的道：「你們進去，好生防他幾日，不許他在寶玉房裡睡覺。等我回過老太太，再處治他。」喝聲：「去！站在這裡，我看不上這浪樣兒！誰許你這樣花紅柳綠的妝扮！」晴雯只得出來，這氣非同小可，一出門，便拿手帕子握著臉，一頭走，一頭哭，直哭到園門內去。

這裡王夫人向鳳姐等自怨道：「這些年我越發精神短了，照顧不到。這樣妖精似的東西，竟沒看見。只怕這樣的還有，明日倒得查查。」鳳姐見王夫人盛怒之際，又因王善保家的是邢夫人的耳目，常調唆著邢夫人生事，縱有千百樣言詞，此刻也不敢說，只低頭答應著。王善保家的道：「太太請養息身體要緊，這些小事，只交與奴才。如今要查這個主兒也極容易，等到晚上園門關了的時節，內外不通風，我們竟給他們個猛不防，帶著人到各處丫頭們房裡搜尋。想來誰有這個，斷不單只有這個，自然還有別的東西。那時翻出別的來，自然這個也是他的。」王夫人道：「這話倒是。若不如此，斷不能清的清、白的白。」因問鳳姐：「如何？」鳳姐只得答應說：「太太說的是，就行罷了。」王夫人道：「這主意很是，不然一年也查不出來。」於是大家商議已定。

至晚飯後，待賈母安寢了，寶釵等入園時，王善保家的便請了鳳姐一併入園，喝命將角門皆上鎖，便從上夜的婆子處抄檢起，不過抄檢出些多餘攢下蠟燭、燈油等物。王善保家的道：「這也是贓，不許動，等明兒回過太太再動。」於是先就到怡紅院中，喝命關門。當下寶玉正因晴雯不自在，忽見這一干人來，不知為何，直撲了丫頭們的房門去，因迎出鳳姐來，問是何故。鳳姐道：「丟了一件要緊的東西，因大家混賴，恐怕有丫頭們偷了，所以大家都查一查，去疑。」一面說，一面坐下吃茶。王善保家的等搜了一回，又細問：「這幾個箱子是誰的？」都叫本人來親自打開。襲人因見晴雯這樣，知道必有異事，又見這番抄檢，只得自己先出來打開了箱子並匣子，任其搜檢一番，不過是平常動用之物。隨放下，又搜別人的，挨次都一一搜過。到了晴雯的箱子，因問：「是誰的？怎不開了讓搜？」襲人等方欲代晴雯開時，只見晴雯挽著頭髮闖進來，「豁」一聲，將箱子掀開，兩手捉著底子，朝天往地下盡情一倒，將所有之物盡都倒出。王善保家的也覺沒趣，看了一看，也無甚私弊之物。回了鳳姐，要往別處去。鳳姐兒道：「你們可細細的查；若這一番查不出來，難回話的。」眾人都道：「都細翻看了，沒什麼差錯東西。雖有幾樣男人物件，都是小孩子的東西，想是寶玉的舊物件，沒甚關係的。」鳳姐聽了，笑道：「既如此，咱們就走，再瞧別處去。」

說著，一逕出來，因向王善保家的道：「我有一句話，不知是不是：要抄檢只抄檢咱們家的人，薛大姑娘屋裡，斷乎檢抄不得的。」王善保家的笑道：「這個自然。豈有抄起親戚家來。」鳳姐點頭道：「我也這樣說呢。」一頭說，一頭到了瀟湘館內。黛玉已睡了，忽報這些人來，也不知為甚事，才要起


聯經出版事業公司校印

來，只見鳳姐已走進來，忙按住他不許起來，只說：「睡罷，我們就走。」這邊且說些閑話。那個王善保家的帶了眾人到丫鬟房中，也一一開箱倒籠抄檢了一番。因從紫鵑房中抄出兩副寶玉常換下來的寄名符兒，一副束帶上的披帶，兩個荷包並扇套，套內有扇子，打開看時，皆是寶玉往年往日手內曾拿過的。王善保家的自為得了意，遂忙請鳳姐過來驗視，又說：「這些東西從那裡來的？」鳳姐笑道：「寶玉和他們從小兒在一處混了幾年，這自然是寶玉的舊東西。這也不算什麼罕事，撂下再往別處去是正經。」紫鵑笑道：「直到如今，我們兩下裡的東西也算不清。要問這一個，連我也忘了是那年月日有的了。」王善保家的聽鳳姐如此說，也只得罷了。

又到探春院內，誰知早有人報與探春了。探春也就猜著必有原故，所以引出這等醜態來，遂命眾丫鬟秉燭開門而待。一時眾人來了。探春故問何事。鳳姐笑道：「因丟了一件東西，連日訪察不出人來，恐怕旁人賴這些女孩子們，所以越性大家搜一搜，使人去疑，倒是洗淨他們的好法子。」探春冷笑道：「我們的丫頭，自然都是些賊，我就是頭一個窩主。既如此，先來搜我的箱櫃，他們所有偷了來的，都交給我藏著呢。」說著，便命丫頭們把箱櫃一齊打開，將鏡奩、妝盒、衾袱、衣包若大若小之物，一齊打開，請鳳姐去抄閱。鳳姐陪笑道：「我不過是奉太太的命來，妹妹別錯怪我。何必生氣。」因命丫鬟們快快關上。平兒、豐兒等忙著替侍書等關的關，收的收。探春道：「我的東西，倒許你們搜閱；要想搜我的丫頭，這卻不能！我原比眾人歹毒，凡丫頭所有的東西，我都知道，都在我這裡間收著；一針一線，他們也沒的收藏。要搜，所以只來搜我。你們不依，只管去回太太，只說我違背了太太，該怎麼處治，我去自領。——你們別忙，自然連你們抄的日子有呢！你們今日早起不曾議論甄家，自己家裡好好的抄家，果然今日真抄了！咱們也漸漸的來了！可知這樣大族人家，若從外頭殺來，一時是殺不死的，這是古人曾說的，『百足之蟲，死而不僵』；必須先從家裡自殺自滅起來，才能一敗塗地！」說著，不覺流下淚來。

鳳姐只看著眾媳婦們。周瑞家的便道：「既是女孩子的東西全在這裡，奶奶且請到別處去罷，也讓姑娘好安寢。」鳳姐便起身告辭。探春道：「可細細的搜明白了？若明日再來，我就不依了。」鳳姐笑道：「既然丫頭們的東西都在這裡，就不必搜了。」探春冷笑道：「你果然倒乖！連我的包袱都打開了，還說沒翻。明日敢說我護著丫頭們，不許你們翻了。你趁早說明，若還要翻，不妨再翻一遍。」鳳姐知道探春素日與眾不同的，只得陪笑道：「我已經連你的東西都搜查明白了。」探春又問眾人：「你們也都搜明白了不曾？」周瑞家的等都陪笑說：「都翻明白了。」

那王善保家的本是個心內沒成算的人，素日雖聞探春的名，那是為眾人沒眼力、沒膽量罷了，那裡一個姑娘家就這樣起來？況且又是庶出，他敢怎麼？他自恃是邢夫人陪房，連王夫人尚另眼相看，何況別個？今見探春如此，他只當是探春認真單惱鳳姐，與他們無干，他便要趁勢作臉獻好，因越眾向前拉起探春的衣襟，故意一掀，嘻嘻笑道：「連姑娘身上我都翻了，果然沒有什麼。」鳳姐見他這樣，忙說：「媽媽走罷，別瘋瘋顛顛的——」一語未了，只聽「拍」的一聲，王家的臉上早著了探春一掌。探春登時大怒，指著王家的問道：「你是什麼東西，敢來拉扯我的衣裳！我不過看著太太的面上，你又有年紀，叫你一聲『媽媽』；你就狗仗人勢，天天作耗，專管生事。如今越性了不得了！你打諒我是同你們姑娘那樣好性兒，由著你們欺負他，就錯了主意！你搜檢東西我不惱，你不該拿我取笑！」說著，便親自解

聯經出版事業公司校印

衣卸裙，拉著鳳姐兒細細的翻，又說：「省得叫奴才來翻我身上！」

鳳姐、平兒等忙與探春束裙整袂，口內喝著王善保家的說：「媽媽吃兩口酒，就瘋瘋顛顛起來，前兒把太太也沖撞了。快出去，不要提起了！」又勸探春休得生氣。探春冷笑道：「我但凡有氣性，早一頭碰死了！不然，豈許奴才來我身上翻賊贓了！明兒一早，我先回過老太太、太太，然後過去給大娘陪禮。該怎麼，我就領。」那王善保家的討了個沒意思，在窗外只說：「罷了，罷了！這也是頭一遭挨打！我明兒回了太太，仍回老娘家去罷。這個老命還要他做什麼！」探春喝命丫鬟道：「你們聽他說的這話，還等我和他對嘴去不成？」侍書等聽說，便出去說道：「你果然回老娘家去，倒是我們的造化了。只怕捨不得去。」鳳姐笑道：「好丫頭，真是有其主必有其僕。」探春冷笑道：「我們作賊的人，嘴裡都有三言兩語的。這還算笨的，背地裡就只不會調唆主子。」平兒忙也陪笑解勸，一面又拉了侍書進來。周瑞家的等人勸了一番。鳳姐直待伏侍探春睡下，方帶著人往對過暖香塢來。

彼時李紈猶病在床上，他與惜春是緊鄰，又與探春相近，故順路先到這兩處。因李紈才吃了藥睡著，不好驚動，只到丫鬟們房中一一的搜了一遍，也沒有什麼東西，遂到惜春房中來。因惜春年少，尚未識事，嚇的不知當有什麼事，故鳳姐也少不得安慰他。誰知竟在入畫箱中尋出一大包金銀錁子來，約共三四十個，又有一副玉帶板子⑫，並一包男人的靴襪等物。入畫也黃了臉。因問：「是那裡來的？」入畫只得跪下哭訴真情，說：「這是珍大爺賞我哥哥的。因我們老子娘都在南方，如今只跟著叔叔過日子。

---

⑫玉帶板子——男子腰帶上的玉質帶頭。

我叔叔、嬸子只要吃酒賭錢，我哥哥怕交給他們又花了，所以每常得了，悄悄的煩了老媽媽帶進來，叫我收著的。」惜春膽小，見了這個，也害怕，說：「我竟不知道。這還了得！二嫂子，你要打他，好歹帶他出去打罷，我聽不慣的。」鳳姐笑道：「這話若果真呢，也倒可恕；只是不該私自傳送進來。這個可以傳遞，什麼不可以傳遞？這倒是傳遞人的不是了。若這話不真，倘是偷來的，你可就別想活了。」入畫跪著哭道：「我不敢扯謊。奶奶只管明日問我們奶奶和大爺去，若說不是賞的，就拿我和我哥哥一同打死無怨。」鳳姐道：「這個自然要問的。——只是真賞的，也有不是。誰許你私自傳送東西的？你且說是誰作接應，我便饒你。下次萬萬不可。」惜春道：「嫂子別饒他這次方可。這裡人多，若不拿一個人作法，那些大的聽見了，又不知怎樣呢。嫂子若饒他，我也不依。」鳳姐道：「素日我看他還好。誰沒一個錯，只這一次。二次犯下，二罪俱罰。但不知傳遞是誰？」惜春道：「若說傳遞，再無別個，必是後門上的張媽。他常肯和這些丫頭們鬼鬼祟祟的，這些丫頭們也都肯照顧他。」鳳姐聽說，便命人記下，將東西且交給周瑞家的暫拿著，等明日對明再議。於是別了惜春，方往迎春房內來。

迎春已經睡著了，丫鬟們也才要睡，眾人叩門，半日才開。鳳姐吩咐：「不必驚動小姐。」遂往丫鬟們房裡來。因司棋是王善保的外孫女兒，鳳姐倒要看看王家的可藏私不藏，遂留神看他搜檢。先從別人箱子搜起，皆無別物；及到了司棋箱子中搜了一回，王善保家的說：「也沒有什麼東西。」才要蓋箱時，周瑞家的道：「且住，這是什麼？」說著，便伸手掣出一雙男子的錦帶襪並一雙緞鞋來，又有一個包袱，打開看時，裡面有一個同心如意並一個字帖兒。一總遞與鳳姐。鳳姐因當家理事，每每看開帖並賬目，也頗識得幾個字了。便看那帖子是大紅雙喜箋帖，上面寫道：


聯經出版事業公司 校印

聯經出版事業公司　校印

上月你來家後，父母已覺察你我之意。但姑娘未出閣，尚不能完你我之心願。若園內可以相見，你可托張媽給一信息。若得在園內一見，倒比來家得說話。千萬，千萬！再所賜香袋二個，今已查收外，特寄香珠一串，略表我心。千萬收好。表弟潘又安拜具。

鳳姐看罷，不怒而反樂。別人並不識字。王家的素日並不知道他姑表姊弟有這一節風流故事，見了這鞋襪，心內已是有些毛病，又見有一紅帖，鳳姐又看著笑，他便說道：「必是他們胡寫的賬目，不成個字，所以奶奶見笑。」鳳姐笑道：「正是這個賬竟算不過來。你是司棋的老娘，他的表弟也該姓王，怎麼又姓潘呢？」王善保家的見問的奇怪，只得勉強告道：「司棋的姑媽給了潘家，所以他姑表兄弟姓潘。上次逃走了的潘又安，就是他表弟。」鳳姐笑道：「這就是了。」因道：「我念給你聽聽。」說著，從頭念了一遍，大家都唬了一跳。

這王家的一心只要拿人的錯兒，不想反拿住了他外孫女兒，又氣又臊。周瑞家的四人又都問著他：「你老可聽見了？明明白白，再沒的話說了！如今據你老人家，該怎麼樣？」這王家的只恨沒地縫兒鑽進去。鳳姐只瞅著他嘻嘻的笑，向周瑞家的笑道：「這倒也好。不用你們作老娘的操一點兒心，他鴉雀不聞的，給你們弄了一個好女婿來，大家倒省心。」周瑞家的也笑著湊趣兒。王家的氣無處洩，便自己回手打著自己的臉，罵道：「老不死的娼婦，怎麼造下孽了！說嘴打嘴，現世現報在人眼裡。」眾人見這般，俱笑個不住，又半勸半諷的。鳳姐見司棋低頭不語，也並無畏懼慚愧之意，倒覺可異。料此時夜深，且不必盤問，只怕他夜間自愧去尋拙志⑬，遂喚兩個婆子監守起他來。帶了人，拿了贓證回來，且

⑬尋拙志——尋短見，自殺。

自安歇，等待明日料理。誰知到夜裡又連起來幾次，下面淋血不止。

至次日，便覺身體十分軟弱，起來發暈，遂撐不住。請太醫來，診脈畢，遂立藥案云：「看得少奶奶係心氣不足，虛火乘脾⑭，皆由憂勞所傷，以致嗜臥好眠，胃虛土弱，不思飲食。今聊用升陽養榮⑮之劑。」寫畢，遂開了幾樣藥名，不過人參、當歸、黃芪等類之劑。一時退去，有老嬤嬤們拿了方子，回過王夫人，不免又添一翻愁悶，遂將司棋等事暫未理。

可巧這日尤氏來看鳳姐，坐了一回，到園中去，又看過李紈。才要望候眾姊妹們去，忽見惜春遣人來請，尤氏遂到了他房中來。惜春便將昨晚之事細細告訴與尤氏，又命將入畫的東西一概要來與尤氏過目。尤氏道：「實是你哥哥賞他哥哥的，只不該私自傳送，如今官鹽竟成了私鹽⑯了。」因罵入畫：「糊塗脂油蒙了心的。」惜春道：「你們管教不嚴，反罵丫頭。這些姊妹，獨我的丫頭這樣沒臉，我如何去見人！昨兒我立逼著鳳姐姐帶了他去，他只不肯。我想，他原是那邊的人，鳳姐姐不帶他去，也原有理。

---

⑭虛火乘脾——乘，乘虛侵襲；人體五臟相剋太過，各部失去正常協調叫相乘；如木氣（肝火）太旺，會去侵襲土（傷脾胃），就會出現「胃虛土弱」的病症。

⑮升陽養榮——升陽，是一種治療消化力弱、不能上輸精氣的方法；養榮，是一種治心氣虛、血不能正常運行等病症的營養周身方法。

⑯官鹽竟成了私鹽——舊時，由國家運銷或已經繳納鹽稅，官方許可經營的食鹽稱為官鹽，逃避納稅私運私銷則稱為私鹽，要受到官府取締。這裡比喻原是主人賞賜的合法的東西，因私自傳送倒成為不合法的了。

我今日正要送過去，嫂子來的恰好，快帶了他去。或打，或殺，或賣，我一概不管。」入畫聽說，又跪下哭求，說：「再不敢了。只求姑娘看從小兒的情常，好歹生死在一處罷。」尤氏和奶娘等人也都十分分解，說：「他不過一時糊塗了，下次再不敢的。他從小兒伏侍你一場，到底留著他為是。」

誰知惜春雖然年幼，卻天生成一種百折不回的廉介孤獨僻性，任人怎說，他只以為丟了他的體面，咬定牙，斷乎不肯。更又說的好：「不但不要入畫，如今我也大了，連我也不便往你們那邊去了。況且近日我每每風聞得有人背地裡議論什麼多少不堪的閑話，我若再去，連我也編派上了。」尤氏道：「誰議論什麼？又有什麼可議論的？姑娘是誰？我們是誰？姑娘既聽見人議論我們，就該問著他才是。」惜春冷笑道：「你這話問著我倒好。我一個姑娘家，只有躲是非的，我反去尋是非，成個什麼人了！還有一句話：我不怕你惱，好歹自有公論，又何必去問人。古人說得好，『善惡生死，父子不能有所勖助⑰』，何況你我二人之間。我只知道保得住我就夠了，不管你們。從此以後，你們有事別累我。」

尤氏聽了，又氣又好笑，因向地下眾人道：「怪道人人都說這四丫頭年輕糊塗，我只不信。你們聽才一篇話，無原無故，又不知好歹，又沒個輕重。雖然是小孩子的話，卻又能寒人的心。」眾嬤嬤笑道：「姑娘年輕，奶奶自然要吃些虧的。」惜春冷笑道：「我雖年輕，這話卻不年輕。你們不看書，不識幾個字，所以都是些呆子；看著明白人，倒說我年輕糊塗。」尤氏道：「你是狀元、榜眼、探花，古今第一個才子。我們是糊塗人，不如你明白，何如？」惜春道：「狀元、榜眼難道就沒有糊塗的不成？可知

⑰勖助——勉勵幫助。

他們也有不能了悟的。」尤氏笑道：「你倒好。才是才子，這會子又作大和尚了，又講起了悟來了。」惜春道：「我不了悟，我也捨不得入畫了。」尤氏道：「可知你是個心冷口冷心狠意狠的人。」惜春道：「古人曾也說的，『不作狠心人，難得自了漢⑱。』我清清白白的一個人，為什麼教你們帶累壞了我！」

尤氏心內原有病，怕說這些話。聽說有人議論，已是心中羞惱激射，只是在惜春分上不好發作，忍耐了大半。今見惜春又說這句，因按捺不住，因問惜春道：「怎麼就帶累了你了？你的丫頭的不是，無故說我；我倒忍了這半日，你倒越發得了意，只管說這些話。你是千金萬金的小姐，我們以後就不親近，仔細帶累了小姐的美名。即刻就叫人將入畫帶了過去！」說著，便賭氣起身去了。惜春道：「若果然不來，倒也省了口舌是非，大家倒還清淨。」尤氏也不答話，一逕往前邊去了。不知後事如何——

---

⑱不作狠心人，難得自了漢——意思是說：不下狠心斷絕欲念，便不能摒棄種種煩惱。自了漢，只管自身、不顧大局的人。

# 第七十五回　開夜宴異兆發悲音　賞中秋新詞得佳讖

話說尤氏從惜春處賭氣出來，正欲往王夫人處去，跟從的老嬤嬤們因悄悄的回道：「奶奶且別往上房去。才有甄家的幾個人來，還有些東西，不知是作什麼機密事。奶奶這一去，恐不便。」尤氏聽了道：「昨日聽見你爺說，看邸報甄家犯了罪，現今抄沒家私①，調取進京治罪。怎麼又有人來？」老嬤嬤道：「正是呢。才來了幾個女人，氣色不成氣色，慌慌張張的，想必有什麼瞞人的事情也是有的。」

尤氏聽了，便不往前去，仍往李氏這邊來了。恰好太醫才診了脈去。李紈近日也略覺精爽了些，擁衾倚枕，坐在床上，正欲一二人來說些閑話。因見尤氏進來，不似往日和藹可親，只呆呆的坐著。李紈因問道：「你過來了這半日，可在別屋裡吃些東西沒有？只怕餓了。」命素雲：「瞧有什麼新鮮點心揀了來。」尤氏忙止道：「不必，不必。你這一向病著，那裡有什麼新鮮東西？況且我也不餓。」李紈道：

①抄沒家私——家產全部都被查抄沒收。

「昨日他姨娘家送來的好茶麵子②，倒是對碗來你喝罷。」說畢，便吩咐人去對茶。

尤氏出神無語。跟來的丫頭媳婦們因問：「奶奶今日中晌尚未洗臉，這會子趁便可淨一淨好？」尤氏點頭。李紈忙命素雲來取自己妝奩。素雲一面取來，一面將自己的胭粉拿來，笑道：「我們奶奶就少這個。奶奶不嫌髒，這是我的，能著用些。」李紈道：「我雖沒有，你就該往姑娘們那裡取去。怎麼公然拿出你的來？幸而是他，若是別人，豈不惱呢？」尤氏笑道：「這又何妨。自來我凡過來，誰的沒使過，今日忽然又嫌髒了？」一面說，一面盤膝坐在炕沿上。銀蝶上來忙為卸去腕鐲、戒指，又將一大袱手巾蓋在下截，將衣裳護嚴。小丫鬟炒豆兒捧了一大盆溫水走至尤氏跟前，只彎腰捧著。李紈道：「怎麼這樣沒規矩？」銀蝶笑道：「說一個個沒機變的，說一個葫蘆就是一個瓢。奶奶不過待咱們寬些，在家裡不管怎樣罷了，你就得了意，不管在家出外，當著親戚也只隨著便了。」尤氏道：「你隨他去罷，橫豎洗了就完事了。」炒豆兒忙趕著跪下。尤氏笑道：「我們家下大小的人，只會講外面假禮、假體面，究竟作出來的事都夠使的了！」李紈聽如此說，便知他已知道昨夜的事，因笑道：「你這話有因，誰作事究竟夠使了？」尤氏道：「你倒問我！你敢是病著死過去了！」

一語未了，只見人報：「寶姑娘來了。」忙說「快請」時，寶釵已走進來。尤氏忙擦臉起身讓坐，因問：「怎麼一個人忽然走來，別的姊妹都怎麼不見？」寶釵道：「正是，我也沒有見他們。只因今日我們奶奶身上不自在，家裡兩個女人也都因時症未起炕，別的靠不得，我今兒要出去伴著老人家夜裡作

②茶麵子——炒製過的麵粉；可以加糖用水調吃，叫「茶湯」；加鹽醬的，叫「麵茶」。

伴兒。要去回老太太、太太，我想又不是什麼大事，且不用提，等好了，我橫豎進來的，所以來告訴大嫂子一聲。」李紈聽說，只看著尤氏笑。尤氏也只看著李紈笑。

一時尤氏盥沐已畢，大家吃麵茶。李紈因笑道：「既這樣，且打發人去請姨娘的安，問是何病。我也病著，不能親自來的。好妹妹，你去只管去，我自打發人去到你那裡去看屋子。你好歹住一兩天，還進來，別叫我落不是。」寶釵笑道：「落什麼不是呢？這也是通共常情，你又不曾賣放了賊。依我的主意，也不必添人過去，竟把雲丫頭請了來，你和他住一兩日，豈不省事。」尤氏道：「可是！史大妹妹往那裡去了？」寶釵道：「我才打發他們找你們探丫頭去了，叫他同到這裡來，我也明白告訴他。」

正說著，果然報：「雲姑娘和三姑娘來了。」大家讓坐已畢，寶釵便說要出去一事。探春道：「很好。不但姨媽好了還來的，就便好了不來也使得。」尤氏笑道：「這話奇怪！怎麼攆起親戚來了？」探春冷笑道：「正是呢。有叫人攆的，不如我先攆！親戚們好，也不在必要死住著才好。咱們倒是一家子親骨肉呢，一個個不像烏眼雞？恨不得你吃了我，我吃了你！」尤氏忙笑道：「我今兒是那裡來的晦氣？偏都碰著你姊妹們的氣頭兒上了。」探春道：「誰叫你趕熱灶來了！」因問：「誰又得罪了你呢？」因又尋思，道：「四丫頭不犯羅唣你，卻是誰呢？」尤氏只含糊答應。探春知他畏事不肯多言，因笑道：「你別裝老實了。除了朝廷治罪，沒有砍頭的，你不必畏頭畏尾。實告訴你罷：我昨日把王善保家那老婆子打了，我還頂著個罪呢。不過背地裡說我些閑話，難道他還打我一頓不成！」寶釵忙問：「因何又打他？」探春悉把昨晚怎的抄檢，怎的打他，一一說了出來。尤氏見探春已經說了出來，便把惜春方才之事也說了出來。探春道：「這是他的僻性，孤介太過，我們再傲不過他的。」又告訴他們說：「今日一早不見動靜，打聽鳳辣子又病了。我就打發我媽媽出去打聽王善保家的是怎樣。回來告訴我說：『王善保家的挨了一頓打，大太太嗔著他多事。』」尤氏、李紈道：「這倒也是正理。」探春冷笑道：「這種掩飾誰不會作？且再瞧就是了。」尤氏、李紈皆默無所答。一時估著前頭用飯，湘雲和寶釵回房打點衣衫，不在話下。

尤氏等遂辭了李紈，往賈母這邊來。賈母歪在榻上，王夫人正說甄家因何獲罪，如今抄沒了家產，回京治罪等語。賈母聽了正不自在，恰好見他姊妹來了，因問：「從那裡來的？可知鳳姐妯娌兩個的病今日怎樣？」尤氏等忙回道：「今日都好些。」賈母點頭嘆道：「咱們別管人家的事，且商量咱們八月十五日賞月是正經。」王夫人笑道：「都已預備下了。不知老太太揀那裡好？只是園裡空，夜晚風冷。」賈母笑道：「多穿兩件衣服何妨？那裡正是賞月的地方，豈可倒不去的？」

說話之間，早有媳婦、丫鬟們抬過飯桌來，王夫人、尤氏等忙上來放箸捧飯。賈母見自己的幾色菜已擺完，另有兩大捧盒內捧了幾色菜來，便知是各房另外孝敬的舊規矩。賈母因問：「都是些什麼？上幾次我就吩咐，如今可以把這些蠲了罷，你們還不聽。如今比不得在先輻輳③的時光了。」鴛鴦忙道：「我說過幾次，都不聽，也只罷了。」王夫人笑道：「不過都是家常東西。今日我吃齋，沒有別的。那些麵筋豆腐，老太太又不甚愛吃，只揀了一樣椒油蒓齏醬④來。」賈母笑道：「這樣正好，正想這個吃。」

③輻輳——形容人物聚集像輪輻集中於車輪的中心部位，「輻輳的時光」即「興盛的時光」之意。
④蒓齏醬——用蒓菜搗碎醃成的小菜。蒓菜，水生，嫩葉可作菜肴；齏，調味用的薑、蒜等碎末。


聯經出版事業公司 校印

鴛鴦聽說，便將碟子挪在跟前。寶琴一一的讓了，方歸坐。賈母便命探春來同吃。探春也都讓過了，便和寶琴對面坐下。侍書忙去取了碗來。鴛鴦又指那幾樣菜道：「這兩樣看不出是什麼東西來，大老爺送來的。這一碗是雞髓筍，是外頭老爺送上來的。」一面說，一面就只將這碗筍送至桌上。賈母略嘗了兩點，便命：「將那兩樣著人送回去，就說我吃了。以後不必天天送。我想吃，自然來要。」媳婦們答應著，仍送過去，不在話下。

賈母因問：「有稀飯吃些罷了。」尤氏早捧過一碗來，說是紅稻米粥。賈母接來吃了半碗，便吩咐：「將這粥送給鳳哥兒吃去。」又指著：「這一碗筍和這一盤風醃果子狸⑤給顰兒、寶玉兩個吃去，那一碗肉給蘭小子吃去。」又向尤氏道：「我吃了，你就來吃了罷。」尤氏答應，待賈母漱口洗手畢，賈母便下地和王夫人說閑話行食⑥。尤氏告坐。探春、寶琴二人也起來了，笑道：「失陪，失陪。」尤氏笑道：「剩我一個人，大排桌的吃不慣。」賈母笑道：「鴛鴦、琥珀來趁勢也吃些，又作了陪客。」尤氏笑道：「好，好，好，我正要說呢。」賈母笑道：「看著多多的人吃飯，最有趣的。」又指銀蝶道：「這孩子也好，也來同你主子一塊來吃，等你們離了我，再立規矩去。」尤氏道：「快過來，不必假裝。」賈母負手看著取樂。因見伺候添飯的人手內捧著一碗下人的米飯，尤氏吃的仍是白粳米飯，賈母問道：

---

⑤風醃果子狸——一種名貴菜肴。果子狸又名「花面狸」，狸的一種，體小如貓，嗜食穀類和果子等物，肉味鮮美；風醃，經過醃製風乾的。

⑥行食——飯後活動，借以幫助消化。

「你怎麼昏了，盛這個飯來給你奶奶。」那人道：「老太太的飯吃完了。今日添了一位姑娘，所以短了些。」鴛鴦道：「如今都是『可著頭做帽子』⑦了，要一點兒富餘也不能的。」王夫人忙回道：「這一二年旱澇不定，田上的米都不能按數交的。這幾樣細米更艱難了，所以都可著吃的多少關去，生恐一時短了，買的不順口。」賈母笑道：「這正是『巧媳婦做不出沒米的粥來』。」眾人都笑起來。鴛鴦道：「既這樣，就去把三姑娘的飯拿來添也是一樣，就這樣笨。」尤氏笑道：「我這個就夠了，也不用取去。」鴛鴦道：「你夠了，我不會吃的？」地下的媳婦們聽說，方忙著取去了。一時王夫人也去用飯，這裡尤氏直陪賈母說話取笑。

到起更的時候，賈母說：「黑了，過去罷。」尤氏方告辭出來。走至大門前，上了車，銀蝶坐在車沿上。眾媳婦放下簾子來，便帶著小丫頭們先直走過那邊大門口等著去了。因二府之門相隔沒有一箭之路，每日家常來往不必定要周備，況天黑夜晚之間回來的遭數更多，所以老嬤嬤帶著小丫頭，只幾步便走了過來。兩邊大門上的人都到東西街口，早把行人斷住。尤氏大車上也不用牲口，只用七八個小廝挽環拽輪，輕輕的便推拽過這邊階磯上來。於是眾小廝退過獅子以外，眾嬤嬤打起簾子，銀蝶先下來，然後攙下尤氏來。大小七八個燈籠照的十分真切。尤氏因見兩邊獅子下放著四五輛大車，便知係來赴賭之人所乘，遂向銀蝶眾人道：「你看，坐車的

⑦可著頭做帽子——該用多少就用多少，一點多餘也沒有。


聯經出版事業公司 校印

是這樣，騎馬的還不知有幾個呢！馬自然在圈裡拴著，咱們看不見。也不知道他娘老子掙下多少錢與他們，這麼開心兒。」一面說，一面已到了廳上。賈蓉之妻帶領家下媳婦、丫頭們，也都秉燭接了出來。尤氏笑道：「成日家我要偷著瞧瞧他們，也沒得便。今兒倒巧，就順便打他們窗戶跟前走過去。」眾媳婦答應著，提燈引路，又有一個先去悄悄的知會伏侍的小廝們不要失驚打怪。於是尤氏一行人悄悄的來至窗下，只聽裡面稱三贊四，耍笑之音雖多，又兼有恨五罵六，忿怨之聲亦不少。

原來賈珍近因居喪，每不得遊頑曠蕩，又不得觀優聞樂作遣，無聊之極，便生了個破悶之法。日間以習射為由，請了各世家弟兄及諸富貴親友來較射。因說：「白白的只管亂射，終無裨益，不但不能長進，而且壞了式樣，必須立個罰約，賭個利物，大家才有勉力之心。」因此，在天香樓下箭道內立了鵠子⑧。皆約定每日早飯後來射鵠子。賈珍不肯出名，便命賈蓉作局家。這些來的皆係世襲公子，人人家道豐富，且都在少年，正是鬥雞走狗、問柳評花的一干遊蕩紈褲。因此大家議定，每日輪流作晚飯之主，——每日來射，不便獨擾賈蓉一人之意。於是天天宰豬割羊，屠鵝戮鴨，好似「臨潼鬥寶」⑨一般，都要賣弄自己家的好廚役，好烹炮。不到半月工夫，賈赦、賈政聽見這般，不知就裡，反說：「這才是正理，文既誤矣，武事當亦該習，況在武蔭⑩之屬。」兩處遂也命賈環、賈琮、寶玉、賈蘭等四人於飯後過來，

⑧鵠子——即鵠的，射箭的靶子。

⑨臨潼鬥寶——古代故事：春秋時秦穆公設謀邀請十七國諸侯至臨潼赴會，借比賽寶物定輸贏。這裡是比喻誇富鬥奢、爭強賭勝的行動。

⑩武蔭——因武功而得到封蔭。參見第十四回「蔭生」條注。

跟著賈珍習射一回，方許回去。

賈珍之志不在此，再過一二日，便漸次以歇臂養力為由，晚間或抹抹骨牌，賭個酒東而已，自後漸次至錢。如今三四月的光景，竟一日一日賭勝於射了，公然鬥葉⑪擲骰，放頭開局，夜賭起來。家下人借此各有些進益，巴不得的如此，所以竟成了勢了。外人皆不知一字。

近日邢夫人之胞弟邢德全也酷好如此，故也在其中。又有薛蟠，頭一個慣喜送錢與人的，見此豈不快樂？邢德全雖係邢夫人之胞弟，卻居心行事，大不相同。這個邢德全只知吃酒賭錢、眠花宿柳為樂，手中濫漫使錢，待人無二心，好酒者喜之，不飲者則不去親近，無論上下主僕，皆出自一意，並無貴賤之分，因此都喚他「傻大舅」。薛蟠早已出名的「呆大爺」。今日二人皆湊在一處，都愛「搶新快」⑫爽利，便又會了兩家，在外間炕上「搶新快」。別的又有幾家在當地下大桌上打公番。裡間又一起斯文些的，抹骨牌，打天九。

此間伏侍的小廝都是十五歲以下的孩子，若成丁的男子到不了這裡，故尤氏方潛至窗外偷看。其中有兩個十六七歲孌童以備奉酒的，都打扮的粉妝玉琢。今日薛蟠又輸了一張，正沒好氣，幸而擲第二張完了，算來除翻過來，倒反贏了，心中只是興頭起來。賈珍道：「且打住，吃了東西再來。」因問那兩處怎樣。裡頭打天九的，也作了賬等吃飯。打公番的未清，且不肯吃。於是各不能催，先擺下一大桌，

---

⑪鬥葉——鬥紙牌，也稱「葉子戲」，賭博的一種。

⑫搶新快——六個骰子，按一定的點色組合，定出分數，進行比賽，分數多者勝。



聯經出版事業公司 校印

賈珍陪著吃，命賈蓉落後陪那一起。薛蟠興頭了，便摟著一個孌童吃酒，又命將酒去敬邢傻舅。

傻舅輸家，沒心緒，吃了兩碗，便有些醉意，嗔著兩個孌童只趕著贏家不理輸家了，因罵道：「你們這起兔子，就是這樣專洑上水。天天在一處，誰的恩你們不沾？只不過我這一會子輸了幾兩銀子，你們就三六九等了。難道從此以後再沒有求著我們的事了！」眾人見他帶酒，忙說：「很是，很是。果然他們風俗不好。」因喝命：「快敬酒賠罪。」兩個孌童都是演就的局套，忙都跪下奉酒，說：「我們這行人，師父教的：不論遠近厚薄，只看一時有錢勢就親敬；便是活佛神仙，一時沒了錢勢了，也不許去理他。況且我們又年輕，又居這個行次，求舅太爺體恕些我們就過去了。」說著，便舉著酒俯膝跪下。邢大舅心內雖軟了，只還故作怒意不理。眾人又勸道：「這孩子是實情話。老舅是久慣憐香惜玉的，如何今日反這樣起來？若不吃這酒，他兩個怎樣起來？」邢大舅已撐不住了，便說道：「若不是眾位說，我再不理。」說著，方接過來一氣喝乾了。又斟一碗來。這邢大舅便酒勾往事，醉露真情起來，乃拍案對賈珍嘆道：「怨不的他們視錢如命。多少世宦大家出身的，若提起『錢勢』二字，連骨肉都不認了。老賢甥，昨日我和你那邊的令伯母賭氣，你可知道否？」賈珍道：「不曾聽見。」邢大舅嘆道：「就為錢這件混賬東西。利害，利害！」賈珍深知他與邢夫人不睦，每遭邢夫人棄惡，扳出怨言，因勸道：「老舅，你也太散漫些。若只管花去，有多少給老舅花的？」邢大舅道：「老賢甥，你不知我邢家底裡。我母親去世時我尚小，世事不知。他姊妹三個人，只有你令伯母年長出閣，一分家私都是他把持帶來。如今二家姐雖也出閣，他家也甚艱窘，三家姐尚在家裡，一應用度都是這裡陪房王善保家的掌管。我便來要錢，也非要的是你賈府的，我邢家家私也就夠我花了。無奈竟不得到手，所以有冤無處訴。」賈珍見他酒後叨叨，恐人聽見不雅，連忙用話解勸。

外面尤氏等聽得十分真切，乃悄向銀蝶笑道：「你聽見了？這是北院裡大太太的兄弟抱怨他呢。可憐他親兄弟還是這樣說，這就怨不得這些人了。」因還要聽時，正值打公番者也歇住了，要吃酒。因有一個問道：「方才是誰得罪了老舅，我們竟不曾聽明白，且告訴我們，評評理。」邢德全見問，便把兩個變童不理輸的只趕贏的話說了一遍。這一個年少的紈褲道：「這樣說，原可惱的，怨不得舅太爺生氣。——我且問你兩個：舅太爺雖然輸了，輸的不過是銀子錢，並沒有輸丟了雞巴，怎就不理他了？」說著，眾人大笑起來，連邢德全也噴了一地飯。尤氏在外面悄悄的啐了一口，罵道：「你聽聽，這一起子沒廉恥的小挨刀的！才丟了腦袋骨子，就胡唚嚼毛了，再肏攮下黃湯去，還不知唚出些什麼來呢。」一面說，一面便進去卸妝安歇。至四更時，賈珍方散，往佩鳳房裡去了。

次日起來，就有人回：「西瓜、月餅都全了，只待分派送人。」賈珍吩咐佩鳳道：「你請你奶奶看著送罷，我還有別的事呢。」佩鳳答應去了。回了尤氏。尤氏只得一一分派，遣人送去。一時佩鳳又來說：「爺問奶奶，今兒出門不出？說咱們是孝家，明兒十五過不得節，今兒晚上倒好，可以大家應個景兒，吃些瓜餅酒。」尤氏道：「我倒不願出門呢！那邊珠大奶奶又病了，鳳丫頭又睡倒了，我再不過去，越發沒個人了。況且又不得閑，應什麼景兒！」佩鳳道：「爺說了，今兒已辭了眾人，直等十六才來呢，好歹定要請奶奶吃酒的。」尤氏笑道：「請我，我沒的還席。」佩鳳笑著去了，一時又來，笑道：「爺說，連晚飯也請奶奶吃，好歹早些回來，叫我跟了奶奶去呢。」尤氏道：「這樣，早飯吃什麼？快些吃了，我好走。」佩鳳道：「爺說早飯在外頭吃，請奶奶自己吃罷。」尤氏問道：「今日外頭有誰？」佩鳳道：「聽見說外頭有兩個南京新來的，倒不知是誰。」說話之間，賈蓉之妻也梳妝了來見過。少時擺上飯來，尤氏在上，賈蓉之妻在下相陪，婆媳二人吃畢飯。尤氏便換了衣服，仍過榮府來，至晚方回去。

果然賈珍煮了一口豬，燒了一腔羊，餘者桌菜及果品之類，不可勝記，就在會芳園叢綠堂中，屏開孔雀，褥設芙蓉，帶領妻子、姬妾，先飯後酒，開懷賞月作樂。將一更時分，真是風清月朗，上下如銀。賈珍因要行令，尤氏便叫佩鳳等四個人也都入席，下面一溜坐下，猜枚划拳，飲了一回。賈珍有了幾分酒，益發高興，便命取了一竿紫竹簫來，命佩鳳吹簫，文花唱曲，喉清嗓嫩，真令人魄醉魂飛。唱罷，復又行令。那天將有三更時分，賈珍酒已八分。大家正添衣飲茶、換盞更酌之際，忽聽那邊墻下有人長嘆之聲。大家明明聽見，都悚然疑畏起來。賈珍忙厲聲叱咤，問：「誰在那裡？」連問幾聲，沒有人答應。尤氏道：「必是墻外邊家裡人，也未可知。」賈珍道：「胡說。這墻四面皆無下人的房子，況且那邊又緊靠著祠堂，焉得有人？」一語未了，只聽得一陣風聲，竟過墻去了。恍惚聞得祠堂內槅扇開闔之聲。只覺得風氣森森，比先更覺涼颯起來；月色慘淡，也不似先明朗。眾人都覺毛髮倒豎。賈珍酒已醒了一半，只比別人撐持得住些，心下也十分疑畏，便大沒興頭起來。勉強又坐了一會子，就歸房安歇去了。

次日一早起來，乃是十五日，帶領眾子侄開祠堂行朔望之禮⑬，細查祠內，都仍是照舊好好的，並無怪異之跡。賈珍自為醉後自怪，也不提此事。禮畢，仍閉上門，看著鎖禁起來。

⑬朔望之禮——朔，初一；望，十五。舊時有錢有地位的人家每逢初一、十五要到祠堂舉行祭祖禮儀，叫「朔望之禮」。

聯經出版事業公司　校印

賈珍夫妻至晚飯後方過榮府來。只見賈赦、賈政都在賈母房內坐著說閑話，與賈母取笑。賈璉、寶玉、賈環、賈蘭皆在地下侍立。賈珍來了，都一一見過，說了兩句話後，賈母命坐，賈珍方在近門小杌上告了坐，警身側坐⑭。賈母笑問道：「這兩日，你寶兄弟的箭如何了？」賈珍忙起身笑道：「大長進了，不但樣式好，而且弓也長了一個力氣⑮。」賈母道：「這也夠了，且別貪力，仔細努傷⑯。」賈珍忙答應幾個「是」。賈母又道：「你昨日送來的月餅好；西瓜看著好，打開卻也罷了。」賈珍笑道：「月餅是新來的一個專做點心的廚子，我試了試，果然好，才敢做了孝敬。西瓜往年都還可以，不知今年怎麼就不好了。」賈政道：「大約今年雨水太勤之故。」賈母笑道：「此時月已上了，咱們且去上香。」說著，便起身扶著寶玉的肩，帶領眾人，齊往園中來。

當下園之正門俱已大開，吊著羊角大燈。嘉蔭堂前月臺上，焚著斗香⑰，秉著風燭，陳獻著瓜餅及各色果品。邢夫人等一干女客皆在裡面久候。真是月明燈彩，人氣香烟，晶豔氤氲，不可形狀。地下鋪著拜毯錦褥。賈母盥手上香，拜畢，於是大家皆拜過。賈母便說：「賞月在山上最好。」因命在那山脊上的大廳上去。眾人聽說，就忙著在那裡去鋪設。賈母且在嘉蔭堂中吃茶少歇，說些閑話。

---

⑭警身側坐——恭敬拘謹地側身而坐。

⑮一個力氣——「力氣」在這裡是古代拉弓用力的單位，「一個力氣」也叫「一個勁」，相當於九斤十二兩。

⑯努傷——因過分用力而受傷。

⑰斗香——又叫香斗，許多香攢聚捆紮堆成塔形，點燃頂上一股，便一層一層從上到下燃盡，一斗香可燃一夜。


聯經出版事業公司 校印

一時，人回：「都齊備了。」賈母方扶著人上山來。王夫人等因說：「恐石上苔滑，還是坐竹椅上去。」賈母道：「天天有人打掃，況且極平穩的寬路，何不疏散疏散筋骨？」於是賈赦、賈政等在前導引，又是兩個老婆子秉著兩把羊角手罩，鴛鴦、琥珀、尤氏等貼身攙扶，邢夫人等在後圍隨，從下逶迤而上，不過百餘步，至山之峰脊上，便是這座敞廳。因在山之高脊，故名曰凸碧山莊。於廳前平臺上列下桌椅，又用一架大圍屏隔作兩間。凡桌椅形式皆是圓的，特取團圓之意。上面居中賈母坐下，左垂首賈赦、賈珍、賈璉、賈蓉，右垂首賈政、寶玉、賈環、賈蘭，團團圍坐。只坐了半壁，下面還有半壁餘空。賈母笑道：「常日倒還不覺人少，今日看來，還是咱們的人也甚少，算不得甚麼。想當年過的日子，到今夜男女三四十個，何等熱鬧！今日就這樣，太少了。待要再叫幾個來，他們都是有父母的，家裡去應景，不好來的。如今叫女孩子們來坐那邊罷。」於是令人向圍屏後邢夫人等席上將迎春、探春、惜春三個請出來。賈璉、寶玉等一齊出坐，先盡他姊妹坐了，然後在下方依次坐定。

賈母便命折一枝桂花來，命一媳婦在屏後擊鼓傳花。若花到誰手中，飲酒一杯，罰說笑話一個。於是先從賈母起，次賈赦，一一接過。鼓聲兩轉，恰恰在賈政手中住了，只得飲了酒。眾姊妹弟兄皆你悄悄的扯我一下，我暗暗的又捏你一把，都含笑倒要聽是何笑話。賈政見賈母喜悅，只得承歡。方欲說時，賈母又笑道：「若說的不笑了，還要罰。」賈政笑道：「只得一個，說來不笑，也只好受罰了。」因笑道：「一家子一個人最怕老婆的。」才說了一句，大家都笑了，——因從不曾見賈政說過笑話，所以才笑。賈母笑道：「這必是好的。」賈政笑道：「若好，老太太多吃一杯。」賈母笑道：「自然。」賈政又說道：「這個怕老婆的人從不敢多走一步。偏是那日是八月十五，到街上買東西，便遇見了幾個朋友，死活拉到家裡去吃酒。不想吃醉了，便在朋友家睡著了，第二日才醒，後悔不及，只得來家賠罪。他老婆正洗腳，說：『既是這樣，你替我舔舔就饒你。』這男人只得給他舔，未免噁心，要吐。他老婆便惱了，要打，說：『你這樣輕狂！』唬得他男人忙跪下求說：『並不是奶奶的腳髒。只因昨晚吃多了黃酒，又吃了幾塊月餅餡子，所以今日有些作酸呢。』」說的賈母與眾人都笑了。賈政忙斟了一杯，送與賈母。賈母笑道：「既這樣，快叫人取燒酒來，別叫你們受累。」眾人又都笑起來。

於是又擊鼓，便從賈政傳起，可巧傳至寶玉鼓止。寶玉因賈政在坐，自是踧踖⑱不安，花偏又在他手內，因想：「說笑話，倘或不發笑，又說沒口才，連一笑話不能說，何況別的，這有不是。若說好了，又說正經的不會，只慣油嘴貧舌，更有不是。不如不說的好。」乃起身辭道：「我不能說笑話，求再限別的罷了。」賈政道：「既這樣，限一個『秋』字，就即景作一首詩。若好，便賞你；若不好，明日仔細！」賈母忙道：「好好的行令，如何又要作詩？」賈政道：「他能的。」賈母聽說，「既這樣，就作。」命人取了紙筆來，賈政道：「只不許用那些『冰』『玉』『晶』『銀』『彩』『光』『明』『素』等樣堆砌字眼，要另出己見，試試你這幾年的情思。」寶玉聽了，碰在心坎上，遂立想了四句，向紙上寫了，呈與賈政看，道是……。賈政看了，點頭不語。賈母見這般，知無甚大不好，便問：「怎麼樣？」賈政因欲賈母喜悅，便說：「難為他。只是不肯念書，到底詞句不雅。」賈母道：「這就罷了。他能多大，定要他做才子不成！這就該獎勵他，以後越發上心了。」賈政道：「正是。」因回頭命個老嬤嬤出去吩

⑱踧踖——恭敬而侷促不安的樣子。

咐書房內的小廝，「把我海南帶來的扇子取兩把給他。」寶玉忙拜謝，仍復歸座行令。

當下賈蘭見獎勵寶玉，他便出席也做一首遞與賈政看時，寫道是……。賈政看了喜不自勝，遂並講與賈母聽時，賈母也十分歡喜，也忙令賈政賞他。於是大家歸坐，復行起令來。

這次在賈赦手內住了，只得吃了酒，說笑話。因說道：「一家子，一個兒子最孝順。偏生母親病了，各處求醫不得，便請了一個針灸的婆子來。婆子原不知道脈理，只說是心火，如今用針灸之法，針灸針灸就好了。這兒子慌了，便問：『心見鐵即死，如何針得？』婆子道：『不用針心，只針肋條就是了。』兒子道：『肋條離心甚遠，怎麼就好？』婆子道：『不妨事。你不知天下父母心偏的多呢。』」眾人聽說，都笑起來。賈母也只得吃半杯酒，半日，笑道：「我也得這個婆子針一針就好了。」賈赦聽說，便知自己出言冒撞，賈母疑心，忙起身笑與賈母把盞，以別言解釋。賈母亦不好再提，且行起令來。

不料這次花卻在賈環手裡。賈環近日讀書稍進，其脾味中不好務正也與寶玉一樣，故每常也好看些詩詞，專好奇詭仙鬼一格。今見寶玉作詩受獎，他便技癢，只當著賈政不敢造次。如今可巧花在手中，便也索紙筆來，立揮一絕與賈政。賈政看了，亦覺罕異，只是詞句終帶著不樂讀書之意，遂不悅道：「可見是弟兄了：發言吐氣，總屬邪派，將來都是不由規矩準繩，一起下流貨。妙在古人中有『二難』⑲，你兩個也可以稱『二難』了。只是你兩個的『難』字，卻是作難以教訓之『難』字講才好。哥哥是公然

⑲二難——《世說新語·德行》載：東漢陳寔說他兩個兒子：「元方難為兄，季方難為弟」，意思是兄弟二人才德俱優，難分高下；這裡反其意而用之，指兩人同樣差勁。

以溫飛卿自居，如今兄弟又自為曹唐⑳再世了。」說的賈赦等都笑了。賈赦乃要詩瞧了一遍，連聲贊好，道：「這詩據我看，甚是有骨氣。想來咱們這樣人家，原不比那起寒酸，定要『雪窗熒火』㉑，一日蟾宮折桂，方得揚眉吐氣。咱們的子弟都原該讀些書，不過比別人略明白些，可以做得官時，就跑不了一個官的。何必多費了工夫，反弄出書呆子來？所以我愛他這詩，竟不失咱們侯門的氣概。」因回頭吩咐人去取了自己的許多玩物來賞賜與他。因又拍著賈環的頭，笑道：「以後就這麼做去，方是咱們的口氣，將來這世襲的前程定跑不了你襲呢。」賈政聽說，忙勸說：「不過他胡謅如此，那裡就論到後事了。」

說著便斟上酒，又行了一回令。賈母便說：「你們去罷。自然外頭還有相公們候著，也不可輕忽了他們。況且二更多了，你們散了，再讓我和姑娘們多樂一回，好歇著了。」賈赦等聽了，方止了令，又大家公進了一杯酒，方帶著子侄們出去了。要知端詳，再聽下回。

⑳溫飛卿、曹唐——溫飛卿，唐代詩人兼詞人溫庭筠，才思敏捷，長於詞賦、音樂，作品穠豔華麗；曹唐，唐代詩人，字堯賓，曾為道士，作品以游仙詩居多。

㉑雪窗熒火——比喻勤奮苦讀。雪窗，冬夜借窗前雪光讀書；熒火，夏夜借囊中螢光讀書；熒，通螢。


聯經出版事業公司校印

# 第七十六回　凸碧堂品笛感凄清　凹晶館聯詩悲寂寞

話說賈赦、賈政帶領賈珍等散去，不提。

且說賈母這裡命將圍屏撤去，兩席併而為一。眾媳婦另行擦桌整果，更杯洗箸，陳設一番。賈母等都添了衣，盥漱吃茶，方又入坐，團團圍繞。賈母看時，寶釵姊妹二人不在坐內，知他們家去圓月去了，且李紈、鳳姐二人又病著，少了四個人，便覺冷清了好些。賈母因笑道：「往年你老爺們不在家，咱們越性請過姨太太來，大家賞月，卻十分熱鬧。忽一時想起你老爺來，又不免想到母子、夫妻、兒女不能一處，也都沒興。及至今年你老爺來了，正該大家團圓取樂，又不便請他們娘兒們來說說笑笑。況且他們今年又添了兩口人，也難丟了他們跑到這裡來。偏又把鳳丫頭病了，有他一人來說說笑笑，還抵得十個人的空兒。可見天下事總難十全。」說畢，不覺長嘆一聲，遂命拿大杯來斟熱酒。王夫人笑道：「今日得母子團圓，自比往年有趣。往年娘兒們雖多，終不似今年自己骨肉齊全的好。」賈母笑道：「正是為此，所以才高興拿大杯來吃酒。你們也換大杯才是。」邢夫人等只得換上大杯來。因夜深體乏，且不能勝酒，未免都有些倦意，無奈賈母興猶未闌，只得陪飲。

賈母又命將罽毡鋪於階上，命將月餅、西瓜、果品等類都叫搬下去，令丫頭、媳婦們也都團團圍坐賞月。

賈母因見月至中天，比先越發精彩可愛，因說：「如此好月，不可不聞笛。」因命人將十番上女孩子傳來。賈母道：「音樂多了，反失雅致，只用吹笛的遠遠的吹起來，就夠了。」說畢，剛才去吹時，只見跟邢夫人的媳婦走來向邢夫人前說了兩句話。賈母便問：「說什麼事？」那媳婦便回說：「方才大老爺出去，被石頭絆了一下，蹉①了腿。」賈母聽說，忙命兩個婆子快看去，又命邢夫人快去。邢夫人遂告辭起身。賈母便又說：「珍哥媳婦也趁著便就家去罷，我也就睡了。」尤氏笑道：「我今日不回去了，定要和老祖宗吃一夜。」賈母笑道：「使不得，使不得。你們小夫妻家，今夜不要團圓團圓，如何為我耽擱了？」尤氏紅了臉，笑道：「老祖宗說的我們太不堪了。我們雖然年輕，已經是十來年的夫妻，也奔四十歲的人了。況且孝服未滿，陪著老太太頑一夜還罷了，豈有自去團圓的理。」賈母聽說，笑道：「這話很是，我倒也忘了孝未滿。可憐你公公已是二年多了，可是我倒忘了，該罰我一大杯。既這樣，你就越性別送，陪著我罷了。你叫蓉兒媳婦送去，就順便回去罷。」尤氏說了。蓉妻答應著，送出邢夫人，一同至大門，各自上車回去。不在話下。

這裡賈母仍帶眾人賞了一回桂花，又入席換暖酒來。正說著閑話，猛不防只聽那壁廂桂花樹下，嗚

---

①蹉——扭損；蹉了腿，也就是俗說的「拐了腳」。

嗚咽咽，悠悠揚揚，吹出笛聲來。趁著這明月清風，天空地淨，真令人煩心頓解，萬慮齊除，都肅然危坐，默默相賞。聽約兩盞茶時，方才止住，大家稱贊不已。於是遂又斟上暖酒來。賈母笑道：「果然可聽麼？」眾人笑道：「實在可聽！我們也想不到這樣，須得老太太帶領著，我們也得開些心胸。」賈母道：「這還不大好，須得揀那曲譜越慢的吹來越好。」說著，便將自己吃的一個內造瓜仁油松穰月餅，又命斟一大杯熱酒，送給譜笛之人，慢慢的吃了，再細細的吹一套來。媳婦們答應了，方送去，只見方才瞧賈赦的兩個婆子回來了，說：「右腳面上白腫了些，如今調服了藥，疼的好些了，也不甚大關係。」賈母點頭嘆道：「我也太操心。打緊說我偏心，我反這樣。」因就將方才賈赦的笑話說與王夫人、尤氏等聽。王夫人等因笑勸道：「這原是酒後大家說笑，不留心也是有的，豈有敢說老太太之理。老太太自當解釋才是。」

只見鴛鴦拿了軟巾兜與大斗篷來，說：「夜深了，恐露水下來，風吹了頭，須要添了這個。坐坐也該歇了。」賈母道：「偏今兒高興，你又來催。難道我醉了不成？偏到天亮！」因命再斟酒來。一面戴上兜巾，披了斗篷，大家陪著又飲，說些笑話。只聽桂花陰裡，嗚嗚咽咽，裊裊悠悠，又發出一縷笛音來，果真比先越發淒涼。大家都寂然而坐。夜靜月明，且笛聲悲怨，賈母年老帶酒之人，聽此聲音，不免有觸於心，禁不住墮下淚來。眾人彼此都不禁有淒涼寂寞之意，半日，方知賈母傷感，才忙轉身陪笑，發語解釋。又命暖酒，且住了笛。尤氏笑道：「我也就學一個笑話，說與老太太解解悶。」賈母勉強笑道：「這樣更好，快說來我聽。」尤氏乃說道：「一家子養了四個兒子：大兒子只一個眼睛，二兒子只一個耳朵，三兒子只一個鼻子眼，四兒子倒都齊全，偏又是個啞叭。」正說到這裡，只見賈母已朦朧雙眼，似有睡去之態。尤氏方住了，忙和王夫人輕輕的請醒。賈母睜眼笑道：「我不困，白閉閉眼養神。你們只管說，我聽著呢。」王夫人等笑道：「夜已四更了，風露也大，請老太太安歇罷。明日再賞十六，也不辜負這月色。」賈母道：「那裡就四更了？」王夫人笑道：「實已四更，他們姊妹們熬不過，都去睡了。」賈母聽說，細看了一看，果然都散了，只有探春在此。賈母笑道：「也罷。你們也熬不慣，況且弱的弱，病的病，去了倒省心。只是三丫頭可憐見的，尚還等著。你也去罷，我們散了。」說著，便起身，吃了一口清茶，便有預備下的竹椅小轎，便圍著斗篷坐上，兩個婆子搭起，眾人圍隨出園去了。不在話下。

這裡眾媳婦收拾杯盤碗盞時，卻少了個細茶杯，各處尋覓不見，又問眾人：「必是誰失手打了。撂在那裡？告訴我，拿了磁瓦去交收，是證見，不然又說偷起來。」眾人都說：「沒有打了，只怕跟姑娘的人打了，也未可知？你細想想，或問問他們去。」一語提醒了這管傢伙的媳婦，因笑道：「是了，那一會兒記得是翠縷拿著的。我去問他。」說著便去找時，剛下了甬路，就遇見了紫鵑和翠縷來了。翠縷便問道：「老太太散了，可知我們姑娘那去了？」這媳婦道：「我來問那一個茶鍾往那裡去了，你們倒問我要姑娘。」翠縷笑道：「我因倒茶給姑娘吃的，展眼回頭，就連姑娘也沒了。」那媳婦道：「太太才說，都睡覺去了。你不知那裡頑去了，還不知道呢！」翠縷向紫鵑道：「斷乎沒有悄悄的睡去之理，只怕在那裡走了一走？如今見老太太散了，趕過前邊送去，也未可知。我們且往前邊找找去。有了姑娘，自然你的茶鍾也有了。你明日一早再找，有什麼忙的！」媳婦笑道：「有了下落，就不必忙了，明兒就和你要罷。」說畢回去，仍查收傢伙。這裡紫鵑和翠縷便往賈母處來。不在話下。


聯經出版事業公司校印

原來黛玉和湘雲二人並未去睡覺。只因黛玉見賈府中許多人賞月，賈母猶嘆人少，不似當年熱鬧，又提寶釵姊妹家去，母女弟兄自去賞月等語，不覺對景感懷，自去俯欄垂淚。寶玉近因晴雯病勢甚重，諸務無心，王夫人再四遣他去睡，他也便去了。探春又因近日家事著惱，無暇遊玩。雖有迎春、惜春二人，偏又素日不大甚合：所以只剩了湘雲一人寬慰他，因說：「你是個明白人，何必作此形象自苦。我也和你一樣，我就不似你這樣心窄。何況你又多病，還不自己保養。可恨寶姐姐，姊妹天天說親道熱，早已說今年中秋要大家一處賞月，必要起社，大家聯句，到今日便棄了咱們，自己賞月去了。社也散了，詩也不作了。倒是他們父子叔侄縱橫起來。你可知宋太祖說的好：『臥榻之側，豈許他人酣睡。』②他們不作，咱們兩個竟聯起句來，明日羞他們一羞。」

黛玉見他這般勸慰，不肯負他的豪興，因笑道：「你看這裡這等人聲嘈雜，有何詩興。」湘雲笑道：「這山上賞月雖好，終不及近水賞月更妙。你知道這山坡底下就是池沿，山坳裡近水一個所在，就是凹晶館。可知當日蓋這園子時就有學問。這山之高處，就叫凸碧；山之低窪近水處，就叫作凹晶。這『凸』『凹』二字，歷來用的人最少。如今直用作軒館之名，更覺新鮮，不落窠臼。可知這兩處一上一下，一明一暗，一高一矮，一山一水，竟是特因玩月而設此處。有愛那山高月小的，便往這裡來；有愛那皓月清波的，便往那裡去。只是這兩個字俗念作『窪』『拱』二音，便說俗了，不大見用，只陸放翁用了一個『凹』字，說『古硯微凹聚墨多』，還有人批他俗，豈不可笑。」黛玉道：「也不只放翁才用，古人

②臥榻之側，豈許他人酣睡——比喻自己勢力範圍，不許別人插足。

中用者太多。如江淹〈青苔賦〉③，東方朔《神異經》④，以至《畫記》上云張僧繇畫一乘寺的故事⑤，不可勝舉。只是今人不知，誤作俗字用了。實和你說罷：這兩個字還是我擬的呢。因那年試寶玉，因他擬了幾處，也有存的，也有刪改的，也有尚未擬的。這是後來我們大家把這沒有名色的也都擬出來了，注了出處，寫了這房屋的坐落，一併帶進去與大姐姐瞧了，他又帶出來，命給舅舅瞧過。誰知舅舅倒喜歡起來，又說：『早知這樣，那日該就叫他姊妹一併擬了，豈不有趣。』所以凡我擬的，一字不改都用了。如今就往凹晶館去看看。」

說著，二人便同下了山坡。只一轉彎，就是池沿，沿上一帶竹欄相接，直通著那邊藕香榭的路徑。因這幾間就在此山懷抱之中，乃凸碧山莊之退居，因窪而近水，故顏其額曰「凹晶溪館」。因此處房宇不多，且又矮小，故只有兩個老婆子上夜。今日打聽得凸碧山莊的人應差，與他們無干，這兩個老婆子關了月餅、果品並犒賞的酒食來，二人吃得既醉且飽，早已息燈睡了。

黛玉、湘雲見息了燈，湘雲笑道：「倒是他們睡了好。咱們就在這捲棚底下近水賞月，如何？」二人遂在兩個湘妃竹墩上坐下。只見天上一輪皓月，池中一輪水月，上下爭輝，如置身於晶宮鮫室⑥之內。

---

③江淹〈青苔賦〉——江淹，南朝梁文學家，他的〈青苔賦〉有「悲凹險兮，唯流水而馳騖」的句子。

④東方朔《神異經》——東方朔，西漢武帝時人，善辭賦，性詼諧。《神異經》是托名東方朔作的一部志怪小說。

⑤《畫記》上云張僧繇畫一乘寺的故事——《畫記》即《歷代名畫記》，唐代張彥遠作。張僧繇，南朝梁武帝時著名畫家，他曾在南京一乘寺門上用古印度技法畫凹凸花，遠望如凹凸，近看卻平。

⑥晶宮鮫室——晶宮，水晶宮，海龍王的居所；鮫室，指水裡神仙的居室，神話傳說，鮫人像魚，住在海底，滴淚成珠。

微風一過，粼粼然池面皺碧鋪紋，真令人神清氣淨。湘雲笑道：「怎得這會子坐上船吃酒倒好。這要是我家裡這樣，我就立刻坐船了。」黛玉笑道：「正是古人常說的好，『事若求全何所樂』。據我說，這也罷了，偏要坐船起來。」湘雲笑道：「『得隴望蜀』，人之常情。可知那些老人家說的不錯。說貧窮之家自為富貴之家事事趁心，告訴他說竟不能遂心，他們不肯信的；必得親歷其境，他方知覺了。就如咱們兩個，雖父母不在，然卻也忝在富貴之鄉，只你我竟有許多不遂心的事。」黛玉笑道：「不但你我不能趁心，就連老太太、太太以至寶玉、探丫頭等人，無論事大事小，有理無理，其不能各遂其心者，同一理也，何況你我旅居客寄之人哉！」湘雲聽說，恐怕黛玉又傷感起來，忙道：「休說這些閑話，咱們且聯詩。」

正說間，只聽笛韵悠揚起來。黛玉笑道：「今日老太太、太太高興了，這笛子吹的有趣，到是助咱們的興趣了。咱兩個都愛五言，就還是五言排律罷。」湘雲道：「限何韵？」黛玉笑道：「咱們數這個欄杆的直棍，這頭到那頭為止。他是第幾根就用第幾韵。若十六根，便是『一先』起。這可新鮮？」湘雲笑道：「這倒別致。」於是二人起身，便從頭數至盡頭，止得十三根。湘雲道：「偏又是『十三元』了。這韵少，作排律，只怕牽強不能押韵呢！少不得你先起一句罷了。」黛玉笑道：「倒要試試咱們誰強誰弱，只是沒有紙筆記。」湘雲道：「不妨，明兒再寫。只怕這一點聰明還有。」黛玉道：「我先起一句現成的俗語罷。」因念道：

三五中秋夕，

湘雲想了一想，道：

　　清遊擬上元。撒天箕斗燦，⑦

黛玉笑道：

　　匝地管弦繁。幾處狂飛盞，

湘雲笑道：「這一句『幾處狂飛盞』有些意思。這倒要對的好呢。」想了一想，笑道：

　　誰家不啟軒。輕寒風剪剪，

黛玉道：「對的比我的卻好。只是底下這句又說熟話了，就該加勁說了去才是。」湘雲道：「詩多韻險，也要鋪陳些才是。縱有好的，且留在後頭。」黛玉笑道：「到後頭沒有好的，我看你羞不羞！」因聯道：

　　良夜景暄暄。爭餅嘲黃髮⑧，

湘雲笑道：「這句不好，是你杜撰，用俗事來難我了。」黛玉笑道：「我說你不曾見過書呢。吃餅是舊典，《唐書．唐志》你看了來再說。」湘雲笑道：「這也難不倒我，我也有了。」因聯道：

　　分瓜笑綠媛⑨。香新榮玉桂，

黛玉笑道：「分瓜可是實實的你杜撰了。」湘雲笑道：「明日咱們對查了出來，大家看看，這會子別耽誤工夫。」黛玉笑道：「雖如此，下句也不好，不犯著又用『玉桂』『金蘭』等字樣來塞責。」因聯道：

---

⑦擬上元、箕斗燦——擬上元，可與元宵節相比。箕斗燦，群星燦爛；箕斗，星宿名，南箕北斗，這裡泛指群星。

⑧暄暄、爭餅、黃髮——暄暄，景色明媚的樣子。黃髮；老年人；爭餅，爭中秋的月餅。

⑨「分瓜」句——綠媛，年輕女子；綠，指綠鬢，烏黑的頭髮。分瓜，指切西瓜。

色健茂金萱⑩。蠟燭輝瓊宴，

湘雲笑道：「『金萱』二字便宜了你，省了多少力。這樣現成的韵被你得了，只是不犯著替他們頌聖去。況且下句你也是塞責了。」黛玉笑道：「你不說『玉桂』，我難道強對個『金萱』麼？再也要鋪陳些富麗，方才是即景之實事。」湘雲只得又聯道：

觥籌亂綺園。分曹尊一令⑪，

黛玉笑道：「下句好，只是難對些。」因想了一想，聯道：

射覆聽三宣。骰彩紅成點，

湘雲笑道：「『三宣』有趣，竟化俗成雅了。只是下句又說上骰子。」少不得聯道：

傳花鼓濫喧。晴光搖院宇，

黛玉笑道：「對的卻好。下句又溜了，只管拿些風月來塞責。」湘雲道：「究竟沒說到月上，也要點綴點綴，方不落題。」黛玉道：「且姑存之，明日再斟酌。」因聯道：

素彩接乾坤。賞罰無賓主，

湘雲道：「又說他們作什麼，不如說咱們。」只得聯道：

吟詩序仲昆⑫。構思時倚檻，

---

⑩金萱——萱草，又名忘憂草，俗稱金針菜，也叫黃花菜，古人常用萱堂代指母親。

⑪「分曹」句——尊從令官的命令，分出對手，進行射覆、猜拳等酒令。分曹，分出對手；曹，對偶、互作對手的人。

⑫序仲昆——排名次，定高低。

聯經出版事業公司　校印

黛玉道：「這可以入上你我了。」因聯道：

　　擬景或依門。酒盡情猶在，

湘雲說道：「是時候了。」乃聯道：

　　更殘樂已諼⑬。漸聞語笑寂，

黛玉說道：「這時候，可知一步難似一步了。」因聯道：

　　空剩雪霜痕。階露團朝菌，⑭

湘雲笑道：「這一句怎麼押韵？讓我想想。」因起身負手，想了一想，笑道：「夠了，幸而想出一個字來，幾乎敗了。」因聯道：

　　庭烟斂夕棔。秋湍瀉石髓，⑮

黛玉聽了，不禁也起身叫妙，說：「這促狹鬼，果然留下好的。這會子才說『棔』字，虧你想得出！」湘雲道：「幸而昨日看《歷朝文選》見了這個字，我不知是何樹，因要查一查。寶姐姐說不用查，這就是如今俗叫作『明開夜合』的。我信不及，到底查了一查，果然不錯。看來寶姐姐知道的竟多。」黛玉笑道：「『棔』字用在此時更恰，也還罷了。只是『秋湍』一句虧你好想。只這一句，別的都要抹倒。

⑬諼——音ㄒㄩㄢ，忘記，引申為「停止」、「歇息」。

⑭雪霜痕、朝菌——雪霜痕，代指月光。朝菌，一種朝生暮死的菌類。《莊子・逍遙遊》：「朝菌不知晦朔。」

⑮夕棔、石髓——棔，即合歡樹，一名馬纓花，又叫夜合花，夜間葉子成對相合。石髓，即石鐘乳，石上多孔隙。

我少不得打起精神來對一句，只是再不能似這一句了。」因想了一想，道：

風葉聚雲根。寶婺情孤潔，⑯

湘雲道：「這對的也還好。只是下一句你也溜了，幸而是景中情，不單用『寶婺』來塞責。」因聯道：

銀蟾氣吐吞。藥經靈兔擣，

黛玉不語點頭，半日隨念道：

人向廣寒奔。犯斗邀牛女，⑰

湘雲也望月點首，聯道：

乘槎待帝孫。虛盈輪莫定，

黛玉笑道：「又用比興了。」因聯道：

晦朔魄⑱空存。壺漏聲將涸，

湘雲方欲聯時，黛玉指池中黑影與湘雲看道：「你看那河裡，怎麼像個人在黑影裡去了？敢是個鬼罷？」

湘雲笑道：「可是又見鬼了！我是不怕鬼的，等我打他一下。」因彎腰拾了一塊小石片，向那池中打去，

⑯雲根、寶婺——雲根，古人認為「雲從山出，霧從地起」，所以「雲根」就是「山崖」。婺，婺女，星宿名，又名婺女，即女須星，這裡代指秋星。

⑰「犯斗」句——穿過北斗星，邀請牽牛、織女二星；犯，干犯、穿過。

⑱魄——月魄，指月的實體。

只聽打得水響，一個大圓圈將月影蕩散復聚者幾次。只聽那黑影裡「嘎」然一聲，卻飛起一個白鶴來，直往藕香榭去了。黛玉笑道：「原來是他，猛然想不到，反嚇了一跳。」湘雲笑道：「這個鶴有趣，倒助了我了。」因聯道：

窗燈焰已昏。寒塘渡鶴影，

黛玉聽了，又叫好，又跺足，說：「了不得，這鶴真是助他的了！這一句更比『秋湍』不同，叫我對什麼才好？『影』字只有一個『魂』字可對，況且『寒塘渡鶴』何等自然，何等現成，何等有景，且又新鮮！我竟要擱筆了。」湘雲笑道：「大家細想就有了，不然，就放著明日再聯也可。」黛玉只看天，不理他，半日，猛然笑道：「你不必說嘴，我也有了，你聽聽。」因對道：

冷月葬花魂。

湘雲拍手贊道：「果然好極！非此不能對。好個『葬花魂』！」因又嘆道：「詩固新奇，只是太頹喪了些。你現病著，不該作此過於清奇詭譎之語。」黛玉笑道：「不如此，如何壓倒你？下句竟還未得，只為用工在這一句了。……」

一語未了，只見欄外山石後轉出一個人來，笑道：「好詩，好詩！果然太悲涼了。不必再往下聯，若底下只這樣去，反不顯這兩句了，倒覺得堆砌牽強。」二人不防，倒唬了一跳。細看時，不是別人，卻是妙玉。二人皆詫異，因問：「你如何到了這裡？」妙玉笑道：「我聽見你們大家賞月，又吹的好笛，我也出來玩賞這清池皓月。順腳走到這裡，忽聽見你兩個聯詩，更覺清雅異常，故此聽住了。只是方才我聽見這一首中，有幾句雖好，只是過於頹敗凄楚。此亦關人之氣數而有，所以我出來止住。如今老太


聯經出版事業公司 校印

太都已早散了，滿園的人想俱已睡熟了，你兩個的丫頭還不知在那裡找你們呢。你們也不怕冷了？快同我來，到我那裡去吃杯茶，只怕就天亮了。」黛玉笑道：「誰知道就這個時候了。」

三人遂一同來至櫳翠庵中。只見龕焰猶青，爐香未燼。幾個老嬤嬤也都睡了，只有小丫鬟在蒲團上垂頭打盹。妙玉喚他起來，現去烹茶。忽聽叩門之聲，小丫鬟忙去開門看時，卻是紫鵑、翠縷與幾個老嬤嬤來找他姊妹兩個。進來見他們正吃茶，因都笑道：「要我們好找！一個園裡走遍了，連姨太太那裡都找到了。才到了那山坡底下小亭裡找時，可巧那裡上夜的正睡醒了。我們問他們，他們說：『方才亭外頭棚下兩個人說話，後來又添了一個，聽見說，大家往庵裡去。』我們就知道是這裡了。」

妙玉忙命小丫鬟引他們到那邊去坐著歇息吃茶。自取了筆硯紙墨出來，將方才的詩，命他二人念著，遂從頭寫出來。黛玉見他今日十分高興，便笑道：「從來沒見你這樣高興。我也不敢唐突請教，這還可以見教否？若不堪時，便就燒了；若或可政，即請改正改正。」妙玉笑道：「也不敢妄加評贊。只是這才有了二十二韻。我意思想著你二位警句已出，再若續時，恐後力不加。我竟要續貂⑲，又恐有玷。」黛玉從沒見妙玉作過詩，今見他高興如此，忙說：「果然如此，我們的雖不好，亦可以帶好了。」妙玉道：「如今收結，到底還該歸到本來面目上去。若只管丟了真情真事，且去搜奇撿怪，一則失了咱們的閨閣面目⑳，二則也與題目無涉了。」二人皆道極是。妙玉遂提筆一揮而就，遞與他二人道：「休要見

---

⑲續貂——諺語「貂不足，狗尾續」，比喻前後優劣不同，也常作為自謙之詞，表示佳作在前，難以為繼。

⑳閨閣面目——指詩的格調合乎閨閣小姐的身分情趣。

聯經出版事業公司　校印

笑。依我必須如此，方翻轉過來，雖前頭有凄楚之句，亦無甚礙了。」二人接了看時，只見他續道：

香篆銷金鼎，脂冰膩玉盆。㉑簫增嫠婦㉒泣，衾倩侍兒溫。空帳懸文鳳，閑屏掩彩鴛。露濃苔更滑，霜重竹難捫。猶步縈紆沼，還登寂歷原。石奇神鬼搏，木怪虎狼蹲。贔屭朝光透，罘罳曉露屯。㉓振林千樹鳥，啼谷一聲猿。歧熟焉忘徑㉔，泉知不問源。鐘鳴櫳翠寺，雞唱稻香村。有興悲何繼，無愁意豈煩。芳情只自遣，雅趣向誰言。徹旦休云倦，烹茶更細論。

後書：「右中秋夜大觀園即景聯句三十五韵」。

黛玉、湘雲二人皆贊賞不已，說：「可見我們天天是捨近而求遠。現有這樣詩仙在此，卻天天去紙上談兵。」妙玉笑道：「明日再潤色。此時想也快天亮了，到底要歇息歇息才是。」林、史二人聽說，便起身告辭，帶領丫鬟出來。妙玉送至門外，看他們去遠，方掩門進來。不在話下。

這裡翠縷向湘雲道：「大奶奶那裡還有人等著咱們睡去呢。如今還是那裡去好？」湘雲笑道：「你

---

㉑香篆、脂冰——香篆，即篆香，一種記時用的盤香，形似篆文。脂冰，即冰脂、凝脂，這裡指凝固了的蠟油。

㉒嫠婦——寡婦；嫠，音ㄌㄧˊ。

㉓贔屭、罘罳——贔屭，音ㄅㄧˋ ㄒㄧˋ，石碑下當座子的大龜；傳說贔屭力大，能負重，所以大碑的底座多雕成它的形狀，這裡代指石碑。罘罳，音ㄈㄨˊ ㄙ，古代宮門外或城角上的網狀屏障，用以瞭望和防禦，這裡泛指門外當作屏障的有孔籬垣。

㉔歧熟焉忘徑——歧，道路分岔處；這裡是反用「歧路亡羊」的典故，說岔道都很熟悉，哪會迷路呢？

順路告訴他們，叫他們睡罷。我這一去，未免驚動病人，不如鬧林姑娘半夜去罷。」說著，大家走至瀟湘館中，有一半人已睡去。二人進去，方才卸妝寬衣，盥漱已畢，方上床安歇。紫鵑放下綃帳，移燈掩門出去。誰知湘雲有擇席之病，雖在枕上，只是睡不著。黛玉又是個心血不足，常常失眠的，今日又錯過困頭，自然也是睡不著。二人在枕上翻來覆去。黛玉因問道：「怎麼你還沒睡著？」湘雲微笑道：「我有擇席的病，況且走了困，只好躺躺罷。你怎麼也睡不著？」黛玉嘆道：「我這睡不著，也並非今日，大約一年之中，通共也只好睡十夜滿足的。」湘雲道：「卻是你病的原故，所以……」不知下文什麼——

# 第七十七回　俏丫鬟抱屈夭風流　美優伶斬情歸水月

話說王夫人見中秋已過，鳳姐病已比先減了，雖未大愈，可以出入行走得了，仍命大夫每日診脈服藥，又開了丸藥方子來配調經養榮丸。因用上等人參二兩，王夫人取時，翻尋了半日，只向小匣內尋了幾枝簪挺粗細的。王夫人看了嫌不好，命再找去，又找了一大包鬚末出來。王夫人焦躁道：「用不著偏有，但用著了，再找不著。成日家我說叫你們查一查，都歸攏在一處，你們白不聽，就隨手混撂。你們不知他的好處，用起來得多少換①買來還不中使呢。」彩雲道：「想是沒了，就只有這個。上次那邊的太太來尋了些去，太太都給過去了。」王夫人道：「沒有的話，你再細找找。」彩雲只得又去找，拿了幾包藥材來，說：「我們不認得這個，請太太自看。除這個再沒有了。」王夫人打開看時，也都忘了，不知都是什麼藥，並沒有一枝人參。因一面遣人去問鳳姐有無，鳳姐來說：「也只有些參膏；蘆鬚②雖

①換——商行行話，指銀兩易物單位；下文「三十換」就是三十兩銀子換一兩貨物（如人參）。

②參膏、蘆鬚——參膏，用次等參或碎參熬的膏；蘆，人參頂部長葉處，又稱「參蘆」；鬚，人參的細根。

有幾枝，也不是上好的，每日還要煎藥裡用呢。」王夫人聽了，只得向邢夫人那裡問去。邢夫人說：「因上次沒了，才往這裡來尋，早已用完了。」王夫人沒法，只得親身過來請問賈母。賈母忙命鴛鴦取出當日所餘的來，竟還有一大包，皆有手指頭粗細的，遂稱二兩與王夫人。王夫人出來，交與周瑞家的拿去，令小廝送與醫生家去，又命將那幾包不能辨得的藥也帶了去，命醫生認了，各包記號了來。

一時，周瑞家的又拿了進來，說：「這幾包都各包好記上名字了。但這一包人參固然是上好的，如今就連三十換也不能得這樣的了，但年代太陳了。這東西比別的不同，憑是怎樣好的，只過一百年後，便自己就成了灰了。如今這個雖未成灰，然已成了朽糟爛木，也無性力的了。請太太收了這個，倒不拘粗細，好歹再換些新的倒好。」王夫人聽了，低頭不語，半日才說：「這可沒法了，只好去買二兩來罷。」也無心看那些，只命：「都收了罷。」因向周瑞家的說：「你就去說給外頭人們，揀好的換二兩來，倘一時老太太問，你們只說用的是老太太的，不必多說。」

周瑞家的方才要去時，寶釵因在坐，乃笑道：「姨娘且住。如今外頭賣的人參都沒好的。雖有一枝全的，他們也必截做兩三段，鑲嵌上蘆泡鬚枝，摻勻了好賣，看不得粗細。我們鋪子裡常和參行交易，如今我去和媽說了，叫哥哥去托個伙計過去和參行商議說明，叫他把未作的原枝好參兌二兩來。不妨咱們多使幾兩銀子，也得了好的。」王夫人笑道：「倒是你明白。就難為你親自走一趟更好。」於是寶釵去了，半日回來，說：「已遣人去，趕晚就有回信的。明日一早去配也不遲。」王夫人自是喜悅，因說道：「『賣油的娘子水梳頭』③，自來家裡有好的，不知給了人多少。這會子輪到自己用，反倒各處求人去了。」說畢長嘆。寶釵笑道：「這東西雖然值錢，究竟不過是藥，原該濟眾散人④才是。咱們比不得那沒見世面的人家，得了這個，就珍藏密斂的。」王夫人點頭道：「這話極是。」

一時寶釵去後，因見無別人在室，遂喚周瑞家的來問前日園中搜檢的事情可得個下落。周瑞家的是已和鳳姐等人商議停妥，一字不隱，遂回明王夫人。王夫人聽了，雖驚且怒，卻又作難，因思司棋係迎春之人，皆係那邊的人，只得令人去回邢夫人。周瑞家的回道：「前日那邊太太嗔著王善保家的多事，打了幾個嘴巴子，如今他也裝病在家，不肯出頭了。況且又是他外孫女兒，自己打了嘴，他只好裝個忘了，日久平服了再說。如今我們過去回時，恐怕又多心，倒像似咱們多事似的。不如直把司棋帶過去，一併連贓證與那邊太太瞧了，不過打一頓配了人，再指個丫頭來，豈不省事？如今白告訴去，那邊太太再推三阻四的，又說：『既這樣，你太太就該料理，又來說什麼？』豈不反耽擱了？倘那丫頭瞅空尋了死，反不好了。如今看了兩三天，人都有個偷懶的時候，倘一時不到，豈不倒弄出事來？」王夫人想了一想，說：「這也倒是。快辦了這一件，再辦咱們家的那些妖精。」

周瑞家的聽說，會齊了那幾個媳婦，先到迎春房裡，回迎春道：「太太們說了，司棋大了，連日他娘求了太太，太太已賞了他娘配人，今日叫他出去，另挑好的與姑娘使。」說著，便命司棋打點走路。迎春聽了，含淚似有不捨之意，因前夜已聞得別的丫鬟悄悄的說了原故，雖數年之情難捨，但事關風化，亦無可如何了。那司棋也曾求了迎春，實指望迎春能死保赦下的，只是迎春語言遲慢，耳軟心活，是不

---

③賣油的娘子水梳頭——這是說家裡本來有很多，但都給了人，自己要用時反倒沒有了。

④濟眾散人——救助散發給眾人。

能作主的。司棋見了這般，知不能免，因哭道：「姑娘好狠心！哄了我這兩日，如今怎麼連一句話也沒有？」周瑞家的等說道：「你還要姑娘留你不成？便留下，你也難見園裡的人了。依我們的好話，快快收了這樣子，倒是人不知鬼不覺的去罷，大家體面些。」迎春含淚道：「我知道你幹了什麼大不是，我還十分說情留下，豈不連我也完了？你瞧入畫也是幾年的人，怎麼說去就去了。自然不止你兩個，想這園裡凡大的都要去呢。依我說，將來終有一散，不如你各人去罷。」周瑞家的道：「所以到底是姑娘明白。明兒還有打發的人呢，你放心罷。」司棋無法，只得含淚與迎春磕頭，和眾姊妹告別，又向迎春耳根說：「好歹打聽我要受罪，替我說個情兒，就是主僕一場！」迎春亦含淚答應：「放心。」

於是周瑞家的等人帶了司棋出了院門，又命兩個婆子將司棋所有的東西都與他拿著。走了沒幾步，後頭只見繡桔趕來，一面也擦著淚，一面遞與司棋一個絹包，說：「這是姑娘給你的。主僕一場，如今一旦分離，這個與你作個想念罷。」司棋接了，不覺更哭起來了，又和繡桔哭了一回。周瑞家的不耐煩，只管催促，二人只得散了，司棋因又哭告道：「嬸子大娘們，好歹略徇個情兒：如今且歇一歇，讓我到相好的姊妹跟前辭一辭，也是我們這幾年好了一場。」周瑞家的等人皆各有事務，作這些事，便是不得已了；況且又深恨他們素日大樣⑤，如今那裡有工夫聽他的話？因冷笑道：「我勸你走罷，別拉拉扯扯的了。我們還有正經事呢。誰是你一個衣包裡爬出來的？辭他們作什麼？他們看你的笑聲還看不了呢。你不過是挨一會是一會罷了，難道就算了不成？依我說，快走罷！」一面說，一面總不住腳，直帶著往

---

⑤大樣——高傲自大、目中無人的樣子。

後角門出去了。司棋無奈，又不敢再說，只得跟了出來。

可巧正值寶玉從外而入，一見帶了司棋出去，又見後面抱著些東西，料著此去再不能來了。因聞得上夜之事，又兼晴雯之病亦因那日加重，細問晴雯，又不說是為何。上日又見入畫已去，今又見司棋亦走，不覺如喪魂魄一般，因忙攔住問道：「那裡去？」周瑞家的等皆知寶玉素日行為，又恐嘮叨誤事，因笑道：「不干你事，快念書去罷。」寶玉笑道：「好姐姐們，且站一站，我有道理。」周瑞家的便道：「太太不許少捱一刻，又有什麼道理？我們只知遵太太的話，管不得許多。」司棋見了寶玉，因拉住哭道：「他們做不得主，你好歹求求太太去。」寶玉不禁也傷心，含淚說道：「我不知你作了什麼大事，晴雯也病了，如今你又去。都要去了，這卻怎麼的好！」周瑞家的發躁向司棋道：「你如今不是副小姐了，若不聽話，我就打得你。別想著往日姑娘護著，任你們作耗。越說著，還不好走。如今和小爺們拉拉扯扯，成個什麼體統！」那幾個媳婦不由分說，拉著司棋，便出去了。

寶玉又恐他們去告舌，恨的只瞪著他們，看已去遠，方指著恨道：「奇怪，奇怪！怎麼這些人只一嫁了漢子，染了男人的氣味，就這樣混賬起來，比男人更可殺了！」守園門的婆子聽了，也不禁好笑起來，因問道：「這樣說，凡女兒個個是好的了，女人個個是壞的了？」寶玉點頭道：「不錯，不錯！」婆子們笑道：「還有一句話我們糊塗不解，倒要請問請問。」方欲說時，只見幾個老婆子走來，忙說道：「你們小心，傳齊了伺候著。此刻太太親自來園裡，在那裡查人呢。只怕還查到這裡來呢。又吩咐快叫怡紅院的晴雯姑娘的哥嫂來，在這裡等著領出他妹妹去。」因笑道：「阿彌陀佛！今日天睜了眼，把這個禍害妖精退送了，大家清淨些。」寶玉一聞得王夫人進來清查，便料定晴雯也保不住了，早飛也似的趕了去，所以這後來趁願之語，竟未得聽見。

寶玉及到了怡紅院，只見一群人在那裡，王夫人在屋裡坐著，一臉怒色，見寶玉也不理。晴雯四五日水米不曾沾牙，懨懨弱息，如今現從炕上拉了下來，蓬頭垢面，兩個女人才架起來去了。王夫人吩咐：「只許把他貼身衣服撂出去，餘者好衣服留下，給好丫頭們穿。」又命把這裡所有的丫頭們都叫來一一過目。

原來王夫人自那日著惱之後，王善保家的去趁勢告倒了晴雯，本處有人和園中不睦的，也就隨機趁便下了些話。王夫人皆記在心中，因節間有事，故忍了兩日，今日特來親自閱人。一則為晴雯猶可，二則因竟有人指寶玉為由，說他大了，已解人事，都由屋裡的丫頭們不長進教習壞了。因這事更比晴雯一人較甚，乃從襲人起以至於極小作粗活的小丫頭們，個個親自看了一遍。因問：「誰是和寶玉一日的生日？」本人不敢答應，老嬤嬤指道：「這一個蕙香，又叫作四兒的，是同寶玉一日生日的。」王夫人細看了一看，雖比不上晴雯一半，卻有幾分水秀。視其行止，聰明皆露在外面，且也打扮的不同。王夫人冷笑道：「這也是個不怕臊的。他背地裡說的，同日生日就是夫妻，這可是你說的？打諒我隔的遠，都不知道呢！可知道我身子雖不大來，我的心耳神意時時都在這裡。難道我通共一個寶玉，就白放心憑你們勾引壞了不成！」這個四兒見王夫人說著他素日和寶玉的私語，不禁紅了臉，低頭垂淚。王夫人即命也快把他家的人叫來，領出去配人。

又問：「誰是耶律雄奴？」老嬤嬤們便將芳官指出。王夫人道：「唱戲的女孩子，自然是狐狸精了！上次放你們，你們又懶待出去，可就該安分守己才是。你就成精鼓搗⑥起來，調唆著寶玉無所不為。」

---

⑥成精鼓搗——作怪搗亂。這裡的「鼓搗」是「搗亂」的意思，和第六十三回的「鼓搗」作「搬弄」解釋不同。

芳官笑辯道：「並不敢調唆什麼。」王夫人笑道：「你還強嘴！我且問你，前年我們往皇陵上去，是誰調唆寶玉要柳家的丫頭五兒了？幸而那丫頭短命死了，不然進來了，你們又連伙聚黨遭害這園子呢！你連你乾娘都欺倒了，豈止別人！」因喝命：「喚他乾娘來領去，就賞他外頭自尋個女婿吧。把他的東西一概給他。」又吩咐：「上年凡有姑娘們分的唱戲的女孩子們，一概不許留在園裡，都令其各人乾娘帶出，自行聘嫁。」一語傳出，這些乾娘皆感恩趁願不盡，都約齊與王夫人磕頭領去。

王夫人又滿屋裡搜撿寶玉之物。凡略有眼生之物，一併命收的收，捲的捲，著人拿到自己房內去了。因說：「這才乾淨，省得旁人口舌。」因又吩咐襲人、麝月等人：「你們小心！往後再有一點分外之事，我一概不饒。因叫人查看了，今年不宜遷挪，暫且挨過今年，明年一併給我仍舊搬出去心淨。」說畢，茶也不吃，遂帶領眾人，又往別處去閱人。暫且說不到後文。

如今且說寶玉只當王夫人不過來搜檢搜檢，無甚大事，誰知竟這樣雷嗔電怒的來了。所責之事，皆係平日之語，一字不爽，料必不能挽回的。雖心下恨不能一死，但王夫人盛怒之際，自不敢多言一句，多動一步，一直跟送王夫人到沁芳亭。王夫人命：「回去好生念念那書，仔細明兒問你。才已發下狠了。」寶玉聽如此說，方回來，一路打算：「誰這樣犯舌？況這裡事也無人知道，如何就都說著了？」一面想，一面進來，只見襲人在那裡垂淚。且去了第一等的人，豈不傷心？便倒在床上也哭起來。襲人知他心內別的還猶可，獨有晴雯是第一件大事，乃推他勸道：「哭也不中用了。你起來，我告訴你：晴雯已經好了，他這一家去，倒心淨養幾天。你果然捨不得他，等太太氣消了，你再求老太太，慢慢的叫進來，也不難。不過太太偶然信了人的誹言，一時氣頭上如此罷了。」寶玉哭道：「我究竟不知晴雯犯了何等滔天大罪！」襲人道：「太太只嫌他生的太好了，未免輕佻些。在太太是深知這樣美人似的人必不安靜，所以恨嫌他。像我們這粗粗笨笨的倒好。」寶玉道：「這也罷了。咱們私自頑話，怎麼也知道了？又沒外人走風的。這可奇怪。」襲人道：「你有甚忌諱的？一時高興了，你就不管有人無人了。我也曾使過眼色，也曾遞過暗號，倒被那別人已知道了，你反不覺。」寶玉道：「怎麼人人的不是，太太都知道，單不挑出你和麝月、秋紋來？」

襲人聽了這話，心內一動，低頭半日，無可回答，因便笑道：「正是呢。若論我們也有頑笑不留心的孟浪⑦去處，怎麼太太竟忘了？想是還有別的事，等完了，再發放我們，也未可知。」寶玉笑道：「你是頭一個出了名的至善至賢之人，他兩個又是你陶冶教育的，焉得還有孟浪該罰之處！只是芳官尚小，過於伶俐些，未免倚強，壓倒了人，惹人厭。四兒是我誤了他：還是那年我和你拌嘴的那日起，叫上來作些細活，未免奪占了地位，故有今日。只是晴雯也是和你一樣，從小兒在老太太屋裡過來的，雖然他生得比人強，也沒甚妨礙去處；就是他的性情爽利，口角鋒芒些，究竟也不曾得罪你們。——想是他過於生得好了，反被這好所誤。」說畢，復又哭起來。

襲人細揣此話，好似寶玉有疑他之意，竟不好再勸，因嘆道：「天知道罷了！此時也查不出人來了，白哭一會子也無益。倒是養著精神，等老太太喜歡時，回明白了再要他是正理。」寶玉冷笑道：「你不必虛寬我的心。等到太太平服了再瞧勢頭去要時，知他的病等得等不得？他自幼上來嬌生慣養，何嘗受

⑦孟浪——冒失、越禮。

過一日委屈。連我知道他的性格，還時常沖撞了他。他這一下去，就如同一盆才抽出嫩箭⑧來的蘭花送到豬窩裡去一般。況又是一身重病，裡頭一肚子的悶氣。他又沒有親爺熱娘，只有一個醉泥鰍姑舅哥哥。他這一去，一時也不慣的，那裡還等得幾日？知道還能見他一面兩面不能了！」說著，又越發傷心起來。

襲人笑道：「可是你『只許州官放火，不許百姓點燈』⑨。我們偶然說一句略妨礙些的話，就說是不利之談；你如今好好的咒他，是該的了！他便比別人嬌些，也不至這樣起來。」寶玉道：「不是我妄口咒他，今年春天已有兆頭的。」襲人忙問何兆。寶玉道：「這階下好好的一株海棠花，竟無故死了半邊，我就知有異事，果然應在他身上。」襲人聽了，又笑起來，因說道：「我待不說，又撐不住：你太也婆婆媽媽的了。這樣的話，豈是你讀書的男人說的？草木怎又關係起人來？若不婆婆媽媽的，真也成了個呆子了。」寶玉嘆道：「你們那裡知道？不但草木，凡天下之物，皆是有情有理的，也和人一樣，得了知己，便極有靈驗的。若用大題目比，就有孔子廟前之檜、墳前之著，諸葛祠前之柏，岳武穆墳前之松⑩：這都是堂堂正大隨人之正氣，千古不磨之物。世亂則萎，世治則榮，幾千百年了，枯而復生者

⑧嫩箭——含苞未放的花苞，形狀像箭頭，一朵叫「一箭」。

⑨只許州官放火，不許百姓點燈——比喻只許自己胡作非為，不許別人正當行動，典見宋代陸游《老學庵筆記》。

⑩「孔子廟前之檜、墳前之著」一段——檜，常綠喬木，相傳曲阜孔廟前的兩株檜樹是孔子親手種的，當晉永嘉之亂時忽然枯死，到隋統一天下又復活；著，音ㄕ，古代用著草莖占卜，傳說孔子墳前的著草最靈驗。諸葛，蜀漢宰相諸葛亮，相傳諸葛亮廟前的柏樹在唐末開始枯萎，到宋初又復活。岳武穆，宋代抗金名將岳飛，被奸相秦檜所害，後謚「武穆」，相傳岳墳前的樹木為岳飛英靈所感，枝都朝南生長，心向南宋。


聯經出版事業公司 校印

幾次。這豈不是兆應？小題目比，就有楊太真沉香亭之木芍藥，端正樓之相思樹⑪，王昭君冢上之草，豈不也有靈驗？——所以這海棠亦應其人欲亡，故先就死了半邊。」

襲人聽了這篇癡話，又可笑，又可嘆，因笑道：「真真的這話越發說上我的氣來了！那晴雯是個什麼東西，就費這樣心思，比出這些正經人來！還有一說：他縱好，也滅不過我的次序去。便是這海棠，也該先來比我，也還輪不到他。想是我要死了。」寶玉聽說，忙握他的嘴，勸道：「這是何苦！一個未清，你又這樣起來。罷了，再別提這事，別弄的去了三個，又饒上一個。」襲人聽說，心下暗喜道：「若不如此，你也不能了局。」

寶玉乃道：「從此休提起，全當他們三個死了，不過如此，況且死了的也曾有過，也沒有見我怎麼樣，此一理也。如今且說現在的，倒是把他的東西，作『瞞上不瞞下』，悄悄的打發人送出去與了他。再或有咱們常時積攢下的錢，拿幾吊出去給他養病，也是你姊妹好了一場。」襲人聽了，笑道：「你太把我們看的又小器又沒人心了。這話還等你說？我才已將他素日所有的衣裳以至各什各物總打點下了，都放在那裡。如今白日裡人多眼雜，又恐生事，且等到晚上，悄悄的叫宋媽給他拿出去。我還有攢下的幾吊錢也給他罷。」寶玉聽了，感謝不盡。襲人笑道：「我原是久已『出了名的賢人』，連這一點子好

⑪沉香亭的木芍藥、端正樓的相思樹——木芍藥即牡丹，唐明皇曾與楊貴妃在沉香亭北賞牡丹，李白作〈清平調〉三章，歌咏其事。端正樓，位於驪山的華清宮，是當年楊貴妃梳妝的地方；相思樹，或許指端正樓前的琪樹，安史之亂後，唐明皇見琪樹而思念死在馬嵬驛的楊貴妃。

名兒還不會買來不成？」寶玉聽他方才的話，忙陪笑撫慰一時。晚間果密遣宋媽送去。

寶玉將一切人穩住，便獨自得便，出了後門角，央一個老婆子帶他到晴雯家去瞧瞧。先是這婆子百般不肯，只說怕人知道，「回了太太，我還吃飯不吃飯？」無奈寶玉死活央告，又許他些錢，那婆子方帶了他來。

這晴雯當日係賴大家用銀子買的，那時晴雯才得十歲，尚未留頭。因常跟賴嬤嬤進來，賈母見他生得伶俐標緻，十分喜愛。故此賴嬤嬤就孝敬了賈母使喚，後來所以到了寶玉房裡。這晴雯進來時，也不記得家鄉父母，只知有個姑舅哥哥，專能庖宰，也淪落在外，故又求了賴家的收買進來吃工食。賴家的見晴雯雖到賈母跟前，千伶百俐，嘴尖性大，卻倒還不忘舊，故又將他姑舅哥哥收買進來，把家裡一個女孩子配了他。成了房後，誰知他姑舅哥哥一朝身安泰，就忘卻當年流落時，任意吃死酒，家小也不顧。偏又娶了個多情美色之妻，見他不顧身命，不知風月，一味死吃酒，便不免有蒹葭倚玉[12]之嘆，紅顏寂寞之悲。又見他器量寬宏，並無嫉衾妒枕之意，這媳婦遂恣情縱慾，滿宅內便延攬英雄，收納材俊，上上下下竟有一半是他考試過的。若問他夫妻姓甚名誰，便是上回賈璉所接見的多渾蟲、燈姑娘兒的便是了。目今晴雯只有這一門親戚，所以出來就在他家。

⑫蒹葭倚玉——即「蒹葭倚玉樹」，形容兩人品德才貌極不相稱，這裡趣指多渾蟲不配和燈姑娘結為夫婦。蒹葭，蘆葦，比喻質之賤；玉樹，喻質之貴；典見《世說新語・容止》。

此時多渾蟲外頭去了，那燈姑娘吃了飯去串門子，只剩下晴雯一人，在外間房內爬著。寶玉命那婆子在院門瞭哨，他獨自掀起草簾進來，一眼就看見晴雯睡在蘆席土炕上，幸而衾褥還是舊日鋪的。心內不知自己怎麼才好，因上來含淚伸手輕輕拉他，悄喚兩聲。當下晴雯又因著了風，又受了他哥嫂的歹話，病上加病，嗽了一日，才朦朧睡了。忽聞有人喚他，強展星眸，一見是寶玉，又驚又喜，又悲又痛，忙一把死攥住他的手，哽咽了半日，方說出半句話來：「我只當不得見你了。」接著便嗽個不住。寶玉也只有哽咽之分。晴雯道：「阿彌陀佛！你來的好，且把那茶倒半碗我喝。渴了這半日，叫半個人也叫不著。」寶玉聽說，忙拭淚問：「茶在那裡？」晴雯道：「那爐臺上就是。」寶玉看時，雖有個黑沙吊子，卻不像個茶壺。只得桌上去拿了一個碗，也甚大甚粗，不像個茶碗，未到手內，先就聞得油膻之氣。寶玉只得拿了來，先拿些水洗了兩次，復又用水汕過，方提起沙壺斟了半碗。看時，絳紅的，也太不成茶。晴雯扶枕道：「快給我喝一口罷！這就是茶了。那裡比得咱們的茶！」寶玉聽說，先自己嘗了一嘗，並無清香，且無茶味，只一味苦澀，略有茶意而已。嘗畢，方遞與晴雯。只見晴雯如得了甘露一般，一氣都灌下去了。寶玉心下暗道：「往常那樣好茶，他尚有不如意之處；今日這樣。看來，可知古人說的『飽飫烹宰，飢饜糟糠』⑬，又道是『飯飽弄粥』，可見都不錯了。」

一面想，一面流淚問道：「你有什麼說的，趁著沒人，告訴我。」晴雯嗚咽道：「有什麼可說的！不過挨一刻是一刻，挨一日是一日！我已知橫豎不過三五日光景，就好回去了。只是一件，我死也不甘

---

⑬飽飫烹宰、飢饜糟糠——飽時美食也會吃厭，餓了，粗食也覺得滿足。飫，飽食；烹宰，代指魚肉美食；饜，滿足。

心的：我雖生的比別人略好些，並沒有私情密意勾引你怎樣，如何一口死咬定了我是個狐狸精！我太不服。今日既已擔了虛名，而且臨死，不是我說一句後悔的話，早知如此，我當日也另有個道理。不料癡心傻意，只說大家橫豎是在一處。不想平空裡生出這一節話來，有冤無處訴。」說畢又哭。寶玉拉著他的手，只覺瘦如枯柴，腕上猶戴著四個銀鐲，因泣道：「且卸下這個來，等好了再戴上罷。」因與他卸下來，塞在枕下。又說：「可惜這兩個指甲，好容易長了二寸長，這一病好了，又損好些。」晴雯拭淚，就伸手取了剪刀，將左手上兩根葱管一般的指甲齊根鉸下；又伸手向被內將貼身穿著的一件舊紅綾襖脫下，並指甲都與寶玉道：「這個你收了，以後就如見我一般。快把你的襖兒脫下來我穿。我將來在棺材內獨自躺著，也就像還在怡紅院的一樣了。論理不該如此，只是擔了虛名，我可也是無可如何了。」寶玉聽說，忙寬衣換上，藏了指甲。晴雯又哭道：「回去他們看見了要問，不必撒謊，就說是我的。既擔了虛名，越性如此，也不過這樣了。」

一語未了，只見他嫂子笑嘻嘻掀簾進來，道：「好呀，你兩個的話，我已都聽見了。」又向寶玉道：「你一個作主子的，跑到下人房裡作什麼？看我年輕又俊，敢是來調戲我麼？」寶玉聽說，嚇的忙陪笑央道：「好姐姐，快別大聲。他伏侍我一場，我私自來瞧瞧他。」燈姑娘便一手拉了寶玉進裡間來，笑道：「你不叫嚷也容易，只是依我一件事。」說著，便坐在炕沿上，卻緊緊的將寶玉摟入懷中。寶玉如何見過這個，心內早突突的跳起來了，急的滿面紅漲，又羞又怕，只說：「好姐姐，別鬧。」燈姑娘乜斜醉眼，答道：「呸！成日家聽見你風月場中慣作工夫的，怎麼今日就反訕起來？」寶玉紅了臉，笑道：「姐姐放手，有話咱們好說。外頭有老媽媽，聽見什麼意思？」燈姑娘笑道：「我早進來了，卻叫婆子


聯經出版事業公司　校印

去園門等著呢。我等什麼似的，今兒等著了你。雖然聞名，不如見面，空長了一個好模樣兒，竟是沒藥性的炮仗，只好裝幌子罷了，倒比我還發訕怕羞。可知人的嘴一概聽不得的。就比如方才我們姑娘下來，我也料定你們素日偷雞盜狗的。我進來一會在窗下細聽，屋內只你二人，若有偷雞盜狗的事，豈有不談及於此，誰知你兩個竟還是各不相擾。可知天下委屈事也不少。如今我反後悔錯怪了你們。既然如此，你但放心。以後你只管來，我也不羅唣你。」寶玉聽說，才放下心來，方起身整衣央道：「好姐姐，你千萬照看他兩天。我如今去了。」說畢出來，又告訴晴雯。二人自是依依不捨，也少不得一別。晴雯知寶玉難行，遂用被蒙頭，總不理他，寶玉方出來。意欲到芳官、四兒處去，無奈天黑，出來了半日，恐裡面人找他不見，又恐生事，遂且進園來了，明日再作計較。因乃至後角門，小廝正抱鋪蓋，裡邊嬤嬤們正查人，若再遲一步也就關了。

寶玉進入園中，且喜無人知道。到了自己房內。告訴襲人只說在薛姨媽家去的，也就罷了。一時鋪床，襲人不得不問：「今日怎麼睡？」寶玉道：「不管怎麼睡罷了。」原來這一二年間，襲人因王夫人看重了他了，越發自要尊重，凡背人之處，或夜晚之間，總不與寶玉狎昵⑭，較先幼時，反倒疏遠了。況雖無大事辦理，然一應針線並寶玉及諸小丫頭們凡出入銀錢、衣履、什物等事，也甚煩瑣；且有吐血舊症雖愈，然每因勞碌風寒所感，即嗽中帶血，故邇來夜間總不與寶玉同房。寶玉夜間常醒，又極膽小，每醒必喚人。因晴雯睡臥警醒，且舉動輕便，故夜晚一應茶水、起坐呼喚之任，皆悉委他一人，所以寶

⑭狎昵——過份地而又態度輕佻地親近。

玉外床只是他睡。今他去了，襲人只得要問，因思此任比日間緊要之意。寶玉既答不管怎樣，襲人只得還依舊年之例，遂仍將自己鋪蓋搬來，設於床外。

寶玉發了一晚上呆。及催他睡下，襲人等也都睡後，聽著寶玉在枕上長吁短嘆，覆去翻來，直至三更以後，方漸漸的安頓了，略有鼾聲。襲人方放心，也就朦朧睡著。沒半盞茶時，只聽寶玉叫：「晴雯。」襲人忙睜開眼連聲答應，問：「作什麼？」寶玉因要吃茶。襲人忙下去向盆內蘸過手，從暖壺內倒了半盞茶來吃過。寶玉乃笑道：「我近來叫慣了他，卻忘了是你。」襲人笑道：「他一乍來時，你也曾睡夢中直叫我，半年後才改了。我知道這晴雯人雖去了，這兩個字只怕是不能去的。」說著大家又臥下。寶玉又翻轉了一個更次，至五更方睡去時，只見晴雯從外頭走來，仍是往日形景，進來笑向寶玉道：「你們好生過罷，我從此就別過了。」說畢，翻身便走。寶玉忙叫時，又將襲人叫醒。襲人還只當他慣了口亂叫，卻見寶玉哭了，說道：「晴雯死了。」襲人笑道：「這是那裡的話！你就知道胡鬧，被人聽著，什麼意思？」寶玉那裡肯聽？恨不得一時亮了就遣人去問信。

及至天亮時，就有王夫人房裡小丫頭立等叫開前角門，傳王夫人的話：「『即時叫起寶玉，快洗臉，換了衣裳快來，因今兒有人請老爺尋秋賞桂花，老爺因喜歡他前兒作得詩好，故此要帶他們去。』這都是太太的話，一句別錯了。你們快飛跑告訴他去，立刻叫他快來，老爺在上屋裡還等他吃麵茶呢。環哥兒已來了。快跑，快跑。再著一個人去叫蘭哥兒，也要這等說。」裡面的婆子聽一句，應一句，一面扣扭子，一面開門。一面早有兩三個人一行扣衣，一行分頭去了。襲人聽得叩院門，便知有事，忙一面命人問時，自己已起來了。聽得這話，促人來舀了面湯，催寶玉起來盥漱。他自去取衣。因思跟賈政出門，


聯經出版事業公司　校印

便不肯拿出十分出色的新鮮衣履來，只拿那二等成色的來。寶玉此時亦無法，只得忙忙的前來。果然賈政在那裡吃茶，十分喜悅。寶玉忙行了省晨之禮。賈環、賈蘭二人也都見過寶玉。賈政命坐吃茶，向環、蘭二人道：「寶玉讀書不如你兩個，論題聯和詩這種聰明，你們皆不及他。今日此去，未免強你們做詩，寶玉須聽便助他們兩個。」王夫人等自來不曾聽見這等考語，真是意外之喜。

一時，候他父子等去了，方欲過賈母這邊來時，就有芳官等三個的乾娘走來，回說：「芳官自前日蒙太太的恩典賞了出去，他就瘋了似的，茶也不吃，飯也不用，勾引上藕官、蕊官，三個人尋死覓活，只要剪了頭髮做尼姑去。我只當是小孩子家，一時出去不慣，也是有的，不過隔兩日就好了。誰知越鬧越凶，打罵著也不怕。實在沒法，所以來求太太，或者就依他們做尼姑去，或教導他們一頓，賞給別人作女兒去罷，我們也沒這福。」王夫人聽了，道：「胡說！那裡由得他們起來？佛門也是輕易進去的？每人打一頓給他們，看還鬧不鬧了！」

當下因八月十五日各廟內上供去，皆有各廟內的尼姑來送供尖之例，王夫人曾於十五日就留下水月庵的智通與地藏庵的圓心住兩日，至今日未回，聽得此信，巴不得又拐兩個女孩子去作活使喚，因都向王夫人道：「咱們府上到底是善人家。因太太好善，所以感應得這些小姑娘們皆如此。雖說佛門輕易難入，也要知道佛法平等。我佛立願，原是一切眾生無論雞犬皆要度他，無奈迷人不醒。若果有善根能醒悟，即可以超脫輪迴。所以經上現有虎狼蛇蟲得道者就不少。如今這兩三個姑娘既然無父無母，家鄉又遠，他們既經了這富貴，又想從小兒命苦，入了這風流行次，將來知道終身怎麼樣？所以苦海回頭，出家修修來世，也是他們的高意。太太倒不要限了善念。」

王夫人原是個好善的，先聽彼等之語不肯聽其自由者，因思芳官等不過皆係小兒女，一時不遂心，故有此意，但恐將來熬不得清淨，反致獲罪。今聽這兩個拐子的話大近情理；且近日家中多故，又有邢夫人遣人來知會，明日接迎春家去住兩日，以備人家相看；且又有官媒婆來求說探春等事：心緒正煩，那裡著意在這些小事上？既聽此言，便笑答道：「你兩個既這等說，你們就帶了作徒弟去，如何？」兩個姑子聽了，念一聲佛，道：「善哉！善哉！若如此，可是你老人家陰德不小。」說畢，便稽首拜謝。王夫人道：「既這樣，你們問他們去。若果真心，即上來當著我拜了師父去罷。」

這三個女人聽了出去，果然將他三人帶來。王夫人問之再三，他三人已是立定主意，遂與兩個姑子叩了頭，又拜辭了王夫人。王夫人見他們意皆決斷，知不可強了，反倒傷心可憐，忙命人取了些東西來賞了他們，又送了兩個姑子些禮物。從此芳官跟了水月庵的智通，蕊官、藕官二人跟了地藏庵的圓心，各自出家去了。再聽下回分解。

# 第七十八回　老學士閑徵姽嫿①詞　癡公子杜撰芙蓉誄

話說兩個尼姑領了芳官等去後，王夫人便往賈母處來省晨，見賈母喜歡，便趁便回道：「寶玉屋裡有個晴雯，那個丫頭也大了，而且一年之間，病不離身；我常見他比別人分外淘氣，也懶；前日又病倒了十幾天，叫大夫瞧，說是女兒癆②，所以我就趕著叫他下去了。若養好了，也不用叫他進來，就賞他家配人去也罷了。再那幾個學戲的女孩子，我也作主放出去了：一則他們都會戲，口裡沒輕沒重，只會混說，女孩兒們聽了，如何使得？二則他們既唱了會子戲，白放了他們，也是應該的。況丫頭們也太多，若說不夠使，再挑上幾個來，也是一樣。」賈母聽了，點頭道：「這倒是正理，我也正想著如此呢。但晴雯那丫頭，我看他甚好，怎麼就這樣起來？我的意思，這些丫頭的模樣爽利、言談、針線多不及他，

①姽嫿——音ㄍㄨㄟˇ ㄏㄨㄚˋ，形容女子嫻靜美好。

②女兒癆——癆，一種慢性消耗性傳染病。類似現代的肺結核病，稱「肺癆」；年輕女子患此病的叫「女兒癆」。

聯經出版事業公司校印

將來只他還可以給寶玉使喚得。誰知變了。」王夫人笑道：「老太太挑中的人原不錯。只怕他命裡沒造化，所以得了這個病。俗語又說，『女大十八變』，況且有本事的人，未免就有些調歪③。老太太還有什麼不曾經驗過的？三年前，我也就留心這件事。先只取中了他，我便留心，冷眼看去，他色色雖比人強，只是不大沉重。若說沉重知大禮，莫若襲人第一。雖說賢妻美妾，然也要性情和順，舉止沉重的更好些。就是襲人模樣雖比晴雯略次一等，然放在房裡，也算得一二等的人。況且行事大方，心地老實，這幾年來，從未逢迎著寶玉淘氣。凡寶玉十分胡鬧的事，他只有死勸的。因此品擇④了二年，一點不錯了，我就悄悄的把他丫頭的月分錢止住，我的月分銀子裡批出二兩銀子來給他。不過使他自己知道，越發小心學好之意。且不明說者，一則寶玉年紀尚小，老爺知道了，又恐說躭誤了書；二則寶玉再自為已是跟前的人，不敢勸他說他，反倒縱性起來。所以直到今日，才回明老太太。」賈母聽了，笑道：「原來這樣，如此更好了。襲人本來從小兒不言不語，我只說他是沒嘴的葫蘆⑤。既是你深知，豈有大錯誤的？而且你這不明說與寶玉的主意更好。且大家別提這事，只是心裡知道罷了。我深知寶玉將來也是個不聽妻妾勸的。我也解不過來，也從未見過這樣的孩子。別的淘氣都是應該的，只他這種和丫頭們好卻是難懂。我為此也躭心，每每的冷眼查看他。只和丫頭們鬧，必是人大心大，知道男女的事了，所以愛

③調歪——不正經、搗鬼、不聽使喚的人。
④品擇——經過觀察品評而選擇出來。
⑤沒嘴的葫蘆——比喻不多話的人。


聯經出版事業公司 校印

親近他們。既細細查試，究竟不是為此。豈不奇怪。想必原是個丫頭錯投了胎不成。」說著，大家笑了。王夫人又回今日賈政如何誇獎，又如何帶他們逛去，賈母聽了，更加喜悅。

一時，只見迎春妝扮了前來告辭過去。鳳姐也來省晨，伺候過早飯，又說笑了一回，賈母歇晌後，王夫人便喚了鳳姐，問他丸藥可曾配來。鳳姐兒道：「還不曾呢，如今還是吃湯藥。太太只管放心，我已大好了。」王夫人見他精神復初，也就信了。因告訴攆逐晴雯等事。又說：「怎麼寶丫頭私自回家睡了，你們都不知道？我前兒順路都查了一查。誰知蘭小子這一個新進來的奶子也十分的妖喬，我也不喜歡他。我也說與你嫂子了，好不好，叫他各自去罷。況且蘭小子也大了，用不著奶子了。我因問你大嫂子：『寶丫頭出去，難道你也不知道不成？』他說是告訴了他的，不過住兩三日，等你姨媽好了就進來。姨媽究竟沒甚大病，不過還是咳嗽腰疼，年年是如此的。他這去必有原故，敢是有人得罪了他不成？那孩子心重，親戚們住一場，別得罪了人，反不好了。」鳳姐笑道：「誰可好好的得罪著他？況且他天天在園裡，左不過是他們姊妹那一群人。」王夫人道：「別是寶玉有嘴無心，傻子似的從沒個忌諱，高興了，信嘴胡說，也是有的。」鳳姐笑道：「這可是太太過於操心了。若說他出去幹正經事、說正經話去，卻像個傻子；若只叫進來，在這些姊妹跟前，以至於大小的丫頭們跟前，他最有盡讓，又恐怕得罪了人，那是再不得有人惱他的。我想薛妹妹此去，想必為著前時搜檢眾丫頭的東西的原故。他自然為信不及園裡的人才搜檢，他又是親戚，現也有丫頭、老婆在內，我們又不好去搜檢，恐我們疑他，所以多了這個心，自己迴避了。也是應該避嫌疑的。」

王夫人聽了這話不錯，自己遂低頭想了一想，便命人請了寶釵來，分晰前日的事，以解他疑心，又仍命他進來照舊居住。寶釵陪笑道：「我原要早出去的，只是姨娘有許多的大事，所以不便來說。可巧前日媽又不好了，家裡兩個靠得的女人也病著，我所以趁便出去了。姨娘今日既已知道了，我正好明講出情理來，就從今日辭了，好搬東西的。」王夫人、鳳姐都笑著：「你太固執了。正經再搬進來為是，休為沒要緊的事反疏遠了親戚。」寶釵笑道：「這話說的太不解了，並沒為什麼事我出去。我為的是媽近來神思比先大減，而且夜間晚上沒有得靠的人，通共只我一個。二則如今我哥哥眼看要娶嫂子，多少針線活計並家裡一切動用的器皿，尚有未齊備的，我也須得幫著媽去料理料理。姨媽和鳳姐姐都知道我們家的事，不是我撒謊。三則，自我在園裡，東南上小角門子就常開著，原是為我走的，保不住出入的人就圖省略，也從那裡走，又沒人盤查，設若從那裡生出一件事來，豈不兩礙臉面？而且我進園裡來住，原不是什麼大事，因前幾年年紀皆小，且家裡沒事，有在外頭的，不如進來姊妹相共，或作針線，或頑笑，皆比在外頭悶坐著好。如今彼此都大了，也彼此皆有事；況姨娘這邊歷年皆遇不遂心的事故，那園子也太大，一時照顧不到，皆有關係，惟有少幾個人，就可以少操些心。所以今日不但我執意辭去，之外還要勸姨娘：如今該減些的就減些，也不為失了大家的體統。據我看，園裡這一項費用也竟可以免的，說不得當日的話。姨娘深知我家的，難道我們當日也是這樣冷落不成？」鳳姐聽了這篇話，便向王夫人笑道：「這話竟是，不必強了。」王夫人點頭道：「我也無可回答，只好隨你便罷了。」

說話之間，只見寶玉等已回來，因說他父親還未散，「恐天黑了，所以先叫我們回來了。」王夫人忙問：「今日可有丟了醜？」寶玉笑道：「不但不丟醜，倒拐了許多東西來。」接著，就有老婆子們從二門上小廝手內接了東西來。王夫人一看時，只見扇子三把，扇墜三個，筆墨共六匣，香珠三串，玉縧


聯經出版事業公司 校印

環三個。寶玉說道：「這是梅翰林送的，那是楊侍郎送的，這是李員外送的，每人一分。」說著，又向懷中取出一個旃檀香小護身佛來，說：「這是慶國公單給我的。」王夫人又問在席何人、作何詩詞等語畢，只將寶玉一分令人拿著，同寶玉、蘭、環前來見過賈母。賈母看了，喜歡不盡，不免又問些話。無奈寶玉一心記著晴雯，答應完了話時，便說：「騎馬顛了，骨頭疼。」賈母便說：「快回房去換了衣服，疏散疏散就好了，不許睡倒。」寶玉聽了，便忙入園來。

當下麝月、秋紋已帶了兩個丫頭來等候，見寶玉辭了賈母出來，秋紋便將筆墨拿起來，一同隨寶玉進園來。寶玉滿口裡說：「好熱！」一壁走，一壁便摘冠解帶，將外面的大衣服都脫下來，麝月拿著，只穿著一件松花綾子夾襖，襖內露出血點般大紅褲子來。秋紋見這條紅褲是晴雯手內針線，因嘆道：「這條褲子以後收了罷，真是物件在人去了。」麝月忙也笑道：「這是晴雯的針線。」又嘆道：「真真『物在人亡』了！」秋紋將麝月拉了一把，笑道：「這褲子配著松花色襖兒、石青靴子，越顯出這靛青的頭，雪白的臉來了。」寶玉在前只裝聽不見，又走了兩步，便止步道：「我要走一走，這怎麼好？」麝月道：「大白日裡，還怕什麼？——還怕丟了你不成！」因命兩個小丫頭跟著，「我們送了這些東西去再來。」寶玉道：「好姐姐，等一等我再去。」麝月道：「我們去了就來。兩個人手裡都有東西，倒像擺執事的，一個捧著文房四寶，一個捧著冠袍帶履，成個什麼樣子。」寶玉聽見，正中心懷，便讓他兩個去了。

他便帶了兩個小丫頭到一石後，也不怎麼樣，只問他二人道：「自我去了，你襲人姐姐打發人瞧晴雯姐姐去了不曾？」這一個答道：「打發宋媽媽瞧去了。」寶玉道：「回來說什麼？」小丫頭道：「回來說晴雯姐姐直著脖子叫了一夜，今日早起就閉了眼，住了口，世事不知，也出不得一聲兒，只有倒氣的分兒了。」寶玉忙道：「一夜叫的是誰？」小丫頭子說：「一夜叫的是娘。」寶玉拭淚道：「還叫誰？」小丫頭子道：「沒有聽見叫別人了。」寶玉道：「你糊塗，想必沒有聽真。」旁邊那一個小丫頭最伶俐，聽寶玉如此說，便上來說：「真個他糊塗。」又向寶玉道：「不但我聽得真切，我還親自偷著看去的。」寶玉聽說，忙問：「你怎麼又親自看去？」小丫頭道：「我因想晴雯姐姐素日與別人不同，待我們極好。如今他雖受了委屈出去，我們不能別的法子救他，只親去瞧瞧，也不枉素日疼我們一場。就是人知道了，回了太太，打我們一頓，也是願受的。所以我拚著挨一頓打，偷著下去瞧了一瞧。誰知他平生為人聰明，至死不變。他因想著那起俗人不可說話，所以只閉眼養神，見我去了，便睜開眼，拉我的手問：『寶玉那去了？』我告訴他實情。他嘆了一口氣說：『不能見了。』我就說：『姐姐何不等一等他回來見一面，豈不兩完心願？』他就笑道：『你們還不知道，我不是死：如今天上少了一位花神，玉皇敕命我去司主。我如今在未正二刻到任司花，寶玉須待未正三刻才到家，只少得一刻的工夫，不能見面。世上凡該死之人，閻王勾取了過去，是差些小鬼來捉人魂魄。若要遲延一時半刻，不過燒些紙錢，澆些漿飯，那鬼只顧搶錢去了，該死的人就可多待些個工夫。我這如今是有天上的神仙來召請，豈可捱得時刻！』我聽了這話，竟不大信，及進來到房裡，留神看時辰表時，果然是未正二刻他咽了氣，正三刻上就有人來叫我們，說你來了。這時候倒都對合。」寶玉忙道：「你不識字看書，所以不知道。這原是有的，不但花有一個神，一樣花有一位神之外還有總花神。但他不知是作總花神去了，還是單管一樣花的神？」這丫頭聽了，一時謅不出來。恰好這是八月時節，園中池上芙蓉正開。這丫頭便見景生情，忙答道：「我也曾問他：『是管什麼花的神？告訴我們，日後也好供養⑥的。』他說：『天機不可泄漏。你既這樣虔誠，我只告訴你，你只可告訴寶玉一人。除他之外，若泄了天機，五雷就來轟頂的。』他就告訴我說，他就是專管這芙蓉花的。」寶玉聽了這話，不但不為怪，亦且去悲而生喜，乃指芙蓉笑道：「此花也須得這樣一個人去司掌。我就料定他那樣的人必有一番事業做的。——雖然超出苦海，從此不能相見，也免不得傷感思念。」因又想：「雖然臨終未見，如今且去靈前一拜，也算盡這五六年的情常。」

想畢忙至房中，又另穿戴了，只說去看黛玉，遂一人出園來，往前次之處去，意為停柩在內。誰知他哥嫂見他一咽氣，便回了進去，希圖早些得幾兩發送例銀。王夫人聞知，便命賞了十兩燒埋銀子，又命：「即刻送到外頭焚化了罷。女兒癆死的，斷不可留！」他哥嫂聽了這話，一面得銀，一面就僱了人來入殮，抬往城外化人場上去了。剩的衣履簪環，約有三四百金之數，他兄嫂自收了，為後日之計。二人將門鎖上，一同送殯去未回。寶玉走來，撲了個空。

寶玉自立了半天，別無法兒，只得復身進入園中。待回至房中，甚覺無味，因乃順路來找黛玉。偏黛玉不在房中，問其何往，丫鬟們回說：「往寶姑娘那裡去了。」寶玉又至蘅蕪苑中，只見寂靜無人，房內搬的空空落落的，不覺吃一大驚。忽見個老婆子走來，寶玉忙問這是什麼原故。老婆子道：「寶姑娘出去了。這裡交我們看著，還沒有搬清楚。我們幫著送了些東西去，這也就完了。你老人家請出去罷，讓我們掃掃灰塵也好，從此你老人家省跑這一處的腿子了。」寶玉聽了，怔了半天，因看著那院中的香

⑥供養——在家設影像、牌位，以香火、食物、鮮花之類祭祀，以祈求種種福祿。

聯經出版事業公司　校印

藤異蔓，仍是翠翠青青，忽比昨日好似改作淒涼了一般，更又添了傷感。默默出來，又見門外的一條翠樾埭⑦上也半日無人來往，不似當日各處房中丫鬟不約而來者絡繹不絕。又俯身看那埭下之水，仍是溶溶脈脈的流將過去。心下因想：「天地間竟有這樣無情的事！」悲感一番，忽又想到去了司棋、入畫、芳官等五個；死了晴雯；今又去了寶釵等一處；迎春雖尚未去，然連日也不見回來，且接連有媒人來求親：大約園中之人不久都要散的了。縱生煩惱，也無濟於事。不如還是找黛玉去相伴一日，回來還是和襲人廝混，只這兩三個人，只怕還是同死同歸的。想畢，仍往瀟湘館來，偏黛玉尚未回來。寶玉想亦當出去候送才是，無奈不忍悲感，還是不去的是，遂又垂頭喪氣的回來。

正在不知所以之際，忽見王夫人的丫頭進來找他說：「老爺回來了，找你呢，又得了好題目來了。快走，快走。」寶玉聽了，只得跟了出來。到王夫人房中，他父親已出去了。王夫人命人送寶玉至書房中。

彼時賈政與眾幕友們談論尋秋之勝，又說：「快散時，忽然談及一事，最是千古佳談，『風流雋逸，忠義慷慨』八字皆備，倒是個好題目，大家要作一首輓詞。」眾幕賓聽了，都忙請教係何等妙事。賈政乃道：「當日曾有一位王封曰恆王，出鎮青州。這恆王最喜女色，且公餘好武，因選了許多美女，日習武事。每公餘輒開宴連日，令眾美女習戰鬥攻拔之事。其姬中有姓林行四者，姿色既冠，且武藝更精，皆呼為林四娘。恆王最得意，遂超拔林四娘統轄諸姬，又呼為『姽嫿將軍』。」眾清客都稱：「妙極神

⑦翠樾埭——樾，樹陰；埭，音ㄉㄞˋ，堤壩。

奇。竟以『姽嫿』下加『將軍』二字，反更覺嫵媚風流，真絕世奇文也。想這恆王也是千古第一風流人物了。」賈政笑道：「這話自然是如此，但更有可奇可嘆之事。」眾清客都愕然驚問道：「不知底下有何奇事？」賈政道：「誰知次年便有『黃巾』『赤眉』⑧一干流賊餘黨復又烏合，搶掠山左⑨一帶。恆王意為犬羊之惡，不足大舉，因輕騎前剿。不意賊眾頗有詭譎智術，兩戰不勝，恆王遂為眾賊所戮。於是青州城內，文武官員，各各皆謂：『王尚不勝，你我何為！』遂將有獻城之舉。林四娘得聞凶報，遂集聚眾女將，發令說道：『你我皆向蒙王恩，戴天履地，不能報其萬一。今王既殞身國事，我意亦當殞身於王。爾等有願隨者，即時同我前往；有不願者，亦早各散。』眾女將聽他這樣，都一齊說：『願意！』於是林四娘帶領眾人連夜出城，直殺至賊營裡頭。眾賊不防，也被斬戮了幾員首賊。然後大家見是不過幾個女人，料不能濟事，遂回戈倒兵，奮力一陣，把林四娘等一個不曾留下，倒作成了這林四娘的一片忠義之志。後來報至中都，自天子以至百官，無不驚駭道奇。其後朝中自然又有人去剿滅，天兵一到，化為烏有，不必深論，只就林四娘一節，眾位聽了，可羨不可羨呢？」眾幕友都嘆道：「實在可羨可奇！實是個妙題，原該大家輓一輓才是。」說著，早有人取了筆硯，按賈政口中之言稍加改易了幾個字，便成了一篇短序，遞與賈政看了。賈政道：「不過如此。他們那裡已有原序。昨日因又奉恩旨：著察核前

⑧黃巾、赤眉——黃巾，指東漢末年張角領導的黃巾之亂，他們以黃巾裹頭，故稱「黃巾軍」；赤眉，指西漢末年樊崇領導的亂軍，他們以赤色染眉，故稱「赤眉軍」；這裡泛指亂軍。

⑨山左——指現代的山東省，因在太行山東邊，故稱「山左」。

代以來應加褒獎而遺落未經請奏各項人等，無論僧、尼、乞丐與女婦人等，有一事可嘉，即行匯送履歷至禮部，備請恩獎。所以他這原序也送往禮部去了。大家聽見這新聞，所以都要作一首『姽嫿詞』，以志其忠義。」眾人聽了，都又笑道：「這原該如此。只是更可羨者，本朝皆係千古未有之曠典隆恩，實歷代所不及處，可謂『聖朝無闕事』⑩，唐朝人預先竟說了，竟應在本朝。如今年代方不虛此一句。」賈政點頭道：「正是。」

說話間，賈環叔侄亦到。賈政命他們看了題目。他兩個雖能詩，較腹中之虛實雖也去寶玉不遠，但第一件，他兩個終是別路，若論舉業一道，似高過寶玉，若論雜學，則遠不能及；第二件，他二人才思滯鈍，不及寶玉空靈娟逸，每作詩亦如八股之法，未免拘板庸澀。那寶玉雖不算是個讀書人，然虧他天性聰敏，且素喜好些雜書，他自為古人中也有杜撰的，也有誤失之處，拘較不得許多；若只管怕前怕後起來，縱堆砌成一篇，也覺得甚無趣味。因心裡懷著這個念頭，每見一題，不拘難易，他便毫無費力之處，就如世上的流嘴滑舌之人，無風作有，信著伶口俐舌，長篇大論，胡扳亂扯，敷演出一篇話來，雖無稽考，卻都說得四座春風。雖有正言厲語之人，亦不得壓倒這一種風流去。近日賈政年邁，名利大灰，然起初天性也是個詩酒放誕之人，因在子侄輩中，少不得規以正路。近見寶玉雖不讀書，竟頗能解此，細評起來，也還不算十分玷辱了祖宗。就思及祖宗們，各各亦皆如此，雖有深精舉業的，也不曾發跡過一個，看來此亦賈門之數。況母親溺愛，遂也不強以舉業逼他了。所以近日是這等待他。又要環、蘭二

⑩聖朝無闕事——唐代岑參〈寄左省杜拾遺〉中的詩句。闕，同「缺」，過失、錯誤。

人舉業之餘，怎得亦同寶玉才好，所以每欲作詩，必將三人一齊喚來對作。

閑言少述。且說賈政又命他三人各弔一首，誰先成者賞，佳者額外加賞。賈環、賈蘭二人近日當著多人皆作過幾首了，膽量愈壯，今看了題，遂自去思索。一時，賈蘭先有了。賈環生恐落後也就有了。二人皆已錄出，寶玉尚出神。賈政與眾人且看他二人的二首。賈蘭的是一首七言絕，寫道是：

姽嫿將軍林四娘，玉為肌骨鐵為腸。捐軀自報恆王後，此日青州土亦香。

眾幕賓看了，便皆大贊：「小哥兒十三歲的人就如此，可知家學淵源，真不誣矣。」賈政笑道：「稚子口角，也還難為他。」又看賈環的，是首五言律，寫道是：

紅粉不知愁，將軍意未休。掩啼離繡幕，抱恨出青州。自謂酬王德，詎能復寇仇。誰題忠義墓，千古獨風流。

眾人道：「更佳。倒是大幾歲年紀，立意又自不同。」賈政道：「還不甚大錯，終不懇切。」眾人道：「這就罷了。三爺才大不多兩歲，在未冠之時如此，用了工夫，再過幾年，怕不是大阮小阮⑪了？」賈政笑道：「過奬了。只是不肯讀書過失。」因又問寶玉怎樣。眾人道：「二爺細心鏤刻，定又是風流悲感，不同此等的了。」

寶玉笑道：「這個題目似不稱近體，須得古體，或歌或行⑫，長篇一首，方能懇切。」眾人聽了，

---

⑪大阮小阮——大阮指三國時魏詩人阮籍，小阮指阮籍的侄子阮咸，都是「竹林七賢」之一，常被用來稱讚別人叔侄的客套話。

都立身點頭拍手道：「我說他立意不同！每一題到手，必先度其體格宜與不宜，這便是老手妙法。就如裁衣一般，未下剪時，須度其身量。這題目名曰『姽嫿詞』，且既有了序，此必是長篇歌行方合體的。或擬白樂天〈長恨歌〉，或擬詠古詞，半敘半咏，流利飄逸，始能盡妙。」

賈政聽說，也合了主意，遂自提筆向紙上要寫，又向寶玉笑道：「如此，你念我寫。不好了，我捶你那肉。誰許你先大言不慚了！」寶玉只得念了一句，道是：

恆王好武兼好色，

賈政寫了看時，搖頭道：「粗鄙。」一幕賓道：「要這樣方古，究竟不粗。且看他底下的。」賈政道：「姑存之。」寶玉又道：

遂教美女習騎射。穠歌豔舞不成歡，列陣挽戈為自得。

賈政寫出，眾人都道：「只這第三句便古樸老健，極妙。這四句平敘出，也最得體。」賈政道：「休謬加獎譽，且看轉的如何。」寶玉念道：

眼前不見塵沙起，將軍俏影紅燈裡。

眾人聽了這兩句，便都叫：「妙！好個『不見塵沙起』！又承了一句『俏影紅燈裡』，用字用句，皆入

⑫近體、古體、或歌或行——近體，又名今體詩，律詩和絕句的通稱，在句數、字數和平仄、用韵等方面都有嚴格的規定；古體，也稱古詩、古風，在對仗、平仄、用韵方面較自由；歌、行，都是樂府詩的體裁，或連稱「歌行」。

神化了。」寶玉道：

叱咤⑬時聞口舌香，霜矛雪劍嬌難舉。

眾人聽了，便拍手笑道：「益發畫出來了。當日敢是寶公也在座，見其嬌且聞其香否？不然，何體貼至此。」寶玉笑道：「閨閣習武，任其勇悍，怎似男人，不待問而可知嬌怯之形的了。」賈政道：「還不快續，這又有你說嘴的了？」寶玉只得又想了一想，念道：

丁香結子芙蓉絛，

眾人都道：「轉『絛』，『蕭』韵，更妙，這才流利飄盪。而且這一句也綺靡秀媚的妙。」

賈政寫了，看道：「這一句不好。已寫過『口舌香』『嬌難舉』，何必又如此。這是力量不加，故又用這些堆砌貨來搪塞。」寶玉笑道：「長歌也須得要些詞藻點綴點綴，不然便覺蕭索。」賈政道：「你只顧用這些，但這一句底下如何能轉至武事？若再多說兩句，豈不蛇足了？」寶玉道：「如此，底下一句轉煞住，想亦可矣。」賈政冷笑道：「你有多大本領？上頭說了一句大開門的散話，如今又要一句連轉帶煞，豈不心有餘而力不足些？」寶玉聽了，垂頭想了一想，說了一句道：

不繫明珠繫寶刀。

忙問：「這一句可還使得？」眾人拍案叫絕。賈政寫了，看著笑道：「且放著，再續。」寶玉道：「若使得，我便要一氣下去了。若使不得，越性塗了，我再想別的意思出來，再另措詞。」賈政聽了，便喝：

⑬叱咤——音ㄔˋ ㄓㄚˋ，操練時的呼喊聲。

聯經出版事業公司校印

「多話！不好了再作，便作十篇百篇，還怕辛苦了不成！」寶玉聽說，只得想了一會，便念道：

戰罷夜闌心力怯，脂痕粉漬汙鮫綃。

賈政道：「又一段。底下怎樣？」寶玉道：

明年流寇走山東，強吞虎豹勢如蜂。

眾人道：「好個『走』字！便見得高低了。且通句轉的也不板。」寶玉又念道：

王率天兵思剿滅，一戰再戰不成功。腥風吹折隴頭麥，日照旌旗虎帳⑭空。青山寂寞水澌澌，正是恆王戰死時。雨淋白骨血染草，月冷黃沙鬼守尸。

眾人都道：「妙極，妙極！布置、敘事、詞藻，無不盡美。且看如何至四娘，必另有妙轉奇句。」寶玉又念道：

紛紛將士只保身，青州眼見皆灰塵，不期忠義明閨閣，憤起恆王得意人。

眾人都道：「鋪敘得委婉。」賈政道：「太多了，底下只怕累贅呢。」寶玉乃又念道：

恆王得意數誰行⑮，姽嫿將軍林四娘，號令秦姬驅趙女⑯，豔李穠桃臨戰場。繡鞍有淚春愁重，

---

⑭虎帳——古代元帥發號施令的營帳。

⑮「恆王」句——這句是說：恆王最寵愛的人是誰呢？行，次第、等輩。

⑯秦姬趙女——秦和趙是戰國時國名，相傳這兩地多出美女，後人用「秦姬趙女」作為美貌女子的代稱，這裡和下句「豔李穠桃」都泛指恆王的姬妾。

鐵甲無聲夜氣涼。勝負自然難預定，誓盟生死報前王。賊勢猖獗不可敵，柳折花殘實可傷；魂依城郭家鄉近，馬踐胭脂骨髓香。星馳時報入京師，誰家兒女不傷悲！天子驚慌恨失守，此時文武皆垂首。何事文武立朝綱，不及閨中林四娘！我為四娘長太息，歌成餘意尚徬徨。

念畢，眾人都大贊不止，又都從頭看了一遍。賈政笑道：「雖然說了幾句，到底不大懇切。」因說：「去罷。」三人如得了赦的一般，一齊出來，各自回房。

眾人皆無別話，不過至晚安歇而已。獨有寶玉一心淒楚，回至園中，猛然見池上芙蓉，想起小丫鬟說晴雯作了芙蓉之神，不覺又喜歡起來，乃看著芙蓉，嗟嘆了一會。忽又想起：「死後並未到靈前一祭，如今何不在芙蓉前一祭，豈不盡了禮，比俗人去靈前祭弔又更覺別致？」想畢，便欲行禮。忽又止住道：「雖如此，亦不可太草率，也須得衣冠整齊，奠儀周備，方為誠敬。」想了一想：「如今若學那世俗之奠禮，斷然不可；竟也還別開生面，另立排場，風流奇異，於世無涉，方不負我二人之為人。況且古人有云：『潢汙行潦，苹蘩蘊藻之賤，可以羞王公，薦鬼神。』⑰原不在物之貴賤，全在心之誠敬而已。此其一也。二則誄文輓詞也須另出己見，自放手眼，亦不可蹈襲前人的套頭，填寫幾字搪塞耳目之文，亦必須洒淚泣血，一字一咽，一句一啼，寧使文不足悲有餘，萬不可尚文藻而反失悲戚。況且古人多有

⑰「潢汙」句——語出《左傳》隱公三年。意思是：只要胸懷誠意，即使是坑中積水和野生水草，也可以奉獻王公，祭奠鬼神。潢汙，坑中死水；行潦，路溝中的流水；苹，浮萍；蘩，白蒿；蘊藻，水草；羞，美食；薦，呈獻。

微詞⑱，非自我今作俑⑲也。奈今人全惑於『功名』二字，尚古之風一洗皆盡，恐不合時宜，於功名有礙之故。我又不希罕那功名，不為世人觀閱稱贊，何必不遠師楚人之〈大言〉、〈招魂〉、〈離騷〉、〈九辯〉、〈枯樹〉、〈問難〉、〈秋水〉、〈大人先生傳〉⑳等法，或雜參單句，或偶成短聯，或用實典，或設譬寓，隨意所之，信筆而去，喜則以文為戲，悲則以言志痛，辭達意盡為止，何必若世俗之拘拘於方寸之間㉑哉。」

寶玉本是個不讀書之人，再心中有了這篇歪意，怎得有好詩好文作出來。他自己卻任意纂著，並不為人知慕，所以大肆妄誕，竟杜撰成一篇長文，用晴雯素日所喜之冰鮫縠一幅，楷字寫成，名曰〈芙蓉女兒誄〉㉒，前序後歌。又備了四樣晴雯所喜之物，於是夜月下，命那小丫頭捧至芙蓉花前，先行禮畢，將那誄文即掛於芙蓉枝上，乃泣涕念曰：

維

---

⑱微詞——真意隱微不顯，另有寄託的詞語。

⑲作俑——首創先例的意思；俑，古代陪葬用的偶人。

⑳〈大言〉……〈大人先生傳〉——〈大言賦〉，它和〈招魂〉、〈九辯〉都是楚國詩人宋玉所作（一說〈招魂〉為屈原作）；〈離騷〉為楚國詩人屈原的作品；〈枯樹賦〉，作者是北周詩人庾信；〈問難〉，疑指漢代東方朔的〈答客難〉或揚雄的〈解難〉；〈秋水〉，《莊子》的篇名；〈大人先生傳〉，三國魏詩人阮籍的作品。

㉑拘拘於方寸之間——拘於舊的格式，不敢縱情抒寫；方寸，一寸見方，比喻舊格式。

㉒誄——音ㄌㄟˇ，原為表彰死者德行、寄託生者哀思的文辭，只能用於上對下，後來變成哀祭文體的一種。

太平不易之元，蓉桂競芳之月，無可奈何之日，怡紅院濁玉，謹以群花之蕊，冰鮫之縠、沁芳之泉、楓露之茗，四者雖微，聊以達誠申信，乃致祭於

白帝宮中撫司秋艷芙蓉女兒之前曰：竊思女兒自臨濁世，迄今凡十有六載。其先之鄉籍姓氏，湮淪而莫能考者久矣。而玉得於衾枕櫛沐之間，栖息宴遊之夕，親昵狎褻，相與共處者，僅五年八月有畸。憶女兒曩㉓生之昔，其為質則金玉不足喻其貴，其為性則冰雪不足喻其潔，其為神則星日不足喻其精，其為貌則花月不足喻其色。姊妹悉慕媖嫻㉔，嫗媼咸仰惠德。孰料鳩鴆惡其高，鷹鷙翻遭罦罬；薋葹妒其臭，茝蘭竟被芟鉏！㉕花原自怯，豈奈狂飆；柳本多愁，何禁驟雨。偶遭蠱蠆㉖之讒，遂抱膏肓之疚。故爾櫻唇紅褪，韵吐呻吟；杏臉香枯，色陳顑頷㉗。諑謠謑詬，出自屏幃；荊棘蓬榛，蔓延戶牖。豈招尤則替，實攘詬而終。既忳幽沉於不盡，復含罔屈於無窮。

---

㉓曩——從前、過去。

㉔媖嫻——美好、文靜。

㉕「鳩鴆」四句——鴆，音ㄓㄣˋ，傳說中的一種惡鳥，羽毛有毒，能致人死命；鳩，斑鳩，愛鳴叫，比喻多嘴多舌、好進讒言的人。鷹鷙，指鷹鷂等飛翔高空的猛禽；罦罬，音ㄈㄨˊ ㄔㄨㄛˋ，一種裝有機關能捕捉鳥獸的網，泛指羅網。薋，同「茨」，蒺藜；葹，蒼耳；古人認為這兩種都是惡草，常用來比喻壞人；臭，音ㄒㄧㄡˋ，氣味，這裡指香氣。茝（音ㄔㄞˇ）蘭，兩種香草，多用來比喻賢人，這裡指晴雯；芟鉏，除掉。

㉖蠱蠆——都是害人的毒蟲。蠱，毒蟲；蠆，音ㄔㄞˋ，蝎子一類的毒蟲。

㉗顑頷——音ㄏㄢˇ ㄏㄢˋ，因飢餓而面黃肌瘦，這裡形容晴雯因疾病而面色憔悴。

高標見嫉，闥幃恨比長沙；直烈遭危，巾幗慘于羽野。㉘自蓄辛酸，誰憐夭折！仙雲既散，芳趾難尋。洲迷聚窟，何來卻死之香？海失靈槎，不獲回生之藥。㉙眉黛烟青，昨猶我畫；指環玉冷，今倩誰溫？鼎爐之剩藥猶存，襟淚之餘痕尚漬。鏡分鸞別，愁開麝月之奩；梳化龍飛，哀折檀雲之齒。㉚委金鈿於草莽，拾翠㔩於塵埃㉛。樓空鳷鵲，徒懸七夕之針；帶斷鴛鴦，誰續五絲之縷？㉜況乃金天屬節，白帝司時，孤衾有夢，空室無人。桐階月暗，芳魂與倩影同銷；蓉帳香殘，嬌喘共細言皆絕。連天衰草，豈獨蒹葭；匝地悲聲，無非蟋蟀。露苔晚砌，穿簾不度寒砧；雨荔秋垣，隔院希聞怨笛。芳名未泯，檐前鸚鵡猶呼；豔質將亡，檻外海棠預老。捉迷屏後，蓮瓣無聲；鬥草庭前，蘭芽枉待。拋殘繡線，銀箋彩縷誰裁？摺斷冰絲，金斗御香未熨。㉝昨承嚴命，既趨

㉘「高標」四句——高標，比喻品格出眾；長沙，指賈誼，西漢洛陽人，遭讒被貶為長沙王太傅，故稱賈長沙，後鬱鬱而死。直烈，正直剛烈；羽野，傳說中的羽山郊野，鯀被殺的地方。

㉙「洲迷」四句——傳說海上有聚窟洲，上有返魂樹，可提煉起死回生的神香；靈槎，神仙的木筏；回生之藥，傳說渤海中有蓬萊、方丈、瀛洲三神山，山上有不死之藥，秦始皇使人求之，因船不能到而未得。

㉚鏡分鸞別、梳化龍飛——鏡分鸞別，借用南朝陳亡時，樂昌公主和丈夫徐德言破鏡重圓的故事，本指夫妻分離，這裡借喻和晴雯永別。梳化龍飛，借用《晉書．陶侃傳》記陶侃懸梭於壁，化龍飛去的故事，改「梭」為「梳」。

㉛金鈿、翠㔩——金鈿，鑲嵌著金花的首飾；翠㔩（音ㄜˋ），裝潢著翠羽的婦女髮飾。

㉜「樓空」四句——鳷鵲，西漢上林苑樓觀名，武帝時建；七夕之針，舊俗七月七日婦女穿七孔針乞巧，如果有蜘蛛在瓜下結網，就認為得到了巧。帶斷鴛鴦，這裡比喻同晴雯的永訣；五絲之縷，指晴雯病補雀金裘事。


聯經出版事業公司校印

車而遠涉芳園；今犯慈威，復拄杖而遽抛孤匶㉞。及聞槥棺被燹㉟，慚違共穴之盟；石槨成災，愧迨同灰之誚。爾乃㊱西風古寺，淹滯青燐；落日荒丘，零星白骨。楸榆颯颯，蓬艾蕭蕭，隔霧壙以啼猿，繞烟塍㊲而泣鬼。自為紅綃帳裡，公子情深；始信黃土壟中，女兒命薄！汝南淚血，斑斑灑向西風；梓澤餘衷，默默訴憑冷月。㊳嗚呼！固鬼蜮之為災，豈神靈而亦妒？鉗詖奴之口㊴，討豈從寬；剖悍婦之心，忿猶未釋！在君之塵緣雖淺，然玉之鄙意豈終。因蓄惓惓之思，不禁諄諄之問。始知上帝垂旌，花宮待詔，生儕蘭蕙，死轄芙蓉。聽小婢之言，似涉無稽；以濁玉之思，則深為有據。何也？昔葉法善攝魂以撰碑，李長吉被詔而為記㊵，事雖殊，其理則一也。故相物以配才，苟非其人，惡乃㊶濫乎？始信上帝委托權衡，可謂至洽至協，庶不負其所秉賦也。

㉝「抛殘」四句——銀箋，剪花樣用的白紙；摺，有皺紋的意思；冰絲，傳說冰蠶所吐的絲，潔白清涼如冰，這裡代指素絹所製的衣服；金斗，熨斗。

㉞匶——同「柩」，棺木。

㉟槥棺被燹——棺材被火焚化。槥，音ㄏㄨㄟˋ，小而薄的棺材；燹，音ㄒㄧㄢˇ，火、野火，這裡作「焚燒」解。

㊱爾乃——連接詞，相當於「於是」。

㊲塍——音ㄔㄥˊ，田間的界路，田埂。

㊳汝南淚血，梓澤餘衷——汝南二句，用漢朝范式與汝南人張劭是好友，張劭死時，范式恰好得夢，於是穿喪服前往奔喪，號哭不止的典故。梓澤餘衷，用的是石崇和綠珠的故事；梓澤，石崇的金谷園別館。

㊴鉗詖奴之口——封住那邪惡奴才的嘴巴。鉗，鉗制、約束；詖，音ㄅㄧˋ，邪惡。

因希其不昧之靈，或陟降於茲㊷；特不揣鄙俗之詞，有汙慧聽。乃歌而招之曰：

天何如是之蒼蒼兮，乘玉虬以遊乎穹窿耶？地何如是之茫茫兮，駕瑤象以降乎泉壤耶？㊸望繖蓋之陸離兮，抑箕尾之光耶？列羽葆而為前導兮，衛危虛于旁耶？驅豐隆以為比從兮，望舒月以離耶？㊹聽車軌而伊軋兮，御鸞鷖以征耶？問馥郁而薆然兮，紉蘅杜以為纕耶㊺？炫裙裾之爍爍兮，鏤明月以為璫耶？籍葳蕤而成壇畸兮，檠蓮焰以燭蘭膏耶？文匏瓟以為觶斝兮，漉醽醁以浮桂醑耶㊻？瞻雲氣而凝盼兮，彷彿有所覘耶？俯窈窕而屬耳兮，恍惚有所聞耶？期汗漫而無夭閼兮，忍捐棄余於塵埃耶？倩風廉之為余驅車兮，冀聯轡而攜歸耶？余中

---

㊵葉法善攝魂以撰碑、李長吉被詔而為記——葉法善事，傳說唐開元間松陽道士葉法善曾求當時書法家李邕為他祖父寫碑文，李邕未允，葉遂用法術攝李魂於夢中寫碑。李長吉事，李長吉即唐詩人李賀，傳說他將死時，忽見一穿紅衣、騎赤虬、手持詔書的人從天上下來對他說，天帝建成白玉樓，召他前去作文記述其事，不久長吉便死去。

㊶惡乃——無乃，豈不是。

㊷陟降——降臨，常用來說明「靈魂」的活動。

㊸穹窿、泉壤——穹窿，天空，形容天空像中央隆起的圓蓋形狀；泉壤，黃泉底下。

㊹「望繖蓋之陸離兮」六句——繖蓋，車蓋，車上天棚；陸離，五光十色。抑，還是；箕、尾，星宿名，均為二十八宿之一，古稱人死後靈魂上天為「騎箕尾」。羽葆，以各色羽毛裝飾的華蓋，為儀仗隊所執之物。衛危虛於旁，是「危虛衛於旁」的倒置；危、虛是二十八宿中的兩個星。豐隆，雲神或雷神。望舒，為月亮趕車的神。

㊺「問馥郁」二句——薆，音ㄞˋ，香氣；薆然，形容香氣濃郁。紉，穿聯；纕，音ㄒㄧㄤ，佩帶。

心為之慨然兮，徒噭噭㊼而何為耶？君偃然而長寢兮，豈天運之變於斯耶？既窀穸且安穩兮，反其真而復奚化耶㊽？余猶桎梏而懸附兮，靈格余以嗟來耶㊾？來兮止兮，君其來耶！

若夫鴻蒙而居，寂靜以處，雖臨於茲，余亦莫睹。搴烟蘿而為步幛，列蒼蒲而森行伍。警柳眼之貪眠，釋蓮心之味苦。素女約於桂岩，宓妃迎於蘭渚㊿。弄玉吹笙，寒簧擊敔(51)。徵嵩嶽之妃，啟驪山之姥。龜呈洛浦之靈，獸作咸池之舞(52)。潛赤水兮龍吟，集珠林兮鳳翥(53)。爰格爰誠，匪簠簋筥(54)。發軔乎霞城，返旌乎玄圃(55)。既顯微而若通，復氤氳而倏阻。離合兮烟雲，空蒙兮霧

㊻「文瓠瓟」二句——文，動詞，畫上花紋；瓠瓟，音ㄏㄨˋ ㄆㄠˊ，葫蘆瓢；觶斝，音ㄓˋ ㄐㄧㄚˇ，古代酒器名；觶，角質酒器，形狀如瓶；斝，雀形玉酒杯。醽醁，音ㄌㄧㄥˊ ㄌㄨˋ，美酒名；桂醑，桂花酒；醑，音ㄒㄩˇ，最清的酒。

㊼噭噭——噭，音ㄐㄧㄠˋ，悲哭聲。

㊽「既窀穸」二句——窀穸，音ㄓㄨㄣ ㄒㄧˋ，墓穴。反其真，古人稱死為歸真；化，變化，這裡指變化成仙。

㊾「余猶桎梏」二句——桎梏，束縛人手足的刑具，一般指精神上的束縛，道家認為形體是精神的桎梏，人死了，精神脫離肉體為返真、超脫；懸附，指多餘地活著，是「附贅懸疣」的簡用。靈，靈性；格，感動，嗟來，呼喚來。

㊿素女、宓妃——素女，古代神話中善鼓瑟的神女，這裡指月中素娥，唐柳宗元《龍城錄》載：唐明皇遊月宮，見素娥十餘人，舞於桂樹之下。宓妃，傳說是宓羲之女，洛水之神。

(51)弄玉吹笙、寒簧擊敔——弄玉吹笙，傳說春秋時秦穆公之女弄玉善吹笙，能招來鳳凰，嫁給善吹簫的蕭史，後來二人成仙飛去。寒簧，仙女名，傳說她曾作過西王母的散花女史，後來又當月宮的侍書，向嫦娥學紫雲之歌、霓裳之舞；敔，音ㄩˇ，打擊樂器。

兩。塵霾斂兮星高，溪山麗兮月午。何心意之忡忡，若寤寐之栩栩。余乃欷歔悵望，泣涕徬徨。人語兮寂歷，天籟兮篔簹(56)。鳥驚散而飛，魚唼喋以響。志哀兮是禱，成禮兮期祥。嗚呼哀哉！尚饗！

讀畢，遂焚帛奠茗，猶依依不捨。小鬟催至再四，方才回身。忽聽山石之後有一人笑道：「且請留步。」二人聽了，不免一驚。那小鬟回頭一看，卻是個人影從芙蓉花中走出來，他便大叫：「不好，有鬼。晴雯真來顯魂了！」唬得寶玉也忙看時，——且聽下回分解。

---

(52)「龜呈」二句——龜呈洛浦之靈，傳說夏禹治水時，洛水裡曾有神龜背著文書來獻給他。咸池，樂名，也叫〈大咸〉，傳說是黃帝所作的樂章。下句是形容音樂效果可使百獸跟著起舞。

(53)「赤水、珠林」二句——赤水，黃帝曾游過的一條水名；珠林，寺名，據《名山記》載，在奉化縣西北雪竇山，此地長滿楠樹、柏樹，常有海鷗做巢；翥，音ㄓㄨˋ，鳥奮飛。

(54)爰格爰誠，匪簠匪筥——爰，起連接作用的語助詞，相當於「既……又……」的意思。匪，通「非」，「不在於」的意思；簠，音ㄈㄨˇ，方形的禮器；筥，音ㄐㄩˇ，圓形的禮器。這句是說，祭在誠心，不在供品和禮器。

(55)「發軔」二句——發軔，車子開動，出發；軔，止住車輪轉動的木頭，開車時拿開；霞城，即碧霞城，神話傳說，元始天尊住在紫雲閣，碧霞城。還旌，歸來；旌，這裡指儀仗隊；玄圃，即懸圃，神話中的山名，傳說在崑崙山上。

(56)天籟兮篔簹——天籟，自然界的聲音，如風聲；篔簹，音ㄩㄣˊ ㄉㄤ，一種長節大竹。這句是說，只聽見風竹聲。

# 第七十九回　薛文龍悔娶河東獅①　賈迎春誤嫁中山狼

話說寶玉祭完了晴雯，只聽花影中有人聲，倒唬了一跳。走出來細看，不是別人，卻是黛玉，滿面含笑，口內說道：「好新奇的祭文！可與曹娥碑②並傳的了。」寶玉聽了，不覺紅了臉，笑答道：「我想著世上這些祭文都蹈於熟濫了，所以改個新樣，原不過是我一時的頑意，誰知又被你聽見了。有什麼大使不得的，何不改削改削？」黛玉道：「原稿在那裡？倒要細細一讀。長篇大論，不知說的是什麼，只聽見中間兩句，什麼『紅綃帳裡，公子多情；黃土壠中，女兒薄命。』這一聯意思卻好，只是『紅綃

①河東獅——比喻凶悍嫉妒的婦人，這裡指夏金桂。宋代陳慥的妻子柳氏很厲害凶悍，陳慥很怕她，蘇東坡寫詩和他開玩笑說：「忽聞河東獅子吼，拄杖落手心茫然。」

②曹娥碑——東漢時會稽上虞縣長官度尚改葬孝女曹娥，為她立碑，並命弟子作誄辭刻於碑上，相傳東漢文學家蔡邕曾稱贊碑文為「絕妙好辭」，從此曹娥碑幾乎成了祭文的典範。

聯經出版事業公司　校印

帳裡』未免熟濫些。放著現成真事，為什麼不用？」寶玉忙問：「什麼現成的真事？」黛玉笑道：「咱們如今都係霞影紗糊的窗槅，何不說『茜紗窗下，公子多情』呢？」寶玉聽了，不禁跌足笑道：「好極，是極！到底是你想的出，說的出。可知天下古今現成的好景妙事盡多，只是愚人蠢子說不出想不出罷了。但只一件：雖然這一改新妙之極，但你居此則可，在我實不敢當。」說著，又接連說了一二十句「不敢」。黛玉笑道：「何妨。我的窗即可為你之窗，何必分晰得如此生疏。古人異姓陌路，尚然『同肥馬，衣輕裘，敝之而無憾』，何況咱們？」寶玉笑道：「論交之道③，不在肥馬輕裘，即黃金白璧，亦不當錙銖較量。倒是這唐突閨閣，萬萬使不得的。如今我越性將『公子』『女兒』改去，竟算是你誄他的倒妙。況且素日你又待他甚厚，故今寧可棄此一篇文，萬不可棄此『茜紗』新句。竟莫若改作『茜紗窗下，小姐多情；黃土壟中，丫鬟薄命。』如此一改，雖於我無涉，我也是愜懷的。」黛玉笑道：「他又不是我的丫頭，何用作此語？況且『小姐』『丫鬟』亦不典雅，等我的紫鵑死了，我再如此說，還不算遲。」寶玉聽了，忙笑道：「這是何苦，又咒他。」黛玉笑道：「是你要咒的，並不是我說的。」寶玉道：「我又有了，這一改可妥當了：莫若說『茜紗窗下，我本無緣；黃土壟中，卿何薄命。』」

黛玉聽了，忡然變色，心中雖有無限的狐疑亂擬，外面卻不肯露出，反連忙含笑點頭稱妙，說：「果然改的好。再不必亂改了，快去幹正經事罷。才剛太太打發人叫你明兒一早快過大舅母那邊去。你二姐

③「論交之道」一段——這裡是說論交友的道理，即使比「肥馬輕裘」更貴重的「黃金白璧」，也應毫不計較。錙銖，古代很小的重量單位：錙，四分之一兩；銖，二十四分之一兩；錙銖較量，即斤斤計較。

姐已有人家求準了，想是明兒那家人來拜允，所以叫你們過去呢。」寶玉拍手道：「何必如此忙？我身上也不大好，明兒還未必能去呢。」黛玉道：「又來了！我勸你把脾氣改改罷。一年大，二年小，……」一面說話，一面咳嗽起來。寶玉忙道：「這裡風冷，咱們只顧呆站在這裡，快回去罷。」黛玉道：「我也家去歇息了，明兒再見罷。」說著，便自取路去了。寶玉只得悶悶的轉步，又忽想起來黛玉無人隨伴，忙命小丫頭子跟了送回去。自己到了怡紅院中，果有王夫人打發老嬷嬷來，吩咐他明日一早過賈赦那邊去，與方才黛玉之言相對。

原來賈赦已將迎春許與孫家了。這孫家乃是大同府人氏，祖上係軍官出身，乃當日寧榮府中之門生，算來亦係世交。如今孫家只有一人在京，現襲指揮④之職，此人名喚孫紹祖，生得相貌魁梧，體格健壯，弓馬嫻熟，應酬權變，年紀未滿三十，且又家資饒富，現在兵部候缺題陞。因未有室，賈赦見是世交之孫，且人品家當都相稱合，遂青目擇為東床嬌婿。亦曾回明賈母。賈母心中卻不十分稱意，想來攔阻亦恐不聽，兒女之事自有天意前因，況且他是親父主張，何必出頭多事，為此只說「知道了」三字，餘不多及。賈政又深惡孫家，雖是世交，當年不過是彼祖希慕榮寧之勢，有不能了結之事才拜在門下的，並非詩禮名族之裔，因此倒勸諫過兩次，無奈賈赦不聽，也只得罷了。

寶玉卻從未會過這孫紹祖一面的，次日只得過去，聊以塞責。只聽見說娶親的日子甚急，不過今年就要過門的，又見邢夫人等回了賈母，將迎春接出大觀園去等事，越發掃去了興頭，每日癡癡呆呆的，

④指揮——官名，明清沿襲元代制度，在京城設五城兵馬司，「指揮」是主管長官。

不知作何消遣。又聽得說陪四個丫頭過去，更又跌足自嘆道：「從今後這世上又少了五個清潔人了。」因此天天到紫菱洲一帶地方徘徊瞻顧，見其軒窗寂寞，屏帳翛然⑤，不過有幾個該班上夜的老嫗。再看那岸上的蓼花、葦葉，池內的翠荇、香菱，也都覺搖搖落落，似有追憶故人之態，迥非素常逞妍鬥色之可比。既領略得如此寥落淒慘之景，是以情不自禁，乃信口吟成一歌曰：

池塘一夜秋風冷，吹散芰荷紅玉影。蓼花菱葉不勝愁，重露繁霜壓纖梗。不聞永晝敲棋聲，燕泥點點汙棋枰。古人惜別憐朋友，況我今當手足情！

寶玉方才吟罷，忽聞背後有人笑道：「你又發什麼呆呢？」寶玉回頭忙看是誰，原來是香菱。寶玉便轉身笑問道：「我的姐姐，你這會子跑到這裡來做什麼？許多日子也不進來逛逛。」香菱拍手笑嘻嘻的說道：「我何曾不來？如今你哥哥回來了，那裡比先時自由自在的了？才剛我們奶奶使人找你鳳姐姐的，竟沒找著，說往園子裡來了。我聽見了這信，我就討了這件差，進來找他。遇見他的丫頭，說在稻香村呢。如今我往稻香村去，誰知又遇見了你。我且問你：襲人姐姐這幾日可好？怎麼忽然把個晴雯姐姐也沒了？到底是什麼病？二姑娘搬出去的好快！你瞧瞧，這地方好空落落的。」寶玉應之不迭，又讓他同到怡紅院去吃茶。香菱道：「此刻竟不能，等找著璉二奶奶，說完了正經事，再來。」寶玉道：「什麼正經事，這麼忙？」香菱道：「為你哥哥娶嫂子的事，所以要緊。」寶玉道：「正是。說的到底是那一家的？只聽見吵嚷了這半年，今兒又說張家的好，明兒又要李家的，後兒又議論王家的。這些人家的

⑤屏帳翛然——人去屋空的景況。翛然，蕭然，破敗空寂的樣子。

女兒，他也不知道造了什麼罪了，叫人家好端端議論！」香菱道：「這如今定了，可以不用搬扯別家了。」寶玉忙問：「定了誰家的？」香菱道：「因你哥哥上次出門貿易時，在順路到了個親戚家去。這門親原是老親，且又和我們是同在戶部掛名行商，也是數一數二的大門戶。前日說起來，你們兩府都也知道的。合長安城中，上至王侯，下至買賣人，都稱他家是『桂花夏家』。」寶玉笑問道：「如何又稱為『桂花夏家』？」香菱道：「他家本姓夏，非常的富貴。其餘田地不用說，單有幾十頃地獨種桂花，凡這長安城裡城外桂花局，俱是他家的；連宮裡一應陳設盆景亦是他家貢奉，因此才有這個渾號。如今太爺也沒了，只有老奶奶帶著一個親生的姑娘過活，也並沒有哥兒兄弟，可惜他竟一門盡絕了。」

寶玉忙道：「咱們也別管他絕後不絕後，只是這姑娘可好？你們大爺怎麼就中意了？」香菱笑道：「一則是天緣，二則是『情人眼裡出西施』。當年又是通家⑥來往，從小兒都一處廝混過。敘起親是姑舅兄妹，又沒嫌疑。雖離開了這幾年，前兒一到他家，夏奶奶又是沒兒子的，一見了你哥哥出落的這樣，又是哭，又是笑，竟比見了兒子的還勝。又令他兄妹相見，誰知這姑娘出落得花朵似的了，在家裡也讀書寫字，所以你哥哥當時就一心看準了。連當鋪裡老朝奉⑦、夥計們一群人，遭擾了人家三四日，他們還留多住幾日，好容易苦辭，才放回家。你哥哥一進門，就咕咕唧唧求我們奶奶去求親。我們奶奶原也是見過這姑娘的，且又門當戶對，也就依了。和這裡姨太太、鳳姑娘商議了，打發人去一說，就成了。」

⑥通家——互相交通往來的人家，指世交或姻親。
⑦朝奉——原是宋代官名，後來用作對富豪或店鋪中高級雇員的稱呼。

只是娶的日子太急，所以我們忙亂的很。我也巴不得早些過來，又添一個作詩的人了。」寶玉冷笑道：「雖如此說，但只我聽這話，不知怎麼倒替你耽心慮後呢。」香菱聽了，不覺紅了臉，正色道：「這是什麼話！素日咱們都是廝抬廝敬⑧的，今日忽然提起這些事來，是什麼意思！怪不得人人都說你是個親近不得的人！」一面說，一面轉身走了。

寶玉見他這樣，便悵然如有所失，呆呆的站了半天，思前想後，不覺滴下淚來，只得沒精打彩，還入怡紅院來。一夜不曾安穩，睡夢之中猶喚晴雯，或魘魔驚怖，種種不寧。次日便懶進飲食，身體作熱。此皆近日抄檢大觀園、逐司棋、別迎春、悲晴雯等羞辱、驚恐、悲淒之所致，兼以風寒外感，故釀成一疾，臥床不起。賈母聽得如此，天天親來看視。王夫人心中自悔不合因晴雯過於逼責了他。心中雖如此，臉上卻不露出，只吩咐眾奶娘等好生伏侍看守，一日兩次帶進醫生來診脈下藥。一月之後，方才漸漸的痊愈。賈母命好生保養，過百日方許動葷腥油麵等物，方可出門行走。

這一百日內，連院門前皆不許到，只在房中頑笑。四五十日後，就把他拘約的火星亂迸，那裡忍耐得住？雖百般設法，無奈賈母、王夫人執意不從，也只得罷了。因此，和那些丫鬟們無所不至，恣意耍笑作戲。又聽得薛蟠擺酒唱戲，熱鬧非常，已娶親入門，聞得這夏家小姐十分俊俏，也略通文翰，寶玉恨不得就過去一見才好。再過些時，又聞得迎春出了閣。寶玉思及當時姊妹們一處，耳鬢廝磨，從今一別，縱得相逢，也必不似先前那等親密了。眼前又不能去一望，真令人淒惶迫切之至。少不得潛心忍耐，

---

⑧廝抬廝敬——互相尊敬。廝，互相；抬，抬舉、客氣。



聯經出版事業公司校印

暫同這些丫鬟們廝鬧釋悶，幸免賈政責備逼迫讀書之難。這百日內，只不曾拆毀了怡紅院，和這些丫頭們無法無天，凡世上所無之事，都頑耍出來。如今且不消細說。

且說香菱自那日搶白了寶玉之後，心中自為寶玉有意唐突他，「怨不得我們寶姑娘不敢親近，可見我不如寶姑娘遠矣；怨不得林姑娘時常和他角口氣的痛哭，自然唐突他也是有的了。從此倒要遠避他才好。」因此，以後連大觀園也不輕易進來。日日忙亂著，薛蟠娶過親，自為得了護身符，自己身上分去責任，到底比這樣安寧些；二則又聞得是個有才有貌的佳人，自然是典雅和平的：因此他心中盼過門的日子比薛蟠還急十倍。好容易盼得一日娶過了門，他便十分殷勤小心伏侍。

原來這夏家小姐今年方十七歲，生得亦頗有姿色，亦頗識得幾個字。若論心中的邱壑經緯⑨，頗步熙鳳之後塵。只吃虧了一件：從小時父親去世的早，又無同胞弟兄，寡母獨守此女，嬌養溺愛，不啻珍寶，凡女兒一舉一動，彼母皆百依百隨，因此未免嬌養太過，竟釀成個盜跖⑩的性氣。愛自己尊若菩薩，窺他人穢如糞土；外具花柳之姿，內秉風雷之性。在家中時常就和丫鬟們使性弄氣，輕罵重打的。今日出了閣，自為要作當家的奶奶，比不得作女兒時靦腆溫柔；需要拿出這威風來，才鈐壓得住人；況且見薛蟠氣質剛硬，舉止驕奢，若不趁熱灶一氣炮製熟爛，將來必不能自豎旗幟矣；又見有香菱這等一個才

⑨邱壑經緯——形容人富謀略，心機深遠。邱，山丘；壑，山谷、山溝；邱壑，比喻人意致深遠；經緯，有條理的計畫。

⑩盜跖——人名，傳說中春秋時的大盜。

貌俱全的愛妾在室，越發添了「宋太祖滅南唐」⑪之意，「臥榻之側，豈容他人酣睡」之心。因他家多桂花，他小名就喚做金桂。他在家時，不許人口中帶出「金」「桂」二字來，凡有不留心誤道一字者，他便定要苦打重罰才罷。他因想「桂花」二字是禁止不住的，須另換一名，因想桂花曾有廣寒嫦娥之說，便將桂花改為「嫦娥花」，又寓自己身分如此。

薛蟠本是個憐新棄舊的人，且是有酒膽、無飯力⑫的，如今得了這樣一個妻子，正在新鮮興頭上，凡事未免盡讓他些。那夏金桂見了這般形景，便也試著一步緊似一步。一月之中，二人氣概還都相平；至兩月之後，便覺薛蟠的氣概漸次低矮了下去。一日薛蟠酒後，不知要行何事，先與金桂商議，金桂執意不從。薛蟠忍不住便發了幾句話，賭氣自行了，這金桂便氣的哭如醉人一般，茶湯不進，裝起病來。請醫療治，醫生又說：「氣血相逆，當進寬胸順氣之劑。」薛姨媽恨的罵了薛蟠一頓，說：「如今娶了親，眼前抱兒子了，還是這樣胡鬧！人家鳳凰蛋似的，好容易養了一個女兒，比花朵兒還輕巧，原看的你是個人物，才給你作老婆。你不說收了心，安分守己，一心一計和和氣氣的過日子，還是這樣胡鬧，唻嗓⑬了黃湯，折磨人家。這會子花錢吃藥白遭心。」一席話，說的薛蟠後悔不迭，反來安慰金桂。金桂

⑪宋太祖滅南唐——宋太宗（此處「祖」字誤）伐南唐時說：「南唐又有什麼罪？不過天下必須統一，臥榻旁邊哪容得別人打鼾睡覺呢？」這句語義雙關，表示金桂的嫉妒、不能容人。

⑫有酒膽，無飯力——表面很剛強，實際上很懦弱。

⑬唻嗓——又作「噇嗓」，罵人吃喝；唻，音ㄔㄨㄤ，貪飲。

見婆婆如此說丈夫，越發得了意，便裝出些張致⑭來，總不理薛蟠。薛蟠沒了主意，惟自怨而已，好容易十天半月之後，才漸漸的哄轉過金桂的心來。自此，便加一倍小心，不免氣概又矮了半截下來。

那金桂見丈夫旗纛⑮漸倒，婆婆良善，也就漸漸的持戈試馬起來。先時不過挾制薛蟠，後來倚嬌作媚，將及薛姨媽，又將至寶釵。寶釵久察其不軌之心，每隨機應變，暗以言語彈壓其志。金桂知其不可犯，每欲尋隙，又無隙可乘，只得曲意俯就。

一日，金桂無事，因和香菱閑談，問香菱家鄉父母。香菱皆答忘記；金桂便不悅，說有意欺瞞了他。因問他「香菱」二字是誰起的名字，香菱便答：「姑娘起的。」金桂冷笑道：「人人都說姑娘通，只這一個名字就不通。」香菱忙笑道：「噯喲，奶奶不知道，我們姑娘的學問連我們姨老爺時常還誇呢！」欲明後事，且見下回。

---

⑭張致——拉架式，故作姿態，裝腔作勢。

⑮旗纛——古代軍隊裡的大旗，這裡指權威。

# 第八十回　美香菱屈受貪夫棒　王道士胡謅妒婦方

話說金桂聽了，將脖項一扭，嘴唇一撇，鼻孔裡「哧」了兩聲，拍著掌冷笑道：「菱角花誰聞見香來著？若說菱角香了，正經那些香花放在那裡？可是不通之極！」香菱道：「不獨菱角花，就連荷葉、蓮蓬，都是有一股清香的。但他那原不是花香可比，若靜日靜夜或清早半夜，細領略了去，那一股香比是花兒都好聞呢。就連菱角、雞頭、葦葉、蘆根得了風露，那一股清香，就令人心神爽快的。」金桂道：「依你說，那蘭花、桂花倒香的不好了？」香菱說到熱鬧頭上，忘了忌諱，便接口道：「蘭花、桂花的香，又非別花之香可比。……」一句未完，金桂的丫鬟名喚寶蟾者，忙指著香菱的臉兒說道：「要死，要死！你怎麼真叫起姑娘的名字來？」香菱猛省了，反不好意思，忙陪笑賠罪說：「一時說順了嘴，奶奶別計較。」金桂笑道：「這有什麼，你也太小心了。但只是我想這個『香』字到底不妥，意思要換一個字，不知你服不服？」香菱忙笑道：「奶奶說那裡話？此刻連我一身一體俱屬奶奶，何得換一名字反問我服不服，叫我如何當得起？奶奶說那一個字好，就用那一個。」金桂笑道：「你雖說的是，只怕姑娘多心，說：『我起的名字，反不如你？你能來了幾日，就駁我的回了。』」香菱笑道：「奶奶有所不知：


聯經出版事業公司　校印

當日買了我來時，原是老奶奶使喚的，故此姑娘起得名字。後來我自伏侍了爺，就與姑娘無涉了。如今又有了奶奶，益發不與姑娘相干。況且姑娘又是極明白的人，如何惱得這些呢？」金桂道：「既這樣說，『香』字竟不如『秋』字妥當。菱角、菱花皆盛於秋，豈不比『香』字有來歷些？」香菱道：「就依奶奶這樣罷了。」自此後遂改了「秋」字，寶釵亦不在意。

只因薛蟠天性是「得隴望蜀」的，如今得娶了金桂，又見金桂的丫鬟寶蟾有三分姿色，舉止輕浮可愛，便時常要茶要水的，故意撩逗他。寶蟾雖亦解事，只是怕著金桂，不敢造次，且看金桂的眼色。金桂亦頗覺察其意，想著：「正要擺佈香菱，無處尋隙，如今他既看上了寶蟾，如今且捨出寶蟾去與他，他一定就和香菱疏遠了。我且乘他疏遠之時，便擺佈了香菱；那時寶蟾原是我的人，也就好處了。」打定了主意，伺機而發。

這日，薛蟠晚間微醺，又命寶蟾倒茶來吃。薛蟠接碗時，故意捏他的手；寶蟾又喬裝躲閃，連忙縮手；兩下失誤，「豁啷」一聲，茶碗落地，潑了一身一地的茶。薛蟠不好意思，佯說寶蟾不好生拿著。寶蟾說：「姑爺不好生接。」金桂冷笑道：「兩個人的腔調兒都夠使了。別打諒誰是傻子！」薛蟠低頭微笑不語，寶蟾紅了臉出去。一時，安歇之時，金桂便故意的攆薛蟠別處去睡，「省得你饞癆餓眼。」薛蟠只是笑。金桂道：「要作什麼和我說，別偷偷摸摸的，不中用。」薛蟠聽了，仗著酒蓋臉，便趁勢跪在被上，拉著金桂笑道：「好姐姐！你若要把寶蟾賞了我，你要怎樣，就怎樣。你要人腦子，也弄來給你。」金桂笑道：「這話好不通！你愛誰，說明了，就收在房裡，省得別人看著不雅。我可要什麼呢。」薛蟠得了這話，喜的稱謝不盡。是夜，曲盡丈夫之道，奉承金桂。次日也不出門，只在家中廝奈①，越發放大了膽。

至午後，金桂故意出去，讓個空兒與他二人。薛蟠便拉拉扯扯的起來。寶蟾心裡也知八九，也就半推半就，正要入港。誰知金桂是有心等候的，料必在難分之際，便叫丫頭小捨兒過來。原來這小丫頭也是金桂從小兒在家使喚的，因他自幼父母雙亡，無人看管，便大家叫他作小捨兒，專作些粗笨的生活。金桂如今有意，獨喚他來吩咐道：「你去告訴秋菱，到我屋裡將手帕取來，不必說我說的。」小捨兒聽了，一逕尋著香菱，說：「菱姑娘，奶奶的手帕子忘記在屋裡了。你去取來送上去，豈不好？」香菱正因金桂近日每每的折挫他，不知何意，百般竭力挽回不暇。聽了這話，忙往房裡來取，不防正遇見他二人推就之際，一頭撞了進去，自己倒羞的耳面飛紅，忙轉身迴避不迭。那薛蟠自為是過了明路的②，除了金桂，無人可怕，所以連門也不掩，今見香菱撞來，故也略有些慚愧，還不十分在意。無奈寶蟾素日最是說嘴要強的，今遇見了香菱，便恨無地縫兒可入，忙推開薛蟠，一逕跑了，口內還恨怨不迭，說他強姦力逼等語。薛蟠好容易圈哄的要上手，卻被香菱打散，不免一腔興頭變作了一腔惡怒，都在香菱身上，不容分說，趕出來，啐了兩口，罵道：「死娼婦！你這會子作什麼來撞屍遊魂③！」香菱料事不好，三步兩步，早已跑了。薛蟠再來找寶蟾，已無蹤跡了，於是恨的只罵香菱。至晚飯後，已吃得醺醺然，

①廝奈——相耐，混日子；奈，耐、捱的意思。
②過了明路的——事經公開，不需躲閃。
③撞屍遊魂——舊時說法，遊魂撲到死屍身上，屍身就會還陽，會說話、行動，所以用來罵人瞎跑、亂撞。


聯經出版事業公司　校印

洗澡時，不防水略熱了些，燙了腳，便說香菱有意害他，赤條精光，趕著香菱踢打了兩下。香菱雖未受過這氣苦，既到此時，也說不得了，只好自悲自怨，各自走開。

彼時金桂已暗和寶蟾說明，今夜令薛蟠和寶蟾在香菱房中去成親，命香菱過來陪自己先睡。先是香菱不肯，金桂說他嫌髒了，再必是圖安逸，怕夜裡勞動伏侍，又罵說：「你那沒見世面的主子，見一個，愛一個，把我的人霸占了去，又不叫你來。到底是什麼主意？想必是逼我死罷了！」薛蟠聽了這話，又怕鬧黃④了寶蟾之事，忙又趕來罵香菱：「不識抬舉！再不去，便要打了！」香菱無奈，只得抱了鋪蓋來。金桂命他在地下鋪睡。香菱無奈，只得依命。剛睡下，便叫倒茶，一時又叫捶腿，如是一夜七八次，總不使其安逸穩臥片時。

那薛蟠得了寶蟾，如獲珍寶，一概都置之不顧。恨的金桂暗暗的發恨道：「且叫你樂這幾天，等我慢慢的擺佈了來，那時可別怨我！」一面隱忍，一面設計擺佈香菱。

半月光景，忽又裝起病來，只說心疼難忍，四肢不能轉動。請醫療治不效，眾人都說是香菱氣的。鬧了兩日，忽又從金桂的枕頭內抖出紙人來，上面寫著金桂的年庚八字，有五根針釘在心窩裡四肢骨節等處。於是眾人反亂起來，當作新聞，先報與薛姨媽。薛姨媽先忙手忙腳的，薛蟠自然更亂起來，立刻要拷打眾人。金桂笑道：「何必冤枉眾人，大約是寶蟾的鎮魘法兒。」薛蟠道：「他這些時並沒多空兒在你房裡，何苦賴好人。」金桂冷笑道：「除了他還有誰？莫不是我自己不成！雖有別人，誰可敢進我

---

④鬧黃——把事情弄壞、攪壞；黃，指事情做不成功。

的房呢？」薛蟠道：「香菱如今是天天跟著你，他自然知道，先拷問他，就知道了。」金桂冷笑道：「拷問誰？誰肯認？依我說，竟裝個不知道，大家丟開手罷了。橫豎治死我，也沒什麼要緊，樂得再娶好的。若據良心上說，左不過你三個多嫌我一個！」說著，一面痛哭起來。

薛蟠更被這一席話激怒，順手抓起一根門閂來，一逕搶步，找著香菱，不容分說，便劈頭劈面打起來，一口咬定是香菱所施。香菱叫屈。薛姨媽跑來禁喝說：「不問明白，你就打起人來了！這丫頭伏侍了你這幾年，那一點不周到，不盡心？他豈肯如今作這沒良心的事！你且問個清渾皂白，再動粗魯。」金桂聽見他婆婆如此說著，怕薛蟠耳軟心活，便益發嚎啕大哭起來，一面又哭喊說：「這半個多月，把我的寶蟾霸占了去，不容他進我的房，唯有秋菱跟著我睡。我要拷問寶蟾，你又護到頭裡。你這會子又賭氣打他去。治死我，再揀富貴的標緻的娶來就是了，何苦作出這些把戲來？」薛蟠聽了這些話，越發著了急。

薛姨媽聽見金桂句句挾制著兒子，百般惡賴的樣子，十分可恨。無奈兒子偏不硬氣，已是被他挾制軟慣了。如今又勾搭上丫頭，被他說霸占了去，他自己反要占溫柔讓夫之禮。——這魘魔法究竟不知誰作的，實是俗語說的「清官難斷家務事」，此事正是公婆難斷床幃事了。因此無法，只得賭氣喝罵薛蟠說：「不爭氣的孽障！騷狗也比你體面些！誰知你三不知的把陪房丫頭也摸索上了，叫老婆說嘴霸占了丫頭，什麼臉出去見人？也不知誰使的法子，也不問青紅皂白，好歹就打人。我知道你是個得新棄舊的東西，白辜負了我當日的心。他既不好，你也不許打，我即刻叫人牙子來賣了他，你就心淨了。」說著，命香菱：「收拾了東西，跟我來。」一面叫人：「去！快叫個人牙子來，多少賣幾兩銀子，拔去肉中刺，


聯經出版事業公司　校印

眼中釘，大家過太平日子！」

　　薛蟠見母親動了氣，早也低下頭了。金桂聽了這話，便隔著窗子往外哭道：「你老人家只管賣人，不必說著一個、扯著一個的。我們很是那吃醋拈酸、容不下人的不成？怎麼『拔出肉中刺，眼中釘』？是誰的釘？誰的刺？但凡多嫌著他，也不肯把我的丫頭也收在房裡了。」薛姨媽聽說，氣的身戰氣咽，道：「這是誰家的規矩？婆婆這裡說話，媳婦隔著窗子拌嘴！虧你是舊家人家⑤的女兒！滿嘴裡大呼小喊，說的是些什麼！」薛蟠急的跺腳，說：「罷喲，罷喲！看人聽見笑話！」金桂意謂一不作，二不休，越發發潑喊起來了，說：「我不怕人笑話！你的小老婆治我害我，我倒怕人笑話了！再不然，留下他，就賣了我！誰還不知道你薛家有錢，行動拿錢墊人⑥；又有好親戚，挾制著別人！你不趁早施為，還等什麼？嫌我不好，誰叫你們瞎了眼，三求四告的，跑了我們家作什麼去了！這會子人也來了，金的、銀的也賠了，略有個眼睛、鼻子的，也霸占去了，該擠發我了！」一面哭喊，一面滾揉，自己拍打。薛蟠急的說又不好，勸又不好，打又不好，央告又不好，只是出入咳聲嘆氣，抱怨說運氣不好。

　　當下薛姨媽早被寶釵勸進去了，只命人來賣香菱。寶釵笑道：「咱們家從來只知買人，並不知賣人之說。媽可是氣的糊塗了。倘或叫人聽見，豈不笑話？哥哥、嫂子嫌他不好，留下我使喚，我正也沒人使呢。」薛姨媽道：「留著他還是淘氣，不如打發了他倒乾淨。」寶釵笑道：「他跟著我也是一樣，橫

---

⑤舊家人家——祖先做過官的人家，官宦世家。

⑥拿錢墊人——這裡是依仗財勢欺壓人的意思；墊，填塞、壓迫。

豎不叫他到前頭去。從此斷絕了他那裡，也如賣了一般。」香菱早已跑到薛姨媽跟前痛哭哀求，只不願出去，情願跟著姑娘，薛姨媽也只得罷了。

自此以後，香菱果跟隨寶釵去了，把前面路徑竟一心斷絕。雖然如此，終不免對月傷悲，挑燈自嘆。本來怯弱，雖在薛蟠房中幾年，皆由血分中有病，是以並無胎孕。今復加以氣怒傷感，內外折挫不堪，竟釀成乾血之症⑦，日漸羸瘦⑧作燒，飲食懶進，請醫診視服藥，亦不效驗。

那時金桂又吵鬧了數次，氣的薛姨媽母女惟暗自垂淚，怨命而已。薛蟠雖曾仗著酒膽，挺撞過兩三次，持棍欲打，那金桂便遞與他身子隨意叫打；這裡持刀欲殺時，便伸與他脖項。薛蟠也實不能下手，只得亂鬧了一陣罷了。如今習慣成自然，反使金桂越發長了威風，薛蟠越發軟了氣骨。雖是香菱猶在，卻亦如不在的一般，雖不能十分暢快，就不覺的礙眼了，且姑置不究。如此又漸次尋趁寶蟾。寶蟾卻不比香菱的情性，最是個烈火乾柴，既和薛蟠情投意合，便把金桂忘在腦後。近見金桂又作踐他，他便不肯服低容讓半點。先是一沖一撞的拌嘴，後來金桂氣急了，甚至於罵，再至於打。他雖不敢還言還手，便大撒潑性，拾頭打滾，尋死覓活，晝則刀剪，夜則繩索，無所不鬧。薛蟠此時一身難以兩顧，惟徘徊觀望於二者之間，十分鬧的無法，便出門躲在外廂。金桂不發作性氣，有時歡喜，便糾聚人來鬥紙牌、擲骰子作樂。又生平最喜啃骨頭，每日務要殺雞鴨，將肉賞人吃，只單以油炸焦骨頭下酒。吃的不奈煩，

---

⑦乾血之症——即中醫所說的「乾血癆」，婦科病，主要症狀有面目暗黑、肌肉消瘦乾枯、月經澀少或閉經。

⑧羸瘦——瘦弱；羸，音ㄌㄟˊ，弱。



聯經出版事業公司校印

或動了氣，便肆行海罵，說：「有別的忘八粉頭樂的，我為什麼不樂！」薛家母女總不去理他。薛蟠亦無別法，惟日夜悔恨不該娶這「攪家星」罷了，都是一時沒了主意。於是寧、榮二宅之人，上上下下，無有不知，無有不嘆者。

此時寶玉已過了百日，出門行走。亦曾過來見過金桂，「舉止形容也不怪厲，一般是鮮花嫩柳，與眾姊妹不差上下的人，焉得這等樣情性，可為奇之至極。」因此心下納悶。這日與王夫人請安去，又正遇見迎春奶娘來家請安，說起孫紹祖甚屬不端，「姑娘惟有背地裡淌眼抹淚的，只要接了來家散誕兩日。」王夫人因說：「我正要這兩日接他去，只因七事八事的，都不遂心，所以就忘了。前兒寶玉去了，回來也曾說過的。明日是個好日子，就接去。」正說著，賈母打發人來找寶玉，說：「明兒一早往天齊廟⑨還願。」寶玉如今巴不得各處去逛逛，聽見如此，喜的一夜不曾合眼，盼明不明的。

次日一早，梳洗穿帶已畢，隨了兩三個老嬤嬤坐車出西城門外天齊廟來燒香還願。這廟裡已是昨日預備停妥的。寶玉天生性怯，不敢近猙獰神鬼之像。這天齊廟本係前朝所修，極其宏壯。如今年深歲久，又極其荒涼。裡面泥胎塑像皆極其凶惡，是以忙忙的焚過紙馬錢糧，便退至道院歇息。一時吃過飯，眾嬤嬤和李貴等人圍隨寶玉到處散誕頑耍了一回，寶玉困倦，復回至靜室安歇。眾嬤嬤生恐他睡著了，便請當家的老王道士來陪他說話兒。這老王道士專意在江湖上賣藥，弄些海上方治人射利⑩，這廟外現掛

---

⑨天齊廟——唐玄宗開元十三年封泰山神為天齊王，在各地祀奉泰山神的廟就稱「天齊廟」。
⑩射利——賺錢。

著招牌，丸散膏丹，色色俱備。亦長在寧、榮兩宅走動熟慣，都與他起了個渾號，喚他作「王一貼」：言他的膏藥靈驗，只一貼，百病皆除之意。

當下王一貼進來，寶玉正歪在炕上想睡，李貴等正說「哥兒別睡著了」，廝混著。看見王一貼進來，都笑道：「來的好，來的好。王師父，你極會說古記的，說一個與我們小爺聽聽。」王一貼笑道：「正是呢。哥兒別睡，仔細肚裡麵筋作怪。」說著，滿屋裡人都笑了。寶玉也笑著起身整衣。王一貼喝命徒弟們快泡好釅茶來。茗烟道：「我們爺不吃你的茶，連這屋裡坐著還嫌膏藥氣息呢。」王一貼笑道：「沒當家花花的⑪！膏藥從不拿進這屋裡來的。知道哥兒今日必來，頭三五天就拿香熏了又熏的。」寶玉道：「可是呢，天天只聽見你的膏藥好，到底治什麼病？」王一貼道：「哥兒若問我的膏藥，說來話長，其中細理，一言難盡：共藥一百二十味，君臣相際，賓客得宜，溫涼兼用，貴賤殊方。內則調元補氣，開胃口，養榮衛⑫，寧神安志，去寒去暑，化食化痰；外則和血脈，舒筋絡，出死肌，生新肉，去風散毒。其效如神，貼過的便知。」

寶玉道：「我不信一張膏藥就治這些病。──我且問你，倒有一種病，可也貼的好麼？」王一貼道：「百病千災，無不立效。若不見效，哥兒只管揪著鬍子，打我這老臉，拆我這廟何如？只說出病源來。」

---

⑪沒當家花花的──這裡是不敢、罪過的意思。「花花」是詞尾，無意義。沒當家，又作「不當家」、「不當價」。

⑫養榮衛──又叫「養營衛」。中醫把人體中飲食所化的精氣和功能分為「營」和「衛」。「營」指充盈於內、生化血液、營養周身的作用；「衛」指捍衛於外、抗禦病邪、保衛肌表的作用。

寶玉笑道：「你猜，若你猜的著，便貼的好了。」王一貼聽了，尋思一會，笑道：「這倒難猜，只怕膏藥有些不靈了。」寶玉命李貴等：「你們且出去散散。這屋裡人多，越發蒸臭了。」李貴等聽說，且都出去自便，只留下茗烟一人。這茗烟手內點著一枝夢甜香，寶玉命他坐在身旁，卻倚在他身上。王一貼心有所動，便笑嘻嘻走近前來，悄悄的說道：「我可猜著了！想是哥兒如今有了房中的事情，要滋助的藥，可是不是？」話猶未完，茗烟先喝道：「該死，打嘴！」寶玉猶未解，忙問：「他說什麼？」茗烟道：「信他胡說！」唬的王一貼不敢再問，只說：「哥兒明說了罷。」寶玉道：「我問你，可有貼女人的妒病方子沒有？」王一貼聽說，拍手笑道：「這可罷了！不但說沒有方子，就是聽也沒有聽見過。」寶玉笑道：「這樣還算不得什麼。」王一貼又忙道：「貼妒的膏藥倒沒經過，倒有一種湯藥或者可醫，只是慢些兒，不能立竿見影的效驗。」寶玉道：「什麼湯藥？怎麼吃法？」王一貼道：「這叫做『療妒湯』：用極好的秋梨一個，二錢冰糖，一錢陳皮，水三碗，梨熟為度，每日清早吃這麼一個梨，吃來吃去就好了。」寶玉道：「這也不值什麼，只怕未必見效。」王一貼道：「一劑不效，吃十劑；今日不效，明日再吃；今年不效，吃到明年。橫豎這三味藥都是潤肺開胃不傷人的，甜絲絲的，又止咳嗽，又好吃。吃過一百歲，人橫豎是要死的，死了還妒什麼？那時就見效了。」

說著，寶玉、茗烟都大笑不止，罵：「油嘴的牛頭！」王一貼笑道：「不過是閑著解午盹罷了，有什麼關係？說笑了你們就值錢。實告你們說：連膏藥也是假的。我有真藥，我還吃了作神仙呢！有真的，跑到這裡來混？」正說著，吉時已到，請寶玉出去焚化錢糧，散福。功課完畢，方進城回家。

那時迎春已來家好半日，孫家的婆娘、媳婦等人已待過晚飯，打發回家去了。迎春方哭哭啼啼的在王夫人房中訴委屈，說孫紹祖「一味好色，好賭酗酒，家中所有的媳婦丫頭，將及淫遍。略勸過兩三次，便罵我是『醋汁子老婆擰出來的』⑬。又說老爺曾收著他五千銀子，不該使了他的。如今他來要了兩三次不得，他便指著我的臉說道：『你別和我充夫人娘子！你老子使了我五千銀子，把你準折賣給我的。好不好，打一頓，攆在下房裡睡去！當日有你爺爺在時，希圖上我們的富貴，趕著相與的。論理，我和你父親是一輩，如今強壓我的頭，賣了一輩。又不該作了這門親，倒沒的叫人看著趕勢利⑭似的。』」一行說，一行哭的嗚嗚咽咽，連王夫人並眾姊妹無不落淚。王夫人只得用言語解勸說：「已是遇見了這不曉事的人，可怎麼樣呢？想當日你叔叔也曾勸過大老爺，不叫作這門親的。大老爺執意不聽，一心情願，到底作不好了。我的兒！這也是你的命。」迎春哭道：「我不信我的命就這麼不好！從小兒沒了娘，幸而過嬸子這邊，過了幾年心淨日子；如今偏又是這麼個結果！」

王夫人一面解勸，一面問他隨意要在那裡安歇。迎春道：「乍乍的離了姊妹們，只是眠思夢想。二則還記掛著我的屋子，還得在園裡舊房子裡住得三五天，死也甘心了。——不知下次還可能得住不得住了呢！」王夫人忙勸道：「快休亂說。不過年輕的夫妻們，閑牙鬥齒，亦是萬萬人之常事，何必說這喪話？」仍命人忙忙的收拾紫菱洲房屋，命姊妹們陪伴著解釋，又吩咐寶玉：「不許在老太太跟前走漏一些風聲，倘或老太太知道了這些事，都是你說的。」寶玉唯唯的聽命。

⑬醋汁子老婆擰出來的——吃醋老婆生的，愛吃醋。

⑭趕勢利——巴結有錢有勢的人。

迎春是夕仍在舊館安歇。眾姊妹等更加親熱異常。一連住了三日，才往邢夫人那邊去。先辭過賈母及王夫人，然後與眾姊妹分別，更皆悲傷不捨。還是王夫人、薛姨媽等安慰勸釋，方止住了，過那邊去。又在邢夫人處住了兩日，就有孫紹祖的人來接去。迎春雖不願去，無奈懼孫紹祖之惡，只得勉強忍情作辭了。邢夫人本不在意，也不問其夫妻和睦、家務煩難，只面情塞責⑮而已。終不知端的，且聽下回分解。

⑮面情塞責——應付情面，說些敷衍的話，搪塞應盡的責任。

中國古典小說新刊

# 紅樓夢(中)

1991年7月初版
2022年1月初版第三十三刷

定價：新臺幣200元

著　者　清・曹雪芹
　　　　　高　　鶚

出版者　聯經出版事業股份有限公司
地址　新北市汐止區大同路一段369號1樓
叢書主編電話　(02)86925588轉5305
台北聯經書房　台北市新生南路三段94號
電話　(02)23620308
台中分公司　台中市北區崇德路一段198號
暨門市電話　(04)22312023
郵政劃撥帳戶第0100559-3號
郵撥電話　(02)23620308
印刷者　世和印製企業有限公司
總經銷　聯合發行股份有限公司
發行所　新北市新店區寶橋路235巷6弄6號2F
電話　(02)29178022

副總編輯　陳逸華
總編輯　涂豐恩
總經理　陳芝宇
社長　羅國俊
發行人　林載爵

行政院新聞局出版事業登記證局版臺業字第0130號

本書如有缺頁，破損，倒裝請寄回台北聯經書房更換。　ISBN　978-957-08-0627-4 (中冊；平裝)
聯經網址 http://www.linkingbooks.com.tw
電子信箱 e-mail:linking@udngroup.com

國家圖書館出版品預行編目資料

紅樓夢（中）/ 清・曹雪芹、高鶚著．
初版．新北市．聯經．1991 年
568 面；14.8×21 公分．（中國
古典小說新刊）
ISBN 978-957-08-0627-4(中冊，平裝)
[2022年1月初版第三十三刷]

857.49 80002048